국토탐방2 下(하권)

오이환 지음

지은이 **오이환**

1949년 부산에서 출생하여, 서울대학교 철학과를 졸업하였다. 동 대학원 및 타이완대학 대학원 철학과에서 수학한 후, 교토대학에서 문학석사 및 문학박사 학위를 수여받았다. 1982년 이후 경상국립대학교 철학과에 재직하다가 2015년에 정년퇴직하였으며, 1997년에 사단법인 남명학연구원의 제1회 학술대상을 수상하였고, 제17대 한국동양철학회장을 역임하였다. 주요 저서로는 『남명학파연구』 2책, 『남명학의 새 연구』 2책, 『남명학의 현장』 5책, 『국토탐방』 2책, 『해외견문록』 4책, 『동아시아의 사상』, 『중국 고대의 천과 그 제사』, 편저로 『남명집 4종』 및 『한국의 사상가 10인—남명 조식—』, 교감으로 『역주 고대일록』 3책, 역서로는 『중국철학사』(가노 나오키 저), 『중국철학사』 5책(가노 나오기 저) 및 『남명집』, 『남명문집』 등이 있다.

국토탐방2 下(하권)

© 오이환, 2025

1판 1쇄 인쇄_ 2025년 1월 10일
1판 1쇄 발행_ 2025년 1월 20일

지은이_오이환
펴낸이_홍정표
펴낸곳_글로벌콘텐츠
　　　　등록_제25100-2008-000024호

공급처_(주)글로벌콘텐츠출판그룹
　　　　대표_홍정표 이사_김미미 편집_백찬미 강민욱 홍명지 남혜인 권군오 기획·마케팅_이종훈 홍민지
　　　　주소_서울특별시 강동구 풍성로 87-6
　　　　전화_02) 488-3280 팩스_02) 488-3281
　　　　홈페이지_http://www.gcbook.co.kr
　　　　이메일_edit@gcbook.co.kr

값 35,000원
ISBN 979-11-5852-514-9 04810
　　　　979-11-5852-512-5 04810 (세트)

국토탐방 2

하권

오이환 지음

글로벌콘텐츠

머리말

이 책은 나의 일기 중에서 국내 여행과 등산에 관한 부분을 발췌하여 편집한 것이다. 등산이라면 해외에서 한 것도 더러 있고, 여행이라면 연구와 관련하여 현장 답사 및 자료 수집을 목적으로 한 것도 있지만, 그것들은 이미 『남명학의 현장』 및 『해외견문록』에 포함되었으므로 대체로 생략하였다. 그러므로 이 책에 수록된 것은 국내에서 연구 이외의 목적으로 행한 일반적인 것에 한정된다고 할 수 있다. 이즈음은 여행이나 등산 안내서가 제법 출판되어 있지만, 이것은 타인을 위한 것이 아니라 순전히 개인적 경험의 기록이란 점에서 그런 것들과는 좀 다르다.

나는 일기를 쓰기 이전부터 답사 성격의 주말여행을 계속하고 있었다. 그런 답사가 대충 마무리 지어진 이후로는 자연스럽게 취미를 목적으로 한 여행으로 성격이 바뀌었다. 우리나라 국토의 대부분이 산지이고, 이제는 그 산들이 모두 녹화되어 동네 뒷산조차도 아름답지 않은 곳이 없으므로, 내 여행의 주된 대상도 자연히 산으로 옮겨져 갔다. 그리고 해외여행이 자유로워진 이후로는 교직에 몸을 담고 있는 까닭에 여름과 겨울의 긴 방학을 이용하여 일 년에 두 번 정도씩 바다 건너로 바람 쐬러 다니게 되었다. 또한 2007년에 내가 살고 있는 진주 근교의 산 중턱에 4천 평 가까운 농장을 소유하게 된 이후로는 매주 토요일은 그리로 가서 시간을 보내게 되었다. 그리하여 토요일

은 농장, 일요일은 등산, 방학에는 해외여행을 떠나는 것이 내 생활의 패턴
으로서 자리 잡게 된 것이다.

옛 사람들의 문집을 보면, 자연을 찾아 여행이나 등산을 떠난 기록이 자주
눈에 띈다. 교통이 발달되지 않았던 그 당시의 여행은 지금처럼 쉽지 않았을
터이므로, 보통 사람이 하기 힘든 경험이라 기록해 둘 만한 가치가 충분히
있었을 것이다. 국내의 여행도 그다지 쉽지 않았을 터인데, 하물며 해외유람
이겠는가! 이러한 기록들을 통해서 우리가 확인할 수 있는 것은 여행이나 등
산이란 당시로서는 선비의 고상한 취미의 일종으로 간주되고 있었던 점이
다. 그런데 지금은 등산이 우리나라 국민 스포츠로서 선비의 부류뿐만이 아
닌 일반대중의 가장 보편적인 취미생활로 되어 있는 것이다.

내가 살고 있는 진주는 그다지 크다고 할 수 없는 지방도시이지만, 그 숫자
도 파악하기 힘들 정도로 수많은 산악회가 존재하고 있다. 그러므로 얼마나
많은 사람들이 산에 오르고 있는지 미루어 알 수 있다. 과거에 우리나라는
산이 많고 평지가 적어 국토가 척박한 것을 한탄한 적이 있었다. 그런데 그러
한 국토가 이제는 축복이 되었다. 아무 산에 올라보아도 사람이 다닐 수 있을
만한 곳에는 어김없이 색색의 등산 리본이 매어져 길을 안내하고 있고, 대체
로 적지 않은 사람들을 만날 수 있다. 그 산지가 이제는 공원이 되었고, 또한
이용률이 매우 높음을 알 수 있는 것이다.

미국에는 각지에 삼림보호구역이 많다. 그것들이 대체로 시민공원의 역

할을 하는 것이지만, 우리나라의 산처럼 광대하고 녹지가 풍부하지는 않다. 웅장한 경치를 가진 국립공원도 적지는 않지만, 일반인이 사는 곳은 삼림보호구역을 제외한다면 대체로 종일을 가도 끝이 없는 평원이거나 사막일 따름이어서 단조롭기 짝이 없다. 독일은 녹지가 많은 것으로 이름난 나라이지만, 그 국토의 대부분이 평지이고 녹화의 비율 역시 우리나라 정도는 아니다. 최근에 여행한 이스라엘은 6일 전쟁으로 점령한 땅까지 합하면 우리나라의 경상남북도를 합한 정도의 면적인데, 그 영토의 대부분이 사막이거나 사막에 준하는 것이었다. 그러나 우리나라는 어디를 가도 산이 있고, 강이 있고, 바다가 있으며, 사계절이 뚜렷하여, 실로 아기자기하고도 다채로운 국토를 지녔음을 외국에 다녀볼수록 더욱 느끼게 된다.

지금은 도로와 교통이 발달하여, 남한 땅 어느 곳이라도 대체로 하루 만에 다녀올 수 있는 1일 생활권으로 되어 있다. 또한 우리나라의 산들은 크게 높은 것이 별로 없어 하루 이틀이면 즐기다가 오기에 족하다. 그러므로 나는 이 국토 전체를 내 집 정원처럼 생각하고, 또한 세계를 무대로 노닐기에는 등산으로 치자면 베이스캠프에 해당하는 것쯤으로 여기고 있다. 등산 활동을 통해 전국 방방곡곡을 구석구석 누비고 다닐 수 있으므로, 등산 자체가 일종의 여행이라고도 할 수 있다.

이즈음은 어느 산악회든 이른바 1대간 9정맥을 답파했고, 심지어는 그 기맥까지 대부분 다녀왔다는 사람들을 더러 만날 수 있다. 나 자신도 백두대간

머리말 ────────────────────────────────

정도는 대체로 다녀보았고, 정맥도 더러 다닌 것이 있지만, 그 어느 것도 완전히 답파한 것은 없다. 또한 등산을 다니기 시작한 지는 이제 이십 년 정도의 세월이 지났지만, 아직도 능력 면에서는 초보자의 수준에도 미치지 못하는 점이 있다. 그리고 보면 나는 등산의 경험이나 능력 면에서 아직 남에게 내세울 만한 것이 별로 없다. 그러나 나로서는 학문의 경우와 마찬가지로 특별한 일이 없는 한 매주의 주말이면 아직 가보지 못한 곳을 향해 떠나는 일종의 탐험을 해 왔을 따름이며, 또한 그것으로 만족하고, 앞으로도 신체적 능력이 미치는 한도까지 그렇게 여생을 보내려 하고 있다.

2014년 4월 30일
오이환

2집 머리말

『국토탐방』을 처음 출판했던 2014년 8월로부터 10년 남짓한 세월이 지나 다시 2집을 내게 되었다. 1집 원고의 분량이 1,573KB였는데, 2집의 경우 어느덧 1,639KB가 된 것이다. 이 역시 나의 일기에서 해당 부분을 발췌한 것으로서 출판을 목적으로 하여 쓰인 글이 아니고, 집필 당시로서는 장래의 출판을 기약할 수도 없었다. 그러므로 독자를 염두에 둔 것이거나 등산과 여행의 가이드북이 아닌 사적 기록인 셈이다.

이제 비로소 1집이 된 과거의 책과 비교하여 달라진 점을 들자면, 1집의 경우는 2015년 2월에 있었던 정년퇴직 이전의 기록이었으므로 대부분 주말을 이용한 외출이었던 반면, 2집은 이미 시간의 제약을 받지 않게 된 점이다. 그리고 한 해에 몇 번씩 있는 학회 참가의 기록도 대체로 포함시켰다. 학회 참가도 나에게는 스스로 운전해서 가는 장거리 여행이었기 때문이다.

대부분의 등산이나 여행은 진주에 소재하는 산악회 혹은 여행사를 통한 단체 행사에 참가했던 경우였다. 나로서는 아무래도 그쪽이 손쉽고 편리했던 것이다. 이런 여행은 나름 장점이 있지만 단점 또한 없지 않다. 그중 특히 불편한 점은 산악회의 경우 예전보다 현저히 덜해졌다고는 하지만 아직도 달리는 대절버스 안에서 고막이 터질 듯 볼륨을 크게 틀어 놓고서 하는 음악과 가무의 행위가 지속되고 있는 점이다. 그것을 좋아하는 사람의 수가 많지

머리말

는 않으나 그 때문에 참가하는 사람도 있으니 참고 견디는 수밖에 별 도리가 없는 것이다.

　젊은 시절 폐 수술을 받았고 그 때문에 병역도 면제받은 까닭인지, 경험상 국외의 4,000m 이상 되는 산에 오를 때마다 등산이 불가능할 정도로 고산 증세를 심하게 겪었고, 그 때문에 오르고 싶은 여러 명산이나 가보고 싶은 장소들을 포기한 지 이미 오래이다. 국내의 별 무리 없는 산들에서도 오를 때 폐활량이 부족하여 숨을 거칠게 내쉴 뿐 아니라 속도가 현저히 떨어지므로, 아예 남들에 뒤쳐져서 혼자 걷는 것이 상례가 되었다. 그러나 시간 부족 때문이 아니고서는 예정된 풀코스를 중도에 포기하는 법이 거의 없다. 등산이나 여행은 대부분 아내와 동행하는데, 아내의 경우 나보다 등산 능력이 뛰어나지만 풀코스를 완주하는 경우는 상대적으로 적으므로, 그 점에 있어서는 취향이 서로 다르다. 남들로부터 떨어져 혼자서 산길을 터벅터벅 걷는 것은 취향에도 맞는 듯하다.

　내 나이 이미 적지 않아 앞으로 얼마나 이러한 일상을 보낼 수 있을지 알 수 없는 일이지만, 신체적 능력이 미치는 한도까지 이 걸음으로 계속 나아가 보고 싶다.

2024년 12월 28일
오이환

목차

2020년

2020년

1월

5 (일) 쾌청 -대봉산

청일산악회와 함께 함양군 병곡면과 서하면의 경계에 있는 大鳳山 (1,253m)에 다녀왔다. 함양에 대봉산이 있다는 건 처음 들은지라 참가신청을 해두었지만, 알고 보니 과거의 掛冠山을 이렇게 고쳐 부르는 것이었다. 괘관산에는 1994년 4월 10일 아내와 함께 서울대학교 총동창회 진주지부의 산행에 참여하여 서하면 쪽에서부터 오른 적이 있었다. 이미 27년 전의 일이 되었다.

함양군은 이 이름이 일제시기에 벼슬하는 사람이 나오는 것을 막기 위해 괘관산으로 고쳤다 하여, 그 이전의 이름이라고 하는 대봉산으로 바꾸어 2009년 3월 30일 중앙지명위원회의 승인 고시를 거친 것이었다. 괘관산이란 갓걸이 산이라는 뜻으로서, 서하면 쪽에서 바라보면 바위절벽으로 이루어진 정상의 모습이 갓걸이와 비슷하다 하여 그렇게 부른 것인데, 벼슬을 마친 선비가 갓을 벗어 걸어둔 산이라는 뜻으로 해석하여 그 때문에 함양에서 대통령 같은 큰 벼슬을 하는 인물이 나오지 않는다고 주장한 것이었다. 대봉산에는 최고봉인 괘관봉과 天皇峰(1,228) 두 개의 봉우리가 1.3km 서로 떨어진 거리에 위치해 있는데, 그 이름도 각각 鷄冠峰과 天王峰으로 바꾸었다.

오전 8시 30분까지 중앙시장 고용센터 앞에 집결하여 대절버스 한 대와 다른 차량 한 대로 출발하였다. 통영대전·광주대구 고속도로를 경유하여 함양 요금소에서 1084지방도로 빠진 후, 함양 읍내와 上林 가를 거쳐서 병곡면 원산리 지소마을의 민재여울목산장 앞에서 하차하였다. 지소마을은 아내와 내가 과거에 두 번 방문한 적이 있는 '백 년 전에'가 위치해 있는 곳인데, 민재여울목산장보다도 좀 더 높은 곳에 있는 듯하여 오늘 그 입구가 눈에 띄지는 않았다.

시멘트 포장된 임도를 따라서 조금 올라간 위치에서 산신제를 지냈다. 그후 만두가 든 떡국을 한 그릇씩 든 다음 10시 22분부터 등산을 시작했다. 그전에 버스 안에서 수건 한 장씩을 기념품으로 받기도 하였다. 우리 내외는 이즈음 절식을 하고 있으므로, 점심은 거르기로 하고 반찬과 우비 및 겨울 등산장비 등은 모두 버스 안에 두고서 가벼운 차림으로 산행에 나섰다. 나는 며칠 전에 산 심파텍스 자켓과 기모바지를 착용하였다.

도중에 천왕봉까지 1.4km를 남겨둔 지점의 임도를 만난 곳에 등산로가 노란 플래카드로 차단되어져 있고, 거기에 '모노레일 고압전기로 등산로 사용금지/ 감전 시 생명위험 하오니/ 천왕봉은 모노레일 이용바람'이라는 내용의 휴양밸리산업과에서 게시한 문건이 눈에 띄었다. 그 옆에는 또한 '본 현장은 2018년 10월 24일까지 산악레포츠 숲길(임도) 보완사업을 시행하고 있으며', 이 사업 완료 전까지 임도 진입을 통제한다는 함양군청 명의의 고시 플래카드도 내걸려 있었다. 그러나 그 기한이 지난 지 이미 오랠 뿐 아니라 근처에 모노레일이나 공사 차량 등이 눈에 띄지도 않으므로, 무시하고서 등산로를 따라 계속 올라갔다.

지소마을에서 3.1km 나아간 해발 1,111m 지점에서 능선 삼거리를 만나 그 좌우에 각각 계관봉 0.8km, 천왕봉 0.5km라고 쓰인 이정표가 서 있었다. 우리 내외는 먼저 정상인 계관봉 쪽으로 나아갔다. 계관봉 조금 못 미친 지점에 수령 1,000년, 높이 2m로서 2006년에 함양군으로부터 보호수로 지정된 철쭉나무가 한 그루 서 있었다. 서하면 다곡리 산132 지점이었다. 계관봉 정상석은 바위절벽 조금 못 미친 지점에 서 있었는데, 우리가 산악회로부터 배부 받은 개념도 등에는 대부분 그 높이를 1,252m로 적고 있지만, 정상석에는 그보다도 1m가 더 높은 1,253m로 되어 있었다. 아내는 정상석 부근에 머물고, 나는 위험한 바위봉우리를 타고 올라가 실제의 정상까지 나아갔다.

삼거리 쪽으로 되돌아와 다시 아내를 만난 다음, 반대편 방향으로 능선 길을 따라 올라가 마침내 천왕봉에 닿았다. 그 쪽에서는 모노레일과 덱 공사를 하고 있었지만, 아직 시공 중이고 인부도 전혀 보이지 않은 채 공사용 가설 주택 한 채만이 서 있었다. 덱 길을 따라서 대봉산 소원바위까지 나아가보았으나, 그쪽 길은 건너편 골짜기의 대봉산 자연휴양림 및 마평 마을 쪽으로 이어지고 있어서 우리가 올라온 방향과는 다르므로, 되돌아 삼거리까지 내려온 후 올라왔던 길을 따라서 15시 21분에 청일산악회가 예약해 둔 지소마을 원산지소길 124에 있는 천왕봉가든으로 돌아왔다. 산악회가 배부해준 개념도에는 총 거리가 7.5km라고 적혀 있지만, 산길샘에는 도상거리 8.92, 총 거리 9.32km로 나타나 있으며, 소요시간은 4시간 59분, 만보기의 걸음 수로는 21,180보였다. 천왕봉가든에서 산악회 측이 마련해 둔 석식을 겸한 하산주를 들고서 오늘 식사는 모두 마쳤다.

19 (일) 맑음 ─ 금강 둘레길, 봉화산, 영국사

아내와 더불어 삼일산악회를 따라 충청남도 영동군 양산면의 금강 둘레길과 烽火山(388m) 산행을 다녀왔다. 오전 8시까지 시청 육교 밑에 집결하여 35명이 출발했다. 이 산악회는 30년 역사를 가진 것으로서, 나보다 세 살 위인 김삼영 씨와 이운기 씨 등이 오랫동안 회장과 산행대장을 맡아 왔던 것인데, 오늘 들으니 현재의 회장은 다른 산악회를 결성하여 임원들 및 이 산악회의 단골 참가자들을 대동하여 오늘 같은 장소에서 80명 정도가 다른 산으로 떠난다는 것이었다. 그 이유는 아무도 아는 사람이 없었다. 그래서 부득이 김삼영·이운기 씨가 다시 임시 회장 및 산행대장을 맡아 예정되었던 이 산악회의 오늘 산행을 이끌게 되었다.

통영대전고속도로를 따라 북상하다가, 무주IC에서 빠져나와 19번 국도와 505번 지방도를 경유하여 영동으로 향했다. 10시 10분에 금강변의 양산면 松湖里에 있는 송호국민관광지에 도착하여 걷기 시작했다. 오늘 걷기로 된 둘레길은 陽山八景으로 유명한데, 8경 중 2경인 降仙臺, 4경인 鳳凰臺, 5

경인 涵碧亭, 6경인 如意亭, 8경인 龍巖이 이 길 주변에 산재해 있다.

먼저 송호버스정류장을 출발하여 금강 속의 용암을 바라보면서 봉곡교를 건넌 다음, 강 건너편의 강선대에 도착하였고, 거기서부터 강가의 산허리들을 넘으며 덱 길을 따라서 함벽정·鳳陽亭을 지나서 봉황대 부근에 다다랐다. 거기서 오른편으로 방향을 바꾸어 봉황산을 올랐고, 그 정상의 봉화대가 복원되어 있는 곳에서 일행 중 일부와 더불어 점심을 들었다. 오를 때와는 달리 계속 능선 길을 따라서 산을 내려온 후, 아내와 헤어져 혼자서 봉황대와 그 건너편 산중턱의 寒泉亭에 들렀다. 수두교를 건너서 다시 송호지구로 건너온 후, 갈대숲이 무성한 강가 수변공원의 광장과 산책로를 지나서 솔숲이 우거진 송호관광지로 돌아와 여의정과 용암을 지나 솔숲이 끝나는 지점까지 나아갔다가, 14시 53분에 주차장으로 되돌아왔다. 총 4시간 43분이 소요되었으며, 산악회에서 배부한 개념도에는 산행거리가 9.5km로 적혀 있으나, 내가 산길샘으로 확인해 본 바에 의하면 도상거리 10.31km, 오르내림을 포함한 총 거리는 10.65km로 나타나 있다. 만보기는 19,599보를 기록하였다.

일행 중 양산팔경의 제1경에 해당하는 寧國寺에 들르자는 요구가 있어, 501번 지방도를 따라 거기서 20~30분 정도 거리인 영국사로 갔다. 영국사와 그 뒷산인 천태산에는 과거 몇 차례 와본 적이 있었지만, 대개 차를 타고서 바로 영국사까지 들어갔고, 오늘처럼 아래쪽 입구의 주차장에서 내려 1.1km나 되는 산길을 걸어서 올라간 기억은 없다. 삼신할멈바위와 삼단폭포를 지나고 일주문을 건너서 천년된 은행나무에 도달한 후 영국사를 둘러보았다.

영동군 양산면 樓橋里에 있는 이 절은 신라 문무왕 8년에 원각국사가 창건한 것으로 되어 있으나, 고려 문종 때 대각국사가 이름을 國淸寺라 하여 천태종의 본산으로 삼았고, 공민왕 때에는 왕이 홍건적의 내습을 피하여 이곳에서 국태민안을 기원하였으므로 이름을 寧國寺로 고쳤다고 한다. 천태종의 본산이었기 때문에 산 이름도 '천태'로 된 것이다. 그리고 보면 대각국사가 국청사를 천태종의 본산으로 삼은 것은 과거 교과서에서 읽은 듯하나, 그것이 바로 이 절이었음은 오늘 새삼스레 알았다. 이 절에는 여러 개의 보물이 있으나, 오늘은 그 중에서 대웅보전 앞의 보물 538호인 삼층석탑과 천연기념물 제223호인 은행나무만 둘러보았다. 절의 본당 건물은 자그마하지만 근자에 새로 지은 듯한 템플스테이 건물이 오히려 본당의 전체 규모를 능가하는 크기였다.

오후 4시 10분에 영국사 주차장으로 돌아왔고, 17분에 그곳을 출발한 후 68·501번 지방도와 19번 국도를 따라 내려와 무주IC에서 다시 통영대전고속도로에 오른 후, 귀로에 경남 함양군 수동면 산업단지길 10에 있는 금성식당에 들러 김치찌개로 석식을 들었다. 식후에 국도 3호선을 따라 내려오다가 생초IC에서 다시 통영대전고속도로에 올랐다.

29 (수) 영호남은 비, 충청·경기는 맑음 - 부천

회옥이가 부천 순천향대병원 신경과 연구원으로 취업이 되어 다음 달부터 근무하게 되므로 가족 3명이 힘을 합쳐 오늘 이사하게 되었다. 주 4일 근무에 국책과제라 4대 보험도 되며, 최저연금은 2400만 원 정도라고 한다. 원래는 어제 이사할 예정이었는데, 부천 지역에 비소식이 있어 하루 늦추어진 것이다. 경기도 부천시 원미구 중동 1145-1(중동로 248번길 38) 메트로팰리스2차 B동 322호실로서 단칸 오피스텔이라고 한다. 계약면적은 14평, 실 평수는 9평, 보증금 500만 원에 36만 원을 월세로 내는 모양이다. 15층 빌딩의 3층이다. 회옥이는 이곳에 근무하다가 미국 유학이 결정되면 박사과정을 밟으러 도미할 생각이다.

아침식사를 마친 후 8시가 되기 전부터 짐을 옮겨 지하1층의 트럭에다 싣기 시작하여, 대전통영, 경부고속도로를 따라서 북상하였다. 신갈에서 인천 방향의 고속도로에 접어들어 정오를 좀 지난 무렵 목적지에 도착하였다. 먼저 메트로팰리스 A동 103호, 104호인 행운공인중개사에 들러 원룸 입주수속을 마친 후, 지하2층 주차장의 엘리베이터 가까운 곳에다 차를 대고는 회옥이 방으로 짐을 옮겨두었다. 부천시청에서 가까운 곳인데, 방 안에는 온갖 시설들이 잘 갖추어져 있고, 근처에 마트나 식당 등도 많아 혼자 살기에 별

문제가 없는 곳이었다. 근무처까지는 걸어서 15분 거리라고 한다. 앞으로 더 필요한 물건들이 있으면 회옥이가 구입한 후 내가 그 비용을 송금해 주겠노라고 말하였다. 이사를 마친 후, 그 건물 B동 112호에 있는 두레밥상이라는 가정식 백반 전문식당에 들러 회옥이와 나는 두레밥상, 아내는 순두부로 점심(21,000원)을 들었다.

돌아오는 길에는 도중의 고속도로 안 갈림길에서 진입로를 잘못 들어 수원 근처까지 한참동안 국도를 경유하기도 하였고, 밤 8시가 좀 지나서 귀가하였다. 회옥이는 내일부터 2박3일간 교회 친구들과 함께 제주도로 여행을 다녀오게 된다.

2월

4 (화) 맑음 - 경주 소금강산, 금학산

아내와 함께 산울림산악회를 따라 경주 소금강산(177m)과 금학산(296)에 다녀왔다. 오전 8시 15분 무렵 제일병원 옆에서 봉곡로터리를 출발하여 오는 대절버스를 타고서 시청과 문산을 거쳤다. 남해고속도로에 올라 동쪽으로 나아가다가 김해에서 대동터널들을 지나 경부고속도로에 접어들었고, 10시 54분에 경주국립공원 소금강지구의 굴불사 주차장에 도착하였다.

먼저 현재의 굴불사를 둘러본 다음, 일행이 굴불사지 아래쪽에서 산신제 준비를 하는 동안 아내와 함께 보물 제121호인 掘佛寺址 石造四面佛像을 둘러보았다. 통일신라시기인 8세기에 만들어진 것으로서, 『삼국유사』에 의하면 景德王이 栢栗寺를 찾았을 때 땅속에서 염불소리가 들려오므로 땅을 파보니 이 바위가 나왔다. 바위의 사방에다 불상을 새기고 절을 지어 굴불사라 불렀다고 한다. 1785년의 발굴조사에서 고려시대의 건물터가 확인되었고, 출토유물에는 고려시대에 만들어진 金鼓에 掘石寺라는 銘文이 있었다고 한다. 높이 약 3m의 커다란 바위에다 여러 보살상을 새긴 四方佛인데, 과거에 사진을 통해 보았던 것이었다.

다시 조금 내려와 시산제에 참여하였고, 아내의 의견에 따라 우리 내외는

10만 원을 찬조하였다. 평소 대절버스의 앞자리를 배정해 주는 등 신세를 지고 있는데 대한 보답이었다.

시산제를 마친 다음, 사면석불 위쪽에 있는 백률사로 올라가 보았다. 백률사는 『삼국유사』 등의 기록에 나오는 刺楸寺일 것이라고 한다. 자추사가 맞다면 신라 법흥왕 14년(527)에 있었던 異次頓의 순교를 기리기 의해 세운 절이다. 건물은 임진왜란 때 불타고, 현재는 다소 초라한 모습으로 중건되어져 있었다. 대웅전에 모셨던 금동약사여래입상은 통일신라시대의 3대 금동불로 알려진 것인데, 지금은 국립경주박물관으로 옮겨져 있다.

백률사를 떠난 다음, 거기서 그다지 멀지 않은 곳에 위치한 소금강산 정상으로 올라갔다. 다시금 다불마을 방향으로 계속 나아가다가 일행과 함께 점심을 들었고, 다불마을에서 처음으로 만난 삼환나우빌 아파트 옆에서 저수지 가의 덱 길을 거쳐 섯갓산 쪽으로 다시 산을 올랐다. 우리는 다음 목적지인 금학산으로 향하려 했던 것인데, 산행대장인 김현석 씨도 오랜만에 다시와서 길이 좀 헷갈렸던 것인지 산 능선에서 몇 차례 우왕좌왕 하였다. 그러다가 다시 금학산 방향으로 접어들어 그 정상석을 지났고, 탈해왕릉 쪽으로 하산하려던 것이 산행대장이 앞서간 방향을 놓쳐버려 일행 한 명의 뒤를 쫓아약산(272) 방향으로 계속 나아가다가 왼쪽으로 보문단지가 바라보이는 능선에서 하산 길로 접어들었다. 하산 도중에 김현석 산행대장으로부터 전화를 받았는데, 우리는 갈림길에서 한참을 더 나아가 憲德王陵 쪽으로 갔다는 것이었다. 도로로 내려와 헌덕왕릉으로 향하고 있을 때 우리 다섯 명의 뒤를 이어 또 네 명의 일행이 우리가 내려온 코스를 뒤따라 내려왔다. 오전 중 소금강산 부근에서 총 쏘는 소리가 계속 들려왔는데, 알고 보니 금학산에서 약산으로 향하는 능선의 아래쪽에는 제7516부대 1대대의 사격장이 있었던 것이다.

사적 제29호로 지정된 헌덕왕릉은 꽤 큰 규모였는데, 신라 제41대 왕의 무덤이었다. 上大等으로 있을 때 동생과 함께 조카인 哀莊王을 죽이고서 왕위에 올랐으며, 재위 중에 반란이 계속 일어 김헌창의 반란 등을 진압하였다. 이곳에 있던 西域人 얼굴의 무인상 조각은 현재 경주고등학교 정원으로 옮겨져 있다고 한다.

헌덕왕릉으로 마중 나온 김현석 씨 등을 만나 1km 남짓 되는 길을 걸어 대절버스가 대기하고 있는 탈해왕릉으로 이동하였다. 도중의 도로 가에 강철사단 경주대대 예비군훈련장 표지가 있었는데, 거기서 300m 전방에 있다고 한 것으로 미루어 사격장은 이 부대에 속한 것인가 싶었다. 오후 4시 16분 탈해왕릉에 다다라 오늘 산행을 모두 마쳤다. 소요시간은 5시간 21분이며, 도상거리 11.98km, 오르내림을 포함한 총 거리는 12.44km라고 되어 있다. 만보기는 22,215보를 기록하고 있었다.

탈해왕은 신라 제4대 왕으로서, 『삼국사기』에는 多婆那國의 왕과 왕비 사이에서 알로 태어나 불길하다 하여 보물과 함께 궤짝에 넣어 바다에 버려졌다가 신라로 떠나려와 성장했다는 설화가 실려 있다. 나는 과거에 그가 착륙한 곳인 월성원자력발전소가 있는 경주시 양남면의 阿珍浦(현 나아리 538-1)에서 그의 사당에 들렀던 적이 있었다. 탈해 이사금 이래로 신라에는 16대에 이르기까지 8명의 석 씨 왕이 있었다고 한다. 탈해왕릉의 오른쪽에는 1980년에 경주 시내의 반월성으로부터 옮겨온 탈해왕의 사당 崇信殿이 위치해 있었다.

탈해왕릉의 왼쪽 옆에는 瓢巖과 辰韓 6촌 가운데서 閼川 楊山村의 시조인 李閼平을 기리는 瓢巖齋가 있었다. 표암은 박바위를 한자로 표기한 것으로서 밝음을 뜻하는데 알평이 하늘로부터 내려온 장소라 하고, 알천 양산촌은 6촌 가운데 가장 강력한 마을로서 기원전 69년에 여섯 마을의 촌장과 그 자제들이 알천 언덕 위에 자리를 같이 하여 의논한 다음 여섯 마을 전체를 다스릴 지도자를 추대하기로 결정했다고 한다. 그리하여 후일 박혁거세가 추대되어 신라라는 나라가 이루어지고, 제3대 유리왕 9년인 서기 32년에 여섯 마을의 이름들을 고치고 성씨를 내릴 적에 이 마을은 及梁部가 되고 李씨 성을 받았으니, 알평은 오늘날 경주이씨의 시조가 되었다. 그러므로 이곳은 신라 건국의 단초를 마련하였을 뿐 아니라 또한 신라 화백회의의 연원이 된 장소라고 한다. 표암은 바위 절벽으로 이루어진 곳이었다.

그곳들을 둘러보고서 대절버스가 있는 곳으로 돌아와 떡만두국으로 석식을 들었으며, 오후 5시에 그곳을 떠나 근처에 있는 황성공원을 5시 40분까지 둘러보았다. 떡국을 들던 중에 부산 큰누나로부터 전화를 받았는데, 작은집 호환 형의 장남 상준이가 간질환으로 그 아내의 간을 이식받는 수술을 하였으나 그 보람도 없이 결국 죽었다는 것이었다.

경주시 황성동 산 1-1번지에 위치한 황성공원은 면적이 895,373㎡로서 규모가 꽤 컸는데, 우리는 시립도서관이 있는 곳으로부터 들어가 언덕 위의 김유신장군 기마상과 그 아래 숲속을 조금 산책해 보는 데서 그쳤다. 황성공원 일대는 옛 東京의 중심에 위치했던 高陽藪라 불리던 숲이있다고 한다. 1975년에 공원으로 지정되었으며, 김유신 장군상도 그 때 세워졌다가 방향을 바꾸어 1977년에 다시 세웠다. 이은상이 비문을 짓고 김충현이 글씨를 썼으며, 銘刻은 박정희 대통령의 친필이라고 한다. 시립도서관 맞은편의 숲속에 奈良公園이라고 새긴 커다란 바위 비가 서 있었는데, 그것은 무슨 까닭인지 모르겠다.

밤 8시 반쯤에 귀가하였다.

9 (일) 맑음 -감시대봉, 팔자봉

아내와 함께 상대산악회를 따라 순천시 월등면과 황전면의 경계에 있는 감시대봉(330.4m)과 팔자봉(478.7)에 다녀왔다. 오전 8시까지 시청 앞 육교 밑에 집결하였는데, 택시에서 내리다가 배낭의 옆 주머니에 꽂아둔 물통을 빠트려 잃어버린 모양이다. 남해고속도로를 따라 서쪽으로 나아가다가 도중의 섬진강휴게소에서 착용한 채로 휴대폰을 조작할 수 있는 새 장갑(만원)을 하나 샀다. 서순천 요금소에서 17번 국도로 빠진 다음 황전면 소재지에서 다시 840번 지방도로 빠져, 9시 23분에 괴목농약농자재마트와 귀빈식당 옆의 산행출발지점에 도착하였다.

귀빈식당 옆 골목으로 난 봉두산 등산로 입구에서부터 가파른 산길을 계속 올라갔다. 그 능선은 월등면과 황전면의 경계를 따라 황전면과 곡성군 죽곡면의 경계에 위치한 봉두산(753.7)까지 이어지는데, 우리는 그 중간지점의 팔자봉을 조금 더 지난 곳에서 왼쪽으로 빠져 계곡에 합류한 다음 계곡 길을 따라서 월용저수지를 경유하여 운곡 쪽으로 내려와 다시 출발지점까지 되돌아오기로 예정된 것이다. 나는 과거에 9산 선문의 하나인 곡성의 태안사에서 봉두산(동리산)을 한 바퀴 둘러 다시 태안사로 내려간 바가 있었다.

오늘 능선 산행의 중간지점에 감시대봉이 있고, 그 위쪽의 여우봉(366.2)을 거쳐 팔자봉으로 올라가게 되어 있는데, 봉두산을 오르는 사람들은 대부분 곡성의 태안사 쪽에서 오르고 반대쪽인 순천에서 오르는 사람은 드물므로 우리 일행 외에는 아무도 없어 산길이 호젓하였다. 감시대봉에는 등산객이 종이에 인쇄하여 나무에다 붙여놓은 표시물이 두 개 있었으나, 여우봉은 알지 못하는 사이에 지나쳤고, 팔자봉도 등산로는 봉우리 아래쪽으로 나 있었으나 앞서 간 일행 두 명을 따라 잡목을 헤치고서 그쪽 방향으로 올라가 보았더니, 역시 같은 모양의 봉우리 표시가 두 개 눈에 띄었다.

계곡 쪽으로 빠지는 갈림길은 산악회에서 배부한 개념도에 의하면 팔자봉에서 좀 더 올라간 지점에 있는데, 팔자봉을 내려와 그쪽 길로 접어들자말자 앞서간 일행들이 등반대장 김재용 씨가 선두에 서고 아내를 포함하여 모두 되돌아오는지라, 그들을 따라서 팔자봉 옆구리의 희미한 산길을 따라 계곡 방향으로 내려가는 코스를 취했다. 그러나 그쪽 길은 거의 사람이 다니지 않아 잡목들이 가로막을 뿐 아니라 길이 보이는 둥 마는 둥 했고, 우리는 뿔뿔이 흩어져 도중에서 각기 편한 장소에 앉아 점심을 들었다.

우리 내외는 등반대장이 자리 잡은 곳 옆에서 점심을 들었는데, 식사를 마치고 난 이후에는 머지않아 길이 아예 보이지를 않아 대충 능선을 따라서 잡목 숲을 헤치며 내려오다 보니 월용저수지 아래의 明山 마을 조금 위쪽에서 콘크리트 포장길을 만나게 되었다. 우리는 돌아오는 도중 명산(157)에도 오르는 것으로 되어 있었으나, 명산마을에서 주민에게 물어보아도 그런 산은 없다는 것이었다. 복숭아를 많이 재배하는 명산마을은 대명산과 소명산 두 개의 마을로 나뉘어져 있는데, Naver 지도에 의하면 두 마을 사이에 있는 언덕처럼 나지막한 구릉이 명산인 듯하였다. 우리가 내려온 대명산 마을에서 일행 중 일부는 주민의 말에 따라 건너편의 여우봉 쪽으로 도로 올라가고, 우리 내외는 정보환 씨 등과 함께 포장길을 따라서 雲谷마을 쪽으로 내려왔다.

운곡마을 아래쪽에서 840번 지방도를 만났는데, 대절버스는 그 도중 장선마을 못 미친 지점의 장선들이라는 곳까지 와 대기하고 있었으므로, 오후 1시 19분에 차에 도착하여 오늘 산행을 마쳤다. 소요시간은 3시간 56분이고, 도상거리는 7.04, 총 거리는 7.31km이며, 걸음 수로는 14,774보였다.

오후 2시 12분에 그곳을 출발하여 아침의 등산 시작 지점인 황전면 소재지로 가서 여우봉 쪽으로 간 사람들이 하산하기까지 조금 기다렸다가 다시 출발하여 17번 국도를 따라서 구례군으로 들어갔고, 섬진강을 만나 19번 국도를 따라서 雲鳥樓 부근에서부터 강변길을 내려왔다.

시간이 많이 남으므로, 도중의 화개장터에 들러 3시 5분 무렵부터 반시간 남짓 자유 시간을 가졌는데, 그 동안에 우리 내외는 장터마당을 두르면서 호떡을 사 먹고 송이와 표고버섯을 결합했다고 하는 송고버섯을 4만 원 어치 샀으며, 도자기 점에서 진주 집 거실의 수초를 옮겨 담을 화분도 5만5천 원 주고서 하나 샀다.

하동읍에 도착하여서는 2번 국도를 따라 진주로 돌아왔는데, 횡천면 부근에서부터 2차선 새 도로가 개설되어 사천시 곤명면 부근에서 기존의 4차선 도로와 합류하고 있었다. 진주에 도착한 다음 연암도서관 아래의 모덕골식당에서 콩나물해장국(5천 원)으로 석식을 들고는 카카오택시를 불러 귀가하였다.

16 (일) 맑음 -진해 드림로드 2·3구간, 천자봉

간밤에 비 내린 후 오전 중 흐리더니 점차 쾌청한 날씨로 변했다. 풀잎산악회를 따라 진해시의 드림로드 2·3구간 일부와 천자봉에 다녀왔다. 원래는 진해 웅동의 뒷산인 굴암산(662m)으로 갈 예정이었는데, 오늘 전국적으로 눈이나 비가 내린다는 일기예보가 있어 "우천 시에는 진해 드림로드 둘레길 하늘마루길 2구간 트레킹 예정"이라는 내용의 문자 메시지가 왔다. 그러나 조회해 보면 창원 둘레길의 일부인 진해 드림로드는 4구간으로 이루어져 총

27.4km인데, 그 중 제1구간이 장복하늘마루길이고 2구간은 천자봉해오름길이니, '하늘마루길 2구간'이라 함은 어디를 가리키는 것인지 의문이었다.

간밤에 비가 내린 후 아침의 기상은 흐린 정도일 뿐 비가 내릴 것 같지는 않으므로 예정대로 굴암산에 오를 수 있을 것으로 예상되었다. 그런데 오전 8시에 구 동명극장 건너편인 제일은행 부근에서 집합하여 남해고속도로를 경유해 버스가 출발한 이후, 회장인 이정기 씨가 9·10번 좌석이 앉아있는 우리 내외에게로 다가오더니 굴암산은 등산로가 유실되어 입산통제 되고 있다는 소문이라면서, 진해의 목재문화체험장에서 출발하는 '창원 편백숲 浴 먹는 여행' 2구간으로 변경하고자 하는데 양해해 줄 수 있겠느냐고 묻는 것이었다. 다른 참가자들은 평소 잘 하는 사이인지 별로 등산을 하지도 않을 것이므로 관계없다고 하므로 부득이 양해할 수밖에 없었다. 그러나 작년 12월에만 하더라도 정보환 씨가 상대산악회를 따라 굴암산에 다녀와서 자기 블로그에다 올린 바 있으므로, 산길이 통제되고 있다는 말은 그냥 핑계인 듯했다.

동창원 톨게이트에서 14·25·2번 국도를 차례로 거쳐 9시 38분에 창원시 진해구 천자로 507(풍호동 2-2번지)에 있는 드림파크 구내의 목재문화체험장 주차장에 도착하여 등산을 시작하였다. 그런데 이 회장을 뒤따라 올라가다 보니 약 500m 쯤 지나 천자암이라는 암자에 닿았는데, 그곳은 편백숲 코스가 아니라 진해드림로드 2구간의 일부였다. '창원 편백숲 욕 먹는 여행'이라 함은 진해를 한 바퀴 두르는 코스인데, 총 3구간으로 나뉘어져 있다. 그러나 그 중 1·2구간은 대부분 드림로드와 겹치는 것이 아닌가 싶다. 어쨌든 각자 자기에게 좋은 코스로 갔다가 오후 3시 반까지 출발지점으로 되돌아오면 된다는 것이었다. 아내는 천자암에서 금년 들어 처음으로 활짝 핀 매화를 보았다고 한다.

우리 내외는 드림로드 3구간인 백일아침고요산길 쪽으로 방향을 정하여 걷기 시작했다. 그 길에는 또한 남파랑길이라는 표지도 여기저기에 보였는데, 이는 동해안을 따라 걷는 해파랑길처럼 남해안 연안을 걷는 길인 듯하다. 포장된 구간이 제법 있는 꽤 넓은 산책로를 우리 내외 두 사람만이 호젓하게 걸어 총 10km인 천자봉 해오름길을 천자암에서부터 동쪽 방향으로 2km쯤 걸어 총 3km인 백일아침고요산길 시작지점에 다다랐다. 천자암에서는 양쪽 방향으로 모두 차량의 통행을 차단해 두고 있었으나, 그곳에서는 아래쪽 대발령쉼터, 만남의 광장으로 이어지는 다른 통로가 있어 이따금씩 SUV 차량 등이 지나다녔다. 우리 내외는 백일마을을 바라보면서 한참 동안 내리막길을 걷다가 정오가 되었으므로 길가의 벤치에 걸터앉아 점심을 들었다. 날씨는 화창하고 지나다니는 사람이 별로 없어 호젓하였다.

원점 회귀를 해야 하므로 돌아가는 시간을 고려하여 점심을 든 후 백코스로 되돌아왔다. 긴 오르막길이 끝난 지점에서 천자봉 0.9km, 만장대 0.5km라는 이정표를 보고서, 드림로드를 버리고 그쪽 길을 따라 다시 오르기 시작하였다. 만장대에서 드림파크로 내려가는 다른 길 표지가 보이고 거기서부터 천자봉까지는 계속 덱 길이 이어졌다. 천자봉 정상(465)에는 산불예방용 CCTV 철탑이 설치되어 져 있었다. 2009년 2월 1일에 아내와 나는 안민고개에서부터 웅산, 시루봉을 지나 이 천자봉을 거쳐서 더 아래의 대발령 쪽으로 내려갔던 적이 있었다. 천자봉에서는 오늘 원래 오르기로 예정되어 있었던 굴암산으로 짐작되는 봉우리도 바라보였다.

다시 만장대로 내려와 드림파크로 내려가는 코스로 접어들었고, 한참 후에 다시 드림로드를 만났다가 얼마 후 드림파크로 직행하는 샛길로 접어들어 광대한 진해만생태숲을 지나 오후 2시 44분에 대절버스가 대기하고 있는 목재문화체험장 주차장에 도착하였다. 소요 시간은 5시간 6분, 도상거리 10.59km, 총 거리 11.03km, 걸음 수로는 14,774보였다. 목재문화체험장에 들어가 보려 있지만, 내부 조성공사로 인해 2019년 7월 1일부터 2020년 2월 28일까지 휴관한다는 것이었다.

주차장에서 떡국과 깍두기·사과 등으로 석식을 든 후, 3시 46분에 출발하여 마창대교를 지난 다음 2번 국도를 경유하여 진주로 돌아왔다. 장인이 젊은 시절부터 농촌지도소장으로서 경남 도내를 여기저기 떠돌았기 때문에 아내는 진해의 경화국민학교를 졸업한 다음 진주여자중고등학교를 나와 연세대학교로 진학했었는데, 오늘 진해에서 경화역 버스 주차장을 지나쳤지만 그 일대의 주변 환경이 너무 변해 아내는 잘 알아보지 못하겠다고 했다. 도중에 진주시 이반성면에 있는 경상남도수목원의 화장실에도 들렀다가, 진성에서 다시 남해고속도로에 올라 5시 20분 남짓에 귀가하였다.

23 (일) 맑음 - 장사도, 가조도

코로나19 누적 확진자는 602명으로 늘어났고, 경남은 14명으로서 전국에서 5번째로 많다. 사망자도 6명으로 늘어났다. 광역지자체 17곳이 모두 뚫렸으며, 정부에서는 오늘 위기 경보를 최고 단계인 '심각'으로 격상했고, 전 세계에서 13개국이 한국인 입국제한 조치를 취했다.

오늘 강종문 씨의 더조은산악회를 따라 거제의 대통령휴양지 '저도' 섬 트레킹을 다녀오기로 하여 참가비 1인당 5만 원까지 이미 납부해둔 상태이지만, 역시 이 때문에 트레킹이 연기되었고, 다른 산악회들도 대부분 마찬가지 상황이므로, 우리 부부만이 따로 승용차를 운전하여 거제도 옆의 장사도해상공원과 가조도에 다녀왔다.

오전 9시에 출발하여 통영대전고속도로와 14번 국도를 경유하여 거제시로 들어간 이후, 1018번 지방도를 경유하여 거제도의 최남단에 위치한 장사도근포유람선 선착장까지 내려갔다. 오늘 장사도 유람을 마친 후 돌아오는 길에 최근에 개장한 정글돔 즉 거제식물원에 들를 예정이었는데, 그것은 도중에 바라보였으나 역시 이 때문에 어제부터 임시휴업에 들어갔다. 1일 평균 4000여명의 관람객이 방문하기 때문이라고 한다.

거제시 남부면에 있는 대포근포항의 근포터미널에 도착해보니 하루 세 번 있는 장사도 유람선 중 우리가 예약해 둔 두 번째 배의 출발시각인 12시보다도 한 시간 남짓 빠른 시각이었다. 터미널 안의 의자에서 기다리다가 무료한 시간을 때우기 위해 그 마을에 있는 바위굴을 방문하였다. 일제시기에 군사적 목적으로 파놓은 것 모양인데, 근포에는 이런 굴이 다섯 개 있다고 한다. 우리가 방문한 곳은 그 중 바닷가에 세 개가 나란히 있었는데, 두 개는 서로 뚫려 있고, 그 옆의 또 하나는 좀 규모가 작았다.

유람선은 왕복 승선료가 1인당 18,000원에다 장사도 입장료가 10,500

원으로서 합계 28,500원이었다. 장사도는 그 바로 앞쪽에 위치해 있어 빤히 바라보이므로 왕복에 30분밖에 걸리지 않는다. 근포항과 장사도를 오가는 까멜리아 호는 승선인원이 195명인데, 이 역시 코로나19 때문으로 성수기임에도 불구하고 탑승자는 별로 많지 않았다. 어제 저녁 외송에서 돌아와 주약동의 탑마트에 들렀을 때 북적이는 손님들 대부분이 마스크를 착용하고 있는 것을 보고서 기묘한 느낌이 들었었는데, 오늘의 승선자도 역시 그러하며, 나도 아내가 권하는 대로 배 속에서는 검은색 마스크를 착용하였다.

장사도는 총면적 390,131㎡, 해발 108m, 폭 400m, 길이 1.9km인 통영시 한산면 매죽리의 작은 섬으로서, 14채의 민가와 83명의 주민이 살았었다. 10만여 그루의 동백나무와 후박나무, 구실잣밤나무 등이 무성하고 천연기념물 팔색조 등이 서식하는 곳이다. 긴 섬의 형상이 누에를 닮아 蠶絲島라고 하였으며, 누에의 경상도 방언인 '늬비'를 써서 '늬비섬'이라고 예부터 불리었고, 뱀의 형상을 닮았다 하여 진뱀이섬이라고도 한다. 2005년부터 공사를 시작하여 2011년에 해상공원으로서 개장하였는데, 또 하나의 거제 명소인 외도와 비슷한 분위기를 지녔다. 전기 200kw와 1일 50톤의 지하수도 물이 해저를 통해 부대시설물에 공급되고 있다고 한다. 섬 안에 단칸방으로 이루어진 초등학교 분교와 작은 교회가 하나씩 있다. 교회는 장사도분교의 교사로 부임한 옥미조라는 이름의 남자 선생에 의해 1973년에 지어진 것으로서, 2013년에 신축 복원한 교회 건물 옆에 그의 공덕비가 서 있었다. 당시 섬 주민 중 70여 명이 교회를 다녔다고 한다. 이 섬에서는 '별에서 온 그대' '함부로 애틋하게' '따뜻한 말 한마디' 등 몇 편의 영화나 TV 드라마가 촬영된 바 있었다.

우리는 번호순으로 18번까지 매겨진 코스를 따라 섬을 한 바퀴 돌았는데, 그 중 10번인 옻칠미술관에는 한국 옻칠회화의 창시자인 김성수(1951~)씨의 작품들이 1·2층 전시실에 진열되어져 있고, 11번 야외공연장의 객석 꼭대기에는 1982년부터 2010년까지 부산대학교 예술대학 교수로 재직한 김정명(1945~)씨의 금속제 머리 조각 작품이 12개 진열되어 있었다. 또한 거기서 거제 출신의 청마 유치환 시인(1908~1967)이 불과 59세의 수명을 누렸다는 사실도 알았다. 이 섬은 경상대학교와 상호협력 약정이 되어 있어, 그것을 기념하여 2017년에 배롱나무가 한 그루 심어져 있는 것도 보았다. 섬의 주요 관광 포인트는 겨울에는 동백, 여름에는 수국인 모양인데, 동백꽃은 지금이 절정인 듯하고, 수선화 등 봄꽃도 이미 만발해 있었다. 동백과 수국은 근포까지 오가는 도로 가에도 지천이었다.

오후 2시 10분의 배를 타고 나온 후, 근포1길 57-4에 있는 동해호 엄수덕 씨의 엄선장해물짬뽕에서 해물짬뽕(특)으로 늦은 점심(22,000원)을 들었다.

돌아올 때는 거제면을 경유하여 9번 지방도를 타고서 14번 국도에 합류한 다음, 가조도에 들러 거제시 사등면 가조로 565(창호리)에 있는 노을바다라는 전망 좋은 카페에서 크림치즈(과일)와플과 아포가토(ICE) 및 카푸치노(HOT) 커피를 들었다(20,000원). 나는 작년 1월 9일 경상대학교 통영캠퍼스에서 1박2일간 학림회 모임을 가졌을 때 그곳 해양환경공학과에 근무하는 서울대 동문 김기범 교수로부터 이곳에 있는 전망 좋은 카페에 대한 말을 들은 바 있었으므로, 인터넷으로 검색하여 처음에는 2009년에 개통된 가조연륙교를 건넌지 얼마 되지 않은 곳의 수협효시공원 꼭대기에 있는 건물 사방이 유리벽으로 된 4층의 커피하늘을 찾아갔었다. 이곳 공원은 전국에서 수협이 처음으로 만들어졌다 하여 이런 이름이 붙었다. 공원 전망대에 있는 거제시관광안내도에서 가조도의 '노을이 물드는 언덕'이라는 장소 표시를 보고서, 그곳이라고 판단하여 커피하늘까지 올라가지 않고서 다시 그리로 옮겨갔던 것이다. 그러나 위치는 그럴듯한데, 관광안내도에 표시된 장소는 누대가 있는 전망대이고 그 부근에 노을바다라는 이름의 카페와 펜션이 나란히 서 있었던 것이다. 카페 2층의 창가 탁자에서 다도해의 풍경을 바라보니 이곳 역시 그 소문에 별로 손색은 없는 듯했다.

오후 6시가 채 못 되어 귀가했다.

3월

1 (일) 맑음 – 지리산둘레길 6코스

신종코로나 때문에 대부분의 산악회가 일정을 취소했으므로, 아내와 함께 우리 승용차를 몰고서 오전 9시에 집을 출발하여 지리산둘레길 6코스를 다녀왔다.

오전 10시 5분에 6코스의 출발지인 산청군 금서면 수철리 마을회관 앞에 도착했다. 마을회관 주차장에다 차를 세우고서 눈에 띄는 주민에게 6코스의 진입로를 물었는데, 알고 보니 그 사람은 수철리 414번지에 사는 개인택시(경남 28바 1134호) 기사 송찬수 씨로서, 자기 명함을 주면서 필요하면 연락해 달라는 것이었다. 마을회관 부근에는 2019년 12월 30일부터 2020년 2월 28일까지 지리산둘레길이 동절기 정비기간을 맞아 폐쇄된다는 플래카드가 내걸려 있었는데, 그렇다면 때마침 오늘부터 새로 개방하게 되는 셈이다.

6코스는 수철리를 출발하여 자막리·평촌리·대장마을을 경유하여 산청읍에 도착해서부터 주로 경호강변을 따라서 내리를 경유하여 종착지점인 성심원까지 12km를 걷는 첫 번째 코스와 내리교를 지나서부터 첫 번째 코스를 벗어나 지리산 웅석봉 아래의 지성마을·지곡사지·선녀탕을 경유하여 산중턱 길을 걷다가 다시 바람재에서 첫 번째 코스를 만나 성심원으로 향하는 15.9km의 두 번째 코스가 있는데, 우리 내외는 후자를 택했다. 오늘의 첫 번째 코스는 대체로 평탄한 길로서, 지리산둘레길 2코스와 더불어 둘레길 전체에서 가장 걷기 쉬운 코스라고 한다.

날씨는 화창하고 곳곳에 매화와 산수유 등의 꽃들이 만발해 있는데, 예전의 재직시절에 경상대학교 학장 및 직원들과 함께 들러서 밤에 식사를 한 적이 있는 경호강 래프팅의 첫 시작지점을 지나, 정오 무렵에 산청읍 꽃봉산로 30-5의 과거에 정보환 씨 추천을 받고서 아내와 함께 들러 식사를 한 적이 있었던 맛집 강변식당을 경유하게 되었으므로, 다시 그 집에 들러 메기찜으로 점심(32,000원)을 들었다. 배낭 속에 든 도시락은 밥만 조금 꺼내 들었다.

식후에는 예전에 경호강 래프팅을 한 번 탔었던 지점과 산청고등학교 앞, 그리고 내리교를 지나서부터 智谷寺 방향으로 접어들었다.

나는 1989년 1월 15일에 산청읍에 사는 오규환 노인과 함께 그 선조인 思湖 吳長의 精舍 터를 방문하기 위해 처음 內里로 들어온 적이 있었으며, 그후 그 해 9월 3일에 조평래 군과 함께 남명 조식의 유적지 답사를 위해 智谷寺에 들어왔었고, 1991년 9월 1일에는 지곡사 쪽에서부터 웅석봉을 등반한 후 다시 한 번 내리로 내려온 바 있었다. 그로부터 30년이 지난 지금은 그 당시와 많이 달라져, 지곡사를 거쳐 그 조금 위쪽에 있는 또 하나의 유서 깊은 절인 深寂寺까지 아스팔트 포장도로가 개설되어져 있고, 절 앞을 지나는 그 도로 때문에 지곡사는 꽤 높은 위치로 보였으며, 당시에 보았던 옛 지곡사의 유적·유물들은 사라져버리고 그 대신 신도들을 위한 숙박소인 듯한 건물이 대웅전 좌측에 길게 위치해 있었다. 우리 내외는 내리저수지를 우회하는 새 길을 따라서 지곡사로 올라갔다.

熊石山 智谷寺는 절의 안내문에 의하면 통일신라 법흥왕 때 國泰寺라는 이름으로 창건되어 영남 일대에서 가장 큰 규모를 자랑하던 대찰이었다. 고려 광종 때에는 선종 5대 산문의 하나로 손꼽히는 대사찰로서, 전성기에는 300여 명의 스님들이 수행하였고, 물레방앗간이 12개나 되었다고 한다. 추파 홍유(1718~1774) 스님이 지은 「遊山陰縣智谷寺記」에 의하면, 당시만 하드라도 영남의 으뜸가는 사찰로서의 풍모를 엿볼 수 있다는 것이니, 남명이 제자들과 함께 들어와 며칠 간 머물었던 16세기 당시에도 꽤 큰 사찰이었을 것이다.

우리는 심적사를 500m 남겨둔 지점의 갈림길을 지나, 오늘 트레킹의 최고 지점인 웅석계곡 선녀탕에서 잠시 휴식을 취한 후, 수액을 채취하는 고로쇠나무들이 가로수로 늘어선 임도를 따라 한참동안 걸었다. 수액 채취 시기는 이미 끝났는지 인부가 나무에서 채취하는 관을 빼내고서 그 구멍에다 가는 나무막대기를 끼워두고 있었다.

15시 24분에 나병환자들을 위한 시설인 성심원 구내의 지리산둘레길 산청센터에 도착하여 오늘 트레킹을 마쳤다. 소요시간은 총 5시간 18분, 도상거리 17.61km, 총 거리 18.19km, 고저는 279m/85m이며, 걸음 수는 24,451보를 기록하였다. 코로나19로 말미암아 둘레길 산청센터는 문을 닫았고, 성심원도 외부인 방문 통제를 위해 통로를 폐쇄해두고 있었다. 성심원은 가톨릭 프란치스코수도회가 운영하는 모양인데, 노인복지센터인 성심원, 교육회관, 수도원, 기타 시설 등을 보유하고 있었다. 경내에 '십자가의 길(Via Crucis)'도 마련되어져 있고, 나병환자인 듯한 남자 노인이 손가락에 붕대를 싸매고서 구부린 모습으로 경내를 걷고 있는 모습과 제복을 입은 수녀 두 사람이 강변을 걷는 모습도 보았다.

경호강을 건너는 출입로 입구에서 개인택시 기사 송찬수 씨에게 전화를 걸어 그가 몰고 온 택시를 타고서 수철리 주차장으로 돌아왔고, 집에는 오후 4시 45분경에 도착하였다. 예전에 지리산둘레길 5코스를 걷다가 도중의 산 능선에서 수철리로 오는 길을 잃고 구형왕릉 쪽으로 잘못 빠진 적이 있었으므로, 그 코스 중 아직 걷지 못한 부분을 다시 한 번 걷고 싶었지만, 오늘 걸은 길만 해도 적지 않은데다가 그 코스를 갔다가 되돌아오려면 왕복 10km가 조금 넘는 거리를 더 걸어야 하므로 오늘은 포기하였다.

오늘의 코로나19 현황은 확진자 586명이 늘어 총 3736명이고, 완치된 사람은 30명, 사망자는 3명이 늘어난 20명이며, 검사 중인 사람도 1822명이 늘어나 총 3만3360명이다. 그 때문인지 오늘의 트레킹 도중에 우리 부부 외에 둘레길을 걷는 사람은 한 명도 만나지 못했다.

8 (일) 맑고 포근함 -지리산둘레길 7코스

지난주에 이어 아내와 더불어 지리산둘레길 7코스를 다녀왔다. 승용차를 운전하여 지난주의 종착지점인 산청읍 내리의 성심원에 도착해보니, 정문은 여전히 코로나19로 말미암아 차량 통행이 차단되어져 있고, 그 경내의 지리산둘레길 산청센터도 폐쇄되어 있었다. 센터 출입문에 안내소 개방은 3월 10일이라고 적혀 있다. 아내는 한 달 전쯤 함께 산행을 갔다가 내리막길에서 발톱에 무리가 와 양쪽 엄지발까락이 까맣게 변색되고 아프다고 하므로, 오늘은 가파른 산비탈을 올라야 하는 산행을 하지 않고서, 내가 하차한 후 그 차를 몰고서 일단 7코스의 종점인 운리마을까지 가서 위치를 확인한 다음, 지나갔던 1001번 지방도를 다시 경유하여 원지로 가서 장을 보고 그 부근의 산책로를 좀 걷다가 운리마을로 되돌아왔다.

나는 평소 외송리에서 가까운 단성면 어천마을 부근의 1001번 지방도를 통과하다가 길가에 지리산둘레길 표지가 서 있는 것을 더러 보았으므로, 7번 코스가 어천마을을 통과하는 줄로 알고 있었으나, 오늘 걸어보니 총 13.4km인 정식 코스는 전혀 다른 길로 이어지고, 어천마을을 통과하는 것은 아침재를 지나서 성심원으로 되돌아오는 7.3km의 순환로였다.

나는 혼자서 둘레길 산청센터를 지나 산속으로 이어지는 대체로 콘크리트 포장이 되어 있고 차 한 대 정도가 통과할 수 있는 임도를 걸어 순환로와의 갈림길이 있는 아침재까지 2.3km를 갔다가 갈림길의 위쪽으로 난 임도를 따라서 계속 산속을 걸었다. 그 길은 대체로 평탄하였으나, 웅석봉 턱밑의 능선으로 오르는 즈음에서부터는 임도가 사라지고 지그재그로 올라가는 보통의 등산로가 한참동안 계속되는 것이었다. 해발 약 100m 지점인 성심원에서부터 해발 800m 지점인 웅석봉 능선에 도착하고 보니 웅석봉하부헬기장이 있고, 거기서부터는 다시 임도가 이어지고 있었다. 헬기장에 도착하여 비로소 그곳 벤치에다 빨간 양산을 펼쳐 놓고 앉아서 쉬고 있는 비교적 젊은 나이의 여자 한 명을 만났고, 나를 뒤이어 중년 부부 한 쌍도 1001번 지방도가 지나가는 한재 쪽으로부터 임도를 따라서 올라왔다.

다시 임도를 따라 걷다가 오늘의 최고지점에 위치한 정자에서부터 6.65km 떨어진 청계리 방향의 갈림길을 취해 그 쪽 임도를 계속 걸었다. 도중에 개울물이 졸졸 흘러내리는 사방공사 한 지점에서 도시락을 들고는, 개울물에다 양치질까지 하고서 왼쪽으로 청계저수지를 내려다보며 다시 완만한 내리막길을 계속 걸었다. 저수지의 풍경이 사라진 지점의 회전구간에서 다시 쉬고 있는 중년 남녀 한 쌍을 만났는데, 이렇게 다섯 명이 오늘의 전체 코스에서 만난 사람의 전부였다.

청계저수지 입구의 雲里 점촌마을을 지나 斷俗寺址가 있는 아래쪽 탑동마을까지 내려와 보니, 그 마을 뒤편에도 무슨 주택단지를 건설하는 모양인지 꽤 넓게 계단식 垈地를 닦아두고 있었다. 마을 안으로 들어가 모처럼 政堂梅와 보물 72·73호로 지정된 동서 삼층석탑, 그리고 그 아래편의 당간지주도 둘러보았다. 정당매는 고려 말에 沙月里 五龍골에 사는 姜淮伯·淮仲 형제가 유년 시절 신라고찰인 단속사에 들어와 수학할 때 심었다는 나무인데, 그 후 강회백의 벼슬이 政堂文學 겸 大司憲에까지 이르렀으므로 정당매라 불리는 것이다. 이미 650년 정도의 세월이 지나 樹勢가 좋지 않아 2013년에 가지의 일부를 접목으로 번식시킨 것이 현재 남아 있고, 원래의 나무 둥치는 완전 고사하여 시멘트로 그 형태를 만들어 남겨두고 있다. 삼층석탑은 법당자리 앞에 동서로 세워진 통일신라시대의 쌍탑인데, 현재 매장문화재 발굴조사가 진행되고 있다 하여 접근을 차단하는 울타리가 쳐져 있었다. 이 절은 신라 경덕왕 때 창건되고 솔거가 그린 유마상이 있었다고 하는 유서 깊은 사찰로서, 조선 초기의 김일손이 쓴 「續頭流錄」에도 坦然이 글씨를 쓴 神行선사비에 관한 기록 등이 있고, 서산대사의 『三家龜鑑』 목판이 보존되어 있다가 유생 成汝信에 의해 파괴된 사실과 남명이 이 절에서 구암 이정을 만나 음부사건에 대해 논의한 사실도 전해지고 있는 것이다.

단속사지 아래쪽에 다물평생교육원이 있어 한 번 들어가 보았다. 1965년에 개교하였다가 1993년에 폐교된 운리초등학교 건물에 들어서 있는데, 그 정면 입구의 윗면에 '민족통일과 융성을 위한 다물민족학교'라고 쓰여 있고, 거기서 700m 정도 마을 안쪽으로 들어간 곳에 다물평생교육원 선무대, 한국노마드 리더십센터라는 건물도 있는 모양이다.

오늘 코스의 종점은 운리마을 버스정거장과 둘레길 7코스 답파 인정 스탬프를 찍을 수 있는 2층 팔각정이 있는 광장이었다. 내 휴대폰의 산길샘 앱에는 도상거리 12.65km, 총 거리 13.14km라고 기록되어 있다. 시작시간은 09시 50분, 종료시각은 14시 57분이며, 소요시간은 5시간 06분, 고도는 835m, 82m이다. 만보기에는 21,794보를 걸은 것으로 기록되어 있다. 아내가 운전하는 승용차를 타고서 다시 1001번 지방도를 따라 어천마을까지 온 후, 3번 국도에 올라 오후 4시 무렵 귀가했다.

15 (일) 맑으나 쌀쌀한 바람 -백천사 일대, 남해 섬

처제 내외가 우리 부부를 청하여 함께 사천의 百泉寺 일대와 남해 섬을 다녀왔다. 우리 부부는 오전 10시 40분에 처제가 승용차를 몰고서 우리 아파트로 데리러 오겠다고 한 것으로 알고 있는데, 처제는 50분이라 말했다고 했고, 그로부터도 조금 더 늦게 도착했으므로, 그 동안 어제 분해하여 대형 쓰레기로 내놓았던 내 침대가 있는 곳으로 가보았다. 그랬더니 철제 침대는 돈이 된다고 그랬는지 누군가가 이미 들고 가버렸고, 매트리스 두 개만 남아 있었다.

처제의 승용차를 타고서 함께 문산의 공장으로 가서 황 서방을 태운 다음, 황 서방이 대신 운전하여 구 도로를 따라서 삼천포 방향으로 나아가는 도중 백천사 쪽으로 빠져, 덕곡수원지 옆에 있는 경남 사천시 백천로 114-1의 두부요리전문점 仙恩家 사천점에 들렀다. 거기서 1인당 15,000원 하는 정식을 시켰는데, 콩죽·도토리묵·생두부·수육·녹두전 등이 먼저 나오고 후에 정식 밥상도 나오는 풍부한 메뉴였다.

식사를 마친 다음, 조금 더 들어가 백천동의 커다란 저수지 가에 있는 臥龍山 백천사에 모처럼 들러보았다. 세계 최대의 약사여래 목조 臥佛이 있다고 하는 이 절에는 예전에 한두 번 들른 적이 있었는데, 모처럼 다시 와보니 몰라보게 규모가 커져 있었다. 입구 근처에 다층 건물로서 죽은 사람들의 위패를 모신 만덕전과 드넓은 부지의 납골탑 등이 있고, 조금 더 올라가면 대웅전과 그 뒤쪽으로 역시 다층의 오방불 봉안당이 있으며, 거기서 또 더 올라가면 牛보살과 대형 약사좌불 및 약사와불전이 있었다. 佈袋和尙이라고 하는 커다란 배에다 한 손에는 복주머니를 쥐고서 미소 짓는 석조 미륵불좌상도 있었다. 이런 불상은 다른 데서도 많이 보았는데, 포대화상은 원래 중국의 승려로서 明州 봉화현 사람이며 이름은 契此였다고 한다. 우보살이라고 하는 것은 한옥 우리 안에 소 두 마리를 메어 두었는데, 그 중 한 마리가 자주 입을 여닫으며 감아올린 혀 사이로 그 때마다 목탁 치는 소리를 내는 것이 희한하였다.

이 절은 1300여 년 전에 의선대사가 창건하였다고 하나 그런 내력은 잘 모르겠고, 현재의 절은 20여 년 전에 金凡洙라고 하는 총각 점쟁이가 세운 것으로서, 그의 부인은 기생 식당을 경영하던 사람이었고, 사위의 부친은 유명한 작곡가 백영호 씨이며, 김 씨는 의사 사위에게 진주시청 부근에다 서울 내과라고 하는 병원을 차려 주었다고 한다. 절 경내에 '甲戌年(1994) 九月 秋'에 쓴 '世界法王 一鵬 徐京保'의 글씨를 새긴 커다란 비석 둘이 세워져 있는 것으로 보아 현재의 절이 창건된 시기를 짐작할 수 있다. 그런데 김 씨는 이 절을 세우느라고 지나친 지출을 하여 부도를 맞아서 다른 사람에게 팔았고, 현재의 절 규모는 그 이후 인수한 사람이 이룩한 것이라고 한다. 대웅전 쪽으로 올라가는 초입에 세계평화기원대범종이라는 것의 샘플을 만들어두고서 대형 철판에다 시주한 사람들의 명단을 새겼는데, 현재의 샘플도 그 규모가 에밀레종 정도는 되어 보였지만, 실제 크기의 10분의 1 축소판이라고 했다.

절 구경을 마친 다음, 백천저수지 가에 있는 백천사 성보 유물 전시관 1층에 있는 Ra Ahn이라고 하는 갤러리 겸 카페에 들러 다과를 들었다. 2층의 유물 전시관은 문을 닫아 두었고, 카페 옆에 딸린 갤러리에 각종 불상 등의 모조품을 전시해 두었는데, 그 또한 규모가 상당하였다.

그곳을 떠난 다음, 삼천포의 실안 해변과 대교를 건너 남해군의 창선도를 지나서 남해 본섬으로 건너갔다. 대교 일대의 해상 케이블카는 코로나19로 말미암아 운행하지 않고서 모두 공중에 정지해 있었다. 여기저기서 동백꽃이 가득 핀 가로수와 역시 만발한 벚꽃의 모습을 보았고, 더러는 노란 유채꽃밭도 눈에 띄었다.

우리는 창선교를 지나 남해 본섬에 들어온 다음, 지족해협을 따라서 바람이 강한 해변 길을 드라이브 하여 예전에 처가 식구들과 함께 가서 바닷장어 구이로 회식을 한 바 있었던 달반늘 식당을 지나 개인 소유의 조그만 농가섬이라는 곳에 들러보았다. 그곳은 지족해협의 명물인 竹防簾을 바라볼 수 있도록 섬까지 제법 긴 교량이 설치되어져 있었는데, 농가섬에 입장하려면 찻값을 겸하여 1인당 3천 원씩의 관리비를 지불하여야 한다. 섬 안에는 3천만 원 정도를 들여 독일에서 수입했다는 캠핑카 한 대와 가운데에 난로가 설치된 자그만 목조 집이 한 채 나란히 있고, 섬 전체를 공원처럼 꾸며놓았는데, 지금은 아직 겨울이 다 가지 않아서 별로 볼 것이 많지 않았지만, 처제가 예전에 친구들과 함께 와서 휴대폰으로 찍은 사진들을 보니 온통 꽃 천지였다.

농가섬을 떠난 후, 강진해 쪽으로 좀 더 올라가다가 이동면 난음리 쪽으로 빠져 아메리칸 빌리지 진입로에서부터 앵강만을 따라 계속 남해 섬의 서쪽 해안을 따라 아래쪽으로 내려갔다. 노도를 바라보며 상주·송정해수욕장을 지난 다음, 섬의 남쪽 끝인 미조 항까지 내려갔다가 섬의 동쪽 물미해안도로를 따라 올라와, 다시 창선도와 실안해변을 거쳐 황 서방의 공장까지 나아갔다. 황 서방을 공장에다 내려준 후, 처제가 운전하는 차를 타고서 오후 6시 가까운 무렵에 귀가하였다.

22 (일) 맑음 -12사도 순례길

아내와 함께 더조은사람들의 제203차 산행에 동참하여 전남 신안군 증도면 병풍리의 12사도 순례길을 다녀왔다. 이미 오래 전에 예약하여 참가비 1인당 5만 원까지 납부해 둔 터라 포기할 수 없었다. 처음으로 승용차를 몰고 가 신안동 공설운동장 1문 부근에다 세워두고서 오전 6시 30분에 출발하는 대절버스에 탑승하였다. 참가자는 대표인 강종문 씨 내외를 포함하여 총 30명이었다. 나는 평소 마스크를 착용하지 않으나 강 씨가 문자메시지에서 마스크를 반드시 가져오라고 하고 미착용시 입도하지 못한다고 하였으므로 부득이 버스나 배 안에서는 마스크를 착용하였는데, 정작 강 씨 자신은 한 번도 착용하지 않았다.

오늘 가는 기점·소악도 '순례자의 섬'은 예수의 12사도 이름을 딴 작은 예배당을 한국·스페인·프랑스의 작가가 건립한 작은 건물들로서, 병풍도 아래쪽의 대기점도, 소기점도, 소악도, 진섬 등 4개 섬이 노두길로 연결된 곳인데, 2009년에 유네스코 생물권보전지역으로 지정되었고, 스페인 산티아고 순례길의 1/800인 12km 거리이다.

남해고속도로를 따라 목포 부근까지 간 다음, 잠시 서해안고속도로에 접어들었다가 2번 국도를 따라서 압해대교를 건너 압해도로 들어갔고, 천사대교 바로 옆의 송공여객선터미널에 도착하여 9시 40분에 출항하는 천사아일랜드 호를 탔다. 배는 천사대교 아래를 통과하여 당사도와 매화도에서 각각 한 번씩 정거한 후, 10시 36분에 진섬에 있는 소악도선착장에 도착하였다. 나와 아내는 배 안에서 찬바람에도 불구하고 객실 안에 들지 않고 그 위층 기관실 앞 갑판에서 주변 풍경을 바라보았다.

트레킹을 시작하여 먼저 선착장 부근에 있는 10번 유다 타다오의 집으로 부터 시작하여 11번 시몬의 집을 거쳐 진섬 옆에 따로 떨어진 조그만 딴섬에 위치하였으나 걸어 들어갈 수 있는 12번 가롯 유다의 집에 들렀고, 해안으로 하여 유다 타다오의 집까지 되돌아온 다음, 콘크리트로 만든 노두길을 건너 소악도로 들어갔다.

9번인 작은 야고보의 집을 거쳐 다시 노두길을 건너는 도중에 있는 양파 모양의 금빛 지붕 세 개를 가진 8번 마태오의 집에 들렀고, 소기점도에 도착한 다음, 게스트하우스 겸 인포메이션 센터 부근의 바닷가 바위 위에서 점심을 들었다. 식후 그 부근에 위치한 7번 토마스의 집에 들렀는데, 그 길은 이미 들른 8번 쪽으로 이어지는지라 들어갔던 길로 되돌아 나온 다음, 6번 바르톨레메오의 집 부근에 도착하였더니 길 가의 전봇대에 장미셸 작가의 그 집은 공사 중이라는 표지가 있어 들르지 못하고서 그냥 지나쳤다. 그 조금 전에 '기점·소악도 여는 날, 2019. 11. 23(토)'라 하여 그 행사장을 알리는 화살표 표지를 보았는데, 아직도 완공되지 못한 집이 있는 모양이다. 순례 길의 각 교회들은 '건축미술'의 형태로 지어진 세상에서 가장 작은 예배당이자 공소라고 한다.

노두길은 밀물이 되면 바닷물이 차올라서 길이 사라지고 약 3~4시간 후에 썰물이 되면 다시 드러나기를 하루 두 번씩 반복한다는데, 소기점도에서 대기점도로 건너는 길은 때마침 물이 차올라 잠긴 곳이 대부분이었다. 그 때는 매우 위험하므로 통행하지 말라는 안내 글이 여기저기 눈에 띄었지만, 우리는 병풍도를 떠나는 배 시간 때문에 기다릴 수 없으므로 신발을 벗고 바짓가랑이를 걷어 부치고서 그 길을 건넜다. 그리하여 대기점도에 도착한 다음, 5번 필립의 집과 4번 요한의 집을 지나, 바다 속으로 제법 길게 삐어져 나온 콘크리트 선착장의 끄트머리에 있는 1번 베드로의 집에 도착하였다.

대기점도에서 병풍도로 건너가는 수백 미터 길이의 가장 긴 노두길도 바 닷물에 잠겨 있을 거라고 하여 걱정이 되었지만, 다행히 그 입구에 있는 2번 안드레아의 집에 도착해 보니 길이 대부분 물위로 드러나 있어 신발을 벗지 않고서도 건널 수 있을 정도였다. 아내를 비롯한 일행들은 곧바로 그 길을 건너가고, 나와 다른 몇 명만이 거기서 몇 600미터 정도 떨어진 위치에 있 는 3번 야고보의 집까지 갔다가 되돌아왔다. 나는 일행보다 앞서서 제일 먼 저 도착하였는데, 되돌아와서 노두길을 건너려니 아직도 잔물결이 더러 콘 크리트 바닥을 넘어서 올라왔다. 나는 목이 긴 등산화를 신었으므로 별일 없 었지만, 먼저 건넜던 아내는 구두 속으로 바닷물이 넘쳐 들어와 양말을 다 적셨다.

병풍도에 들어선 다음, 노두길 건너편에 대기하고 있던 일행과 다시 합류 하여 오늘 들른 섬들 중 가장 큰 병풍도의 남쪽 끝에서부터 북쪽 끝인 보기선 착장까지 한참 동안 걸어서 관통하였다. 도중에 섬의 이름이 유래한 듯한 병 풍바위 길안내 표지가 눈에 띄었고, 제법 규모가 큰 갯벌천일염 염전도 지나 쳤다. 오후 3시 54분에 보기선착장에 도착하여 오늘 트레킹을 마쳤다. 5시 간 13분이 소요되었으며, 도상거리로는 15.32km, 총 거리 15.47km였고, 걸음 수는 21,794보였다.

오후 4시 10분 무렵에 보기에서 배를 타고 지도와 사옥도 사이의 작은 섬 인 솔섬의 송도선착장에 도착하였고, 오후 5시 무렵 그곳 주차장에 대기하 고 있는 대절버스를 타고서 24·77번 국도를 경유하여 무안공항 톨게이트에 서 무안광주고속도로로 진입한 다음, 함평JC에서 서해안고속도로에 진입 하였고, 다시 2번 국도를 거쳐 서영암IC에서 남해고속도로에 올랐다.

진주로 돌아오는 도중, 전남 보성군 벌교읍 채동선로 294의 벌교 읍사무 소 맞은편에 있는 고려회관에 들러 꼬막백반(12,000원)으로 석식을 들었 다. 진주에 도착한 다음, 세워둔 승용차를 몰고서 밤 8시 반 남짓에 귀가하 였다.

오늘 점심을 들고난 후 강 대장에게 지리산 달인 성낙건 씨의 근황을 물었더니, 뜻밖에도 작년에 작고했다는 것이었다. 시인이기도 한 거창 출신의 성 씨는 글재주는 있으나 현실적 감각이 도무지 부족하여 일생을 끼니도 제대로 못 이을 정도로 가난하게 살았는데, 지리산 청학동 부근에 다오실이라는 집을 지었다가 넘어져서 머리를 다친 다음, 사람을 잘 식별하지 못할 정도인 일종의 치매 상태였다고 한다. 그 후 다오실을 팔아 진주의 집현면으로 이사를 하였으나, 혼자 거주하면서 하루에 한 끼씩 드는 식사도 거를 때가 있었던 모양이다. 다오실 시절부터 폭삭 늙어서 그 모친보다도 오히려 더 늙어 보였다는 것이다. 우리 가족은 그를 따라서 예전에 인도의 기르왈 히말라야 지역으로 약 한 달간 여행을 다녀온 적이 있었고, 아내와 나는 다오실에도 두어 번 들렀었다.

강 대장은 젊은 시절인 1985년 무렵 진주의 초마룽마 산악회에 가입하였는데, 당시 성 씨는 여러 해 전 나와 함께 중국 태항산맥을 다녀온 바 있는 진주MBC의 유동훈 씨 등과 더불어 마차푸차레 산악회 회원이었다. 그런 인연으로 강 씨는 자기가 임대한 동성아파트 안의 상점을 성 씨에게 맡겨 운영하게 했던 바 있었고, 그 후 신안동 공설운동장 부근 지금의 백두대간 등산장비점 자리에서 다른 이름의 스포츠용품점을 경영했을 때도 성 씨에게 그 공간의 일부를 내어준 바 있었다고 한다. 성 씨가 동성아파트 안에서 '아내보다 좋은 나무'라는 이름의 인도용품점을 할 때는 우리 가족과 함께 인도를 다녀온 이후여서 나도 그곳에 몇 번 들른 바 있었다.

29 (일) 맑음 - 지리산둘레길 8코스
아내와 함께 지리산둘레길 8코스를 다녀왔다. 평소처럼 오전 9시에 진주의 집을 출발하여 산청 劫外寺와 남사예담촌을 거쳐서 9시 46분에 지난 번 7코스의 종점이었던 운리 마을회관 광장에 도착하였다. 그러나 오늘 알고 보니 7코스의 종점은 여기가 아니고 탑동이었다. 오늘 코스는 총 13.9km라고 하는데, 출발지점에서 거의 같은 시각에 승용차를 몰고 도착한 여자 1명이 섞인 비교적 젊은 팀 4명을 만났다. 그들을 뒤따라가다 보니 운리에서 길을 잘못 들어 되돌아나오기도 하였다. 도중에 95년도에 시설한 단성면 운리에서 백운계곡 상류에 이르는 7.6km의 시멘트 포장이 된 임도를 만나 그 길을 따라 걸었는데, 가다가 길 표시가 임도를 벗어나 옆으로 난 다른 돌계단을 가리키므로 비교적 폭이 좁은 그 길을 따라 올라갔다. 길은 잘 닦여 있었고 대체로 오르막이긴 하지만 비교적 평탄하였는데, 도중에 지리산둘레길 전체 구간 중에서 가장 많다는 참나무 군락지를 통과하기도 하였다.

11시 반쯤에 운리에서 6.2km 떨어진 위치의 백운계곡을 만나 나무다리 아래의 물 가 반석에서 아내와 함께 점심을 들었다. 거기서 우리보다 먼저 도착하여 도시락을 들고 있는 비교적 젊은 남녀 한 쌍을 만나기도 하였는데, 이것이 오늘 트레킹에서 만난 다른 여행객의 전부이다. 아내는 그곳에서의 식사를 매우 만족스러워 했다. 남명선생이 다녀간 백운계곡의 아랫부분은 우리가 결혼 직전에 시외버스를 타고 와서 날씨가 흐린 가운데 데이트를 했었던 현장이기도 하다.

거기서 1.9km 정도 더 나아가니 마근담 입구가 나타났다. 마근담은 덕산의 사리에서부터 4km 남짓 이어지는 긴 계곡으로서 우리가 처음 도착한 곳은 안마근담인데, 나는 예전에 이 계곡이 출입금지 구역이라는 말을 들은 바 있었으므로 아직까지 한 번도 들어온 바 없었다. 그런데 안마근담에 평생교육원과 농촌체험마을이 있고, 민박집도 있어 이미 제법 개발되어져 있었다. 계곡을 따라 계속 내려오는 도중 여기저기에 농원 등이 보였다. 다만 상수원 보호구역이므로 계곡 물에 들어가지 말라거나 농작물 관리지역이므로 입산을 금지한다는 팻말이나 플래카드가 여기저기에 보였다. 그곳에 2,478,177㎡에 달하는 경상대학교의 학술림 8필지도 조성되어져 있었다.

사리의 남명기념관 입구까지 내려온 후, 다시 덕천강가를 1km 정도 걸어 오후 2시 20분 경 덕산시장 옆의 원리교에 이르러 오늘 산행을 마쳤다. 소요시간은 4시간 32분, 도상거리 14.02km, 오르내림을 포함한 총 거리는 14.34km, 고도는 556m에서 119m 사이였고, 걸음 수는 21,421보였다.

거기서 카톡으로 안찬주 씨가 운전하는 지리산콜택시를 불러 타고서 운리의 출발지점까지 되돌아왔고, 승용차를 몰아 남사마을에서 딸기 1kg을 산 후 진양호반 길로 접어들었다. 이즈음 우리 내외가 매일 아침 이 길을 경유하여 외송으로 갈 때는 다른 사람이 거의 없어 우리가 전세 낸 듯하였는데, 오늘이 벚꽃의 절정이고 또한 휴일이라 그런지 상춘객의 차량이 줄을 이었다. 진주시 내동면 사거리에 이르러 가화천을 따라 삼계리에서 유수리에 이르는 벚꽃 가로수 길로도 접어들었다가, 되돌아 나와 남강댐물문화관과 남강변의 벚꽃 길을 거쳐서 귀가하였다. 집에 도착하여 샤워를 마치고 나니 오후 4시쯤이었다.

4월

5 (일) 맑음 -지리산둘레길 9코스 및 10코스 일부

오전 9시에 승용차를 몰고서 집을 나서 지리산둘레길 9코스와 10코스 일부를 다녀왔다. 겁외사를 경유하여 산청군 단성면의 남사예담촌을 지난 직후에 접촉사고가 발생하였다. 2차선 도로에서 앞서 가던 승용차가 너무 속도를 낮추어 가므로 내 뒤를 따라오던 차들이 줄줄이 추월하였는데, 세 번째로 추월하려던 내가 앞쪽에서 속도를 내어 달려오는 승용차를 피하기 위해 앞서 가던 차를 빨리 추월하려다가 내 차 오른쪽 뒷부분이 그 차의 왼쪽 앞모서리를 접촉하였고, 그 차는 반동 때문인지 가드레일과 접촉하여 오른쪽 부분도 상하였다. 근처의 예담참숯굴랜드 입구로 이동하여 차를 세워두고서 30수1391인 그 차에 탄 부부인 듯한 두 명과 그 자녀인 듯한 청년 남녀 두 명을 만났고, 서로의 보험회사 측에 연락하여 머지않아 에듀카의 산청단성1호점 사고현장초동조사반의 김성현 씨 등이 몰고온 레커차도 두 대가 출동하였다. 남편인 듯한 이창곤 씨는 머리를 뒤쪽으로 묶었고, 그 차는 부인인 듯한 여성이 몰았던 모양이다. 그들은 진주에 사는 모양인데, 운전한 여성이 아내에게 시댁에 가던 중이었다고 말했다고 한다. 조사가 끝난 다음, 뒤처리는 보험회사 측에 맡겨두고서 계속 차를 몰아 덕산시장 주차장에다 승용차를 세워두고서, 오전 10시 32분에 지난 번 8코스의 종점인 원리교를 건너서 트레킹을 시작하였다. 오늘 코스는 산청군 시천면 덕산에서 하동군 옥종면 위태리까지 9.7km의 비교적 짧은 거리이므로, 거기에다 다음 코스의 도중인 옥종면 弓項里 궁항마을까지 4.5km를 더하기로 것이다. 합하면 14.2km이다.

洗心亭 부근에서 다시 천평교를 건넌 다음, 덕천강을 따라난 포장길을 지난 번 8코스의 마지막 구간과는 반대방향으로 걷다가, 강을 버리고서 아스팔트 포장길로 중태천을 따라 올라가 시천면 중태리의 중태마을에 이르렀다. 그곳에 지리산둘레길 도중에 있는 여덟 개의 안내센터 중 하나인 중태안내소가 있었으므로, 거기에 들러 공식가이드북인 (사)숲길 지음 『지리산둘레길』(파주, 2019 개정3판)과 전체구간 여행자 안내서인 『지리산둘레길 스탬프포켓북』 그리고 큰 수건에 염색된 지리산둘레길 전체지도를 하나씩 샀다.(29,000원)

중태천을 따라서 좀 더 올라가다가 정오 무렵 시냇가 바위 위에서 점심을 들었다. 우리가 걸터앉은 바위 아래 작은 폭포의 웅덩이 안에는 끈을 연결하여 속에다 된장 같은 것을 풀어 넣고서 물고기를 유인하여 잡는 덫이 설치되어 있었다. 식후에 송하중태길을 따라 제7일안식일예수재림교회 예배당이 있는 鍮店마을을 지나가는데, 그 일대의 집들 주변에는 개량종 수선화가 많이 피어 있었다. 마을을 지난 지점의 길가에서 잠언 20장 24절인 "사람의 걸음은 여호와께서 인도하시니 사람이 어떻게 자기 길을 알 수 있겠는가?"라는 문구가 눈에 띄어, 그것을 사진 찍어서 가족 카톡에다 올려 미국 대학 박사과정 진학으로 말미암아 좌절감을 맛보고 있을 회옥이가 보도록 했다.

덕산에서 7.8km, 위태까지 1.9km를 남겨둔 지점에서 9코스의 최고점인 해발 400m 대의 중태재에 올랐는데, 그 고갯길 가에 얼레지 꽃들이 많이 피어 있었다. 중태재 부근에 있는 또 하나의 고개가 1989년 3월 19일 내가 내공마을로부터 당시의 하동군 청암면 상촌 즉 지금의 하동군 옥종면 위태리에 있는 현재의 오대사로 갈 때 통과한 바 있었던 갈치재라고 한다. 앞서 중태 마을을 지나올 때는 길가에서 할미꽃 군락을 보기도 했었다. 유점마을에서 불당골 쪽으로부터 내려오는 젊은 남자 두 명을 만났다가 중태재의 벤치에서 아무런 짐도 없이 맨몸으로 쉬고 있는 그들을 다시 만나 사탕과자를 한 주먹 얻은 이후로 오늘 산길에 다른 여행객은 없었다. 꽤 긴 대나무숲길을 경유하여 59번국도 가에 있는 9코스의 종점 위태마을로 내려왔다. 59번 국도는 갈치재를 지나 시천면의 내공리로 연결되는 모양인데, 아직 공사가 끝나지 않았다. 오늘 산『지리산둘레길』에 의하면, 위태리는 2003년 1월 1일 청암면에서 궁항리와 함께 옥종면으로 편입되었는데, 본래 이름이었던 上村마을이 옥종면에 이미 있던 상촌마을을 피해 위태로 되었다고 한다. 그러나 내가 가지고 있는 1973년 편집 1986년에 수정한 25000분의 1 지형도에 의하면, 이 일대의 지명은 青巖面 葦台里이고 그 중 이 마을 이름만이 상촌으로 되어 있다.

둘레길 붉은 화살표 방향을 따라서 국도 오르막길을 100m쯤 걷다가, 도중에 둘레길이 아니므로 돌아가라는 표지를 보고서 조금 되돌아와 10코스의 바른길로 접어들었다. 다시 한참동안 오르막길로 나아가 중태로부터 1.2km 떨어진 지점에서 마침내 主山 등산로 상의 지네재에 올랐다. 주산의 옛날 이름이 五臺山으로서, 그 중턱 오대마을의 꼭대기 지점에 남명과도 관련이 깊고 고려 인종 시기에 승려 津億이 水精結社를 개설했던 유서 깊은 절인 五臺寺址가 있다. 그래서 상기 1989년 3월 19일에 현재의 오대사를 거쳐서 그 원래의 자리인 이곳을 처음 방문한 이후, 2000년 6월 18일에 성낙건 씨의 제8차 지리산테마여행에 동참하여 다시 한 번 와 본 바 있었고, 2001년 11월 26일에는 서울대 국사학과에서 박사학위를 취득한 이탈리아 대사관 직원 토니노 푸지오니 씨 내외와 경상대 음악교육과의 신윤식 교수를 그곳으로 인도한 바도 있었던 것이다. 그 절은 현재 국선도 수련장인 白宮仙院으로 되어 있는데, 모처럼 다시 한 번 들러보고자 그 간판이 서있는 쪽으로 가보려 했더니 아내는 위치가 아래쪽이라고 되어 있다 하므로 그 말을 따라서 내려오다 보니 백궁선원과는 반대방향이었으므로 결국 포기하고 말았다. 둘레길 안내서에 보이는 오율마을을 25000분의 1 지형도나 도로교통지도들에 오대로 되어 있고, 궁항저수지 아래쪽 1014번 지방도 가에 오율마을이 따로 있다. 처음 방문했을 당시 내가 상촌마을로부터 오대마을로 찾아간 길은 오늘 걸은 이 코스가 아니었을까 싶고, 오대사지를 떠난 다음 지금의 1014지방도를 따라서 장재기 마을 쪽으로 계속 나아갔던 것이다.

나는 겹동백 꽃이 만발해 있는 오대마을 진입로를 따라 내려가면 오늘의 목적지인 궁항마을에 닿을 줄로 알았으나, 내려오는 도중에 서 있는 둘레길 안내 표지는 다른 방향을 가리키므로 또다시 위태재와 비슷한 높이인 400m 대의 고개를 몇 개 넘고서 오후 3시 50분에야 마침내 궁항마을에 닿았다. 아내는 기진맥진했다면서 도중에 몇 번 포기하자고 말하였다. 오늘 걸은 길은 총 5시간 18분이 소요되어 도상거리로는 14.27km, 총거리는 14.81km이고, 걸음 수로는 22,368보였다.

지난주 덕산의 지리산콜택시 기사 안찬주 씨에게 전화로 연락해 두고서 그가 오기까지 궁항버스정류장에서 대기하였다. 그는 20분쯤 후에 도착하였는데, 삼신봉터널을 경유하여 왔다고 했다. 그 차를 타고서 1014지방도를 경유하여 옥종면 월횡리까지 간 후, 다시 한물 간 벚꽃터널이 있는 1005번 지방도를 따라 안계리·종화리·두양리를 거쳐서 칠정까지 올라가, 오전에 통과했던 덕산 가는 도로로 접어들었다. 그래서 주산을 중심으로 하여 한 바퀴 빙 돈 셈이므로 택시비는 30,500원이 들었다. 오후 5시 반 무렵 귀가하였다.

12 (일) 흐리다가 약간의 부슬비 -까꼬실

아내와 함께 강종문 씨의 더조은사람들 제204차 산행에 동참하여 진주시 수곡면에 있는 귀곡동(까꼬실) 트레킹에 다녀왔다. 승용차를 몰고서 신안동 운동장 1문 앞으로 가 8시에 SUV 승용차 두 대에 남녀 각 5명씩 10명이 탑승하여 출발했는데, 우리 부부는 강 대장이 모는 기아의 모하비(Mohave) 차량에 탔다. 오늘 산행은 에이스만 함께 하는 것으로서 참가비는 없고, 차량뿐만 아니라 주먹밥과 떡, 생수도 무료로 제공된다.

까꼬실은 『남명학의 새 연구』 하권에 수록된 내 논문 「18세기의 江右學派—宗川書院 院變 문제를 중심으로—」(原載: 『남명선생탄신 500주년 기념 국제학술회의 논문자료집—남명학과 21세기 유교부흥운동의 전개—』, 사단법인 남명학연구원, 2001년 8월 17일)에서 다루어진 해주정씨와 진양하씨 간 다툼의 배경이 된 곳이다. 박정희 대통령 때 진양댐이 설치된 이후 지금은 댐의 한 가운데에 위치해 고립되어 있는데, 나는 진양호공원에서 배를 타고 들어간다는 말을 들은 바 있었으므로 섬이 된 줄로만 알았으나, 오늘 알고 보니 그렇지 않았다. 근자에 벚꽃 구경을 위해 한 열흘간 통과했던 1049번 지방도를 따라서 晋水大橋를 지나고 진양호반을 따라 대평면 하촌리 사평마을 사거리까지 갔다가, 정영석 진주시장 때 개설된 길을 따라 오른편으로 산현주차장까지 한참동안 들어간 후, 주차장에다 차를 세워두고서 오전 8시 47분부터 등산을 시작하였다.

얼마 후 주차장갈림길을 지나 해발 229.2m인 첫 번째 봉우리 渴馬峰과 145m인 석정산을 지나 농가가 있는 호반에 도착하니 개 두 마리가 우리를 향해 마구 짖어대었다. 의외로 이 일대에는 진양호생태탐방로가 조성되어져 등산로가 잘 정비되어져 있어 곳곳에 이정표와 안내판 및 벤치 등이 설치되어 있고, 처음 만난 농가에서부터는 호반을 따라 콘크리트 포장도로가 이어져 있었다. 강 대장은 경상대 농대 산림환경자원학과에서 金鍾甲 교수의 지도로 약 10년간 진양호의 수달에 관한 연구에 종사하여 석사학위를 받은 바 있었는데, 그런 까닭에 이곳 지리에 밝았다. 오늘 우리 팀 중에는 수의과대학 수의학과에서 姜正夫 교수의 지도로 박사학위를 받은 남자 한 명도 포함되어 있었다. 강 대장의 말에 의하면 지금 까꼬실에는 거주하는 주민 두 세대가 있고, 나머지는 이곳에 농토가 있어 배를 타고 들어와 농사일을 하고는 당일로 돌아가는 사람들이 있다고 한다.

우리는 선착장이 있고 진양호의 수위가 낮았을 때는 육로로 학교터를 지나 시루봉(111m)까지 나아갈 수 있었던 한골을 지나, 가곡탐조대에 이르러 오전 11시가 채 못 된 시간임에도 불구하고 그곳 정자에다 둥근 탁자 세 개를 펴고서 함께 비치되어 있는 플라스틱 의자에 앉아서 점심을 들었다. 探鳥臺 주변에 설치된 안내판에 의하면, 까꼬실에는 고인돌이 여러 곳 분포하고 신석기시대의 유물이 출토되는 것으로 보아 선사시대부터 거주지가 형성되어 있었는데, 조선 태종 때 진주목 西面 嘉貴谷里로서 최초의 지명이 기록으로 표기된 이후 加耳谷里·佳耳谷里·加伊谷面·加貴谷面·貴谷里를 거쳐, 1973년 진주시 귀곡동으로 편입되었다. 임진왜란 때 진주목 관아의 피난지였고,

17세기 중엽부터 임진왜란의 의병장 忠毅公 農圃 鄭文孚(1565~1624)의 후손이 터전을 잡아 수몰 전까지 350여년을 해주정씨 집성촌으로서 다른 씨족과 더불어 250여 가구 1500여 명이 세거하였으며, 농포를 모신 사당 忠義祠와 佳湖書院 및 문중서당인 覺後齋가 있어, 조선 중기 이후 진주향내에서 가장 많은 급제자를 배출하였다.(司馬進士 21인, 大科 5인) 특히 농포의 후손은 13대를 연이어 문집을 남겼으며, 각후재는 진학률 높기로 이름난 귀곡초등학교(1940~1997)로 맥을 이었다.

벗꽃이 무수하게 떨어져 있는 포장도로를 따라 탐조대에서 조금 더 나아가니 해주정씨 까꼬실 입향조인 懲窒窩 鄭有棋(1623~1660)의 묘소가 있었다. 장남 鄭樑과 5남 鄭格의 묘소가 함께 있었다. 분딧골(墳土洞)을 지나 좀 더 나아가니 충의사와 가호서원의 옛터가 있었는데, 1995년 남강댐 숭상공사로 인해 지금은 이반성면 용암리로 이전되었으며, 나는 과거에 자료수집차 그곳을 두어 번 방문한 바 있었다. 우리가 지나가는 도중에 농사일을 하던 주민이 우리를 향해 등산객들이 농작물에 손을 대어 망친다고 불만을 토로하는 경우를 두어 번 만났다.

까꼬실 동쪽의 생태탐방로가 끝나는 곳에 이르러 김해부사를 지낸 梅史 鄭柱錫의 묘지를 만나 그것을 촬영하고 있었는데, 그 무렵 청솔산악회의 김계세 회장과 그 조카인 처제의 친구 영희 씨 등이 거기에 나타나 아내와 마주쳤다고 한다. 그들도 우리처럼 코로나19로 인한 강력한 사회적 거리두기 기간 중 소규모로 이곳을 방문한 모양이다. 그 근처에서 다시 등산로로 접어들어 백두대간의 끄트머리라고 하는 꽃동실에 이르렀고, 그곳 가호전망대에서 건너편 진양호공원 안의 레이크사이드호텔을 바라보았다. 보통은 백두대간의 끄트머리를 지리산 웅석봉으로 치는데, 이곳은 웅석봉에서 이어지는 웅석지맥이 진양호를 만나 끝나는 지점인 것이다. 또한 이곳은 오른편으로 鏡湖江에서 흘러오는 물과 왼편으로 德川江에서 흘러오는 물이 합수하는 지점이기도 하다. 佳湖란 까꼬실의 한자식 표기이다.

꽃동실에서 능선을 따라 역방향 등산로에 접어들어 堂山과 남방식 고인돌 하나를 지나 잠시 다시 포장도로로 내려왔다가 곧 다시 산길로 접어들어

墳土峰(분토산, 136m)을 만났고, 꽃동실로부터 1.98km 지점에서 마을 북쪽 신풍 쪽으로 넘어가는 톳재비(도깨비)고개에 이르렀으며, 거기서 다시 1.2km를 더 가서 오늘의 최고봉인 黃鶴山(235m)에 이르렀다. 트레킹을 시작한 지 얼마 후에 처음 만났던 갈마봉을 마주보는 위치였다. 거기서 주차장 갈림길로 내려와 아침에 오른 길을 따라서 오후 1시 41분에 주차장에 이르렀다. 소요시간은 4시간 54분, 도상거리 11.73km, 총거리 12.12km, 걸음 수로는 20,784보였다. 주차장의 땅바닥에서 생후 1년쯤 된 어린 멧돼지 한 마리가 죽어 있는 것을 보았다.

갔던 길로 되돌아와 운동장 앞에 세워둔 승용차를 몰고서 오후 3시 무렵에 귀가하였다.

19 (일) 비 - 지리산둘레길 10코스 후반부 및 11코스 전반부

승용차를 몰고서 아내와 함께 지리산둘레길 10코스 위태·하동호 구간의 후반부와 11코스 하동호·삼화실 구간의 전반부를 다녀왔다. 2번 국도를 따라 하동읍 쪽으로 나아가다가 북천과 옥종을 거쳐 오전 10시 17분에 지난번 트레킹의 종착지점인 하동군 옥종면 궁항리 궁항마을에 도착하여, 그곳 버스 정류장 옆에다 차를 세워두고서 산행을 시작하였다. 오늘 트레킹은 해발 300m 대인 궁항마을을 출발한 직후에 넘어야 하는 해발 500m 대의 양이터재를 지나고부터는 계속 내리막길이거나 평지를 걷는 코스이다. 양이터재는 주로 포장된 임도이지만 낙남정맥이 지나는 곳으로서, 하동군 옥종면과 청암면의 경계이자 낙동강 수계와 섬진강 수계가 갈리는 지점이기도 하다.

양이터재를 조금 지나 임도 내리막길의 벤치 있는 곳에 다다랐을 때부터 흐리던 날씨가 비로 변했다. 스마트폰의 일기예보에 의하면, 산청 지역에서는 흐리다가 오후 6시 무렵부터 비가 내린다고 되어 있으므로 오늘 트레킹 중에는 괜찮을 것으로 생각했으나, 하동 지역에서는 오전부터 비가 내리기 시작하였다. 방수복 상하의를 걸쳐 입고 배낭에다 카버를 씌우고서 계속 나아갔다. 여러 차례 대나무 숲을 지나고 계곡의 개울을 따라 내려가기도 하였다.

출발한 후 5km 쯤 되는 지점에서 하동호 가에 있는 나본(본촌)마을에 이르렀다. 그곳에 약사기도도량인 고래사라는 절이 있는데, 외관은 전혀 절 같지 않고 30평 정도 되는 규모의 2층 가정집 스타일인데 앞쪽에다 대웅전이라는 현판을 걸어놓았다. 나본에서부터 호반 길을 따라 걷다가 정오 무렵이되었으므로 도중에 있는 서양식 2층 지붕을 곁들인 정자에 이르러 점심을 들었다. 궁항마을에서부터 하동호관리소까지는 6.8km였다.

하동호에서부터 11코스가 시작되는데, 나는 과거에 강종문 대장의 더조은사람들 팀을 따라와 거기서부터 쌍계사 입구까지의 네 코스는 이미 걸은바 있었으나, 하동호에서 명호리로 들어가는 입구인 명호교까지는 차를 타고 갔으므로, 이번에 그 부분까지도 걸어보기로 작정하였다. 그 길은 횡천강을 따라 내려오다가 일부 구간은 몇 군데 1003번 지방도를 따라가고, 도중에 네 번이나 강을 건너야 했다. 그 첫 마을인 평촌리가 하동군 청암면의 소재지이다,

마지막인 관점마을에서부터는 다시 한 동안 산길을 걷다가, 마침내 오후 2시 3분에 예전 트레킹의 출발지점인 명호리의 첫 마을 용심정으로 들어가는 입구의 명호교에 도착하여 오늘 산행을 마쳤다. 소요시간은 3시간 45분, 도상거리 11.69km, 총 거리 11.91km, 고저는 510m에서 79m 사이였고, 걸음 수로는 17,373보였다. 오늘 코스를 걷는 사람은 우리 외에 아무도 만나지 못하였다. 명호리의 안쪽 끄트머리에 위치한 사동 마을까지는 예전에 성낙건 씨의 지리산 옛절 순례 팀에 참가하여서도 가 본 적이 있었다.

지난 번 덕산 택시의 기사가 알려준 전화번호로 횡천택시를 부른 다음 명호교 버스 정류장에서 비를 피하며 대기하였다. 그런데 한참 후에 도착한 사람은 하동군 하동읍에 거주하는 개인택시(경남27바1047) 업자 이종우 씨였다. 그는 퍽 친절한 사람으로서, 운전 도중 계속 손님에게 설명을 하고, 비스킷 과자를 주는가 하면 택시 안에 비치된 하동군 관광지도를 집어가라고 권하기도 했다. 1003번 지방도를 따라 청암면 소재지 부근까지 되돌아온 다음, 첩첩산중을 넘어가는 11번 지방도와 59번 국도, 그리고 위태리에서부터는 아침에 경유한 1014번 지방도를 따라서 궁항마을로 돌아왔다. 택시요

금은 25,000원이었다.

어찌된 셈인지 내 승용차의 헤드라이트에 불이 켜져 있어 그 새 배터리가 방전되어 시동이 잘 걸리지 않았는데, 어찌어찌하여 또다시 보험회사에 연락하지 않고서도 시동을 켤 수가 있었다. 아침에 지나온 궁항저수지 아래편의 오율마을에 지리산둘레길 안내 간판이 서 있었으므로, 돌아오는 도중 거기에 내려 지도를 살펴보았더니, 거기에는 둘레길이 지네재를 지나 이 마을을 통과하는 것으로 되어 있어, 둘레길 안내 책자들에 적힌 바와 같았다. 그러나 하동 관광지도에는 분명히 지난주에 우리 내외가 통과한 코스로 표시되어 있으므로 도대체 어찌된 셈인지 판단하기 어려워, 어쩌면 예전에는 둘레길이 현재의 오율마을을 통과했을지도 모른다는 생각이 들기도 했다. 그러나 다른 곳에 게시된 안내지도들에 의하면 둘레길 상의 오율마을은 지네재 바로 아래의 백궁선원으로 향하는 도중에 위치해 있어 이곳 오율마을과는 다른 장소이다. 갈 때의 코스를 경유하여 오후 4시쯤에 귀가하였다.

26 (일) 맑음 -관리도

아내와 함께 강종문 씨의 더조은사람들을 따라 전북 고군산군도의 串里島에 다녀왔다. 오전 7시 반까지 신안동 운동장 1문 앞에 집결하여 대절버스 한 대로 출발했는데, 진주 이외의 지역에서 온 사람들이 많아 강 대장 부부 외에는 아는 사람이 없었다.

강 대장은 출발에 앞서 지난번 만났을 때 깜박 잊고서 가져오지 않았다고 말한 바 있는 책인 산오자 성락건 씨가 지은 『연인과 숨어 살고픈 지리산』(서울, 고산자의 후예들, 2008) 한 권을 내게 주었다. 나는 성 씨의 등산안내서 『남녘의 산』을 사 가지고 있었고, 성 씨는 이것 외에 산에 관한 시집 『산 올라 삶이 기쁘고 산 있어 죽음마저 고맙다』를 펴낸 바도 있었다. 이 책은 『남녘의 산』 이후에 나온 등산안내서인데, 그는 지리산달인이라는 별명을 가지고 있었다.

통영대전·익산장수고속도로를 따라가 호남고속도로 상의 익산JC에서 잠시 순천완주고속도로에 올랐다가 완주IC에서 21번 국도로 빠져나가 군산으로 향했다. 새만금방조제를 따라 육로로 들어갈 수 있는 끄트머리 지점인 고군산군도의 大長島 바로 앞에 위치한 장자도에서 하차한 다음, 약 10분 정도 걸어서 장자도에서 관리도·방축도·명도를 거쳐 말도까지 들어가는 페리가 출항하는 장소로 향했다. 거기서 11시 조금 전에 출발한 고군산카페리호에 탑승한 다음, 10분쯤 후인 11시 5분 남짓에 이미 첫 번째 기항지인 관리도에 상륙하여 오늘 산행을 시작하였다. 과거 선유도에 여러 번 놀러왔을 때 서쪽 건너편으로 바라보이던 길쭉한 섬이 바로 그것이었다.

섬의 북쪽 끝인 관리도 선착장에 도착한 지 얼마 후부터 야트막한 능선 길을 걷기 시작하여 작은깃대봉을 지나서 약 30분 후에 2층으로 된 낙조전망대가 있는 지점에 도착했을 때 강대장이 그 2층에서 점심을 들자고 말했으나, 우리 내외는 찬바람을 피해 거기서 조금 더 내려온 지점의 관리도 캠핑장 부근에 있는 쉼터의 덱 탁자에 앉아 둘이서 오붓하게 점심을 들었다. 덱 바로 옆으로 꽃은 피지 않았지만 해당화 나무가 무성하였다. 캠핑장에 화장실도 딸려 있었는데, 야영한 사람들이 쓰레기를 함부로 버리고 지저분하게 어질 러놓아 불결했다.

식후에 다시 능선 길을 따라 걸어 얼마 후 이 섬의 최고봉인 깃대봉(138.13m)에 닿았는데, 그곳 나무에 걸린 팻말에는 높이가 136.8m로 되어 있었다. 남북으로 길게 이어진 이 섬의 황해 쪽은 파도에 부딪쳐 깎아지른 바위 절벽으로 되어 있는 곳이 많고, 반대편의 선유도 쪽 해변에는 들쭉날쭉한 곳이 많아 그 중 몇 군데에 해수욕장이 조성되어져 있다. 우리는 꽃지 4길의 징장볼해수욕장 갈림길에서 섬의 남쪽 끝 방향으로 진로를 취해 능선 길을 따라서 섬에서 두 번째로 높은 투구봉(129.5)을 지난 다음, 끄트머리의 천공굴에까지 이르렀다. 관리도는 달리 꽃지섬·꼭지도라고 불리기도 하며, 이 섬에는 꽃지 1길에서 4길까지 네 개의 트레킹 로드가 조성되어져 있다.

천공굴 부근의 바위들에는 종잇장처럼 얇은 판암이 세로로 발달해 있고, 파도에 의해 바위 아래쪽에 구멍이 뚫리어 그 사이로 험한 물결이 들락거리고 있었다. 아내는 그 근처까지 함께 왔다가 위험하다고 천공굴은 보지도 않고서 발길을 돌려 먼저 돌아가 버리고 말았다. 나 혼자서 접근하기 어려운 천공굴 부근까지 내려가 대충 바라본 이후 다시 투구봉을 지나 징장볼해수욕장 갈림길까지 되돌아왔고, 귀로에는 섬의 오른편으로 조성되어져 있는 콘크리트 포장이 된 임도를 따라서 오후 3시 16분에 북쪽 끄트머리인 선착장까지 되돌아왔다. 오늘 트레킹은 소요시간 4시간 10분, 도상 거리 7.22km, 총 거리 7.51km, 걸음 수로는 15,278보였다.

오후 3시 20분에 출발하는 고군산페리호를 타고서(편도 3,600원) 장자도에 도착하였다. 갈 때의 길을 경유하여 되돌아오는 도중에 산청군 신안면 소재지인 원지의 원지강변로53번길 6에 있는 榮導갈비에 들러 돌솥밥(1만 원)으로 석식을 들고서, 운동장 주차장에 세워둔 승용차를 몰고서 7시 20분 쯤에 귀가하였다.

5월

4 (월) 초여름 날씨 -지리산둘레길 4·5코스 일부

비가 왔던 어제를 피해 아내와 함께 지리산둘레길 4코스 및 5코스의 일부 구간을 다녀왔다. 내일이 立夏인데, 이미 초여름 더위였다. 4코스 중 금계마을에서 의중마을까지의 0.7km를 제외하고 의중마을에서 용유담까지 약 3km를 포함한 벽송사 구간은 예전에 다녀온 바 있었고, 5코스 중 산청·함양 추모공원 이후의 구간도 다녀온 바 있었기 때문에, 이번에는 그 두 코스 중 빠진 구간을 주파하기로 한 것이다. 이리로 가기로 한 것은 『경남공감』 85권 (2020. 04)에 조선말의 선비 武山 姜龍夏(1840~1908)이 지은 오언율시 「崋山十二曲」 詩句를 따른 봄나들이 코스에 대한 기사가 실렸기 때문이다. 崋山은 함양군 휴천면의 法崋山(992.9m)을 말하며, 이 산을 주봉으로 하여 지리산의 휴천과 유림 지역을 휘감고 흐르는 강이 엄천강인데, 十二曲이라 함은 함양군 휴천면의 龍遊譚에서부터 산청군 금서면 자혜리 상촌마을에 있는 涵虛亭까지 25리로서, 오늘의 트레킹 코스와 꼭 일치하는 것이다.

승용차가 수리를 위해 장오토에 맡겨져 있으므로, 1톤 트럭을 몰고서 출발하였다. 3번 국도를 따라 산청군 생초까지 나아간 후, 엄천강 강변길로 함양군 유림면 소재지까지 간 후 60번 지방도를 따라서 휴천계곡을 달려 오전 10시 51분에 용유담 부근의 송전리 모전마을 공터에다 차를 세웠다.

용유담에서부터 송문교까지 4코스 중 오늘 걷는 길의 약 절반 정도는 2차선 아스팔트 포장도로를 따라가야 했는데, 그 도중의 일부 구간은 강가의 숲속 오솔길로 이어져 있기도 했다. 그 길은 용유담전설탐방로라고 부르는 모양이다. 그것 외에도 이 일대의 용유담으로부터 송전(세동)마을에 이르기까지에는 마적도사전설탐방로라는 것이 산속으로 꼬불꼬불 길게 이어져 있다. 마적도사 전설이란 옛날 용유담에 아홉 마리의 용과 마적도사가 살고 있었고, 마적도사가 쇠도장을 찍어 나귀에게 보내면 나귀가 생필품을 싣고 와 용유담 가에 와서 크게 울면 마적도사가 다리를 놓아 나귀를 건너오게 하였는데, 어느 날 장기삼매경에 빠져 있던 마적도사는 용들이 싸우는 소리에 나귀의 울음소리를 듣지 못했고, 결국 나귀는 울다 지쳐 죽고 말았다. 화가 난 마적도사는 자신을 질책하여 장기판을 던져버리고, 용들을 쫓아버렸다. 그때 던진 장기판 조각들이 용유담에 있는 바위들이라는 것이다.

거기서 포장도로를 따라 좀 더 나아간 곳에 송전교가 있는데, 다리 부근에 커피를 무료로 제공한다면서 쉬어가라는 내용의 간판을 내건 곳이 있어 들어가 보았다. 그곳 쉼터 일대에 철쭉꽃이 만발한 언덕과 텃밭이 조성되어져 있고, 언덕 위쪽으로는 멋진 한옥 두어 채가 들어서 있었다. 길이 128m, 폭 9m의 송문교는 2002년에서 2004년에 걸쳐 건설된 것이었다. 우리는 거기서부터 폭이 좁아져 차 한 대가 지나갈 수 있을 정도의 임도를 따라서 좀 더 나아가, 세종의 서자인 漢南君 이어(1429~1459)가 금성대군의 단종복위운동에 참여하였다가 귀양 와서 생애를 마친 장소인 섬 아닌 섬 새우섬 부근에 있는 운서제1교 아래의 개울가 바위에서 점심을 들었다. 새우섬에서 엄천강을 비스듬히 건넌 위치에 지금도 한남마을이 자리하고 있다. 교폭 5m인 이 다리도 2002년에서 2003년 사이에 건설된 것이었다. 거기서 조금 더 나아간 곳인 언덕길의 꼭대기 지점에 정자 안으로 둥근 탁자 및 의자가 비치되어 있는 운서마을 쉼터가 있었다.

운서마을에서 4코스의 종점인 동강마을로 가는 도중에 구시락재라는 고갯길이 있으며, 그 부근에 수령 600년인 팽나무 고목 한 그루와 느티나무 고목 두 그루가 있고, '동강마을 당산 쉼터'라는 안내판이 서 있었다. 예전에도 이곳에 와 읽은 바 있었던 글인데, 이에 의하면 김종직의 「遊頭流錄」에 1472년(성종 3)년 8월 김종직·유호인 일행이 지리산을 유람하면서 쉬었던 장소로서 花巖이라고 적힌 곳이 바로 여기라는 것이다. 이 뒤쪽에 과거 우리가 오른 바 있는 꽃봉산이 있는데, 그 이름에 연유한 지명이라는 것이다.

출발지점인 모전마을에서부터 공짜커피를 마신 쉼터에 이르기까지는 순천에서 버스를 타고 왔다는 젊은이와 대체로 보조를 맞추었는데, 그 남자는 오늘 산청읍까지 들레길 세 코스를 커버한다는 것이었다. 동강마을에서 잠시 화장실에 들렀을 무렵에는 또한 둘레길을 걷고 있는 젊은 여자 서너 명 팀도 보았다.

동강마을에서 다시 차도를 따라 2.7km를 더 걸어 오후 2시 14분에 산청군 금서면 화계오봉로 530에 있는 산청·함양사건추모공원에 다다라 오늘의 트레킹을 마쳤다. 소요시간은 3시간 29분, 도상거리 9.83km, 총 거리 10.14km이며, 고도는 277m에서 104m 사이이고, 걸음 수로는 14,267보였다. 추모공원은 한국전쟁 중이던 1951년 2월 7일 국군 1사단 9연대 3대대가 지리산 공비토벌작전인 '堅壁淸野' 작전을 수행하면서 산청군 금서면 가현·방곡마을과 함양군 휴천면 점촌마을, 유림면 서주마을에서 무고한 민간인 705명을 학살하였던 바, 1996년 공포된 거창사건등관련자의명예회복에관한특별조치법에 의해 결정된 사망자 386명(산청 292, 함양 94)의 묘소를 2001년 12월 합동묘역조성사업 착공 이후 4년에 걸친 공사 끝에 준공한 것이다. 모처럼 다시 와보니 근년에 새로 리모델링했다는 산청·함양사건역사교육관이 눈에 띄었으나 코로나19로 인해 휴관 중이라 관람할 수 없었고, 그 일대에 주로 식수 공급을 목적으로 한다이는 방곡다목적댐이 조성되고 있었다.

카카오택시로 차를 불렀으나 응답하는 택시가 없었는데, 그곳 경비실 직원의 도움으로 금서면 소재지인 화계리에서 택시를 불러 타고서 출발지점인 모전마을까지 갔고, 다시 내 트럭을 운전하여 둘레길 코스를 따라와 송문교를 건넌 다음 60번 지방도를 따라서 산청군 금서면 일대를 경유하여 산청읍까지 왔으며, 3번 국도를 따라 진주로 와서 오후 4시 10분에 귀가하였다.

10 (일) 오전 중 흐리고 오후는 개임 – 아홉산과 기장 및 해운대 일대

아내와 함께 더조은사람들의 제206차 산행에 참여하여 부산광역시 기장군 철마면 웅천리 480번지(미동길 37-1)에 있는 아홉산 숲과 기장 및 해운대구 일대의 명소 몇 군데를 다녀왔다. 오전 7시 30분까지 신안동 공설운동장 1문 앞에 집결하여 강 대장 내외를 포함한 14명이 밴 한 대를 꽉 채워 출발하였다. 우리 내외는 1톤 트럭을 몰고 가 그곳 주차장에 세워두고서 갈아탔다.

남해고속도로를 따라가다가 진영휴게소에서 잠시 정거한 후, 부산외곽순환고속도로를 따라서 기장 방향으로 나아갔다. 도중에 전국에서 세 번째로 길다는 금정산터널을 통과하기도 했다. 오전 9시 반 무렵에 아홉산(360.8m)에 도착하여 그 서쪽 자락에 위치한 52만8천925㎡ 규모의 숲을 한 바퀴 두르며 산책을 시작했다. 아홉산은 골짜기 아홉을 품고 있다 하여 붙여진 순우리말 지명인데, 정부 수립 이후 1961년에 최초로 시행한 지명고시 때 공식적으로 등재되어 오늘에 이른다. 철마면 웅천리 미동마을 뒷산인 이곳은 남평문씨 집안에서 9대에 걸쳐 400년 가까이 관리해 왔다는 것인데, 그 동안 외부에 한 번도 공개하지 않았던 사유지를 지금은 노소 불문하고 1인당 5000원의 입장료를 받고서 관람시키고 있다. 이곳에는 금강송·편백 등 몇 가지 숲이 있으나 그 중에서도 대종을 이루는 것은 맹종죽으로서 200여 년 전에 중국에서 들여온 맹종죽을 처음 심었던 곳이라고 한다. 맹종죽 숲속에 마을의 굿터도 있었다. 이 대숲은 여러 가지 영화와 TV 드라마를 찍었던 장소이기도 하다.

한 바퀴 두르고 내려온 후 미동문씨 집안의 종택인 觀薇軒에 들렀다. 1961년 무렵에 지어진 ㄱ자형 한옥으로서, 이곳 熊川里 薇洞마을은 원래 곰내 고사리밭이고 지금도 그렇게 부르는 사람이 많다고 한다. 그곳에 희귀한 龜甲竹과 烏竹 떨기가 있고, 1924년에 결혼한 文義淳(1903~1983) 씨가 처가인 칠곡군 기산면 角山里에 신행 다녀오면서 얻어온 열매로 싹을 틔웠다는 은행나무 고목도 보이며, 아카도철쭉·작약 등도 한창 꽃을 피우고 있었다.

입장객이 1000명만 되어도 하루 수입이 500만 원인 셈인데, 주말 등에는 천만 원을 넘는다고 한다. 그 앞의 주차장 터 일대도 이 집안 소유이지만, 불법으로 조성한 것이어서 계속하여 기장군 측에다 벌금을 물고 있으나, 그렇게 하더라도 수지면에서는 이익이라고 한다.

아홉산숲을 떠난 후, 이동하여 해운대구의 북쪽 끄트머리에 위치한 송정 해수욕장으로 가서 부산 트레킹 로드인 갈맷길에 속하는 竹島공원의 쉼터에서 점심을 들었다. 그곳에 '松亭'이라고 쓰인 커다란 비석이 서 있는데, 그 받침돌에 새겨진 설명문에 의하면 송정이란 지명은 慶州盧氏의 선조가 백사장이 내려다보이고 송림이 울창한 이곳 언덕에다 정자를 지은 데서 연유한다고 한다. 지금의 송정해수욕장 일대를 예전에는 加來浦라 불렀는데, 가래는 갈대의 사투리이고 송정천과 바다가 맞닿는 곳에 갈대밭이 넓게 형성되어 있었던 데서 붙여진 지명인 모양이다. 내가 젊은 시절 부산에 살 때 여름철이면 가끔씩 이곳에 해수욕을 왔었으며, 대학 시절의 애인이었던 정옥희를 처음 만났던 곳도 이곳이었다. 당시에는 지금의 죽도공원 일대에 아무런 시설이 없었으나, 지금은 체육시설이 들어서 있을 뿐 아니라 포장도로가 이어진 반대편 바닷가에 정자도 하나 세워져 있었다. 해수욕장에 서핑 하는 사람들이 많아 시절이 변했음을 실감케 하였다.

송정해수욕장을 떠난 이후, 좀 더 북쪽인 기장 7경 侍郞臺에 위치한 海東 龍宮寺에 들렀다. 시랑대는 부산광역시 기장군 기장읍 시랑리에 위치한 것으로서, 조선 영조 9년(1733)에 기장 현감으로 좌천된 權摘이 관내 제일의 명승지로 알려진 이곳에 놀러와 바위에다 詩로서 각자를 했는데, 그 칠언절구의 結句에서 한 때 그의 벼슬이 이조참의였다고 하여 '千秋留作侍郞臺'라고 한 데서 유래하였다.

해동용궁사는 고려 공민왕의 왕사였던 懶翁和尙이 우왕 2년(1376)에 창건했다고 하나 무엇에 근거한 말인지 모르겠고, 1930년대 초에 통도사의 雲

岡화상이 普門寺로서 중창했다가 1970년대 말에 崏庵화상이 관음도량으로 복원한 후 산 이름을 普陀山, 절 이름을 해동용궁사로 개칭한 것이다. 오늘날은 양양 낙산사, 남해 보리암과 더불어 한국의 3대 관음성지로서, 기도하면 한 가지 소원은 꼭 들어주는 곳으로 일러지고 있다. 그는 계룡산 新都案에서 태어나 나이 열아홉에 화엄사로 출가한 사람으로서, 불명은 宗基요 법호가 정암이다. 이 절에는 과거에 여러 번 왔으나, 海水觀音大佛과 龍巖이라는 바닷가의 각석은 이전에 본 기억이 없고, 수령 200년의 암수 향나무가 좌우에 한 그루씩 서 있는 약사여래전 雙香樹閣에도 다시 들렀다. 경내의 매점에서 목제 안마기 하나와 아내의 스카프를 하나 샀다.(2만 원)

해동용궁사를 떠난 후, 다시 좀 더 북상하여 기장군청 부근인 기장읍 죽성리의 SBS 미니시리즈 드라마 '드림(Dream)' 메인 세트장에 들렀다. 바닷가에 벽돌로 만든 성당 모양인데, 지금은 갤러리로 되어 있으나 개방하지 않고 있으며, 그 부근에 '생활 속 거리두기'로 전환함에 따라 5월 18일부터 전시 대관을 재개한다는 플래카드가 내걸려 있었다. 부근에 죽성리 왜성이 있는 모양이다.

진주로 돌아온 후, 문산 톨게이트 부근인 문산읍 소문리 330에 있는 북면 자연농원에 들러 오리탕(1만 원)으로 석식을 들었다. 북면이라 함은 오리 요리로 유명한 창원시 북면을 의미함인데, 이는 진주1호점이었다. 공설운동장에서 해산하여 봉곡동 처가에 들러 처제가 맡겨둔 쑥떡을 찾아 오후 5시 반 무렵에 귀가하였다.

17 (일) 흐림 - 저도, 충무공이순신만나러가는길

아내와 함께 더조은사람들의 제207차 산행에 동참하여 거제시 장목면 유호리 산 88-1(거가대로 1887)인 섬 猪島와 거제시 옥포만의 충무공이순신 만나러가는길에 다녀왔다. 오전 7시 30분까지 신안동 공설운동장 1문 앞에 집결하여, 강 대장 내외를 포함한 28명이 대절버스 한 대로 출발했다. 몇 달 전 중국 威海 여행에 동참했었던 하동군 악양면 소재지인 정서리장도 주민 3명을 대동하여 참여했다.

통영대전고속도로를 경유한 다음, 14번 국도를 따라 거제도로 들어가 장목면 송진포리 121-11(거제북로 2633-15)의 宮農港에 도착하여 한 동안 방파제를 따라 걸어가 바다 건너편에 새로 들어선 한화리조트를 바라보고 방파제 일대의 낚시꾼들을 둘러보다가, 오전 10시 20분에 출항하는 506명 정원의 3층으로 된 거제저도유람선 해피 킹(Happy King)에 승선하였다. 저도에 입도하는 유람선은 오전 10시 20분과 14시 20분 두 차례 운항하며, 2시간 30분이 소요되는데, 성인 요금은 21,000원이었다.

하늘에서 내려다 본 섬의 모양이 돼지가 누워 있는 모습이라 하여 저도라고 불리는 이 섬은 면적 444,280㎡(135,000 평)으로서, 해안선의 길이가 약 3.2km인데, 현재는 거가대교가 이곳을 통과하고 있다. 옛 지명은 학이 많이 서식하여 학섬이었다고 한다. 섬 전체가 해송·동백나무·팽나무 등 울창한 수림으로 뒤덮여 있으며, 외해 쪽은 가파른 산(고지 89m)이고 내해 쪽은 경사가 완만한 지형이다. 섬의 남쪽 능선과 해안지대에는 최장 수령 약 400년에 이르는 해송(곰솔)이 자라고 있으며, 왜가리·사슴·고라니 등 야생 동물들이 서식하고 있다.

일제강점기인 1920년부터 40여 가구의 주민들을 내쫓고서 통신소와 탄약고로 사용되었고, 1926년 조선총독부(일본 해군성)로 보존등기 되었다가, 1949년 정부에서 국방부로 관리전환 된 후, 6.25 전쟁 기간 중에도 연합군의 탄약고가 설치되는 등 유엔군 군사시설로 활용되었으며, 1954년 해군에서 인수하였다. 1954년 이승만 대통령이 저도를 여름 휴양지로 선택하면서 역대 대통령들이 찾는 장소가 되었는데, 박정희 대통령 때인 1972년 대통령별장 青海臺로 공식 지정되었다. 그러다가 1993년 김영삼 대통령 때 권위주의 청산 차원에서 대통령 별장 지정을 해제하고서 거제시로 환원하였다가, 이명박 대통령 당시 다시 대통령별장으로 지정되면서, 대통령이 사용하지 않는 기간에는 군 장병과 가족들의 하계 휴양소로 활용되었는데, 2017년 문재인 현 대통령이 취임하면서 선거 공약으로 내건 100대 국정과제의 하나인 저도 반환 및 개방을 공식화하여, 2019년 9월 16일부터 1년간 시범 개방 중인 것이다. 현재 저도에는 2층 규모(연면적 171평)의 청해대 본관을 비롯해 경호원·관리요원·장병숙소, 자가발전소, 9홀 규모의 골프장, 박근혜 대통령 때 조성한 인공 백사장 등이 있다. 시범개방 기간이 끝나는 10월경부터는 청해대도 개방할 예정이라고 한다.

우리는 계류부두에 도착한 후, 장병 휴양소인 듯한 커다란 규모의 3관 건물을 지나서 숲속 길을 따라 왼편으로 계속 나아가 서북 방향의 섬 끝인 제1전망대(육각정)까지 갔다가 도로 돌아와 골프장을 한 바퀴 둘러서 모래해변과 청해대 부근의 바닷가를 따라 부두로 돌아왔다. 강 대장은 몇 달 전에도 이곳에 한 번 들른 적이 있었는데, 그 당시 제1전망대까지 개방되어 있지는 않았다고 한다. 그곳과 도중의 다른 한 곳에 견고한 철근 콘크리트 구조물인 원형의 일본군 포진지가 남아 있었고, 제1전망대의 포진지 옆에 일본군 탄약고도 있었다. 12시 30분에 해피킹호를 타고서 궁농항으로 돌아와 오후 1시 50분까지 점심시간을 가졌는데, 우리 내외는 그 항만 부근에 있는 望峯山 둘레길로 올라가, 약 160m 떨어진 거리의 찬물돌전망대 덱에서 바다 풍경을 바라보며 등받이 없는 벤치에 걸터앉아 점심을 들었다.

식후에 다시 대절버스를 타고 이동하여 옥포동으로 가서 충무공이순신만나러가는길 트레킹에 나섰다. 찻길에서 내려 한참 걸어 들어간 위치의 옥포항 왼쪽 끄트머리에서부터 장목면 외포리 대계마을의 김영삼대통령생가까지 3구간 약 8.3km 거리인데, 우리는 그 중 2구간 도중인 옥포대첩기념관까지 약 2.8km를 걷게 되었다.

이순신장군과 경상우수사 원균이 연합한 임진왜란 첫 승첩인 옥포해전이 벌어진 곳은 옥포만 중 지금의 옥포여객선터미널이 있는 옥포1동 부근이었음을 비로소 알았다. 트레킹은 그 근처에서부터 시작된다. 1592년 음력 5월 7일에 있었던 이 전투에는 전라좌수사 이순신이 거느리고 온 판옥선 24척과 협선 15척, 포작선 46척에다 경상우수사 원균이 거느린 판옥선 4척, 협선 2척이 합세하여 옥포선창에 정박해 있는 일본군선 30여 척을 공격했던 것인데, 전라좌수군이 21척 경상우수군이 5척을 분멸하여 일본군선 26척을 분멸시켰고, 왜군 4080명이 전사한 데 비해 조선 수군은 1명이 부상을 입었을 따름이었다고 한다. 당시 녹도만호였던 鄭運도 後部將으로서 참전하여 일본군 중선 2척을 분멸시켰다.

건너편으로 대우조선해양(DSME)의 대형 조선소가 바라보이고, 많은 부분이 덱으로 조성된 코스의 도중 여기저기에 세계 각 도시의 방향과 거리를 표시한 이정표가 설치되어져 있었다. 이렇게 여러 곳에다 설치한 것은 대우조선해양에 외국인들이 많이 근무하고 있는데, 그들의 고향 땅 위치를 알려주고자 함이라고 한다.

1구간의 종점인 팔랑포마을에서 좀 더 나아가 오늘의 목적지인 옥포대첩기념공원에 도착하였다. 알고 보니 이 길은 남해안을 두르는 트레킹 로드인 남파랑길의 19코스였다. 넓은 기념공원 안 여기저기에 기념관·참배단·기념탑·옥포루, 이순신 사당인 效忠祠 등 여러 시설물들이 설치되어 있었다. 나는 과거에 신현읍에서 장승포로 가는 14번국도 가 산꼭대기에 있는 옥포대첩기념탑에 두어 번 들른 적이 있었는데, 이것은 그곳과 장소와 규모가 모두 달라 새로 조성된 것인 듯하였다. 안내도 부근의 1996년에 새겨진 기념비에 의하면, 1957년에 장승포읍 아주리 堂嶝山에 옥포대승첩기념탑을 세우고, 1963년에는 玉浦亭을 건립하였으며, 1973년 옥포조선소를 건립함에 따라 당등산 일대가 조선소 부지에 편입되자 탑곡마을 옥포조선소 경내로 이전 복원하였는데, 1979년 옥포리 助羅부락에 새 부지를 기증받았다가, 1989년 장승포시 승격을 계기로 현재의 옥포동 산 1번지 일대에 3만3천여 평의 부지를 확보하여 1991년부터 기공하여 64억여 원을 투입하여 1996년 6월에 완공한 것이라고 한다. 공원 일대까지 두루 둘러보고 나니, 오늘 이순신 트레킹에 소요된 시간은 1시간 41분, 도상거리 4.91km, 총 거리 5.66km, 걸음 수로는 8,049보였다.

4시에 다시 대절버스에 탑승하여 진주로 돌아오는 도중, 창원 행 14번국도 가인 고성군 고성읍 동외리 91번지 농어업회관 1층에 있는 소가야식당에 들러 해물된장(8,000원)으로 석식을 들었다. 고성IC에서 다시 통영대전고속도로에 올라, 공설운동장 주차장에 세워둔 1톤 트럭을 몰고서 오후 6시 무렵 귀가하였다.

31 (일) 흐리다가 개임 -지리산둘레길 5코스 중 일부

아내와 함께 지리산둘레길 5코스 중 수철리에서 쌍재까지를 다녀왔다. 2011년 11월 7일 인문대학 체육의날 행사에 참여하여 인문대학 행정실 직원, 각 학과 조교 및 학장·부학장·학과장 등과 함께 산청군 금서면 방곡리의 산청함양사건추모공원에서부터 시작하여 상사폭포에 도착한 다음, 다시 거기서 2.2km 떨어진 쌍재로 가는 도중에 임도를 만나 왕산 방향으로 내려간 적이 있었다. 원래는 구형왕릉 쪽으로 내려갈 예정이었으나, 당시 앞서간 행정실장이 갈림길에서 방향을 잘못 잡아 금서면 소재지인 화개리로 빠졌던 것이었다. 그 때는 지리산둘레길을 걷는 것이 주된 목표가 아니었으므로 그리 되었는데, 오늘은 당시 누락되었던 코스를 걸어 빠진 곳이 없게 함이 목표인 것이다.

새 승용차를 운전하면서 FM 음악 방송을 들으며 내비게이션의 길 안내를 받았는데, 오늘은 아침에 업그레이드를 했기 때문인지 내비의 안내 음성에 이상이 없었다. 돌아올 때는 시험 삼아 우리 집까지 다시 내비를 설정했다가 도중에 산청읍에 도착할 무렵 경로 취소를 했으나 역시 아무런 이상을 발견할 수 없었다.

10시 11분에 수철리마을회관에 도착하여 트레킹을 시작하였다. 시작할 무렵 주차장 쪽으로 개를 몰고서 걸어오는 서양인 중년여자를 만났으므로 이 마을에 사느냐고 영어로 물었더니 한국어로 그렇다고 대답하는 것이었다. 어느 나라에서 오셨으며 이 마을에 오래 사셨느냐고 물으니, 자기는 호주 사람이며 2002년부터 살고 있다고 했다. 그렇다면 이미 20년 정도의 세월을 여기서 지낸다는 것이 된다. 외국인 중년 여성이 무슨 사유로 이런 심심산골에 거주하는지 궁금했으나 묻지는 못했다. 그녀는 기본적으로 한국어를 할 수 있는 모양이지만, 우리 내외의 말을 잘 알아듣지 못하는 경우가 많아 영어로 말을 건네기도 하였다. 마을회관 주차장 바로 옆에 지난번의 6코스 때 우리를 태워준 택시기사 金璂植 씨네 집이 있고, 그의 것으로 보이는 개인택시(현대차 경남28바1134)도 우리가 돌아올 때까지 주차장에 그대로 세워져 있었다.

수철리에서 고동재에 이르기까지 3.5km는 산너머 오봉계곡 쪽으로 이어지는 임도가 놓아져 있고, 그 길은 대부분 콘크리트로 포장되어 있었다. 그 입구 부근에 지난번 수철리에 왔을 때는 못 보았던 듯한 도로공사가 한창이었다. 군도 15호선 금서수철도로 확포장공사라고 한다. 2019년 12월 31일에 착공하여 2022년 11월 26일에 준공하는 것으로 되어 있다. 수철리에는 의외로 부자들이 많은지 마을을 걸어가는 도중의 집 안에 우리가 새로 산 것과 같은 모하비 승용차가 검정색과 흰색으로 두 대나 눈에 띄었고, 국립경남과학기술대학교 학술림 현장 실습동이 있는가 하면, 멋지게 꾸민 펜션들도 여기저기 눈에 띄었는데 개중에는 독일 남부 바이에른 주의 퓌센에 있는 노이슈반스타인 성에서 따온 듯한 노이슈반이라는 이름의 것도 있었다. 그러고 보면 노이슈반스타인 성과 모양이 좀 비슷한 듯도 하였다. 경남과기대는 2014년 11월부터 2019년 10월까지 산청군 금서면의 수철리·방곡리·오봉리 일대에 4개 임반 총 8,463,961㎡에 이르는 국유림을 학술림으로서 사용할 수 있도록 허가를 받아두었다.

　임도를 따라 계속 올라가는 도중의 길가에 '고동재맑은물'이라는 제목의 글이 새겨진 바위가 있는 샘물이 있고, 그 옆에 고동재농원쉼터라는 이름의 가게가 하나 있었다. 우리는 그 집에 멈추어 팩으로 포장된 액체형 아이스크림과 오미자 차를 하나씩 들었다. 나는 보지 못했으나 아내는 거기서 늙은 개를 한 마리 보았다는데, 주인아주머니의 말에 의하면 그 개는 한 번도 목줄을 채운 적이 없었다는 것이다. 개가 산속에서 호강하며 살고 있다. 그 가게에서부터 고동재까지는 또 한참을 걸어 올라가야 하였는데, 길가에 하얀 찔레꽃과 때죽꽃이 만발해 있고, 도로변 여기저기에 아이리스를 식재해 두었었다.

　고동재에서부터는 산 능선을 따라서 보통의 등산로가 이어져 있었다. 도중에 정오가 조금 지난 무렵 오봉리와 방곡리 일대가 훤히 바라보이는 절벽 위의 전망 좋은 넓적바위에 걸터앉아 점심을 들었다. 거기서 조금 더 나아가자 산불감시초소가 있고, 철제 산불감시탑도 세워져 있었으나, 초소 안에 감시원은 머물러 있지 않았다. 초소에서 한쪽 편으로는 왕산·필봉산·밤머리재·웅석봉이 바라보이고, 반대쪽으로는 왕등습지와 천왕봉·중봉·독바위 등이 바라보였다. 우리는 수철에서 5.8km 떨어진 거리의 쌍재에 이르러 발길을 돌렸다. 그곳은 방곡리에서 산청읍 쪽으로 이어지는 임도가 지나는 곳이었다. 예전에 왔을 때 만났다고 일기에 적힌 임도가 이것이 아니었던가 싶기도 하였다.

오늘 산행에서 우리는 고동재를 조금 지난 지점에서 수철리 쪽으로 걸어오는 젊은 남녀 한 쌍을 만났었는데, 그들은 우리가 돌아올 때까지 고동재농원쉼터에 머물러 막걸리를 마시다가 막 출발하였으나 도중에 다시 고사리를 꺾느라고 되돌아오는 우리보다도 오히려 뒤처지게 되었다.

오후 4시 무렵에 귀가한 듯하다. 저녁식사를 거르기로 한 지 제법 되었으나 아내가 정식 식사 대신 이런저런 먹을거리를 챙겨주어 그것들을 먹어왔는데, 샤워 후에 보니 또다시 배가 나온 듯하여, 오늘부터는 다시 일체 거르기로 했다. 그러나 체중은 아직 76.2kg이라 별로 높지 않은데, 이즈음의 내 키는 174cm 정도로서 젊은 시절에 비해 2cm 정도 줄어들었으므로 체중도 74kg을 기준으로 삼아야 할 듯하다.

6월

7 (일) 맑음 - 지리산둘레길 하동 중촌~구례 송정

승용차를 몰고서 아내와 함께 지리산둘레길 하동 중촌에서 구례 송정까지 구간을 다녀왔다. 2015년 8월 2일에 더조은사람들을 따라서 하동군 악양면 대축마을에서 화개면 중촌마을까지 구간을 답파한 바 있었는데, 당시 인솔자인 강종문 씨가 원래 정금리 대비마을까지 갈 예정이었던 것을 같은 정금리의 중촌마을에서 중단했던 것이다. 오전 8시에 집을 출발하여 새로 닦은 2번 국도를 따라 KBS FM1채널의 클래식 음악 방송을 들으면서 내비게이션에 의지하여 나아가 9시 57분에 중촌에 도착하였다.

중촌에서 이 코스의 종착점인 가탄까지는 『지리산둘레길』 및 『지리산둘레길 스탬프포켓북』에 의하면 4.8km, 가탄에서 다음 코스의 종착점인 송정까지는 10.5 혹은 10.6km라고 되어 있으므로, 나는 아내에게 총 거리가 15km 정도라고 소개해 두었는데, 현지의 이정표에 의하면 중촌에서 가탄까지 6.4km, 가탄에서 송정까지는 10.6km이므로 총 17km가 된다. 그러나 산길샘에 의하면 오늘 걸은 거리는 도상거리 14.50km, 총 거리 15.19km여서 책자들에 적힌 바에 가깝다.

정금리 일대에서는 천년차밭길이라고 하는 다원을 계속 지났다. 출발할 무렵 반대편으로부터 걸어오는 트레커 두세 명 한 팀을 만났고, 정금리의 2층 전망대 부근에서 진주에서 온 중년의 남자 트레커 세 명을 만났으며, 가탄을 지나서부터는 계속 우리 두 명이 걸었다. 가탄에서 법하마을을 지나 황장산 능선 상의 작은재에 못 미친 무렵 실개천을 만나 그 곁에서 점심을 들었다. 작은재를 지나서부터는 전라남도 구례군 지경이었다.

피아골 입구의 연곡천이 흐르는 기촌마을에 이르렀을 때 아내는 피로를 호소하며 오늘은 이 정도에서 그치자고 말한 바 있었지만, 그냥 계속 걸어 또 하나의 산 능선에 올랐는데, 나는 능선에만 오르면 어려운 고비는 끝날 것이라고 아내를 격려한 바 있었으나, 능선에 도착하여서도 오르막길을 따라 계속 올라가므로 나중에는 내가 기진맥진하였다. 한참만에야 마침내 능선 길을 벗어나 비교적 평탄한 길을 따라 내려가다가 큰 임도를 만난 곳이 바로 목아재였다.

그러나 목아재에서 다시 오르막길을 한참 올라 다시 산 능선 또 하나를 지나고서야 비로소 내리막길이 이어져 오후 4시 51분에 종점인 송정마을 포장도로 가에 도착하였다. 총 소요 시간은 6시간 54분이었다. 오늘 코스는 아내에게나 나에게 모두 무리였다. 고도는 487m에서 5m 사이였고, 총 걸음 수로는 27,697보였다. 종착지점 가까이에서 하동 콜택시 화개영업소의 택시를 하나 불러 출발지점인 정금리 중촌에 도착하였다.(2만 원)

돌아오는 길에는 2번국도 도중에서 구 도로로 접어들어 하동군 횡천면 횡천리 746-1에 있는 하동솔잎돼지영농조합법인에 들러 한우 채끝, 한우 꽃등심, 돼지고기 목심 부위로 472,000원 어치를 샀다. 신한카드로 결제하고 나니, 긴급재난지원금에서 396,898원이 승인되어 잔액은 0원이라는 문자

메시지가 떴다. 과거에 큰누나나 아내와 더불어 이곳에서 고기를 산 적이 있었는데, 값싸면서 맛있다는 평이었기 때문에 도중에 다시 한 번 들른 것이다. 오후 7시경 귀가하였다.

15 (월) 맑음 –지리산둘레길 16코스 구례 오미~송정

아내와 함께 지리산둘레길 16코스 구례 오미-송정 구간 10.4km를 다녀왔다. 오전 8시경에 승용차를 몰고서 집을 출발하여, 국도 2호선을 따라 하동까지 간 후, 19번 국도로 접어들어 섬진강변을 따라서 북상했다. 국도2호선 중 근년에 새로 공사를 하여 완성한 구간은 하동군 적량면까지 이어지는데, 하동군 구역은 터널이 많고 노폭이 좁아 국도라고는 하지만 시속 60km로 속도가 제한되어 있었다. 벚나무 가로수로 유명했던 19번 국도도 종전의 2차선에서 4차선으로 확·포장하는 중이라 도중에 꼬불꼬불 돌아가는 구간이 많다.

송정리에 도착하여서도 주차할 장소를 찾아서 둘레길이 시작되는 신촌마을 부근을 지나 길 끄트머리의 송정마을로 불리는 안한수내 마을까지 올라갔다가 되돌아 내려와, 오전 9시 37분 무렵 시작지점 부근의 길가 넓은 장소에다 차를 세웠다.

둘레길에 접어들자 말자 봉애산(봉의산, 봉화산, 613m) 아래쪽 산길을 계속 올라가야 했다. 이곳 토지면 송정리 일대는 지리산 왕시리봉(1,212m)과도 가까운 거리에 있다. 송정에서 1.1km 되는 지점에서 마침내 능선의 꼭대기 지점에 다다라 그곳에 설치된 벤치 두 개에서 좀 휴식을 취하였다. 정유재란 때의 전적지인 석주관 부근에 있는 고갯마루에는 정자가 하나 설치되어 있었는데, 거기에 먼저 도착하여 쉬고 있는 여자 두 명을 만났다. 서울에서 내려와 며칠간 둘레길을 걷는데, 어제는 비가 와 부근의 펜션에서 하루를 머물렀다가 이제 출발하여 오미까지 가는 모양이었다.

오늘 걷는 지리산둘레길은 대부분 '남도 이순신길 백의종군로' 및 '남도 이순신길 조선수군 재건로'와 겹치고 있었다. 구례군 관광안내도에 의하면, 전자는 구례군 산동면의 산수유시배지 테마파크에서 시작되며, 후자는 북쪽의 곡성군에서부터 구례군으로 이어지는데, 양자는 구례 읍내에서 만나 석주관성까지 함께 가고 있으며, 전자는 다시 구례읍내를 거쳐 남쪽의 순천시로 이어지고 있다. 후자는 정유재란이 있었던 1597년 당시 백의종군하던 이순신이 삼도수군통제사로 재임명되어 군사·무기·군량·병선을 모아 명량대첩지로 이동한 구국의 길이라는 것이다. 이순신이 삼도수군통제사로 다시 임명된 곳은 진주시 수곡면 孫景禮의 집이었는데, 그렇다면 그는 이후 고향 아산이나 서울로 올라갔다가 이 길을 통하여 다시 내려왔다는 뜻이 아닌가 싶다. 그러나 지리산둘레길 자체가 최근에 조성된 것이라, 당시에 이런 길이 있었을 리는 만무한 일이다.

송정에서 4.3km 되는 지점의 산길이 거의 끝나가는 곳 사방공사를 한 지점 부근에서 오솔길에다 등산용 의자를 펴고 앉아 점심을 들었다. 그러나 그곳을 떠나 다시 얼마간 더 걸어간 지점의 숲속에서 수량이 꽤 풍부한 계곡을 만나 양치질을 하였다. 그곳에는 둘레길 가에 평상과 모기장이 설치되어져 있고, 계곡에는 자두로 보이는 열매가 많이 달리거나 땅에 떨어진 커다란 나무가 한 주 서 있었다.

구례노인요양원과 체육공원을 지나 한참을 더 나아간 곳의 산 중턱 임도 부근에 인위적으로 조성된 솔까끔마을이라는 곳을 지났는데, 그 마을 길가에서 朱成允詩碑를 만났다. '풀'이라는 제목의 짧은 시가 하나 새겨져 있고, 그 아래에 약력이 적혔는데, 1939년 일본 大阪 출생, 호는 草洞, 서울대학교 문리대 철학과 졸업, 1962년부터 64년까지에 걸쳐 「현대문학」에 천료되어 등단, 신년대·한국시·상황 지의 동인으로 활약했으며, 『생의 약진』(58년 3인 시집), 『독설』(79년), 『먼 산에 진달래』(81년), 『조선의 빛』(65년) 등의 시집을 낸 것으로 되어 있었다. 그의 시비가 왜 여기에 서 있는지 알 수 없으나, 아마도 이 부근에서 태어난 것이 아닌가 싶었다. 귀가한 후 서울대 철학과 『同門名簿』를 뒤져 보니, 그는 1959년에 입학하여 1967년 2월에 졸업하였고, 전화는 724-0581이나 별세하였다고만 적혀 있었다.

1995년에 준공되어 2013년에 둑 높이기 공사를 한 문수저수지를 지나고, 內竹·下竹마을과 수령 250년 된 보호수 서어나무를 지나 오늘의 종착지인 五美마을에 다다랐다. 이 마을에 1963년 중요민속문화재 제8호로 지정된 雲鳥樓가 있는데, 집터가 金環落地 형국으로서 남한 3대 吉地의 하나라고 하여 전국적으로 널리 알려진 곳이다. 경북 안동 출신으로서 낙안군수를 지낸 문화류씨 柳爾胄가 7년의 긴 공사기간을 거쳐 영조 52년(1776) 완성한 집이라고 한다. 지금은 문화재보호법 49조에 따라 어른은 1,000원, 학생·군경은 700원의 관람료를 징수하고 있었다. TV를 통해 여러 번 보았던 안주인이 입구의 대문 옆방에 앉아 관람료를 징수하고 있었는데, 나는 과거에 이미 몇 차례 와 본 적이 있었기 때문에 대문에서 안쪽을 한 번 바라본 후 되돌아 나왔다. 오늘의 걸음 수는 19,229보였다.

마을 입구의 정자 부근에서 아내가 주민 아주머니에게 택시 전화번호를 물은 바 있는데, 그곳으로 돌아 나오니 이미 택시가 와서 대기하고 있는지라, 그것을 타고서 송정리의 출발지점으로 되돌아갔다. 구례택시에 속한 전남20바1132의 이윤순 씨 차였는데, 지금까지 둘레길에서 탔던 택시 중 가장 요금이 싸서 10,400원이었다. 갈 때의 코스를 경유하여 오후 4시에 귀가하였다.

21 (일) 맑음, 하지 - 오정산

아내와 함께 삼일산악회에 동참하여 문경시 호계면 호계리와 마성면 오천리의 경계에 위치한 烏井山(804m)에 다녀왔다. 오전 8시까지 시청 앞에 집결하여 대절버스 한 대로 출발하였다. 오랜만에 낯익은 얼굴들을 많이 만났다. 오늘 모인 사람들 중에는 코로나 방역 기간 중에도 매주 20명 정도씩 대형버스를 동원하여 빠짐없이 산행을 이어온 사람들이 있었다. 대명산악회가 주관한 모양이다. 갈 때는 마스크를 한 사람들이 대부분이어서 우리 내외도 차 안에서 마스크를 착용하였지만, 돌아올 때는 시종 가라오케 노래자랑과 고고타임 시간을 가졌기 때문인지 마스크를 한 사람이 거의 없었다.

33번 국도를 따라 고령까지 간 후, 광대·중부내륙고속도로를 경유하여 10시 58분에 호계면 별암리의 문경대학 구내 등산시작 지점에 도착하였다. 가는 도중 기사의 실수로 동고령(성산) IC로 잘못 빠져나가 잠시 29번 국도를 따라가다가 다시 중부내륙고속도로에 오르기도 하였으며, 점촌함창 TG 를 통해 일반도로로 빠져나갔다.

문경대학은 별로 크지 않은 본관 건물 하나밖에 눈에 띄지 않았는데, 우리가 하차한 지점에 오정산바위공원이라는 것이 있었다. 1994년 문경대학 설립 당시에 본관 기초공사를 위해 땅을 6m쯤 파내려가니 바위 군락이 나와 본관을 현재의 자리로 옮김으로서 탄생하게 된 것이라고 한다. 문경대학 뒤편에서 오정산까지는 2.8km의 거리였다. 정상을 600m 남겨둔 지점에 상무봉(800)이라는 봉우리가 있는데, 근처에 있는 국군체육부대에서 세운 표지판이 보이는 것으로 미루어 봉우리 이름도 이 부대에서 지은 것인 듯했다.

우리 내외는 그 아래편 갈림길에서 점심을 들었고, 상무봉을 지나 오정산 정상으로 향하던 도중에 아내는 쉬고 있는 일행 두어 명을 만나 먼저 하산길에 오르고, 나만 혼자 정상까지 다녀와서 대기하고 있던 이운기 산행대장과 상무봉에서 합류하여 함께 3.8km 떨어진 진남휴게소 방향으로 나아갔다. 상무봉 이후 644봉, 621봉을 지났지만, 대체로 내리막길이라 상무봉에 이를 때까지의 오르막길보다는 한결 수월하였다.

중부내륙고속도로가 발 아래로 내려다보이는 지점의 삼태극전망대에 太極亭이라는 이름의 나무로 지은 2층 정자가 있어 거기서 아내와 정보환 씨를 다시 만나 잠시 쉬면서 사방의 풍경을 둘러보았다. 三太極이라 함은 산과 물, 그리고 길이 만들어내는 세 개의 태극문양을 이르는 말로서, 낙동강 상류인 영강 물줄기와 오정산의 산줄기, 그리고 옛 국도 3호선의 길줄기가 각각 삼태극 문양을 이룬다 하여 붙인 이름이다. '문경의 소금강'이라 불리기도 한다. 태극정에서는 문경새재와 더 멀리 소백산 비로봉의 모습도 바라볼 수 있었다.

능선을 거의 다 내려온 지점에서 토끼비리라는 옛길을 건너 진남교반의 바위 절벽 위쪽으로 나아갔다. 토끼비리는 마성면 신현리에 있는 것으로서 명승 제31호로 지정되어져 있는데, 하천변의 절벽에 난 遷道로서 그 길이는 약 3km이다. 돌벼랑을 사람이 다닐 수 있도록 파서 만든 구불구불하며 좁고 험한 길인데, 비리는 벼루의 사투리로서 벼랑을 의미하는 말이다. 『新增東

國與地勝覽』에 "고려 태조가 남하하여 이곳에 이르렀을 때 길이 없었는데, 토끼가 벼랑을 따라 달아나면서 길을 열어주어 갈 수가 있었으므로 兎遷이라 불렀다."라고 기록되어 있어 토끼비리가 토천에서 유래한 지명임을 알 수 있다. 왕건이 이곳에서 홀로 길을 잃었다가 홀연히 나타난 토끼의 안내로 후백제군의 추격을 면할 수 있었다는 것이다. 串岬遷棧道라고도 하는 이 길은 조선시대의 주요 도로 중 하나였던 영남대로 즉 한양과 동래를 이어주던 옛길 중 가장 험난한 구간으로 알려져 있다.

鎭南橋畔도 마성면 신현리에 있는 지명으로서 진남이라 함은 근처에 있는 삼국시대 초기인 2세기경 신라에서 축조한 것으로 추정되는 길이 1.6km, 넓이 4m에 이르는 姑母山城의 남쪽 翼城인 石峴城의 관문 鎭南樓에서 유래한 이름인 듯하다. 교반이라 함은 영강을 건너는 옛 문경선 철교의 주변이라는 뜻이다. 1933년 대구일보의 경북팔경 투표 결과 제1경으로 선정된 곳인데, 내가 예전에 국도3호선을 따라 문경을 오갈 때 여러 번 보았던 강가의 바위절벽 일대인 듯하다. 그러나 지금은 그 바위절벽을 뚫고서 중부내륙고속도로가 통과하고 있다.

하산을 마친 다음, 영강을 건너는 긴 다리를 지나 반대편 동네에서 진남약수터에 들러 약수를 한 바가지 마신 후, 16시 15분 중부내륙고속도로 철교 아래에 정거해 있는 대절버스에 이르렀다. 오늘의 소요시간은 5시간 17분, 도상거리로는 9.04km, 총거리는 9.52km이며, 걸음 수로는 19,999보였다.

하산주 자리에 앉아 수박과 음료수 등을 들다가 출발하여, 갈 때의 코스를 따라 돌아오는 도중 고령군 쌍림면 대가야로 819에 있는 휴게소맛집에 들러 청국장(7,000원)으로 석식을 들었다. 8시 반 쯤에 귀가하였다.

28 (일) 대체로 맑음 -십이동파도, 방축도

아내와 함께 더조은사람들의 제211차 산행에 동참하여 전라북도 군산시에 속한 서해상의 무인도 十二東波島와 고군산군도의 일부인 군산시 옥도면의 防築島에 다녀왔다. 새벽 5시까지 신안동 공설운동장 1문 앞에 집결하여

36명이 대절버스를 타고서 출발했다. 이 산악회가 주로 그렇듯이 오늘 모임에도 사천·의령·마산·함양·하동 등 다른 지역에서 온 사람들이 진주 사람보다도 더 많았다.

2번 국도를 따라 하동까지 간 후, 19번 국도를 타고서 섬진강을 따라 북상하여 하동군 악양에서 지난번 대통령별장이 있는 거제 저도를 방문했을 때 동행했었던 손병남 씨 등 네 명을 태운 후, 구례화엄사 톨게이트에서 27번 고속도로에 올라 남원 방향으로 향하였다.

터널 속에서 우리 차에 앞서가던 대형 화물차의 기사가 조는지 차가 시그재그로 운행하는 것을 우리 기사가 경적을 울려 그를 깨웠다. 임실군의 오수 휴게소에서 10분간 정차한 후, 완주 톨게이트에서 21번 국도로 빠져 군산 방향으로 향하였다. 북상하는 도중 자귀나무 가로수가 자주 눈에 띄었는데, 우리 농장에서는 근년 들어 자귀 꽃을 별로 보지 못했다가 어제 비로소 냉동 창고의 지붕 위로 빨간 자귀 꽃이 만발한 풍경이 눈에 들어왔었다.

8시 48분에 선유도의 선유대교 부근 주차장에다 차를 세우고는 걸어서 해변데크산책로 쪽으로 나아가 그곳 선착장에서 예약해 둔 낚시·민박·관광 목적의 작은 배 두 대에 나누어 탔다. 우리 내외가 탄 것은 그 중 삼정레져의 9.77톤 배였다. 선유도에서 서북 방향으로 1시간 반 정도 배를 타고 나아가서 먼저 십이동파도에 도착하였다. 십이동파도 역시 행정구역상 군산시 옥도면 연도리에 속한 섬인데, 12개의 바위섬으로 이루어져 있다. 1960년대 초기까지 사람이 살았지만 현재는 무인도로서, 군산항에서 서쪽으로 약 30km, 고군산군도의 서쪽 끝 말도에서 약 26km 떨어진 곳에 위치한다. 강 대장의 말에 의하면 선유도에서 여기까지 오는 도중의 바다는 평균 수심이 약 25m인 평평한 바다라는 것이었다.

이 섬에서 해저 유물을 발견하였다는 신고가 20여 건을 넘어 2003년부터 2004년까지 2차례에 걸쳐 본격적인 조사가 이루어졌는데, 당시 발견된 것은 선체 조각 14점, 도자기, 철제 솥, 청동 숟가락 등 8,743점이다. 배는 전라남도 해남군에서 개경으로 이동하던 중 침몰한 것으로 추정되며, 인양된 청자의 생산 시기는 11세기 말에서 12세기 초로 추정되고 있다. 유물의 대부분은 6,555점에 달하는 고려청자였다.

12개의 섬들 중 1,2,4,9번째가 중요하게 여겨져 「독도 등 도서지역의 생태계 보전에 관한 특별법」에 의거 2010년 3월에 특정도서로 지정되어 있다. 우리가 상륙한 것은 가장 큰 섬인 듯한 십이동파도4로서 면적이 182,489㎡이며, 제163호로 지정되어 있다. 특정도서 1호는 2000년 9월에 지정된 독도이다.

이 섬은 오래 전에 무인도가 되었는데, 평화롭게 살던 이 섬에 간첩선이 들이닥쳐서 모자가 살고 있던 집에 침입하여 아들을 납치하려고 하자, 어머니가 아들을 놓아두면 내가 대신 가겠다고 자청하였고, 그 때 북으로 끌려간 어머니는 지금까지 소식이 없으며, 섬은 이후 정부의 지시로 무인도가 되었다. 무인도라 그런지 내가 가진 5만분의 1 지도책에는 십이동파도가 나타나 있지 않다. 우리가 십이동파도에 도착했을 때는 그 중 다른 섬에 낚시꾼 두어 명이 눈에 띄었다.

비상선착장에 상륙하여 섬에 올라보았지만, 정상의 등대까지 오가는 좁은 길만 콘크리트로 포장이 되어 있고, 다른 곳은 온통 칡넝쿨 등에 뒤덮여 있었다. 등대라고는 하지만 주탑에 불을 비추는 시설은 눈에 띄지 않고 그 대신 옆에 레이더 같은 것이 하나 눈에 띄었으며, SK텔레콤의 통신탑도 하나 있고, 태양광 패널도 설치되어져 있었다. 우리는 등대에서부터 능선을 따라 반대편 중간지점의 약초군락지라고 하는 쪽으로 이동해 보았는데, 앞서 가는 강 대장이 등산 스틱으로 두드리며 길을 낸 것을 여러 사람이 뒤따라가는 정도였다. 도중에 비상선착장으로 향하는 지름길을 취하여 내려오던 중에 잡초 속에 油菜 대가 보이고 방풍나물이 지천으로 널려 있는 곳을 지나쳤는데, 강 대장의 말로는 거기가 집터라는 것이었다. 바닷가로 내려가 바위들을 디디고서 비상선착장으로 이동하였고, 거기서 점심을 든 후 착륙한 곳에서 조금 옆으로 이동하여 다시 배를 탔다. 우리는 오전 10시 50분부터 정오 무렵까지 그 섬에 머물렀다.

점심때는 산악회에서 나누어준 주먹밥 대신 중국 威海 여행을 함께 했었던 손병남 씨가 아내에게 건네준 찰밥 같은 것을 들었는데, 이곳까지 오는 동안 배의 앞쪽 갑판에서 그로부터 들은 바로는 그는 올해 63세이며, 하동군 악양면 소재지인 마을에서 8년간 이장을 하다가 올해 그만두었으며, 젊은 시절에 잠시 직장생활을 한 이후로 마을 소유의 산지 약 20만 평을 3년 기간씩으로 거듭해 임대 받아 자연산 송이 채취하는 일을 하고 있으며, 부인은 면소재지에서 식당을 경영한다는 것이었다. 찰밥에 대한 답례로서 나는 돌아오는 배 안에서 그에게 내 몫의 자두를 한 봉지 주었고, 아내는 따로 강 대장의 처에게 자두 한 상자를 주어 일행에게 나눠주도록 했다.

다시 한 시간 정도 이동하여 고군산군도로 돌아온 후, 방축도에 상륙하여 오후 2시 50분부터 3시 50분 무렵까지 트레킹을 하였다. 방축도는 고군산군도의 북서쪽에 있는 섬으로 군산에서 남서쪽으로 약 40km 떨어진 곳에 위치한다. 전체 면적은 2.17㎢이며 해안선의 길이는 6.5㎞이다. 방축도의 최고점은 북쪽에 솟은 127m의 산이며, 2013년 현재 인구는 159명으로서, 남동쪽 저지대를 중심으로 취락이 분포되어 있고, 주민 대부분은 어업에 종사한다. 고군산군도의 북부에서 동서로 잇는 섬들 중 가운데에 위치하여 방파제 역할을 한다 하여 이런 이름이 붙었다고 마을 안의 종합안내도에 적혀 있다.

우리는 방축도항에서 서쪽 방향으로 나아가 이웃한 섬들인 광대도와 명도가 바라보이는 뒷장불 전망대에 다다랐으며, 거기서부터 산길을 취해 이 섬의 최고 명소라고 할 수 있는 독립문바위를 향해 나아갔다. 일행 중에는 섬의 서남쪽 끄트머리인 바닷가에 위치한 독립문바위까지 나아가는 사람들이 있었고, 강 대장은 위태로운 바위 절벽을 기어올라 평평하고도 널찍한 그 꼭대기에 서기도 하였으나, 우리 내외는 산 중턱의 전망대에 머물러 독립문처럼 가운데에 커다란 구멍이 뻥 뚫린 그 바위를 바라보기만 했다.

거기서 다시 이동하여 광대도와의 사이에 놓인 출렁다리인 광대도교를 건넜다가 되돌아와 다시 해안으로 내려가서 바위들을 디디고 뒷장불전망대쪽으로 돌아왔다. 전망대 옆의 펜션 뒤쪽으로 등산로가 이어져 있어 일정표상으로는 그 길도 걸어서 섬을 한 바퀴 도는 것으로 되어 있지만, 그냥 갔던 길을 따라서 인어상이 있는 방축도항까지 되돌아왔다. 십이동파도나 방축도에 모두 원추리 꽃이 많았다.

다시 20분 정도 배를 타고서 오후 4시 16분에 선유도로 돌아왔다. 오늘의 소요시간은 7시간 27분이며, 걸음 수로는 12,590보였다. 도착한 후 우리가 방축도에서 트레킹을 하는 동안 선장들이 잡은 생선으로 즉석 회를 만들어 배의 안팎에서 맛보기도 하였다. 잡은 생선은 우럭 비슷한 모양으로서 꽤 양이 많았지만, 선장이 소개한 식당에서 오후 5시에 석식을 들 예정이므로, 다시 주차장까지 걸어가 대절버스를 타고서 고군산진터 부근인 군산시 옥도면 선유북길 83으로 이동하여 남도밥상이라는 이름의 식당에서 이곳 명물인 모양인 바지락칼국수(8,000원)로 석식을 들었다. 바지락이 풍부하게 들어 있었다.

식후에 갈 때의 코스를 따라 진주로 돌아오는 도중 큰누나로부터 전화를 받았는데, 부산 開成중학교 동기동창이라는 尹權徹이란 친구에게 전화를 바꿔주어 그와 통화하였다. 알고 보니 나와 같이 수학 담당인 金年壽 선생이 담임을 맡은 3학년 3반으로서, 1965년도 졸업앨범에 실려 있었다. 큰누나가 다니는 광안성당의 교우라고 했다. 돌아오는 중에도 잠시 오수휴게소에 정거하였다가, 진주의 공설운동장에 도착하여 거기에 세워둔 승용차를 몰고서 밤 10시 무렵 귀가하였다.

7월

7 (화) 맑았다가 밤에는 곳에 따라 비 -낭도, 추도, 사도

아내와 함께 산울림산악회를 따라 전남 여수시 華井面의 狼島·鰍島·沙島에 다녀왔다. 오전 7시 50분 무렵 우리 집 근처의 바른병원 앞에서 문산을 출발하여 시청을 경유해 오는 대절버스를 탔다. 여자 총무 이덕순 씨와 산행대장 김현석 씨에게도 자두가 든 비닐봉지 하나씩을 선물하였다. 봉곡로터리에서 사람들을 더 태운 후, 통영대전·남해고속도로를 경유하여 서쪽으로 나아가다가 여수 부근의 17번 국도와 22번 지방도를 거쳐 다시 77번 국도에 올라 낭도로 나아갔다. 나는 2015년 4월 26일에 더조은사람들을 따라 여수

백야도에서 배를 타고 개도·하화도·상화도를 거쳐서 사도까지 들어왔던 적이 있었는데, 금년 2월 무렵 여수반도의 서남쪽 끄트머리에서 조발도·둔병도·낭도·적금도를 이어 고흥반도로까지 연결되는 다리들이 개통되었으므로, 이번에는 육로로 낭도까지 오게 된 것이다.

낭도에 도착하였을 때 기사가 낭도선착장이 있는 섬 서남부의 麗山(낭도)마을로 가야 할 것을 실수로 반대쪽인 동북부의 규포마을로 향했으므로, 좁은 1차선 도로에서 큰 차를 되돌려 나오느라고 시간이 꽤 지체되어 오전 11시 4분에야 비로소 여산마을 입구의 2차선 도로가 끝나고서 1차선 도로가 시작되는 지점에서 하차하여 등산을 시작하였다. 마을을 가로질러 등산로가 시작되는 지점까지 이동한 후, 등산로 제1코스를 따라서 쉼판터전망대, 따순기미쉼터·역기미분기점을 거쳐 낭도산·상산봉이라고도 하는 섬의 최고 지점 상산(上山?, 278.9m)에 올랐다.

역기미분기점까지 되돌아 내려온 후 등산로 제4코스를 따라서 해안의 역기미삼거리에 도착하였다. 거기서부터는 해안선을 따라서 낭만낭도 섬 둘레2길로 산타바오거리 부근까지 돌아온 후, 다시 둘레1길을 따라 남포등대와 낭도방파제를 거쳐서 오후 2시 59분에 출발지점인 여산마을까지 되돌아왔다. 마을 끄트머리의 선착장까지는 2차선 도로가 이어져 있었으나, 다시 1차선인 마을길을 거쳐 하차한 지점까지 되돌아갔다가 차 안에 두고 온 배낭을 메고서 선착장으로 돌아왔다. 도상거리 11.74km, 총 거리 12.12km, 총 소요시간은 3시간 55분, 걸음 수로는 20,639보였다. 산행대장이 배낭은 차에 두고서 산에 오르라고 하므로 조끼 포켓에다 물 한 통만 넣어 갔으나 예상보다도 훨씬 강행군이며, 점심시간도 크게 늦어졌다.

조그만 낚싯배를 대절하여 몇 차례 왕복하여 추도까지 이동하였다. 추도에는 집이 몇 채 있었으나, 선장의 말로는 할머니 한 사람만이 거주한다는 것이었다. 예전의 사라호 태풍 후 이 섬과 사도의 주민들이 대거 이웃한 큰 섬 낭도로 이주하여 현재는 두 섬 모두 주민이 크게 줄어든 모양이다.

2001년에 전남대학교 한국공룡연구센터가 여수 일대의 공룡화석지 및 지질환경 기초학술조사를 실시한 이후 여수 화정면의 외딴섬 낭도와 추도,

사도 일원 5개 섬에 공룡화석지가 대량으로 발견되어 국가지정문화재(천연기념물 제434호)로 지정되었으며, 2002년에는 세계자연유산 잠정목록에 등재되었다. 지금까지 이곳에서 발견된 공룡발자국 화석은 총 3,546점으로서, 사도에서 755점, 추도에서 1,759점, 낭도에서 962점, 목도에서 50점, 적금도에서 20점이 각각 발견되었다. 현재까지 이를 세계자연유산에 정식 등재하고자 다양한 활동이 추진되고 있다. 우리가 점심을 든 추도 선착장 부근 바닷가의 널따란 암석지대도 대표적인 공룡발자국 화석지인 모양인데, 선착장 부근에 그것을 소개하는 안내물이 많이 전시되어 있었으나 이 바위들에서 육안으로는 그런 것이 눈에 띄지 않았다.

점심을 든 후 타고 왔던 배가 다시 우리 일행을 태우고 온 참에 그 배를 타고서 이웃한 사도로 이동하였다. 이 일대의 해안은 매년 5회에 걸쳐 2~3일 동안 바닷길이 열려 추도·사도·나끝·연목·중도·증도·장사도 등 7개 섬이 'ㄷ'자로 이어지는 모양이다. 아내와 나는 사도에서 먼저 중도로 이어지는 지점까지 나아가 그 일대의 공룡 화석지를 둘러보았지만 역시 별로 눈에 띄지 않았고, 다만 그 부근의 중도로 이어지는 도로 아래에서 발자국 화석인 것 같은 몇 개를 보았을 따름이었다. 다시 디노사우러스 모형 두 개가 서 있는 선착장 부근으로 돌아와 반대편의 공룡화석공원 끝까지 걸어가 본 후 되돌아와 텅 빈 관광센터에 들렀다가 사도 선착장으로 가서 그곳의 콘크리트 계단에 걸터앉아 타고 나갈 배가 출항할 때까지 기다렸다. 앉아 있는 계단의 엉덩이 부근이 자꾸만 따끔거려 일어나 다른 곳으로 이동하려 했더니 바지의 엉덩이 부분이 송곳처럼 뾰족한 돌조각에 걸려 찢어지고 말았다. 여산마을로 돌아가 화장실에 들어가 반바지로 갈아입었다. 더 뒤쪽으로 이동하여 쓰레기처리장 부근에 가 있는 대절버스를 찾아가 얼마 동안 바깥 의자에 걸터앉아서 일행의 하산주가 끝날 때까지 기다렸다가, 오후 6시 25분에 출발하여 새로 생긴 다리들을 모두 경유하여 고흥반도에 도착한 직후 갔던 길로 되돌아 나왔다.

여수의 식당에다 저녁식사를 예약해 두었으나, 여수에 코로나 확진자가 발생하여 그 식당도 문을 닫았다고 하므로, 섬진강휴게소까지 돌아와 휴게소 식당에서 아내는 재첩국, 나는 비빔밥으로 늦은 석식을 들고, 디저트로 수박도 들었다. 집으로 돌아와 샤워를 마치고 나니 이미 밤 10시 30분이었다.

11 (토) 맑음 -흑산도, 영산도, 대장도

1박2일간 더조은사람들의 흑산도·영산도·대장도 산행에 참여하기 위해 승용차를 몰고서 아내와 함께 오전 3시까지 신안동 운동장 1문 앞으로 갔다. 거기서 대절버스로 갈아탔는데, 31명이 출발할 예정이었으나 예약했던 사람들이 대거 취소하여 최종적으로는 강 대장 내외를 포함한 14명이 참여하였다. 그 중 남자는 4명이었다. 함양에서 온 중년 남녀 한 팀도 있고, 친구 4명이 온 중년여성 팀도 있었다.

남해고속도로를 경유하여 목포 부근까지 간 후 2번 국도를 따라서 5시 40분 무렵 압해도의 서쪽 끄트머리에 있는 송공여객선터미널에 도착하였다. 근년에 개통된 천사대교가 시작되는 지점으로서, 지난번에 기점·소악도의 12사도순례길을 갈 때도 이곳에서 출항한 바 있었다. 우리는 거기서 대기하다가 6시 40분에 출발하는 해진해운의 뉴드림호를 탔다. 3등객실로서 요금은 10,100원이었다. 이 배는 2103톤으로서 여객정원이 250명인 꽤 큰 배였다. 송공에서 대전에 있는 해외트래킹전문 랜드사 CS투어의 대표와도 합류하였는데, 그는 우리의 이번 여행에서 배·숙소·식당·차 마련 등 모든 수속의 대행과 가이드 역할까지를 맡았다. 아내의 말로는 지난번 중국 威海 여행 때도 그가 군산항에 나와 우리를 송출하였다고 한다. 이 업체는 강 대장이 해외여행을 인솔할 때 자주 이용하는 모양인데 매우 영세하며, 원래는 해외트래킹이 전문이지만 지금은 코로나19로 말미암아 해외여행이 전면 중단된 상태이기 때문에 이처럼 대표가 직접 나서 국내 트레킹의 알선과 가이드 역할을 하고 있는 것이다.

우리가 탄 배는 암태도와 팔금도 사이, 비금도와 도초도 사이를 통과하여 10시 20분에 대흑산도 예리항의 여객선터미널에 도착하였다. 나는 항해 도중 늘 그렇듯이 선실에 있지 않고 갑판으로 나가 바다의 풍경을 바라보았다.

대체로 기관실 뒤편 배 *끄*트머리에 놓여있는 의자에 걸터앉아 있었다.

흑산도에서는 터미널 부근인 전남 신안군 흑산면 예리1길 41-15에 있는 수협중매인 38번의 점포에다 짐을 맡기고서, 하루 한 번씩 흑산도와 그 오른편에 있는 부속섬 永山島를 왕복하는 도선 영산호를 세 내어서 탔다. 35인승인데, 평소의 운임은 대인이 5,000원이고 주민은 2,000원인 모양이다. 영산도까지 20분 정도 소요된다.

11시 19분에 영산도에 내렸는데, 도착하자말자 큼직하고 누런 털이 부슬부슬한 서양종 같이 생긴 개 한 마리와 체구가 그 절반인 흰 개 한 마리가 우리를 맞이하더니, 등산 코스에도 시종 동행하고 우리가 섬을 떠날 때까지 계속 따라다녔다. 누렁이는 붙임성이 좋아 우리가 주는 것은 물이든 빵이든 즐겨 받아먹고, 사람들에게 다가와 쓰다듬어 주면 좋아하였으나, 흰둥이는 거의 받아먹지 않았다. 아내가 마을 할머니로부터 들은 바에 의하면, 이 개들은 섬의 안내견 3총사에 속하며, TV에도 나온 바 있었다고 한다. 흑산도 일대는 다도해해상국립공원에 속하는데, 현재 30가구 49명의 주민이 살고 있는 영산도는 2013년부터 2015년에 걸쳐 환경부가 선정하는 자연생태 우수마을에 선정되었다. 마을 주민은 주로 어업에 종사하는 모양인데, 주민들은 흑산도 홍어잡이의 시초가 이 마을에서 시작되었다고 믿고 있다. 하루 200명의 관광객만 맞아들이며, 바보처럼 순박하게 살아간다 하여 바보섬으로 불린다고 한다.

우리는 섬에서 가장 높은 봉우리인 깃대봉(185m) 일대를 한 바퀴 도는 트레킹을 하였다. 마을의 보건소에서 깃대봉까지는 1.2km, 깃대봉에서 능선길을 따라 천박재까지 0.7km, 천박재에서 노인회관까지는 0.8km로 되어 있다. 능선에 올라서니 섬의 사방이 훤히 바라보였다. 등산로 초입에 김첨지 영감이라는 신을 모시는 당산(하당)이 있고, 하산 길에서 마을로 접어드는 지점에는 경주崔씨 司成公派의 재실인 祭遺閣이 있었다. 원래 이 섬에는 1650년경 최 씨가 처음 살기 시작하였다고 한다. 12시 49분에 트레킹을 마쳤는데, 내 휴대폰의 산길샘 앱에는 소요시간 1시간 30분, 도상거리 2.51km, 총거리 2.63km, 걸음수로는 16,721보가 기록되었다.

오후 1시 30분에 출항하여 흑산도로 돌아오는 도중 가이드의 배려에 의해 영산도의 명물인 해안절벽에 위치하며 가운데가 크게 뚫린 대문바위를 둘러보았는데, 예리항에 도착할 무렵 난데없는 해양경찰들이 우리 배에 들이닥쳐 여러 가지를 점검했다. 우리가 탄 배는 도선으로서 유람선이 아님에도 불구하고 관광 행위를 한다 하여 누군가가 신고했던 모양이다.

흑산도로 돌아온 후 예리1길 68-4에 있는 관광수산식당에서 매운탕백반(만원)으로 점심을 들었다. 그런 다음, 다시 부두로 나가 대장도까지 하루 두 차례 운행하는 도선 대장도호를 세 내어 탔다. 승객 정원은 13명이고, 요금은 영산도호의 경우와 같았다. 오후 2시 50분경에 출항하여 3시 19분에 도착하였다. 대장도는 영산도와 반대로 흑산도의 왼편에 있는데, 자연적으로 연도되어 하나의 섬으로 된 대장도와 소장도를 합쳐 長島라고 한다. 소장도의 주민은 현재 모두 대장도로 옮겨와 살고 있다. 이곳에는 경사진 포구 단 한 군데에 40여 호가 조그만 동네를 이루고 있으며, 주민 대부분은 바다에서 미역을 채취하거나 가두리 전복양식 또는 멸치잡이에 종사하고 있다.

섬의 정상인 해발 235m 지점에서부터 정상부 약 5만 평 전체가 중생대 백악기에 형성된 하나의 습지로 이루어져 있어, 우리나라 소규모 도서지역에서 발견된 최초의 산지습지로서 2004년 90,414㎡(27천 평)가 환경부의 습지보호지역으로 지정되었고, 2005년에는 우리나라에서 3번째 람사르습지로 등록되었다. 그리고 2013년에는 475,970㎡가 국립공원특별보호구역으로 지정되었다. 특징은 습지 이탄층이 넓게 발달하여 수자원의 저장 및 수질정화 기능이 뛰어난데, 마을에서도 습지에 마련된 저수지에서 관을 통해 식수를 끌어다 쓰고 있다.

마을에서 습지까지는 1000m, 도중의 팔각정 전망대까지 860m를 올라가야 하며, 마을에서 가까운 상당부분의 길에는 덱이 설치되어 있었다. 원래는 팔각정까지만 접근할 수 있고, 국립공원특별보호구역으로 지정된 부분은 출입금지로 되어 있지만, 우리는 섬에 도착하자마자 그곳 관리인의 영접을 받아 그의 안내에 따라서 습지 일대를 한 바퀴 두를 수가 있었다. 그는 환경부 영산강유역환경청의 제복 조끼를 입고 있었는데, 이곳 주민으로서 유일하게 습지 감시원의 역할을 하고 있다. 그러나 우리가 통과한 습지에는 예상외로 물이 풍부하지 않았고, 길도 대부분 잡초로 뒤덮여 있어 그가 안내해 주지 않는다면 길을 찾아내기 어려웠을 것이다. 그에게 물어보았더니 이 섬에는 1년에 300~400명 정도의 일반 방문객이 찾아온다는 것이었다. 마을 초입에 장도습지홍보관도 있었으나, 2층 전시관은 코로나19로 말미암아 무기휴관 중이었다. 5시 14분에 장도 부두로 돌아왔는데, 소요시간은 1시간 55분, 도상거리 3km, 총거리 3.15km였다.

흑산도로 돌아온 후 대절차를 타고서 섬을 한 바퀴 돌기로 예정되어 있는데, 수협중매인 39번에다 맡겨둔 배낭에서 필요한 물건을 꺼내기 위해 일행 중 몇 명이 그곳에 다시 들렀더니, 우리가 자기네 관광버스를 이용하지 않고서 다른 차를 대절한 줄을 알고서 그곳 주인인 듯한 사람이 언제 짐을 찾아갈 것인지 거듭거듭 캐묻는 것이었다. 대절버스의 기사는 노총각이었는데, 심한 전라도 사투리의 유머러스한 입담으로 안내원의 역할도 겸하였다.

나는 과거 홍도나 가거도에 가면서 흑산도 예리 항에 정박한 적은 있었으나 방문했던 것은 2009년 4월 11일에서 12일까지가 처음이었는데, 12일에 칠락산 등반을 위해 들른 바 있었던 열두굽이길을 거쳐 올라 이미자의 흑산도아가씨 노래비가 서 있는 上羅山 쉼터에 도착하여 그 꼭대기(229.8m)의 전망대에까지 올라가보았다. 상라봉 일대에는 산성(半月城) 터가 있고, 무심사지 삼층석탑도 남아 있는데, 모두 장보고의 흑산도 해상무역 기지와 관련이 있다고 한다. 당시에는 일주도로가 섬의 동편으로 하여 정약전의 유배지인 沙村까지밖에 연결되어 있지 않았었는데, 이제는 완성되어 있었다. 그리고 당시에는 사촌 마을 위쪽에 1998년 복원된 사촌서당(復性齋)과 1950년에 건립된 천주교 흑산성당의 사리공소가 있었을 따름이었지만, 지금은 마을 전체가 유배문화공원으로 되어 여러 종류의 유배 형태를 재현한 집들과 『玆山魚譜』에 나타나는 물고기들, 그리고 흑산도에 유배 온 사람들을 새긴 비석들이 늘어서 있고, 정약전의 동상도 세워져 있었다. 그리고 복원된 초가집들에 이제는 유리문을 달았고, 내부에 사람이 거주하는 모양이었다. 巽庵 丁若銓은 신유사옥 당시 흑산도로 유배(1801~1816)되어 15년간 우이도와 흑산도에 머물면서 『자산어보』 『漂海始末』을 저술하였고, 순조 16년 (1816) 지금의 도초면 우이도에서 59세의 나이로 세상을 떠났다.

밤 8시쯤 예리로 돌아와 38번 중매인의 식당에서 늦은 석식을 든 후, 그곳 숙소타운모텔의 방을 배정받았다. 석식에는 생선회와 문어 삶은 것 등이 나왔지만, 우리 부부를 포함하여 세 명이 앉은 밥상에서는 그것들을 많이 남겨 아쉬웠다. 식후에 우리 내외에게는 2층 201호실의 독방이 배정되었다. 흑산도에서 가장 깨끗한 곳이라고 하는 38번 중매인의 모텔은 작년에 리모델링한 것이었는데, 이처럼 새로 짓거나 리모델링한 건물들이 많아 예리의 모습도 과거보다 훨씬 산뜻하게 바뀌어져 있지만 내게는 좀 낯설었다.

12 (일) 비 - 흑산도

오늘은 흑산도 명품산행 칠락산 하늘길 트레킹(5km, 4시간)을 떠나는 날이다. 오전 4시에 어제의 모텔 옆 식당에서 조식을 든 후 30분에 출발하였다. 아내는 무리하기 싫다면서 참여하지 않았고, 일행 중 12명이 동행하였다. 식당 부근에서 강 대장을 만나 독방 값으로 3만 원을 건넸다. 저번에 아내가 독방을 달라고 말한 바 있기는 하였으나, 참가비를 지불할 때는 문자메시지로 받은 바의 금액대로만 송금하였으므로 나머지 일행과 같은 방을 사용하게 될 줄로 알았으나, 뜻밖에도 독방을 배정하였으므로 어젯밤 강 대장이 말한 바대로 하드 값의 형식으로 지불한 것이다. 모텔 객실 요금은 2인실의 경우 4만 원, 5인~7인실의 경우는 7만 원이었다. 내가 준 돈으로 강 대장은 진주로 돌아오는 도중의 간이휴게소에서 아이스하드를 사서 일행에게 나눠주었다.

어제와는 다른 중년의 기사가 9인승 차량을 몰고 나왔다. 섬의 동쪽 일주도로를 따라 내려가 면암 최익현의 유배지인 천촌리 바로 다음 소사리에서 하차하였다. 이곳에서 흑산도의 최고봉이며 지금 해군 레이더기지가 들어서 있는 문암1봉과 그 부근 장군봉 사이의 바위절벽 협곡을 거쳐 장군봉 앞쪽으로 하여 심리로 하산할 예정이었는데, 오늘 트레킹은 결국 실패로 끝나고 말았다.

강 대장은 이를 한국에서 최고가는 트레킹 코스라고 소개하면서, 자신이 과거에 4번 걸어본 바 있었고, 최근에는 2년 전에 와 본 적이 있다고 하였으나, 현지의 대절버스 기사나 가이드도 이에 대하여는 전혀 알지 못하였다. 어둠 속으로 소사리 안쪽의 해군 3026부대 입구까지 걸어간 후, 길을 잘못 취하여 문암1봉의 레이더 기지와 연결되는 케이블이 설치된 그 부대의 오른쪽 철제울타리 옆길을 따라 나아갔다. 몇 명이 스마트폰의 플래시를 켜서 길을 비추고 어둠 속에서 돌길 등을 지나며 한참을 나아간 후 비교적 평탄하고 널찍한 등산로를 만나 소사리서 2km 지점의 비리 쪽으로 연결되는 능선 길에 도착하였는데, 그제야 인터넷 지도를 통해 길을 잘못 들었음을 확인하고서 갔던 길을 도로 내려와 다시금 3026부대의 정문 앞에 도착하였다.

거기서 부대의 반대편으로 난 오솔길을 따라가 마침내 비교적 넓은 길을 만났는데, 길의 양쪽 옆을 따라 부대에서 설치한 쇠파이프와 호스들을 보고서 강 대장은 이 길이 확실하다고 거듭 말하였으나, 위쪽으로 올라갈수록 길은 좁아지고 마침내 능선 부근에서 나무 덱 계단을 만나 일행 중 일부만이 그 계단을 따라 끝까지 올라가 보니 결국 군부대가 나타났던 것이다. 덱 가에 군사제한구역이므로 출입은 업무상 관계있는 자에 한한다는 부대장 명의의 경고문도 설치되어 있었다. 강 대장은 여전히 그 길이 맞다 하였으나, 덱 등 예전에 없었던 새로운 설치물들이 나타나 결국 나아갈 길을 찾지 못하고서 포기하고 소사리 쪽으로 도로 내려올 수밖에 없었다. 모텔을 떠날 무렵 조금씩 떨어지던 빗방울이 갈수록 굵어져 어차피 장시간의 등산은 무리한 상황이었다. 나는 배낭 속에 늘 넣어두는 비옷을 꺼내 입었다.

오전 9시경 모텔로 돌아와 방안에서 TV를 보며 쉬다가, 10시 40분에 1층의 식당으로 내려가 점심을 들었고, 11시 10분에 식당 앞에 집결하여 건너편의 터미널로 걸어가서 11시 30분에 출항하는 동양고속해운의 목포행 쾌속선 유토피아 호를 탔다. 오늘 흑산도·홍도 일원에는 호우주의보가 발령되었다. 우리 내외는 창가의 106·107호석에 앉았다. 아내는 배가 흔들려 불안하다면서 승객 중 유일하게 좌석 아래의 구명동의를 꺼내어 착용하기도 하였다. 그 배는 보초도에 기항한 다음, 오후 1시 50분에 목포터미널에 도착하였다.

　2시 무렵 타고 왔던 대절버스에 다시 올라 남해고속도로를 달려와, 3시 30분 무렵 진주의 출발장소인 운동장 앞에 도착하였다.

19 (일) 진주는 비, 의성은 흐림 -북두산, 빙계계곡

　아내와 함께 삼일산악회를 따라 경북 의성군 북두산과 빙계계곡에 다녀왔다. 오전 8시까지 시청 앞 육교 부근에 집결하여 39명이 대절버스 한 대로 출발했다. 33번 국도로 고령까지 간 다음, 광내·구마고속도로를 경유하여 대구에 다다랐고, 경부·대구포항고속도로를 지나가다가 청통와촌IC에서 919지방도로 빠지고, 다시 28번국도, 908번 지방도를 따라서 군위 댐과 예전에 오른 적이 있는 아미산 부근을 지난 후, 삼국유사로 적힌 13번 지방도를 따라서 10시 37분에 등산기점인 군위군 고로면 낙전리와 의성군 가음면 현리리의 경계지점에 위치한 큰한티재에 도착하였다.

　거기서 1km 떨어진 지점인 오늘 산행의 최고봉 매봉산(614.3m)에 올랐고, 그 다음부터는 능선 길을 따라 계속 봉우리들을 오르내리면서 다음 목직지인 福頭山(508)으로 향하였다. 그러나 매봉산에서 북쪽으로 2.7km 나아간 지점에서 이정표 하나를 발견하였으나 거기에는 등산객이 적은 '복두산 아님, 조금 더'라는 글이 적혀 있어 그 화살표 방향으로 계속 나아갔는데, 결국 복두산 정상 표지는 발견하지 못하고서 지나치고 말았다. 복두산에서 2.4km 서쪽으로 더 나아간 지점에 北斗山(598)이 위치해 있었다. 그러나 북두산 일대는 작년 3월 29일 오후 3시부터 30일 새벽 4시까지 있었던 산불로 말미암아 나무들이 온통 시꺼멓게 타 있었다. 그날 다행히도 밤새 비가 내려 자연 진화되었다고 한다.

　북두산 정상에서 가파른 마사토 길을 따라 내려와 두어 개의 봉우리를 더 지난 다음, 오늘의 종착지인 의성군립 빙계계곡에 도착하였다. 일제시기에 지정된 경북팔경의 하나로서 얼음구명과 바람구멍이 있어 유명한 곳이다. 나는 혼자서 먼저 보물 제327호로 지정된 義城 氷山寺址 오층석탑을 찾았다. 모전석탑으로서 국보 제77호로 지정되어 나도 과거 경상대학교 사학과

와 철학과의 연합학술답사 차 두어 번 방문한 적이 있었던 의성 탑리 오층석
탑의 양식을 따라 만든 것으로서, 통일신라 후기 또는 고려 전기 사이의 것으
로 추정되는 모양이다. 그 근처에 氷穴이 있었다. 춘원 이광수의 소설『원효
대사』하권에도 요석공주가 아들 설총을 데리고서 원효를 찾아간 것으로 묘
사된 곳이며, 미수 허목의「氷山記」로 유명한 곳이다.『고려사』이래의 여러
전적에 기록된 것으로서 삼한시대로부터 있었던 것인데, 원래는 거대한 동
굴이었으나 지진으로 무너져 지금 같이 좁아진 것이라고 한다. 안에 들어가
보았더니 자물쇠로 채워진 철문 너머에서 불어오는 공기가 실제로 아주 싸
늘한데, 그 실내에 설치된 온도계는 영상 2~3도 정도를 가리키고 있었다. 빙
혈 부근에 風穴이 있고, 조금 떨어진 곳에 氷溪書院도 있는 모양인데, 방문하
지 못했다.

　빙계계곡 주차장 너머의 도로변에 서 있는 우리 대절버스까지 한참을 걸
어 들어가 오후 3시 41분에 도착했다. 내 휴대폰에 설치한 산길샘 앱으로는
오늘의 소요시간이 5시간 3분, 도상거리로 9.08km, 총 거리는 9.57km였
는데, 산행대장 이운기 씨의 램블러 앱으로는 10.1km라고 한다. 걸음수로
는 21,421보였다.

　하산주를 마친 다음, 4시 54분에 출발하여 68지방도를 따라 가던 중 군위
군의 도로 가에서 김수환추기경 생가를 지나쳤다. 생가에는 자그마한 성당
이 서 있고, 그 부근에 추기경을 추모하는 시설들이 눈에 띄었다. 5번 국도를
경유하여 군위IC에서 중앙고속도로에 올랐고, 고령에 이르기까지 차 안에
서 노래자랑과 고고타임을 가졌다. 밤 8시 남짓에 귀가하였다.

26 (일) 모처럼 쾌청 -쑥섬, 금탑사

　아내와 함께 더조은사람들의 전남 고흥 쑥섬(艾島)과 금탑사 트레킹에 다
녀왔다. 오전 7시까지 신안동 운동장 1문 앞에 집결하여 31명이 대절버스
한 대로 출발했다. 남해고속도로를 따라가다가 고흥에서 15번 국도로 접어
들어 반도를 종주하여 9시 31분에 외나로도 상부의 나로도연안여객선터미
널에 도착하였다. 애도는 바로 건너편 빤히 바라보이는 곳에 있었다.

쑥섬은 면적은 0.325㎢, 해안선 길이 3.2㎞이며 섬 모양은 소가 누워 있는 臥牛形이다. 1970년대에는 70여 가구 400여 명이 살고 있었다 하나, 현재는 15가구 30여 명만이 거주한다. 쑥의 질이 좋아 쑥섬, 평온한 호수처럼 보여서 蓬湖라고도 한다. 난대림이 무성한 곳으로서, 섬 전체를 공원처럼 조성하여 4년 전부터 개방하였는데, 탐방비가 1인당 5천 원, 왕복 배 값이 2천 원이다. 2018년에 건조된 쑥섬호는 11톤으로서 정원이 12명인지라 우리 일행이 다 타려면 몇 차례 왕복해야 하는데, 우리 내외는 회옥이의 출산을 도와준 伽倻子母병원의 文鎭洙 원장 내외와 더불어 나이가 많다 하여 제일 먼저 탔다.

문 씨는 나보다 한 살 연상이며, 산청군 단성면 출신으로서 문익점의 후손이지만, 서울로 유학하여 경복고등학교와 서울대를 졸업하였고, 내가 경상대학교에 부임한 해인 1982년에 우리 아파트 바로 앞 진주시 주약동 156-6번지에 지상 8층의 건물을 지어 그 4층에다 병원을 개업하였다. 산부인과와 소아과가 전공인데, 근자에 한국은 출산율이 급감하여 그 분야가 매우 침체한지라, 15년 전쯤에 베트남 胡志明시에다 같은 병원을 지었다고 한다. 그러나 그 수익금을 국내로 가져와도 환율 차이로 말미암아 액수가 미미할 뿐 아니라 베트남 당국에다 세금도 물어야 하므로, 지금은 현지인에게 운영을 맡겨두고서 자신은 이익을 챙기지 않고 현지화 했다고 한다. 경상대 경영행정대학원에서 나의 남명학 특강을 수강한 바 있다고 했다.

쑥섬의 산책로는 총 3㎞ 1시간 10분 정도가 소요되는데, 그 하이라이트는 능선에 조성된 널따란 화원인 별정원이다. 남자산포바위 쯤에 섬의 정상이 있는데, 해발 83m이다. 그 아래에 에베레스트·백두산·한라산의 높이를 열거하고서, '별 차이가 없군요'라고 적어두었다. 섬의 동쪽 끝에 태양광 무인등대인 성화등대가 있어 일몰 명소라고 한다. 2000년 전반기에 만들어졌으며, 거문도와 완도 등지를 다니는 배들에게 도움을 준다고 한다. 여수지방해양수산청 관할이었다. 산을 다 내려온 지점에 우끄터리 쌍우물이라고 하는 天圓地方 형의 둥글고 네모진 모양을 한 두 개의 우물이 아래위로 각각 나란히 있는데, 식수용은 아니고 빨래 등의 용도로 썼다고 한다. 최불암 씨가

2018년에「한국인의 밥상」을 이 섬에서 찍을 때 오프닝 멘트를 했었다고 하는 동백길을 지나 오전 11시 무렵에 선착장으로 돌아왔다.

강 대장이 그 시간까지 돌아오라고 했으므로, 우리는 그 때쯤 관광용으로 단장한 쑥섬호를 다시 타고서 나로도항으로 돌아왔는데, 주차장에 세워져 있는 대절버스로 돌아가 보니 아무도 없었고, 일행은 그로부터 한 시간 쯤 후에야 돌아왔다. 나로도항의 건물 그늘에서 문진수 원장 내외와 더불어 준비해 간 도시락으로 점심을 들었다.

원래는 오늘 쑥섬 다음으로 지죽도의 금강죽봉 산행이 예정되어 있었는데, 쑥섬 코스가 예상보다 시간이 많이 걸렸고, 오후 5시에 진주의 식당에 석식이 예약되어 있는데다가 일행 중 그 시간까지 돌아가야 한다는 이도 있어, 시간이 걸리는 지죽도는 생략하고서 그 대신 고흥군 포두면 봉림리 700번지에 있는 千燈山 金塔寺와 그곳 명물인 천연기념물 제239호 榧子나무숲을 둘러보았다. 비자나무는 일본 남쪽 섬이 원산지이며 상록교목이다. 이곳 비자나무는 높이 10m 내외로 가장 큰 것은 밑 지름이 50cm쯤 된다고 한다. 금탑사 주위 13ha에 이르는 광활한 면적에 3,300여 주가 군생하고 있는 희귀 천연기념물이다. 고흥 10경 중 5경으로 지정되어져 있다. 비자나무 숲은 사찰 창건 후 300~400년이 지난 1700년 이후에 심은 것으로 추정되는 것으로서 300년 넘게 같은 자리를 지키고 있다 한다. 그 나무의 잎은 뜻밖에도 전나무 비슷한 모양의 침엽이었는데, 빗자루 모양이므로 비자나무라고 한다는 것이 강 대장의 설명이었다. 금탑사는 순천 송광사의 말사로서, 정유재란 때 불타 없어진 것을 선조 37년(1504)에 중건하였으며, 헌종 11년(1845)의 천재지변으로 극락전만 남아 있었던 것을 최근에 다른 건물들을 추가로 건립한 것이라고 하는데, 시골 절로서는 꽤 규모가 컸다. 극락전은 헌종 12년에 지어진 것이며, 전라남도 유형문화재 제102호로 지정되어져 있다.

돌아오는 길은 77번 국도를 경유하여 얼마 전 여수시 낭도에 왔을 때 둘러본 바 있는 다리들을 경유하여 여수 쪽으로 건너왔는데, 도중에 조발도의 휴게소에 내려 그곳 전망대에 올라 주변 섬들과 다리들을 바라보기도 하였다. 여수에서는 22번 국도를 경유하여 다시 남해고속도로에 접어들었고, 광양

IC를 통과해 오후 5시쯤에 진주에 도착하였다. 인사동 149-6 서부탕 옆에 있는 미가코다리(북어)찜에 들러 시레기코다리찜으로 석식을 들고서 출발 지점인 운동장으로 돌아와 해산하였다.

8월

1 (토) 대체로 맑으나 구례는 오후 한 때 비 - 지리산둘레길 구례 오미~황전

아내와 함께 다시 지리산둘레길 걷기에 나섰다. 오전 8시에 집을 나서 승용차를 몰고서 국도 2호선과 19호선을 경유하여 10시에 전남 구례군 토지면 오미리에 있는 운조루유물전시관에 도착했다. 남도이순신길백의종군로는 이 마을에서 갈라지는 둘레길의 또 다른 코스인 오미-난동(18.9km) 쪽으로 연결되다가 난동에 조금 못 미친 우리밀체험관 부근에서 서시천을 따라 계속 북상한다.

2016년에 개관한 운조루유물전시관에 전시된 물품들은 조선 후기 300여 년간 雲鳥樓에 터를 잡고 살아온 문화류씨가에 전해오는 물품들을 전시한 것인데, 그 一代인 柳爾冑(1726~1797)는 경북 해안면 입석동에 살던 榮三의 둘째 아들로 태어나 28세에 무과 급제하여 낙안군수 등을 지낸 사람이다. 영조 52년(1776)에 그가 풍수지리설에 의한 금환락지에다 운조루를 지으면서 五美 마을이 형성되었으며, 그 전에는 이 일대의 마을들을 합하여 五洞이라 불렸다고 한다. 이 집안은 대대로 무과로 입신한 무반 가문으로서, 자료의 대부분은 기록물인데 그 중에서도 유독 토지명문이 많다. 유물전시관 앞 넓은 주차장에다 차를 세우고서, 1인당 천 원의 입장료를 내고서 운조루에도 다시 한 번 들러보았으며, 다시 유물전시관 쪽으로 돌아와 그 아래에 있는 구례군 향토문화유산 제9호 穀田齋에도 들러보았다.

곡전재는 1929년 박승립이 건립하였으며, 1940년에 이교신(호 곡전)이 인수하여 현재까지 그 후손이 거주하고 있다. 입구의 헌금함에 증손인 이병주가 적어놓은 바에 의하면, 도선국사의 옛 비기에 있는 우리나라 3대 명당 터 중 한 곳인 金環落地는 바로 이곳으로서 높은 담을 금가락지 형태로 쌓은 것도 그것을 나타내려는 의도라는 것이다.

　우리 내외는 둘레길 오미-방광(12.3km) 코스를 취하여, 하사마을을 지나 상사마을로 나아갔다. 실은 상사마을 입구쯤에 둘레길 갈림길이 있는데 그 안내 표지가 눈에 잘 띄지 않는 곳에 위치하여, 우리는 마을 안으로 들어가서 茗茶圓이라는 이름의 찻집에 들러 커피를 마시고자 했으나 그 안주인이 외출한다고 하므로, 나와서 다시 단새미라는 이름의 상사마을 카페에 들렀다. 무인 카페였는데, 우리는 거기서 인스턴트커피와 함께 냉장고 속에 든 아이스바도 사먹었다. 이 마을은 1986년도에 전국 제일가는 장수마을이었으며, 농촌진흥청이 뽑은 살고 싶고 가보고 싶은 마을 100선에도 들었는데, 전라남도에서 두 번째로 귀촌자가 많은 마을이라고 한다. 장수의 원인은 이 마을에 있는 당몰샘이라는 우물에 있다는 설이 있으며, 마을 뒷산 둘레길 주변에는 차밭이 이어져 있었다. 이는 신라 흥덕왕 때 異人이 승려 도선에게 모래 위에 그림을 그려 뜻을 전한 곳이라 하여 沙圖里라 불렸던 것을 일제 때 윗마을과 아랫마을을 구분하여 상사리와 하사리가 되었다고 한다. 도선은 이인의 삼국통일을 암시하는 그림을 보고 고려건국을 도왔다고 전한다.

　마을 아낙네에게 물어서 돌아 나와 다시 둘레길로 접어들었고, 산길을 계속 걷다가 계곡물이 시원하게 흐르는 곳에서 연잎 밥으로 점심을 들었다. 밥이 좀 설어 아내는 밥 대신 가지고 간 자두를 열 개 남짓 들었다. 다시 길을 떠나니 시멘트로 포장된 임도가 길게 이어져 있었는데, 황전마을에 거의 다 다른 즈음에는 장마로 불어난 계곡 물로 말미암아 징검다리를 건널 수가 없어 멀리 돌아가기도 했다. 다시 둘레길을 찾아 계곡물을 따라난 길을 계속 걸어올라가다 보니 그 일대에는 물속에서 목욕하는 사람이 아주 많았다. 일종의 유원지인 모양이었다. 그 쯤에서 둘레길 표지가 끊어져 버렸으므로, 그 길을 계속 따라 올라가서 다다른 지리산생태탐방원에 들렀다가 그 건너편의 반달곰을 사육한다는 국립공원연구원남부보전센터에도 들렀는데, 그곳 야생동물의료센터 부근의 우리 안에 반달곰이 있는 모양이지만, 코로나19로 말미암아 개방하지 않았다.

　지리산국립공원 화엄탐방안내소에 들러 둘레길의 위치를 물어 다시 둘레길 표지가 있는 지점에 다다랐는데, 아내가 덥고 지쳐서 더 이상 못가겠다고 하므로 오미에서 7.9km 지점이며 방광까지 4.4km를 남겨둔 거기서 오후 2시 30분에 중단할 수밖에 없었다. 오미에서 지체한 시간을 포함하여 소요 시간은 4시간 29분, 도상거리 11.48km, 총 거리 11.87km, 걸음 수로는 17,842보였다. 황전마을은 화엄사 입구였다.

거기서 택시를 불러 타고서 오미리의 승용차가 있는 곳으로 되돌아와 보니 제법 비가 내리고 있었다. 그러나 그 비는 하동쯤 오니 다시 그쳤다. 갈 때의 코스를 따라서 오후 4시 반쯤에 귀가하였다.

9 (일) 대체로 맑으나 밤부터 다시 비 -밀양 아리랑길

아내와 함께 삼일산악회의 밀양 아리랑길 트레킹에 참여했다. 오전 8시까지 시청 육교 부근에 집결하여 출발했다. 20여 년의 역사를 가졌고, 삼일산악회장 김삼용 씨가 과거에 5년 정도 회장을 맡은 바 있었던 상대산악회가 근자에 해체를 했는데, 그 산악회의 사무장·여성 총무·김재용 산행대장이 삼일산악회의 멤버가 되어 참가했으며, 그 중 사무장은 돌아올 때 전 회장과의 약속이라고 하면서 오늘로서 사의를 표명했다. 상대산악회는 근년 들어 회장도 없이 총무와 산행대장 체제로 운영해 왔다고 한다. 대명산악회도 코로나 사태 이후로 삼일산악회와 더불어 매주 적은 인원으로 산행을 계속해 왔는데, 그 산악회의 여성 회장 용덕주 씨도 오늘 산행에 참여하여 하산주 서비스를 하고 있었다. 갈 때는 남해고속도로를 경유하여 동창원IC에서 진영 방향으로 빠진 다음 밀양 쪽으로 접근하여, 9시 9분에 밀양역 부근에서 하차했다.

밀양 시내를 서북쪽 방향으로 횡단하여 밀양강 가의 용두목(72.8m)에 도착하였고, 거기서부터 밀양강을 따라 동쪽 방향으로 산비탈을 잇는 오솔길이 이어지고 있었다. 일본인 松下가 1904년에서 7년까지 거액의 사비를 들여 상남 들판에다 농업용수를 공급하기 위해 건설한 수로로서 근대수리시설의 효시라고 하는 龍頭洑와 굿을 하는 바위라는 뜻인 구단방우(巫巖)를 지나 今是堂에 이르러 잠시 휴식을 취할 무렵 빗방울이 떨어지기도 했으나, 곧 다시 개었다.

예부터 아름드리 잣나무가 숲을 이룬 林間 경승지로서 정조 24년(1800)에 금시당 李光軫·月淵 李迪를 포함한 여주이씨 명현 5명을 모신 栢谷書院(祠)이 창건되었던 곳이었으나 고종 5년(1868) 서원철폐령에 따라 훼철되었고, 지금은 금시당 경내에 백곡재라는 건물만 남아 있다. 금시당은 조선조 명종 때 좌승지를 지낸 李光軫의 別墅였다. 건물명은 陶淵明의 「歸去來辭」에 있는 '今是而昨非'에서 따 왔다고 하는데, 임진왜란 때 이 집도 불타 폐허가 된 것을 영조 19년(1743) 5세손 之運이 복원한 것이라고 한다. 경내에 이광진이 손수 심었다는 수령 450여 년 된 은행나무도 있었다. 현재의 백곡재는 재야의 선비로서 명망이 있었던 백곡 李之運을 추모하기 위해 철종 11년(1860)에 그 6대손이 주관하여 세운 齋舍인데, 들어가 보아도 건물들에 현판이 걸려 있지 않아 어느 것이 금시당이고 어느 것이 백곡재인지 알 수가 없었다. 경내의 안쪽 건물에 후손이 거주하고 있었다.

금시당을 떠난 다음, 활쏘기 터를 지나고 신대구부산고속도로 아래를 지나 밀양강에 걸쳐진 활성교를 건너서 강변도로를 따라 오른쪽으로 더 나아가니, 1905년 경부선 개통 당시 사용되었던 철도 터널로서 1940년 경부선 복선화로 선로가 이설되면서 일반도로로 전용된 월연터널 일명 백송터널이 있고, 그 부근의 강가에 밀양8경 중 제4경으로 꼽히는 月淵臺가 있었다. 명승 제87호인데, 조선 중종 때 한림학사 등의 벼슬을 지낸 月淵 李迪가 귀향하여 기묘사화 다음 해인 1520년 강가의 절벽 위에다 지은 별장이다. 건너편에 그가 기거하던 집인 雙鏡堂과 이태의 맏아들 李元亮을 추모하는 공간으로서 1956년에 세워진 霽軒도 있다. 담양 소쇄원과 더불어 우리나라 전통 정원의 하나라고 한다. 월연대 역시 임진왜란 때 불타 없어진 것을 후손이 1757년에 쌍경당을 고쳐짓고 1866년에 월연대를 복원한 것이다. 월연대에는 방 한 칸이 있으나 정자 기능이 두드러진 것인데, 현재 공사 중이라 들어가 보지 못했다. 월연대는 원래 月影寺라는 사찰이 있었던 자리에 지어진 것이라고 한다.

월연정을 떠난 다음, 산길을 계속 올라 경상남도 기념물 제94호인 推火山

城에 도착하였다. 해발 240m인 추화산 정상 부분을 빙 둘러싼 산성으로서, 출토된 유물로 미루어 신라와 가야가 낙동강을 사이에 두고서 대치하던 시대에 만들어져 조선시대 전기까지 사용된 것으로 추정된다고 한다. 산성의 명칭은 밀양의 옛 이름인 推火郡에서 유래했는데, 처음에는 읍성으로서 사용되다가 새로운 읍성이 밀양 시내 쪽에 지어지면서 산성으로 남은 것이리라고 한다. 그러나 내게는 산성의 흔적이 별로 눈에 띄지 않았다. 산성 터에서 한참 더 걸어 들어간 곳에 봉수대가 복원되어 있었다. 김해에서 시작된 봉수를 전달하는 嶺南左道連梯 第二炬所路線間烽線에 해당하는 모양이다. 우리는 그 부근의 휴게소에서 점심을 들었다.

밀양 아리랑길은 대체로 방향을 지시하는 표지가 별로 없어 혼자 찾아와서는 답파하기가 쉽지 않아 보였는데, 추화산을 내려와 모과나무사거리를 만난 다음부터는 길을 잃고서 남의 농장 안을 무단으로 통과하기도 하였다. 밀양읍성의 복원된 동문 부근에서 다시 아리랑길의 방향 표지를 발견하기는 했으나 홍수로 말미암아 그쪽 길이 차단되었다고 하므로 동문을 통과하여 아내와 나는 아동산(85m) 중턱의 데크 등으로 이루어진 길을 지나 종점인 영남루에 다다랐다. 阿娘閣과 阿娘遺址碑에 다시 한 번 들른 다음, 혼자서 舞鳳寺에 들러 보물 제493호로 지정된 대웅전의 석조여래좌상을 친견하기도 하였다. 그리고서 영남루로 돌아와 13시 52분에 오늘의 트레킹을 마쳤다. 소요시간은 4시간 13분, 도상거리 10.17km, 총거리 10.58km이고, 걸음수로는 17,303보였다.

돌아오는 길은 30번 지방도를 따라서 밀양시 무안면 소재지의 사명대사 표충비각 근처 무안초등학교 맞은편에 있는 주차장에 이르러 하산주 시간을 가졌다. 부곡온천 앞길을 거쳐 창녕군 영산면에서 구마(중부내륙)고속도로에 접어든 다음, 다시 남해고속도로를 거쳐서 진주로 돌아왔다. 돌아오는 길에 남지에서 보니 어제까지 계속된 장맛비로 낙동강 물이 뚝 바로 아래까지 올라와 그 아래의 농경지들이 물에 잠겼으며, 진주 시내의 남강 물도 둔치 바로 근처까지 올라와 있었다.

16 (일) 폭염 - 포항 비학산

아내와 함께 백두대간산악회의 340차 8월 정기산행에 동참하여 경북 포항시 북구 기북면 탑정리와 신광면 상읍리의 경계에 위치한 飛鶴山(762m)에 다녀왔다. 승용차를 몰고 가서 7시 15분 무렵 신안동 운동장 1문 맞은편 도로가에서 시청 육교를 출발해 오는 대절버스를 탔다.

33번 국도를 경유하여 고령JC에서 광주대구고속도로에 올랐고, 옥포JC에서 중부내륙고속도로, 대구의 금호JC에서 경부고속도로, 도동JC에서 익산포항고속도로(대구포항간)에 접속하였으며, 서포항IC에서 31번 국도를 거쳐 921번 지방도를 따라서 목적지인 기북면 탑골(탑정2리)로 들어갔다. 원래는 탑골의 탑정지 부근에서 등산을 시작하는 것으로 되어 있었지만, 그 곳은 도로가 좁아 버스를 돌릴 수 없었으므로, 그 길을 따라 좀 더 올라가 비학산자연휴양림에서 10시 3분에 하차하였다.

우리는 두 팀으로 나누어 총 9.5km인 A코스와 6km인 B코스로 하였는데, 나는 전자에 아내는 후자에 가담하였다. 그러나 산악회로부터 배부 받은 개념도에 의하면 휴양림은 B코스의 하산 길에 경유하도록 되어 있을 따름이고, A코스는 그보다 훨씬 바깥쪽을 둘러서 헬기장이 있는 627고지에서 능선 길을 따라 정상 방향으로 향하게 되어 있다. 그렇다고 하여 새삼 애초의 출발지점으로 되돌아갈 수도 없으므로, 휴양림에서부터 각 팀의 진로를 따라 나아갈 수밖에 없었는데, 나중에 아내로부터 들은 바에 의하면 B팀은 도중에 길이 끊어져 그냥 산속을 치고 올라갈 수밖에 없었다고 한다. A팀 사람들은 계속 오르막길을 오른 끝에 마침내 '627m 비학산 두륙봉'이라고 개인이 프린트하여 나무에다 붙여둔 표지가 있는 곳에 다다랐다. 그곳은 헬기장이 아니므로 아마도 우리가 배부 받은 개념도에 628고지로 표시된 지점이 아닌가 싶다. 거기서 능선을 따라 계속 나아가니 마침내 정상을 거쳐서 되돌아오는 아내를 포함한 B팀 사람들을 만났고, 그리고서 얼마간 더 나아가니 마침내 커다란 정상비가 서 있는 지점이었다.

시간은 정오를 좀 지난 무렵이었고, 우리 일행 몇몇이 그 부근에서 점심을 들고 있으므로 나도 거기서 혼자 도시락을 들었다. 식후에 혼자서 A팀 일행이 나아간 방향으로 좀 더 걸어가니 739봉 부근에 탑정리와 수목원 쪽 갈림길 표지가 있었는데, 수목원은 우리의 개념도에 나타나 있지 않으므로 나는 당연히 오늘 산행의 원래 예정된 출발 지점이자 종점인 탑정리 쪽을 택했다. 그러나 그 길은 거의 직선 방향인 내리막길이 계속 이어지고, 한참 후에 저수지가 있는 마을에 닿아보니 뜻밖에도 그곳이 곧 탑정리였다. 아마도 내가 제일 먼저 도착한 모양이고, 얼마 후 도착한 산행대장 조상제 씨로부터 들은 바로는 A팀 코스는 상기 갈림길에서 수목원 방향을 취해야 했던 것이었다. 내가 내려온 코스는 원래 B팀이 올라가기로 예정되어 있었던 길이라고 한다.

나는 근년에 등산할 때 주로 산길샘 앱을 사용해 왔지만, 지난번 삼일산악회 팀과 더불어 산행할 때 그 팀의 산행대장 등은 램블러 앱을 사용한다고 하므로 당시 즉석에서 그 앱을 다운로드해 두었다가 오늘 처음으로 사용해 보았다. 그것에 의하면, 오늘 산행의 거리는 10.5km, 소요시간은 3시간 40분, 최고점은 786m로 되어 있다. 그리고 만보기 앱에 의하면 걸음 수로는 14,059보였다. 그러나 정상비에 적힌 높이는 762m이며, 내가 오늘 걸은 코스보다도 훨씬 더 바깥쪽을 두르기로 예정된 A코스의 총거리가 개념도에 의하면 9.5km이니, 램블러 앱에 나타난 수치가 별로 정확하지는 않은 듯한데, 산길샘의 경우에도 평소 고도 등에 다소 오차가 있었다.

탑정 저수지는 1964년도에 설치된 것으로서 유역면적이 315ha, 만수면적이 5.4hr에 달하는 꽤 큰 것이다. 그 윗부분에 정거해 있었던 대절버스가 얼마 후 우리가 머물고 있는 탑정2리의 당수정쉼터로 내려와 합류하였고, 그곳에서 하산주 시간을 가졌다.

오후 3시 반 무렵에 그곳을 출발하여 갈 때의 코스를 따라서 합천까지 내려와, 합천 입구 초계 쪽과의 갈림길인 합천군 대양면 대야로 746(정양리 605)에 있는 황강휴게소의 황강식당에 들러 된장찌개(8,000원)로 석식을 들었다.

19 (수) 폭염 -청양·부여

아내와 함께 CJT투어(참좋은여행사)의 '천장호 출렁다리&부여 고란사 낙화암[당일]' 여행에 참가하여 충남 대전을 거쳐 청양과 부여에 다녀왔다. 승용차를 몰고 가 진주역 주차장에다 세워두고서 오전 6시 18분에 출발하는 KTX-산천 404열차에 탑승하였고, 14호차 10A·B석에 앉아 8시 44분 대전역에 도착하였다. 그곳에서 호국철도광장(동광장)으로 이동하여 25인승 미니버스에 탑승하였는데, 비교적 젊은 나이의 최덕현 기사가 오늘 현지안내를 겸하게 되었다. 부산에서 온 중년남녀 4쌍 한 팀과 합류하여 승객 10명이 대전역을 출발하였다.

이 광장을 호국철도광장이라 부르는 것은 6.25 전쟁 중인 1950년 7월 19일 기관사 1명과 보조기관사 2명이 미군 특공대를 태운 열차를 몰고서 대전역으로 와 대전전투에서 분전하다 행방불명된 미 제24사단장 윌리엄 F. 딘 소장을 구출하고자 하였는데, 북한군의 총격을 뚫고 간신히 대전역에 도착하였으나 끝내 딘 소장을 찾지 못하고 철수하던 특공대는 대전 남쪽 1km 지점인 판암동 인근에서 또다시 북한군의 총격을 받아 기관사와 보조기관사 1명이 사망하고 남은 보조기관사 한 명이 필사적으로 운전하여 적의 공격으로부터 벗어날 수 있었던 것을 기념한 것으로서, 광장에 그들의 동상과 기념비가 세워져 있었다. 이를 동광장이라 함은 동쪽 광장이라는 뜻이며, 대전역 서쪽에 큰 광장이 또 있다.

경부고속도로를 경유하여 북대전에서 호남고속도로의 지선으로 접어들었고, 유성JC에서 당진영덕고속도로, 서공주JC에서 서천공주고속도로를 경유하여, 청양IC에서 39번 국도로 빠져나왔다. 1시간쯤 후인 9시 20분 무렵 청양의 칠갑산도립공원 오른편 기슭에 위치한 천장호에 도착하여, 거기서 11시 50분까지 한 시간 반 정도 자유 시간을 가졌다. 천장호는 한국농어촌공사가 깨끗한 농업용수 공급을 위해 설치한 저수지로서, 총저수량은 2,882천㎥(만수면적 24.1hr)이다. 거기에 설치된 출렁다리는 2007년에서 2009년까지 공사한 것으로서 길이가 207m, 폭 1.5m, 높이 24m의 현수교인데, 수면 위에 설치한 것으로서 국내 최장, 동양에서 두 번째로 긴 다리라고 하여 2017년 6월 19일자로 된 KRI 한국기록원의 인정서도 다리 입구에 커다란 철판으로 새겨져서 붙어 있는데, 기사의 말에 의하면 예산에 예당호 출렁다리가 설치된 이후 현재의 최장은 그쪽으로 옮겨갔으며, 머지않아 논산에 그보다도 더 긴 다리가 설치될 예정이라고 한다. 아내와 나는 곳곳에 이곳 명물인 청양고추의 조형물이 있는 공원의 다리를 건너서 좌우편으로 호반을 따라 설치된 둘레길의 덱 산책로가 끝나는 지점까지 산책하고 돌아왔다.

다시 39번 국도를 따라 남쪽으로 20분쯤 내려가 20번 및 645번 시방도를 경유하여 금강에 걸쳐진 왕진교를 건넌 다음, 부여군에 접어들어 40번 국도를 따라 가서 백제문화단지를 경유하여 부여군 규암면 신리 209에 있는 독립로식당으로 향했다. 거기서 찌개정식(9,000원)으로 점심을 들었고, 다시 백제문화단지로 돌아와 오후 1시 무렵부터 2시 40분까지 자유 시간을 가졌다.

백제문화단지는 1993년부터 2010년까지 총 17년간 부여군 합정리 3,299천㎡에 8,077억 원이 투자된 대규모 국책사업인데, 일종의 테마파크로서 백제왕궁인 사비궁, 능산리 사지를 복원한 능사, 계층별 주거문화를 보여주는 생활문화마을, 백제의 초기 도성인 위례성, 부여의 백제고분 7개를 이전 복원한 고분공원, 백제사 전문 박물관인 백제역사문화관 등이 조성되어져 있다. 날씨가 무더워 우리는 먼저 에어컨 시설이 잘 되어 있는 박물관을 둘러보고서, 1인당 2천 원의 추가요금을 지불하고서 사비로 열차라고 하는 트램을 타고 15분 정도 경내를 돌면서 해설자의 설명을 들었다. 백제 전통복장을 한 중년 남자인 해설자는 우리 일행이 부산에서 왔다는 말을 듣고서 영남이나 신라를 폄하하고 백제를 추켜세우는 내용의 코멘트로 시종하였는데, 이 역시 호남 및 호서 등 백제문화권의 정서를 반영하는 것이라 하겠다. 트램에서 내린 다음에도 시간이 많이 남았으므로, 나는 혼자 걸어서 위례성을 제외한 나머지 경내를 두루 돌아다닌 다음 우리 차가 대기하고 있는 장소로 돌아왔고, 아내는 박물관 매점에 들러 각종 도자기류를 양손에 든 큼직한 종이봉투 두 개 분량으로 구입하였다.

한국전통문화대학교와 롯데부여리조트 그리고 롯데아울렛 등도 단지 내에 위치하여 하나의 도시를 이루고 있을 정도 규모였다. 한국전통문화대학교는 전통문화 전문 인력의 체계적 양성을 위해 문화재청에서 설립한 4년제 국립대학교인데, 2000년 3월에 개교하였다. 나는 이 대학의 설립에 김종필 씨가 크게 기여하였다는 소문을 들은 바 있었는데, 어쩌면 백제문화단지 전체의 조성에 그의 영향력이 작용했을지도 모르겠다.

다시 10분 정도 이동하여 부여 읍내를 경유하여 구드래나루터로 향했다. 현지에서는 구드레·구두레 등으로도 표기하고 있었는데, 이곳에서 우리는 황포돛대를 단 유람선을 타고서 백마강을 거슬러 이웃한 고란사나루터까지 이동하여 고란사와 낙화암을 둘러보게 되었다. 양쪽의 나루터에는 눈불개라고 하는 한강과 금강, 낙동강에 서식한다는 잉어과의 물고기를 가두어 키우고 있었는데, 엄청난 무리가 관광객이 먹을 것을 던져 주면 우르르 몰려와 그것을 뜯어먹고 있었다. 눈이 붉다 하여 눈불개라 불린다고 한다. 황포돛대라고 하지만 엔진으로 운행하는 배에 돛대를 한두 개 세워둔 정도로서, 고란사에서 돌아올 때 탄 배는 기와지붕을 덮고 있었다.

고란사와 거기서 200m 남짓 떨어진 절벽에 위치한 낙화암 그리고 백화정에는 이미 여러 번 와 본 바 있었는데, 올 때마다 皐蘭草는 한 번도 본 적이 없고 그 사진만 걸려 있었다. 현재의 고란사 건물은 은산면 승각사에서 옮겨온 것으로서, 그 원래 모습의 사진 옆에 조선 후기(1714~1759)의 화가인 이윤영이 그린 皐蘭寺圖가 걸려 있는데, 그림에 보이는 절은 ㄱ자 모양으로서 현재의 것과 전혀 달랐다. 낙화암 절벽에 붉은 색깔이 선명한 '落花巖' 석각이 새겨져 있어 유람선을 타니 잘 바라볼 수 있었는데, 송시열의 글씨로 전해진다고 한다. 百花亭이라는 이름은 소동파가 혜주에 귀양 가 있을 때 성 밖의 西湖를 보고서 지은 '江錦水榭百花州'라는 시에서 취한 것이라고 한다. 백마강은 한국 4대강의 하나인 금강의 일부로서, 규암면 호암리 천정대에서부터 부여 일대 16km를 가리켜 부르는 이름이다.

고란사에서 다시 배를 타고 4시경에 구드래선착장으로 되돌아온 다음, 40번 국도를 따라서 북상하여 남공주IC에서 논산천안고속도로로 진입하였고, 공주JC에서 다시 당진영덕고속도로에 올라, 갈 때의 코스를 따라서 대전으로 돌아왔다.

18시 37분에 출발하는 KTX-산천 417열차의 출발 시간까지는 꽤 여유가 있으므로, 역 구내의 聖心堂이라는 빵집에 들러 각종 빵들을 구입하였다. 1956년 대전에서 창업한 것으로서, 전국적으로 유명한지 회옥이도 알고 있었다. 5호차 6A·B석에 앉아 20시 35분 마산역에 도착하여서는 21시 13분에 출발하는 진주 행 무궁화호로 갈아타고서 6호차 37·38석에 앉아 21시 54분에 도착하였다. 지난번처럼 무료인 줄로 알고서 역 구내 주차장에 세워두었던 승용차의 주차비로 8000원을 물었다.

23 (일) 맑으나 오후 한 때 비, 處暑 -박지도·반월도

아내와 함께 더조은사람들의 제214차 박지도 반월도 섬 트레킹에 참여했다. 오전 7시까지 신안동 공설운동장 1문 앞에 집결하여 기사와 강 대장을 포함한 20명이 우등 대절버스 한 대로 출발했다.

통영대전·남해고속도로를 경유하여 목포 시내로 진입하여 전남도청 부근을 지난 다음, 2번 국도를 따라 압해도·천사대교·암태도를 통과하였고, 암태도에서 805번 지방도를 만나 아래쪽으로 향하여 팔금도·안좌도를 경유하여, 다시 30번 지방도를 따라 11시 2분에 安佐島의 남쪽 끝 斗里에 도착하였다. 두리 일대도 건물 지붕이 온통 자줏빛으로 칠해져 건너편의 작은 섬 半月島·朴只島와 더불어 퍼플 아일랜드를 이루고 있었다. 이곳까지 오는데 예상보다도 오랜 약 4시간이 소요되었고, 버스 안에서 활극 영화인 「봉오동전투」를 한 편 시청하였다. 두리는 원래 반월도·박지도를 오가는 선착장이었지만, 2007년도에 두리와 박지도, 박지도와 반월도를 연결하는 총 길이 1.46km의 木造橋가 놓였고, 금년에 두리 마을의 단도와 반월도를 연결하는 총 380m의 浮橋인 Moon-bridge가 놓여 지금은 이 세 섬이 모두 다리로 연결되어져 있다.

2007년에 완성된 목조교가 10년이 넘어서 노후해져 2019년부터 2020년에 걸쳐 반월도·박지도를 상징하는 보라색으로 다리를 전면 교체하고 도색도 하여 지금은 두리마을-반월도-박지도-두리마을로 연결되는 다리의 길이는 1.842km로 늘어나게 되었고, 이 보랏빛 섬과 다리를 퍼플(Purple) 섬과 퍼플 교라고 부르고 있다. 보라색의 섬으로 특성화하겠다는 제안은 2016년 전라남도의 "가고 싶은 섬" 사업에 응모하여 선정됨으로서 시작되었고, 2018년부터 본격적으로 섬마을 지붕을 보라색으로 칠하고, 2019년부터는 라벤더·보라 루드비키아·접시꽃·아스타 등 각종 보라색 꽃이 피는 식물을 심어 보라색 꽃길을 만들기 시작했던 것이다. 그러니까 이 모두가 불과 최근 2년 사이에 이루어진 일들이다.

지금은 퍼플 아일랜드 입장료라는 것이 있어 일반은 3,000원, 청소년·군인은 2,000원, 어린이는 1,000원이며, 신안군민·국가유공자·장애인 기타 보라색 의복(옷·모자·우산·가방 등)을 착용한 사람은 무료였다. 그리고 날씨가 더운지라 입장객에게 보라색 양산을 무료로 대여해 주고 있어 우리 내외도 그것을 하나 받았다. 우리는 먼저 퍼플 해안교인 문 브리지를 통해 반월도로 넘어갔다.

반월도는 섬 모양이 반달처럼 생겼다고 하여 붙여진 이름이며 반드리라고도 하는데, 총 면적 2.54㎢이며, 2012년 현재 55가구 100여 명의 주민이 거주하고 있다. 토촌마을에 도착한 이후 섬 오른편의 산책로를 따라 계속 해안 길을 걸었는데, 아스팔트로 포장되었고 차 한 대가 통과할 수 있을 정도의 좁은 도로 가에 龜甲紋으로 인도가 표시되어져 있으며, 도로 가 곳곳에 햇볕을 피해 쉴 수 있는 지붕이 있는 작은 쉼터가 마련되어져 있다. 섬 안을 운행하는 보라색 봉고차도 이따금 눈에 띄었는데, 그러나 도로를 지나가는 차량은 거의 보지 못했다. 우리는 반월도를 거의 한 바퀴 돌아 반대편의 당숲에 이르러 점심을 들었다. 안마을에 있는 그 숲은 생명의숲·산림청·유한킴벌리가 선정하는 "제14회 아름다운 숲" 전국대회에서 공존상을 수상한 것으로서, 300여 년 된 팽나무 3그루가 있다. 그 마을에서 섬의 최고봉인 어깨산(210m)으로 오르는 등산로도 시작되고 있었다. 근처에 이 섬의 최대 성씨인 仁同張氏 齋閣과 무덤들이 눈에 띄었다. 토촌마을에서 안마을까지의 거리는 2km, 반월도 해안일주도로의 총 길이는 5.7km였다.

우리는 박지도 암자에 사는 비구니와 반월도 암자에 사는 비구 사이의 사랑 이야기가 담긴 두 섬을 잇는 디딤돌 길 흔적인 중노두 부근에 세워진 퍼플교를 건너서 박지도로 넘어갔다. 박지도는 면적 1.75㎢, 해안선 길이 4.6㎞로서 반월도보다 작은 섬이며 바가지 형태여서 바기섬·배기섬이라고도 불린다. 인구는 30명 남짓이다. 아내는 날씨가 덥다 하여 거기서 바로 두리 쪽으로 넘어가고, 나는 일행 중 몇 명과 더불어 섬의 반대쪽 끄트머리 부근에 라벤더 정원과 바람의 언덕이 있다 하여 그곳을 찾아갔다. 해안선을 따라서 섬을 한 바퀴 두르는 자전거 도로가 나있고, 그 안쪽으로 산책로도 있는데, 우리는 나무그늘이 있는 산책로를 따라 걸었다. 이 섬의 자전거도로는 대부분 시멘트로 포장된 것이며, 그 가에도 걷는 길이 마련되어져 있다. 산책로를 따라 1.6km 나아간 곳에 있는 라벤더 정원은 산비탈에 조성된 약 4천 평의 대지에 4만 주의 라벤더를 심어 조성된 것인데, 이미 꽃철이 지나 있었다. 그 부근에 보라색 비닐을 덮어둔 밭들도 널려 있었는데, 앞으로 라벤더 정원을 더 넓힐 계획인지 모르겠다. 그 부근 박지산 정상에서 뻗어오는 나지막한 산 능선의 꼭대기가 바람의 언덕이었다. 나와 뒤따라온 남자 한 명은 능선을 지나 박지마을로 내려가서 마을 안을 통과하는 산책로를 걷다가, 도중에 나만 혼자 자전거 길을 따라 그 길이 끝나는 지점까지 걸어보기도 하였다.

　　마지막 퍼플교를 지나 안좌도의 두리마을로 건너와서, 오후 3시에 주차장에 대기하고 있는 대절버스에 탔다. 산악회에서 배부한 지도에 의하면 오늘 코스는 총 11km, 3~4시간이 소요된다고 적혀 있다.

　　돌아올 때는 2번 국도를 따라 압해도를 빠져나온 후, 잠시 서해안고속도로에 올랐다가 다시 2번 국도로 접어들어 남해고속도로에 올랐다. 돌아오는 버스 안에서도 「성난 황소들」 등의 활극 영화 두 편을 방영하였다. 오늘 가는 도중에는 섬진강휴게소에서 천연가죽으로 만든 휴대폰 카버를 새로 하나 샀고, 진주로 돌아와서는 이번에도 인사동 149-6 서부탕 옆에 있는 미가코다리(북어)찜에서 시레기코다리찜(大 35,000원)으로 석식을 들었다.

29 (토) 오전 한때 비 온 후 대체로 개임 - 산청 수선사

간밤에 류창환 군으로부터 산청에 修禪寺라는 이름의 멋진 정원과 카페를 갖춘 절이 생겼다는 말을 들었으므로, 회옥이가 한 주 간의 휴가를 마치고서 상경하는 오늘 가족이 함께 그리로 나들이했다. 가는 도중에 유석윤 한진솔라상무로부터 전화를 받아 부러진 태양광가로등의 부품을 교체하기 위해 외송으로 오겠다는 것을 다음 주 월요일로 미루기로 했다.

수선사는 산청읍 웅석봉로 154번길 102-23(내리 1117)에 있는 것으로서 여경스님이라는 분이 1990년대에 다랭이논을 매입하여 개발해 온 절인데, 절 건물은 가장 안쪽에 극락보전과 다른 한 채가 있을 뿐이고 너무 넓지 않은 터를 모두 정원으로 가꾸어 아기자기한 시설들을 해두었다. 보통 절의 대웅전에 해당하는 극락보전에는 木刻撑으로 불전 후면을 장식하였고, 입구에 세 개의 커다란 주차장이 있으며, 그곳에다 차를 세우고서 올라가면 너와지붕과 나무로 투박하게 얽어 만든 덱 길이 통과하게 만든 넓은 연 밭이 있으며, 드넓은 잔디밭과 수국을 무리로 심어둔 꽃밭, 물레방아, 그리고 3층 양옥 건물에 아래 2층은 템플 스테이, 3층은 전통다원을 만들어두었으며, 신발을 벗고 들어가게 되어 있는 양식의 고급 화장실도 갖추어 있었다. 절 구경을 마친 후 카페에서 아내는 들깨차, 회옥이와 나는 더치 아이스커피, 그리고 팥빙수 하나를 시켜 나눠 먹었다.(26,000원) 소문이 많이 났는지 비가 오는 데도 마스크를 쓴 사람들이 꽤 북적이고 있었다. 절이라기보다는 유원지라고 할까, 장사 목적이 엿보였다.

수선사를 떠난 다음, 산청군 신안면 원지로 178에 있는 타짜오리하우스에 들러 오리불고기와 들깨수제비 및 복음밥으로 점심을 들었다.(60,000원) 타짜오리하우스가 이곳 외에 동의보감촌 부근 등 다른 곳에도 있음을 네비게이션을 쳐보고서 비로소 알았다.

진주로 돌아와 회옥이는 오후 2시 반 고속버스를 타고서 상경하였고, 7시 반 무렵 부천의 숙소에 도착했다는 카톡 연락을 받았다.

30 (일) 맑음 - 지리산둘레길 구례 황전~난동

아내와 함께 지리산둘레길 전라남도 구례군 황전-난동 구간 약 8.8km를 다녀왔다. 오전 8시 무렵 집을 출발하여 2번 및 19번 국도를 경유하여 9시 50분 무렵 지난번 종착 지점이었던 마산면 화엄사 아래의 황전마을 지리산국립공원 화엄(남부)탐방안내소에 도착했다. 코로나19 때문인지 탐방안내소는 문을 잠가두고 있었다. 그곳 드넓은 광장의 나무그늘 아래에다 차를 세워두고서, 지난번에 확인해 둔 둘레길 이정표가 있는 지점으로 이동하였다. 그곳 이정표에는 지난번에 우리가 출발했던 오미까지의 거리가 7.9km, 이 코스의 종점인 방광까지는 4.4km로 적혀 있었다. 그러나 (사)숲길이 지은 『지리산둘레길』 공식 가이드북에는 황전에서 방광까지가 5.5km라고 되어 있다. 탐방안내소에서 이정표까지의 거리도 몇 백 미터는 될 듯하다.

황전마을 이정표에서부터 야트막한 산길이 계속되다가, 거기를 지난 다음부터는 대체로 평탄하였다. 곳곳에 시멘트 포장도로도 나타났다. 솔숲이 아름다운 당촌을 지나 수한마을에 도착하니 수령 500년 된 느티나무 고목 하나와 사방으로 유리문을 단 두 칸짜리 사각 정자가 눈에 띄었고, 그 앞의 안내 표지석에 원래 마을이름은 물이 차갑다고 하여 물한리였으나 1914년 행정구역 개편으로 수한마을로 개칭되었다고 적혀 있었다. 放光마을에 도착해서도 500년 된 느티나무 보호수 세 그루와 더불어 그 사이에 역시 사방으로 유리문을 단 정면 세 칸 측면 두 칸의 鍾石亭이라는 현판을 단 한옥 한 채가 고즈넉하였다. 이곳은 마을 제사를 지내는 곳이었다.

방광마을은 泉隱寺와 지리산 성삼재로 올라가는 길목으로서, 梅泉 黃玹(1855~1910)이 1908년 이곳 광의면 방광리에다 근대식 학교인 호양학교를 세우기도 했었는데, 이곳에서 500m쯤 떨어진 곳에 1955년 그를 기념하여 세운 梅泉祠가 있다. 아내는 지난 번 왔을 때부터 인터넷을 통해 알아보고서 이 마을에 지리산식당이라고 하는 값이 싸고 수많은 반찬이 나오는 식당이 있다고 하였으므로 우리는 오늘 거기에 들러 점심을 들 생각이었는데, 별로 크지 않은 이 마을에 식당 같은 것은 눈에 띄지 않았다. 아마도 이미 지나쳐버린 것이 아닌가 싶다.

우리는 유원지 같은 모양의 참새미골을 지나 다음 코스의 종착 지점인 산동마을을 향해 나아갔다. 지리산둘레길 방광~산동 구간에는 지난번 장맛비로 흙이 무너지거나 나무가 쓰러지는 등 파괴된 곳들이 여기저기 눈에 띄었는데, 군에서는 그 지점에다 금줄을 쳐 놓고서 당분간 둘레길을 폐쇄한다고 적어 두었다. 우리는 그럼에도 불구하고 계속 나아가 인근 과수원에 물을 대는 수로가 이어지다가 장맛비에 작은 나무다리가 파손되어 비스듬히 걸쳐져 있는 大田里의 어느 산길에서 점심을 들었다. 시냇물 가이면 대체로 시원할 뿐 아니라 식후에 양치질하기도 편하기 때문이다.

대전리에서 길가 수풀 속에 석불 입상을 보관한 작은 집을 한 채 발견하고서 나 혼자 그리로 다가가 살펴보았다. 전라남도 유형문화재 제186호로 지정된 것인데, 높이 1.9m의 비로자나불로서, 통일신라시대 양식을 이어받아 고려 초기에 제작되었을 것으로 추정된다고 한다. 그러나 얼굴 모습이 크게 훼손되어져 있었다.

거기서 얼마간 더 나아가니 구례예술인마을이 나타났다. 멋진 양옥 건물들이 즐비하고 카페도 있었으나 코로나 탓에 문을 닫아두고 있었다. 그곳 마을 지도의 윗부분에 "입주를 원하시는 예술인은 연락바랍니다."라고 하여 전화번호를 적어두고 있었다. 그 마을을 지난 당동마을 길가에 南岳祠址가 눈에 띄었다. 향토문화유산 제32호로서 국가 주도 아래 지리산 산신에게 제사를 지냈던 사당이 있던 터이다. 남악사는 국왕을 대신하여 전라도관찰사가 해마다 봄과 가을, 그리고 설날 아침에 정기적으로 제사를 지냈다는데, 순종 2년(1908)에 폐사되었고, 지금은 화엄사 아래에 남악사가 있다.

오늘은 구례군 토지면 오미리에서부터 섬진강과 서시천을 따라 이어지다가 이곳에 이르러 끝나는 총 18.6km인 또 하나의 지리산둘레길과 만나는 지점 구례군 광의면 온당리 난동마을에 이르러 트레킹을 마쳤다. 그곳 안내판에는 황전에서 방광까지가 4.4, 방광에서 난동까지도 4.4라고 적혀 있었다. 그러나 바로 곁의 이정표에는 방광까지의 거리가 4.2km라고 되어 있으니, 이처럼 제각기 약간씩 차이가 있는 것이다. 걸음수로는 14,753보였다. 오전 중 황전의 지리산남부탐방안내소 광장에서 지리산을 오를 모양인지 등산복 입은 대여섯 명 한 팀의 남자들이 눈에 띄었으나, 트레킹 도중에는 우리 외에 둘레길을 걷는 사람을 아무도 만나지 못하여 마치 내외가 그 길을 전세 낸 기분이었다. 코스 도중에 풀이 무성하여 그 길이 맞는지 분간하기 어려운 곳도 있었으니, 이즈음 코로나 사태로 말미암아 이리로 걷는 사람은 거의 없는 모양이었다.

그곳에서 광의개인택시 기사 박인규 씨에게로 전화를 걸어 그 차를 타고서 황전 집단시설지구로 되돌아왔고, 다시 내 차를 몰고서 오후 4시경에 귀가하였다. 갈 때의 코스를 따라서 돌아오는 도중에 남도대교 부근의 섬진강 가 식당에 들러 하동재첩 10인분을 샀고, 다시 하동 읍내 부근 길가에서 배도 좀 샀다.

9월

8 (화) 아침 한 때 빗방울 있었으나 대체로 맑음 –지리산둘레길 난동-현천

지난 일요일에 출발할 예정이었지만 비와 태풍 그리고 병원 방문 관계로 미루었던 지리산둘레길 전남 구례군 난동-현천 구간을 오늘 떠났다. 승용차를 몰고서 아내와 함께 오전 9시 가까운 무렵에 집을 출발하여 2번 및 19번 국도를 경유하여 10시 40분에 지난번 종착 지점인 구례군 광의면 온당리 난동마을에 도착했다. 이정표에 그곳에서 방광-산동 코스의 종착지점인 산동면 소재지 원촌마을까지는 8.8km라고 되어 있다.

난동마을은 해발 601m인 지초봉 아래에 위치해 있으며, 그 능선인 구리재까지 꼬불꼬불 올라가는 길은 시멘트로 포장되어 있다. 도중에 '지리산 구례생태숲 안내' 표지판을 만났다. 이곳은 지난 2000년 산불이 나 흉하게 변했던 곳인데, 구례군에서 30억 원을 들여 철쭉단지로 조성했다. 생태숲에는 다양한 테마의 숲과 길이 조성되어져 있고, 그 꼭대기인 지초봉 부근에 활공장도 있는 것으로 안내판에 나타나 있다. 둘레길은 생태숲 오른쪽을 따라 올라간다. 도중에 전망대와 단층의 육모정 정자가 차례로 나타나고, 구리재에 다다르면 2층의 육모정이 나타나는데, 우리 내외는 그 정자 2층에서 점심을 들었다. 구리재의 이정표에는 생태숲을 야생화 테마랜드라고 적고 그곳까지의 거리가 2.9km, 반대 방향에 있는 구례수목원까지는 3.4km로 적고 있다. 구리재에서 720m 거리인 지초봉으로 올라가는 길도 있는데, 그 정상에 대형 전망대 같은 것이 설치되어져 있다.

점심을 들고 있는 중에 우리가 올라온 길로 뒤이어 여러 연령층의 댓 명 정도 되는 남녀가 올라와 그 중 일부는 우리 부근에서 막걸리를 마시고 식사를 하기 시작했다. 물어보니 대전에서 왔다고 하며, 일행은 12명 정도 된다고 했다. 뒤이어 다른 사람들도 올라오기 시작했는데, 아마도 여행사나 산악회에서 모집한 사람들로서 서로 잘 모르는 사이인 듯했다. 그 중 일부는 지초봉으로 올라가기도 했고, 지초봉에 짚라인이 설치되어져 있다는 사람도 있었으나 내게는 그런 것이 눈에 띄지 않았다.

점심을 마치고서 먼저 출발하여 반대편 길로 내려왔는데, 도중에 편백나무 쉼터가 있고, 또한 다른 육모정 쉼터도 있었으며, 마침내 아치형의 입구를 가진 수목원에 닿았다. 수목원 경내에 갖가지 꽃들이 피어 있고, 구례 지역의 특색이 산수유나무가 많았다. 수목원에도 종합안내판이 설치되어져 있는데, 영역이 꽤 넓은 모양이었다. 구례군 관광안내도에는 이곳을 지리산 정원이라고 적어두었다.

그곳에서 좀 더 내려와 산동면 탑정리의 탑동 마을에 닿았다. 2009년 3월 22일에 일송산악회를 따라 구례 사성암과 오산을 오르고서 하산하여 들른 바 있었던 산수유축제가 벌어지던 현장으로 짐작되는 산수유자연휴양림이 그 부근에 있고, 도로를 따라 안쪽으로 좀 더 들어가면 예전에 학교 행사로 몇 차례 들러 숙박한 바 있었던 지리산온천랜드도 있다. 길가에 마을 이름의 유래가 된 통일신라시대의 것으로 추정된다는 작은 탑이 서 있었는데, 무너지고 남은 잔해들을 모아 다시 세워둔 것이라 삼층탑인지 오층탑인지 정확치 않다고 한다. 마을 입구에 수령 450년 된 느티나무 보호수도 있었다.

도로를 건너 산동마을 쪽으로 가는 도중에 재단법인 國際道德協會一貫道 山東地部의 和衷法壇이라는 현판을 단 절을 지났는데, 그 경내에도 근자에 세운 높다란 석탑이 서 있었다. 산동면사무소가 있는 지리산둘레길 21코스의 종착지점 원촌리에 다다랐고, 거기서 다시 마지막 코스인 산동-주천간 15.9km 길을 따라 좀 더 나아갔다. 산동에서 1.2km 거리인 19번국도 아래를 관통하는 굴다리가 있는 지점의 현천마을 입구 버스 정거장에서 오늘의 행정을 마쳤다. 작년 3월 24일에 아내와 함께 더조은사람들을 따라 와 여기서부터 밤재터널의 구례쪽 입구까지 걸은 적이 있었던 것이다. 그리고 밤재 터널의 구례쪽 입구에서부터 밤재 능선까지는 2015년 10월 4일 매화산악회를 따라 견두산·천마산을 주파했을 때 걸은 바 있었으므로, 이제 남은 것은 밤재 능선에서 남원시 주천까지의 7km가 있을 뿐이다. 산길샘 앱에 의하면 도착시각은 14시 14분으로서 소요시간은 3시간 34분, 도상거리 9.73km, 총 거리 9.9km라고 되어 있으며, 만보기의 걸음 수로는 14,892보를 기록하고 있었다.

거기서 산동온천택시를 불러 타고서 출발지점인 난동마을까지 돌아왔다. 트레킹 도중의 내리막길에서 스틱을 접어 넣으려다가 그것을 묶는 끈이 사라져 버린 것을 발견했는데, 난동마을의 출발지점에서 그것을 다시 발견했다. 그리고 어제 스테로이드 주사를 맞은 후 거의 정상에 가깝게 회복된 듯했던 내 오른쪽 귀의 난청 현상이 오늘은 주사 맞기 이전의 상태로 되돌아갔다. 심한 이명 현상도 있어 오히려 더 악화된 것이 아닌가 싶기도 하다.

난동에서 내비게이션에 따라 진주의 집으로 돌아오고자 하는데, 19번 국도에 다다른 후부터 내비가 자꾸만 고속도로 쪽으로 안내를 하므로 그것을 무시하고서 국도를 따라 계속 달렸더니, 얼마 후 순천 가는 17번 국도를 타고 있었으므로, 다시 목적지를 화개장터삼거리로 고쳐 정하여 구례 읍내를 거쳐서 올 때의 19번 국도로 되돌아올 수 있었다. 하동에서 지난번에 들렀던 도로 가 매장에서 배를 좀 더 구입한 후 2번 국도를 타, 오후 4시 50분 무렵 집에 도착했다.

13 (일) 부슬비 -지리산둘레길 주천-밤재 구간

아내와 함께 지리산둘레길의 마지막인 22코스 전북 남원시 주천-밤재 구간을 다녀왔다. 오전 8시 무렵 집을 출발하여 통영대전, 광주대구고속도로를 경유하여 9시 58분에 주천면주민센터에 도착했다. 둘레길 출발지점인 주천안내센터는 거기서 얼마 떨어지지 않은 곳의 사거리 한쪽 모퉁이에 있었다.

비가 오므로 승용차 안에서 상하 방수복으로 갈아입고 밖으로 나와, 근처 상점에서 물어 둘레길 안내센터를 찾아가서 그 건물의 바깥모습 사진을 찍고 있었더니 안에서 중년 남자 한 명이 나와 우리더러 안으로 들어오라고 하므로 그를 따라 들어가 보았다. 그랬더니 그는 밤재까지의 구간이 최근의 수재로 말미암아 폐쇄되었다고 하면서 우리더러 1코스 쪽으로 가보거나 예정을 취소하라고 권유하였다. 뜻밖의 사태에 다소 당황스러웠지만, 나는 진주에서 일부러 왔다면서 갈 수 있는 데까지 갔다가 안 되면 되돌아오겠다고 응답했는데, 그럼에도 불구하고 그는 취소하라고 신신당부했다. 그러나 우리 내외는 그가 알려준 22코스의 방향을 따라 묵묵히 걸어갔다.

주천리에서는 안내 표지가 별로 눈에 띄지 않았지만, 주민이 알려주는 방향을 따라 걸어가 보았더니, 얼마 후 변두리 지역에서부터 표지가 나타나기 시작했다. 주천의 동남쪽 용궁리 쯤에 접어드니 聾品亭이라는 정자가 나타나고, 효자비각이나 효행비 등이 서 있었다. 수령 300년 된 배롱나무 보호수도 눈에 띄었다. 둘레길은 다니는 사람이 전혀 없어 잡초가 우거져서 길을 뒤덮었으므로 나아갈 방향을 찾기 어려운 곳들이 있었고, 지난번 태풍과 홍수에 나무가 쓰러져 길을 가로막은 곳도 나타났다.

이럭저럭 주천에서 4.2km 떨어진 거리의 밤재 터널 옆에 위치한 지리산 유스호스텔(유스캠프)에 도착하였고, 거기서부터는 터널이 생기기 전 일제 시기에 만들어진 구 19번 국도로서 차 두 대가 서로 간신히 비켜 지나갈 수 있을 정도 노폭의 비포장 길을 따라 산속을 걸어 오후 1시 10분 무렵 유스호스텔에서 2.7km 떨어진 거리의 해발 490m인 밤재에 마침내 도착하였다. 올라가는 도중에 골짜기마다 폭우로 흙이 깎여 산사태가 생기고 나무들이 쓰러져 처참한 모습을 드러내고 있었다. 이 지역의 태풍 피해는 우리가 사는 진주 주변보다도 훨씬 심각함을 실감할 수 있었다.

예전에 견두산 등반을 했을 때 구례 쪽 터널에서부터 올라와 밤재 부근에 사각의 파고라 정자가 두 채 정도 서 있었던 기억이 있으므로 거기서 점심을 들고자 했지만, 도착해 보니 밤재에는 고압선 전주가 쓰러져 있고, 정자는 좀 더 올라간 곳에 있는지 눈에 띄지 않았으므로, 근처의 나무 아래 길바닥에 자리를 잡고 앉아 식사를 하였다. 그 부근에 '왜적침략길 불망비~克日과 평화의 새로운 다짐을 위하여~'라 새긴 2017년 남원시와 구례군 및 남원동학농민혁명기념사업회 공동명의의 커다란 비석이 서 있었다. 정유재란에 남원성이 왜군에게 함락당한 지 7주갑인 420주기 만인의총 제향일을 기념하여 세운 것이었다.

둘레길 안내책자에는 주천에서 밤재까지의 거리를 7km로 적고 있는데, 현지의 이정표에는 6.9km로 적혀 있었다. 되돌아오는 길에 반대쪽으로부터 걸어오는 젊은 남녀 한 쌍을 만난 것이 오늘 트레킹에서 만난 사람의 전부인데, 그들은 배낭 없이 맨몸으로 걷고 있는 것으로 보아 유스호스텔쯤에서 산책 나온 사람인 듯했다. 14시 24분 유스캠프에 도착해 보니, 내 휴대폰의 산길샘 앱에는 도상거리 10.77km, 총 거리 11.05km, 소요시간 4시간 26분을 기록하고 있었고, 만보기에는 17,255보를 걸은 것으로 되어 있었다.

주천안내센터에서 집어온 명함으로 남원법인택시의 천사콜에다 전화를 걸어 34바1166 택시를 타고서 주천면주민센터까지 되돌아왔는데, 내릴 무렵에 기사인 하승길 씨가 자기는 남원시내에서 왔는데, 도중에 내려버릴 것이라면 전화할 때 목적지를 미리 알려주었어야 했다고 불평을 말하는 것이었다. 요금이 4,600원 나왔으니 그렇게 말할 만도 하지만, 명함을 보고 전화를 건 나로서는 6.2km 떨어진 거리에서 택시가 출발했다는 문자 메시지를 받았을 뿐 그 택시가 어디서 오는 지까지는 확인할 수 없었던 것이다. 주천까지 간다고 미리 말했다면 택시가 와주었을지도 의문이다.

갈 때의 코스를 따라 오후 4시 20분 무렵 귀가했다. 돌아올 때는 날씨가 화창하였다. 오늘로서 마침내 지리산둘레길 대단원의 막을 내린 셈이다.

20 (일) 맑음 -고성 갈모봉

아내와 함께 경남 고성군 고성읍 이당리 일원에 있는 갈모봉 산림욕장에 다녀왔다. 오전 8시 남짓에 집을 출발하여 사천에서 33번 국도로 접어든 후 계속 남쪽으로 내려갔는데, 알고 보니 그 33번 국도는 사천에서의 진입로가 달라졌을 뿐 예전에 고성을 거쳐 통영 가던 국도인 듯하였다. 9시 무렵 갈모봉 산림욕장 제2주차장에 도착하여 등산을 시작했고, 내려온 후 제2주차장 바로 위쪽의 평상에서 식사를 마치고 나니 오후 1시 무렵이었다. 오늘 걸은 코스는 도상으로 5.61km, 오르내림을 포함한 총 거리로는 6.14km였다.

갈모봉은 봉우리가 올망졸망 연결되어 있는 산으로서, 조선시대에 성씨는 葛이고 이름은 峰이라는 고성판 홍길동 내지 임꺽정인 의적 갈봉의 묘가 있었다 하여 유래된 이름이라고 한다. 그래서 처음에는 이곳을 葛墓峰이라 부르다가 세월이 흘러 갈모봉으로 되었다는 것이다. 산림욕장은 면적이 59hr로서 수종은 편백이 63%, 소나무가 17%, 삼나무 5%, 기타 15%이다. 최고봉은 368.3m로서, 내가 가진 1:50,000 도로교통지도에는 정상이 고성읍이 아니라 이웃한 삼산면 삼봉리에 속해 있으며, 이 산 정상이나 능선에 서면 남해의 다도해가 한 눈에 들어온다. 나는 예전에 친구인 장상환 교수로부터 편백 숲이 좋다고 이 산에 대한 말을 들은 바 있었는데, 오늘 비로소 와 본 것이다.

주차장에서 곧바로 치고 올라가 팔각정에 다다른 다음, 옛날 소금장수들이 쉬어 가던 고개라 하여 소금쟁이고개쉼터라 불리는 곳에 이르렀고, 거기서 능선을 따라 서쪽으로 한참 나아가다가 남쪽 및 동쪽으로 조금 꺾어 들어가 갈모봉 정상에 다다랐다. 소금쟁이고개에서 병산임도 쪽으로 나아가는 3.8km 코스가 있고, 정상에서 영선재 방향으로 나아가는 4.8km 코스도 있지만, 우리는 너무 먼 그쪽으로는 가지 않고 정상에서 여우바위봉과 通天門이라 불리는 커다란 바위구멍을 거쳐 산림욕장 안을 한 바퀴 둘러서 지금은 폐쇄된 1주차장과 관리사무소를 지나 데크 계단을 따라서 2주차장으로 내려오는 코스를 취했다. 식후 아내는 그 평상에 드러누워 반시간 정도 쉬었고, 갈 때의 코스를 따라서 오후 3시 무렵에 귀가하였다.

27 (일) 맑음 - 거류산 유담둘레길 1~3코스

아내와 함께 경남 고성군 거류면에 있는 巨流山(571.7m)의 有談둘레길을 다녀왔다. 지난주의 고성 갈모봉 등산 때 주차장 관리인으로부터 이 둘레길 개설 소식을 들었던 것이다. 작년에 개설되었는데, 총 7개 구간 17.6km라고 한다. 고성군이 45억 원을 투입해 2016년 10월 11일 군청에서 '거류산 둘레길 조성사업'을 위한 실시 설계 용역보고회를 가진 이후 2018년까지 완공을 목표로 추진해 온 사업이다.

오전 8시 무렵 집을 출발하여 지난주에 통과했었던 33번 국도를 경유하여 9시 18분에 거류산 등산로 초입에 있는 엄홍길전시관 주차장에 도착했다. 고성 출신의 엄홍길은 세계에서 8번째이고 아시아에서는 최초로 히말라야 14좌를 완등했다고 하여 2001년에 세운 '固城이 낳은 히말라야 英雄 嚴弘吉' 비석이 주차장 앞에 서 있었는데, 전시관 자체는 코로나19 감염예방을 위해 2020년 8월 24일 이후로 무기 휴관 중이었다. 그러나 우리 내외는 예전에 이곳에 와서 엄홍길 씨와 함께 거류산을 등반했을 때 기념관에도 들어가 본 적이 있었다.

둘레길의 시작 지점을 모르므로, 앞서 몇 사람이 지나갔다고 하는 아내의 말을 듣고서 무턱대고 전시관 경내를 따라 올라가 그것이 끝나는 지점에서 둘레길의 첫 코스인 '숲이 좋은 길' 2.3km의 이정표를 만나 그 길을 따라서 대명사 방향으로 나아갔다. 이정표 말뚝마다에는 둘레길 전체의 조그만 지도와 현 위치를 표시해 두었다. 그 길 아래 숲 건너편으로는 통영대전고속도로가 지나가고, 벼가 누렇게 익어가는 황금들녘이 펼쳐져 있었다.

2코스인 '치유의 길' 3.4km가 끝나는 지점에서 대명사 쪽과 그 반대편인 3코스 '충의길' 2.5km의 갈림길을 만나 마애약사여래좌상이 있는 충의길 쪽으로 접어들었다. 이리로 오는 도중에 우리와 비슷한 시점에 뒤따라와서 앞질러간 남자 두 명을 만나기도 하였으나 그들은 2코스 도중의 육모정에서 쉬다가 웬일인지 왔던 길로 되돌아갔고, 그 이후로는 달리 만난 사람이 없었다.

2코스까지는 편백과 삼나무의 숲이 많았으나, 3코스에 접어들어서는 좁다란 오솔길을 따라 계속 올라가는 코스가 대부분이었다. 길바닥에 야자수 껍질로 만들었다고 들은 듯한 수입 깔개가 계속 깔려 있었으나, 깐 시기가 제법 오래된 모양이어서 낡은 곳이 대부분이었고, 그 위로 풀이 무성하게 자라나 있었다. 오솔길 부근에다 금목서 나무를 여기저기 심어두어 노랗게 핀 꽃에서 아름다운 향기가 품어져 나오고 있었다. 마애불은 코스를 벗어나 능선 쪽으로 한참 동안 올라간 곳에 있었다. 경상남도 유형문화재 제659호로 등록된 것이었는데, 아내는 그 뒤편에서 사람들의 소리가 들린다고 하였으나 나는 듣지 못했다.

마애불에서 내려와 다시 둘레길 코스를 만난 이후 두 번째 전망대에서 12시 반쯤에 점심을 들었다. 식후에 아내는 이미 피로를 호소하며 도중에 하산하여 택시를 부를 것을 주장하였다. 점심을 든 장소 이후로는 둘레길이 아직 완성되지 못했는지 군데군데 길이 끊어지고 태풍에 꺾여 쓰러진 나무가 그나마도 희미한 길을 가려 나아갈 방향을 찾기 어려운 지점들이 있었다. 이럭저럭 충의길이 끝나고서 네 번째 코스인 '아름도담길' 3.1km가 시작되는 지점에서 거북바위 방향과 감서리 방향의 갈림길을 만났는데, 지도상에 보이는 거북바위는 우리의 트레킹 코스로부터 동떨어진 별개의 코스로 판단되었으므로, 나는 감서리 방향을 취했다. 그러나 그 길은 계속 아래편으로 이어지더니, 감동소류지 부근에서 다시 이정표를 만나고 보니 우리가 걸어온 길은 이미 둘레길을 크게 벗어나 있었다.

그래서 별 수 없이 아내의 요구에 따라 감서리의 감동마을까지 내려와 감서2길 155의 키위나무 넝쿨로 입구가 그늘막을 이룬 가정집에 물어 개인택시 기사의 명함을 받아 그리로 전화를 걸어 보았으나 신호는 가는데 응답이 없었다. 할 수 없이 마을 중심가의 대로변까지 걸어 내려와 전신주에 붙은 '25시 콜택시' 전화번호들을 발견하고는 택시를 불러 타고서 엄홍길전시관으로 돌아왔다. 오늘의 걸음 수는 총 20,063보였다. 33번 국도를 다시 경유하여 오후 4시 무렵 귀가하였다.

10월

1 (목) 맑음, 추석 - 함양 상림

오전 중 얼마 전에 시집간 예은이로부터 오라는 전화가 걸려오기를 기다려 세 식구가 함께 봉곡동 처가로 갔다. 예은이는 시댁으로 가느라고 못 올 줄로 알았으나 시댁에 일찍 인사를 다녀온 후 KTX를 타고서 신랑인 강 서방과 함께 진주로 내려왔다. 그들은 신혼살림을 직장 부근인 서울 마포에다 꾸렸으나, 오늘 강 서방의 말에 의하면 장차는 부모 및 오빠인 민국이네가 살고 있는 평택으로 내려갈 예정이라고 한다. 큰처남 내외 및 작은처남 그리고 얼마 후 황 서방 내외도 서울 생활을 청산하고서 진주로 내려 있는 작은아들 규호를 데리고 왔다. 큰처남의 장남인 민국이네 가족은 코로나 때문에 오지 못했고, 작은처남의 장남인 민우도 코로나 때문에, 그리고 차남인 현주는 고3이라 오지 못했다. 황 서방네 장남 상호도 내려오지 못했다.

좀 이른 점심상을 받은 후, 우리 가족과 황 서방네 가족은 처남들 가족보다 먼저 진주시 집현면 지내리의 장인 묘소를 찾아갔다. 묘소는 짐승들의 접근을 막기 위해 근자에 주변을 철책으로 둘러쌌으나, 그리로 접근하는 변변한 출입로가 없어 남의 논둑을 따라 가까스로 가고 올 수 있었다. 내가 지은 것으로 되어 있는 비문과 상석에 새긴 글을 읽어보니, 장인은 1927년 5월 1일생으로서 2000년 음력 12월 12일에 별세하셨으니, 벌써 20년 전의 일이다.

성묘를 마친 후, 우리 가족은 3번 국도를 따라서 함양 上林으로 꽃무릇(상사화)을 구경하러 갔다. 가는 도중에 회옥이로부터 승용차 천정의 유리문 여는 법과 유료인 고속도로를 피하는 내비게이션 사용법을 배웠다. 상림에 도착해 보니 이미 꽃무릇은 거의 다 져버렸고, 예전에 무성했던 맥문동으로 짐작되는 풀의 새싹들이 올라오고 있었으며, 온통 연 밭으로 조성해 두었던 숲 바깥의 논들도 꽃밭으로 변신하여 사르비아·메리골드·코스모스·노란 코스모스 등을 심어 그 꽃이 한창이었다.

김은심 교수에게 물어 그녀를 따라 예전에 들른 적이 있었던 함양대웅한 우촌갈비탕의 전화번호를 알아 그곳으로 전화를 걸어 명절인 오늘도 영업을 하며 예약 없이 가도 된다는 응답을 들어 두었으나, 아내나 회옥이가 모두 배가 불러 안 되겠다고 하므로 오후 5시 무렵에 그냥 귀가하였다.

4 (일) 맑음 - 거류산 유담둘레길 4~7코스

아내와 함께 지난주에 이어 두 번째로 고성의 거류산 유담둘레길 트레킹에 나섰다. 회옥이의 도움으로 승용차의 내비게이션은 유료도로를 이용하지 않는 것으로 설정해 두었기 때문에 오늘은 왕복 모두 자동적으로 3번 및 33번 국도를 따라갔다. 오전 8시 무렵 집을 출발하여 9시 10분에 거류산 입구의 엄홍길전시관 주차장에 도착했다. 거류산은 고성의 진산이기 때문에 이곳에다 엄 씨의 전시관을 마련해 둔 모양이다.

도착할 무렵, 아내는 뜻밖에도 자기 체력으로는 오늘 코스가 무리이기 때문에 주차장에 남았다가 여성 등산객이 있으면 그들을 따라 좀 걸어보겠다면서 나더러 혼자 출발하라는 것이었다. 별 수 없이 차 키를 아내에게 맡기고서 먼저 떠났다. 오늘은 지난주에 아내의 뜻에 따라 1~3코스만 둘렀기 때문에 나머지 4~7코스를 둘렀다가 돌아올 때는 거류산 등산로 순환코스를 이용하기로 했다.

먼지 엄홍길전시관에서부터 가장 가까운 6코스 마실길 총 1.9km를 걷기 시작했다. 도중에 거류산의 대표적 명소 중 하나인 藏義寺에 들렀다. 원효대사가 선덕여왕 1년(서기 632)에 창건했다는 고찰인데, 절 규모가 아담하며 건물들은 그리 오래된 것 같아 보이지 않았고, 많은 돌탑이 있다고 하였으나 하나도 내 눈에는 띄지 않았다. 금년 9월에서 11월까지 대웅전 단청공사를 한다는 공사안내 표지도 보았다. 둘레길은 입구의 일주문에서 아래쪽으로 이어지는 포장도로를 따라 나 있는데, 나는 도중에 다음 코스의 진입로를 놓쳐버리고서 용동마을 부근까지 내려갔다가 그곳 이정표에 붙어 있는 안내도를 보고서 길을 잘못 들었음을 깨닫고서 언덕길을 다시 한참 동안 되돌아와 장의사까지 400m를 남겨둔 지점에서 다음 5코스인 바람의계곡길 총 2.6km에 접어들었다.

도중에 황사정이라는 육모정이 있어 그곳에 올라 눈에 띈 의자 하나에 걸터앉아서 한반도 모양을 닮았다는 당동만 일대를 내려다보며 배를 하나 깎아 먹었다. 아내는 뒤늦게 감서리까지 간다는 고성 주민 젊은 여자 네 명 팀을 만나 장의사까지 뒤따라 왔다가, 거기서 다시 엄홍길전시관 주차장으로 간다는 부부 한 쌍을 만나 그들을 따라 되돌아갔다.

4코스인 아름도담길 총 3.1km에 접어들어 도중에 포장도로를 만나 그 길을 따라서 꼬불꼬불 올라가다가 또다시 육모정인 舞嶝亭에 이르러 당동만을 정면으로 바라보며 점심을 들었다. 점심 도중에 처음 아내와 함께 걸었던 여자 네 명 한 팀이 올라오는 것을 보았는데, 그들은 무등정에서 거북바위 및 거류산 정상으로 향하는 오솔길로 접어들지 않고서 그냥 도로를 따라 직진하였다.

나는 산길을 취하여 계속 올라가다가 거북바위 0.3km, 거류산 0.7km라 쓴 이정표를 만났는데, 그 쪽 방향을 취하지 않고서 아름도담길이 이어지는 코스를 따라 감서리 방향으로 계속 걸었다. 그 길을 따라가다가 지난주에 점심을 들었던 전망대와 또 하나의 전망대를 만났는데, 나는 지도에서 감서리 쪽과 거북바위 쪽 길이 갈라지는 지점이 아름도담길이 끝나는 지점임을 보았기 때문에 그곳까지 계속 걸어가 보았더니 뜻밖에도 마애약사여래좌상 쪽과 감서리 쪽의 갈림길을 만났으므로, 갔던 길을 다시 한참동안 되돌아와 거북바위 쪽 코스로 접어들었다.

거북바위는 둘레길에 속하지 않지만 거류산의 명소 중 하나로서 8부 능선에 위치해 있는데, 그곳에서 순환길을 만나게 된다. 거북바위를 지나 좀 더 나아간 지점에서 마침내 둘레길의 마지막인 7코스 거류산성길 총 1.8km를 만나 거류산전망대 방향으로 나아갔다. 전망대에서는 아래로 당항만과 당동만을 모두 조망할 수 있다. 거류산 정상을 중심으로 두고서 그 길을 한 바퀴 빙 돌아 정상 방향으로 좀 더 나아가야 산성길을 완주하게 되는데, 나는 거의 다 돌아 주능선을 만난 지점에서 엄홍길전시관까지 2.8km라는 이정표를 보고서 최단거리를 취하여 순환 코스 중 능선 길을 따라 하산하였다. 이 능선 길을 따라 예전에 정상까지 왕복한 적이 있었으나, 지금은 군데군데 덱 계단이 설치되어 있는 점이 달랐다. 산성길에서 거류산성 안내판을 보기는 하였으나 '성벽은 자연 바위로 된 절벽을 이용하여 낮은 곳을 돌로 쌓아 보강'한 까닭인지 내 눈에 성벽 같은 것은 보이지 않았다.

　오후 3시 51분에 주차장에 도착하여 오늘 산행을 마쳤다. 소요시간은 6시간 40분, 도상거리 13.66km, 총 거리 14.35km였고, 걸음 수로는 27,330 보였다. 갔던 길을 경유하여 집으로 되돌아오니 5시 10분경이었다.

8 (목) 맑음 - 가야산소리길

　우리 내외와 경제학과의 장상환 명예교수 내외가 함께 합천군 가야면 치인1길 19-1번지(치인리 16-1)에 있는 삼일식당으로 가서 자연산송이버섯 국정식으로 점심(76,000원)을 들고 가야산소리길을 산책하고서 돌아왔다. 얼마 전 장 교수와의 통화에서 조만간 한 번 만나 식사하자는 말이 나왔는데, 며칠 전 장 교수가 전화를 걸어와 합천으로 송이정식 먹으러 가자는 의견을 냈던 것이다. 지난 3일에 방영된 「김영철의 동네 한 바퀴」 합천 편에 반찬이 서른 가지 나오는 합천의 송이버섯 식당이 포함되어 있었는데, 내 짐작에 그곳이 아닐까 했지만 아니나 다를까 장 교수 내외도 그 프로를 보았던 것이었다.

　오전 10시 반에 장 교수가 사는 금산면의 두산위브아파트 정문 앞에서 만나 내 차를 타고서 함께 가기로 약속했는데, 어제 외송으로부터 돌아와 지하주차장에서 차를 후진하여 세우려 했을 때 갑자기 무엇이 부러지는 듯 이상한 소리가 두 차례 들리므로 좀 불안했었는데, 오늘도 역시 시동을 걸고 나아가자 그런 소리가 들리고 차에 진동도 있어 승차감이 좋지 않은지라, 도중에 회차하여 장오토에다 일단 맡겨보았다. 고장이 아니고 내가 알지 못하는 사이에 사륜구동 버튼을 잘못 눌러 그러함이 얼마 후 판명되었다.

　다시 차를 몰고서 두산위브 앞으로 가 장 교수 내외를 태운 후, 33번 국도를 따라 고령까지 나아간 후 국도와 지방도를 번갈아가며 해인사 옆 치인리 집단시설지구에 있는 그 집을 찾아갔다. 가고 오는 도중의 들판에는 이미 벼 수확을 마친 논들이 군데군데 눈에 띄었다. TV에서 나는 이 집 상호를 보지 못했고, 장 교수는 카메라가 잠깐 스쳐지나가는 순간 상호를 발견하고서 전화를 걸어 예약해 두었던 것이라 했는데, 도착해 보니 근처의 여러 식당들 가운데서 유독 그 집 앞에만 승용차가 즐비하고 내부에도 손님이 꽉 들어차 있어 예약하지 않은 사람은 입장할 수도 없었다. TV에서는 서른 가지 반찬이 나온다고 하였는데, 그 정도까지는 아니지만 25가지 정도는 되었고 송이 버섯을 풍성하게 넣은 국의 향기가 좋았다. 우리가 식사를 마치고 나올 무렵에는 이미 재료가 떨어졌는지 오늘 영업을 마친다는 글이 출입문에 나붙어 있었다고 한다.

식당을 나온 다음, 해인사에서 소리길 출발점인 황산마을까지 5.3km 정도 되는 오솔길을 산책하여 내려왔다가, 황산마을에서 택시를 불러 타고서 우리 차를 세워둔 치인리 버스 터미널 가의 주차장으로 돌아왔다.(11,000원) 해인사 일주문에서 입장료를 징수하고 있었지만, 우리 네 명은 모두 경로우대의 연령이라 주차비 4천 원만 지불하였다. 장 교수는 1951년생이어서 나보다 두 살이 적지만 생일이 빠르고 나는 생일이 늦어 실제로는 한 살 남짓 적은 셈이다. 황산마을 매점에서 표고버섯과 토종 산다래를 각각 두 개씩 사서 두 집이 하나씩 나누었다. 오늘 식사비는 장 교수가 내고, 택시비는 내가 내었으며, 하나에 만 원씩 하는 버섯과 다래 값도 각각 나누어 지불하였다.

11 (일) 맑음 - 항로화 산들길

지난 10월 6일자 경남일보에 '산청에 〈항노화 산들길〉 생겼다'라는 제목의 4단 기사가 났다. 이 사업은 산청군이 국토교통부의 2017년 '지역수요 맞춤 지원 공모사업'에 선정됨에 따라 2018년부터 2020년까지 3년간 산청읍을 순환하는 걷기 길을 조성한 것으로서, 국비와 군비 포함 26억9000만 원의 예산을 들여 총 6.5km 길이의 걷기 길을 조성한 것이라고 한다. 또한 이 길은 현재 추진 중인 '동의보감 시오리길', '경호강 100리길' 조성사업과 연계돼 시너지 효과를 낼 것으로 기대된다고 한다.

'항노화 산들길'은 산청군청 뒤편에서 경호강변을 거쳐 청소년수련관으로 이어지는 '느림의 길'과 꽃봉산 전망대로 오르는 트레킹 코스인 '청춘의

길', 산청소방서에서 수계정이 있는 산청공원으로 이어지는 '명상의 길' 등 각 구간별 테마를 가진 3코스로 이뤄져 있다고 한다.

그래서 오늘은 아내와 함께 이 길을 걸어보기로 했다. 오전 9시 무렵 진주의 집을 출발하여, 승용차를 몰고서 9시 53분 산청군청에 도착하여 그곳 민원인 주차장에다 차를 세웠다. 군청 여직원에게 길을 물어 군청 뒤편 경호강 가에 있는 야산 중턱의 느림의 길 3.86km와 명상의 길 1.5km의 경계에 세워진 종합안내판 앞에 도착하였다. 그 일대에는 덱으로 길이나 계단이 길게 조성되어져 있고, 경치도 수려하였다.

우리는 사각형의 鏡湖亭 정자에서부터 시작하여 먼저 느림의 길 쪽으로 걷기 시작하였다. 그 길은 경호강을 건너는 다리에서부터 왼쪽은 지난번에 지리산둘레길을 걸을 때 커버했던 구간과 일치하므로, 우리는 먼저 다리를 건너 산청 한방약초특구 지역을 커버하는 구간으로 나아갔다. 그러나 그곳은 대부분 차도로 이루어져 있어 산책로 같지 않을 뿐 아니라 안내판이나 이정표가 하나도 없어 진로를 찾기도 어려웠다. 먼지 한방약초특구 초입의 모퉁이에 있는 친환경로 2605번길 5-7의 지리산둘레길 산청센터에 들러보았다. 그곳은 지리산둘레길로부터 조금 떨어져 있을 뿐 아니라 그 둘레길을 조성한 사단법인 숲길이 펴낸 책자나 지도에 나타나 있지도 않아 우리는 오늘 처음으로 그 존재를 알게 되었는데, 직원의 말에 의하면 산청군청이 설립한 것으로서 이미 10년쯤 되었다고 한다.

대충 어림짐작으로 매년 한방약초축제가 열리는 특구 구역을 둘러나온 후, 경호강을 건너는 또 하나의 다리를 건너서 읍 쪽으로 넘어온 후, 명상의 길을 따라서 수계정공원으로 가보았고, 거기서 다음 목적지인 산청향교 쪽으로 나아가려 하니 또 아무런 안내 표지가 없어 주민들에게 묻고 또 물었으며, 마침내 휴대폰의 내비게이션에 의지하여 나아가게 되었다. 향교 부근에도 아무런 안내 표지가 없어 어림짐작으로 다음 목적지인 산청소방서를 향해 나아가다 보니, 소방서에 도착해서야 표지를 발견하고서 길을 잘못 들었음을 깨닫게 되었다.

소방서에서부터 청춘의 길 1.1km에 접어들어 초입의 꽃봉산로162번길

14(지리, 산청온천랜드)에 있는 우리밀八都짜장이라는 중국집에 들러 그 집에서 가장 비싼 메뉴인 B코스 정식으로 점심(4만 원)을 들었다. 이품냉채·팔보채·크림새우·고추잡채에다 식사로서 짜장면과 짬뽕 중 선택하도록 되어 있는데, 우리는 둘 다 하나씩 주문하였다. 그쪽 길은 내가 가끔씩 금서면 쪽에서 와 산청읍을 통과할 때 승용차를 몰고서 지나가던 산복도로 코스였다. 성우아파트에 이르러 청춘의 길은 끝나고 다시 느림의 길이 시작되는데, 산청군민 근린공원 부근을 지나 래프팅장소에 이르니 거기서부터는 경호강을 따라가는 길로서 지리산둘레길과 겹치는 코스였다.

출발지점으로 되돌아와 조선시대에 喚鵝亭이라는 유명한 정자가 서 있었던 장소로 짐작되는 가장 높은 언덕을 거쳐 산청군청으로 넘어왔다. 13시 47분에 주차장에 도착하였다. 산길샘에 의하면 소요시간 3시간 54분, 도상거리 7.71km, 총 거리 8.05km이고, 걸음 수로는 12,520보였다. 오후 2시 반쯤에 귀가하였다. 오늘 걸은 길은 산청군청 뒤편의 경호강변을 제외하고서는 대부분 읍내의 늘 다니던 도로로서 별로 새로울 것은 없었다. 그리고 안내판이나 이정표가 제대로 갖추어져 있지 않아 진로를 찾아 헤매게 하는 곳이 대부분이었는데, 27억 정도의 돈을 들여 3년간이나 작업했다는 것도 의아스러웠다.

17 (토) 맑음 - 원대리 자작나무숲

아내와 함께 알파인가이드의 '곰배령과 자작나무 숲, 꽃보다 단풍 트레킹 1박2일'에 참여하여, 승용차를 몰고서 오전 7시까지 신안동운동장 1문 앞으로 나갔다. 인솔자인 강덕문 씨와 기사를 제외하면 참가자는 모두 13명이었다. 우리 내외를 빼면 통영에서 온 중·노년의 남자 3명, 모두 진주 사람으로서 중년의 남자 1명이 끼인 여자 7명인데, 다들 친구 사이라고 한다. 어쩌면 그 중 여자 네 명은 따로 한 팀인지도 모르겠다. 참가자는 적은 데 수양관광의 대형버스가 동원되어 한 명이 세 자리를 차지할 수 있을 정도로 빈 좌석이 많았다. 코로나19 때문인 것이다. 지리산여행사와 그 부설 알파인가이드의 대표인 강덕문 씨는 히말라야 8000m급 고산 14좌 중 5좌를 등반했을 정도의 산악인으로서, 나와는 오랜 인연이 있어 국내와 해외의 여행을 여러 번 함께 했었는데, 근년에는 그런 적이 없어 참으로 오랜 만에 다시 만났다.

33번 국도와 광주대구·중부내륙·중앙고속도로를 경유해 북상하여 도중에 논공·단양휴게소에 잠시 정거하였고, 홍천IC에서 44번 국도로 접어들어 강원도 홍천군 두촌면 장남길 34에 있는 장남원조보리밥에서 청국장으로 점심을 들었으며, 다시 44번 국도를 따라 좀 더 올라가다가 자작나무숲길이라 불리는 좁은 도로로 접어들어, 한참 후인 오후 1시쯤에 강원도 인제군 인제읍 원남로 760에 있는 院垈里 자작나무 숲에 도착하였다. 도중의 누른 빛 논들은 이미 절반 정도 추수를 마친 듯하였고, 가을이 깊어 도처의 산과 들에 단풍이 절정이었다.

나는 TV를 통해 이 자작나무숲에 대해 몇 차례 시청한 적이 있었는데, 당시로서는 민간의 독림가에 의해 조성된 숲이어서 고즈넉할 것이라고 생각했지만, 도착해 보니 그런 것이 아니고 국유림으로서 산림청이 관리하고 있었다. 원래는 소나무 숲이었으나, 솔잎혹파리의 피해로 말미암아 벌채한 후 1989~1996년에 걸쳐 약 70만 그루의 자작나무를 심었던 것이다. 2008년부터 유아 숲 체험원으로 운영·관리되다가 2012년부터 일반국민에게 개방되었다. 현재 아름답게 조성된 6hr의 자작나무 숲을 '자작나무 명품 숲'으로 지정·관리하고 있는데, 입구로부터 한 시간 남짓 임도를 따라 올라가면 20~30년생 자작나무 41만 그루가 밀집해 있는 그 순백의 숲을 만날 수 있다.

넓은 주차장에 차들이 가득 들어차 있을 정도로 예상보다 개발이 많이 되었으며, 범위도 생각 밖으로 넓어 북부지방산림청 인제국유림관리소가 관리하는 면적은 모두 25hr로서 7개의 트레킹 코스로 구분되어져 있는데, 자작나무가 집중되어 있는 숲은 그 중 제1코스에 해당하고 나머지는 드문드문 자작나무 숲이 있는 곳도 있지만 대부분 잡목림이었다. 7개의 숲은 테마 별 이름이 따로 붙어 있는 것도 있었다. 오늘 우리는 차량이 지나다닐 수 있을 정도로 넓은 비포장 길인 원정 임도를 따라서 1코스까지 3.2km의 거리를 올라가다가, 도중에 30분쯤 지난 지점에서 오른편으로 제5코스를 만나 그

것을 30분 정도 걸은 후 다시 임도로 빠져나와 1코스에 도달하며, 임도 왼쪽의 제1코스를 50분 정도 거닌 후 도중에 2코스를 만나서 다시 40분 정도 걷고, 원정임도를 따라 도로 내려오다가 오른쪽으로 7코스를 만나 50분 정도 걸은 후 원대임도라는 다른 임도를 만나 원정임도와 합류하는 지점까지 와서 주차장으로 내려온다는 계획이었다. 1코스에는 자작나무숲, 2코스에는 치유라는 이름이 붙어 있다.

우리 일행은 1코스인 자작나무숲까지는 대체로 강 대장을 따라 올랐는데, 우리 내외는 1코스의 도중에서 강 대장과 다른 일행을 놓쳐버려 낭패해 하던 끝에 이럭저럭 제2코스로 접어들 수 있었고, 도중에 관리원에게 묻고 물어 이럭저럭 예정된 코스대로 내려올 수가 있었다. 아내는 7코스로 접어들지 않고서 그냥 원정임도를 따라 계속 내려갔는데, 결국 원대임도와 합류하는 지점에서 다시 나와 만나 오후 4시 16분쯤에 함께 주차장으로 하산하였다. 소요시간은 3시간 15분이었고, 도상거리로는 9.1km, 총 거리 9.45km였으며, 고도는 492m에서 889m까지, 걸음 수로는 16,049보를 기록하였다. 알고 보니 강 대장을 비롯한 다른 일행은 모두 1코스에서 머물다 그냥 내려왔으며, 예정된 대로 네 개 코스를 완주한 사람은 나 한 사람뿐이었다.

31번 국도를 따라 동쪽으로 내린천 가를 달리다가 다시 방태천 가를 따라 나아가서 인제군 기린면 진동1리 조침령로 1024 용추골순대의 명태시래기조림이라는 식당에 들러 시래기가 든 황태찜으로 석식을 들었다. 이곳은 순대가 유명하여 주소에도 용추골순대라는 말이 붙은 모양인데, 지금은 재료값이 많이 올라 팔지 않는다고 하였다. 인제군 기린면 진동리 조침령로 2193의 대성설피펜션에 도착하여, 우리 내외는 그 중 제5호인 얼레지실을 배정받았다. 이곳은 조침령로라고 불리는 418번 지방도에서 2003~4년에 건설된 폭 5m, 길이 29m의 쇠나들이2교를 건넌 지점인데, 단독주택 비슷한 모양으로 별도의 지붕을 한 집들이 서로 이어져 늘어서 있는 곳이었다.

18 (일) 맑음 -곰배령

평소대로 오전 5시에 기상하여 TV를 시청하였다. 7시 반 무렵 펜션을 출발하여 곰배령 등반 기점의 드넓은 주차장 가에 있는 인제군 기린면 설피밭길 643의 금순이네식당에서 황태해장국으로 조식을 들었다.

점봉산 자락에 위치한 곰배령은 2,040hr의 원시림에 40~200년생 619만여 그루가 자생하며 유네스코 지정 생물권 보전지역으로서 우리나라 식물서식종의 약 20%인 850여 종이 분포해 있을 정도로 자연생태계가 잘 보존된 구역으로서 유명하다. 특히 오늘 오르는 강선계곡 코스는 단풍 명소로 이름난 곳이기도 하다. 나는 1999년 4월 3일부터 5일까지 2박3일간의 남설악종주 때 4일 새벽 이곳 설피마을에 도착하여 강선계곡을 경유하여 곰배령까지 오른 바 있었는데, 21년 전 당시에 비해 이곳의 풍경은 너무나도 달라져 지금은 입구에 커다란 주차장과 점봉산 산림생태관리센터가 들어서고, 당시 집 한 채 밖에 없었던 계곡 길 도중의 강선마을에도 여러 채의 집들이 들어서 작은 마을을 이루고 있다. 그러므로 나는 이 길에 과거에 올랐던 그 코스임은 귀가한 이후까지 까마득히 모르고 있었던 것이다.

예약한 사람 하루 300명에 한하여 입장이 허락되며, 오전 9시부터 입장이 시작된다고 하므로, 반시간 전쯤부터 생태관리센터가 있는 입구에서 줄을 서 기다리고 있다가 9시 10분 전쯤부터 신분증을 확인하고서 확인증을 교부받은 후 입장이 시작되었다. 곰배령으로 올라가는 강선계곡 코스는 총 5.1km로서 110분 정도가 소요되며, 곰배령에서 내려오는 하산탐방로는 주로 능선 길이므로 제법 오르내림과 경사가 있고, 총 거리는 5.4km, 120분 정도 소요된다고 한다. 초입에서는 단풍이 절정이었는데, 올라갈수록 차차 잎이 시들어져갔다. 경사는 아주 완만하여 거의 평지를 걷는 수준이었는데, 곰배령 가까운 지점에서 다소 경사가 나타났다. 등산로와 하산로를 포함하여 모든 트레킹 코스에는 길 양쪽으로 흰색 밧줄이 쳐져 등산객에 의한 자연 훼손을 차단하고 있었다. 등산로의 절반쯤 되는 지점인 강선마을에는 두 군데 화장실이 있으나 자기 순서가 되기까지 좀 기다려야 하는데, 관리하는 주민이 마을 가로 나가서 자유롭게 대소변을 볼 것을 권유하므로, 나도 마을에서 안쪽으로 좀 떨어진 곳의 숲에 들어가 용변을 보았다.

해발 1,164m인 곰배령에 도착하여 그곳 표지석에서 다들 차례를 기다려

기념사진을 찍는데, 그 臺石에 '곰배령은 산세의 모습이 마치 곰이 하늘로 배를 드러내고 누운 형상이라 하여 붙여진 이름으로 다양한 식물과 야생화가 서식하고 있어 천상의 화원으로 불리기도 한다'고 적혀 있었다. 그 뒤편으로 2010년도에 이 일대 2,049hr의 산이 점봉산시험림으로 지정되었음을 표시하는 안내판이 서 있는데, 그 속의 지도를 보면 백두대간은 곰배령에서 조금 떨어진 점봉산을 지나 단목령·북암봉으로 이어져 있다. 나는 아내와 더불어 그 코스도 과거에 답파한 적이 있었던 것이다. 곰배령에서부터 하산로에 접어들어 조금 더 올라간 지점의 전망대에서 바라보면 작은점봉산(1,294)과 점봉산(1,424), 그리고 설악산의 중청봉(1,664) 대청봉(1,708) 등이 차례로 늘어서 있는 모습을 가까이서 조망할 수 있다.

하산로는 도중의 주목군락지와 철쭉군락지를 지나 출발지점인 생태관리센터에 이르러 끝이 나는데, 그쪽 길은 등산로에 비해 훨씬 인적이 적었다. 12시 54분에 하산을 완료하고 보니 소요시간은 4시간 남짓, 도상거리는 10.50km, 총 거리 10.88km, 걸음 수로는 18,959보를 기록하고 있었다. 대절버스에 도착해 보니 우리 내외가 제일 먼저 돌아왔고, 얼마 후부터 일행이 서서히 내려왔는데, 그들은 모두 등산로를 따라 되돌아오다가 강선마을에 머물러 한참 동안 술을 마신 모양이었다.

일행이 다 돌아오기를 기다려 출발하여 간밤의 숙소로 돌아간 후, 그곳 안쪽의 식당 같은 건물에서 주인아주머니가 마련해 준 토종백숙으로 석식을 들었다. 아내는 그곳에서 다시 표고버섯과 감말랭이를 샀다. 아내는 그 집 음식이 맛있다고 칭찬을 거듭하였는데, 그곳은 식당 영업을 하는 것이 아니라 주문이 있으면 그에 맞추어 주인아주머니가 음식을 마련해 주는 것이라고 한다.

식후에 다시 대절버스를 타고서 418번 지방도를 따라 나와 비교적 근년에 개통된 서울양양고속도로에 올랐다가 동홍천IC에서 올 적에 탔던 44번 국도로 빠져나왔고, 홍천IC에서 다시 중앙고속도로에 올라, 그 다음부터는 올 때와 같은 코스로 진주까지 돌아왔다. 중앙고속도로에 오를 때까지 홍천 근처의 고속도로와 국도에서 교통 정체가 심하였고, 경북 다부동과 대구 일대에서도 지체되어 예정된 시간인 오후 8시에서 훨씬 늦은 시각에 진주의 출발지점으로 돌아왔고, 집에 도착하니 밤 10시 무렵이었다. 시간이 많이 지체되었으므로 원주 치악산 부근의 휴게소에서 한 번 주차한 이후로는 진주까지 직행하였다.

19 (월) 맑음 -망진산·가좌산

미국 LA에 살고 있는 조카 창환이가 지난주까지 서울 용인의 호텔에서 자기 부담으로 코로나19 방역을 위해 2주간의 격리 생활을 마친 후 진주로 내려왔다. 그도 내년쯤이면 만 50세가 된다고 한다. 이러한 팬데믹 와중에도 한국에 들어온 것은 사업상의 목적이 주인 듯한데, 그의 주된 사업 파트너가 살고 있는 홍콩에는 현재 원천적으로 입국이 불가능한 상황이다. 그 사업 파트너의 아내와 자식은 중국 廣州에 살고 있는데, 그들 가족 간에도 국경이 차단되어 서로 왕래하지 못한 지 1년쯤 된다고 한다. 오전 6시 20분 서울 발 동양고속버스를 타고서 10시 무렵에 진주에 도착했는데, 터미널이 집에서 가까운 거리이며 창환이가 예전에 거기까지 몇 차례 왕복해 보았기 때문에 마중을 나가지는 않았다.

10시 반 무렵에 우리 집에 이르러 얼마동안 거실에서 머문 후 함께 내 승용차를 타고서 망경동 106-4에 있는 경성식육식당으로 가서 소고기등심 5인분과 들깨죽으로 세 명이 좀 이른 점심(98,000원)을 들었다. 돌아오는 길에 주약동 탑마트에 들러 쇼핑을 하였는데, 창환이는 자기 아이들에게 가져갈 한국 과자를 작은 박스로 하나쯤이나 잔뜩 샀다.

집으로 돌아와 좀 쉬다가 나와 둘이서 망진산과 가좌산 일대의 산책을 나섰다. 이 산들의 능선을 걸어보는 것은 내가 퇴직한 이후로는 처음이 아닌가 싶은데, 가좌산을 거쳐 내가 재직 중에 점심 후 늘 산책하던 코스로 하여 경상대 후문 옆의 대나무밭 부근에서 구 경전선 철로를 개조한 산책로로 내려온 후 산책로를 따라서 집으로 돌아왔다. 오후 2시 14분부터 5시 8분까지 2시간 53분을 걸었고, 도상 거리 9.89km, 총 거리 10.10km, 고도는 208m에서 46m 사이, 걸음 수로는 16,447보였다. 사흘간 연달아 매일 하루에

10km 정도씩을 걸은 셈이다.

20 (화) 맑음 -지리산 천왕봉

창환이와 둘이서 지리산 천왕봉(1,915m) 등반을 다녀왔다. 오전 8시 무렵 승용차를 몰고서 집을 출발하여 9시 30분 무렵 중산리에 도착하였다. 모처럼 와보니 중산리의 풍경이 너무 많이 달라져 어리둥절하였다. 중산리에 늘어서 있던 상점과 음식점들은 대부분 사라지고 주차장 건너편에 새로 지어진 대형 식당으로 보이는 건물 하나만이 바라보였다. 상하 2층으로 된 제1 주차장에다 차를 세우고서 지리산국립공원관리사무소 산청분소 건물 1층의 전시실에 들렀다가 등산을 시작하였다. 창환이와는 25년 전인 1995년 6월 18일에 둘이서 지리산을 등반하여, 하동 쌍계사 부근 신흥에서 칠불암 가는 도중의 목통마을을 거쳐 화개재와 뱀사골로 이어지는 코스를 비를 맞으며 함께 걸은 바 있었다.

과거에는 중산리에서 법계사에 이르는 등산로에다 침목 계단을 촘촘히 박아두어 등산의 멋을 크게 훼손하고 있었는데, 그 새 침목들이 모두 사라지고 예전처럼 자연석을 밟고서 올라가게 되어 있었다. 집에서 참조한『전국유명100산 등산안내지도』(서울, 成地文化社, 1994)에는 오늘 내가 예정한 중산리-천왕봉-장터목-중산리를 연결하는 역삼각형 코스의 총소요시간을 더 아래쪽인 빨치산전시관 부근 버스종점으로부터 왕복 8시간으로 적고 있고, 김형수 저『한국555산행기-등산길안내』(서울, 깊은솔, 2006)에도 구간별 소요시간의 차이는 있으나 같은 코스를 8시간으로 적고 있는데, 현지의 안내판에는 중산리 탐방안내소에서부터 로터리대피소까지의 오름길이 2시간 30분, 로터리에서 천왕봉까지 2시간, 천왕봉에서 장터목까지 1시간 30분, 장터목에서 칼바위까지 하산 길 3시간으로 적고 있어 그것만 해도 총 9시간이니 내가 참조한 책들과는 상당히 달랐다. 현지의 이정표에는 순두류와의 갈림길에서 시외버스정류장까지 1.9km, 천왕봉까지 5.2km로 적고 있으며, 천왕봉에서 중산리까지는 5.4km, 장터목대피소까지 1.7km로 적고 있다.

순두류갈림길에서 3.2km 거리인 法界寺에 이르러 모처럼 경내를 다시 한 번 둘러보았다. 그 새 입구에 일주문이 들어서고 새 건물이 여러 개 보였으며, 여자 모양을 한 산신령의 조각상도 있었다. 법계사는 신라 진흥왕 5년 (544)에 연기조사가 석가모니불의 진신사리를 인도에서 모셔와 봉안했다 하여 불상을 모시지 않은 적멸보궁 불전을 두고서 사리탑을 향해 기도 예배토록 하고 있는데, 그 사리탑이란 산신각 앞에 있는 보물 제473호로 지정된 삼층석탑을 가리키는 것이 아닌가 싶다. 이 석탑의 건립연대는 고려 초기로 추정된다고 한다. 그 부근의 극락전에는 아미타삼존불 모셔두고 있었다.

또한 법계사 경내에서 일본인이 지리산과 '법계사가 흥하면 일본이 망한다'는 설이 있는 법계사의 혈맥을 짓누르려고 박았던 쇠말뚝을 2006년 10월 3일 제거했다는 안내문과 그 아래에다 쇠말뚝의 실물을 전시해 두고 있는 것을 보았다. 송곳 모양으로 끝이 뾰족하고 포탄처럼 제법 굵은 것이었다. 내가 일본의 도교 연구자로 저명한 坂出祥伸 교수에게 물어서 직접 들은 바로는 일본에는 풍수사상의 전통이 없다는 것이었는데, 그러한 일본인이 조선에 와 풍수사상에 근거한 이러한 쇠말뚝을 정말로 박았을지 일찍부터 의문을 품은 바 있었는데, 오늘 드디어 그 실물을 보게 된 것이다. 법계사에서 더 올라가 심장안심쉼터라는 곳에 이르러 아내가 싸준 도시락으로 점심을 들었다. 그곳은 심장병 환자를 위한 평상이 설치되어져 있고, 주변의 바위들이 바람을 막아주어 식사하기에는 안성맞춤인 장소였다. 대체로 말해 천왕봉까지 2km를 남겨둔 법계사를 기준으로 하여, 그 아래쪽에는 가을단풍이 남아 있어 지금쯤 그 절정이라 할 수 있겠고, 위쪽으로는 나뭇잎이 이미 시들어버렸다.

오후 2시 40분 무렵 정상에 도착하였다. 법계사에서 정상에 이르는 길은 경사가 매우 가파른데, 지금은 나무 계단이 놓여져 있는 곳이 많아 오르기가 한결 수월하였다. 이미 시간이 많이 흘렀으므로, 해 있는 중에 원래의 예정대로 역삼각형 코스를 완주하기는 도무지 불가능하다고 판단하여 올라왔던 길을 따라 바로 내려왔다. 오후 5시 11분에 중산리의 제1주차장에 도착하였는데, 소요시간은 총 7시간 37분, 이동거리 6시간 45분, 휴식시간 52분이며, 도상거리 9.88km, 총거리 10.75km, 고도는 635m에서 1,944m까지를 기록하고 있었고, 걸음 수로는 27,956보였다. 거리상으로는 어제와 비슷한데, 경사가 가팔라 걸음 수는 배 이상이 된 것이다.

24 (토) 맑음 - 묘엄사지삼층석탑, 현원다도교육원

줌을 통한 아내의 동양화 공부가 끝나기를 기다려 함께 쉼터식당으로 내려가서 시골밥상으로 점심을 들고 벌꿀을 한 통 산 다음, 내비게이션에 의지하여 아내의 경남과기대 차문화대학원 현장실습 수업이 있는 진주시 수곡면 곤수로 884-11의 현원다도교육원(현원당)을 찾아갔다. 다다르고 보니 예전에 남명학 현장 답사를 위해 여러 번 방문한 바 있었던 孝子里의 한 마을이었다. 오늘은 이곳에서 '차 가공기술연구1' 수업을 하는데, 재학생 전원 17명이 네 개의 조로 나뉘어 날짜를 달리하여 이곳으로 와서 이른바 緊壓茶 만드는 법을 배우는 것이다. 바로 이웃한 요산마을에 있는 예전의 효자리 삼층석탑을 지금은 妙嚴寺址 삼층석탑이라 부르고 있는 모양이므로, 모처럼 다시 한 번 그 현장을 찾아가 보았다. 진주시 수곡면 효자리에 위치하며, 보물 제379호로 지정된 이 석탑은 고려시대에 화강암으로 만든 높이 4.6m의 것으로서, 탑이 세워져 있는 주변은 탑골로 불리고 있어 여러 개의 탑과 함께 조성된 사찰이 있었던 것으로 짐작된다고 한다. 2008년에 삼층석탑의 주변 정비를 위해 실시한 발굴조사에서 묘엄사명 기와편이 발굴되어 그 사찰 이름을 알 수 있었다고 한다. 내가 이곳을 방문했던 것은 1992년 3월 22일이었으니 그로부터 16년 후의 일인 것이다.

혼자서 탑을 둘러본 후 도로 현원당을 찾아가니 아직 학생들은 오지 않았다. 수업은 오후 2시부터 6시까지 실시하는 것으로 되어 있는데, 우리 내외는 한 시간 이상 먼저 왔던 것이다. 아내는 매사에 이런 식으로 남보다 먼저 와 대기하는 스타일이다. 현원당은 이곳 안주인인 김현숙 씨의 당호인 모양이다. 그녀는 경남과학기술대학 자유전공학부(식품과학)에서 10년 이상 강의를 맡아오고 있고, 명함에는 겸임교수라고 새기고 있다. 여러 가지 차나 와인 및 다기들이 준비되어 있는 별도의 방인 다실에서 그녀와 함께 武夷巖

茶 등을 들면서 좀 대화를 나누어보았는데, 이곳의 그녀의 남편 고향이라고 했다.

머지않아 남학생 두 명과 경남과기대 식품과학부 교수인 최진상 씨도 도착하였다. 최 교수의 말에 의하면, 진주 지역에 현재 차에 관한 단체가 50여 개나 있다는 것이었다. 그는 경상대 농대 식품공학과 79학번으로서, 김현숙 씨는 그의 지도하에 경남과기대에서 석사학위를 받았으며, 금년에 차문화 대학원이 생기기 전부터 식품과학부에서 음식 강의를 맡아왔다고 한다. 최 교수 자신은 나와 동갑인 심기환 씨가 지도교수라고 했다. 그는 오늘 진양호 반을 거쳐 이곳까지 승용차를 운전해 오는 도중에 깜박 졸아 가드레일에 접촉사고를 일으켜 차의 오른편이 제법 상해 있었다. 수업을 마친 다음, 우리 농장에서 실어간 박스 하나 분의 모과를 참석자들에게 나눠주었다.

30 (금) 맑음 - 지리산 한 바퀴

우리 부부와 장상환 교수 내외가 함께 지리산을 한 바퀴 둘러 단풍여행을 다녀왔다. 오전 10시 40분 무렵 장 교수가 살고 있는 금산의 두산위브 아파트 바깥 주차장에다 차를 세워두고서 장 교수의 차에 동승하여 출발했다. 33·20번 국도를 경유하여 산청 원지에서 3번 국도에 오른 후, 산청군 생초면에서 국도를 빠져나와 경호강과 엄천강 가의 지방도를 따라 함양군 유림면 소재지에 도착하였고, 60번 지방도를 따라 휴천계곡을 지나 함양군 마천면 소재지에 도착하였다. 거기서 잠시 휴게하여 화장실에 다녀오는 동안 나는 주민에게 1998년 10월 11일에 향토문화사랑회를 따라 이곳에 답사 와서 석이버섯과 산채 등 풍부한 반찬으로 점심을 든 바 있었던 대성식당의 위치를 물었지만 지금은 그런 식당이 존재하지 않는다는 대답이었다. 벌써 22년 전의 일이라 대성식당의 이름을 기억하지 못하여 제일식당이라고 말한 까닭인지도 모르겠다.

거기서 전라북도 남원시 산내면으로 접어들어 861번 지방도를 따라 지리산 뱀사골 입구 쪽으로 향하던 도중 산내면 입석리의 도로가에 사과를 파는 임시점포들이 많이 늘어서 있어서 그 중 입석리 617-10에 사는 김성진 씨로부터 큰 박스 두 개분을 11만 원에 사서 두 집이 하나씩 나누었다. 우리가 오늘 점심을 들기로 예약해둔 지리산구초가집이라는 식당은 거기서 조금 더 나아간 지점인 내령리에 있는데, 가을 단풍의 풍경에 취해 그곳을 지나쳐 뱀사골 입구를 지나 달궁 근처까지 나아갔다가 되돌아왔다. 도중에 이상하여 내비게이션을 넣어보니 목적지인 식당은 더 나아간 지점에 있는 것으로 나타났지만, 이 식당은 원래 반야봉 기슭의 하늘 아래 첫 동네라고 불리는 좌사리 심원마을에 있었다가 그곳 마을이 자연보호 차원에서 모두 철거되는 바람에 이리로 이주해 온 것인데, 장 교수는 차를 산 아래로 내비게이션을 한 번도 업데이트 하지 않아 우리를 잘못 인도한 것이었다. 장 교수의 기억을 더듬어 갔던 길을 한참동안 되돌아와 산내면 내령리 119(지리산로 1333)에 있는 그 집을 찾아갔다. 그 집에서 능이백숙(8만 원)으로 점심을 들었다. 장 교수는 손님들과 함께 이미 여러 번 이곳을 방문하여 주인아주머니와 서로 아는 사이였다.

점심 후 노고단 입구의 성삼재까지 올라가 그곳 주차장에다 차를 세우고서 노고단대피소까지 왕복으로 걸었다. 오랫동안 와 보지 못한 사이에 그 길의 모습도 제법 달라져 넓은 길가에 야자나무 껍질로 만든 깔개를 덮은 보도가 있고, 덱과 돌계단으로 만든 지름길도 두 군데 있어 올라갈 때는 그 지름길을 이용하였다. 도중에 1930년에 해발 1300고지 노고단 부근의 계곡물 일부를 화엄사 계곡 쪽으로 돌려 아래 지방의 물 부족 문제를 해결했다 하여 '물을 넘긴다'는 뜻에서 '무넹기'라고 부르는 곳의 길가 유도수로 224m 지점에서 양치질을 하기도 하였다.

노고단대피소 옆 휴게시설도 나로서는 처음 보는 듯한데, 거기서 장 교수는 '낙엽 따라 가버린 사람' '잊혀진 계절' '가을을 남기고 간 사람' 등 좋아하는 노래들을 연달아 부르기도 하였다. 오후 4시 43분에 성삼재로 되돌아오니 오늘의 소요시간은 휴식 27분을 포함하여 총 2시간 6분이었고, 도상거리 5.11km, 총 거리 5.24km, 고도는 1366~1071m였으며, 걸음 수로는 8,577보였다. 돌아올 무렵 귀 때문인지 어지럼증이 있어 쓰러지지 않도록 주의를 기울였으며, 그 후 한참 동안 그러한 증세가 계속되었다.

성삼재를 떠난 다음, 전라남도 구례군 쪽으로 내려와 섬진강을 따라가는 19번 국도를 탔다가, 간전면 소재지 부근의 간전교를 지나 861번 지방도를 따라 섬진강을 왼편으로 끼고서 벚나무 가로수 길을 내려왔으며, 전국 최대의 매실 밭으로 유명한 광양시 다압면을 지나 섬진교를 건너서 경상남도 하동읍으로 넘어왔고, 다시 19번 국도를 타고 내려오다가 하동군 고전면 재첩길 286-1(전도리 1087-1)에 있는 원조강변할매재첩국에서 재첩비빔밥을 포함한 재첩국으로 석식을 들었다. 그곳은 국도에서 약간 비켜 있는 구도로가의 신방나루터인데, 벽에 주식회사 원조촌과 대한원조촌협의회가 2000년 10월 15일에 발급한 '원조집 지정서'가 붙어 있고, 여러 TV에서 방영한 사진들도 여기저기에 붙어 있었다. 지정서에 의하면 "전국에 산재해 있는 음식점 중 맛과 전통이 타 업소보다 우수하다고 조사된 음식점 중에서 한 업종 중 한 업소만을 원조집으로 지정하는 것"이라고 하는데, 이 업소는 재첩국 부문의 원조라는 것이다.

남해고속도로에 올라 진주까지 돌아온 다음, 두산위브아파트에서 장교수 내외와 작별하여 밤 8시쯤에 귀가하였다.

11월

6 (금) 맑음 - 자갈치크루즈

오늘 부산에서 사촌 형제들의 친목모임이 있는지라 아내와 함께 오전 9시에 집을 나섰다. 장대동 시외버스터미널에서 혁신도시와 김해공항을 경유하는 버스를 타고 사상의 부산서부터미널에 도착하니, 예상했던 것보다도 시간이 꽤 흘러 11시가 조금 지났다. 지하철 2호선으로 갈아타고서 서면까지 간 후, 1호선으로 바꿔 타고 자갈치역에서 내렸다. 나는 자갈치시장의 모습이 젊은 시절 내가 부산 살던 때와는 많이 바뀐 줄로 알고 있었으나, 실제로 가보니 크게 달라진 점은 없고 예전의 분위기가 아직도 남아 있었다. 거기에 새로 생긴 대형 건물들이 좀 있는데, 갈매기가 나는 모습의 지붕을 가진 자갈치시장을 찾아가 그 2층에 즐비한 횟집들 가운데서 18번 달봉이횟집을 찾아, 12시 5분 무렵에 도착했다.

거기서 생선회 등 각종 해산물로 점심을 들고, 그 비용 약 55만 원을 내가 지불했다. 신용카드가 아닌 현금으로 지불하면 1인당 3천 원씩 할인해 준다는 것이므로 큰누나가 준비해 온 5만 원 권 현금으로 내가 결제했다. 처음 듣기로는 18명이 참석한다는 것이었지만, 작은집의 3남 명환이 내외와 그 집 막내딸로서 서울에 사는 순옥이 내외가 빠지고 장녀인 순남이도 문방구 가게를 지키느라고 빠져 실제로는 조금 줄었다.

식사를 마친 다음, 그 건물 바로 앞에 있는 선착장으로 나가 오후 2시에 출항하는 2항차 자갈치크루즈를 탔다. 그 비용도 작은집 차남 정환이가 교섭하여 대인 25,000원인 것을 좀 할인했다고 하는데, 내가 카드로 24만 원을 지불했다. 그러니까 총 79만 원이 든 셈이다. 배에는 코로나 탓인지 다른 승객이 별로 없어 마치 우리가 전세 낸 듯하였다. 자갈치크루즈는 1시간 30분 동안 송도암남공원과 태종대등대 일원을 돌고 오는 것인데, 그 1층에 여자 색소폰 등이 버라이어티 쇼를 벌이는 공연장이 있어 우리는 거기서 가라오케 반주로 노래를 부르고 춤도 추었다.

일행 중 제일 연장자인 78세의 용환 형은 현재 백내장·녹내장에다 황반변성까지 와 눈이 잘 보이지 않는다고 하며 눈언저리의 모습도 좀 변형되었고, 외항선 선장을 하던 작은집 차녀 순월이의 남편도 건강이 좋지 않아 그들 내외는 크루즈에 참가하지 않았다. 내일이 큰집 장남 백환 형의 1주기라 서울에서 큰집 막내딸인 귀옥이가 내려왔는데, 최근에 자신이 경영하던 서울의 대중음악 수출입 회사를 다른 사람에게 넘겨주고서 접었다고 하며, 이미 부산 수영에다 사둔 새 아파트로 내년 9월에 내려올 것이라고 한다. 내년 4월쯤에는 작은집 큰딸인 순남이 내외가 다시 일행을 초대하여 사촌 친목회를 가질 것이다.

과거에 형제일심회라고 하는 우리 사촌들의 친목회가 있었으나 모임을 가지지 않은 지 이미 20년 정도가 지났고, 그 중 여러 사람들이 이미 세상을 떠났다. 그래서 사촌 형제들 중에서 남자로는 용환 형 다음으로 내가 72세로서 두 번째 연장자이며, 78세인 큰누나가 여자로서는 제일 연장자로 되었다. 지금 생각해 보면 一心會 시절이 우리 煥字 돌림의 전성기였고, 이제는 대부분 현직에서 물러나 죽을 날을 기다리는 처지가 되었다. 큰집 둘째 딸 귀연이도 몇 년 전 심장병으로 큰 위기를 겪었다고 하는데, 오랫동안 경영해 왔던 당감동의 룰루랄라 노래연습장을 작년에 청산했다고 한다.

자갈치크루즈 선착장으로 되돌아온 후 다들 작별했는데, 우리 내외는 지하철역으로 돌아가는 도중 시장 여기저기에서 물기 없는 생선들과 건어물을 사서 둘이 나누어 들고 진주로 돌아왔다. 호적상 생일이 한 해 늦어 올해부터 경로우대 연령이 된 아내는 오늘 처음으로 나와 마찬가지 공짜 지하철을 탔다.

8 (일) 맑음 -강진 가우도출렁다리, 사의재, 영랑생가

황 서방 내외가 오전 9시 반쯤 승용차를 몰고서 아파트 앞으로 와 우리 내외를 태우고는 네 명이 함께 전남 강진으로 출발했다. 황 서방네는 일요일만 쉬는데, 강진에 임금님밥상이라는 음식을 파는 식당이 있다 하여 같이 가보기로 한 것이다. 남해고속도로를 따라가다가 대화중에 강진 쪽으로 빠지는 광양의 진입로를 놓쳐버리고서 호남고속도로에 올라 순천까지 갔다가, 순천 시내를 경유하여 다시 남해고속도로에 접속한 다음 장흥IC에서 23번국도로 빠져나왔다. 이어서 옛 2번 국도를 따라 예약해둔 시각인 정오 무렵에 강진군 군동면 종합운동장길 106-11(호계리)에 있는 한정식전문 ㈜청자골 종가집에 도착하였다.

나는 가기 전에는 2007년 2월 7일부터 목포에서 열린 1박2일간의 인문대학 교수동계세미나 때 이틀째인 8일 날 들른 바 있었던 영랑생가 부근의 해태식당이 아닐까 예상했었지만, 인구 2만 남짓 되는 강진에 그러한 한정식 식당이 네 군데나 있다는 것이었다. 이곳은 인구 34만이 넘는 진주 못지 않게 훌륭한 시설을 갖춘 종합운동장 부근으로서, 원래는 광주시 충장로에 있었던 100년이 넘는 한옥을 1996년에 강진으로 옮겨온 것으로서, 백두산 紅松을 벌채하여 지은 것이라고 한다. ㄱ자 모양으로 된 보다 작은 규모인 또 한 채의 한옥 앞에는 100여 그루의 분재와 물레방아가 있고, 넓은 마당에 잔

디가 깔려 있었다. 오늘은 임금님수라상을 팔지 않는 날이라 하여 우리는 12
만 원짜리 밥상을 받았는데, 30여 가지의 남도음식이 올라오는 전형적인 전
라도 차림새였다. 식기는 대부분 청자였다.

식후에 23번 국도를 따라서 남쪽으로 15km 정도 떨어진 위치에 있는 강
진군 대구면 저두리의 가우도출렁다리로 향했다. 강진만 가운데에 위치한
가우도를 사이에 두고서 빈대편의 도암면 신기리까지 438m의 저두출렁다
리와 716m의 망호출렁다리로써 서로 연결하고 있는데, 나는 2014년 12월
14일에 근처의 천태산 등반을 와서 이곳에 한 번 들른 바 있었다. 그 때에 비
하여 섬 정상에 청자매병 모양을 한 청자타워가 서 있고, 거기서 저두리 쪽과
연결하는 973m의 짚트랙이 새로 설치되어 있었다. 제트보트도 있었지만,
오늘은 바람이 강해 보트는 운행하고 있지 않았다.

황 서방은 다음 코스로 강진시 도암면 만덕리에 있는 다산초당으로 우리
를 인도할 예정이었으나, 그곳은 다들 여러 번 가본 곳이라 나의 의견에 따라
강진읍 사의재길 27에 있는 四宜齋에 들르게 되었다. 이곳은 다산 정약용이
18년간의 강진 유배생활 중 처음 4년간을 보낸 동문 안쪽 우물가 주막집터
를 2007년 초여름에 복원해둔 것이다. 다산 자신이 쓴 「사의재기」가 남아
있다. 이곳에서 『經世遺表』를 저술했다고 한다. 사의재에는 酒母 모습을 한
젊은 여자와 사각형 각건을 쓴 다산의 모습을 한 사람이 지키고 있었다. 그
주변 일대에는 당시의 모습을 복원했다고 하는 여러 채의 집들이 들어서 있
고, 유일하게 원형을 보존하고 있다는 우물은 꽤 큰 것으로서 빨래터 모양이
며 사각형이었다. 다산은 이곳을 떠난 다음 1년 가까이 강진읍 보은산 고성
사(고성암) 내의 寶恩山房에 머물렀고, 다음으로는 제자인 李鶴來의 집에서
2년 가까이 지내다가, 1808년 봄에 도암 귤동마을의 초당으로 거처를 옮겨
1818년 解配될 때까지 10년간 머물렀던 것이다.

다시 차를 몰아 강진읍 영랑생가길 15에 있는 영랑생가로 가보았다. 이곳
은 고등학생 때와 2007년 교수동계세미나 때에 이어 세 번째로 방문하는 것
이다. 지난번 왔을 때에 비해 입구 부근에 시문학파기념관이 눈에 띄고, 집
뒤편의 야산에는 세계모란공원이 조성되어져 있었다. 혼자서 모란공원을

한 바퀴 둘러보았다. 유리로 만든 2층 식물원도 있었다.

돌아올 때는 진교 부근에서 교통정체가 심하여 남해고속도로를 따라가는 지방도로 빠졌다가, 곤양에서 58번 지방도를 경유하여 다솔사와 원전마을을 지난 다음 2번 국도에 올랐다.

14 (토) 맑음 -능인암

『문가학 평전』을 계속하여 읽었다. 오후 2시 남짓에 아래쪽 진입로 입구 근처의 도로에서 권점현 씨를 만나 그의 1톤 트럭에 동승하여 둔철산 안봉리로 간 후, 산속을 걸어서 산청군 신안면 중촌갈전로 966-107(갈전리 산187번지)에 있는 能仁庵으로 찾아가 주지인 道允 스님을 만났다. 그는 올해 70세라고 하는데, 약 15년 전부터 이곳에다 사찰을 건립하여 거주하고 있다. 스스로는 조계종으로부터 분리하여 연화조계종을 표방한다고 했다. 藥山道允이라고 쓰나 道昀이라 쓰기도 하며, 명함에서는 대한불교 능인암을 고려시대 龍方寺라 하고, 한국불교 天觀寺라 쓰기도 하였다. 卍자와 梵자 하나로써 이루어진 수많은 글자의 天觀圖라는 부적 같은 모양의 그림을 그려 특허를 내었다고 하는데, 그 天자를 사전에서도 보지 못한 이상한 글자들로 쓰기도 하였다.

어제 찾아둔 「남명유적삼동변증」 논문의 별쇄본을 한 부 전하고, 『문가학평전』 한 부와 천관도 족자 및 두 개의 봉투에 든 그 그림이 그려진 별도 종이를 얻기도 하였다.

내가 용방사라는 절의 이름은 문헌에 나타나지 않는다고 했더니, 권점현 씨의 말로는 『산청군지』와 『단성현지』에 보이며, 이 암자가 서 있는 자리가 용방사지라는 것은 근처의 마을 사람들 사이에서 구전되어 오는 것이라고 했다. 권 씨 자신은 산청군 신등면 소재지인 단계리에서 조금 위쪽인 양전리의 사계(원계)가 고향이라고 했다. 文可學이 살았던 집터로 전해온다는 신안면 소이리의 고란소류지는 2010년 12월에 산청군청이 발행한 산청군도로명주소안내도에 보이는데, 내가 가진 국립지리원이 발행하고 1970년 편집, 1986년에 수정한 1:25,000 지형도에 서구못이라고 적힌 것인 듯하다. 『태종실록』에는 문가학이 가뭄에 비를 내리게 하는 비술을 지닌 妖人이라고 적혀 있을 따름인데, 그가 고려 조정을 회복하기 위해 반란을 일으켰다 함은 지나친 비약이라고 지적했더니, 도윤 스님은 이 절이 위치한 땅이 문가학과 무관하더라고 괜찮다고 응답하였다.

능인암에 『한국의 寺址—현황조사보고서 상하』(서울, 문화재청·재단법인 불교문화재연구소, 2019)라는 책도 보관되어 있었는데, 그 상권에 '葛田里寺址'라는 제목으로 2페이지에 걸쳐 이 절을 소개하고 있다. 그 3절 연혁조에 의하면 "갈전리사지는 '龍方寺址'로 전해지나, 관련 문헌을 찾을 수 없다. 다만 이곳은 고려후기에 文益漸 조카인 '文可學'(?~1406)이 수도하던 곳이라고 전한다. 문가학이 어떤 인물인지 정확히 알 수 없지만, 『太宗實錄』에는 '晉陽 출신 도술인'으로 기록하였다. 문가학은 태종대에 '술법이 있어 능히 비를 내리게 할 수 있는 인물'로서 천거되어, 1402~1405년 네 차례 이상 왕명에 따라 기우제를 주관하거나 왕에게 기우제 지낼 것을 청하였다. 그러나 1406년 문가학은 역모를 꾀하였다는 죄목으로 任聘, 金亮 등과 함께 처형당했다. 이와 같이 문가학은 조선전기에 활동했던 인물임이 확인되나, 그 기록에서는 '용방사' 관련 내용을 찾을 수 없다."고 실증적으로 적고 있다.

아내는 오늘을 경남수필문학회의 모임이 있는 날로 착각하고서 오후 3시 무렵에 택시를 불러 원지로 나가 버스로 바꿔 타고서 먼저 진주로 돌아가고, 나는 서재로 돌아온 다음 태종실록과 세종실록의 관계기록을 좀 더 검토하다가 평소처럼 오후 5시에 외송을 떠났다.

15 (일) 맑음 -영동 마니산

아내와 함께 진주백두대간산악회의 11월 정기산행에 동참하여 충북 영동군 양산면과 옥천군 이원면의 경계에 위치한 摩尼山(640m)에 다녀왔다. 승용차를 몰고서 이현동 운동장 1문 앞으로 나가 대기하다가, 오전 8시에 시청육교를 출발하여 KBS를 거쳐서 오는 영진관광 대절버스를 탔다. 3번 국도를 따라가다가 원지에서도 일행을 태워 단성IC에서 대전통영간 고속도로에 올랐다.

덕유산휴게소에서 정차했을 때 팬텀 의류매장에서 아내의 권유에 따라 내 등산복 상의 하나와 겨울용 방한모자 하나를 131,400원 주고서 구입하였다. 무주 톨게이트를 빠져나온 다음 19번 국도와 505번 지방도를 따라가다가, 10시 26분에 마니산 입구의 엘로힘연수원 진입로 표지 기둥이 서있는 삼거리에서 하차하였다. 엘로힘연수원이란 기독교계 신흥종교 가운데 하나인 하나님의교회에 속한 것으로서, 이 교회는 전국 여러 곳에 연수원을 운영하고 있는 모양인데, 재림예수라는 안상홍 씨와 어머니하나님을 교주로서 떠받들고 있는 모양이다. 실제로 엘로힘이란 하나님의 복수형인 히브리어라고 한다.

삼거리에서 낙엽이 두텁게 깔려 길이 전혀 보이지 않는 왼쪽의 산비탈을 무작정 치닫고 올라 마침내 노고산(419)이라는 봉우리에 다다랐고, 거기서 능선을 따라 한참을 걸어가 오후 2시 50분 무렵에 비로소 엘로힘연수원 뒤편의 마니산 정상에 다다랐다. 정상과 그 부근 일대는 깎아지른 바위절벽들이 많아 꽤 웅장하였다. 지도상으로는 정상 일대에 산성의 흔적이 보이지만, 우리 눈에는 그것이 들어오지 않았다. 오후 4시까지 하산하라고 했는데, 이미 시간이 너무 지나버린 데다가 등산로도 뚜렷하지 않아, 사자머리봉(575)이라는 이름의 삐죽 솟은 바위 봉우리를 에둘러 지난 다음, 원래는 그 다음의 안부를 건너서 건너편 산줄기의 시루봉(346)을 지나 연수원이 있는 골짜기를 한 바퀴 빙 둘러서 하산할 예정이었으나, 그 계획을 접고서 골짜기를 따라 바로 연수원 쪽으로 내려왔다. 그러나 이곳 또한 길이 없고 낙엽이 두텁게 깔려 미끄럽기 그지없는 터라, 아내는 도중에 왼쪽 무릎이 삐끗하고 오른쪽 허벅지에 쥐가 나 낙엽 위에 걸터앉아서 미끄럼질하듯 내려오는 경우가 많았다. 다행히 산악회 고문으로부터 무릎 보호대 하나를 빌려서 왼쪽 무릎에 감고 액체 파스를 오른쪽 무릎 주변에다 바른 후 비로소 통증이 완화되어 간신히 일어나 걸을 수 있게 되었다.

아침에 집행부가 엘로힘연수원 측과 통화했을 때 연수원 측은 그리로 하산하는 것을 강하게 반대한다는 것이었지만, 막상 내려와 보니 연수원의 여러 건물들은 겨울이라 그런지 텅텅 비어 있어 사람 기척을 발견하기 어려울 정도였다. 고문이 집행부 측과 연락하여 대절버스를 연수원 입구까지 오게 하여 그것을 타고서 처음 출발지인 삼거리에 도착해 보니, 거기에는 이미 여러 사람들이 모여 하산주를 마시고 있었다.

대절버스를 탄 시각이 오후 4시 31분이라 오늘의 소요시간은 총 6시간 4분인데, 그 중 휴식시간은 1시간 7분이었다. 도상거리로는 7.29km, 오르내림 포함 총 거리는 7.71km이며, 걸음 수로는 20,997보였다.

돌아오는 길에 무주IC 100m 앞 만남의광장에 있는 덕유산전통순두부(전북 무주군 무주읍 무주로 1739)에 늘러 순두부(7,000원)로 석식을 들었고, 7시 40분경에 귀가하였다.

29 (일) 맑음 -성철스님순례길, 엄혜산

아내와 함께 산청의 성철스님순례길과 그 옆의 엄혜산(226m) 등반을 다녀왔다.

평소처럼 오전 9시에 집을 출발하여 성철스님 생가터에 세운 劫外寺 주차장에다 승용차를 세우고서 9시 53분 무렵부터 걷기 시작했다. 도중에 성철공원이 있어 들어가 보았는데, 1964년에 개교하여 1989년 단성초등학교에 통합되면서 폐교된 구 묵곡초등학교 자리 부근 산청군 단성면 묵곡리 938번지 일원의 14hr에 달하는 넓은 터를 공원으로 만들었는데, 그 입구 부근 1049지방도 가의 행상에게서 어묵과 호떡을 사먹었다. 공원 안 여기저기에 묵곡생태숲 안내도가 설치되어 있었다. 근처 9번지의 경로당 겸 상촌회관 입구에 黙谷이라 쓰고 묵실로 한글 이름을 따로 적은 두 개의 둥근 石板이 보였다.

성철스님순례길 안내도를 보면, '성철스님의 출생지인 겁외사를 시작으로 단성교까지 연결되는 양천(엄혜산) 생태길'이라고 하였는데, 겁외사에서부터 경호강 건너편 강둑을 따라가다가 경호강을 건너는 단성교를 지나 원지까지 이어지는 노란 선이 선명한 것으로 보아 원래는 순례길이 그쪽으로 나 있었던 것이 아닐까 싶은데, 지금은 다들 엄혜산 아래의 양천을 따라 이어진 생태길을 성철스님순례길이라 부르고 사람들이 그쪽으로만 다니고 있었다. 그 길은 대나무생태숲길 두 개와 그 사이의 1.5km에 달하는 양천(엄혜산) 생태길을 연결한 것으로서, 데크와 야자수로 만든 깔개가 많이 설치되어 있으며 분위기도 한결 나은데, 비교적 근자에 조성된 것인 듯싶었다. 양천에 야생 오리들이 많이 떠 있고 해오라기 한 쌍도 보였다. 원지는 경호강과 양천이 합류하는 지점에 위치해 있다.

법륜암을 지나 원지 쪽으로 건너가는 양천 잠수교를 건너서 원래의 순례길로 보이는 곳까지 한 바퀴 두르려고 하였으나, 그러려면 교통이 번잡하고 건물들이 많은 원지로 넘어가지 않을 수 없다고 판단하고서 도로 양천을 건넌 위치로 되돌아와 아내는 왔던 길을 따라서 겁외사로 돌아가고, 나 혼자 도내고개 쪽으로 연결되는 강가의 길을 따라 계속 걷다가 엄혜산에 올라 그 정상을 거쳐서 겁외사까지 되돌아왔다. 나는 오늘 12시 52분까지 2시간 58분 걸려 도상거리 8.65km, 총 거리 8.89km를 걸었고, 걸음수로는 14,349보였다. 겁외사 앞에서 아내를 만나, 그 부근 단성면 성철로 124(묵곡리 241-12)의 연화자연밥상이라는 식당에서 간장게장과 생선구이로 점심(4만 원)을 들었다.

12월

6 (일) 맑음 -둔철산, 대성산

아내와 함께 외송 마을 옆의 屯鐵山(812m)과 거기서 이어지는 大聖山(593)에 다녀왔다. 아내가 근자에 이 두 산에 올라보고 싶다고 여러 번 말해 왔기 때문이다.

오전 9시에 승용차를 몰고 집을 나서 도중에 기름을 채운 후, 10시 11분에 외송리마을회관 옆길을 따라 좀 올라간 곳에 위치한 마을 끝 주차장에다 차를 세우고서 등산을 시작했다. 우리는 둔철산의 왼쪽 끄트머리로서 3번 국도와 대전통영고속도로가 내려다보이는 지점에서부터 시작하여 산 능선을 주파하여 그 반대쪽 끄트머리인 대성산까지 간 셈이다. 아내는 평소 자기 체력이 하루에 4시간 이내만 산행을 허락한다 하여 먼 길 걷는 것을 꺼리므로,

처음에는 두 번에 걸쳐 나눠 걸을까 생각했었으나, 출발할 무렵 입구에 서 있는 등산길 안내도를 보고서는 두 산을 합해도 네 시간 정도 밖에 안 걸린다고 판단하고서 한꺼번에 종주하겠다고 말하므로 그렇게 하기로 했던 것이다. 그러나 도중에 여러 번 마음이 바뀌어 둔철산 정상에 도착한 후 최단 코스로 하산하고 싶어 하더니, 심거마을 쪽으로 하산해본들 거리상 큰 차이가 없음을 알고서 결국은 전체를 주파하게 된 것이다. 나는 과거 여러 번에 걸쳐 이 산의 등산 코스들을 거의 모두 걸은 바 있었으므로, 지리를 잘 아는 편이라고 할 수 있다.

우리는 커다란 바위들로 이루어진 시루봉에 이르러, 우리 산장이 있는 마을을 내려다보며 평평한 큰 바위 위에 앉아서 점심을 들었다. 그 근처 심거마을에서 정상으로 오르내리는 두 길은 예전에 비해 위치가 꽤 달라진 듯하였고, 능선 길에서 남녀 두 명의 커플들을 여러 번 만났다.

둔철산에는 서로 꽤 떨어진 위치에 두 개의 정상비가 서 있는데, 그 중 먼저 만나는 것은 단성중학교 산악회가 세운 것으로서 한글로 적혀 있고 높이가 811.7m라고 되어 있으며, 두 번째로 만나는 것은 진주교직원산악회 창립10주년 기념으로 1988년 7월 17일에 세운 것으로서 산 이름을 한자로 새기고 812m라 하였다. 먼저 세운 것으로 짐작되는 후자가 진짜 정상이 아닌가 싶다. 이 산은 여러 곳의 바위들에 로프가 걸쳐져 있을 정도로 오르기 힘든 악산에 속한다.

대성산 정상에는 2층의 육모정이 서 있는데, 거기서 정취암 쪽으로 하산하는 코스로 접어들었다가 도중의 갈림길에서 리본이 많이 달린 쪽을 취해 내려왔더니, 뜻밖에도 절이 아닌 정취암 진입로 도중의 대형버스와 승용차 주차장에 닿았다. 이런 식으로 엉뚱한 곳으로 하산한 경험이 한두 번이 아니다. 갈림길에서 절 쪽으로 향하는 것으로 짐작되는 쪽에는 리본이 전혀 눈에 띄지 않았으므로, 절에서 등산객들의 절 안 출입을 막기 위해 일부러 다른 길로 유도한 것이 아닌가 싶기도 했다. 오후 3시 32분에 하산을 완료하였는데, 오늘 우리는 5시간 21분, 도상거리 8.55km, 총 거리 8.96km를 걸은 셈이 되었고, 걸음 수로는 20,138보였다. 원지로 전화를 걸어 개인택시를 불러 타고서 우리 차를 세워둔 지점까지 이동하였다.

13 (일) 맑음 -동의보감둘레길

　아내와 함께 산청의 동의보감둘레길을 다녀왔다. 이 길은 동의보감촌 뒤편에 있는 王山(923.2m)과 筆峰山(848)의 중턱을 한 바퀴 두르는 것인데, 총 17.28km라고 한다. 아내가 자기 체력으로는 하루에 10km 이상을 걸을 수 없다고 하므로 이번 주와 다음 주에 걸쳐 두 번으로 나누어 걷기로 한 것이다.

　오전 9시 무렵 진주의 집을 출발하였고, 승용차를 몰고서 3번 국도와 60번 지방도를 경유해 특리 부근의 동의보감촌에 도착하여 안내소에 들러 둘레길 지도 같은 것을 하나 얻고자 했지만, 코로나 사태로 말미암아 모두 문을 닫았다는 것이었다. 옛날의 기억을 더듬어 동의보감촌의 제일 위쪽 한방자연휴양림이 시작되는 지점까지 올라가 주차장에다 차를 세우고 보니 그 부근에 둘레길 지도가 게시되어 있었는데, 둘레길의 출발점은 그보다 좀 아래쪽에 있는 풍차카페전망대 부근에 있는 것으로 나타나 있었다. 차 안에서 커피를 한 잔 타 마신 다음 풍차카페까지 도로 내려와, 10시 27분에 트레킹을 시작했다.

　둘레길 입구에는 차단기가 있는데, 길은 차 한 대가 너끈히 지나갈 수 있을 정도로 넓었고, 군데군데 시멘트 포장이 되어 있었다. 도보와 자전거 통행 안내도가 따로 서 있고, 자전거 길은 세 코스로 구분되어져 있었다. 우리는 仇衡王陵과 柳義泰약수터 방향을 취하여 걷기 시작했다. 산중턱을 따라 길이 나 있고 대체로 소나무 숲이 우거져 있으며, 군데군데 고로쇠나무로 가로수를 한 곳도 있었다. 임도시설 표지석이나 표지판이 눈에 띄었는데, 2009년에 만든 신아지구 0.7km와 1994년도에 만든 금서면 자혜지구 2.6km 것을 보았다. 풍차카페에서 3.93km 떨어진 구형왕릉은 예전에 몇 번 방문한 적이 있었으므로 그리로 내려가는 갈림길을 그냥 지나치고, 4.4km 떨어진 위치의 류의태 약수터에 들러보았다. 둘레길 가의 정자가 서 있는 지점에서 300m 정도 올라간 지점에 있는데, 이 약수터에 대한 소문을 일찍부터 들은 바 있으므로 한 번 가보고 싶었던 것이다.

계단을 밟고서 올라가는 도중에 먼저 王山寺 승려였던 조선 중기의 석실영인(1646~1719)과 설암당 명안(1646~1710) 등 4명의 부도가 서 있는 지점에 다다랐다. 거기에 구형왕릉을 지키는 재실 덕양전의 참봉인 김태훈이 2016년에 글을 지은 비석이 세워져 있는데, 이에 의하면 2004년 12월부터 2005년 5월까지 김해 인제대학교 가야문화연구소가 왕산사지 지표조사를 하여 발견한 것이라고 한다. 거기서 조금 더 올라간 지점의 반대편에 王山寺址가 있었다.

왕산사는 가락국 시조 김수로왕의 옛 궁터로서 왕이 등극한 지 121년에 태자 거등에게 양위하고서 지품천 방장산 별궁으로 이거하여 산을 태왕산, 궁을 태왕궁이라 하고서 거주한 곳이라고 한다. 이곳에서 수정샘물을 마시며 휴양했다 하여 훗날 수정궁이라는 편액을 걸었다고 한다. 10대 구형왕이 신라 법흥왕 19년에 나라를 양도하고서 수정궁에 은거하다가 승하하니 관민이 석릉으로 모신 곳이 바로 오늘날의 구형왕릉이며, 훗날 그 손자인 신라 角干 서현이 수정궁을 왕산사로 삼았고, 증손자인 김유신이 7년 동안 시릉하면서 대를 쌓아 무예를 익힌 곳이 試射臺라고 한다. 『신증동국여지승람』에 구형왕릉과 왕대암에 관한 기록이 있고, 조선 후기의 승려 坦瑛(1857~1929)이 찬한 「王山寺記」에도 이에 관한 기록이 있다고 한다. 그래서 산 이름을 왕산이라고 한다.

경상남도기념물 제164호로 지정된 산청군 금서면 화계리의 왕산사지에는 현재 4개소의 건물 터와 초석을 비롯하여 돌담, 축대, 우물, 비를 세웠던 받침돌, 부도 등이 남아 있으며, 많은 양의 기와조각 및 그릇조각이 흩어져 있다고 한다. 안내판 아래에 수정궁터라는 글이 붙어 있었다.

류의태 약수터는 잘 정비되어져 있었다. 그 부근의 설명문에 의하면, 그는 1516년(중종 11년) 산청군 신안면 상전마을에서 출생하였고, 『동의보감』의 저자인 허준의 스승으로서 당대 최고의 神醫였는데, 자신의 몸을 제자 허준에게 시술토록 하여 해부의학의 효시를 이루었다고 한다. 그는 산청군(당시 山陰縣) 금서면 화계지구에서 의술활동을 하였으며, 왕산의 자생 약초에다 이 약수터의 물로 湯液을 조제하였던 것이라고 한다. 약수는 독너덜 아래의 西出東流水로서, 위장병과 피부병 등 불치병 치료에 효험이 있다는 것이다. 류의태라는 인물은 소설 『동의보감』에서 유래한 허구의 존재로 알고 있으며, 그 때문에 이곳 왕산 기슭에 거대한 규모의 동의보감촌이 들어서게 된 것인데, 그 안에는 류의태의 무덤까지도 조성되어져 있다.

약수터에서 내려온 후, 시간이 정오 무렵이므로 그 아래 정자에서 점심을 들었다. 우리가 식사하고 있는 중에 승용차가 두 대 잇달아 올라와 그 앞에 주차하고서 사람들이 약수터로 걸어 올라가고 있었다.

식사를 마친 다음, 자전거길 2코스를 좀 더 걸어서 쌍재마을 못 미친 지점에 이르렀더니, 길가에 별장 같은 2층집이 한 채 서 있고 그 마당에 승용차 세 대가 주차해 있었다. 이층집 텍으로 가서 실내에 보이는 사람들에게 택시 전화번호를 물었더니, 내게 응답한 여자 두 명도 그 집 손님이었다. 주인에게 전화를 걸어 연락하니 얼마 후 중년남자 한 명이 나왔는데, 그곳에서는 택시를 불러도 오지 않는다면서 자기가 승용차로 태워주겠다는 것이었다. 그가 모는 소형승용차에 손님인 여자 두 명까지 합해 다섯 명이 타고서 왔던 길로 하여 동의보감촌으로 돌아와 풍차전망대 앞에서 하차하였다. 아내가 사례 조로 3만 원을 뒷좌석에 함께 앉았던 여자들에게 건넸으나 받지 않았다. 주인 남자는 진주에서 태어났으나, 부산·서울 등 객지를 떠돌다가 지금은 중국 백두산 근처의 二道白河에서 同仁堂 제품 중국 약을 한국관광객들에게 파는 사업을 하고 있다고 했다. 알고 보니 입구의 차단기는 손으로 밀쳐내어 쉽게 열 수 있는 것이었다.

오늘 우리 내외는 오후 1시 36분까지 휴식 및 점심시간을 포함하여 3시간 9분을 걸었으며, 도상거리 9.43km, 총 거리 9.9km, 걸음 수로는 12,517보였다.

20 (일) 맑음 - 사천읍성

오늘은 일요일이라 지난주에 못 다한 동의보감둘레길의 남은 코스를 마저 주파할 예정이었지만, 택시도 오지 않는 산길에서 다시 어지럼증이 도지면 큰일이라 하여 아내가 반대하므로, 그 대신 집에서 점심을 든 후 산책 삼아 가까운 泗川邑城에 다녀오기로 했다. 이즈음은 연습을 위해 아내가 주로 운전을 하고 나는 조수석에 앉아 코치를 한다.

사천의 옛 이름은 史勿·泗水·東城 등이었는데, 조선 태종 때부터 사천이라 하였다고 한다. 경상남도기념물 제144호인 사천읍성은 세종 24년(1442)부터 3년에 걸쳐 병조참판이었던 辛引孫이 지방의 관청과 민가를 왜구로부터 보호하려고 이곳 수양산에 돌과 흙으로 쌓은 성이다. 기록에 따르면 성의 둘레는 약 1500m, 높이는 3~3.5m 정도이고, 성문은 세 곳에 있었다고 한다. 이 성은 선조 30년(1597) 정유재란 때 치열한 전쟁을 벌인 곳으로도 유명하다. 정유재란 이듬해 9월 28일에 鄭起龍의 지휘 아래에 있던 조선과 명나라의 연합군이 성에 진을 치고 있던 왜군과 치열한 전투 끝에 이 성을 되찾았다. 현재 이 산 일대에는 수양공원이 조성되어져 있다. 당시의 관아였던 浮磬軒과 倉地는 산 아래 지금의 사천초등학교 주변에 위치해 있었던 모양이다. 예전에는 이 성 근처까지가 바다였던 것으로 알고 있다.

현재 성곽보수공사가 진행되고 있어 일부 구간은 출입이 통제되었다. 높은 계단을 따라 올라가 먼저 수령 560년 된 느티나무 보호수를 둘러본 후 정상의 4층 누각인 枕鰲亭에 올랐다. 침오정이란 읍성 안에 원래 있었던 건물 중 하나의 이름인 모양이다. 읍성의 일부가 현재도 남아 있고, 고목이 울창하며, 洙陽樓 앞에 선정비들이 좌우로 늘어서 있었다. 오후 3시 남짓 되어 귀가하였다.

28 (월) 오전 중 짙은 안개 -동의보감둘레길 쌍재마을~동의본가 코스

회옥이를 포함한 우리 가족 세 명이 동의보감둘레길 트레킹에 나섰다. 내가 운전대를 잡고서 먼저 산청 동의보감촌의 왼쪽 끄트머리에 있는 동의본가 주차장에 도착하여 그 위치를 파악해둔 후, 다시 풍차카페전망대로 가서 2주 전에 걸었던 길을 따라 그 때 되돌아온 집까지 나아갔다. 집 한 채 뿐인 듯하지만, 알고 보니 거기가 바로 쌍재마을로서 여기서 금년 초 지리산둘레길 답파 때 수철리로부터 걸어서 도착했던 큰재(쌍재)까지는 지리산둘레길과 겹치는 부분이었다. 내가 몰고 온 승용차의 핸들을 아내가 대신 잡고서 회옥이와 함께 동의본가 쪽으로 되돌아가고, 나는 오전 10시 33분부터 거기서 출발하여 나머지 코스를 걷기 시작하였다.

짙은 아침안개로 말미암아 사방의 골짜기가 모두 운해로 뒤덮여 절경을 연출하고 있었다. 2주 전에 우리를 풍차카페 전망대까지 태워주었던 사람의 말과는 달리 그쪽 길도 의외로 좋았는데, 정오 무렵 정자 조금 못 미친 곳의 쉼터에 도착하여 혼자 점심을 들었다. 아내와 회옥이도 11시 22분에 동의본가 주차장에 도착하여 거기에다 차를 세워두고서 역코스로 둘레길을 걷기 시작하여 그쪽의 다른 쉼터에서 점심을 들었다. 그런데 사각형의 조그만 정자에 이르기까지는 차가 다닐 수 있는 비교적 넓은 임도가 이어져 있었으므로 그 길을 따라 계속 나아갔지만, 길은 마을 안의 아스팔트 포장도로를 거치더니 계속 아래쪽으로만 내려가고 도중에 아무런 둘레길 안내 표지가 없었다. 길을 잘못 들었다고 판단하고서 왔던 길을 도로 올라가는데, 얼마 못가 승용차를 몰고 내려오는 아주머니를 한 명 만나 동의보감둘레길이 맞느냐고 물었더니, 내가 방금 지나온 축사 부근의 갈림길을 가리켜주며 그 길을 따라가 보라는 것이었다. 도로 내려와 그 갈림길에 다시 다다라도 여전히 아무런 안내표지가 없었지만, 어쨌든 그 길을 따라 계속 올라가보기로 하였다. 갈림길을 만난 지점은 산청군 금서면 평촌리 산 25-1로서, 근처에 필봉전원마을이라는 표지가 보였다. 필봉산의 바로 아래쪽 첫 마을인 것이다.

아내와 회옥이도 그쪽 쉼터에서 점심을 든 후 둘레길을 따라 계속 걷다가 도중에 길 표지가 보이지 않는 상태에서 임도산책로를 내려가고 있다고 했는데, 그러던 도중에 쌍재까지 4.29km를 남겨둔 지점에서 동의보감둘레길 안내표지를 다시 만나 그쪽 길로 접어들었다고 한다. 그러나 그 길은 임도가 아니라 등산로처럼 좁은 것이라고 한 것으로 보아 아마도 필봉전원마을 위쪽으로 연결되는 산길로서, 그 구간은 아직 임도공사가 이루어지지 않은 듯하였다. 둘레길을 걷는 도중 몇 년도 어느 지구에 연장 얼마의 임도공사를 했다는 표지석이 여기저기 눈에 띄었던 것이지만, 둘레길 전체 구간 중 유독 그 구간 하나만이 아직 공사를 하지 않아 혼란을 초래했던 것이었다.

임도를 따라 한참 올라가다 보니 오솔길에서 되돌아와 앞서 걷고 있던 아내와 회옥이가 눈에 띄어 그들을 불러서 함께 동의본가까지 되돌아왔다. 도중에 집을 나가 야생화 된 흑염소 한 마리를 만나 가지고 있던 사과 두 쪽을 먹이로 주기도 하였다. 14시 19분에 동의본가 주차장에 도착하여 트레킹을 마쳤다. 오늘 나는 3시간 55분을 걸었고, 그 중 휴식시간은 1시간 8분이며, 도상거리 9.72km, 총 거리 9.88km, 걸음수로는 14,956보였다. 오후 3시 반 무렵에 귀가하였다.

2021년

2021년

1월

3 (일) 맑고 화창함 -통영생태숲

아내와 함께 통영생태숲에 다녀왔다. 평소처럼 오전 9시에 집을 출발해 33번 등을 경유하는 일반국도로 통영까지 갔다. 도착해 보니 생태숲은 미륵도로 건너가는 통영대교 바로 앞의 야산을 개발한 것인데, 당동·도천동 일대인 듯하다. 도로부근에 주차장이 눈에 띄지 않아 인평동에 있는 경상대학교 해양과학대학까지 나아가 캠퍼스 안 주차장에다 차를 세우고서 걸어갔다. 데크계단을 따라 하늘의숲 전망대까지 걸어올라갔다가 능선을 통과하는 큰 길을 걸어 반대쪽 끄트머리 부근인 구실잣밤나무 전망대까지 나아갔고, 천암산 등산로 입구에서 어린이 체험학습장 쪽으로 내려왔다. 길 여기저기서 통영 바다가 바라보였다.

알고 보니 체험학습장 부근에 주차장이 있었는데, 국도 아래의 터널을 통과해 들어가야 하고, 그곳 일대는 2020년 11월 16일부터 2021년 1월 24일까지 생태숲 보완사업(2차) 공사 중이었다. 능선 길가에 후박나무 등 난대수종이 많았고, 삼나무·편백나무 숲도 여기저기 눈에 띄었다. 출입구로부터 이어지는 아래쪽 큰 길을 따라 능선 방향으로 걸어올라가다가 도중에 오솔길로 접어들어 표고버섯체험장을 거쳐 다시 능선 길로 접어들었다. 야외공연장 부근에서 인평동 쪽으로 빠져 내려가려했으나, 그 길 입구를 찾지 못해 처음 올라왔던 데크 계단을 따라서 도로 내려갔다.

얼마 전 「신계숙의 맛터 사이클 다이어리」에서 본 야간열차 식당으로 가

곰장어구이로 점심을 들까 했으나, 전화를 걸어보니 그곳은 주로 술집인지 오후 4시 이후부터 문을 연다고 하므로, 다시 차를 몰고서 통영대교 쪽으로 나오던 도중 바다가 바라보이는 도로 가 정자에 앉아 준비해 온 도시락으로 점심을 들었다.

갔던 길을 경유하여 오후 3시쯤 진주로 돌아온 다음, 탑마트에 들러 쇼핑을 하고서 귀가하였다.

10 (일) 맑음 - 남파랑길 28코스 일부

아내와 함께 남파랑길 통영 28코스 중 통영RCE세자트라숲에서 이순신 공원까지 구간을 다녀왔다. 원래는 거제시 거제면 서상리 산13에 있는 작년 여름에 정식 개장한 숲소리공원을 다녀올 예정이었는데, 현지에 도착해 보니 이 공원 입구에 코로나19 확산 방지를 위해 2020년 12월 8일부터 사태진정 시까지 임시휴장 한다는 플래카드가 내걸려 있었던 것이다. 그래서 목적지를 통영시 용남면 화삼리 선촌에 있는 세자트라숲으로 바꿨다. 이곳에서 이순신공원까지 왕복 3km 구간은 지난달 14일 '남파랑길 개통'을 알리기 위한 걷기행사가 개최되었던 곳이다.

오전 9시 무렵 집을 출발하여 사천까지는 국도 3번, 사천서 고성까지 국도 33번, 고성에서 거제까지는 국도 14번을 경유한 다음, 거제도 사곡리에서 서상리까지 2번 지방도를 경유했다. 통영으로 되돌아오는 도중 2번 지방도 상에서 길가의 트럭 매장에 들러 곶감 만 원 어치와 한라봉 귤 2만 원어치를 샀고, 견내량해협에 놓인 신거제대교를 건넌 직후 통영시 용남면 남해안대로 24에 있는 한산도건어물에 들러 멸치 한 박스를 3만 원에 샀다.

통영RCE세자트라숲에 도착했을 때는 이미 정오 무렵이었으므로, 그곳 주차장 가의 풀밭에서 준비해간 도시락으로 점심을 들었다. RCE는 국제연합(UN)이 지정한 '지속 가능 발전교육 거점센터'를 말하는 것으로서, 이곳은 국내유일의 RCE공원으로서 2015년 5월에 개장한 것이라고 한다. 해변에 위치하여 환경생태교육, 해양생태교육 등을 운영하는 곳이다. 세자트라(Sejahtera)는 '지속 가능성과 공존'을 의미하는 산스크리트어로서, 25개

아시아태평양 RCE가 함께 하는 공동프로젝트의 명칭이다.

공원 안의 덱 길이 설치된 갈대숲과 세자트라센터 등을 둘러본 후, 공원 뒤편의 망일봉 일대까지 두르는 산길을 한 바퀴 산책했다가, 세자트라숲과 이순신공원 중간의 갈림길까지 내려왔으며, 남파랑길로 지정된 해안산책로 방향을 취하여 이순신공원 동쪽 끄트머리의 해군위령탑이 있는 곳까지 걸었다. 이순신공원은 한산대첩의 현상인 한산도 앞바다가 한 눈에 바라보이는 곳에 위치했는데, 과거에 배행자·김은심 교수와 함께 통영 식당에 왔을 때 한 번 들른 바 있었기 때문에 오늘 다시 둘러보지는 않았고, 위령딥 부근에서 남파랑길 코스를 따라 다시금 통영RCE세자트라숲으로 되돌아왔다.

17 (일) 맑으나 쌀쌀함 -황산공원

아내와 함께 양산시 물금읍에 있는 黃山공원에 다녀왔다. 오전 9시 무렵 집을 출발하여 2번 국도를 따라서 마산·창원 시내를 통과한 다음, 김해시 장유 쪽으로 빠져나와 진영읍을 거쳐서 부산시 만덕으로 가는 남해고속도로에 잠시 올라 낙동강을 건넜고, 35번 국도를 따라서 물금읍으로 접근했다. 황산공원이 있는 장소는 내가 가진 2008년도 판 『영진5만지도』에는 빈터로 남겨져 있는데, 그 새 낙동강 가의 이 드넓은 장소가 시민공원으로 변모한 것이다.

그곳까지 가는데 2시간 10분 정도나 소요되어 11시 11분에 도착하였으므로, 찬바람을 피해 승용차 안의 뒷좌석에서 준비해 간 도시락으로 점심을 들었다. 식사를 마친 다음 서북 방향의 물금역 쪽으로 걷기 시작하여 공원이 끝나는 지점까지 올라간 다음 다시 낙동강을 끼고서 아래쪽으로 내려와 예전에 물금과 김해시 대동면을 오가던 나루인 월당나루터를 지나 중앙지선 고속도로의 교각 아래를 통과하여 낙동강과 양산천의 합류지점까지 내려와 습지에서 오리 등 물새들이 노니는 것을 바라보았다. 다시 반대편 산책로를 따라서 14시 51분에 출발지점까지 되돌아왔다. 엄청 넓은 공원인데, 그 경내에 축구장 등 각종 체육시설이 있어 황산체육공원이라 불리기도 하고, 습지 등이 있어 황산생태공원이라고도 한다. 여러 갈래의 산책로와 사이클 도로가 나있고, 승용차가 다닐 수 있는 도로도 있으며, 그래서 여기저기 서로 떨어진 거리에 주차장과 화장실들이 따로 설치되어져 있었다.

우리 내외는 찬바람을 맞으며 공원 전체를 한 바퀴 돈 셈인데, 식사 및 휴식시간을 빼면 2시간 38분을 걸었고, 도상거리 9.19km, 총 거리 9.24km, 걸음 수로는 13,920보였다. 겨울철이라 각종 식물들이 말라 있어 별로 큰 볼 것은 없었으나, 낙동강 하류의 풍경과 그 주변에 자란 물억새와 수크령 등의 식물들, 그리고 여기저기에 설치된 철새조망대가 운치 있었다. 이곳을 찾아오는 철새들로는 백로·큰고니·노랑부리저어새·할미새 등이 있다고 하나, 우리에게는 백로와 오리들만 눈에 띄었다.

돌아올 때는 시간절약을 위해 고속도로를 이용하여, 낙동강을 건넌 다음 바로 대동3·2·1터널을 통과하여 김해시로 빠졌고, 남해고속도로를 따라 오후 4시 반 무렵 진주의 집에 도착하였다.

24 (일) 흐림 –봉성저수지둘레길

아내와 함께 함안군 여항면과 함안면의 사이에 위치한 봉성저수지둘레길에 다녀왔다. 鳳城은 함안읍성의 별칭이라고 한다. 오전 9시에 집을 출발하여 2번국도와 79번 국도를 경유했는데, 한 시간이 채 걸리지 않는 거리였으며, 함안에서 창원으로 통하는 79번 국도는 좀 낯설었다.

낙남정맥의 최고봉인 餘航山(770m) 동쪽에 위치한 봉성저수지는 1942년에 농업용수 공급을 목적으로 만들었으며, 1998년부터 2014년까지에 걸쳐 함안지구 다목적 농촌용수개발사업을 하여 현재의 모습으로 변모했다. 여항산 및 같은 낙남정맥 능선 상에 있는 서북산 등은 6.25 전쟁 당시 낙동강 전선의 최후 보루로서 치열한 전투가 벌어졌던 곳인데, 고지 주인이 19번이나 바뀌었으며, 전투 당시 미군이 '갓뎀' '갓뎀' 했다고 하여 갓데미산이 되었다. 봉성저수지는 가로 569m, 세로 35m로서 만수면적이 24ha이며, 그 것을 한 바퀴 도는 둘레길은 2.9km이다.

둘레길의 출발지점 가까운 곳에 주차장이 있어 그곳에다 차를 세우려고 했는데, 코로나19로 말미암아 여항산과 둘레길의 출입을 금한다는 플래카드가 내걸려 있었다. 그래도 그곳에 이미 차들이 몇 대 주차해 있었으므로 다른 차들 옆에다 우리 차를 세우려고 하는데, 관리원인 듯한 사람이 다가와 주차하지 말라는 것이었다. 그래서 차를 빼어 왔던 방향으로 조금 돌아가다가 도로 가의 나지막한 언덕 위에 금계정이라는 이름의 단층 육모정 정자가 있고, 그 아래 주차장에 화장실도 갖추어져 있는 장소에다 차를 세웠다. 오전 10시 무렵이었다.

봉성저수지 둘레길은 둑길과 숲속 탐방로로 이루어져 있는데, 여항산이 바로 곁에 올려다 보이는 위치로서 여항산호수길이라는 팻말도 눈에 띄었다. 한쪽편의 도로 가로도 텍 길이 따로 조성되어져 있고, 출입금지 기간이라고 하지만 우리 외에도 걷는 사람들이 제법 있었다. 한 바퀴 돌고서 원위치로 돌아오니 좁은 주차장에 더 이상 차 세울 곳이 없어 진입로 가에까지 두어 대가 주차해 있었다. 이미 시간이 11시 반쯤 되었으므로 그 근처 자갈이 깔린 넓은 둑 가의 벤치에서 점심을 들었고, 오후 1시 무렵 귀가하였다.

31 (일) 맑음 -회남재숲길, 삼성궁

아내와 함께 하동군 청암면 묵계리에 있는 回南재숲길과 三聖宮에 다녀왔다. 회남재에는 1989년 3월 19일 청암면 일대의 남명 유적 답사 때 마지막으로 시도하여 黙溪堤에서부터 회남재 중턱의 회남마을까지 올라갔다 되돌아온 적이 있었는데, 그 이후인 1992년 이곳 삼성궁으로부터 회남재까지 5,740m 거리의 임도가 개설되어 오늘날 '회남재숲길'이라는 이름으로 알려지게 된 것이다. 회남재는 南冥 曺植이 만년에 살 곳을 물색하여 이곳까지 왔다가 되돌아갔다 하여 이런 이름이 붙었다는 전설이 있는 곳이다. 회남재숲길은 약 6km로서 거의 평지에 가까울 정도로 고저 차가 없는 평탄한 길인데, 당시로서는 남명이 내가 걸었던 것처럼 묵계제에서부터 이어지는 4km 최단 거리인 계곡 길을 올랐다고 보는 편이 마땅할 것이다.

오전 9시 무렵 승용차를 몰고서 집을 출발하여 진주에서 3번 국도를 따라가다가 진주시 명석면 외율리에서 빠져나가 산청군 단성면 묵곡리의 성철 대종사 생가 앞을 지나서 중산리 쪽으로 향하는 20번 국도에 접어든 후, 다시 1047번 지방도로 빠져나가 지리산 내대리와 삼신봉터널을 거쳐서 10시 18분에 청학동 부근의 삼성궁 앞에 도착했던 것이다.

오늘 걸은 길에는 김다현길이라는 이름이 붙어 있고, 콘크리트로 포장되었거니 마사토로 다져진 길로서 노폭은 차 두 대가 서로 비켜지나갈 수 있을 정도로 넓지만 차량 통행은 금지되어 있었다. 김다현은 청학동 출신의 국악 신동으로서, 그 아버지인 김봉곤은 청학동 서당의 훈장이라고 한다. 부녀가 모두 TV 등에 종종 출연하는 모양인데, 김봉곤은 초등학교 졸업의 학력 밖에 없어 그 때문에 병역도 면제받았다고 하나 현재는 청학동에서 커다란 서당을 운영하고 있다. 그 자신이 국악에 조예가 있어 자녀 중에 국악을 하는 사람이 여럿이고, 다현이는 그 중 막내딸인 모양이다. 김다현길은 청학동의 그녀 생가에서부터 회남재까지 이어지고 있다.

정오 무렵 회남재에 도착하여 보니, 그곳에 회남정이라는 이름의 사각형 단층 나무 정자가 있어 거기서 점심을 들었다. 정자에서 하동군 악양면의 들판 쪽으로 시야가 넓게 펼쳐지는데, 거기서 악양면사무소까지는 11km로서 그쪽에서 가끔 차로 올라오는 사람들이 있고, 묵계초등학교 쪽에서도 승용차가 올라오고 있었다.

삼성궁 앞으로 되돌아온 후, 아내는 자기 체력의 한계에 다다랐다면서 차 안에서 쉬고 나 혼자서 삼성궁 구경을 나섰다. 지난번 정헌식 씨가 외송 집에 왔을 때 그로부터 삼성궁이 많이 달라졌다는 말을 들은 바 있었으므로, 여기까지 온 김에 다시 한 번 들러볼 생각이 났던 것이다. 예전에 몇 번 삼성궁에 들렀을 때는 큰 돌로 된 입구에서 징을 울려 내부에다 알린 후 삿갓에다 한복 차림을 한 안내원의 인도에 따라 안으로 들어갈 수 있었던 것이며, 그 입구 근처에서부터는 불일폭포를 거쳐 쌍계사 쪽으로 이어지는 산길이 나 있었던 것이다. 그런데 지금은 그 길이 있었던 곳에 매표소가 버티어 있고, 그 앞쪽으로 커다란 주차장과 화장실에 들어섰으며, 매표소에서는 마고성·삼성궁 입장료로서 개인의 경우 대인 7천 원, 청소년 4천 원, 어린이와 경로·장애인·유공자로부터는 3천 원을 받고 있었다.

麻姑城이라 함은 여기저기에 돌로 쌓은 담이나 축대들을 말하는 듯하며,

삼성궁이라 함은 仙道의 祖宗이며 배달민족의 國祖인 한인·한웅·단군을 봉안하고 靑鶴仙苑 삼성궁이라 이름한 배달민족 성전이 있기 때문이다. 이것을 세운 사람은 한풀선사(大氣仙師)라는 이인데, 그는 일찍이 樂天仙師에게 출가하여 天符經·三一神誥·參佺誡經을 비롯한 여러 가지 공부를 하고, 우리 춤과 노래 그리고 선가무예를 수련한 사람이라고 한다. 이 땅에 배달민족혼을 일으키고 민족의 구심점을 형성하기 위해 몇몇 제자들의 도움을 받아 이런 성전을 건립하였으며, 돌탑들은 솟대로서 고조선의 蘇塗를 복원한 것이라고 한다.

　내부의 규모는 예전에 비해 엄청나게 커졌으며, 못 보던 여러 건물들이 들어섰는데, 개중에는 크고 작은 남자의 성기들을 나무에다 조각해 둔 것이 가득 들어 있는 건물이 있는가 하면, 다물전이라는 건물 안에는 1998년 발해 해상항로 뗏목탐사 도중 폭풍을 만나 사망했다는 장철수 박사의 영을 모셔 두고 있었으며, 十二支神의 이름을 새긴 돌문들도 있었다. 전체 코스는 두 개의 골짜기를 한 바퀴 감돌아 주차장 쪽으로 다시 내려오도록 되어 있었는데, 삼성전은 그 중 제일 꼭대기에 지어진 여러 채의 커다란 건물들인 듯하며, 그곳으로의 출입은 기다랗고 둥근 말목들로 겹겹이 차단되어져 있었다. 삼성궁 아래 내리막길의 중턱쯤에 약간 뒤로 휘어지게 배치된 建國殿이라는 건물이 있고, 그 안에 단군 등의 전신상과 더불어 弘益人間·理化世界라고 붓글씨로 적은 세로의 대형 액자들이 배치된 건물이 있는데, 그곳은 예전에 몇 번 와본 적이 있었던 것이었다. 이로 보면 출구로 향하는 도중의 일부 건축물들이 예전의 모습을 다소 유지하고 있는 것이고, 나머지는 모두 그 사이에 새롭게 이루어진 것인 듯하다. 어마어마한 규모에 놀라지 않을 수 없었다.

　15시 49분에 차를 세워둔 회남재숲길 입구의 작은 주차장으로 돌아왔는데, 산길샘에 의하면 오늘의 총 소요 시간은 5시간 31분, 거리는 도상으로 14.66km, 오르내림 포함 총 거리는 15.04km이며, 만보기가 기록한 걸음 수로는 22,837보였다.

　돌아오는 길에 차를 몰고서 다시 묵계제에서부터 회남재로 올라 악양 쪽으로 빠짐으로서 오늘 걷지 못한 회남재 코스의 전체를 커버해볼까 했으나,

회남마을까지 오르니 아내가 길을 잘못 들어 남의 사유지로 진입하고 있다 하므로, 차를 되돌려서 올 때의 코스를 따라 오후 4시 20분쯤에 귀가하였다.

2월

8 (월) 맑음 - 진해 드림로드 1·2구간

회옥이를 포함한 가족 3명이 진해드림로드 1·2구간을 다녀왔다. 오전 9시에 집을 출발하여 국도 2호선을 따라 마산·창원 시내를 거쳐서 진해로 들어갔다. 마산·진해는 이제 창원시에 속한 각각의 구로 되어 있다.

10시 55분에 장복산 중턱의 삼밀사에서 500m 아래쪽에 위치한 진해 드림로드 시점에 도착하였다. 내비게이션에 삼밀사를 입력하여 갔는데, 웬일인지 그 근처에서 이 절을 인식하지 못하므로 마진터널을 지나 창원 경내에까지 잠시 들어갔다가 되돌아와 시점에 주차하였다. 나는 시점이 삼밀사 위쪽 500m 지점에 있을 거라고 생각했었는데, 알고 보니 아래쪽이어서 혼동하였던 것이다. 거기서부터 삼밀사 입구를 거쳐 장복산 능선에 위치한 하늘마루까지는 계속 오름길이었다. 초입의 임도는 2005년에 건설한 것이었다. 오늘 걸은 드림로드는 남파랑길의 일부이기도 하고 또한 시가 흐르는 편백숲, 편백숲 浴먹는 여행 등 여러 가지 다른 이름을 가지고 있기도 하다. 편백 숲이 많아 이런 별명이 붙은 모양이다.

드림로드 1코스는 장복하늘마루길이라고 이름 지었는데, 안민도로까지 4km이며, 2코스인 천자봉 해오름길은 안민도로에서 대발령 쉼터 위까지 10km이다. 하늘마루는 능선 길에서 180m 더 올라간 지점의 꼭대기 전망대인데, 그 옆에 '하늘마루'라는 한글 액자를 단 육모정 2층 정자가 서 있었다. 하늘마루 능선 길에서 얼마간 더 나아가니, 인터넷을 통해 여러 번 본 바 있는 어린아이 키 정도 높이의 DREAM ROAD라는 색색 글자가 서 있었다. 그 구간의 임도는 대체로 2007년도에 건설한 것이었다. 안민도로에 다다르니 차도 곁에 설치된 덱 길을 따라 제법 걸어 올라간 지점에 매점이 하나 서 있어서, 그곳 홀에 설치된 탁자에서 점심을 들었다.

매점 바로 위쪽에서 웅산 능선 쪽으로 이어지는 시루봉누리길 및 숲속나들이길 그리고 천자봉해오름길이 갈라지는데, 우리는 아래편 코스를 취했다. 2·3코스의 일부는 작년 2월 16일에 아내와 더불어 이미 걸은 바 있었으므로, 오늘 우리가 걸을 코스는 안민도로 매점에서부터 작년의 출발지점인 드림파크 안의 목재문화체험장까지 7.6km로 정했다. 천자봉해오름길은 진해시가 2000년 林政종합평기에서 전국 232개 기초 자치단체 중 최우수 지방자치단체로 선정되어 받은 시상금 2억 원과 경상남도 특별지원금 1억 원으로 조성한 것이라고 한다. 길가 군데군데에 남천이나 철쭉 등이 심어져 있고 차밭도 조성되어져 있는데, 이 차밭은 시민 누구나가 채취 이용할 수 있다고 한다.

　　드림로드에서 목재문화체험장까지는 대체로 텍 길로 300m 정도를 내려가는데, 체험장은 작년에 왔을 때도 코로나19로 말미암아 폐쇄되어 있더니, 1년이 지난 지금까지도 여전히 폐쇄되어 있었고, 주차장 앞에서부터는 차량의 진입 자체가 아예 차단되어져 있다. 카카오택시를 불러 타고서 진해 시가를 가로질러 삼밀사 아래쪽의 드림로드 시점까지 이동하였다. 아내가 어릴 때 농촌지도소장인 아버지를 따라와 경화초등학교를 졸업한 경화역 부근을 지나쳤으나, 아내는 그 일대가 너무 생소하여 전혀 알아보지 못하겠노라고 했다. 오후 3시 22분에 우리 차를 세워둔 지점에 도착하였는데, 오늘의 트레킹은 4시간 26분, 도상거리 12.17km, 총 거리 12.44km, 걸음수로는 19,286보였다. 회옥이 휴대폰의 만보기로는 2만1000보쯤이라고 하는데, 보폭의 차이 때문인가 싶기도 하였다.

　　돌아올 때는 남해고속도로를 이용하고자 내비게이션 상의 유로도로 사용을 허용했는데, 뜻밖에도 2번 국도를 따라 장복터널을 지난 다음, 5번 국도로 진입하여 마창대교를 통과했다가 나중에 다시 2번 국도에 접속하였다. 마창대교 이용은 유료인데, 아마도 창원·마산의 시내 지역을 우회하는 그쪽 코스가 고속도로보다도 더 빠른 모양이었다.

15 (월) 맑으나 강한 바람 –진해드림로드 제4구간

아내와 함께 진해드림로드 제4구간 소사생태길에 다녀왔다.

오전 9시에 집을 출발하여 남해고속도로를 따라 부산 방향으로 나아갔다가 김해시 장유면을 지난 지점에서 고속도로를 빠져나와 부산신항 방향으로 향하여 여러 개의 터널을 지나고서 마침내 2번 국도에 다다른 다음, 창원시 진해구 북부동 244(웅천북로58번길 33)에 있는 작은집 동생 정환이의 별장으로 찾아갔다. 20년도 더 지난 옛날에 사촌들 친목모임인 형제일심회 모임을 했던 장소인데, 내가 이번 트레킹은 웅동에서 출발한다고 했더니 큰누나가 웅동에 정환이 별장이 있다고 알려주므로, 옛 추억이 그리워 다시 한번 찾아와본 것이다. 그러나 알고 보니 그곳은 오늘 트레킹의 출발지점인 熊東이 아니라 그 서쪽의 하산지점인 熊川에 속한 것이었다. 빨간 지붕에다 석조2층집인 그곳은 한 동안 정환이 처가가 들어와 산다고 하더니, 지금은 그냥 비워두고서 가끔 주말에 가보는 모양이다.

2월 11일에 아내가 내게 카톡방으로부터 나가는 법을 물으므로 알려주었는데, 아내가 실수로 가족 카톡방으로부터 나가버렸으므로 회옥이가 새 가족 카톡방을 만들었다. 그런데 오늘 별장 앞에서 우연히 보니 아내의 휴대폰에는 가족 카톡방이 두 개 형성되어 있었으므로, 아내가 혼동을 피하기 위해 그 중 하나를 지운다고 한 것이 그만 추억어린 사진과 메시지들이 많이 든 옛 카톡방을 지워버리고 말았다.

그곳을 떠난 다음 다시 내비게이션에 의지하여 웅동 입구인 진해구 남양동 4-38에 있는 진해3.1독립운동기념비로 찾아갔는데, 내비가 잘못 인도하는 모양인지 그 부근에서 한참을 왔다갔다 헤매다가 정오 무렵에야 간신히 도착했다. 기미년 4월 3일 마천동 냇가에서 시민과 학생 3천여 명이 모여 독립만세운동을 일으킨 것을 기념하여 1986년 두동에다 비를 건립하였으나, 주변여건의 변화와 노후화로 말미암아 독립만세운동 발원지에 인접한 이곳 남양동으로 이전 건립하여 2009년에 준공한 것이었다. 같은 장소에 웅동 지역 6.25 참전 학도병과 장병들을 기념하여 2000년에 세운 한국전쟁참전기념비가 있고, 또한 그 앞에는 교육 및 기독교 사업 등을 하다 1990년에 타계

한 사람인 선각자장영실선생송덕비라는 것도 세워져 있었다.

그 구내에 있는 탁자에서 점심을 든 후, 12시 26분 무렵 소사생태길 트래킹에 나섰다. 이 코스는 현재 총 10.4km인데 장차 3코스인 백일아침고요산길과 연결하는 임도가 완공되면 7.6km로 짧아질 전망이다. 웅동의 소사동을 지나 자마왜성이 있는 자마산(잣매, 240.7m)을 거쳐 산허리를 감싸고서 계속 이어지는 길인데, 편백 등의 숲이 많았다. 걷는 도중에 메신저와 카톡으로 우식이와 계속 연락을 취했다. 그의 가족사진도 두 장 받았는데, 그의 모습이나 모친의 모습이 모두 낯설었다. 젊은 시절 우리의 친우였던 김영수는 알콜성치매라고 하며, 그와 친했던 개성중학 동창 영래도 치매라고 한다.

진해드림로드 소사생태길이 끝난 지점에 다다랐다가, 조금 더 지난 지점에서 창원둘레길 스탬프투어 길 안내 표지가 내리막인 해병훈련체험테마쉼터 방향을 가리키고 지금까지 걸어왔던 임도 방향으로는 아무런 표지가 없었으므로, 표지가 가리키는 방향으로 걸어 내려왔더니 백일마을에 닿았다. 임도가 완성될 때까지 현재의 드림로드는 이쪽으로 하여 백일아침고요산길과 이어지는 것이었다. 북부동 백일마을은 큰백일과 작은백일이 있는데, 오후 3시 2분에 큰백일마을 노인회관(경로당)에 다다라 오늘 트래킹을 마쳤다. 소요시간은 2시간 35분, 도상 거리 8.66km, 총 거리 8.83km, 걸음 수로는 12,912보였다.

거기서 카카오택시를 부르고자 했으나 산골이라 연결이 되지 않았다. 지난주에 탔던 택시에서 집어둔 명함으로 콜택시를 불렀는데, 그것은 북면천주산콜택시의 것이라 거리가 멀다고 하여 이곳까지 오려고 하지 않았다. 주민에게 물었더니 15분쯤 걸어 내려가면 택시가 대기하고 있다고 알려주므로, 그 말에 따라 창원 웅천빙고지 표지판과 동천, 그리고 관정동의 수령 260년 된 느티나무 보호수를 지나 계속 걸어 내려왔더니, 뜻밖에도 웅천 읍내에 도달하였다. 그러나 거기에도 택시 주차장은 보이지 않고, 카카오택시를 부를 수도 없었으므로, 한참 동안 막막해 하다가 마을 주민에게 물어 웅천택시의 번호를 알아내서 간신히 부를 수가 있었다. 웅천읍성을 지나 小西行長이 쌓은 웅천왜성을 바라보면서 웅동 입구에 위치한 3.1독립운동기념비까지 되돌아왔다.

진주로 돌아올 때는 2번국도와 마창대교를 경유하는 국도를 이용하고자 했는데, 출발한 지 얼마 되지 않아 국도 상에 큰 교통사고가 나서 교통정체가 심한 지라, 한참 후 옆길로 빠져나가 다시 2번국도로 접어들었고, 진해 시내를 관통하여 마창대교에 올랐다가, 오후 6시가 못 되어 진주의 집에 도착했다.

21 (일) 맑음 -백두산누리길

아내와 함께 김해시 대동면의 백두산누리길에 다녀왔다. 김해 백두산에 는 2005년 1월 9일 보라매산우회를 따라 東신어산으로 갈 때 원명사로부터 올라와 거쳐 간 적이 있었다. 오전 9시에 진주의 집을 출발하여 남해고속도로를 따라가다가 진영휴게소 부근에서 기장 쪽으로 가는 새로 생긴 고속도로에 올라 긴 신어산 터널을 지난 다음, 69번 지방도로 빠져나와 대동면소재지인 초정리로 향해 10시 30분 무렵 대동초등학교 맞은편의 대동면행정복지센터(면사무소) 주차장에 도착했다. 거기에다 차를 세우고서 대동초등학교 정문 옆으로 난 등산로 초입에 접어들었다. 거기서 백두산 정상까지는 2.2km, 도중의 육형제소나무까지는 1.9km였다.

백두산누리길은 예전에 이리로 왔을 때는 조성되어 있지 않았던 것으로서, 가야의 길 0.9km, 명상의 길 0.6km, 편백의 길 1.5km로 나뉘어져 있고, 등산로가 꽤 넓으며 군데군데 덱이 설치되어져 있었다. 가야의 길 도중에 가야인의 삶, 가락국의 건국신화, 가야의 인물로 나뉜 세 개의 설명문이 붙어있는 쉼터가 있었다. 예전의 출발지점인 원명사는 보물인 묘법연화경을 보관하고 있는 절로서, 거기서부터 올라오면 명상의 길과 편백의 길 접점으로 연결된다. 명상의 길 도중 백두산 정상을 1.4km 남겨둔 지점에 생모의 언니인 이모가 시집 와 살았던 괴정마을까지 0.4km라고 쓰인 갈림길 표지가 있었다.

편백의 길에 접어들어서는 파고라가 있는 체육공원을 지나 육형제소나무가 있는 정골(正谷)마루쉼터에 다다랐다. 거기서 0.6km를 더 올라가면 해발

353.9m인 정상이다. 이 소나무(陸松) 고목은 한 뿌리에서 뻗어 나온 여섯 개의 가지가 의좋게 모이기에 구지봉에 내려진 황금알에서 깨어난 6명의 사내아이가 6가야의 왕이 된 가야의 건국신화를 연상시킨다 하여 육형제 소나무라고 하는데, 2018년에 김해백두산육형제소나무로서 상표등록이 되어 있다. 2019년 제9호 태풍 '타파'로 굵은 가지가 부러졌다고 하나 내 보기에는 별로 이상이 눈에 띄지 않았다.

백두산 정상에서는 주변의 이름난 산들이 모두 바라보이고, 거기에 육모정 정자가 있어 우리 내외는 그 안의 벤치에 걸터앉아 점심을 들었다. 아내가 도시락 반찬을 냉장고에 넣어두고서 깜박 잊고 가져오지 않았으므로, 밥과 국으로만 식사를 하였다. 내려올 때는 반대편 길로 하여 삼각형을 그리며 편백의 길 시작점까지 왔고, 가야의 길 시작점 가까운 곳에서 나 혼자 누리길의 다른 출발지점이기도 한 묘련사 쪽으로 내려가 보기도 하였으나, 마을 끄트머리의 이름도 눈에 띄지 않는 보잘 것 없는 절이었다. 행정복지센터로 돌아와 아내를 다시 만난 시각은 오후 1시 41분으로서, 오늘은 3시간 7분, 도상거리 5.47km, 총 거리 5,7km, 걸음 수로 10,384보였다.

거기서 차를 몰고서 괴정리의 이모 집을 찾아갔다. 아내는 발이 아프다는 핑계로 차 안에 남고, 나 혼자 묻고 물어서 그 마을 대동로747번길 14에 사는 이모의 차남 황영상 형 댁을 찾아갔다. 10년 쯤 전 중국에서 온 이종사촌들을 데리고서 이 집을 방문한 바 있었는데, 당시에는 주변에 블라브집이라고는 형 댁 한 곳 뿐이었으나 이제는 동네가 완전히 달라져 정말 여기가 거기였던지 의심스러울 지경이었다. 대문을 열고 안으로 들어가 출입문을 두드려보아도 인기척이 없으므로 포기하고 돌아올까 했는데, 대문 앞에 나와 서성거리고 있으니 마을 주민 한 사람이 걸어오는지라 여기가 황영상 씨 댁이 맞느냐고 다시 물었더니 자기가 바로 황영상이라는 것이었다.

형을 따라 집안으로 들어가 있으니, 얼마 후 형수도 돌아왔다. 영상 형은 올해 79세인데, 그 형인 규상 형이 부산 서면에 사는 줄은 알고 있으나 서로 연락이 끊어진 지 오래된다고 했다. 이모는 50세에 심혈관질환으로, 이모부는 80세에 당뇨 및 고혈압으로 별세하였고, 슬하에 2남 4녀를 두었는데, 장녀 정순은 김해 상동, 차녀 순복은 김해 평강, 3녀 영자는 산청, 4녀 인자는 서울에 산다고 했다. 형은 2남 1녀를 두었는데, 장남은 경찰로서 진해 용원에, 차남은 군속으로서 서울 육군사관학교에, 딸은 김해에 살고 있다고 한다. 가까운 친척이건만 생모가 별세한 후로 서로 발길이 끊어져 남처럼 지내고 있다. 이모는 내 생모가 별세한 후로도 부산에서 좌판 장사를 하면서 돌아가실 때까지 매년 우리 집에다 농사지은 쌀을 갖다 주셨다. 형도 심혈관질환으로 심장 쪽 혈관 하나에다 스턴트를 박았다고 한다.

돌아올 때는 낙동강에 걸쳐진 대교를 지나 부산광역시 북구 화명동 쪽으로 건너가 남해고속도로에 올랐고, 오후 5시 무렵 진주의 집으로 돌아왔다. 예전에 어릴 때는 방학 때마다 김해의 외가들을 거쳐 괴정에도 자주 들렀었는데, 그 때 이모네가 살던 집은 지금 어느 회사의 창고로 변했고, 영상 형은 약 40년 전부터 현재의 집에 살고 있다 한다. 어릴 때는 논길을 걷고 걸어 머나먼 곳을 찾아왔건만, 지금은 桑田碧海가 되어 그 벽촌 마을에도 공장과 복덕방이 들어서고 금방 고속도로로 연결되게 되었다.

28 (일) 흐리다가 오후에 부슬비 – 거창 의동마을 은행나무길, 의령 한우산 드라이브코스

아내와 함께 거창 의동마을 은행나무길과 의령 한우산 드라이브코스에 다녀왔다. 오전 9시에 집을 출발하여 국도3호선을 따라 산청군 생초면 소재지까지 올라갔고, 거기서 생전 처음 가보는 듯한 낯선 길을 따라 거창군 신원면과 남상면 그리고 거창 읍내를 지나 거창읍 학리에 있는 의동마을로 향했다. 마을 입구의 은행나무길은 양 옆으로 은행나무가 늘어서 있는 길이 약 100m 정도 이어지는 길지 않은 거리인데, 제철이 아니고 잎이 다 떨어져 버린 지라 예상했던 대로 별로 볼 것이 없었다. 아내는 진주 시내 칠암동의 문화예술회관 부근 은행나무 가로수길보다도 못하다고 했다.

거기를 떠난 다음, 다시 거창군 남하면과 합천군 묘산면을 지나 고령 부근에서 33번 국도에 오른 다음, 의령군 대의면에 이르러 4번 및 1037번 지방도를 따라서 예전에 답사 차 여러 번 들렀던 행정리 모의마을을 지나 꼬불꼬불한 산길을 올라 자굴산과 한우산의 경계지점인 쇠목재에 다다랐다. 인터넷 상으로는 한우산 정상으로 오르는 길은 대표적으로 가례면에서 오르는 길과 궁류면에서 오르는 길 2가지가 있다고 소개되어 있지만, 지방도가 통과하는 길은 대의면과 가례면을 연결하는 이 길 하나이며, 궁류면에서 오르는 길은 임도 수준인 듯하다.

쇠목재에서 그곳 산불감시초소 식원에게 물어보니 그는 한우산 드라이브 코스란 말을 내게서 처음 들었다는 것이었다. 평일에는 한우산 정상 부근까지 차량 진입이 가능하지만 주말인 오늘은 차단되어져 있으므로, 그곳 정자에서 점심을 들고서 등산로를 따라 걸어 올라가야 했다. 정상 근처에 도깨비숲이라 하여 한우도령과 응봉낭자 그리고 응봉낭자를 짝사랑하여 그들을 시기하는 도깨비 쇠목이의 설화에 따른 조형물들을 많이 배치해둔 설화원이라고 하는 산 경사면에 조성된 공원이 있고, 寒雨亭이라는 이름의 2층 정자도 있었다. 이 산에는 寒雨의 한글 발음인 찰비골이라는 계곡도 있으며, 봄철에는 진달래와 철쭉의 군락이 볼만하다고 한다. 정상 부근에 패러글라이딩 활공장이 있고, 건너편 능선에 풍력발전기 다섯 대가 설치되어져 있었다.

한우정에서 좀 더 걸어 올라가 해발 836m의 정상까지 다다른 다음, 되돌아오는 길에 아내는 먼저 내려가고 나 혼자서 도깨비마을이라고 하는 조형물 공원을 한 번 둘러보았다. 총 12개의 조형물들이 배치되어 있었다. 오후 3시 18분에 쇠목재로 되돌아왔는데, 오늘도 도중부터 재어 정확하지는 않지만 산길샘에 의하면 소요시간은 1시간 39분, 도상거리 3.67km, 총 거리 3.8km, 걸음 수로는 7,663보였다. 쇠목재에서 가례면 쪽으로 내려와 1037번 지방도를 따라 20번 국도에 다다른 다음, 그 길을 따라서 의령군 칠곡면과 대의면을 가로질러 33번 국도에 접속하였고, 오후 4시 반 무렵 진주의 집에 도착하였다.

3월

7 (일) 흐림 -화전별곡길

아내와 함께 남해바래길 중 제7코스 화전별곡길이자 남파랑길 40코스인 곳을 다녀왔다. 안내 팸플릿에는 삼동면 물건리 방조어부림에서부터 미조면 천하마을까지 총 17km이고, 6시간 30분이 소요되는 것으로 나와 있다. 花田別曲은 自庵 金緣(1488~1534)가 기묘사화로 말미암아 남해로 귀양 와서 13년을 지내는 동안 지은 경기체가이며, 화전은 남해의 별칭이다. '바래'라는 말은 남해 어머니들이 가족의 먹거리 마련을 위해 바닷물이 빠지는 물때에 맞춰 갯벌에 나가 파래나 조개, 미역, 고둥 등 해산물을 손수 채취하는 작업을 일컫는 토속어이다.

시카고의 강성문 씨 내외가 우리 집을 방문했을 때인 2008년 5월 11일에 아내와 함께 넷이서 차를 몰고 남해로 들어와 아내의 제자인 동천보건소장 김향숙 씨의 안내를 받아 이 코스의 중간에 있는 바람흔적미술관이랑 국립남해편백자연휴양림으로 들어왔다가 독일마을로 이동해간 적이 있었는데, 당시에는 승용차를 몰았던지라 독일마을 바로 곁에 있는 줄로 알았지만 오늘 걸어보니 제법 거리가 있었다.

창선도를 거쳐 오전 10시 26분에 독일마을의 주차장에 도착하여, 그 부근 관광안내소에서 팸플릿과 관련 정보를 얻어 출발하였다. 물건리와 독일마을은 과거에 여러 번 방문했던 적이 있기 때문에 건너뛰었다. 오랜만에 와보니 독일마을은 카페 등이 더 많이 들어서 완전히 관광지로 변모해 있었다.

트레킹코스는 잘 다듬어져 있었다. 양떼목장을 거쳐 화천 주변의 웃음별곡·배움별곡 구간을 지났다. 도중 내산저수지에 못 미친 지점의 휴게소 앞 냇물 속에 설치된 네모난 바위들에서 점심을 들었다. 삼동면 봉화리에 2013년부터 2018년까지 실시된 화천 고향의 강 조성사업 준공표지석이 있었는데, 5.3km에 이르는 하천을 정비했으며 곳곳에 천수공원 다섯 곳과 교량 네 개를 설치한 것으로 적혀 있고, 걷는 길도 예쁘게 잘 포장되어 있었다.

내산저수지 주변에 바람흔적미술관과 나비생태공원이 있었다. 그러나 엄중한 코로나 상황인데다 겨울철이라 우리 내외 말고는 이 길을 걷는 사람이 달리 눈에 띄지 않았다. 바람흔적미술관은 입체와 평면의 두 군데로 나뉘어져 있는데, 먼저 입체미술관을 찾아갔더니 유리문이 닫혀 있었다. 되돌아 나오는 길에 꼬불꼬불한 오솔길 가 여기저기에 배치된 조각 작품들을 몇 개 둘러보았다. 그 부근에 진달래도 피어 있었고 동백꽃도 만발해 있었다. 평면미술관과 나비생태공원도 마찬가지로 문을 닫았을 거라 짐작되므로, 바라보기만 하고 들르지 않고서 그냥 지나쳤다.

국립남해편백자연휴양림 구간에 들어서자 이정표가 선혀 눈에 띄지 않았고 산속에 개설된 임도인데다 코스도 상당히 길어, 그 동안 즐겁게 걸어왔던 아내가 불평을 말하기 시작했다. 그러나 도중에 탈출로가 없으므로 계속 나아가는 수밖에 별 도리가 없었다. 휴대폰에 남해바래길 앱을 설치해두고서 그것을 켜둔 채로 걷는지라 다른 길로 들어서면 앱이 경고음을 내어 알려주므로 편리한 점이 있었다.

마침내 편백자연휴양림이 끝나는 지점의 고갯마루에 있는 閑麗亭이라는 이름의 콘크리트로 지은 2층 육모정 전망대에 다다랐다. 거기서 이 코스 화전별곡길의 종점인 천하마을까지는 내리막길로 3.5km였다. 달음질치듯 내리달아 오후 4시 2분에 川下마을에 도착했다. 남해일주도로 상의 버스 주차장이 있는 곳으로서, 송정해수욕장과 상주해수욕장의 사이 지점이었다.

산길샘으로 5시간 36분, 도상거리 17.24km, 총거리 17.53km이며, 만보기의 걸음 수로는 25,306보였다. 그러나 남해바래길 앱으로는 16.4km, 5시간 26분이 소요되었고, 이정표 상으로는 독일마을에서 천하까지 총 13.4km이니, 어느 것이 맞는지 알 수 없다. 나는 처음 독일마을에 남겠다고 하는 아내를 꼬드겨 데리고 왔을 때 아내의 컨디션에 맞춰주겠다고 약속했고, 도중의 이정표를 보고서 아내도 그 정도는 걸을 수 있다고 했는데, 실제로 나아가보니 가슴에 페이스메이커를 단 아내로서는 꽤 무리였던 모양이다. 그러나 도중에 탈출로는 없었던 것이다.

카카오택시를 불러 타고서 물미해안도로를 따라 독일마을 주차장으로 돌아왔고, 거기에 세워둔 우리 승용차를 운전하여 오후 6시가 좀 지난 시각에 귀가했다. 귀가 후 근처 망경동의 YM홈케어에다 전화하여 직원 두 명이 와서 우리 집의 수리할 곳들을 체크해 돌아갔다.

14 (일) 맑음 – 도요생태공원, 테마임도

아내와 함께 김해시 생림면 도요리 낙동강 가의 도요생태공원(도요문화공원)과 작년 7월부터 개방된 생림면 도요리와 상동면 여차리를 잇는 3.72km의 테마임도를 걸었다. 오전 9시에 집을 출발하여 남해고속도로 및 진영에서 기장 쪽으로 빠지는 부산외곽순환도로를 경유하여 10시 40분에 도요생태공원에 도착하였다. 그곳은 낙동강 토사의 퇴적에 의해 자연스럽게 형성된 도요제 안쪽의 빈 터를 공원으로 조성한 것으로서, 지난번에 가본 바 있는 양산시 물금읍에 있는 황산공원과 비슷한 것인데, 그보다도 조금 더 위쪽에 위치해 있다. 테마임도에서 낙동강 건너편에 위치한 양산시 원동면 용당리 쪽에도 이와 비슷한 공원이 바라보였다.

이 친수공원은 꽤 광대한 것으로서, 그 입구의 주차장에다 차를 세운 후 공원을 가로지르는 세 개의 길 중 강 쪽에 가장 가까운 보행로를 한참동안 걸었다. 도처에 쑥을 캐는 사람들이 많았다. 두 번째 길은 낙동강 종주 자전거 길이었고, 세 번째 길은 둑 위에 조성된 것인데, 차가 다닐 수 있을 정도로 넓었다.

도요습지를 거쳐서 공원이 끝나고, 산길이 시작되는 仙露寺 입구의 갈림길에서 아래쪽 길로 접어들었다가 도중에 길이 차단된 것을 보고서 되돌아 나와 다시 위쪽 길로 접어들기도 하였다. 테마임도는 무척산의 강가 기슭을 따라 조성된 것인데, 이쪽에서부터 올라가는 등산로도 있어서 정상까지 6.8km라는 이정표가 눈에 띄었다. 임도는 비포장이 많지만 부분적으로 시멘트 포장된 구간들도 있었다. 산길로 접어드니 여기저기 진달래가 만발해 있고, 강가 쪽으로 설치해둔 나지막한 콘크리트 벽 위에 심어진 개나리꽃도 만발해 있었다.

우리는 도중의 팔각정이 있는 쉼터 아래쪽 전망대의 벤치에 앉아 점심을 들었다. 임도에서 내려다보는 낙동강은 강폭이 넓고 주변의 산들과 어우러진 풍경이 절묘하였다. 테마임도는 산 위로 꼬불꼬불 한참 동안 올라가다가 낙동강 전망대에서부터 내림길로 접어들어 낙동강을 가로지르는 긴 고가도로 아래 평지의 용산교에서 끝나고 있었다. 1994년도에 완성된 30m 길이의 조그만 다리였다. 임도에는 산악자전거를 타고 지나가는 사람들이 많았고, 도중에 태양광 자전거 공기주입기가 설치된 곳도 하나 있었다.

갔던 길을 되돌아와서 오후 3시 39분에 차를 세워둔 주차장에 도착했다. 생태공원을 가로지르는 도중에 크고 작은 글라이더 형 비행기를 띄우는 사람들도 눈에 띄었다. 오늘의 소요시간은 4시간 58분, 도상거리 14.63, 총 거리 14.81km였고, 걸음 수로는 23,020보였다.

아내의 친우인 밀양의 김강희 약사가 김해의 치과에 들렀다가 생태공원으로 와서 우리를 만나기로 했었는데, 그새 아무 연락이 없어 먼저 간다는 문자메시지를 보내두고서 출발한 지 얼마 후에 도착했다는 전화가 걸려왔다. 그들 내외는 김해에서 우리 내외에게 저녁식사를 대접하고 싶다는 것이었지만, 다음 기회로 미루었다. 5시 25분에 귀가하였다.

21 (일) 맑음 - 경호강 자전거길 첫 구간

아내와 함께 지난 1월 21일자 경남일보에 '산청군 〈경호강 100리 자전거길〉 첫 구간 완공'이라는 제목으로 난 기사에 따라 오늘 그것으로 가보았다. 진주시 대평면·수곡면과의 접경인 산청군 단성면 관정리의 대관교에서 단성면 소남리까지 이어지는 5km 구간의 자전거도로·걷기 길로서, 강변 둑방길과 기존의 1049번 지방도를 잇는 길이다.

이즈음 벚꽃 구경을 위해 우리 내외가 매일 통과하고 있는 진주 시내 평거·판문동의 남강변 도로와 진양호 수변길인 1049번 지방도를 경유하여 대관교를 건넌 다음, 도로 가에 있는 어느 큰 건물 앞의 주차장에다 차를 세우고 걸어서 경호강 둑방길로 나아갔다.

길은 둑방 위로 조성되어져 있는데, 자전거도로와 도보길이 구분되어져 있었다. 강가에는 버드나무 종류로 보이는 나무들이 우거져 있고, 둑방에서 반대편으로는 비닐하우스와 아로니아 농원, 잔디 키우는 곳 등이 이어져 있었다. 비닐하우스 안으로 딸기를 거꾸로 늘어뜨려 재배하는 모습도 바라볼 수 있었다. 아마도 수경재배인 모양이다. 벚꽃이 만발한 공터에 경호강 그린캠프라 하여 널따란 야영장도 조성되어져 있었다. 옛날 경상대 철학과 학생들이 행사를 하여 나도 가본 바 있었던 소남 청소년수련원 자리가 아닌가 싶었다.

그 일대의 경호강은 강폭이 넓고 수량도 많았다. 이 강은 진양호까지 흘러가 덕천강과 합류하며, 거기서부터 남강을 이루는 것이다. 둑방길은 얼마 후 끝나고 해뜨는호수라는 펜션이 있는 곳 부근에서 1049번 지방도를 만나 거기서부터는 2차선 도로가에 자전거길 만이 조성되어져 있을 따름이었다. 펜션 근처의 강가에 4각형 나무 정자가 있고, 그 근처에 送客亭遺墟碑記라는 비석이 세워져 있으며, 얼마쯤 더 나아가면 길 건너편에 두 그루의 盤松 사이로 불교신자인 부부의 수목장 표지석도 있었다. 길은 얼마 후 묵곡리 가까운 곳에서 강을 떠나 언덕 위로 올라가는데, 그 언덕 꼭대기에 다다른 지점이 자전거 길의 종점이었다. 산청군으로서는 앞으로 이 길을 더 연장해 나갈 계획인 모양이다.

갔던 길을 되돌아와 정자에서 점심을 들고, 다시 둑방길로 접어들어 오후 1시 14분에 차를 세워둔 곳에 도착하였다. 오전 10시 무렵부터 걷기 시작하였으므로 오늘의 소요시간은 3시간 14분, 도상거리 8.99, 총 거리 9.06km이며, 걸음수로는 14,070보였다. 갔던 길을 경유하여 오후 2시 남짓에 진주의 집에 도착하였다. 몸 안에다 제초제 뿌리듯이 독약을 주입해 넣었으니, 짧은 거리인데도 불구하고 평소보다 조금 힘들었다.

28 (일) 맑음 – 합천영상테마파크, 합천호 백리벚꽃길

아내와 함께 합천영상테마파크와 합천호 백리벚꽃길을 다녀왔다. 평소처럼 오전 9시에 집을 출발하여 33번 국도를 따라 합천으로 나아갔다. 먼저 합천군 용주면 합천호수로 757에 있는 합천영상테마파크에 들렀다. 나는 합천에 청와대의 실물 모형이 있다는 소문을 과거에 몇 차례 들은 바 있었는데, 그것이 바로 이 테마파크 구내에 있음은 며칠 전 백리벚꽃 길 인터넷 탐색을 통해 비로소 알았다.

테마파크는 1920년대에서 80년대를 배경으로 2004년에 건립된 2만2천평(74,629㎡) 규모의 국내 최대 오픈세트장이라고 한다. 입장료는 어른 개인이 5,000원인데, 우리 내외는 65세 이상 경로 우대로 둘이 합하여 4천 원에 입장하였다. 그 표로써 모노레일을 타고 테마파크에서 제법 떨어진 위치에 있는 청와대 세트장까지도 왕복할 수 있었다. 테마파크의 경내에는 일제 강점기의 서울 소공동 거리와 적산가옥 거리, 70년대 종로 거리, 그리고 돈암장·이화장 등 이승만 전 대통령의 주거와 김구 주석의 서울 주거인 경교장 등도 만들어 두었다.

청와대 세트장은 1992년 발간된 청와대 건설지의 내용과 사진을 발췌하여 최대한 실제와 유사한 형태를 갖추고 있는데, 실제 청와대의 68%로 축소 건축하였으며, 건축 면적은 1,925㎡(연면적 2,068㎡), 지상 2층으로 조성되었다. 그 부근에 한국정원, 목재문화체험장, 어린이정원(키즈원) 등 다른 시설물들도 널려 있었다. 우리 내외는 갈 때는 모노레일을 타고 되돌아올 때는 그러한 부설 시설물들을 바라보며 걸어서 내려왔다.

테마파크를 나온 다음, 12번 지방도를 따라서 예전에 자주 지나다녔던 영문정과 합천댐 수문 그리고 합천임란창의기념관 앞을 지나 합천호의 아래쪽 끄트머리인 대병면 소재지까지 내려온 다음 다시 유전리를 거쳐 합천호의 왼쪽 편으로 이어진 1089 지방도 및 59번 국도를 따라 계속 올라가다가 봉산면 봉계리 쯤에서 체육시설 옆에 세워진 사각형 정자를 만나 거기서 점심을 들었다. 봉산면 소재지인 김봉리를 지나, 예전에 답사 차 들른 바 있었던 권빈리에서 합천호의 반대편으로 이어진 1034 지방도에 접근하려고 했는데, 벚꽃 길은 사라지고 자꾸만 산중으로 나아가므로 길을 잘못 든 모양이라고 판단하여 되돌아 나와 권빈리에서 다시 24·26번 국도를 타고서 묘산면 쪽으로 나아갔으나, 그쪽 길도 아니라고 판단하여 1034번 지방도 가에 있는 송림리를 목표로 내비게이션을 다시 설정하였다. 아까 갔다가 되돌아 나왔던 길을 따라 계속 나아가니 마침내 벚꽃 길을 다시 만날 수 있어서, 1034 및 10번 지방도를 따라 계속 아래 방향으로 내려갔다. 도중에 1988년에 수몰된 魯坡里의 주민들이 그 24년 후인 2012년에 그 마을 안산에다 세운 의성김씨 晦窩 金永龜(1884~1968) 修堂 金永善(1894~1970) 양 선생의 송덕비와 望鄉亭 그리고 魯坡望鄉塔을 둘러보았다. 나는 수몰 직전 舊 龍巖 書院이 위치해 있었던 노파리를 방문한 적이 있었다.

합천댐 수문 위를 차로 통과한 후, 다시 대병면 소재지에서 가회면을 지나 삼가면 소재지에 다다른 다음, 33번 국도에 올라 오후 4시 10분 무렵 귀가하였다. 합천 지역은 합천호 백리벚꽃길이 아니더라도 읍내 곳곳이 벚나무 가로수로 이어져 있었는데, 어제 내린 비로 말미암아 이미 떨어져 버린 꽃잎이 많았다. 그리고 합천호의 동쪽 편에도 벚나무 가로수 길이 이어져 있기는 했으나, 상대적으로 아직 어린 나무들이었다. 백리벚꽃길이라고는 하지만 진양호반길과는 달리 벚나무 가로수가 심어져 있지 않는 곳도 제법 있었다.

4월

5 (월) 맑음 - 거제 도장포 및 유채꽃밭

아내와 함께 거제시 남부면 갈곶리에 있는 도장포와 거제시 둔덕면 소재지인 하둔리에 있는 유채꽃밭에 다녀왔다. 오전 9시 무렵 승용차를 몰고서 집을 출발하여 대전통영고속도로와 14번 국도를 거쳐 거제도에 진입한 후, 사등면에서 2번 지방도를 따라 거제면 소재지로 내려갔고, 거기서 1018번 지방도를 만나 동부면의 학동리 바닷가에 이른 후, 다시 14번 국도를 따라 남부면의 갈곶리에 다다랐다.

갈곶리는 거제 해금강이 있는 곳으로서, 근자에는 도장포의 바람의 언덕으로 말미암아 더욱 유명해진 곳이며, 거제도의 대표적인 관광지 중 하나라 할 수 있다. 나는 해금강이나 바람의 언덕을 방문하여 과거에도 몇 번 이곳을 찾은 적이 있었지만, 최근에 경남도의 코로나 '안심 관광지' 16곳 중 하나로서 거제 도장포마을 동백터널 숲이 선정되었으므로, 동백 꽃철이 다 가기 전에 한 번 들러보고자 다시 방문하게 된 것이다.

도장포마을의 좁은 벽화골목을 지나 주차장에다 차를 세우고서, 먼저 별

그대동백나무숲길이라 불리는 곳으로 가보았다. 예전에도 도장포에 들를 때는 이 숲길을 지나간 바 있었지만 그 때는 별로 관심을 두지 않았었는데, 알고 보니 이 동백 숲은 수령 300~400년 된 것이라 한다. 먼저 '세상에서 제일 작은 순례자 교회'라는 곳에 들른 다음, 동백숲길을 따라 두루 걸어보았고, 어느 카페의 옥상으로 올라가 도장포 마을과 건너편 바람의 언덕 일대를 바라보기도 하였다. 동백은 이미 한 불 간 듯하여 길비닥에 떨어진 꽃이 많았지만, 그래도 4월까지는 계속 꽃이 피는 모양이어서 아직도 볼만하였다.

모처럼 건너편의 바람의 언덕으로도 올라가 보았다. 마을 북쪽의 인덕 위에 자리한 이곳은 원래 '띠밭늘'로 불리던 곳인데, 2002년경부터 '바람의 언덕'이라 명명되어 알려졌으며, TV드라마·영화 등이 촬영되었고, 2009년 5월에 인기 예능 프로그램인 '1박2일'이 촬영되었던 곳이기도 하다. 2009년 11월에는 언덕 높은 곳에다 풍차를 한 대 설치하여 볼거리를 제공하고 있다. 바람의 언덕에 오르니 학동만에서 바로 불어 닿는 바람이 세차서 모자가 날아갈 듯하였다.

갈곶리 갈개의 서북쪽에 위치한 도장포는 학동만의 안바다로서 파도가 잔잔하여 대한해협을 지나가는 배들이 쉬어가는 곳이었다고 하는데, 옛날 원나라와 일본 등을 무역하는 도자기 배의 창고가 있었다 하여 도장포라 부르게 되었다는 이야기가 구전으로 내려온다고 한다.

이곳은 유명한 관광지라 음식점도 많았지만, 아내는 이미 점심 도시락을 준비해 온데다가, 코로나 팬데믹 중이라 식당은 위험하다고 하여, 승용차 뒤쪽 의자에서 준비해 온 도시락으로 점심을 들었다.

돌아올 때는 갈 때의 코스를 따라 거제면 소재지까지 되돌아 왔다가, 1018번 지방도를 따라서 거제도의 서쪽 해안선을 따라 둔덕면 소재지까지 나아갔다. 여기까지 온 것은 오늘자 경남일보 7면에 '거제 둔덕면 유채꽃〈활짝〉'이란 표제 하에 사진과 함께 이곳 둔덕농협 인근의 들판에 만개한 유채꽃을 소개하고 있었기 때문이다. 학동리를 지나 갈곶리로 나아가는 14번 국도변의 비탈진 곳에도 제법 넓은 유채 꽃밭이 있어 사람들이 기념촬영을 하고 있었는데, 도착하고 보니 도로를 사이에 두고서 양쪽에다 조성된 이곳

꽃밭은 너무 규모가 작아 실망스러웠다. 여름에는 벼를 재배하지만 봄철에는 황량하게 비어있던 공간에다 유채꽃밭은 조성한 것은 재경향인회 회장을 역임한 김임수 씨가 시립박물관 신축을 위해 지난 2016년 거제시에 기부채납 한 2265㎡(686평)의 토지에다 거제시가 지난해 10월에 유채 꽃씨를 파종함으로서 조성된 것이다.

1018번 지방도를 따라 계속 나아가 신거제대교 부근에서 14번국도 올랐고, 다시 갈 때의 코스를 따라 오후 4시 무렵 귀가하였다.

11 (일) 맑음 - 진해 여좌천, 내수면환경생태공원

아내와 함께 진해의 여좌천과 내수면환경생태공원에 다녀왔다. 오전 9시쯤 집을 출발하여 국도 2호선을 따라가다가, 마창대교를 건너서 구 창원시 경내를 거쳐 진해로 진입하였다. 진해의 서쪽 초입에 위치한 여좌동은 장복터널을 지난 직후부터 시작되는데, 실개천을 경계로 하여 양쪽에 위치해 있었던 餘明里와 左川里가 합해져 余佐洞이 되었다.

여좌천의 원래 이름은 한내이며, 광복 후 大川으로 불리기도 하다가, 2002년 MBC 드라마 '로망스'의 방송 이후부터 여좌천으로 통칭된다고 한다. 남쪽의 충무로에 이르기까지 하천 바닥에다 굵은 자갈들을 깔고 시멘트 처리하여 거의 일직선으로 정비하고 그 양쪽의 보도에다 왕벚나무를 심은 지 꽤 오래되어 나무가 크며, 모두 12개의 다리를 놓았는데, 그 중 세 번째 것이 아치형의 로망스다리이다. 우리는 제1교인 大川橋보다 더 아래쪽인 진해역과 북원로터리 사이에 있는 주차장에다 차를 세우고서, 풍취 있는 여좌천을 아래에서부터 위쪽으로 걸어 올라갔다. 도중에 여좌동 주민의 인문학 작품들을 전시하고 내부에 책들을 비치하였으며, 입구에 징과 꽹가리를 걸어둔 로망스쉼터라고 하는 육모정이 있어 올라가보기도 하였다.

10교인 여명교 부근에서 진해내수면환경생태공원의 정문을 만나 안으로 들어갔다. 현재의 내수면생태공원 일대가 옛 여명리였다 하여 다리에 이런 이름이 붙었다. 나는 와보기 전까지는 내수면(NFRDI)이 지명인가 생각했었는데, 알고 보니 국립수산과학원 첨단양식실증센터(구 내수면양식연구센터)라는 해양수산부 소속의 기관으로서, 1929년 진해양어장으로 출발했던 곳인데, 창원시(구 진해시)와 협약하여 2008년부터 개방하고 있는 것이었다. 아직도 그 부지의 상당부분은 국가연구기관이라 하여 개방하지 않고 있었다. 내부는 널따란 저수지를 중심으로 하여 한 바퀴 두르는데 650m 정도의 거리가 있는 산책로로 이루어져 있고, 저수지 가에는 오래된 왕버들 숲이 있으며, 왕벚나무, 왕대 숲 등도 조성되어져 있어 그 속으로도 짧은 산책로가 나 있었다. 입구 부근에 각종 튤립을 심은 둥그런 꽃밭이 있고, 저수지 안에는 잉어 등 여러 가지 어종이 서식하고 있으며, 길에서 까치 등 조류도 관찰할 수 있었다. 산책로를 두루 걸어보고 저수지 주변을 두 번 두른 후, 도로 여좌천으로 나와 그 북쪽 끄트머리의 12교인 林之橋까지 걸어 올라갔다가 다시 여좌천을 따라서 차를 세워둔 곳으로 되돌아왔다.

승용차 뒷좌석에서 준비해간 도시락으로 점심을 든 후, 갈 때의 코스를 따라 오후 2시 남짓에 귀가하였다.

오후 5시 반쯤에 YM홈케어의 기사 한 명이 와서 우리 집 내부의 수리할 곳들을 점검하여 돌아갔다. 봉곡동 처가의 옥상에서도 물이 흘러내려 집안으로 스며든다고 하므로, 아내가 그 기사를 데리고서 처갓집까지 가서 수리할 곳을 점검하게 한 후 돌아왔다. 지난달 7일에 이번 기사를 포함한 두 명이 와서 우리 집의 수리할 곳들을 점검해 간 바 있었는데, 그 이후 한 달이 넘도록 아무런 조처를 취하지 않고 있다가, 어제 내가 전화를 걸었더니 엉뚱하게도 소요되는 비용을 말한 이후에도 내가 아무런 연락을 해주지 않아 취소한 줄로 알았다고 하면서, 오늘 새롭게 기사를 보내어 다시 점검해 간 것이다.

18 (일) 맑음 -겁외사, 남강둔치산책로

오전 10시경에 미국 조카 창환이가 서울에서 고속버스 편으로 진주에 도착했다. 망경동의 경성식육식당으로 가서 한우등심과 깨죽정식으로 점심을 든 다음, 아내는 집으로 돌아가고 나는 창환이와 둘이서 승용차를 몰아 창환이가 원하는 산청군 단성면 묵곡리의 劫外寺 및 성철스님기념관을 둘러보았고, 이어서 외송리 산장으로 들어가 그곳도 둘러보고서 진주로 돌아왔다. 내소유의 야산에 올라가 두어 해 전에 심어둔 산양삼의 상태도 살펴보았는데, 이제 돋아나고 있는 중이어서 그런지 두어 개 밖에 눈에 띄지 않았다.

아파트 지하차고에다 차를 세워둔 다음, 둘이서 남강변 둔치 길의 산책에 나서 지난번에 아내와 함께 걸었던 코스대로 경남과기대(현재는 경상국립대학교) 구내를 거쳐 희망교까지 갔다가 반대편 둔치 길을 걸어 진주교에서 다시 건너오는 코스로 한 바퀴 둘렀다. 소요 시간은 약 3시간, 총 거리 13.14km, 18,541보였다. 집으로 돌아와 아내가 마련해준 복어 국으로 저녁식사를 들었는데, 한국통인 창환이가 뜻밖에도 복어 국이 무언지를 모르고 있었다.

손님이 오면 늘 그렇게 하듯이 내 방은 창환이에게 내어주고, 나는 회옥이 방에서 잤다.

19 (월) 맑음 - 지리산둘레길 17-1구간

창환이와 함께 지리산둘레길 17-1구간(구례 오미-난동) 18.9km를 다녀왔다.

원래는 아내와 함께 걷고자 했던 것인데, 아내가 너무 길어 두 번으로 나누지 않으면 자기는 참여할 수 없다고 하므로 예정을 바꾼 것이다.

오전 9시 무렵 집을 출발하여 국도 2호선을 따라 하동읍까지 간 후, 다시 섬진강 가의 19번 국도를 따라가며 총 약 1시간 반 동안 승용차를 운전하여 구례 오미리의 운조루 유물전시관까지 올라갔다. 그곳 주차장에다 차를 세웠는데, 전시관은 매주 월요일이 휴관일이라 근처의 국가민속문화재 제8호인 雲鳥樓와 구례군 향토문화유산 9호인 穀田齋만 다시 한 번 둘러보고서 둘레길 코스를 걷기 시작하였다.

처음 한참동안은 토지면 금내리의 섬진강 강둑인 금내제를 따라가는데, 유채꽃이 한창이고 도중에 수달서식지 생태·보전지역도 지나갔다. 오늘 코스의 대부분은 남도이순신길 백의종군로와 겹쳤다. 또한 토지면 용두리에서 향토문화유산(유형) 제3호인 龍湖亭도 지나갔다. 경술국치 후 1917년에 군내의 유림인사 73인이 詩契를 조직하여 건립한 것이라고 한다. 그 일대에서부터 섬진강 지류인 西施川을 만나기까지의 강둑길은 섬진강길이라고 부르는 모양이다.

서시천을 만난 이후부터는 계속 그 강둑길을 따라서 걸어 올라갔다. 한참을 가다보니 지리산둘레길 구례센터 건물이 강둑 건너편으로 바라보이는데, 아마도 우리가 도중에 갈림길 표지를 놓쳐버려 다리를 건너가지 못한 탓에 둘레길 코스를 벗어난 모양이었나. 구례센터는 읍내의 변두리에 있는데, 그쪽 편은 어떤지 몰라도 우리가 가는 길의 도중에서는 식당 같은 것을 하나도 만나지 못했다. 식당은커녕 사람 사는 집도 별로 눈에 띄지 않았다. 창환이가 미국에서 스노보드를 타다가 오른쪽 어깨를 다쳐 현재 그 어깨가 다소 변형되어 있는 상태이므로 그는 배낭을 메지 않았고, 배낭을 짊어진 나도 무게를 줄이기 위해 점심 도시락을 넣어 오지 않았다. 이번 코스는 주로 평지 길이고 구례 읍내도 지나가므로, 도중에 만나는 식당에서 점심을 들고자 했던 것인데, 여의치 않게 되었다.

구례 읍내를 좀 지난 지점에서 돌로 된 긴 징검다리를 건너 다시 건너편 둑의 둘레길 코스에 접어들었다. 넓은 유채밭이 있는 2019년에 조성된 서시천생활환경숲 부근에서 '추억의 국화빵'이라 쓴 포장마차를 하나 만나, 거기서 닭꼬치 두 개와 번데기 및 국화빵 하나로 간단히 요기(11,000원)를 하였고, 아내가 배낭에다 넣어준 참외를 하나 깎아 먹기도 하였다. 오늘 조식을 포식하여 창환이도 별로 식욕이 없다고 하므로 점심은 그것으로 때웠다. 오늘 걸은 서시천변에는 곳곳에 원추리가 심어져 있고, 유채밭도 많았으며, 가로수로는 벚나무 숲이 이어져 있었다.

수령 450년 된 느티나무가 서 있는 연파리의 광의면사무소를 지나니, 광의면 구만리 지내 일대에 지난번 수재로 말미암은 듯 서시천의 범람으로 강둑인 둘레길이 상당 부분 파손된 곳도 있었고, 새 다리 옆의 지금은 수도관이 지나는 옛 다리도 파손되어 아직까지도 끊어져 있었다.

구만마을의 洗心亭 일대에서는 도로를 벗어나 잠시 산속의 오솔길을 걷기도 하였는데, 지금 내부에 먼지가 잔뜩 쌓여 있는 이 정자는 朔寧崔氏 崔尙重이 1589년 문과에 급제하여 한림 벼슬을 거쳤고, 임진왜란 시기에는 권율

장군 휘하에서 종사관으로 활약하기도 하다가, 1602년 司諫의 관직을 버리고서 낙향하여 吟風弄月하며 지내던 곳이라고 한다.

그곳 오솔길에서 다시 참외를 하나 깎아 먹고, 온동마을을 거쳐 오늘의 종착지점인 광의면 온당리 난동 마을에 이르렀다. 마을 뒤 동편에 있는 蘭若寺는 고려 때 건립된 것으로 추정된다 하며, 마을 이름도 그 절에서 연유했다는 설이 있다. 이곳은 예전에 우리 내외가 지리산둘레길 구례 코스 도중에 종점과 시작점으로 삼아 지나간 적이 있어 눈에 익은데, 그 부근에서 당시처럼 광의개인택시 박인규 씨의 전화번호를 발견하고서 그리로 전화를 걸어 오미리의 운조루 유물전시관까지 되돌아왔다.(19,040원) 산길샘에 의하면, 오늘 코스는 오전 9시 50분부터 오후 3시 25분까지 총 5시간 35분, 도상거리 20.40km, 오르내림 포함 총 거리는 21.40km이며, 만보기가 가리키는 걸음 수로는 28,897보였다.

19번 국도를 따라 되돌아오는 도중 하동읍 중앙로 120(하동읍 읍내리 958)에 있는 다슬기와 재첩 전문의 가롱이라는 식당에 들러 재첩초무침과 공기밥 및 콜라로 석식을 들었다.(41,000원)

다시 2번 국도를 경유하여 오후 6시 무렵 귀가하였다. 창환이는 밤 8시 20분 고속버스로 상경하였고, 빠르면 10월경 다시 한국에 나올 것이라고 했다. 창환이 덕분에 승용차 안에서 블루투스로 계속하여 음악 듣는 법을 알게 되었고, 또한 아내와 나의 휴대폰에 QR코드도 설치할 수 있었다. 내가 운전할 때 지금까지 주로 이용해 온 클래식 FM방송은 진주 지역을 벗어날수록 수신 상태가 좋지 않은 경향이 있었는데, 그것은 FM의 경우 거주지 한 군데에 설치된 안테나만을 사용하기 때문이며, 블루투스를 사용할 경우에는 각지의 도로변에 설치된 4G, 5G 등의 안테나를 연속해서 이용하기 때문에 음질이 전혀 떨어지지 않는 것이라고 한다.

25 (일) 맑음 - 삼천포 용두공원, 와룡산

아내와 함께 사천시 삼천포의 龍頭공원과 臥龍山에 다녀왔다. 9시경 진주 집을 출발하여 블루투스로 데이비드 오이스트라크가 연주하는 모차르트의 바이올린협주곡들을 들으며 승용차를 운전했다. 용두공원은 와룡동 일대에 있는데, 튤립 꽃으로 유명하다고 하나 튤립은 아직 피어 있었지만 그다지 큰 규모의 꽃밭은 아니었고, 산책로를 따라서 걷다가 용강저수장 옆에서 와룡산 민재봉으로 올라가는 6.5km의 등산로 입구를 만났고, 널따랗고 잘 정비된 와룡저수지 일대를 한 바퀴 돌았다.

용두공원을 떠난 다음, 거기서 한참 더 올라간 위치에 있는 청룡사를 찾아갔다. 이미 정오 무렵이 되었기 때문에, 그곳 주차장 옆의 정자에서 준비해 간 도시락으로 점심을 들었다. 절 구경을 마친 다음, 아내는 다음 주 차문화대학원에서 있을 발표 준비를 한다면서 거기에 남고 나만 혼자 청룡사 산신각 옆에서부터 시작되는 등산로를 따라 와룡산을 오르기 시작했다. 그쪽 등산로는 가파른데다 대부분이 너덜지대라 오르기가 만만하지 않았다. 기차바위 부근의 능선에 다다른 다음, 674봉을 지나 해발 799m의 민재봉(旻岾峰) 방향으로 나아갔다. 내가 가진 5만분의 1『영진5만지도』책이나 김형수 씨의 등산길 안내서인 『한국555산행기』에는 모두 민재봉을 와룡산의 정상으로 표시해 두고 있는데, 최근에 나온 등산지도나 현지의 표지석에는 거기서 좌측으로 1.6km 떨어진 새섬바위 즉 새섬봉을 801.4m라 표시해 두고 있으니, 현재로서는 새섬봉 쪽을 정상이라고 해야 하겠다. 『한국555산행기』에서는 새섬봉의 높이를 797m로 표시해 두고 있다. 능선 길 일대에는 철쭉꽃이 만발해 있고, 등산객도 제법 많이 만났다.

민재봉과 새섬봉의 중간 지점에 아래쪽 청룡사 방향으로 내려가는 갈림길이 있는데, 웬일인지 그곳에 산불조심 기간 동안인 2020년 11월 1일부터 2021년 5월 15일까지 그 길을 폐쇄한다는 사천시 녹지공원과의 플래카드가 내걸려 있었다. 마침내 정상인 새섬봉에 오르니, 사천만 일대의 바다를 두루 넓게 조망할 수 있었다. 나는 1992년 9월 20일에 민주산악회를 따라 삼천포 와룡산에 한 번 오른 바 있었는데, 그 당시에는 남양동에서 하차하여 남양저수지를 지나 이곳 새섬봉에 오른 다음, 그 지능선을 타고서 북바위를 지나 신벽동 쪽으로 하산한 바 있었다. 정상 일대는 가파른 바위절벽으로 이루어져 있다. 새섬봉 정상석의 옆면에 "먼 옛날 와룡산이 바닷물에 잠겼을 때 이곳에 새 한 마리만 앉을 수 있었다 히여 새섬봉이라 함"이라는 문구가 새겨져 있었다.

민재봉 쪽으로 되돌아오다가 폐쇄된 등산로를 따라 내려가기로 했다. 그렇게 하지 않으면 다시 올라왔던 코스로 먼 길을 되돌아가야 하기 때문이었다. 그 지름길 하산로 도중에서 조금 벗어난 지점의 도암재로 이어지는 코스에 있는 수정굴에 들르기 위해 갈림길의 희미한 오솔길을 따라 나아갔다가 도중에 다시 너덜지대를 만나 되돌아온 바 있었고, 그보다 더 아래쪽의 보다 뚜렷한 갈림길에서 돌탑 세 개가 서 있는 방향으로 나아갔더니 머지않아 사람이 거주했던 흔적이 보이고 그 뒤편에 바위굴 세 개가 있는 것을 마침내 찾아내었다. 어찌 보면 인공으로 판 것이 아닌가 싶기도 했고, 깊이는 각각 서로 달랐다.

갈림길로 도로 돌아와 지그재그로 이어진 여태까지보다는 좀 더 넓은 길을 따라 계속 내려오니 마침내 출발지점인 청룡사의 주차장에 닿았다. 12시 20분부터 16시 53분까지 4시간 32분이 걸렸고, 도상거리는 8.6km, 오르내림 포함 총 거리는 9.35km였으며, 걸음 수로는 14,855보였다.

28 (수) 짙은 미세먼지 - 함양 대봉산휴양밸리

아내의 경상대 간호대학 명예교수 삼총사 모임에 기사로서 따라갔다. 오늘이 삼총사 중 하나인 김은심 교수의 생일이라 지난번 만난 지 반년도 더 된 듯한데 모처럼 다시 모임을 갖게 된 것이다. 오전 9시 10분 무렵 집을 출발하여 망경한보아파트의 김 교수네 집 앞으로 가서 그녀를 태우고, 다시 신안동 현대아파트 입구 근처로 가서 배행자 교수를 태운 다음, 국도 3호선을 따라 함양으로 향했다.

함양군 함양읍 대실길 225에 있는 나무달쉼터라는 예약해둔 식당으로 가서 먼저 점심을 들었다. 上林 부근에 있는 농가형 자연밥상 맛집인데, 여주떡갈비와 산채비빔밥 그리고 파전이 주 메뉴였고, 식후에 아내가 진주 집 부근의 The Slow라는 제과점에 주문하여 만들어온 생일 케이크를 잘랐다.

식당을 나온 다음, 함양대봉산휴양밸리 중 하나인 병곡면 병곡지곡로

331에 있는 대봉스카이랜드로 향했다.

대봉산휴양밸리는 3월 25일에 개장하고 그 중 하나인 대봉캠핑랜드는 4월 1일 예매시스템을 오픈했다고 홈페이지에 나와 있지만, 정식 개장식은 지난 21일 김경수 도지사와 함양군수를 비롯한 내외빈이 참석하여 개최되었으니 불과 한 주 전의 일이다. 광평저수지 위쪽의 주차장에다 차를 세우고서, 나무계단을 걸어 올라가 대봉휴양밸리관 옆에서 15분 간격으로 운행하는 셔틀버스를 타고서 모노레일 하부승강장까지 올라갔다. 국내 최장으로서 대봉산 정상의 상부승강장까지 이어지는 3.93km의 모노레일은 어른 1인당 왕복요금이 12,000원이고 경로우대요금은 8,000원로서 소요시간은 약 65분인데, 인터넷 사전예매제로 되어 있어 예매를 하지 않은 우리는 오후 4시부터 이용이 가능하다는 것이었다. 같은 곳에서 운행하는 대봉짚라인은 5개 코스 총 3.27km로서 자유비행방식 세계 최장이라고 하는데, 이용금액은 46,000원, 소요시간은 약 60분(정상까지 모노레일 탑승시간 32분 포함)이었다.

그 부근의 산약초산책로로 일대를 좀 걷다가 다시 셔틀버스를 타고서 돌아내려와, 승용차를 몰고 大鳳山(옛 掛冠山)의 건너편 골짜기인 병곡면 원산지소길 192에 있는 대봉캠핑랜드로 가보았다. 그곳은 예전에 김은심 교수를 따라 두 번쯤 와본 적이 있었던 식당 '백년전에'가 있는 곳보다 조금 더 위쪽인데, 식당은 지금은 운영하지 않는지 그 입구의 문이 닫혀 있었다. 캠핑랜드는 주로 캠핑장과 숙박시설이 있는 곳으로서, 우리는 차를 몰고 두루 한 바퀴 둘러보았다. 두 골짜기 다 시설 규모가 꽤 컸다.

갔던 길을 따라서 진주로 돌아와 두 교수를 각각 그 자택까지 바래다주고서, 오후 5시가 채 못 되어 귀가하였다.

30 (금) 맑음 - 하동 만수가만든차, 티스토리

아내의 차문화대학원 차가공실습 수업에 기사로서 동참하여 하동군 화개면 용강리 58-3 모암마을(모암길 17)에 있는 茶丁 洪萬壽 씨의 차 공방 만수가만든차로 갔고, 돌아오는 길에는 하동군 화개면 쌍계로 230에 있는 박성연 씨의 카페 Tea story에 들렀다. 오전 9시부터 수업이 시작된다고 8시 40분까지 도착하라 했다 하므로, 진주의 집에서는 7시경에 출발하였다. 국도 2호선을 따라 하동읍까지 간 후, 섬진강변의 19번 국도를 따라서 북상했다. 만수가만든차는 십리벚꽃 길을 따라가다가 쌍계사 입구를 훨씬 지나서 범왕리의 신흥마을 조금 못 미친 지점의 벚꽃길 부근에 있었다.

머지않아 같은 학생인 학교 교장 출신이며 학과 부회장이라는 김명자 여사와 총무이며 진주시내의 인도음식점 아그라 안주인인 정세현 씨, 또 한 사람인 명석에 차밭을 가지고 있으며 차에 관해 고수인 강수애 씨가 도착하였고, 얼마 후에는 같은 학생이기도 한 티스토리의 주인 박 씨가 그 부인과 함께 두어 번 와서 한동안 함께 지내기도 했다. 또한 오후에는 지난번 진주시 수곡면에서의 차 실습 때 만난 바 있었던 경남과기대(현 경상대) 식품과학과 식품가공 전공의 최진상 교수도 도착하였다. 최 교수는 경상대 농대 식품영양학과 출신으로서 나와 동갑인 심기환 교수 제자이며, 네팔에서 5년 동안 차밭을 조성하여 현지인들에게 그 기술을 지도한 사람이기도 하다. 정세현 씨는 일본 京都의 同志社대학과 大阪의 關西대학에 유학하여 10년간 일본에 체류했었다고 하며, 현재 경상대에 시간강사로서 출강하고도 있는데, 나를 알고 또한 내 논문도 읽은 바 있다고 한다.

우리는 먼저 홍만수 씨를 따라서 강 건너편에 있는 만평 정도 된다는 그의 차밭으로 가서 모노레일을 타고 올라가 차 따기 실습을 하였다. 그는 차 만들기 경력이 30년 정도 된다고 하는데, 10년 전에 이곳의 백 년 넘은 야생차밭 만 평 정도를 인수하여 개발한 후, 현재 한 해에 2톤 정도의 차를 생산한다고 한다.

차 따기 실습을 마친 다음, 그의 공방으로 돌아와 殺靑·揉捻·건조·잭살 등 차 만들기의 모든 공정을 배우고, 응접실에서 여러 가지 차도 맛보았다. 아내는 그곳에서 50그램에 10만 원 하는 최고급의 우전 한 통을 사기도 했다. 공방에는 살청·유념·건조 등의 각 공정을 처리하는 기계들도 들여놓았는데, 오늘은 실습이어서 모든 공정을 수공으로 처리하므로 많은 시간이 소요되었다.

점심은 근처의 모암길 737에 있는 모암휴게소 식당에서 닭백숙으로 들었는데, 우리 내외는 집에서 도시락을 준비해 갔으므로, 둘이서 강가의 큰 바위 위에 올라앉아 따로 식사를 하였다. 홍 씨네 공방에는 그의 부인 외에도 작업을 돕는 남녀가 몇 명 있고, 우리가 밭에서 돌아온 후 아낙네 여덟 명 정도가 차밭으로 올라가 차 따기를 하는 모습도 응접실 벽면 하나를 대신한 창문 너머로 바라보였다. 그곳에서 생산되는 차는 밭의 경사가 급한데다가 땅에 돌이 많아 백년암차라고 부르는 모양이다.

저녁 무렵이 되어서야 모든 실습을 마치고서, 오늘 실습에서 만든 차의 절반쯤은 과기대 차문화대학원의 교수들께 갖다드리기로 하고, 각자 네 봉지씩을 나누어 가졌다. 차는 중작인데 세작 맛이 난다고 한다.

돌아오는 길에 쌍계사 못 미친 지점의 화개장터에서 멀지 않은 지점에 있는 카페 티스토리에 들렀다. 3층의 커다란 카페 건물에다 그 옆에는 茶山院이라고 하는 홍 씨의 것보다도 훨씬 크고 현대적인 차 만드는 공방이 갖추어져 있고, 그곳 옆과 뒤편으로는 널따란 다원도 조성되어져 있었다. 주인인 박 씨는 작년에 처녀와 재혼한 모양인데 이곳 토박이라고 하며, 1995년부터 차 관계의 일을 해왔고, 하동군에서 차 관계의 여러 가지 직함을 가졌던 모양이다. 내년 5월 5일부터 하동에서 차 엑스포를 개최한다고 말하기도 했다. 카페 건물은 삼층인데 그 2층에서 그들 내외가 부모님을 모시고 거주하는 모양이다.

티스토리를 나와서는 앞서가는 부회장의 BMW 승용차를 뒤따라 하동읍까지 되돌아왔다가, 거기서부터 우리 내외는 갈 때의 코스를 따라서 밤 8시 무렵 귀가하였다.

5월

9 (일) 맑음 - 강나루생태공원
아내와 함께 함안군 칠서면 이룡리의 낙동강변에 있는 강나루생태공원에 다녀왔다. 오전 9시 무렵 출발하여 2번·5번 국도를 따라가서 10시 반 무렵에 도착했다. 그곳은 예전에 답사 차 한 번 들른 바 있었던 곽재우의 忘憂亭이 있는 곳에서 강 건너편이고, 중부내륙고속도로가 지나가는 창녕낙동대교와 5번 국도가 지나가는 낙동대교의 주변에 위치해 있다. 그 중 왼편 일부에는 강나루오토캠핑장이 위치해 있고, 여기저기에 야구장과 족구장 농구장 등 운동시설도 널려 있으며, 1인용 2인용의 자전거를 대여 받아 타고 돌아다니는 사람들도 눈에 띄었다.

우리 내외는 중간부분의 주차장에다 차를 세운 후, 낙동대교 방향으로 걸어 고가대교 아래를 지나서 오른편 끄트머리인 습지까지 나아갔고, 거기서 습지를 따라 무성한 풀을 헤쳐 가며 드넓은 청보리 밭둑을 걸어 다시 포장된 길과 습지관찰 덱이 있는 곳으로 나아갔다. 강폭이 넓은 낙동강 가에 다다른 후 나루터체험장 일대를 거쳐서 아내는 주차장으로 되돌아가고, 나 혼자 강변의 외부순환로를 계속 걸어 왼쪽 끝인 피크닉광장까지 나아갔다가, 오토캠핑장 부근에 조성된 넓은 꽃밭들을 둘러보며 12시 41분에 주차장으로 되돌아왔다. 소요시간은 2시간 9분, 도상거리 6.92, 총거리 7.27km였으며, 걸음수로는 12,362보였다. 주차장 부근의 나무그늘에서 점심을 든 후, 인터넷에서 보았던 등나무 파고라를 찾아 파크골프장 부근으로 가보았는데, 등꽃은 얼마 전에 이미 다 져버리고 지금은 시든 꽃의 흔적만 남아 있었다.

돌아올 때는 중부내륙고속도로와 남해고속도로를 거쳐서 오후 3시가 채 못 되어 귀가했다.

19 (수) 맑음 −서출동류물길트레킹

아내와 함께 거창의 월성계곡 서출동류 물길 트레킹에 다녀왔다. 원래는 지난 월요일에 회옥이와 함께 갈 예정이었지만, 그 날은 비가 와서 가족이 다 함께 외송에 들어갔고, 내일인 목요일에 가기로 변경하였으나 내일 역시 비가 온다는 일기예보가 있다. 그래서 모처럼 화창하게 갠 오늘 아내와 둘이서 가기로 하고, 회옥이는 근처에 사는 헌정 언니라는 사람과 함께 사천 바닷가로 놀러갔다.

평소처럼 오전 9시 무렵 진주 집을 출발하여 봉곡동 처가에 들러 아내가 장모께 도가니탕을 차려드린 다음, 그 근처 서부시장에서 김밥과 산딸기를 샀다. 3번 국도를 따라 거창군 마리면 소재지까지 올라간 다음, 37번 국도와 37번 지방도를 따라가 11시 23분에 A코스의 출발지점인 거창군 북상면 월성리의 월성숲에 도착하였다.

월성숲은 거창군의 제7경인 모양으로서, 성천이 빚어낸 명소이다. 1997년 산림청에서 산촌개발사업으로 본디 자리한 노송 주변의 하전을 징비하고 팔각정을 세웠으며, 경내에 구한말 을사보호조약 체결에 항거하여 40여 명이 월성서당에 모여 일으킨 月星義擧事蹟碑가 있다. 서출동류물길 트레킹길이란 서쪽에서 발원되어 동쪽으로 흐르는 물길을 일컫는 말로서, 맑고 깨끗한 월성계곡의 물을 따라서 걷는 편도 2.9km의 코스이다. A코스는 월성마을에서 월성숲과 주은자연휴양림을 지나 산수교에 이르는 코스이고, B코스는 그 역코스인데, 나는 인터넷으로 트레킹 지도를 조회해 보고서 B코스는 물길 반대편을 따라 걷는 줄로 알았으나, 막상 돌 징검다리를 건너 종점인 산수교에 도착해보니 반대편에 표시된 검은 색 길은 37번 지방도이고, 서로 다른 트레킹 코스는 같은 길을 출발지점에 따라 달리 부르는 것일 따름이었다.

월성계곡은 남덕유산의 북동쪽에 있는 월성재에서 발원한 성천이 동쪽으로 흘러 경상남도 거창군 북상면 월성리를 곡류하여 농산리에 이르는 계곡으로서, 지명은 계곡의 상류에 위치한 월성마을에서 유래하였으며, 月星은 월성리 마을 남쪽 月峰山의 옛 이름인 月星山에서 유래되었다고도 하고, 달이 마을 앞 城三峰에 비친다 하여 月城이었던 것을 현재의 月星으로 바꿔 부르게 되었다고도 한다.

산수교에서 얼마 동안 37번 지방도를 따라 월성마을 방향으로 걷다가 되돌아와 올 때의 코스로 13시 24분에 월성숲으로 되돌아왔는데, 소요시간은 2시간이고 도상거리 6.7, 총 거리는 7km였으며, 걸음 수로는 12,259보였다. 때마침 비어 있는 月星亭에서 아침에 서부시장에서 사온 음식과 수박으로 점심을 들었다.

아내가 내친 김에 함양의 대봉산 휴양밸리로 다시 가서 지난번에 배행자·

김은심 교수와 함께 갔을 때 타지 못했던 모노레일을 타보자고 하는 것이었다. 아내의 말로는 예약하지 않았어도 예약해두고서 취소한 사람이 나올 수 있고, 지난번에 갔을 때 오후 4시 이후로는 예약하지 않은 사람도 탈 수 있다고 하더라는 것이었다. 나는 회의적인 생각이 들었지만, 결국 그 말에 따라 37번 지방도를 계속 나아가 함양군 서상면 소재지에 다다른 다음, 대전통영·광주대구 고속도로에 올라 대봉스카이랜드의 대봉휴양밸리관까지 올라가보았다. 그러나 역시 부처님오신날 휴일인 오늘은 예약손님이 다 찼고, 취소한 사람이 8명 정도 있었으나 그 자리도 이미 다른 사람에게 배정되었다는 것이었다.

헛걸음 하고서 지방도와 3번 국도를 따라서 되돌아오던 중에 외송 농장에 들러 아내와 둘이서 오후 5시 무렵까지 물앵두를 땄다. 이미 수확시기를 좀 지난 듯하지만, 각자의 버킷에다 제법 따서 절반은 외송에 두고 나머지 절반은 진주의 집으로 가져왔다. 갈 때는 차 안의 블루투스로 유튜브에 접속하여 이츠하크 펄만이 연주하는 바이올린 소품 콘서트 실황을 듣고, 돌아올 때는 파가니니의 바이올린 콘서트들을 들었는데, 내 휴대폰의 데이터가 이미 소진되었어도 아무런 문제가 없었다.

저녁 때 회옥이와 함께 피자를 배달받아서 들고, 다음 주 화요일인 25일 오전 11시 30분에 대봉모노레일 부부 두 사람 분을 예매하였다.

25 (화) 오전 중 부슬비 내린 후 개임 -대봉스카이랜드

아내와 함께 함양군 병곡면 병곡지곡로 331의 대봉스카이랜드에 세 번째로 다시 가서 모노레일을 타고 돌아왔다. 오전 9시에 집을 출발하여 3번 국도를 따라 함양까지 올라갔다. 우리가 인터넷으로 예매해둔 표에는 탑승시간이 11시 30분으로 되어 있고 매표소에서 11시 46분에 타게 될 것이라고 했는데, 실제로는 그보다도 반시간 정도 빠른 11시 14분의 3호기를 탔다. 12시 19분에 정상에 도착했다. 대봉모노레일은 하부승강장에서 대봉산 정상을 잇는 3.93km로서 전국 최대 길이인데, 소요시간은 약65분이다. 계곡의 반대편 능선을 따라서 내려오는 코스도 있으므로 실제로는 그보다도 2배

정도 더 걸리는 셈이다. 이용금액은 어른 1인당 12,000원인데, 우리 내외는 경로우대를 받아 8,000원씩만 지불했다.

大鳳山(1,228m)은 옛 이름이 掛冠山으로서, 예전에 두어 번 올라본 적이 있었던 산인데, 일제강점기 때 벼슬하는 사람이 나오는 걸 막기 위해 산 이름을 고쳤다 하여 2009년 중앙지명위원회의 승인 고시를 거쳐 원래 이름인 대봉산으로 바로잡았다고 한다. 정상의 표지석 뒤편으로는 아직도 등산리본들이 나무에 많이 매달려 있는 것으로 보아 등산객들이 여전히 걸어서도 오르고 있는 모양이었다. 상부승강장이 있는 정상 근처에 새 군데의 전망대가 조성되어져 있었다.

돌아오는 길에 함양읍 대덕리 227-1에 있는 나무달쉼터에 들러 산채비빔밥과 여주떡갈비로 점심(4만 원)을 들었다. 지난번 배행자·김은심 교수와 함께 들렀던 적이 있는 곳이다. 아내가 점심 도시락을 준비해 갔었지만, 이곳에 다시 들러보았다.

돌아오는 길에 외송 산장에 들러 두 시간 정도 제초작업을 계속하다가, 평소 퇴근시간인 오후 5시에 그곳을 떠나 진주로 돌아왔다. 농장에는 앵두가 익어가고 있었다.

30 (일) 맑음 - 김해낙동강레일파크, 함안뚝방길, 악양생태공원

아내와 함께 김해낙동강레일파크와 함안뚝방길 그리고 그 옆의 악양생태공원에 다녀왔다. 김해시 생림면 마사로 473번길 41에 있는 김해낙동강레일파크는 2016년 4월에 개장했다고 하는데, 1km 길이의 낙동강 철교를 중심으로 왕복 3km 구간이다. 운행요금은 2인에 15,000원, 근처에 있는 와인동굴 입장료 경로 1인당 1,500원을 포함하여 18,000원을 지불하고서 지난 26일에 아내가 예매해 두었다. 권상우가 출연하는 2019년도 액션영화 「신의 한 수 귀수편」의 철길 장면을 여기서 촬영했다고 한다.

남해고속도로와 부산 기장 행 고속도로를 경유하여 지난번에 방문한 적이 있는 생림면의 도요리생태공원으로 가는 길을 따라가다가 도중에 그 길을 벗어나서 한참을 더 나아간 다음 마사리의 주차장에 도착했다. 우리는 오전 11시로 예약해 두었기 때문에, 도착하자마자 그보다도 조금 이른 시간에 바로 레일바이크를 탈 수 있었다. 돌아올 때 약간 힘든 구간이 있지만, 그 부분은 레일에 전동장치가 되어 있어 발로 페달을 밟지 않아도 저절로 출발지점 부근까지 도착할 수 있었다. 낙동강 둔치에는 금계국 등의 꽃들이 만발해 있었다.

레일바이크 승강장과 와인동굴 사이에는 과거 경전선 철로를 운행하던 당시의 새마을호 차량 2량을 리모델링한 열차카페가 위치해 있었다.

와인동굴은 김해시 특산물인 산딸기와인을 저장하고 전시 판매하는 곳으로서, 역시 경전선 철로상의 터널을 이용한 것이다. 내부는 예쁜 사진 촬영이 가능하도록 다양하게 꾸며져 있었다. 우리는 와인동굴에서 케이크 두 개를 사서 열차카페로 들어가 새로 산 모카 프라푸치노 및 산딸기 아이스크림과 함께 들었다. 게다가 주차장으로 돌아오면서 길가의 행상 아주머니에게서 산 산딸기 두 박스 중 하나와 준비해 간 도시락의 반찬으로 점심을 때웠다.

시간이 많이 남았으므로, 진주로 돌아오는 길에 함안군 법수면 윤외리 73-4에 있는 악양뚝방길에 들렀다. 목적지에 거의 다 간 무렵 고속도로 상에서 검은색 승용차 한 대가 창문을 열고서 손짓을 하며 갓길에 정차하라는 신호를 보내왔다. 그러나 나는 시속 100km로 차선을 변경하는 바 없이 달려왔고, 다른 차와 시비가 붙을 만한 행위를 한 적이 전혀 없으므로 무시하고서 함안요금소를 빠져나와 법수면 쪽으로 나아갔는데, 그 차가 계속 따라왔으므로 교통신호를 대기하던 중에 창문을 열고서 무슨 일이냐고 물었다. 어린이를 여러 명 태운 중년 남자가 고개를 내밀어 대뜸 욕지거리를 해대는데 무슨 말인지 거의 알아들을 수가 없었다. 아내의 설명에 의하면, 나 때문에 다른 곳으로 빠지려던 자기 차가 방해를 받아 그렇게 하지 못했다면서 경찰서에 가보겠느냐, 블랙박스에 다 기록되어 있다는 식으로 말한다는 것이었다. 나로서는 전혀 그런 기억이 없고, 그 남자도 신호가 바뀌자 곧장 다른 길로 빠져가 버렸으니, 어처구니가 없는 일이었다.

예전에는 함안뚝방길에다 양귀비를 심었던 모양이지만, 지금은 둑길 아래쪽 넓은 평지에다 꽃양귀비를 비롯하여 수레국화, 안개꽃 등으로 거대한 꽃밭을 조성해 놓고서 볼거리를 제공하고 있었다. 이곳은 장상환 교수의 부인 김귀균 씨가 아내에게 카톡으로 다녀온 사실을 알리면서 한 번 가보라고 권유하여 오게 된 것이다.

그 일대는 일요일이라 차량의 정체가 심하여 아내는 포기하고서 바로 집으로 가자는 것이었지만, 어찌어찌하여 함안천 가의 岳陽樓에서 가까운 제2주차장에다 차를 세울 수 있었다. 청보라색 수레국화가 먼저 나타났고, 이어서 엄청나게 넓은 양귀비 꽃밭이 펼쳐졌다. 우리는 강가의 갈대밭 근처 갓길을 따라서 앞으로 나아갔는데, 하늘에는 경비행기가 계속 날아오르고 있었다. 양귀비 꽃밭이 끝난 곳에서부터 비행장과 풀밭 활주로가 이어져 있었는데, 누구든지 비용을 지불하면 경비행기를 탈 수 있는 모양이었다. 그러나 꽃밭에는 관광객이 너무 많아 흥취가 덜했다.

이어서 그 바로 옆 함안천 건너편인 함안군 대산면 서촌리 1418에 있는 악양생태공원으로 이동하였다. 그곳은 주차장이 좁은 관계로 도중 몇 군데에서 경찰이 교통정리를 하여 빠져나온 차량의 숫자만큼 진입을 허락해 주는지라 교통정체가 한층 더 심했다. 갓길의 여유 공간에다 주차한 차량들도 눈에 띄었다.

그쪽은 금계국이 완전 만개하여 장관을 이루고 있고, 수레국화 등 나른 꽃들도 있었다. 강가 언덕의 덱 길을 따라서 절벽을 통과하여 岳陽樓에까지 나아가 보았고, 나 혼자 좀 더 걸어서 덱 길이 끝난 지점의 악양루가든 음식점과 그 앞 도로에까지도 걸어가 보았다. 악양생태공원의 산책로에는 '처녀뱃사공 노을길'이라는 이름이 붙어 있는데, 황정자 씨가 부른 국민애창곡 '처녀뱃사공'은 6.25전쟁으로 부산에 피난 온 작곡가 윤부길(가수 윤항기·윤복희의 부친) 씨가 악단을 이끌고 서울로 돌아가면서 가야장을 거쳐 대산장으로 갈 때 처녀가 배를 저어 건네주는 것을 노래로 만든 것이라고 한다. 현재의 악양루가든이 처녀가 살던 곳으로서, 현 주인의 고모가 된다고 한다. 그 근처 도로변에 처녀뱃사공 노래비가 있고, 악양생태공원에도 기념비가 있다.

악양루는 경상남도 문화재자료 제190호인데, 1875년(철종 5)에 건립되었으며, 지금의 정자는 한국전쟁 뒤에 복원되었다가, 1963년에 고쳐지은 것이라고 한다. 함안천과 남강이 만나는 악양마을 절벽에 위치하여 뛰어난 풍광을 자랑하고 있는데, 중국 洞庭湖의 악양루 경치와 견줄 만하다고 하여 이런 이름이 붙었다. 현재의 현판은 내가 예전에 우봉 형을 따라 부산 자택을 방문한 바 있었던 吳濟峰 씨의 글씨이며, 정자 북쪽에 倚斗軒이라 새겨진 현판도 있는데, '북두칠성에 의지하는 곳'이라는 뜻이다. 정면 3칸, 측면 2칸의 팔작지붕을 한 단층 건물이다.

오후 5시 무렵에 귀가하였다.

6월

6 (일) 맑음 – 밀양 아리랑길 1코스, 얼음골, 연극촌, 위양못

아내와 함께 밀양으로 가 아리랑길 1코스, 얼음골, 연극촌, 위양못 등을 둘러보았다. 오전 8시에 집을 출발하여 남해고속도로와 국도를 이용하여 내 비게이션을 따라서 아내의 진주여중고 동창인 김강희 씨와 그 남편 임수만 씨가 사는 밀양시 삼문동 청구아파트(유성청구타운) 103동을 찾아갔다. 그들 내외는 우리가 도착할 무렵 아파트 입구로 나와 있다가 우리를 409호인 자기네 집으로 안내하였다.

그들의 집은 아리랑길 1코스인 영남루 수변공원길 즉 밀양강 둔치공원의 출발지점인 삼문지구의 송림 바로 옆에 위치해 있었다. 삼문지구는 밀양강이 둘러싸고 있는 섬인데, 과거에는 명소인 송림 외에 별로 이렇다 할 시설물이 없었으나 지금은 신개발지로서 인구 약 11만 명 정도인 밀양의 중심지로 변모해 있었다. 우리 내외는 얼마 전 아리랑길 2·3코스인 금시당길과 추화산성길을 이미 걸었기 때문에, 이제 이 1코스만을 남겨두고 있는 것이다.

그들 내외와 함께 네 명이 조각공원·파크골프장·모형모터경기장·오리배선착장·야외공연장 등을 거쳐 삼문송림까지 되돌아오는 6.2km, 1시간 반에서 2시간 정도 걸리는 코스를 걸었다. 조각공원은 바위에다 세계 각지와 국내의 암각화들을 새겨 놓은 독특한 것이었다.

트레킹을 마친 다음, 그들 내외가 소유하고 있는 5층의 세종빌딩으로 가서 한 번 둘러보았다. 아파트에서 걸어 5분 정도 걸리는 중앙로에 위치해 있는 새 건물인데, 위 4층은 소아청소년과·산부인과·안과·내과·치과 등 각종 병원들이 들어서 있고, 1층에 숙명여대 약학과 출신인 김 여사가 약사 한 병을 데리고서 운영하는 메디팜세종약국과 안경원·휴대폰매장 등이 들어서 있었다. 옥상에서는 화분들에다 블루베리를 재배하고 있어 좀 따먹기도 하였다. 이 건물의 임대료 수입이 월 1500만 원 징도라고 하니, 그들 내외는 약국을 하지 않더라도 여유 있는 생활을 누릴 수 있는 것이다.

한 살 위인 남편 임 씨는 과거에 20년 정도 비료공장(퇴비공장)을 운영하고 있었고, 지금은 건물 관리 일을 하며, 김 약사의 기사 노릇도 하는 모양이다. 그들은 전문중매인의 소개로 만난 모양이다. 하나 있는 아들은 서울에서 고시공부를 해 왔는데, 여러 번 사법고시에 실패하여 지금은 그냥 자기 소유의 서울 오피스텔에서 하는 일없이 지내는 있다고 한다.

세종빌딩을 떠난 다음, 임 씨가 운전하는 독일제 BMW 승용차를 타고서 영남루 부근에 위치한 경상남도 기념물 제270호 密陽官衙址에 들러보았다. 1479년에 지어진 것인데, 1895년에 지방관제가 개편되면서 명칭이 군청으로 바뀌었다가, 1927년 삼문동에 군청이 새로 지어지면서 동사무소 등으로 바뀌었고, 2010년에 옛 관아로서 복원되었다. 이곳에서 예전에 제자인 구자익 군의 결혼식이 있어 와본 적이 있다.

관아를 떠나, 밀양시 용평로5길 184에 있는 숯불갈비전문점 암새들로 가서 점심을 들었다. 창선마을 동남쪽에 있는 들로서 밀양강이 원을 그리며 흘러 옛날에는 크고 작은 沼가 많이 있어서 암소원이라고 하였던 곳인데, 사라호 태풍 때 홍수로 말미암아 완전히 소가 다 묻혀버리고 현재는 약간의 형태만 남아 있을 뿐이라고 한다. 세월이 지나는 동안 암쇠들로 부르다 암새들로 바뀐 것이다. 꽤 이름 있는 식당인 모양이다. 그곳에서 소불고기와 된장찌개로 점심을 들고서 얼음골로 떠났다.

시례호박소(詩禮臼淵) 부근에 있는 하부승강장에서 2014년 11월 1일 경상대학교 인문대 교수친목회의 가을야유회에 참가하여 한 번 탄 적이 있는 1.8km 국내최장이라고 하는 왕복식의 영남알프스 얼음골케이블카를 타고서 표고차 680m인 해발 1,020m의 상부승강장까지 올라갔다. 거기서 하늘정원이라고 하는 능선 일대를 좀 걸어, 산꼭대기 전망대에서 영남알프스의 명산들을 조망하였다. 2001년 12월 23일에 아내와 함께 가람뫼산악회를 따라 능동산에서부터 표충사에 이르는 이곳 능선을 걸었을 때 도중의 사자평억새밭에서 샘물상회라는 간식 점포에 들른 바 있었는데, 지금은 같은 이름의 샘물산장이라고 하는 곳이 이곳 하늘정원 꼭대기 부근에 위치해 있는 모양이다.

하부승강장으로 다시 내려온 후, 그보다 조금 아래쪽에 있는 남명리의 천연기념물 제274호 얼음골에 들렀다. 지금은 관람요금으로서 성인 1인당 1000원씩을 받고 있었다. 이곳도 2013년 10월 6일에 망경산악회를 따라와, 이 일대의 최고봉인 천황산(1189m, 지금은 재약산 사자봉이라고 부른다)에 올랐을 때 지나간 바 있었는데, 당시에 보물로 지정된 석조불상이 안치되어 있었던 天皇寺 大光明殿에 다시 들러보았으나, 지금은 석상이 사라지고 그 대신 실내에는 목각탱 두 판이 들어서 있었다. 산 95-2에 있는 結氷地까지 올라가보았으나, 그 일대의 오르막길이 냉장고처럼 서늘할 뿐 결빙지에서 얼음은 보지 못하였고, 당시 함께 둘러보았던 가마불폭포 방향의 등산로는 다량의 낙석이 발생하여 현재는 통행금지로 되어 있었다.

얼음골을 떠난 다음, 밀양시 부북면 가산리(창밀로 3097-16)에 있는 연극촌에 가보았다. 이곳에 상주하고 있었던 연희단 거리패의 단장인 연출가 이윤택 씨의 성추문 사건이 세상에 드러난 후, 현재는 이름이 밀양연극촌에서 밀양아리나로 바뀌어져 있었다. 그 일대에 연꽃단지가 있고, 연극촌에는 가장 높은 건물인 성벽극장 등 다섯 개의 공연장이 있는데, 우리가 갔을 때는 그 중 스튜디오극장1에서 오브제 연극놀이극 「네모 안의 나」라는 공연이 진행되고 있었으며, 얼마 후 공연이 끝나 배우와 관객들이 밖으로 나와서 기념촬영을 하였다. 밀양 출신의 유명 연극인 손숙 씨의 영향력으로 밀양시에서 크게 지원하여 1999년 이곳 구 월산초등학교 자리에 연극촌이 들어서게 된 것인데, 성추문 사건 이후 지금은 경산에 있는 대경대학교에서 위탁관리를 하며 상주하는 사람은 없다고 한다.

부북면까지 온 김에 그 부근인 위양리 296에 위치한 경상남도 문화재자료 제167호 위양못에도 들러보았다. 이곳에도 2010년 9월 29일에 경상대학부생들의 추계답사에 인솔교수로서 따라와 밀양 출신인 구자익 군의 안내로 와본 적이 있었다. 신라시대에 만든 저수지로서, 매년 5월이면 못 가운데에 있는 정자와 활짝 핀 이팝나무로 절경을 이루는 곳이다. 당시 우리가 왔을 때 정자인 宛在亭은 상시 개방하는 것이 아니었는데, 지금은 이 일대가 시민공원으로서 완전히 개방되어 있고, 이팝나무 숲은 2016년 '제16회 아름다운 숲 전국대회'에서 공존상(우수상)을 수상하였다고 한다. 이팝나무·왕버들·팽나무 등으로 이루어진 숲의 면적은 약 5,000㎡(位良池 62,700㎡)이고, 완재정은 안동권씨 입향조인 鶴山 權三變(1577-1645)이 놀던 곳으로서, 250년이 지난 뒤인 고종 37년(1900)에 후손들이 건립하였다고 한다. 그는 임진왜란 때 산청 단성에서 왜적에게 포로로 잡혀 일본으로 끌려갔다가, 선조 37년(1604)에 조국의 사신을 따라 귀국하여 이곳에다 터를 잡고 거주하였다.

밀양시내로 돌아와 영남루 부근 농협중앙회 옆에 있는 석정면옥에서 냉면으로 석식을 들었고, 청구아파트로 돌아가 김강희 씨 내외와 작별하였다. 출발할 무렵 내 차의 내비게이션이 업데이트를 묻는 바람에 엉겁결에 승낙 버튼을 눌러버렸으므로, 한참동안 내비게이션을 이용할 수 없어 임 씨가 자기 승용차로 선도하여 귀로의 도중까지 바래다주었고, 그러는 중에 마침내 업데이트가 완료되어 밤 9시경에 귀가하였다.

13 (일) 흐림 –남해바래길 10코스 앵강다숲길

아내와 함께 남해바래길 10코스(남파랑길 42코스) 앵강다숲길에 다녀왔다. 남해군 삼동면에 사는 아내의 제자 김향숙 보건소장이 지난번에 카톡에다 올린 코스를 걸어본 것이다. 오전 9시에 집을 출발하여 사천시 삼천포 및 남해군에 속한 창선도를 경유하여 오전 10시 20분에 남해군 이동면에 있는 원천항에 도착하였다. '바래'라는 말은 남해 어머니들이 가족의 먹거리 마련을 위해 바닷물이 빠지는 물때에 맞춰 갯벌에 나가 파래나 조개, 미역, 고동 등 해산물을 손수 채취하는 작업을 일컫는 토속어이다. '남해바래길'은 총 231km로 본선 16개 코스와 지선 3개 코스로 구성되었는데, 그 중 본선 11개 코스가 남해안 선체를 잇는 '남파랑길' 90개 코스 중 36~46코스와 노선이 일치된다. 우리 내외는 지난번에 걸었던 바래길 7코스 화전별곡길(남파랑길 40코스)에 이어 두 번째로 바래길을 걸어보게 된 것이다.

원천항에 있는 원천횟집 부근 주차장에다 승용차를 세우고서, 앵강만을 끼고 북쪽을 향해 걷기 시작하였다. 금평 마을을 거쳐 앵강만의 북쪽 끄트머리인 신전 숲 안에 있는 남해바래길 탐방안내센터에 들러 지도 팸플릿을 하나 얻었고, 거기서 바래길 앱의 사용법을 가르쳐 받아 다시 출발하였다. 화개마을에 이르니 수령 약 589년 된 느티나무 보호수가 있고, 거기서 남해군 해안순환도로를 만난 지점인 이동면 남서대로 195에 있는 난향이라는 식당에 들러 황태해장국과 황태칼국수로 점심을 들었다. 배낭에다 도시락을 넣어 왔지만, 그것이 소용없게 된 것이다.

화계에서부터 차도를 피해 바래길은 산속으로 한참동안 이어졌는데, 드디어 평탄한 산중턱 길을 만나 편백 숲을 지나 미국마을에 이르렀다.

트래킹 코스는 미국마을을 관통하지 않고 그 주변을 에둘러 두곡·월포해변에까지 이어졌고, 해수욕장이지만 사람들이 별로 없는 그 해변을 거쳐 虹峴해라우지마을에 다다랐다. 해라우지란 2006년에 녹색체험·휴양마을로 지정되면서 지어진 고유명사라고 한다. 이 마을이 거의 끝나가는 지점에 원시어로시설인 石防簾(독살)이 눈에 띄었다.

다시 제법 높은 지대로 올라가 넓은 앵강만과 그것이 끝난 지점에서 시작되는 대양을 바라보면서 산중턱 길을 한참동안 나아갔는데, 종점인 남면의 가천다랭이마을에 다다르기 전 2.5km는 가파른 절벽 위로 어두컴컴한 숲길이 계속되었다. 오후 5시 15분에 다랭이마을의 유명한 암수바위 위쪽에 있는 카페에 들러 오늘 트래킹을 마쳤다. 소요시간은 6시간 54분, 도상거리 20.12km, 오르내림을 포함한 총 거리는 20.8km였고, 걸음 수로는 30,031

보였다. 정원에 아름다운 꽃들을 많은 카페에서 망고스무디로 더위와 갈증을 해소하였다.

남해를 대표하는 관광지 중 하나이기도 한 그 마을의 제1주차장에서 남면의 택시를 불러 타고서 출발지점인 원천항으로 되돌아갔다. 갈 때의 코스를 따라서 밤 8시 무렵에 귀가하였다. 도중에 창선면의 노점에 들러 망고와 체리를 구입하기도 하였다.

18 (금) 흐림 - 이성자미술관, 금호지생태공원

오후 5시에 혁신도시인 진주 충무공동에 있는 진주시립이성자미술관에서 진주여중 동창들인 아내와 조정순 여사, 그리고 장상환 교수의 부인인 김귀균 씨가 모여 진주 출신인 乃古 朴生光 화백(1904~1985)의 진주 지역 개인들이 소장하고 있는 작품 총 60여 점을 전시하는 '진주에 묻다 展'을 관람한다고 하므로, 나도 기사로서 동참하고 친우인 장상환 교수도 참석했으며, 조정순 씨의 친언니라고 하는 금산에 사는 분도 왔다. 오후 3시 반에 외송을 출발하여 내비게이션에 따라 약속시간에서 반시간쯤 전에 처음 가보는 이성자미술관에 도착했다. 얼마 후 장 교수 내외가 왔고, 한참 후에 조 여사 자매도 도착했는데, 코로나 사태로 말미암아 4인 이상의 입장은 안 된다고 하므로, 조 여사 자매는 미리 관람하고서 석식 장소인 금산면 중천리 44-11 공군부대 후문 쪽에 있는 금촌생고기로 먼저 이동하였다.

네 명이 함께 젊은 여성 학예사의 인도에 따라 2층 전시실에서 박생광 전을 관람하였는데, 동양화와 서양화의 기법을 절충한 듯한 독특한 화풍에 깊은 인상을 받았다. 박생광 화백은 京都시립회화전문학교를 졸업하고서 해방 직전까지 20여 년간 일본 京都에 머물렀는데, 귀국한 후 고향인 진주에서 그 부인이 경영했던 청동다방 자리에 현재 조정순 씨 남편이 경영하는 성형외과 병원이 들어서 있으며, 또한 그 부근에 김귀균 씨네 댁이 있었다고 한다. 주유소를 경영하여 금전적 여유가 있었던 김귀균 씨 부친은 박 화백의 후원자로서 매일처럼 그 다방에 드나들었고, 그리하여 지금도 김귀균 씨 댁에 박 화백의 병풍 한 점과 단품 회화 두 점이 소장되어 있다고 한다. 박 화백은 진주 개천예술제의 전신인 영남예술제의 주창자 중 한 명이기도 하다. 관람을 마친 후 1층에서 이성자 화백의 그림 및 그녀에 관한 자료전시실과 그녀의 작품을 가지고서 구성한 LED디스플레이 '우주를 향한 끝없는 여정'을 둘러보았으며, 진주시립이성자미술관이 2020년에 발간한 李聖子 작품 圖錄『2009~2020 소장품』을 한 권 샀다.

관람을 모두 마친 후 금촌생고기로 이동하여 갈치조림정식으로 석식을 들었고, 장 교수 내외와 우리 내외는 함께 금호지생태공원 일대를 산책하며 그 구내에 있는 Angel-in-Us 카페에 들러 공원처럼 꾸민 카페의 뒷산에서 커피와 차를 들며 대화를 나누기도 했다. 장 교수가 진주지역 인터넷신문「단디뉴스」의 편집장이 되어 있다고 하므로, 나도 그 후원금 조로 구독료 월 1만 원씩을 내기로 약속하였다. 오늘 저녁은 김귀균 씨가 샀는데, 그녀는 근자에 폐암 수술을 받은 후 먹는 음식물이 매우 제한되어 있으므로, 저번에도 그녀의 제의에 따라 한 번 모였던 금촌생고기에서 같은 메뉴인 갈치조림으로 석식을 들었으며, 차는 내가 샀다. 장 교수와 나는 그곳 연못가에 원래의 위치를 옮겨 세워져 있는 퇴계의「過靑谷寺」詩碑를 둘러보기도 하였는데, 지난번에 제자인 새금산교회의 정병표 목사로부터 들었던 바와 달리 시비 자체는 손상되지 않았으며, 일부가 부러져 손상된 것은 그 옆에 따로 세워진 '退溪李公琴湖臺遺蹟碑'임을 확인하였다. 밤 9시 반 무렵 귀가하였다.

20 (일) 맑음 - 남강습지생태원, 약수암 가는 길, 김시민장군둘레길 1코스

아내와 함께 진주시 판문동의 남강습지생태원 및 그 부근 남강 건너편인 내동면 독산리의 약수암 가는 길, 그리고 문산읍 부근 혁신도시인 충무공동의 김시민장군둘레길 1코스를 다녀왔다.

오전 9시에 집을 출발하여 엠코아파트 부근 평거1교 근처의 갓길에다 차를 세운 후 남강 둔치의 수변공원 쪽으로 걸어갔다. 습지생태원은 그곳에다 산책로와 자전거 길을 마련해 둔 것인데, 주변에 아무런 소음이 없어 아주 고요하였다. 군데군데 돌 징검다리가 놓여 있기도 하였다. 엠코아파트에서 종착 지점인 어린이교통공원까지는 남자의 경우 편도에 36분, 보행수로는

4,637보가 걸린다는데, 우리는 왕복하였으니 그 배 정도를 걸은 셈이다.

주차해 둔 곳으로 되돌아온 후 다시 차를 몰아 희망교 건너편에다 주차한 다음, 七峰山 藥水庵까지 1km 정도 되는 남강변 길을 걸어갔다가 다시 돌아 왔다. 망경로 31-182에 위치한 약수암의 뜰에 세워진 창건주 鄭奉郁의 사적 비에 의하면, 이 절은 1914년에 세워진 것이었다. 예전 1995년 4월 5일 식 목일에 망경산악회 회원들과 함께 망진산에서 무궁화 식목 행사를 한 다음 남강댐에 이르기까지 이곳 칠봉산 일대를 답파한 바 있었다. 산길샘으로 재 보니 약수암까지 왕복하는 데는 1시간 10분이 소요되고, 도싱거리 3.97km, 오르내림 포함 총 거리는 4.4km였으며, 만보기의 걸음 수로는 5,884보였다. 남강습지생태원과 약수암 가는 길에 대해서는 모두 엠코아파 트에 사는 아내의 진주여중 동창 조정순 씨로부터 들은 것인데, 후자는 예전 에 혼자서 그 강변길이 끝나는 지점까지 걸어갔다가 되돌아온 바 있었다.

다시 차를 몰고서 며칠 전 이성자미술관 갈 때의 코스를 따라 혁신도시의 충무공동 행정복지센터에 다다라 그 주차장에다 차를 세운 후, 그 부근 충무 공동 281-3의 1층에 있는 순남시래기라는 식당에 들러 시래기꼬막정식과 도토리해물파전으로 점심(35,000원)을 들었다. 그런 다음 행정복지센터 뒤 편의 하얀울공원으로 다시 가서 김시민장군둘레길 1코스 6.4km를 걸었다. 진주혁신도시는 2007년부터 2015년까지 개발된 것으로서, 사업면적은 4,093천㎡, 그 중 LH구간은 2,015천㎡인데, 충무공동이란 명칭도 임진왜 란 때 진주성 1차 전투를 승리로 이끈 김시민 장군의 시호를 취한 것이다. 둘 레길은 세 개의 코스가 있는데, 2코스는 7.4km, 3코스는 9.7km로서, 오늘 은 그 중 가장 짧은 코스를 택한 것이다. 영천강을 따라 걷는 일부 구간을 제 외하고서 오늘 걸은 코스의 대부분은 1·2·3코스에 공통되는 길이었다. 영 천강 가의 물빛여울공원에서는 진주시립이성자미술관도 지나쳤다.

트레킹을 마친 후, 진주성 근처에 있는 삼성서비스센터 1층의 삼성디지털 플라자에 들러 실내에어컨에 대해 알아보았다. 내일까지 사흘간의 세일 기 간 중에 벽걸이 에어컨 하나 가격을 47만 원으로 할인판매 한다고 하므로, 그 기간 중에 두 개를 사서 하나는 아내 방에 다른 하나는 회옥이 방에 설치할 생각이었던 것이다. 나는 거실과 내 방에 이미 에어컨이 설치되어 있고, 좁은 다용도실 안에 그 에어컨 팬 두 대가 이미 설치되어 있으므로, 더 이상의 팬을 설치하는 것은 무리라고 말했으나 아내의 말로는 관리사무실에다 물어보니 우리 아파트 안의 다른 집들은 이미 모두 방방이 에어컨을 설치했다고 한다 하므로 마지못해 동의했던 것이었다. 그러나 그 매점의 직원이 하는 말로는, 이미 두 대의 팬이 설치되어 있으면 벽걸이 에어컨을 더 이상 설치할 수 없고, 방법은 벽걸이 대신 천정에다 설치하는 시스템에어컨으로 교체하고서 세 방의 팬을 하나로 통합하는 수밖에 없는데, 그 상품 가격만 하더라도 이미 550만 원 정도이며 설치비 50만 원 정도가 추가로 든다는 것이었다. 이에 다시 좀 생각해 보겠다고 말하고서, 오후 3시 반쯤에 귀가하였다.

27 (일) 맑음 - 그레이스정원, 만화방초, 메종드안

아내와 함께 경남 고성군 상리면 삼상로 1312-71(동산리 797-1)에 있는 수국정원 그레이스정원과 고성군 거류면 은황길 82-91(은월리 17-7)에 있는 같은 수국정원 만화방초에 다녀왔고, 돌아오는 길에 사천시 정동면 사천강1길 37에 있는 홍차전문점 메종드안(Maison de An)에 들렀다.

오전 9시에 진주의 집을 출발하여 3번 국도를 따라가다가 사남농공단지 부근에서 지방도로 접어들어 생전 처음 가보는 듯한 1001·1016번 지방도를 네비게이션에 의지하여 따라가 예전에 헬렌의 정원에 가느라고 들렀던 적이 있는 상리면의 척번정리를 통과하여 마침내 첫 번째 목적지인 그레이스정원에 도착하였다. 이 두 수국정원은 장상환 교수의 부인 김귀균 씨가 소개하여 엊그제 같은 진주여중 동문인 조정순 씨가 그 언니와 함께 다녀왔고, 오늘 일요일에 우리 내외가 가보게 된 것이다. 메종드안은 아내의 차도대학원 동기회장이 소개한 곳이라고 한다. 모두 여성 취향의 장소였다.

그레이스정원은 어떤 기독교 신자가 15년 동안 16만 평 규모의 척박한 토지에 30만 주가 넘는 수국과 편백 등 다양한 종류의 나무들을 심고 가꾸어 작년 6월 25일에 문을 열었다고 하니, 오픈한 지 1년 밖에 되지 않은 것이다. 그럼에도 불구하고 소문이 자자한 지 승용차를 몰고서 찾아온 사람들이 꽉 꽉 들어차 차들이 도로가에까지 길게 주차해 있었다. 우리 내외는 다행히도 한참을 대기한 끝에 간신히 입장할 수 있었다. 경내에는 카페를 겸한 본관 건물과 교회 및 도서관 건물이 있고, 연못과 분수도 있으며 널따란 잔디광장에 야외공연장과 야외카페도 갖추어져 있었다. 어른 입장료는 5000원인데 우리 내외는 경로우대로 1인당 4000원씩만 지불하였다.

그곳을 나온 다음, 33번 국도를 따라 한참을 더 나아가 지난번 거류산둘레 길 트레킹 때 경유한 코스를 따라서 거류산으로부터 그다지 멀지 않은 곳에 위치한 다음 목적지 萬花芳草에 다다랐다. 이곳은 1997년 정종소 대표가 수국을 심기 시작하여 형성된 농원인데, 6월 12일부터 7월 11일까지 제4회 고성 만화방초 수국축제가 열리는 기간 중이었다. 먼저 주차장 부근의 바람이 시원하게 불어오는 숲가에서 준비해 간 도시락으로 점심을 들었다. 이곳은 정원 위쪽에 벽암사라는 절이 위치해 있어, 우리가 도착했을 때부터 떠날 때까지 목탁 소리와 더불어 녹음해 둔 것인 듯한 찬불가 소리가 스피커를 통해 계속 들려오고 있었다. 그레이스정원보다는 규모가 좀 작아 보이고 덜 다듬어졌으며, 심겨진 꽃들도 수국 일색이 아니라 다른 종류도 더러 눈에 띄는데, 흰 칠면조나 토끼, 개 등 동물들도 심심찮게 있었다. 입장료도 어른 3000원 어린이 2000원으로서 좀 쌌다.

33번 국도를 따라 돌아오는 길에 사천시 변두리 지역의 메종드안에 들렀는데, 그곳은 예전에 명상 모임 참가 차 경주에 갔을 때 들른 바 있었던 경주시 교외 지역의 홍차전문점 애비뉴와 비슷한 분위기로서, 실내에 여러 가지 수입산 차도구와 액세서리들을 비치해 두고 있었다. 우리는 거기서 홍차와 더불어 망고 및 녹차 아이스크림 그리고 케이크 한 조각을 들었는데, 우리 상에 올라온 찻잔과 주전자는 영국제였다.

오후 5시 반 무렵에 귀가하였다.

7월

2 (금) 맑음 - 하동편백자연휴양림

아내와 함께 하동군 옥종면 돌고지로 1088-51(위태리 산279-2)에 있는 하동편백자연휴양림에 다녀왔다. 작년 4월 5일에 지리산둘레길 이 근처 구간의 트레킹을 마치고서 콜택시를 불러 타고서 우리 차를 세워둔 산청군 시천면 덕산으로 돌아가던 도중 택시 기사 안찬주 씨가 제일교포가 일군 숲인데 멋지니 한 번 가보라고 하는 말을 들었었는데, 경남도에서 추천한 금년도 휴가철 비대면 안심 관광지 18선에 들어 가보게 되었다. 원래는 일요일에 갈 예정이었는데, 내일부터 장마가 시작된다 하여 날짜를 이틀 앞당기게 되었다.

국도3호선을 따라 올라가다가 산청군의 겹외사를 지나 20번 국도를 타고서 덕산 방향으로 가는 도중 단성면 창촌리 칠정마을에서 1005번 지방도를 따라 내려와 1014번 지방도로 접어들어 하동군 옥종면 위태리에 다다른 것이다. 이곳은 하동군에서 태어나 생애의 대부분을 일본에서 보낸 金龍智(1928~2019, 호 龍龍)라는 사람이 6.25전쟁으로 벌거숭이로 변한 한국의 산야를 보고서 1970년 초부터 일본에서 편백나무 묘목을 한 해에 1만주씩 가져와 이 일원의 산에다 조림을 시작하여, 일평생 편백나무 80만㎡를 심고 가꾸어 오던 중, 이 중 30만㎡의 편백림을 하동군에 무상으로 기부 채납하여 국민 누구나 찾아와서 휴양할 수 있도록 한 것이다. 지금은 그 아들인 김동광 씨가 아버지의 뜻을 이어받아 이곳에 거주하며 숲을 가꿔오고 있다.

숲길과 산책로는 1코스 상상의길(2.7km), 2코스 마음소리길(1.5km), 3코스 힐링길(1.7km)로 나뉘어져 총 5.9km이다. 우리 내외는 주차장에다 차를 세운 후 임도를 따라 걸어올라가 현재 김동광 씨가 살고 있는 집 옆을 지나 숲속의 집(A타입)을 거친 후 3코스로 접어들어 다시 숲속의 집(B타입)을 지났다. 숲길을 따라서 이 산의 정상까지 오른 후, 내리막길을 한참 걸어와 다시 임도를 만났고, 휴양림의 후문 부근에서 2코스로 접어들었다가 도중에 아내의 의견에 따라 편백칩길로 나아가 1코스에 다다른 다음, 편백숲길을 따라서 주차장 방향으로 내려왔다. 길은 도중에 숲이 사라지고 햇볕이 내려쬐는 산길로 변하여 팔각정 부근을 지나서 주차장으로 이어졌다.

주차장에 다다른 다음, 그 바로 아래편에 위치한 방문자안내소에 들러 독립가 김용지 기념관에 들어가 보았다. 기념관에서는 전시실 안의 TV에서 KBS1 채널의 힐링 다큐 「나무야 나무야」 1부 '아버지의 숲'을 계속해서 방영하고 있었는데, 김동광 씨가 출연하고 있었다. 나는 이 프로는 아니지만, 그가 출연하는 다른 TV프로를 인상 깊게 시청한 적이 있었다. 그 아래쪽 도로가의 숲 그늘에서 아내가 아침에 처가 부근 서부시장에 들러 사온 김밥으로 늦은 점심을 들었다.

9 (금) 흐리고 때때로 비 오다가 오후는 대체로 개임 – 강원도 힐링 트레킹

오늘 밤 11시에 신안동 운동장 1문 앞에 집합하여, 아내와 더불어 '더조은 사람들과 함께 하는 강원도 힐링 트레킹'을 떠나게 된다.

10 (토) 대체로 흐리고 오후 한 때 소나기 – 아침가리골, 대관령소나무숲, 삼양목장, 정동진

우리 일행은 허종태 기사가 운전하는 수양우등관광의 대형 버스 한 대와 중형 차 한 대로 출발했다. 남해 및 중앙고속도로를 경유했는데, 함안휴게소 등에 정거하여 참가자를 더 태워 총 34명이 되었다. 11명 한 팀이 있고, 여성 4인 한 팀도 있었다. 새벽 5시 무렵 인제군 기린면 방동리의 방태산 아래 방동약수 부근 도로에 도착했다. 지난번에 우리 내외가 지리산여행사를 따라와 함께 올랐던 점봉산 트레킹의 출발지점에서 가까운 곳이다. 차내에서 충무김밥으로 이른 조식을 들었고, 간식으로 여러 종류의 과자도 한 봉지씩 받았다.

이곳은 첫 번째 트레킹 장소인 아침가리골(朝耕洞)로 가는 입구에 해당하는 곳이다. 강원도 인제군과 홍천군의 경계에 자리한 방태산에는 『鄭鑑錄』의 이른바 十勝之地 중 하나인 삼둔사가리가 있는데, 난리를 피해 숨어살기 좋은 오지를 말한다. 둔은 펑퍼짐한 둔덕, 가리는 경작할 땅을 일컫는다. 삼둔은 월둔·달둔·살둔 등 숨어살기 좋은 마을을 가리키며, 사가리 혹은 오갈(오가리)는 아침가리·적가리·연가리·명지가리(곁가리) 등 방태산 일대의 깊은 계곡을 가리킨다. 아침가리골은 오가리 가운데서도 가장 길고 깊은데, 이 골짜기는 워낙 산이 높고 계곡이 깊은 곳에 위치해 '아침에 밭을 갈고 나면 더 이상 경작할 밭이 없을 정도로 작다' 하여 이런 이름이 붙었다고 한다. 근자에 TV를 통해 몇 번 본 곳이다. 계곡이 너무 험해 방동약수에서 산을 넘어가는 길을 닦아야 했는데, 우리는 도착 지점에서 예약해 둔 택시가 도착하기를 기다려 여러 명이 나누어 타고서 언덕 꼭대기의 백두대간트레일(인제) 안내센터가 있는 지점까지 갔고, 거기서부터는 걸어서 조경교에 이르기까지 시멘트 포장도로를 따라 계속 내려갔다.

조경교 근처에 조그만 상점이 하나 있는데, 그곳을 지키는 할아버지는 협곡의 물이 불어 위험하다면서 우리에게 트레킹을 삼가라고 권했지만, 일행 중 컨디션이 좋지 않아 차에 남은 아주머니 한 명을 제외한 나머지는 모두 결행하기로 의견을 모았다. 방동약수 입구에서부터 시작하여 진동1리 마을회관까지는 약 12km 거리인데, 조경교에서 종착지점인 갈터마을의 진동2교 부근에 있는 진동산채가까지는 약 6km로서 꽤 넓은 냇물을 따라 오솔길이 이어진다. 길이 끊어진 곳에서는 냇물을 가로지르면 건너편에 또다시 길이 나타난다. 그러한 장소가 14곳이나 있었는데, 강 대장의 말에 의하면 자기가 지난번에 왔을 때보다 수위가 꽤 높아졌다고 한다. 때로는 허리 위까지 물이 올라오는데다 물살이 세고 강바닥의 바위 때문에 발을 딛기 어려운 곳도 많았으므로, 매점에서 사온 끈을 걸치고서 그것을 잡고 걷기도 하였는데, 너무 위험하여 혼자서는 건널 수 없는 곳이 많았다. 나는 헌 등산화를 신었고, 아내는 새로 산 아쿠아슈즈를 신었는데, 물을 건너는 동안 등산화 안으로 자갈이 자꾸만 들어와 걷는 도중 여러 차례 신발을 벗고서 그런 잔돌들을 떨쳐내야만 했다. 이 골짜기에 예전에는 화전민들이 살았다고 하나 우리가 걸은 계곡 가에는 농사를 지을 만한 평평한 땅이 전혀 없었다. 인제군 기린면 조침령로 1073에 있는 진동산채라는 식당에 이르러 트레킹을 마치고서 산채비빔밥으로 점심을 들었다. 이 계곡 길을 걷기 위해 배낭 안에다 김치용

비닐 백 등으로 방수장치를 단단히 하여 왔으나, 배낭은 차에 두고 몸만 왔으므로 그것이 전혀 소용없었다.

다음으로 차를 타고서 2시간 이상 이동하여 강릉시 성산면 어흘리에 있는 대관령소나무숲으로 향했다. 이곳은 1922년에서 1928년까지 소나무 종자를 산에 직접 뿌리는 직파조림을 통해 나무를 심어 지금까지 100년 가까이 관리하고 있으며, 현재는 총 400hr의 면적에 해당하는 울창한 숲을 이루었다. 동부지방산림청은 더 많은 국민들이 대관령소나무숲의 혜택을 받을 수 있도록 2018년에 '국유림 활용 산촌활성화 시범사업'을 추진하여 이 숲을 일반에 개방하였다. 어흘리 주차장에 도착하여 우리 일행은 강대장과 함께 숲 지도사 교육을 받았다고 하는 중년남자 가이드의 안내를 받아 三布巖폭포 쪽에서부터 산길을 오르기 시작하였다. 평균적으로 높이 20m에 가슴높이 둘레가 1.2m인 금강송이 주종인데, 금강송이라는 이름은 일제 강점기에 만들어진 것이고 원래는 황장목이라고 불러왔던 것이다. 숯가마와 금강송정을 지나 정상인 대통령쉼터에 이르렀다. 이곳은 노무현대통령이 다녀갔다 하여 이런 이름이 붙은 것인데, 건물은 없고 넓은 덱 전망대로 조성되어져 있었다. 내려오는 코스에서는 노루목이 쪽 주노선을 벗어나 주변숲길을 걸었는데, 도중에 엄청난 폭우를 만나 옷이 쫄딱 젖었다.

대관령소나무숲을 떠난 다음, 선자령 부근에 있는 대관령 양떼목장이 다다랐다. 三養라면과 같은 계열인 삼양목장인데, 예전에 백두대간 구간종주를 할 때 이곳을 지나친 적이 있었으나 당시는 철조망을 쳐 목장의 경계를 표시해 두고 있는 정도였는데 비해 지금은 1인당 입장료를 만 원 가까이나 받는 관광지로 변해 있었다. 제주도에 있는 것과 더불어 국내의 양떼 목장으로서는 가장 큰 것 중 하나라고 한다. 풍력발전기는 예전에도 있었으나 지금은 그 숫자가 더욱 늘어난 것 같았다. 자유 시간을 가지는 동안 우리 일행 중 여성 한 명은 울타리를 넘어 들어가 양들에게 과자를 먹이기도 하였는데, 양들이 과자를 너무 좋아하므로 나도 좀 먹여보기도 하였다. 경내에는 양들로 쇼를 보여주는 곳도 있었다. 지금은 관광이 이 목장의 주된 수입원으로 되어 있는 모양이었다.

삼양목장을 떠난 다음, 정동진으로 이동하여 우리는 정동진역 바로 옆의 정동역길 26에 있는 풀하우스 모텔에 들었다. 아내와 나는 2층의 202호실을 배정받았다. 방에서 샤워 등을 마치고 한 시간 후에 다시 모여 오이골말길 83에 있는 산성골마루농장가든으로 가서 능이오리백숙으로 석식을 들었다. 마을에서 떨어진 한적한 곳인데, 여러 가지 꽃들이 많았다.

모텔로 돌아온 다음, 아내와 더불어 모처럼 정동진 바닷가를 산책하다가 뒤쳐진 아내는 포클레인으로 파 뒤집어진 모래사장을 걷기 힘들어 먼저 숙소로 돌아가고, 나는 모래시계공원과 그 건너편 마을 안의 상점가를 좀 기웃거리다가 덱 길을 따라서 숙소로 돌아왔다. 간밤에 버스 속에서 자는 둥 마는 둥 했으므로, 밤 8시 반쯤에 일찌감치 취침하였다.

11 (일) 대체로 맑으나 귀가 도중 몇 차례 소나기 – 안반데기, 노추산모정탑, 무건리 이끼폭포

오전 5시에 집합하여 모텔에서 멀지 않은 강릉시 강동면 헌화로 1096-1에 있는 부산덕이라는 식당으로 가서 황태가 들어간 초당순두부로 조식을 든 다음, 7시 무렵 안반데기마을에 도착했다. 안반데기는 안반덕(더기)의 강릉 사투리 표현이다. 험준한 백두대간 줄기에 떡치는 안반처럼 우묵하면서 넉넉한 지형이 있어 붙여진 이름이다. 해발 1,100m의 안반데기는 국내에서 주민이 거주하는 가장 높은 지대이다. 피덕령을 중심으로 옥녀봉과 고루포기산을 좌·우측에 두고, 195.5hr의 농경지가 독수리 날개 모양으로 펼쳐져 있다. 현재 28여 농가가 거주하는 전국 최대 규모의 고랭지채소 재배단지이다. 그러나 이곳은 경사가 심해 기계농이 불가능한 농지가 대부분이므로, 소로 밭을 갈아 이처럼 너른 풍요를 일구어 내었다고 한다.

여기는 함석헌 선생이 남한으로 내려온 후 제자 몇 명과 더불어 처음 땅을 개간하여 농장을 일구었던 곳인데, 지금은 당시의 모습과 天壤之差로 달라져 있을 것이며, 능선 여기저기에 풍력발전기가 돌아가고 있다. 올림픽 성화가 봉송되었던 코스라 하여 마을을 관통하는 올림픽 아리바우길이 조성되어져 있었다. 아리바우길는 정선 5일장에서부터 경포 해변까지 9개의 코스로 나뉘어져 있는데 강릉시 왕산면 안반덕길 426인 왕산 안반데기는 4코스의 종점이자 5코스의 출발지점에 해당한다. 이 일대의 농지들은 무슨 약을 사용하는지 잡초가 하나도 눈에 띄지 않았다. 이 일대의 가장 높은 지대에 위치한 명예전망대까지 걸어 올라가 보았는데, 꼭대기에 육모정 정자가 하나 세워져 있었으나, 사유지 사용권 분쟁 때문인지 현재는 철조망으로 차단되어 그곳에 접근할 수가 없었다.

다음 목적지인 강릉시 왕산면 대기리 산716의 魯鄒山母情塔은 올림픽 아리바우길 4코스에 속하여 안반데기로부터 그다지 멀지 않은 장소였다. 주차장에서 얼마간 걸어 송천에 놓아진 세월교라는 잠수교를 건넌 다음, 울창한 소나무 숲속으로 1km 정도를 더 걸어가야 했다. 숲길 도중에 역시 돌탑 위에 세워진 栗谷先生九度壯元碑가 눈에 띄었다. 율곡이 노추산에서 학문을 닦으며 쓴 글을 새긴 돌이라고 하는데, 이후 전국 각지의 유생들이 이 비문을 보면 관운이 있다 하여 구름처럼 모여들었다고 하며, 당시 마을에 살던 황씨가 번거롭다 하여 비석의 글씨를 쪼아 땅 속에 묻었다. 그 후 박가선이라는 사람이 꿈에 비석 위치를 암시받고서 나무 밑을 파보니 비석이 있었다고 하며, 이후 다시 세웠으나 오랜 세월이 지나며 행방이 묘연하던 것을 대기리 마을회와 강릉시가 기증받아 아홉 번 장원을 한 율곡의 기운이 전해지기를 바라는 마음으로 이 비를 세웠다고 한다.

모정탑은 3,000여 개의 돌탑이 약 500m에 걸쳐 조성되어져 있는데, 차순옥 여사가 강릉으로 시집 와서 4남매를 두고 지냈으나, 집안에 우환이 끊이지 않던 차에 꿈에 산신령으로부터 돌탑 3,000개를 쌓으면 우환이 없어진다는 계시를 받고서 1986년부터 26년간에 걸쳐 쌓은 것으로서, 탑이 늘어날수록 집안은 평온을 되찾았고, 돌탑을 완성한 즈음 차 여사는 2011년에 향년 66세로 생을 마감했다고 한다. 돌탑 길이 끝나는 곳쯤에 차 여사가 거주하던 움막집이 있다고 하나 여울물을 건너가야 하므로 그곳까지 가보지는 못했다. 돌탑은 마을로 들어오는 액이나 질병 등을 막고 복을 불러들인다는 의미로 여겨지는 신앙대상물로서 우리 선조들이 주술적인 의미로 돌탑을 쌓으면서 집안의 평화와 안정을 기원하였던 것이다. 계곡부를 따라 경사가 완만하여 누구나 가볍게 트레킹 하기에 좋고 노추산 등산로와도 연결되어 있었다.

　다시 한참을 이동하여 마지막으로 삼척시 도계읍 무건리 산86-1에 있는 이끼폭포에 들렀다. 이곳 역시 근자에 TV를 통해 여러 번 본 곳인데, 우리나라 3대 이끼폭포의 하나라고 한다. 산속 계곡을 따라서 한참을 들어가다가 대절버스는 아마도 무슨 시멘트 공장 같은 곳에서 멈춰서고, 함께 간 중형차로 갈아타고서 600m를 더 올라가, 그것도 멈춘 곳에서 산길 3km를 걸어 들어가야 했다. 처음에 시멘트로 포장된 가파른 길을 걸어 500m쯤 올라가니 거기서부터는 비포장의 비교적 평탄한 임도가 이어졌다. 폭포에 거의 다다르면 야자열매 껍질 섬유로 만든 깔개와 목재 덱을 따라서 한참을 내려가야 하는데, 깔개 길 도중에 '무건분교 옛터'라는 팻말이 눈에 띄었다. 그것에 의하면 무건리 마을은 한 때 300여 명이 모여 살았으나 도시로 하나둘 떠나고 지금은 농가 몇 채만 산촌마을 비탈에 남아 있으며, 마을 언저리에 있던 소달 초등학교 무건분교장도 1966년에 설립되어 22회 89명이 졸업하였으나 학생 수 감소로 말미암아 1994년 3월에 폐교되어 그 해 10월에 철거되었다고 한다. 소달은 도계읍의 옛 이름이다. 폭포는 이중으로 되어 있어 아래층에 가로로 두 개의 폭포가 늘어서 있고, 덱 길을 따라 조금 더 올라가면 또 하나의 폭포가 있었다. 아내는 여기에 오래도록 머물러 있고 싶다고 했다. 이 폭포는 아카데미 4관왕 봉준호 감독이 '옥자'라는 영화를 촬영한 장소이기도 하다.

　다시 3km를 걸어서 출발지점으로 되돌아온 다음, 삼척시 도계읍 도계로 307(도계읍사무소 앞 2층)에 있는 경북회관에 들러 돌솥생선구이정식으로 마지막 식사인 점심을 들었다. 38번 등의 국도를 따라 내려오다가, 영주IC에서 중앙고속도로에 올라 남해고속도로를 경유하여 밤 8시 무렵 진주의 집에 도착하였다.

18 (일) 대체로 맑음 - 낙동강 남지개비리길

　아내와 함께 낙동강 남지개비리길에 다녀왔다. 창녕군 남지읍 용산리에서 신전리의 영아지마을에 이르는 낙동강 가에 있는 길로 벼랑을 따라 자연적으로 조성된 6.4km의 길이다. 오전 9시 무렵 집을 출발하여 2번 국도를 따라 마산 부근까지 갔다가 5번 국도로 접어들어 남지로 북상하여 10시 53분에 창나루주차장에 도착하였다.

주차장 부근에 남지수변공원이 넓게 조성되어져 있고, 근처에 여러 갈레의 덱 길로 이어진 목조 2층의 억새전망대 두 개가 있는데, 그 위에 오르면 남강이 낙동강과 합류하는 岐音江(岐江)이 정면으로 마주 보였다. 의병장 곽재우가 임진왜란이 일어난 지 21일째, 전국에서 최초로 의병 창의한 지 14일째인 5월 4일에 낙동강을 따라 북상하는 왜선 14척을 격퇴한 첫 전적지이다. 이후 강안에 매복한 의병군이 왜선 40여 척을 포획하였다고 『懲毖錄』에 전하기도 한다. 기음강은 곽재우의 전설과 관련하여 걸음강으로 불리기도 한다. 또한 이곳 남지 일대는 한국전쟁 당시 낙동강 전투 최후의 방어선으로서, 미군과 북한군 사이에 일진일퇴의 치열한 전투를 전개하여 당시 남지철교 중앙부가 폭파되었으며, 이 전투의 승리로 전세가 역전되어 아군이 낙동강을 건너 반격하게 되었던 것이다.

용산리의 첫 마을을 창나리라 하는데, 倉이 있던 나루라는 뜻으로 한자로는 倉津이라 적는다. 이 마을 뒷산은 倉津山이었는데, 지금은 곽재우의 죽은 말 무덤이 있었다는 전설과 관련하여 馬墳山이라 한다. 신라 때 산 앞의 낙동강을 두고서 강 건너 백제와 국경을 이룸으로, 이곳 마을에 군사가 주둔하면서 군사용 큰 창고가 있었다 하여 창나리라 한다는 것이다.

우리 내외는 용산리의 창나루주차장에서 먼저 산길로 올라 창나무전망대를 거쳐 마분산 정상에 이르렀다가 포장된 임도인 낙동강종주 자전거길을 따라 영아지쉼터까지 나아갔고, 거기서 영아지전망대를 지나 화장실 부근으로 내려온 다음, 벼랑 아래의 낙동강 강가를 따라서 야생화쉼터·죽림쉼터·옹달샘쉼터를 지나 오후 2시 2분에 출발지점으로 되돌아왔다. 산길샘 앱에서는 소요시간 3시간 8분, 도상거리 7.47, 총 거리 7.92km를 기록하였고, 걸음수로는 12,460보였다. 돌아오는 길 도중에 산나리 꽃들을 자주 보았고, 驪陽陳氏의 재실이 있었던 장소 부근에 팽나무 연리지 고목과 넓은 대

숲이 있었으며, 도처에서 마삭줄(Asiatic Jasmine) 군락지를 지났다. 산 위에서는 馬墳松이라 하여 줄기가 여러 갈래로 갈라진 소나무를 많이 보았다.

억새전망대 2층에 올라 시원한 강바람을 맞으면서 준비해간 도시락을 들었고, 갈 때의 코스를 따라 오후 5시 무렵에 귀가했다.

25 (일) 맑음 - 창원편백치유의숲

아내와 함께 창원편백치유의숲에 다녀왔다. 오전 9시 무렵 집을 출발하여 2번 국도를 따라가다가 마창대교와 장복터널을 지나 치유의숲 치유센터 부근의 도로 갓길에 주차했다. 예전에 진해드림로드를 걸을 때 주차한 바 있었던 곳 부근이다.

치유의숲에는 두드림길(5.4km), 다스림길(3.1km), 해드림길(2km), 어울림길(1.3km), 더드림길(왕복 3.8km)의 다섯 개 코스가 있다. 그 중 더드림길은 예전에 걸었던 진해드림로드와 대부분 일치하는 듯하다. 우리 내외는 가장 긴 두드림길을 선택하여 약 3시간 코스를 일주하기로 했다. 그 코스의 일부 구간은 다스림길 및 어울림길과 겹치는데, 우리가 걸어서 코스의 가장 왼편에 있는 팔각정까지 가보니, 거기서부터는 편백 숲이 아니고 그냥 장복산 정상(582m) 쪽으로 나아가는 능선 길 등산로로서, 햇볕이 내리쬘 뿐아니라 길에는 잡초가 무성하여 반바지에 샌들 차림인 내 복장과도 어울리지 않을 듯하였다. 그래서 왔던 길을 조금 되돌아가 다스림길로 접어들었다.

그 길을 계속 걸어 장복산 정상으로 올라가는 길과 치유센터 쪽으로 내려가는 365계단의 갈림길에 이르렀는데, 이 코스가 어떻게 이어지는지를 몰라 그냥 동쪽으로 난 오솔길을 따라 계속 나아갔더니 진해시 태백동 산 52-128번지에 위치한 삼밀사 입구에 닿았다. 이 절은 조선 정조 3년(1779)에 창건되어 망월암이라 하였으나, 이후 유실되어 폐허로 흔적만 남아 있던 것을 1982년에 복원하여 삼밀사로 개칭한 것이라고 한다.

아내와는 오늘의 목표를 바꾸어 다스림길·해드림길·어울림길의 세 개 코스를 두루 걸어보기로 하고, 삼밀사 아래에서 마진터널 쪽으로 이어지는 도로를 만나 그 길을 따라서 다음 코스인 해드림길 입구에 닿았는데, 아내는 거기서 자기 혼자 차로 돌아가 있을 테니 나만 다녀오라고 하므로, 결국 포기하고서 함께 치유센터 쪽으로 내려오고 말았다.

우리 차로 가서 점심이 든 백을 들고 그 부근에 있는 장복산조각공원의 입구로 올라가 벤치에 걸터앉아서 다소 늦은 식사를 하였다. 그런 다음 아까 내려왔던 코스를 따라서 조각공원과 치유센터를 통과하여 다시 차로 돌아왔다. 해드림길은 편백나무 숲길을 지나면 동백나무로 둘러싸인 400년 된 소나무 보호수를 만날 수 있으며, 어울림길은 데크로드와 치유시설이 설치되어 있다고 한다. 어울림길 곁에 유아숲체험원도 있다.

우리 내외는 다시 차를 몰고서 도로변 양측에 무궁화 꽃이 끝없이 만발해 있는 오전에 왔던 2번 국도를 따라 오후 2시 반 남짓에 진주로 귀가하였다.

8월

9 (일) 맑으나 저녁 한 때 부슬비 –이순신호국길

아내와 함께 남해바래길 14코스(남파랑길46코스) 이순신호국길에 다녀왔다. 앱에 의하면 거리는 16.6km, 소요시간은 약 6시간으로 되어 있다.

오전 7시 남짓에 집을 출발하여 3번 국도를 따라서 사천시의 삼천포까지 내려간 다음, 창선도를 지나서 8시 57분 남해군 서면 중현리의 새남해농협 중현지점 하나로마트 앞에 도착했다. 약 한 시간이 소요되었다. 며칠 전 내 승용차의 내비게이션이 자동으로 업데이트 되었는데, 그 이후 처음 사용해 보니 빠른 코스, 편한 코스, 유료도로, 무료도로 중 두 개를 선택하도록 바뀌어져 있었다. 빠른 코스와 무료도로를 선택했더니 자꾸만 남해고속도로로 가도록 안내하고, 편한 코스와 무료도로를 선택해도 마찬가지이므로, 결국 내비의 안내를 무시하고서 아는 길을 따라 계속 나아갔던 것이다. 하나로마트 주차장에다 차를 세워두고서 트레킹을 시작할 무렵, 한 동안 진입로를 찾지 못해 우왕좌왕 하다가 결국 앱이 지시하는 길로 접어들 수 있었다.

아직 중현리를 다 벗어나지 않은 무렵, 하나로마트에서 1.2km 떨어진 지점인 화방로 550-20에서 경상남도 문화재자료 제41호인 南海 雲谷祠를 만났다. 설명문과 비문을 읽어보니 뜻밖에도 내가 잘 아는 조선 시대의 咸陽 학자 唐谷 鄭希輔를 기념하는 곳이었다. 나는 일찍이 그의 實記를 입수해 있었을 뿐 아니라 그 손자인 孤臺 鄭慶雲의 임란 시기 일기인 『孤臺日錄』을 발견하여 사단법인 남명학연구원을 통해 그 번역본까지 낸 바 있었던 것이다. 묘정비문에 의하면 당곡은 성종 19년 남해 二東 草谷里(초음리?)에서 태어났다. 17세부터 함양군 수동면 당곡에 살면서 호를 당곡이라 하였다. 순조 신미년 溏洲祠에 제향 되었고, 철종 4년(1853)에 향리인 이곳에다 祠宇를 세웠다고 한다. 고종 5년에 서원철폐령에 따라 훼철되었다가 50년 후에 재건하였다고 비문에 적혀 있으나, 운곡사 설명문에는 고종 11년에 다시 지었다고 되어 있다.

　내륙의 산길을 계곡 걸어 고현면 소재지에 가까워졌을 무렵 사학산(334m) 동쪽 기슭에서 경상남도 기념물 제286호로 지정된 고려시대의 절터 傳 백련암지를 만났다. 이 절터는 2014년 8월 27일과 2014년 11월 15일에 경남발전연구원 역사문화센터에 의해 발굴조사 되었는데, '長命願施納銀瓶壹口李台瑞' '長命願施納銀瓶壹口朴○○'라고 새겨져 있는 기와가 다수 출토되었다. 그 아래 300m 정도 떨어진 위치의 仙源마을에 있는 전 선원사지에서도 같은 명문의 기와가 출토된 것 등으로 보아 두 절은 서로 밀접한 관련이 있는 것으로 추정되었다. 선원사지에서는 고려대장경 판각기에 해당하는 출토품과 아울러 자재 이동을 쉽게 하기 위한 용도로 고쳐지은 정황도 있어, 유력한 고려대장경 판각지로 추정된다고 한다. 그리하여 전 선원사지는 정안이 남해로 퇴거하여 창건한 정림사일 가능성이 있고, 백련암지 또한 정안이 창건한 강월암일 가능성이 있다고 보고 있다. 81,258장의 팔만대장경은 분사남해대장도감에서 판각하여 강화도의 대장경 판당에 보관되었다가, 선원사를 거쳐 조선 태조 7년(1398) 5월에 해인사로 옮겨졌던 것이다.

　고현마을에는 대장경판각문화센터라는 명칭을 내건 제법 큰 2층 건물이 있어 들어가 보았는데, 아직 정식으로 개관한 것은 아니라고 했다. 고현리 탑동로61에 있는 현대정이라는 식당에 들러 냉콩국수로 점심을 들었다.

고현에서 관음포로 이어지는 관세음길을 따라 나아갔다. 고려 말 왜구를 대파한 정지장군을 기리는 鄭地石塔과 이순신순국공원을 잇는 산책로이다. 도중에 벼가 이미 여물어 가는 논과 아직도 드문드문 연꽃이 피어 있는 蓮池를 지났다. 정지 장군(1347~1391)은 우왕 9년(1383) 120척의 전선을 이끌고 합포(마산)를 공격한 왜구를 맞아 이곳 관음포에서 47척의 전선으로 대승을 거두었는데, 이 관음포대첩은 최영의 홍산대첩, 이성계의 황산대첩, 나세와 최무선의 진포대첩과 더불어 고려 말 왜구를 무찌른 4대 대첩으로 불린다고 한다. 그는 이 승리 후 오늘날의 해군참모총장에 해당하는 해도도원수가 되었다.

이순신 장군의 순국지인 관음포에 있는 이순신순국공원(사적 232호)은 오늘 실제로 가보니 그 규모가 꽤 컸다. 초입에 李落祠가 있고 끄트머리에 첨망대가 있는 긴 곶 모양의 산 능선을 중심으로 오른편의 호국광장과 왼편의 관음포광장으로 크게 나뉘는데, 나는 그동안 호국광장에 있는 이순신영상관만을 차를 타고 지나가면서 바라보았던 것이다. 관음포광장 안에는 정지공원·대장경공원·리더십체험관 등도 있었다. 거북선 모양의 이순신영상관은 영상물의 상영시간이 정해져 있어 들어가 보지 못했다. 관음포광장의 이순신영상관광안내센터 매점에서 여름용 모자를 하나 샀다.

전체 높이 11.19m로 제작된 이순신 동상을 지나, 그의 시체가 처음으로 안치되었던 장소인 남해충렬사에 이르기까지 노량대교와 남해대교를 지나갔다. 충렬사 앞의 노량 바닷가에도 거북선이 한 척 세워져 있는데, 이는 1980년 해군 공창에서 복원하여 해군사관학교에서 전시 관리하던 것을 1999년 12월 31일에 이곳으로 옮겨온 것이라고 한다. 충렬사는 예전에도 몇 번 와보았으나, 지금은 그곳으로 올라가던 길의 입구 부근에 관리사 비슷한 것이 들어서고, 진입로는 그 앞을 애둘러서 따로 조성되어져 있었다. 도중에 自菴金緑謫廬遺墟碑와 이순신의 5대손인 삼도통제사 李泰祥 비가 서 있고, 충렬사 자체는 內三門 보수정비공사 관계로 휴관 중이었다.

충렬사 부근 바닷가의 팔각정 정자에서 김향숙 보건소장이 소개한 택시를 불러 타고서 중현하나로마트로 돌아왔다. 돌아올 때도 갈 때의 코스를 경유하고자 했지만, 역시 내비게이션이 자꾸 오작동 하므로, 남해읍에 거의 다 가간 무렵 코스에 자신이 없어 19번 국도를 따라서 되돌아가 남해고속도로에 올라 어스름 무렵에 귀가하였다. 오늘 트레킹은 16시 44분까지 총 7시간 47분이 소요되었고, 그 중 휴식시간을 뺀 이동시간은 5시간 51분이었다. 도상거리는 20.85km, 오르내림 포함 총거리는 21.71km를 기록하였고, 걸음수로는 30,200보였다.

15 (일) 흐리고 때때로 비 -밀양 쇠점골

아내와 함께 밀양의 가지산도립공원 구역 안에 있는 쇠점골 계곡에 다녀왔다. 2시간쯤 운전하여 지난번 밀양에 왔을 때 아내의 진주여중고 동창인 김강희 약사 내외와 더불어 탔던 얼음골케이블카의 하부 승강장에서 조금 뒤 위쪽에 있는 호박소주차장에 오전 11시 12분에 도착했는데, 차를 세울 곳이 없어 제2주차장으로 내려와 비로소 빈자리를 발견했다.

쇠점골은 백운산 남쪽 기슭에 있는 옛 마을로서, 석남재에서부터 마전에 이르는 중간 지점에 있다 하여 중마라고 불리던 곳이며, 호박소(臼淵)가 자리 잡은 마을이라 하여 구연촌(臼淵村)이라고도 했다. 옛날 밀양과 울산을 오가던 사람들이 소나 말의 편자를 갈아 끼웠다는 대장간과 술을 팔던 주막이 있었다고 하여 쇠점이라는 이름이 붙었다. 그 길이는 4km 정도인데, 나는 2001년 7월 15일에 아내와 함께 삼덕산우회와 신평산악회의 합동 산행을 따라 백운산에 올랐다가, 석남터널에서부터 호박소 방향으로 걸어 내려왔던 적이 있었다.

입구의 白雲山 白淵寺를 지나 먼저 詩禮 호박소를 구경하였다. 화강암이 억겁의 세월동안 물에 씻겨 커다란 沼를 이루었는데, 그 모양이 마치 절구(臼)의 호박같이 생겼다 하여 이런 이름이 붙었다. 호박소 부근에 등산로로 접어드는 길이 이어져 있었으므로, 그 길을 따라 올라가다 보니 도중에 출입금지 경고판들이 더러 눈에 띄고, 결국 그 길은 흐지부지 사라지고 말았다. 바로 위쪽에서 자동차 지나가는 소리가 계속 들려오므로, 결국 아내는 차도로 먼저 올라가 버리고, 나도 뒤따라 가보니 그 도로는 얼마 후 가지산 등산로 입구의 주차장에 닿았다. 때마침 비가 내리기 시작하여 그곳 매점의 빈 탁자에 걸터앉아서 준비해 간 도시락으로 점심을 들었다.

점심을 든 후 근처 매점의 사람들에게 물어 차도 아래쪽 안테나가 서 있는 지점까지 도로 내려와 거기서 다시 등산로를 따라 계곡 쪽으로 한참 내려가 보니, 아까 지났던 백연사에 닿았다. 알고 보니 오전 중에 우리가 걸어갔던 계곡 길은 용수골이고, 쇠점골은 백연사에서 다리를 건너 옆쪽의 이어져 있는 다른 계곡이었다. 호박소에서부터 석남터널에 이르는 쇠점골의 총 거리는 3.7km로서 편도에 약 2시간 10분이 소요된다고 한다. 그쪽 길에는 야자 매트가 깔려 있고, 폭이 넓은데다 경사도 가파르지 않아 어린이도 다닐 수 있을 정도로 걷기가 편했다.

우리는 상류 쪽으로 약 1km를 걸어 오천평바위에 이르렀다. 가지산 (1,240m)에서 발원한 물결이 내려오면서 거대한 바위 하나가 편편하게 계곡 전체를 뒤덮고 있는데, 그 넓이가 5,000평에 달한다 하여 이런 이름이 붙었다. 그곳 물가의 바위에 걸터앉아 토마토 한 알을 먹고 양치질을 하였다. 다시 일어서자 먼저 출발한 아내가 상류인 석남터널 방향이 아니라 이미 지나온 백연사 방향으로 도로 내려가고자 하는 것이었다. 다시 비도 내리고 하여 결국 더 이상의 산행은 포기하고서 하산 길을 취했다. 내려오는 도중 길가에서 이상하게 생긴 모양의 노란 그물망이 덮은 망태버섯을 두 개 보기도 하였다. 14시 03분에 주차장에 닿았는데, 소요시간은 총 2시간 51분, 그 중 이동시간은 1시간 50분이었고, 도상거리 5.19km, 총 거리는 5.78km였으며, 걸음 수로는 8,537보를 기록했다.

갈 때의 남해고속도로 코스를 경유하여 오후 4시 반쯤에 귀가하였다.

19 (목) 맑음 - 조숙기 묘역

오늘 오후 2시에 김경수 군이 자기 차를 몰고 우리 아파트로 와서 나를 태워 진주시 문산읍 이곡리 산65-1번지에 있는 경상남도 기념물 제272호 曺淑沂(1434~1509) 묘역에서의 (재)극동문화재연구원 발굴현장으로 데려가기로 약속이 되어 있으므로, 오늘은 외송에 들어가지 않았다.

시간이 되어 김 군이 와서 나와 함께 발굴현장으로 갔다. 오늘은 류창환 군이 원장으로 있는 (재)극동문화재연구원의 「진주 曺潤孫 묘역 정비사업부지 내 유적 발굴(시굴)조사 2차 학술자문회의」가 있는 날이다. 현장에 도착해 보니 자문회의는 이미 거의 다 마친 상황이었다. 거기서 경상대 국어교육과의 조규태 명예교수 및 경상대 건축과의 고건축 전공 고영훈 명예교수 등을 모처럼 만나 대화를 나누기도 했다. 이 묘역에는 조숙기·조윤손 부자의 내외 무덤 및 조숙기의 후처 묘, 조윤손의 셋째 딸 부부, 그리고 조윤손의 서자인 義碩(義山)과 그 부인 南平曺氏의 무덤 등이 있는데, 3년 전부터 조숙기의 무덤 축대 수리를 위한 발굴을 시작하자 땅속에 묻혀 있던 화려한 석물들이 대량으로 드러나 장차 국가문화재로 지정될 전망이라고 한다.

발굴현장을 떠난 다음, 류창환 원장의 인도에 따라 김경수 군의 차에 셋이 동승하여 국제대학교 부근에 있는 카페 The Box의 2층으로 가서 커피를 마시며 대화를 나누다가, 식당들이 저녁 영업을 시작할 무렵이 되자 혁신도시를 경유하여 하대동에 있는 자연산 전문의 갯마을횟집으로 가서 전어회와 전어구이 등으로 함께 저녁을 들었다.

오늘 모임에서 나는 비로소 김경수 군을 비롯한 한국선비문화연구원의 연구위원 세 명이 금년 4월 무렵 모두 해직되어, 김 군은 현재 이 연구원이 추진하는 남명집 정본화 사업에만 참여해 있는 상황임을 알았다. 코로나19로 말미암아 선비문화연구원에서는 연수회나 강연회 및 숙박비 수입 등이 전무한 상황이므로, 부득이 원장 등의 수당도 크게 깎았고 몇 명의 사무직원만 남겨둔 채 기구를 크게 축소한 실정인 모양이다. 김 군은 현재 친구인 경남발전연구원 김태영 씨의 위촉에 따라 『경남의 전통음식과 전통주』라는 제목의 책을 집필하고자 준비하고 있으며, 근자에 우리 내외가 남해바랫길 중 이순신호국길을 걸을 때 지나간 바 있는 고읍 부근의 고려대장경 판각 추정지 백련암을 발굴한 것도 류창환 군이 경남발전연구원 역사문화센터의 고고학 팀장으로 있을 때인 2014년 8월 27일부터 11월 15일까지 그의 주도하에 이루어진 것이며, 그런 관계로 해인사 대장경문화축제 기간 중의 국제학술회의에 류 군이 나를 좌장으로 추천했던 것도 당시 김태영 씨의 위촉에 의했던 것임을 비로소 알았다.

21 (토) 대체로 비 -구미성리학역사관

경북 구미시 금오산로 336-13, 336-29에 있는 구미성리학역사관의 야은관 강당에서 열리는 한국동양철학회 2021년 하계 학술대회에 참석하기 위해 오전 8시 반 무렵 진주의 집을 출발했다. 아내도 집에 혼자 있기가 적적하다면서 따라나섰다.

오늘부터 다음 주까지 가을장마가 이어진다는데, 오전 중 폭우를 뚫고서 남해·중부내륙·경부고속도로를 경유하여 구미IC에서 일반국도로 빠져나와 금오산 방향으로 향했다. 2019년 9월 8일에 개척산악회를 따라 아내와 함께 금오산에 다녀간 바 있었는데, 당시 야은역사체험관에 들렀던 바는 있었으나, 금오지 북쪽에 부지 84,285㎡, 건축연면적 7,701㎡나 되는 이런 대규모 시설이 있는 것을 본 기억은 없다. 점심 때 오늘 기조발표를 한 박홍식 (사)전통문화연구회 회장에게 물어보았더니, 생긴 지 그다지 오래 되지 않았다는 것이었다.

집의 차고에서 출발하려 할 때 승용차의 자동 업데이트로 말미암아 지체된 데다가 폭우 때문에 고속도로의 차량들이 속도를 줄인 까닭도 있어, 등록 및 연구윤리교육과 개회사 및 축사가 끝나고 세션 제1부로서 울산대 김상현 씨의 사회로 박홍식 교수가 「구미 인문학의 전통과 여헌 장현광의 사상적 특징」이라는 주제로 기조발표를 하고 있을 무렵 도착했다. 주차장에 빈자리가 없어 공용주차장에다 차를 세운 후, 아내는 맥문동 꽃이 핀 금오산 진입로 및 금오지 둘레길 등을 둘러보며 시간을 보내고 나만 혼자 야은관으로 들어갔다.

코로나19로 말미암아 비워둔 좌석이 많았기 때문에 빈자리가 없어 얼마 동안 뒤쪽에 서 있다가 나중에야 다른 사람이 떠난 좌석에 앉을 수 있었다. 전임 회장인 권인호 씨의 논평이 끝난 뒤 점심시간을 가졌는데, 나는 박홍식 교수 및 그가 대구한의대에 근무하고 있었을 때의 제자였던 박장원 경상북도발달장애인지원센터장, 그리고 함양에서 온 인산죽염 창시자 김일훈 씨의 막내아들 김윤수 씨 등과 함께 금오산상가단지 안에 있는 금오산고향촌이라는 식당으로 가서 아마도 버섯전골로 점심을 들었다. 대회에 참가한 구미시장도 그리로 와 일행과 함께 옆자리에서 식사를 하였다. 여헌학연구회에서 1인당 식비 2만 원과 믹스커피 한 박스, 그리고 가방 하나 등을 선물로 주었지만, 점심 값은 승용차를 운전하고 합석했던 박장원 씨가 지불하였다. 그는 대구한의대 일반대학원 동양철학과에서 금년 8월에 「松堂 朴英의 도학적 특징과 송당학파에 관한 연구」라는 논문으로 철학박사 학위를 받았는데, 야은관 강당으로 돌아온 후 그 논문 한 부도 받았다.

오후에는 세션 제2부로서 계명대 권상우 교수의 사회로 먼저 서울대 철학과 후배이며 한림대 태동고전연구회장인 엄연석 씨가 주제발표1로서 「장현광 역학사상의 경위설과 성리학적 분합론의 연속성」을 발표했지만, 나는 바깥에서 오랜만에 만난 민족문화문고 대표 文龍吉 씨로부터 『內藤湖南全集』 등 학술서적 65만 원어치를 구입하느라고, 서경대의 황병기 교수가 「장현광 〈역학도설〉과 하도낙서관」이라는 제2 주제발표를 하고 있을 때 비로소 들어갔다. 문용길 씨의 말에 의하면, 권인호 씨가 회장을 맡았던 지난 2년간은 코로나 탓도 있어 이런 대면 학술모임은 한 번도 열린 적이 없었다고 한다. 엄 씨와 황 씨의 발표에는 각각 한국학중앙연구원의 이창일 씨와 성균관대 박영우 씨가 논평을 하게 되어 있었는데 그들은 참석하지 않았고, 종합토론 때 줌으로 화상토론에 비로소 참여했다. 경북대의 여성 사학자 김정운 씨가 주제발표3 「"여헌선생급문제자록"을 통해 본 학문 정체성의 계승 양상과 특징」, 그리고 영남대 민족문화연구소 채광수 씨의 논평이 있었다. 채 씨도 나중에 내게로 다가와 평소 내 논문을 읽고 도움을 받았다면서 인사를 했다.

오후 4시 10분부터 5시 10분까지 차기회장으로 내정된 수석부회장으로서 서울대 철학과 후배인 양일모 서울대 자유전공학부장의 사회로 종합토론이 있었다. 장윤수 회장으로부터 내게 발언 요청이 있었지만 사양했고, 나는 토론이 다 끝나지 않았으나 5시 10분에 자리를 떴다. 황병기 씨로부터 京都大 중국철학사전공의 후배인 그의 연세대 동창 정재상 씨가 서울 구로동에 있는 원광디지털대학에 근무하고 있다는 소식을 들었고, 양일모 씨로부터는 서울대 자유전공학부의 한 해 정원이 150명이라는 말을 들었다.

지난번에 왔을 때 수리 중이었던 採薇亭에 한 번 들렀다가, 갈 때의 코스를 따라 오후 8시 좀 못 미친 시각에 귀가하였다.

9월

5 (일) 흐리고 때때로 부슬비 –선비문화탐방로

아내와 함께 함양군 서하면·안의면의 선비문화탐방로에 다녀왔다. 9시에 집을 출발하여 승용차를 몰고서 3번 국도를 따라 북상했는데, 오늘도 내비게이션이 자꾸만 고속도로 쪽으로 안내를 하여 최근 또 한 차례의 업데이트 후에도 오류가 아직 해결되지 않았음을 알았다.

10시 40분 무렵에 서하면 육십령로2580의 거연정에 도착하여 트레킹을 시작하였다. 안내도 상으로는 구 본전초등학교인 선비문화탐방관에서부터 시작하는 것으로 되어 있는데, 내비게이션 상에 이곳이 나타나지 않을 뿐 아니라 거연정 부근에 도착해도 안내판에 0.1km 떨어진 위치에 있다고 표시되어 있으므로 무시하였다. 트레킹 출발지점 부근에다 차를 세우고서 되돌아 나와 명승 제86호인 花林洞의 居然亭 일원을 둘러보았다. 화림동은 조선시대 安義三洞(화림동·심진동·원학동)의 하나로서 남강의 상류인 화림동 계곡(금천)에 있는 경승지이다. 거연정은 경남유형문화재 제433호인데, 1640년(인조 18년) 무렵 동지중추부사를 지낸 全時敍가 세운 서원 옆에 억새를 엮어 지은 정자에서 비롯하며, 이후 철폐된 서원의 자재를 이용하여 19세기에 재건립되었고, 20세기 초에 중수되었다고 전해진다. 근처에 入鄕祖인 전시서를 기념하는 花林齋와 비석도 있었다.

그 부근에 君子亭(경상남도 문화재자료 제380호)도 있어 둘러보았는데, 지금 계단을 수리 중이었다. 一蠹 鄭汝昌이 처가인 이곳을 찾으면 올라가 쉬던 곳으로서, 정선전씨 화림재공파 5대손이 1802년경에 세운 정자이다. 트레킹 코스로 접어들면 그 출발지점 근처에 영귀정도 있는데, 그곳은 들렀던 것 같기도 하고 그 현판이 눈에 띄지 않았던 그 정자가 아닌 것 같기도 하다.

오늘 코스는 정자가 많기로 유명하며, 대부분 예전에 몇 번씩 들러보았던 것들이다.

도중에 잠수교 징검다리를 건너서 東湖亭이 있는데, 물이 불어 징검다리를 건널 수 없었으므로, 강 건너편에서 바라보기만 했다. 트레킹 코스에 접어들면서부터 비가 내리기 시작하더니 한참동안 그칠 줄을 몰랐다. 虎城마을에 이르러 정자 부근 강가의 느티나무 고목 두 그루 아래에서 점심을 들었다. 그 근처에 1978년에 건립한 景慕亭도 있었으나 수리 중이었고, 람천정이라는 정자도 지나쳤다.

마침내 1코스의 종점이자 오늘 코스 중 가장 유명한 정자인 弄月亭에 이르렀다. 2002년에 준공된 농월정교를 건너갔다. 이 정자는 知足堂 朴明榑(1571~1639)가 지은 것으로서 근년에 방화로 소실된 것을 다시 세웠을 때인 2016년 7월 3일에 다시 한 번 와 본 적이 있었는데, 당시는 건물만 세워져 있고 아직 단청이나 채색은 되어 있지 않았으나, 지금은 예전과 같은 모습을 회복해 있었다. 근처의 강 가 반석 위에 '知足堂杖屨之所'라고 새겨진 것도 눈에 띄었다.

농월정교를 도로 건너온 지점 부근에 오토캠핑장이 있는데, 구내의 숙박동 건물들 이름이 그 일대의 정자 이름으로 되어 있었다. 그 아래 월림마을에서 월림교를 건너 맞은편 강가 길을 걷기 시작하였다. 농월정에서부터 안의의 오리숲에 이르는 2구간은 포장된 길이라 걷기 편했다. 1구간 6.0km에 비해 2구간은 4.1km라고 되어 있다. 월림리 563(성북)에 있는 九老亭도 지나갔는데, 1955년에 건립된 것으로서 정면 3칸, 측면 2칸으로 된 사각형 건물이었다.

왕버들 고목들로 이루어진 강가의 오리숲을 지나 15시 05분에 안의의 光風樓(지방문화재 제92호)에 다다라 오늘 트레킹을 마쳤다. 소요시간은 4시간 24분, 도상거리 12.68km, 총 거리 13.70km, 걸음수로는 19,072보를 기록하였다. 광풍루는 조선 태종 12년에 세워진 宣化樓를 세종 때 현 위치에다 옮겨 세운 것으로서, 성종 25년에 일두 정여창이 중건하여 현재의 이름으로 고쳤다고 한다. 안의읍에서 출발지점인 거연정 쪽으로 가는 버스는 30분에 한 대 정도씩 있다고 들었지만 방금 떠나버렸으므로, 택시를 타고서 원위치로 돌아왔다(12,500원).

12 (일) 대체로 흐리고 새벽에 짙은 안개 -두타산 배틀바위·산성길

지리산여행사의 두타산 배틀바위·산성길 트레킹에 참여하여 아내와 함께 새벽 5시 반까지 신안주공1차아파트와 강변도로 사이의 분수대 앞까지 승용차를 몰아갔다. 주공1차와 녹지공원 사이 길가의 무료주차장에다 차를 세우고서 강덕문 대장이 작년쯤에 6천만 원을 주고 샀다는 13인승 르노 리무진에 갈아탔다. 오늘 참가자는 여자 다섯 명에 남자 두 명이 참여한 중년 팀 7명과 우리 내외, 그리고 강 대장을 포함하여 모두 10명이었다. 근처에 앉은 사람들의 대화 내용으로 미루어 보아 여자는 요양보호사, 남자는 택시기사인 듯한데, 서로 친구 사이인 모양이다.

대전통영·남해·중부내륙·중앙고속도로를 경유하여 영주IC에서 28번 국도로 빠져나온 다음, 울진 행 36번 국도에 올라 봉화군을 지났다가, 동해 행 35번 국도로 바꾸어 태백을 지났고, 다시 38번 국도에 올라 도계·삼척을 지나 동해시에 다다랐다. 7번 국도 등을 경유하여 오전 11시 15분에 무릉계곡 제2주차장에서 하차하였으니, 편도에 무려 다섯 시간 반 정도 소요된 셈이다.

나는 1996년 3월 16·17일에 무박으로 장터목산장 등산장비점 팀을 따라 이곳의 천은사로 와서 쉼움산(五十井山)과 두타·청옥산을 경유하여 연칠성령에서 무릉계곡 쪽으로 하산한 바 있었고, 또 한 번은 1997년 11월 16일에 백두대간산악회의 백두대간 구간산행에 동참하여 댓재에서부터 시작하여 두타산·청옥산·고적대를 지나 백복령까지 31.45km를 주파한 적이 있었다. 이번에는 두타산 정상에 오르는 것이 아니라, 위험하다 하여 40년간 입산금지구역으로 묶여 있다가 작년쯤에 등산로가 정비되어 개방된 베틀바위 코스를 트레킹 하는 것이 목적이다. 무릉계곡은 1인당 2천 원의 입장료를 받고 있었으나, 우리 내외는 경로우대자라서 면제된 듯하다.

우리 내외는 일행과 별도로 걸어 관리사무소를 지난 지점에서 무릉계곡을 벗어나 베틀바위 코스로 접어들었다. 가파른 언덕길을 약 1.5km 걸어 三公巖을 지나서 배틀바위 전망대에 다다랐다. 해발 550m에 위치한 배틀바위는 기암괴석들로 이루어져 소금강이라 불리는 곳이다. 우리 내외는 거기서 조금 더 올라간 위치의 미륵바위에 다다라 그곳 벤치에서 마주 보고 걸터앉아 점심을 들었다. 미륵바위는 뭉툭한 큰 바위 하나가 공중으로 우뚝 솟구친 모양이 미륵불 같다 하여 이런 이름이 붙은 것인데, 허목(1595~1682)의 〈유산기〉, 김효원(1532~1590)의 〈두타산일기〉, 김득신(1604~1684)의 〈두타산〉에 기록되어 있다 하니, 지금처럼 길이 좋지 않았을 당시에 어떻게 이곳까지 올랐을지 신통하다.

강 대장과 일곱 명 팀도 미륵바위 부근에서 점심을 든 후 왔던 코스로 되돌아 내려갔고, 우리 내외는 마천루 방향으로 나아가다가 도중에 두타산성이 있는 능선 코스로 접어들었다. 산성 코스는 능선을 따라서 아래쪽으로 길은 계속 희미하게 이어지지만, 거의 사람이 다니지 않았다. 신라 파사왕 23년인 102년에 처음 이곳에다 산성을 쌓았다고 하며, 그 둘레가 2.5km, 높이가 15m에 이르는 석성이다. 임진왜란 때 왜군이 쳐들어와 이곳 청년들은 의병을 조직하여 대항하였으나, 3일간의 치열한 접전 끝에 끝내 함락 당했다고 한다.

무릉계곡까지 다 내려온 지점에서 관리사무소까지는 아래로 1.6km, 우리의 다음 목적지인 쌍폭포까지는 0.9km, 용추폭포까지는 1km를 더 올라가야 하는데, 아내는 그곳 갈림길에서 하산을 택하고 나만 혼자서 올랐다. 쌍폭포는 이름 그대로 바위 양쪽에서 두 줄기의 폭포가 흘러내리는 것이고, 龍湫폭포는 청옥산에서 발원한 물이 흘러내리며 3단의 斷崖에서 세 개의 폭포를 만들고 있는 것이다. 상·중단 폭포는 항아리 모양으로 되어 있고, 하단 폭포는 둘레가 30m나 되는 깊은 웅덩이를 이루는데, 조선시대에 기우제를 지내던 곳이라고 한다. 내려오다가 頭陀山 三和寺에 들러 보물 제1277호로 지정된 삼층석탑을 둘러보았다. 삼화동 초입에서 시작하여 용추폭포에 이르는 길이 6km의 무릉계곡을 용오름길이라고도 부르는 모양이다.

삼화사에서 얼마간 더 내려온 지점의 金蘭亭 부근에 넓이가 5천㎡나 되는

武陵盤石이 있는데, 거기에 새겨진 여러 각석들 중 '武陵仙源 中臺泉石 頭陀洞天'이라는 草書 大字 12자가 특히 유명하다. 그 아래에 '玉壺居士書辛未'라고도 새겨져 있으며, 처음 두타산에 왔을 때도 하산 길에 본 적이 있어 나는 이를 楊士彦의 글씨로 알고 있었는데, 삼척부사 정하언의 글씨라는 설도 있는 모양이다. 동해시에서 이 글씨를 보존하기 위해 1995년에 따로 모형석각을 제작해 둔 것도 보았다. 보통 무릉계곡이라 할 때는 두타산과 청옥산 사이를 흐르는 4km 길이의 계곡을 이르는 것인데, 삼화사에서 쌍폭포에 이르는 계곡 일대는 화강암으로 형성된 못과 폭포, 아름다운 바위들이 이루는 경관이 빼어나 예로부터 유명하며, 김홍도가 1788년에 44세로서 정조의 어명으로 금강산과 관동팔경 지역을 돌아보며 그린 화첩인 『金剛四郡帖』에도 '武陵溪'가 포함되어 있다. 두타산이라는 이름은 산스크리트어 'dhuta'를 음역한 말로서 '불도를 닦는 수행'을 뜻한다. 고려시대에 李承休가 이곳 무릉계곡에 살며 『帝王韻紀』(보물 제1091-2호)를 저술하기도 하였다.

16시 24분에 하산을 완료하였다. 산길샘에 소요시간 5시간 8분, 이동시간 4시간 9분, 도상거리 9.34km, 총 거리 9.92km를 기록하였고, 걸음 수로는 17,270보였다.

돌아오는 도중 삼척시 청석로27-64(교동)에 있는 동해바다라는 식당에 들러 장치찜으로 석식을 들었다. 삼척과 붙어 있는 동해시는 예전의 묵호를 이르는 말이다.

귀가 길에는 7번 국도를 통해 동해바다를 따라서 포항 쪽으로 계속 내려오다가 영덕IC에서 30번 고속도로에 올라 상주·청주 방향으로 향하던 도중 안동 부근에서 다시 중앙고속도로에 올랐고, 대구시의 남쪽 끄트머리에서 대구광주고속도로에 오른 다음, 고령에서 33번 국도로 빠져 진주까지 왔다. 대학시절에 버스를 타고서 동해바다를 따라 상경한 적도 있었는데, 당시에는 곳곳에 정차하여 시간이 많이 걸렸으나, 지금은 편도 2차 왕복 4차선인 7번 국도가 있어 고속도로와 거의 다름없게 되었다. 집에 도착하니 밤 11시 무렵이었다.

18 (토) 맑음 - 함양 상림

평소처럼 오전 9시에 집을 나서서 한 시간 남짓 차를 달려 함양으로 갔다. 아내의 의견에 따라 상림의 꽃무릇을 구경하기 위해서다. 작년에도 회옥이와 더불어 가족 세 명이 함께 갔으나 너무 늦었었는데, 올해는 제 때 한 번 보기 위함이다. 상림공원 부근에 도착하니 진입로마다 정리요원들이 교통 정리를 하여 차량의 진입을 차단하고 있었다. 할 수 없이 Q Mart 함양점 부근 함양드림스타트센터 주차장에다 차를 세우고, 걸어서 물어물어 상림을 찾아갔다. 그런데 때마침 2021함양산삼항노화엑스포가 상림공원 일원을 제1행사장으로 하고 대봉산휴양밸리 일원을 제2행사장으로 하여 열리고 있어 성인 1인당 만 원씩의 입장료를 받고 있었는데, 우리 내외는 경로우대로 5천 원씩 내고 입장하였다.

전동차를 타고 나아가 종점에 하차한 후, 걸어서 그 일대의 꽃밭들을 둘러보았다. 각종 꽃밭의 가에는 조와 수수도 자라고 있었다. 그러나 상림의 꽃무릇은 올해도 시기를 놓쳐 이미 한물 간 상태였다. 엑스포 기간이 9월 10일부터 10월 10일까지 한 달간인데, 꽃무릇과 다른 꽃들이 절정일 시기를 택해 이 행사를 개최하는 모양이다. 전동차가 나아가는 길의 반대쪽에서 산양삼 엑스포가 개최되고 있는데, 우리는 시간 관계로 거기에 한 번 들러보지도 못했으니, 결국 상림의 꽃구경에 비용을 지불한 셈이다. 상림의 북쪽 끄트머리인 물레방아가 있는 곳에서부터 숲속을 통과해 걸어 내려오고 있는데, 아내가 카톡을 통해 장상환 교수 부인인 김귀균 씨와 연락하여 때마침 장 교수 내외도 그곳에 도착하여 입장하고 있음을 알렸다. 얼마 후 상림 안에서 만났는데, 그들 내외는 근자에 10년 정도 해마다 꽃무릇을 보러 이곳에 오고 있다는 것이었다. 그러나 입장료를 지불한 것은 올해가 처음이라고 했다.

함께 행사장 입구를 향해 걸어오고 있는 도중에 반대쪽에서 걸어오던 사람들 중 개량한복을 입고 맨발 채인 중년남자 한 명이 장상환 교수와 서로 아는 사이인 듯 말을 걸어왔다. 그들 일행은 남자 둘 여자 한 명을 포함하여 모두 세 명이었는데, 그 중 말을 걸어온 남자는 전북 장수에 사는 전희식 씨로서 시골 생활에 관한 여러 가지 책을 출판하였고, 치매인 모친을 모시고서 함께 살고 있다고 하며, 여자 한 사람은 임지수 씨로서 역시 장수에서 정원을 가꾸고 사는데, 유튜브에 '광화문탈출'이라는 앱을 열어 있다고 했다. 함께 기념사진을 찍었다. 상림공원 안의 최치원을 기념하는 思雲亭 2층에서 장 교수가 배낭에 넣어온 배를 깎아 나눠먹었고, 장 교수 내외가 과거에 여러 번 들른 바 있는 상림3길 10의 연밥 전문점 옥연가에 들러 네 명이 함께 연밥 정식으로 점심을 들었다. 1인당 17,000원씩 하는 점심 값은 아내가 지불하였다.

식사 후 장 교수 내외는 신주로 돌아가고, 우리 내외는 오후 2시쯤 외송 집에 도착하여 4시까지 두 시간 정도 머물렀다. 우리가 없는 동안 별이는 어떻게 지낼까 궁금했었는데, 역시 그 고양이는 사람을 좋아하는지라 이미 어디론가 떠나가고 없었다. 2층 서재에서 오늘 상림공원에서 만난 전희식·임지수 씨에 대해 인터넷으로 알아보았고, 또한 장 교수가 편집국장 직무대행의 직책을 맡아보고 있는 진주의 인터넷신문 『단디뉴스』에 「산촌일기」 칼럼을 연재하고 있다는 김석봉 씨에 대해서도 알아보았다. 전 씨는 함양 출신으로서 귀촌하여 장수군 장계면에 살고 있는데, 이미 꽤 많은 책을 출판하였으며, 임 씨는 서울 광화문에서 CEO로 일하다가 역시 장수군 장계면으로 귀촌하여 2만여 평의 정원을 가꾸고 있다는데, 인터넷에 '한국의 타샤 튜더'로 소개되어 있었다. 「건축탐구-집」의 '인생 후반전, 나를 닮은 집'에도 출연하였고, 「Powerful Jang Su」에도 두 차례 소개되어 있었다.

19 (일) 맑음 -망운산(바다)노을길

아내와 함께 남해바래길 14코스이자 해파랑길 45코스에 다녀왔다. 오전 9시쯤 집을 출발하여 사천시 삼천포와 창선도를 경유하여 10시 41분 남해군 서면에 있는 남해스포츠파크에 도착하였다. 그곳 주차장에다 차를 세우고서 바래길 앱에 따라 망운산(바다)노을길의 출발지점으로 이동하였다.

남해도의 서북쪽 포구들인 예계·상남·남상·염해·유포·노구 마을들을 차례로 지났고, 출발한 지 얼마 되지 않아 코츠월드 펜션을 지나 바위들이 많은 바닷가의 언덕 위에서 컨테이너 창고 옆에 탁자와 의자 두 개가 놓여 있는 것을 보고 거기서 쉼터식당에서 가져온 반찬들을 가지고 점심을 들었다.

15시 06분에 지난번 다녀온 이순신호국길의 출발 지점이었던 중현하나로마트에 도착하여 오늘 트레킹을 마쳤다. 앱에는 거리가 12.6km, 소요시간은 약 5시간이라고 적혀 있지만, 스포츠파크에서부터 출발한 까닭인지 산길샘에는 소요시간 4시간 25분, 그 중 휴식시간은 56분, 도상거리 13.35km, 총 거리 13.67km를 기록하였고, 만보기에 기록된 걸음 수로는 20,391보였다. 대부분 바닷가를 걷는지라 경치는 좋았지만, 아직도 햇볕이 꽤 강렬하였다.

중현하나로마트에서 카카오택시를 부르려 했으나, 그 새 등록해둔 내 신용카드가 만기 되어 새것으로 바뀐 지라 사용할 수 없는 카드라는 메시지가 계속 떴고, 근처 포구에 세워두었던 택시의 전화번호로 걸어보았더니 잘못된 전화라는 응답이 나왔으므로, 할 수 없이 앱에 적힌 택시회사들의 전화번호로 남해읍에서 남양운수(주)의 택시를 불렀다. 남해읍에서 그곳까지 오는 동안의 요금을 포함하여 22,900원을 지불하였다.

돌아올 때 내비게이션이 또 자꾸만 남해고속도로 방향으로 안내를 하므로, 삼천포 케이블카 부근에 새로 생긴 아쿠아리움의 등록된 장소로 변경하여 갔던 코스를 따라 되돌아왔으며, 오는 도중 남해도에서 유자빵 한 박스, 창선도에서 씨 없는 홍시와 무화과를 각각 한 박스씩 샀다. 사천시 부근의 차량 정체로 말미암아 오후 6시 가까운 시각에 진주의 집에 도착했다.

26 (일) 맑음 -용궐산 하늘길 잔도 트레킹

아내와 함께 지리산여행사의 용궐산(646.7m) 하늘길 잔도 트레킹에 참여하여 순창군 동계면에 다녀왔다. 오전 8시까지 신안주공1차 강변도로 분수대 앞에 집결하여 지난번 두타산 갈 때 탔던 13인승 르노 리무진에 옮겨 탔다. 오늘 동승한 사람들은 대부분이 비교적 젊은이였다.

통영대전·광주대구고속도로를 경유하여 순창에서 국도로 접어들었고, 10시 무렵 어치리의 산림휴양관 앞에 도착하였다. 우리 내외는 2017년 3월

12일에도 상대산악회를 따라 무량산·용궐산 산행을 한 바 있었는데, 당시 하산하여 마지막으로 도착한 지점이었고, 당시에는 이곳에 산림휴양관 건물이 없었다.

인터넷에 의하면 금년 4월에 그곳 뒤편 4부 능선의 바위절벽에 하늘길이라고 부르는 지그재그 형 540m의 텍 잔도가 개통되었는데, 그 때문에 입소문이 나 사람들이 엄청나게 몰려들어 있었다. 현지의 안내판들에는 2020년 12월에 놓였다고 하였으니, 시공한 시기와 완공한 시기를 각각 표시한 것인지도 모르겠다. 용궐산의 처음 이름은 龍女山이었다가 그 다음으로 龍骨山으로 바뀌었는데, 이 명칭이 '용의 뼈다귀'라는 죽은 의미를 갖고 있다 하여 2009년 4월에 현재의 이름으로 바뀌었다. 등산로 입구에 2013년 12월에 순창군이 세운 '龍闕山 치유의 숲'이라는 커다란 돌 비석이 세워져 있다. 치유의 숲은 2014년에 완공된 것으로서, 암석원·창포원 등 11개 테마 별로 구역을 나누어 다양한 꽃동산을 조성한 것이다.

등산객은 줄줄이 이어져 끝이 없었다. 우리 내외는 하늘길을 거쳐 용궐산 정상으로 향하는 능선 길에 접어들어, 완만히 늘어진 고개라는 뜻의 느진목을 지나 정오 무렵 마침내 정상에 도착하였다. 정상 일대에는 여기저기 흩어져 점심을 드는 사람들이 많아 내룡마을 방향으로 조금 더 나아간 지점의 절벽 부근에 자리를 잡아서 준비해 간 도시락을 풀었다.

산을 거의 다 내려간 지점에서 콘크리트와 아스팔트로 포장된 임도를 만났고, 그 길을 따라 한참을 걸어 내룡경로당이 있는 장군목(장구목)에 도착하였다. 여기까지는 4년 전에 왔을 때 경유한 지점들인데, 오늘은 거기서 섬진강 상류 쪽으로 조금 더 올라간 지점의 요강바위에 들렀다. 요강바위는 가로 2.7m, 세로 4m, 높이 2m, 무게 15톤가량의 바위로서, 가운데 구멍이 뚫린 모양이 마치 커다란 요강처럼 생겼다고 하여 붙여진 이름이다. 이런 바위가 섬진강 상류 일대 3km에 걸쳐서 펼쳐져 있는 것을 총칭하여 장군목이라고 하는데, '요강바위'는 그 중 최고의 걸작이다.

그 근처에 2010년 12월에 완공한 길이 107m, 폭 2.4m의 현수교가 있어, 우리 내외는 그 다리를 건너 섬진강종주자전거길이라고 불리는 포장된 숲길을 따라 섬진강마실휴양숙박시설단지까지 내려왔다. 도중 잡목에 가려진 채 '石門'이라는 글자가 큰 바위 斷面에 새겨진 장소도 지났다. 그곳은 조선 헌종 때 楊雲擧라는 선비가 벼슬도 사양하고서 친한 벗들과 함께 노닐던 장소인 종호바위인데, 예전에는 이곳에 鐘湖亭이라는 정자가 있었다고 한다.

숙박시설단지에서 징검다리를 건너 출발지점인 어치리 쪽으로 건너왔다. 징검다리가 끝날 즈음에 큰 바위 하나가 홍수에 떠내려가 그 대신 널빤지를 대어둔 부분이 있었다. 14시 57분에 우리 리무진이 정거해 있는 지점에 도착하였다. 산길샘은 소요시간 4시간 52분, 도상거리 7.89, 총 거리 8.47km를, 만보기는 20,391보를 기록하였다.

10월

3 (일) 맑음 -임진성길

아내와 함께 남해바래길 12코스(남파랑길 44코스) 임진성길 트레킹을 다녀왔다. 오전 9시 무렵 진주의 집을 출발하여, 먼저 처가에 들러 아내가 욕실 수리를 위한 용무를 마치기를 기다렸다가, 사천시 삼천포와 창선도를 경유하여 11시 무렵 남해군 남면 평산항에 있는 12코스의 출발지점 바래길작은 미술관에 도착하였다. 평산리를 지나가는 도중 길가에 서 있는 '傳白頤正墓'라는 팻말을 보았다. 고려 말의 대표적 성리학자 중 하나인 백이정(1247~1323)의 묘소가 여기에 있다는 것은 뜻밖이었는데, 귀양 와 여기서 죽었는가 싶었다. 뒤에 알고 보니 충청남도 웅천면 성동리에도 백이정의 것이라 전해지는 묘와 신도비가 있는 모양이며, 남해군 이동면 난음로219번길 7-14(난음리)에는 그와 그의 수제자인 익제 이제현, 치암 박충좌 그리고 향현인 난계 이희급의 위패를 봉안한 사당인 蘭谷祠도 있다고 한다.

남해바래길작은미술관은 평산보건진료소를 2015년에 개조한 것으로서 9월 28일부터 11월 7일까지 'Wave on Wave'라 하여 수채화가 김희곤의 제14회 개인전을 열고 있었다. 내부를 한 번 둘러보니 주로 남해도의 풍경을 그린 듯한 작품들인데, 아내는 거기서 圖錄과 남해도 및 바래길 관련 팸플릿들을 얻었다.

그곳을 출발하자 오늘 코스는 해변에서 좀 떨어진 내륙 쪽으로 주로 이어져 있었다. 3km 정도 나아간 지점의 오리 마을을 내려다보는 포장도로로 가나무그늘에서 점심을 들었고, 아난티남해 컨트리클럽 앞을 지나서, 남면 상가리의 낮은 구릉에 위치한 임진성에 다다랐다. 임진왜란 때 쌓은 것이라 하여 이런 이름이 붙었는데, 軍·官·民이 왜적을 물리치고 향민의 재산과 생명을 보호하기 위해 쌓은 것이라 하여 民堡城이라고도 부른다. 그러나 최초의 축성연대는 정확하게 추정하기 어려우며, 성 내부의 구릉 정상부인 해발 105.5m 상에 위치한 3단의 돌 계단식 원형 集水池의 축조 시기는 통일신라 이전으로 올라갈 가능성이 있다고 한다. 이 성은 정유재란 때도 왜적을 맞아 싸웠던 곳이라고 하는데, 지금은 성의 흔적과 더불어 동·서 성문터 중 동문터와 우물터만 남아 있었다. 동문 부근에 '景烈公鄭地將軍事蹟碑'가 있었는데, 1977년 가을 남해군 남면 상가리 579-1번지 임진성 기념각 전정에 세워 두었던 것을 기념각이 폐허화 되고 주위는 잡초에 묻혀 있으므로 이곳으로 옮긴 것이라고 한다.

고실고개 부근의 천황산 임도 가파른 고갯길을 넘어 장항해변으로 내려왔고, 오후 4시 무렵 남해스포츠파크 호텔 부근에 이르러 오늘의 트레킹을 마쳤다. 산길샘 앱에 의하면 소요시간은 4시간 54분, 도상거리 13.84, 총 거리 14.41km이며, 걸음수로는 21,352보였다. 카카오택시를 불러 출발지점으로 되돌아왔고, 갈 때의 코스를 따라 진주로 돌아왔다. 먼저 망경동 한보아파트의 김은심 교수 댁에 들러 독일에 거주하는 그 딸 은정이가 스위스에 가서 사왔다는 초콜릿과 아침·저녁으로 각각 따로 사용한다는 푸른빛과 붉은빛의 치약 한 세트를 아내와 나를 위한 선물로서 받고, 김 교수가 손수 담근 물김치도 받은 다음, 다시 봉곡동 처가에 들러 물김치는 장모께 선물하고 다시 욕실의 용무를 마치기를 기다려 오후 7시 무렵 집으로 돌아왔다.

10 (일) 대체로 흐림 -다랭이지겟길

아내와 함께 남해바래길 11코스(남파랑길 43코스) 다랭이지겟길에 다녀왔다. 지난주와 마찬가지로 오전 9시경 승용차를 운전해 진주의 집을 출발하여 3번 국도를 따라서 사천시 삼천포에서 남해군 창선도로 건너간 다음, 본섬에 진입하여 미국마을 앞을 거쳐서 11코스의 출발지점인 가천다랭이마을에 도착하였다. 그러나 주차장은 차고 넘쳐 10시 57분에야 다랭이마을을 한참 지난 지점인 가천마을 표지석 앞 도로변의 여유 공간에다 차를 세울 수 있었다. 그곳에서 다랭이마을 방향으로 비스듬히 이어진 도로가 있어 입구에서 차량의 진입을 통제하고 있었는데, 그 길가에 바래길 표지가 이어져 있는 것이 눈에 띄므로 그 길로 가면 바래길로 이어지는 것이 아닐까 싶어 따라가 보았다. 도중에 바다 쪽으로 빠지는 갈림길이 눈에 띄어 그쪽으로 접어들었더니 그 길은 과거에 군인 초소가 있었던 듯 도중에 철조망도 보이고 콘크리트로 지은 초소 같은 작은 건물도 눈에 띄더니, 결국 바닷가의 바위 절벽에 이르러 끊어지고 말았다. 도로 올라와 차를 세운 곳으로 돌아오니, 반대편 방향으로 이어진 바래길 표지가 눈에 띄어 비로소 바른 길로 접어들 수 있었다.

남해바래길은 모두 19개 코스로 나뉘는데, 그 중 11개 코스는 남해바다를 따라 국토의 남단을 횡단하는 남파랑길과 겹친다. 나는 종래에 아내와 함께 산악회 등을 따라 매주 한 번씩 주말마다 등산을 가는 경우가 많았지만, 오래 끄는 코로나19로 말미암아 대부분의 산악회가 활동을 접었으므로, 이제는 그 대신 승용차를 운전하여 하루 만에 다녀올 수 있는 비교적 가까운 지역으로 트레킹을 다니고 있으며, 이즈음은 7코스인 화전별곡길을 필두로 하여 남해바래길을 걸어 10·14·13·12코스를 차례로 거쳐 역방향으로 오늘의 11코스에 이르렀다.

11코스 다랭이지겟길은 가천다랭이마을 바다정자에서부터 시작하여 항촌·선구·사촌·유구마을들을 차례로 거쳐 평산항으로 이어지는데, 우리는 시점에서 0.7km 떨어진 지점에서부터 걷기 시작한 셈이다. 아내는 네이버에서 이 코스에 제초가 되어 있지 않아 뱀이 출몰한다는 소식을 접하고서 오늘은 다리에다 일종의 행건인 스페츠까지 걸치고서 나섰다. 그러나 이미 제초가 잘 되어 사실상 그것은 필요치 않았다. 걷기 시작한 지 2km가 채 못 된 지점의 바다 풍광이 좋은 그늘진 길에서 준비해간 도시락으로 점심을 들고, 다시 응봉산 기슭을 한참 동안 걸어 펜션 단지인 빛담촌을 지나 몽돌해변이 유명한 항촌마을에 다다랐다.

며칠 전 저녁회식 자리에서 이 마을 출신인 극동문화재연구원의 류창환 대표에게 바래길 앱의 지도를 확대하여 그 마을을 보여주면서 고향 집이 어디냐고 물었더니 그가 알려준 바 있었으므로, 오늘 위성사진 지도를 따라서 그 집을 찾아가 보았다. 근처에 도착하여 마주친 마을 아주머니에게 물었더니, 긴가민가하면서 남면로1031번길 8에 있는 은빛 금속대문을 단 집으로 안내해 주었다. 마침 그 집 마당에 은빛 승용차가 한 대 서 있었으므로, 대문 안으로 들어가 주인을 찾았더니, 밀짚모자 차림인 류 박사의 형 류석환 씨가 나와 반갑게 맞아주었다. 그는 부산대 독문과 출신으로서 부산 거제리의 교육대학 부근에 사는데, 중·고등학교 교장으로 정년퇴임한 후 지금은 여러가지 사회활동을 하며 틈이 날 때마다 혼자서 이곳 고향집을 찾아온다는 것이었다. 유튜브에 '팡팡지혜'라는 블로그를 운영하고 있기도 했다.

그의 배웅을 받아 바닷가까지 나온 다음, 다시 길을 걷기 시작했다. 이웃한 선구마을 산중턱에서 트랙터가 밭을 갈고 있는데, 그 옆의 길가에 커다란 호박이 네 덩이 나란히 놓여 있었다. 선구보건진료소 앞을 지나는데, 아내가 지금도 남해군에서 보건소장을 하고 있는 제자 김향숙 씨가 경상대학교 간호학과 박사과정 재학 시절 이곳 소장을 맡은 바 있어, 당시 아내와 동료인 김은심 교수가 초청받아 와서 강연을 했었다고 일러주었다. 또한 선구마을에는 2021년 기준으로 수령 약 389년 된 팽나무 고목을 비롯하여, 그 주위로 일곱 그루의 고목들이 호위장수처럼 늘어선 쉼터가 있어, 바다에서 불어오는 바람이 시원한 그곳에 앉아 잠시 머물기도 하였다.

길은 끊어질 듯 묘하게 이어져, 마침내 종착지점인 평산항을 1.15km 남겨둔 남면로 1651-137에 있는 유구마을 외딴 바닷가의 햇살한스푼이라는 펜션 부근에 이르렀는데, 아내가 지쳐서 더 이상 걸을 수 없다고 하므로 오후 4시 22분에 거기서 트레킹을 중단할 수밖에 없었다. 산길샘 앱에 의하면, 소요시간은 5시간 25분, 도상거리 12.76km, 오르내림 포함 총 거리

13.51km, 만보기의 걸음 수로는 20,917보를 기록하였다. 거기서 카카오 택시를 불러 보았으나 반응이 없었는데, 마침 오는 도중에 눈에 띈 남면 개인콜택시 김종문 씨의 전화번호를 아내의 권유로 촬영해둔 것이 있어, 그리로 전화를 걸어 10분 쯤 후에 탑승할 수 있었다.

출발지점으로 되돌아온 다음, 갈 때의 코스를 따라 6시 40분쯤 진주의 집에 도착하였다. 운전 중 갈 때는 바흐와 비발디의 대표곡들, 돌아올 때는 바흐의 프랑스조곡을 블루투스로 계속 들었다. 오늘은 챙이 넓고 양쪽 옆이 치켜 올라간 여름용 모자를 썼고, 갈색 등산복 상의가 두터워 좀 더웠다.

14 (목) 맑음 -구운몽길

미국 작은누나의 장남 창환이(Dexter Choi)와 함께 오전 8시에 집을 출발하여 남해바래길 9코스(남파랑길 41코스) 구운몽길 트레킹에 나섰다. 보통은 9시에 출발하지만, 이즈음 해가 짧아진 데다, 트레킹 코스도 상대적으로 길고, 또한 창환이가 상경할 시간도 고려하여 한 시간 일찍 나선 것이다. 지난번과 같은 코스를 경유하였는데, 남해 본섬에 이르러서는 삼동면 소재지인 지족리에서 3번 국도를 취해 바다 경치가 좋기로 이름난 물미해안도로를 따라 송정리까지 내려간 다음, 19번 국도로 접어들어 다시 북상하였다. 3번이나 19번 국도는 또한 남해도를 순환하는 77번 국도의 일부이기도 하다. 남해도에서 돌아올 때면 내 차의 내비게이션이 늘 남해고속도로 쪽으로 안내를 하지만, 나는 자주 지나다니는 고속도로보다는 풍광이 좋고 비교적 한적한 국도 쪽을 취한다.

오늘 트레킹의 출발지점인 천하마을은 지난 3월 7일 남해바래길을 처음 시작했었던 7코스(남파랑길 40코스) 화전별곡길의 종착점이기도 하다. 당시에는 잘 몰랐지만, 오늘 보니 송정해수욕장 바로 왼편으로서 상주해수욕장에 못 미친 지점인데, 이 또한 몽돌해수욕장이 있는 곳이었다. 바래길 앱에는 구운몽길의 거리가 17.6km로 나타나 있지만 현지의 남파랑길 이정표에는 15,5km로 표시되어 있는데, 이는 다음 10코스인 앵강다숲길(남파랑길 42코스)을 우리가 걸었을 때 원천항에서부터 출발하였으므로, 원천에서부터 앵강다숲에 있는 바래길탐방안내센터까지 2.1km가 추가된 것이다. 앱이 만들어진 이후 바래길 코스가 좀 조정된 모양이다. 우리는 9시 35분 도로변에 주차공간이 표시되어져 있는 천하몽돌해수욕장에 이르러 트레킹을 시작하였다.

지도상으로 보면 오늘 코스는 거의 대부분 해안선을 따라 이어지므로 나는 길이 평탄할 것으로 예상하였고, 그래서 창환이는 등산 스틱도 가져오지 않았는데, 실제로 걸어보니 야트막한 야산들을 오르내리는 길이 대부분이므로 평소의 다른 코스들과 별로 다르지 않았다. 천하마을에서 금포를 거쳐 상주해변에 이르기까지는 3.6km의 거리였다. 상주해수욕장은 뒤편에 예로부터 선비들의 유람지로서 유명하여 여러 등산기가 남아 있는 금산을 배경으로 하고 있어 더욱 경치가 수려한 곳이다. 우리는 그 해변을 끝에서 끝까지 걸었다.

산중턱의 대량마을공원묘원에 이르니 그 입구 쪽에 사각형으로 된 나무 정자가 있고, 근처의 나무그늘에 평상도 두 개 놓여 있으므로, 우리는 정자에서 점심을 들었다. 창환이는 집에서나 식당에서도 대부분 그러하듯이 도시락 중의 밥에는 전혀 손을 대지 않았다. 상주면 상주로에 있는 대량마을의 표지석에는 괄호 안에 '큰양아'라고 쓰여 있고, 조금 더 나아간 지점에 소량마을이 있는데 그 표지석 부근의 도로나 집들의 주소 등에도 양아로라는 문자가 보이며, 표지석 기단에 소량마을 연혁이 적혀 있는데, "지금으로부터 약 400년 전 마을인들은 임진강(경기도) 가에 있는 양아리에서 이주하여 이곳으로 와 살게 되어 전에 살던 곳의 양아리를 그대로 부르게 되었으며 양아리에서 나누어진 작은 마을이라 하여 소량이라 하였"다는 것이다. 소량마을을 지나 두모마을에 이르러도 양아리 혹은 양아로라는 이름이 계속 보였는데, 그 다음의 벽련마을에 이르는 이곳 일대의 마을들을 통틀어서 양아리라고 부르는 것이다.

대량마을의 정자에 이르기 전 내 스마트폰의 바래길 앱에서 음성이 들리면서 위성추적장치에 이상이 생겼으니 스마트폰을 끄고서 재부팅하라는 메시지가 나왔다. 그러나 별 이상을 느끼지 못했으므로 무시하고서 그냥 나아갔는데, 1킬로씩 더 진행할 때마다 나오는 안내음성이 들려오지 않으므로 위성지도를 켜보았더니, 이상하게도 현재위치가 계속 지난 일요일에 걸었던 다랭이지켓길을 가리키고 있는 것이었다. 결국 재부팅 하여 그 문제는 해결되었으므로 안심하였는데, 이번에는 잘못된 코스로 접어들었을 때 울리는 경고음이 들리지를 않아 두모마을에서 850m 이상이나 바래길을 벗어나 버스가 통과하는 넓은 포장도로를 따라서 계속 걷다가 되돌아오는 일이 발생하였다.

豆毛(드므개)마을에 접어들면서부터는 서포 김만중이 귀양 와서 죽은 櫓島가 바로 앞에 정면으로 바라보였다. 길을 잘못 들어 지나친 두모마을 버스정거장의 안쪽 벽면에 '서불과차(徐市過此)' 바위문양과 그 설명문이 붙어있는데, 이곳 두모와 이웃 벽련마을 여러 곳에서 이들과 유사한 문자 또는 문양을 새긴 바위가 발견되고 있다는 것이다. 거북바위라 불리는 바위에 새겨진 篆書 비슷한 모양의 이상한 무늬는 일반적으로 "서불이 이곳을 지나다"라는 의미의 '서불과차'로 해석된다. 진시황이 童男童女 500여 명을 주며 불로초를 구해 오라고 명한 서불이 이곳까지 왔음을 후세에 남기기 위해 새겼다는 것이다. 나는 2013년 11월 9일에 인문대학 교수친목회 야유회에 동참하여 남해 금산으로 왔다가, 이 글씨를 찾아보기 위해 철학과의 신임교수였던 김준걸 씨와 함께 등산로를 따라 19번국도 상의 두모주차장까지 내려온 바 있었지만, 도중 어디에서도 이 거북바위의 위치를 알리는 표지를 보지 못하여 결국 실패하고 말았던 것이다.

벽련항에 도착하니 그 선착장에 '소설의 숲 노도'라 적힌 표지가 있고, 하루에 여섯 차례씩 벽련과 노도를 오가는 도선이 있다는 안내판도 서 있었다. 나는 2010년 4월 4일에 남강산악회를 따라 남해도에 왔다가 혼자서 벽련마을로 내려와 2만 원 주고서 배를 대절하여 노도에 들어가서 김만중의 유적지들을 둘러본 바 있었다. 벽련마을에 '노도 문학의 섬 종합안내도'가 있었는데, 안내판의 표시가 10번까지 있는 것으로 보아 지금은 당시에 비해 새로운 시설물들이 꽤 많이 들어선 듯하였다. 오늘 트레킹 코스는 김만중의 대표작들의 산실이며 앵강만 입구에 위치한 이 노도를 바라보며 걷는다 하여 구운몽길이라는 이름이 붙었다.

상주면의 벽련에서 이 코스의 종점인 이동면 원천항까지 2.9km는 19번 국도의 갓길을 따라 이어져 있어서 좀 위태로웠다. 그러나 한편으로 생각하면, 왼편으로 앵강만의 바다 경치가 가림 없이 조망되므로 경치가 수려하기도 하다. 오후 3시 10분에 원천횟집 앞에 도착하여 오늘의 트레킹을 마쳤다. 소요시간은 5시간 35분, 도상거리 13.57, 총 거리 13.79km, 걸음 수로는 26,625보였다. 보통은 산길샘 앱에 나타나는 거리가 이정표 상의 것보다도 좀 많은데 오늘은 오히려 더 적으니, 도중에 바래길 앱의 이상으로 진원을 끄고서 새로 부팅 한 것과 관련이 있을 지도 모르겠다.

원천에서 카카오택시를 불러보았으나 응답이 없으므로, 지난번에 이용했던 남면의 김종문 씨 개인콜택시를 불러보았으나, 그 역시 현재 자기가 있는 곳에서 이곳까지는 거리가 멀어 올 수 없다는 것이었다. 별 수 없어 바래길 앱에 나타난 남해콜택시를 불러보았으나, 읍에서 이곳까지 와서 출발 지점까지 이동하는 데 3만 원 이상의 요금이 든다는 것이었다. 좀 난감하였는데, 그 새 창환이가 지나가는 택시를 발견하고서 손을 들어 불러 세웠다. 그의 말로는 우리가 이곳까지 걸어오는 도중 19번국도 상에서 지나가는 빈 택시를 세 대쯤 보았다는 것이었다. 그 택시를 타고서 천하몽돌해수욕장까지 가는 데는 13,700원의 요금이 들었다.

우리 차를 몰아서 갔던 코스를 따라 되돌아오는데, 창환이가 도중에 있는 독일마을에 들러보고 싶다고 했다. 그 새 알아보니 독일마을은 일반적으로 물가가 비싼 편인데 맥주 값은 싸다고 한다면서, 생맥주를 마시며 정말 독일 현지의 맛과 같은지 다른지를 비교해 보고 싶다는 것이었다. 그래서 독일마을에 들러 맥주집 한 군데에 들렀더니 그 집에서는 병맥주만 판다는 것이므로, 그 바로 앞 길 건너편에 있는 Kunst Lounge라고 하는 보다 큰 카페로 자리를 옮겼다. 거기서 창환이는 Krombacher Pils라고 하는 독일 생맥주를, 나는 수제 자몽에이드를 시켜 넓은 발코니로 나가 요새 유행하는 푹신한 의자에 반쯤 드러누워 바로 앞의 물건방조어부림과 그 건너 바다 풍경을 바라보면서 마셨다. 맥주 맛이 괜찮았던지 창환이는 자기 돈으로 Ayinger

Brauweisse라는 생맥주를 한 잔 더 사왔다.

독일마을은 2004년 12월 25일 크리스마스 휴일을 이용하여 부산에 사는 막내 누이 미화네 가족 전원과 우리 가족 전원, 그리고 큰누나를 포함한 일곱 명이 가서 독일인과 결혼한 한국 부인이 경영하는 펜션에서 1박 한 것을 비롯하여 여러 번 방문하였는데, 독일 교포들이 다년간 고국에다 청원하여 실현되었던 당초의 실정과 달리 규모는 갈수록 커지는 반면 유흥지 혹은 관광지화 되어 설립 취지가 무색해진 감이 있다. 지금은 독일과 아무 인연이 없는 사람들이 거액을 투자하여 도회지에서나 볼 수 있는 호화로운 카페와 술집들이 들어서고, 아내의 제자인 보건소장 김향숙 씨도 이곳에다 몇 층짜리 빌딩을 마련하여 펜션을 운영하고 있는데, 수입이 꽤 쏠쏠하여 믿음직한 노후 대책이 되었다고 한다.

독일마을을 떠나 돌아오는 도중 삼천포 실안의 처가 식구들이 가끔씩 들르는 유자집에 들러 장어구이로 석식을 들고자 하였으나 때마침 그 집은 개인 사정으로 휴업 중이라, 바로 뒤편 바닷가인 사천시 노을길 132(사천시 실안동 1245-4)에 있는 기룡정 장어구이로 가서 장어 2인분과 장어국 및 공기밥으로 석식을 들었다. 퇴행성관절염으로 거동이 불편한 장모를 위해 2인분을 추가하여 스티로폴 박스에 담아 왔다. 창환이는 오늘의 경치와 음식 맛에 모두 반해 서울에서 남해까지 내려오는 교통편에 대해 여러 번 내게 물었고, 다도해와 석양의 풍경이 아름다운 실안에다 집을 마련하고 싶다고도 했다.

실안을 떠나 사천읍을 거쳐서 진주로 돌아올 때까지 도로상의 교통 정체가 심했다. 오늘 남해로 가는 도중에는 시종 바흐의 피아노곡들을, 돌아올 때는 모차르트의 관현악곡과 바흐와 비발디, 그리고 주로는 바흐의 첼로 곡들을 감상하였다. 밤 7시 무렵 진주의 집에 도착하여, 창환이는 샤워를 마친 다음 집 부근에 있는 터미널로 가서 7시 반 고속버스를 타고 상경하였다.

24 (일) 맑음 - 동대만길

아내와 함께 남해바래길 3코스 동대만길(남파랑길 36코스)에 다녀왔다. 3번 국도를 따라서 삼천포대교·초양대교·늑도대교·창선대교를 차례로 건너 남해군 지역인 창선도로 들어가 오전 10시 20분 무렵 上竹리에 있는 창선면행정복지센터에 도착하였다. 동대만이라 함은 이곳 창선면 소재지에 이르기까지 창선도의 한가운데를 북쪽에서 남쪽으로 깊숙이 파고 들어온 만을 이른다.

오늘 코스의 출발지점은 창선대교를 건넌 직후의 검문소인 창선연륙교치안센터에서부터 시작되는데, 종차지점인 면사무소로 온 것은 검문소가 차량 통행이 빈번한 3번국도 가에 위치한 지라 그 부근에 장시간 차를 세울만한 장소가 있을지 몰라 주차장이 마련되이 있는 종착지점에다 차를 세우고서 택시를 불러 출발지점으로 이동하고자 한 것이다. 네이버를 통해 조회해본 다른 사람들의 답사기록에서도 그렇게들 하고 있었다.

그러나 면사무소 일대에서 여러 번 카카오 택시를 불러보아도 계속 응답이 없었다. 예상치 못한 황당한 일이었다. 주민에게 물어보니 3번국도 가의 사거리로 나가면 택시가 자주 다닌다고 하므로 걸어서 그리로 이동할까 했으나, 아내가 마을 아낙네에게 물으니 자기가 택시를 불러주겠다고 하면서 휴대폰으로 몇 군데 전화를 걸어보았으나 모두 여의치 않은 모양이었다. 그 여인이 택시를 보내주겠다면서 기다리라 하고 떠나간 이후 제법 시간이 지나도 기별이 없는지라, 사거리를 향해 나아가던 도중 다시 한 번 지나가는 아주머니에게 택시 부르는 법을 물었다. 친절하게도 자기가 운영하는 창선로 82의 '남해군 우수미용업소' 표지가 붙은 진주미용실로 안내하여 커피를 타주면서 기다리라고 하더니, 몇 군데 연락하여 결국 택시를 한 대 불러주었다. 이곳 사람들은 다들 이처럼 친절하였다. 그녀는 진주 출신으로서 이리로 시집와 외지에서 영업을 하다 이곳이 정착했다는데, 진주의 삼현여고와 국제대학을 졸업한 사람이다.

그 택시를 타고서 10시 34분부터 43분까지 7.756km를 이동하여 창선대교에 도착하였다. 45분 무렵부터 트레킹을 시작하였다. 바래길은 검문소 건물 바로 옆에서 바다 쪽으로 이어져 있었다. 대교 아래로 내려가니 곧바로 야자 매트가 깔린 널따란 길이 숲속으로 연결되어 있었다. 주변에 구절초로 보이는 들국화들이 여기저기 피어 있고, 이어서 호텔과 펜션들이 몇 개 나타났다. 얼마 후 배낭에다 '남파랑길 도보순례 창원산악회'라고 적힌 파란색 패넌트를 매단 중년남자 네 명이 뒤따라와 우리를 추월하였다. 부산에서 출발했다고 하는 것으로 미루어, 부산 오륙도 해맞이공원부터 해남 땅끝마을까지 90개 코스 약 1,470km를 잇는 남파랑길을 답파 중인 사람들인 모양이다. 남파랑길 남해 구간 11개 코스 약 160km는 창선대교에서부터 남해대교까지로서, 남해군의 대표 걷기여행길인 '남해바래길'과 노선을 공유한다.

그들은 일찍 출발하여 아직 아침식사를 못한 모양인지 대벽리의 丹項마을을 지나 후인선착장에 도착할 무렵 앞서가 식당을 찾던 사람이 허탕치고서 되돌아 왔고, 그 후로는 우리보다 뒤처져 트레킹 코스에서 더 이상 만나지 못했다. 그들 이후로 점심을 든 장소에서 한참 후 뒤따라오는 남녀 한 쌍을 보았고, 반대쪽으로부터 오는 남자 여행객 한 명도 보았다.

단항마을의 트레킹 코스에서 조금 벗어난 지점에 천연기념물 제299호인 왕후박나무가 있었다. 2018년 1월 2일에 우리 내외가 산울림산악회를 따라 창선도에서 가장 높은 대방산(468.2m)으로 산행을 왔을 때도 여기에 들른 바 있었다. 왕후박나무는 후박나무의 변종으로서 잎이 더 넓은데, 이 나무는 500년 이상 된 고목이라고 한다. 임진왜란 때 이순신 장군이 쉬어 갔다 하여 '이순신나무'라고도 불리는 것으로서, 마을에서 해마다 제사를 지내고 있다.

바래길 앱에는 이 코스의 길이가 15.0km로 나타나는데, 현지에서 만나는 남파랑길 이정표들에는 17.2km여서, 오늘은 오히려 남파랑길의 길이가 바래길보다 2.2km나 길었다. 아마도 바래길은 남해군이 시작되는 창선도에서부터 계산되는 반면, 남파랑길은 남해안 일대를 포괄하므로 네 개의 대교를 건넌 저쪽인 사천시 삼천포에서부터 계산한 까닭이 아닌가 싶다.

산청 외송의 내 산장에서는 금목서 꽃이 진지 이미 오래되었는데, 창선도에 오니 곳곳에 그 노란 꽃이 만발해 있어 향기가 진동하며, 개중에는 사람 키 여러 배나 되는 아주 높게까지 자란 것이 있는가 하면 산중의 인적 드문 곳에서 어디선가 그 향기가 풍겨오기도 하였다. 아내의 말로는 이곳 기후가 온난해서 그렇다는 것이다. 여기저기 보이는 유자나무에 노란 열매가 주렁 주렁 달려 있고, 아열대식물인 후박나무도 눈에 띄었다.

우리는 출발 후 4km 정도 지나 연태산과 대사산 사이 바다 풍경이 끝나고 숲길이 시작되는 지점의 유자나무에 열매가 탐스럽게 열린 산중턱 공터에서 바다 풍경을 바라보며 점심을 들었다. 2018년에 산행 왔을 때 우리는 율도고개에서 능선을 따라 남쪽으로 내려갔던 것이지만, 오늘의 트레킹 코스에는 오솔길이 없고 내부분 섬을 종단하는 산줄기의 주능선을 지그재그로 넘나드는 임도를 따라 이어졌다. 그러므로 심한 경우에는 섬의 서쪽 바닷가를 따라 대벽리의 선착장을 지나는가 하면 섬의 동쪽 당항리에서는 3번 국도의 펜스에 잇닿은 길을 걷기도 하였다. 당항리는 남해 지역에서 최초로 청동기시대 비파형 동검이 발견된 곳이다. 아마도 능선의 동쪽을 걷는 코스가 보다 많기 때문에 동대만길이라는 이름이 붙은 것이 아닐까 싶다. 길이 대체로 평탄하고 경치가 좋았다.

마지막에는 섬의 좌우를 횡단하는 아스팔트 포장된 17번 지방도를 따라서 산도곡 고개를 넘어 대방산 임도를 길게 내려와 2018년 산행 때 하산했던 상신마을을 지나서 15시 37분에 종착지점인 그 이웃 상죽마을에 다다랐다. 앱에는 소요시간 4시간 52분, 도상거리 15.41, 총 거리 16.23km, 걸음 수 24,022보를 기록하였다.

갈 때는 모차르트와 베토벤의 교향곡을, 돌아올 때는 모차르트의 플루트 협주곡 1·2번을 들었다. 오후 5시 무렵 진주의 집에 도착하였다.

31 (일) 맑음 -장유누리길

아내와 함께 김해시 장유면에 있는 장유누리길에 다녀왔다. 오전 9시 무렵 진주의 집을 출발하여 국도 2호선을 따라 나아갔다. 2번 국도는 전라남도 목포시에서 부산광역시 중구에 이르는 길이 377.9km의 일반국도로서 1957년부터 2002년에 걸쳐 건설된 구 도로이다. 남해고속도로가 생기기 전까지는 慶全線 철로와 더불어 국토의 최남부를 관통하는 간선도로였는데, 지금은 비교적 한산한 편이다. 특히 진주를 출발하여 마산의 진전에서 거제·고성으로부터 오는 14번 국도와 만나기까지는 아주 한적하여 마치 전

세 낸 듯한 기분이므로, 우리 내외가 이즈음 자주 이용하는 편이다. 아침에 안개가 짙더니 얼마 후 개이고, 들판의 논은 가을 추수가 거의 끝나가는 풍경이었다.

마창대교를 경유할 작정이었는데, 내비게이션을 무료도로 위주로 설정해둔 까닭인지 갈림길에서 마산시내 방향을 지시하므로, 아차 하는 사이에 그곳을 지나쳐버리고 마산과 창원 시내를 경유하는 코스를 취할 수밖에 없었다. 그러나 모처럼 통과하는 마산항의 풍경과 메타세쿼이아 가로수가 늘어선 창원의 주도로 주변 단풍도 볼만하였다.

1시간 반 정도 후인 10시 42분에 대청계곡주차장에다 차를 세우고, 근처에서 길을 물어 7~8분 정도 걸어 내려와 장유누리길의 시작점인 동림선원(대청계곡길 168-14) 부근에 도착하였다. 동림선원에도 드넓은 주차장이 있지만 유료이므로, 좀 위쪽의 무료주차장을 이용한 것이다. 동림선원은 대한불교조계종에 속한 절인데, 기와집이 아니고 3층으로 된 양옥 건물이었다. 은암禪문화센터와 그 안에 수카바라는 북카페가 있고, 동림불교대학·명상아카데미·토요경전강독과정 등을 운영한다는 플래카드가 내걸려 있었다. 그곳에서 4.5km 떨어진 곳에 長遊庵과 장유화상 사리탑이 있음을 안내하는 이정표가 눈에 띄었다. 동림선원에서 멀지않은 대청천 상류에 장유폭포가 있고, 그보다 더 위쪽 장유암 경내에 우리나라 최초로 불법을 전파했다는 장유화상의 사리탑이 있는 모양이다. 장유화상은『삼국유사』「가락국기」에 인도 아유타국의 공주로서 배를 타고 와 금관가야의 시조인 김수로왕과 결혼하여 거등왕 등을 낳았다고 기록된 許黃玉의 오빠로서 설화 상으로만 전해 오는 인물인데, 寶玉仙人이라고도 한다.

나는 1994년 5월 1일에 도선을 타고서 가덕도로 들어가려고 오늘날의 부산신항에 있는 용원동에 이르렀다가 허황옥이 상륙한 장소임을 표시하는 비각을 본 바 있었고, 2000년 10월 17일에 김해의 신어산에 올랐다가 정상부근의 靈龜庵에서 장유화상이 그 절의 전신인 龜巖寺와 더불어 산중턱의 東林寺와 西林寺(현재의 銀河寺)를 창건했음을 적은 안내문을 읽은 바도 있었으며, 2014년 9월 27일 가야산 칠불리지에 올랐을 때는 가야산의 최고봉인 칠불봉이 왕후의 10왕자 중 일곱 왕자가 장유화상을 따라가 그 부근에서 수도하던 곳임을 알았다. 그리고 지리산 칠불암은 장유화상이 그 7왕자를 데리고 가야산으로부터 옮겨가 성불케 한 장소라고 전해오고 있다. 이곳 장유라는 지명 또한 그에게서 유래하는 것이다.

장유누리길은 동림선원 주차장 진입로 부근에서 두 갈래로 나뉘는데, 우리는 그곳 지리를 모르므로 첫 안내판이 서있는 곳에서 대청천을 따라 내려갔다. 그러나 알고 보니 일반적인 트레킹 코스는 건너편 주차장 입구에서부터 시작되는 모양으로서, 도중의 "시작점으로부터 몇 km" "남은 거리 몇 km"라고 적힌 이정표가 모두 그쪽 길을 기준으로 삼고 있었다. 그리고 장유누리길의 안내판들에는 꼭 '가야왕도 올레길'이라는 말이 덧붙여져 있었다.

트레킹 코스는 반룡산을 중심으로 하여 남북으로 형성된 두 하천인 율하천과 대청천 그리고 그 둘이 합류하는 조만강을 타원형으로 연결한 것으로서, 짧게는 반룡산을 한 바퀴 두르는 반룡산 코스 10.6km가 있고 길게는 동림선원까지 이어지는 장유누리길 13.5km의 둘로 나뉜다. 장유의 주요지역을 두루 포괄하는지라 도심 속 산책로라 할 수 있다. 길은 대체로 평탄하여 등산 스틱을 배낭 포켓에 꽂아 갔지만 그것을 꺼낼 필요는 없었다. 또한 나는 평복 차림으로서, 얼마 전에 난생 처음 산 블루진 바지에다 티셔츠와 체크무늬 점퍼를 입고, 산티아고 순례길 도중에 산 방수 운동화(알고 보니 태국제였다)에다 머리에는 이탈리아 알프스의 돌로미티에서 산 티롤식 모자를 썼다.

도중의 아파트 단지들에서 소각장 설치를 반대하는 마이크 소리가 이따금씩 들려왔는데, 그 가운데 "16만 장유시민"이라는 말이 있었다. 장유가 김해시에 속하는 하나의 면이라고는 하지만, 이미 웬만한 도시의 규모를 넘는 것이다. 그러므로 곳곳에 고층건물들이 많아, 진주의 혁신도시인 충무공동에 있는 김시민장군둘레길과 흡사하다는 느낌이었다. 김시민장군둘레길도 세 개의 코스로 나뉜다.

둔치 길도 있으나 우리는 주로 냇가의 둑길을 따라 걸었다. 도중의 카페 거리에서 아내는 디자인이 예쁘다면서 양말을 한 뭉치 샀다. 실은 카페뿐만 아니라 음식점도 많아 도시락을 준비해올 필요도 없었다. 그러므로 배낭을 맨 사람은 우리 외에 거의 찾아볼 수 없었다. 자전거를 타는 사람도 꽤 많아 코스에 따라서는 자전거 일색인 곳도 있었다. 대청천에는 백로가 무리를 지어 서성거리고 있었다. 우리는 4km 가까이 걸은 지점의 징검다리 건너편에 Perfect Hotel이 마주보이는 장소에서 점심을 들었다. 식사를 하면서 보니 백로 한 마리가 물속의 피라미를 부리로 쪼아 먹는데, 냇물 속에 그런 작은 물고기들이 떼를 지어 몰려다니는 것이므로 물은 아주 맑은 모양이었다.

코스가 도심 지역을 벗어나자 억새 비슷한 꽃이 핀 풀이 우거진 한적한 시골길로 바뀌었다. 조만강이 가까워질수록 강폭은 넓어지고 그런 곳에는 군데군데 오리 떼가 떠다니고 있었다. 꽤나 긴 이 코스에서 화장실이 도무지 눈에 띄지 않더니, 조만강파크골프장이 시작되는 지점에서 비로소 하나 발견하였다. 두 개울물은 조만강에서 합류하여 서낙동강으로 흘러가는 것이다.

파크골프장은 조만강 가를 지나 반환점에 접어든 율하천으로까지 이어져 1km 정도는 될 듯하였다. 나는 남해고속도로를 따라 부산으로 가다가 건너 편에 예전에는 없던 대규모 위락시설이 들어선 것을 보고서 무엇인가 하고 궁금했던 바 있었는데, 오늘 보니 롯데아울렛 부근에 있는 롯데워터파크 였다. 시멘트로 인공 바위산을 조성해 놓은 것이 디즈니랜드를 방불케 하였 는데, 오늘 바로 그 옆을 지나치게 되었다.

율하천 가를 걷는 도중에 두 번째로 화장실을 만나게 되었다. 그것은 김해 율하유적전시관 뒤편에 설치된 것이었다. 그 부근에 꽤 넓은 율하유적공원 이 있었다. 두 개의 고인돌공원 및 한 개의 마을유적공원으로 이루어져 있으 며, 마을유적공원 옆에도 모형관이 있는 모양이었다. 택지개발사업을 시행 하기에 앞서 2001년에 실시된 지표조사 및 2004년 실시한 시굴조사 결과 청동기시대 주거지 및 지석묘, 삼국시대 목곽묘 및 석곽묘, 고려시대 건물 지, 조선시대 민묘 및 건물지 등이 대거 확인되었다고 한다. 규모는 25,909 ㎡에 달하는 것이었다. 마을유적에서는 가야시대의 도로와 선착장으로 추 정되는 棧橋 시설 등이 확인되었는데, 이 도로는 조선시대와 근세까지 창원과 진해로 가는 주요 교통로로 사용되었다고 한다. 고인돌은 上石과 뚜껑돌 없이 石槨形의 매장 시설만 확인되었는데, 유적전시관 부근에 생울타리로 둘러싸여 여기저기 널려 있었다.

오늘의 트레킹에서도 여기저기서 꽃이 한창인 금목서를 만나게 되었고, 나의 외송 산장에서는 아직 개화한 것을 보지 못한 은목서 나무에 꽃이 만발해 있는 모습도 눈에 띄었다.

율하천의 상류에서부터 완만한 오르막길이 이어져, 개울로부터 멀어진 고갯길을 한참 지나서 출발지점인 동림신원에 닿았고, 오후 3시 27분에 차를 세워둔 주차장에 도착하였다. 소요시간은 4시간 45분, 앱 상으로는 도상 거리 16.43, 총 거리 17.05km, 걸음 수 22,413보를 기록하였다. 돌아올 때는 지름길인 불모산터널과 마창대교를 지나서 2번 국도에 합류하였기 때문에, 한 시간 남짓 걸려 오후 5시 무렵 진주의 집에 도착하였다. 오늘은 갈 때와 올 때 모두 바로크 음악을 들었다.

11월

7 (일) 맑음, 입동 - 월아산, 경상남도수목원

월아산에 오르고, 이반성면 대천리에 있는 경상남도수목원에 가을나들이를 다녀왔다. 오늘 정오에 아내의 진주여중 동기들인 김귀균·조정순 씨 및 김 여사의 남편인 장상환 교수와 더불어 금산면 청곡사 입구 월아산로 1440번길 30에 있는 월아생선구이에서 만나 함께 점심을 든 후 경상남도수목원으로 단풍 구경을 가기로 했었는데, 아내가 자기네 세 명의 단톡방에 올린 김귀균 씨의 금호지 가을국화 전시회 사진들을 보여주면서 오전 중 거기로 가서 국화를 둘러보고 산책도 하자는 것이었다.

평소처럼 9시에 출발하여 금산면 용아리에 있는 금호저수지에 도착하였다. 시간 여유가 있으므로 금호지 일대를 천천히 산책하여 우리 내외가 아직 가보지 못한 곳들도 두루 둘러보고자 하여 체육공원 주차장에다 차를 세운 다음, 그 부근의 샛노랗게 물든 은행나무 숲길을 거닐다가 어린이놀이터 쪽으로 들어섰는데, 등산로 입구 표지들이 눈에 띄었다. 도중에 하산하여 돌아오는 아주머니를 만나 이 길을 따라가면 어느 산에 닿느냐고 물으니, 국사봉이라는 것이었다. 국사봉은 25,000분의 1 지형도를 포함한 대부분의 지도에 月牙山이라고 표시되어 있으나 실은 將軍台山(482m)이라고 표기된 장군대봉에 이어 월아산에서 두 번째로 높은 봉우리(470.7m)인데, 나는 청곡사를 경유하여 장군대봉에 오른 적은 몇 번 있었으나 국사봉에 오른 기억이 없고, 금호못을 경유한 경우는 더욱 없는 듯하다. 그래서 이 기회에 한 번 올라보기로 하고, 9시 50분쯤 아내와는 거기서 일단 작별하였다.

그러나 알고 보니 금호못을 경유하여 국사봉에 오르는 코스는 능선을 따라 여러 개의 봉우리를 거쳐야 하므로 청곡사를 거쳐 장군대봉에 오르는 것보다 꽤 멀었다. 비교적 완만한 경사로를 거슬러 올라 한참을 나아가다가 첫번째 봉우리로 오르는 도중 내 또래쯤으로 보이는 하산하는 남자에게 국사봉까지 얼마나 남았느냐고 물었더니 처음에는 온 것만큼 더 가야 할 거라고 하더니 조금 후 30분 쯤 더 가야 한다고도 하였다. 그래서 정오의 약속을 고려하여 끝까지 오르는 것은 포기할 수밖에 없었다. 몇 개의 봉우리를 더 넘어 마침내 송신탑이 있는 장군대봉과 그 옆의 국사봉으로 판단되는 밋밋한 봉우리가 나무 둥치 사이로 나란히 바라보이는 지점에 이르러서 발길을 돌려 내려왔다. 도중의 등산로 가에 차나무가 심어져 있는 구간이 꽤 길었다.

11시 45분쯤에 주차장으로 돌아왔으나, 나의 하산 시간을 고려하여 점심 약속은 이미 12시 30분으로 늦추어졌고, 아내는 버스와 택시를 이용하여 그새 도착한 조정순 씨와 더불어 금호지를 산책하고 있었다. 주차장에서 식당까지는 약 7분이 소요되었다. 장상환 교수의 말로는 금호지에서 국사봉까지는 편도에 약 2시간이 소요된다는 것이었다.

조 여사가 산 생선구이정식으로 점심을 든 다음, 장 교수 차의 선도에 따라 경상남도수목원으로 향하였다. 장 교수 내외도 우리처럼 나들이를 좋아하는지라 수목원에는 종종 들르는 편이며 근자에도 다녀왔다고 하므로, 내비게이션 없이도 길은 훤하였다. 나는 2번 국도를 통해 메타세쿼이아 숲이 우거진 경상남도수목원 옆을 종종 지나치므로 국도에서 바로 접어들면 되는 줄로 알았으나, 장 교수는 사봉면과 일반성면을 가로질러 한참동안 지방도를 경유해 나아갔다. 나도 과거 경상남도수목원에 몇 번 들른 적이 있었으나, 장 교수의 추천으로 만추의 단풍을 보기 위해 다시 온 것이다. 젊은 시절에 본 이만희 감독의 흑백영화 「만추」에서 받은 감동을 아직도 잊지 못하고 있는데, 지금이 그 무렵인 셈이다.

그러나 입구에서부터 차들이 장사진을 치고서 대기 중이고 인산인해를 이루어 도무지 안으로 들어갈 수 있을 것 같지 않았다. 교통정리원이 지시하는 방향으로 나아가 보았으나, 그곳에도 차들이 가득하여 더 이상 주차할 공간이 없었다. 간신히 빠져나와 임의로 입구 안에 진입해 보았지만 사정은 마찬가지였으므로 밖으로 도로 빠져나왔는데, 장 교수의 연락에 의하면 국도가의 이제는 폐업한 주유소 곁에 공간이 있으니 거기에다 차를 세우자는 것이었다. 그곳으로 가보니 수목원과는 조금 떨어졌으나 비교적 한적한 장소였다. 나도 예전에 운전 중 잠시 거기에다 차를 세우고서 소변을 본 적이 있는 곳이었다.

우리 차에 탄 아내와 조 여사의 의견은 차를 돌려 다른 곳으로 가자는 것이었지만, 내가 기왕 여기까지 왔으니 들어가 보자고 하여, 마침내 거기다 차를 세운 다음 다함께 걸어서 수목원으로 돌아왔다. 이곳은 1989년 현재의 산림환경연구원인 경상남도임업시험장을 이곳으로 이전해 반성수목원으로 개원하여 2000년에 경상남도수목원으로 명칭을 변경하였는데, 102hr의 면적에다 국내·외 식물 3,400여 종 34만여 본을 수집하여 보전·전시하고 있다. 이후 창원이나 거창 등에도 비슷한 규모의 식물원들이 생기기는 하였지만, 경상남도수목원이라는 명칭은 이곳만이 가지고 있는 것이다. 지금은 어른 개인 1,500원의 입장료를 받고 있었지만, 우리 일행 다섯 명은 모두 경로우대로 무료입장하였다.

지리를 잘 아는 장 교수의 인도에 따라 경내 여기저기를 두루 둘러보았다. 화목원, 열대·난대식물원, 수련온실, 암석원, 수생식물원, 민속식물원 등에다 산림박물관도 있고 여러 채의 건물이 흩어져 있는데다 타조, 양, 사슴 등 동물들도 사육하고 있었다. 인파 속에서 이럭저럭 비교적 한적한 장소를 찾아 준비해온 과일과 커피 등을 나누어 들다가, 다시금 일어나 경내를 둘렀다. 가을은 바야흐로 절정을 이루어, 이곳까지 오는 도중 들판의 논들은 한 주 새에 이미 추수가 끝나 있었고, 곳곳마다 낙엽이 수북이 쌓인 데다 울긋불긋한 단풍이 우수수 떨어지기도 하여, 여학생 세 명은 그 낙엽을 끌어 모아 공중에 흩날리기도 하였다. 아내와 조 여사도 이제는 내 의견에 따라 들어온 것을 매우 다행으로 여기고 있었다.

마지막으로 인적이 끊어진 寶쏙山(439m) 등산로 쪽으로 접어들어, 그 중턱의 벤치에 걸터앉아 한동안 시간을 보냈다. 장 교수는 늘 그러듯이 오늘도 가을을 주제로 한 유행가를 세 곡 정도 피로한 다음, 한동안 사라지더니 근처에서 노란색 들국화를 잔뜩 끊어와 여학생들에게 한 아름씩 선물하였다. 향기가 너무 좋다면서 다들 만족해하였다.

장 교수는 여러 해 전부터 해마다 여름철 우리 농장에서 자두를 수확할 때면 와서 거들고 있는데 부인 김 여사는 그 때 따라와 처음 만났고, 그 이후 조 여사도 자두 수확 때 함께 와 어울린 바 있으며 따로도 몇 번 놀러왔었다. 그들은 아내의 진주여중 동기들로서, 중학교를 졸업한 이후 김 여사는 상경하여 이화여고를 거쳐 이화여대 사학과에 진학하고, 조 여사는 아내와 함께 진주여고를 마친 후 김 여사와 같은 이화여대 불문과에 진학하였다. 김귀균 씨는 서울대학교 사회학 교수였던 고 김진균 씨 및 서울대학교 정치학과 명예교수인 김세균 씨의 동생인데, 그들은 모두 진보적 지식인이자 활동가로서 세상에 알려진 분들이다. 여사 자신도 젊은 시절 그런 활동에 종사하였던 모양으로서, 장상환 교수가 민주화운동으로 말미암아 투옥되어 있을 때 그 면회를 위해 자진하여 혼인신고를 한 것으로 들은 바 있다. 조정순 씨는 졸업 후 잠시 삼현여고의 불어교사를 한 바도 있었으나, 이후 성형외과 의사의 부인으로 있다. 우리 농장에서 함께 만난 이래로 아내를 포함한 세 명은 부쩍 가까워져 지금은 셋이서 단톡방을 공유하고 있기도 한 것이다.

우리가 등산로에서 내려오자 수목원을 채웠던 그 많던 인파는 이미 거의 빠져나간 후였다. 차로 돌아온 후, 장 교수 내외는 자기네 승용차로 올 때처럼 우리 차를 인도하려는 듯 앞서가 가까운 곳의 2번 국도로 빠지는 모양이었으나, 우리는 내비게이션이 가리키는 코스대로 나아가 진주시내로 돌아왔다. 다운타운의 구 중앙로터리 부근에 조 여사를 내려준 후, 오후 6시가 못 된 시각에 귀가하였다.

21 (일) 심한 미세먼지 - 호국의병의숲

아내와 함께 의령군 시정면 성산리에 있는 호국의병의숲 친수공원에 다녀왔다. 오전 9시에 집을 출발하여 남해고속도로를 따라 부산 방향으로 나아가다가 함안요금소에서 1011번 지방노로 빠져나와 법수면의 금년 5월 30일에 꽃구경을 왔던 바 있는 악양뚝방(성안제방) 쪽으로 나아간 다음, 처녀뱃사공노래비와 악양생태공원 입구를 지나 의령군 지정면으로 접어들었다. 도착하고 보니 그곳은 남강이 낙동강과 합류하는 지점인 기강의 성산제방 아래로서 이 역시 지난 7월 18일에 아내와 더불어 트레킹 한 바 있는 남지읍의 개비리길과 낙동강을 사이에 두고서 마주보는 장소였다.

인터넷으로 검색해보면 이곳 댑싸리가 유명한 모양인데 지금은 이미 시들었고, 그 대신 주차장 가의 핑크뮬리 꽃밭이 한창이었다. 산책로 주변에 떨어져 수북이 쌓인 노란 은행잎과 가을 단풍 그리고 곳곳에 우거진 억새꽃들이 아직 남아 있어서 그런대로 늦가을의 운치를 즐기기에는 충분했다. 우리 내외 외에 승용차를 몰고 들어온 사람들이 더러 눈에 띄었으나 매우 한적하였다. 드넓은 잔디광장에서 흰 옷 입은 남자 하나가 파크골프 연습을 하고 있었고, 강가에 낚시꾼들이 몇몇 보였다.

잔디광장을 지나 공원이 끝나고서 뚝 위에 자전거길 안내표지가 서있는 지점까지 나아갔다가 되돌아와 반대쪽의 중앙광장과 기강나루터 일대까지 두루 둘러보았다. 도중 몇 군데에 전망데크가 설치되어 있어서 넓은 낙동강의 풍경을 바라볼 수 있었다.

이곳 歧江(일명 거름강)나루는 예전에 창녕 남지읍으로 나룻배를 타고 이동하던 곳인데, 임진왜란 때인 1592년 5월 4일 망우당 곽재우가 최초의 의병을 일으켜 첫 승리를 거둔 장소로서, 나도 예전에 이 고장 사람의 인도를 받아 답사 차 와본 적이 있었던 곳이다. 그는 10여 명의 부하를 거느리고서 기강 둑에 매복해 있다가 낙동강을 거슬러 올라오는 왜군의 병참선이 강 속에 미리 설치해둔 木杖(나무말뚝)에 걸리면 급습하는 방식으로 왜선 14척을 격퇴시켰다고 한다.

차를 세워둔 주차장으로 되돌아와 점심을 든 다음, 오후 2시 남짓에 귀가하였다. 왕복하는 도중에는 가을 분위기가 나는 피아노 소품들을 들었다. 도중부터 재기 시작했지만, 오늘 걸은 시간은 1시간 51분, 도상 거리 6.05km, 총 거리 6.17km, 걸음 수로는 9,663보였다.

27 (토) 맑음 - 소양강 스카이워크, 남이섬

아내와 함께 ㈜CJT투어(참조은여행사)의 '남이섬&춘천 소양강 스카이워크(당일)'에 참여하여 춘천에 다녀왔다. 오전 5시 반쯤에 집을 출발하여 6시 16분에 진주역을 출발하는 KTX-산천 204열차를 탔다. 산천이라 함은 도중에 차량을 교체하는 열차를 의미하는 것이라고 한다. 우리 내외의 좌석 번호는 18호차 6C·6D였다. 7시 54분 동대구역에 도착하여 에스컬레이터를 타고서 올라가니, 가이드인 석민정 씨가 노란 마스크를 쓰고서 마중 나와 있었다.

대구·진주·마산을 포함한 각지에서 모인 사람들이 그녀의 인솔에 따라 역사 바깥으로 이동하여 갈색 CJT tour 전용버스를 탔다. 이 회사는 대구에 본사를 두고 부산경남지사와 대전수도권지사를 두고 있으므로 동대구역에서 집합할 경우가 많은 것이다. 8시에 동대구역을 출발하여 중앙고속도로를 따라 북상하여 그 종점인 춘천에 이른 다음, 12시 10분 무렵 도심 부근의 소양강 스카이워크에 도착하였다.

나는 스카이워크 부근에 소양강처녀상이 있다고 하므로, 2006년 7월 17일 수양산악회를 따라 춘천의 오봉산 등산을 왔을 때 소양강댐 선착장 부근에서 그 상을 본 바 있는 듯하여 그곳으로 갈 줄로 예상했었는데, 오늘날은 춘천호반에 위치해 있으니 내가 장소를 착각한 것일까? 소양강은 이곳에서 북한강의 본류와 합하여 하나의 강이 되는데, 영서로 2663에 위치한 스카이워크는 길이 174m인 국내 최장의 유리다리이다. 바닥이 투명강화유리로 된 구간이 156m이며, 그 끄트머리에서는 2006년에 설치된 박종재 씨가 만든 스테인리스 스틸 재질의 높이 18m에 이르는 자연의 생명(소양강 쏘가리)상이 바로 건너편 호수 가운데에 바라보인다. 물에서 튀어 오르는 소양호의 쏘가리를 사실적 기법으로 형상화한 것인데, 소양강처녀 노래 발상지 관광명소화를 위한 물고기 창작 조형물 공모전에서 당선한 작품이라고 한다. 스카이워크 입장료가 있었지만, 우리 내외는 경로우대로 무료로 들어갔다. 그곳을 나온 다음, 번개시장 이야기길을 따라서 이웃한 소양강처녀상으로 가 보았다. 반야월 작사, 이호 작곡의 국민가요 소양강처녀의 상은 가까이 다가가 보니 꽤 높았다.

오후 1시까지 주차장으로 돌아와서 중심가인 명동닭갈비골목으로 이동하였다. 그 입구에 닭 모양의 구리 빛 금속 조각상이 서 있고, 받침대에 1968이라는 글자가 눈에 띄었다. 춘천 닭갈비의 역사는 1960년대 말 선술집에서 숯불에 굽는 술안주에서 시작되었다고 한다. 1970년대 들어 춘천의 명동 뒷골목을 중심으로 닭갈비집이 많이 생겨서 휴가 나온 군인, 대학생들로부터 싸고 배불리 먹을 수 있는 음식으로 인기를 얻기 시작하였다고 한다. 우리 내외는 닭갈비골목 초입 부근인 조양동 50-5번지의 우미닭갈비에 들러 원조닭갈비 2인분과 공깃밥·모듬사리를 주문하여 점심을 들었는데(35,500원), 양이 많아 일부는 싸가지고 왔다. 그 집 명함에 '49년 원조의 자존심'이라 하고, '명동닭갈비골목에서 가장 오래된 집'이라고도 적혀 있었다. 식후에 나는 닭갈비골목을 끝까지 걸어보았다.

2시 10분에 다시 집합하여 40분 정도 이동하여 강원도 춘천시와 경기도 가평군의 경계에 위치한 남이섬으로 갔다. 춘천시 남산면 남이섬길1인 남이섬은 淸平湖에 떠 있는 반달 모양의 섬으로서 둘레 약 5km, 넓이 46만㎡인데, 입구에 南怡장군 묘가 있다 하여 남이섬으로 불린다. 1965년부터 민병도라는 사람에 의해 모래펄 땅콩 밭에 수천 그루의 나무들이 심고 가꾸어져 오늘에 이르렀다고 한다. 안내 팸플릿 등에 "평상시엔 육지였다가 홍수 땐 섬이 되"었다고 적혀 있는 것으로 보아, 댐의 건설로 말미암아 오늘날과 같은 섬이 된 것이 아닐까 싶다. 지금은 나미나라공화국이라 하고, 국기·기념우표·화폐인 '남이통보'도 발행하고 있다. 내가 대학생이었던 1973년에서 1977년 사이에도 이곳은 꽤 이름 있는 유원지였던 듯한데, 당시 가평군의 대성리에 학과 행사로 몇 번 놀러 왔던 기억은 있으나, 남이섬에 온 기억은 확실치 않다. 이 섬이 국제적으로 유명해진 것은 드라마 〈겨울연가〉의 촬영지로 되었기 때문인데, 지금은 그 많던 외국인의 발길도 좀 뜸해진 모양이다.

우리는 가평나루에서 10분마다 출발하는 배를 타고서 입도하였다. 일반은 13,000원, 만70세 이상은 우대로 만 원의 요금을 받으나, 그 부분은 여행사 측이 부담하였다. 섬 안에 편도 요금이 3천 원인 8분 소요 유니세프나눔열차와 7천 원의 요금으로 15~20분 동안 섬을 일주하는 스토리투어버스가 있는데, 우리 내외는 투어버스를 타고서 한 바퀴 두른 다음, 역방향으로 가보지 않은 길을 중심으로 걸어서 되돌아왔다. 남이장군 묘역에도 들렀는데, 이것이 과연 25세에 공조판서와 병조판서를 역임하다가 26세의 나이로 죽은 그의 무덤이 맞는지, 그렇다면 무덤이 왜 여기에 있는지 모두 의문이었다.

오후 5시쯤에 남이나루를 출발하는 배를 타고서 가평나루로 되돌아와, 가평읍 북한강변로 1044-11 강 위 짚라인 출발점 가에 있는 빌딩 2·3층의 카페 The Steel에서 카페라테를 들며 시간을 보내다가, 6시 10분에 다시 전용버스를 타고서 귀로에 올랐다. 밤 10시쯤 동대구역에 도착하여 22시 35분에 출발하는 KTX-산천 221열차 6호차를 타고서 4C·4D 석에 앉아 0시 15분에 진주역에 도착하였다. 귀가 후 샤워를 마치고서 1시 무렵에 취침하였다. 오늘은 왕복 12시간 정도를 차 안에서 보낸 셈이다.

28 (일) 맑음 – 자갈치크루즈

정오에 부산 자갈치시장 2층 18번 달봉이횟집에서 열리는 사촌 모임에 참석하기 위해 아내와 함께 오전 9시 40분 발 부산 사상 행 시외버스를 탔다. 작년 11월 6일 이 장소에서 내가 비용을 부담하여 친목모임을 가진 바 있었는데, 오늘은 작은집 맏딸 순남이네가 초청하는 형식이 되었다.

꽤 시간이 남을 줄로 생각하고서 일찍 도착하면 그 근처 자갈치시장과 남포동 광복동 일대를 산책해 볼까 생각했었는데, 진주에서 출발하는 시각이 이미 늦었고, 진주에서 부산까지의 이동 시간이 1시간 20분 걸렸으므로, 거의 정시에 도착했다. 오늘은 큰집 백환 형수와 작은집 호환 형수, 그리고 미국에 있는 우리 집 경자누나 및 두리를 제외하고서 살아 있는 사람은 모두 모였다.

모처럼 반가운 사람들을 만나 점심 회식을 하고 즐거운 시간을 가졌다. 나는 미국에 있는 두 누이 및 서울에 있는 친우 우식이에게 카톡으로 보내기 위해 사진 찍느라고 바빴다. 작은집 막내딸 순옥이가 벌써 62세이고 우리 집 막내 딸 미화가 59세라고 하니 그들이 제일 젊은 셈이다. 작은 집 막내아들 명환이는 캄보디아 프놈펜에서 10여 년 동안 해온 사업을 접고서 조만간 영주귀국 할 생각이라 한다.

몸이 좋지 못한 용환 형 내외와 큰누나 및 그들을 바래다주기 위해 함께 가는 큰 집 막내딸 귀옥이, 마찬가지로 건강이 좋지 못한 작은집 둘째 딸 순월이 내외는 식사 모임을 마친 후 먼저 귀가하고, 나머지 사람들은 작년과 마찬가지로 오후 2시에 출항하여 1시간 반 동안 영도의 태종대 등대와 송도 암남공원까지를 한 바퀴 도는 부산남항유람선 자갈치크루즈를 탔다. 올해는 1층 객실에서의 춤과 노래에는 참가하지 않고 술과 음료수 등을 들면서 대화만 나누었으며, 작은집 남매들이 먼저 3층 갑판에 올라가 주변 경관을 바라보고 있으므로, 나도 얼마 후 그리로 올라가 함께 시간을 보냈다. 날씨가 아주 맑아 일본 땅 對馬島가 선명하게 바라보이고, 영도의 태종대 등대 부근에서는 건너편으로 오륙도와 해운대의 최신식 고층 아파트들도 바라보였다.

크루즈를 마친 후 자갈치시장의 선착장으로 돌아와 작별하였고, 우리 내외는 자갈치시장에서 구운 생선들과 장모를 위한 의류들을 좀 사서 갈 때와 마찬가지로 공짜 지하철을 타고 사상터미널로 돌아온 다음, 17시 28분에 출발하는 시외버스를 타고서 진주로 돌아왔다.

12월

4 (토) 맑음 -대구교육대학교

내일이 음력 11월 2일 내 생일인데, 아내가 어제 외송에서 돌아올 때 찾아온 케이크는 오늘이 제일 맛있다고 하므로 조식 때 그 절반을 잘라 미리 들었다.

오늘 오후 1시부터 대구교육대학교 상록라운지 2층 강의실에서 열리는 한국동양철학회의 2021년 동계 학술대회에 참석하기 위해 외송에 들어가지 않았다. 오전 11시 반에 아내와 함께 집을 출발하여 승용차를 몰고서 망경로 303(강남동)에 있는 육거리곰탕으로 가서 수육과 곰탕으로 점심(47,000원)을 들었다. 이 식당에는 내가 진주에 정착한 초기에 가끔 갔었으나 집을 개조한 이후로는 수십 년 동안 전혀 간 기억이 없는데, 한옥이었던 옛 건물이 콘크리트인 양식으로 바뀐 이후, 내부 테이블이 입식으로 되고 마당이 있었던 장소도 건물 안으로 들어와 있었으며, 여전히 손님들이 꽤 많았다.

식후에 33번국도와 광주대구고속도로를 경유하여 남대구요금소에서 대구 시내의 도로로 빠져나온 다음, 남구에 있는 대구교육대학교로 찾아갔다. 오늘 학회의 주제는 「동양철학과 시민사회」인데, 우리가 도착했을 때는 개회사 및 축사와 제1부 '유가와 도가의 시민사회'가 끝난 후 14시 30분부터 있는 휴식시간에 막 접어든 무렵이었다. 아내는 연세대 기숙사의 룸메이트였던 한 살 위인 전 영남대 총장 부인 이정혜 씨와 만나 시간을 보내기로 하고, 나 혼자 학술회의장으로 들어갔다. 내가 간다는 연락은 하지 않았지만, '오이환 고문'이라고 인쇄된 명찰이 준비되어 있었다.

로비에서 차를 들며 예전부터 잘 알던 회원들과 대화를 나누다가 14시 50분부터 시작되는 제2부 '불가와 동학의 시민사회' 발표 및 논평을 경청하였다. 연구이사인 계명대학교 권상우 교수의 사회로 경희대학교 이명호 씨가 제3발표로서 '한국사회 대전환을 준비하는 불교시민교육-전환의 과제를 중심으로'를 발표하고, 동아대학교 윤종갑 씨가 논평을 하였으며, 제4발표로는 동국대학교 정혜정 씨가 '이돈화의 동학사상과 시민교육-〈우주생명론〉과 〈인간격(한울격)〉의 권리를 중심으로'를 발표하고 대구대학교 안효성 씨가 논평을 하였다. 16시 10분부터 16시 30분까지 다시 휴식을 한 후, 연세대학교 신규탁 교수가 좌장이 되어 종합토론을 가지고, 정기총회를 마친 후 18시에 폐회를 할 예정인데, 나는 종합토론이 시작될 무렵 그곳을 떠나 다시 아내와 함께 승용차를 타고서 갈 때의 코스로 오후 6시 반 무렵 귀가하였다. 오늘 모임에서 경북대 철학과의 방인 교수가 정년퇴임을 하고 그 후임으로서 내가 이 학회의 회장을 하던 시절 이사를 맡아 출토문헌을 다룬 국제학술회의를 주선했었던 이승률 씨가 부임한 사실을 확인하였다.

대구까지 가고 오는 도중에는 모차르트의 음악을 들었다.

12 (일) 흐림 –아라가야역사순례길

아내와 함께 함안의 아라가야역사순례길에 다녀왔다. 오전 9시에 집을 출발하여 남해고속도로로 함안까지 갔다. 시외버스터미널 앞 공용주차장에다 차를 세운 후, 카카오택시를 불러서 총 7구간 중 제4구간의 출발점인 함안면의 경전선 함안역으로 향했다. 아라가야역사순례길의 총 길이는 17.6km, 소요시간은 6시간 30분인데, 아내가 자기 체력으로는 무리라고 하여 12km 정도로 줄이기로 한 것이다.

내가 가진 2008년도 판 『영진5만지도』에 의하면, 함안역은 지금의 함안군 중심지인 가야읍에 위치해 있는데, 그 새 역사를 옮긴 모양으로서 새 역사는 크고 현대적이었다. 그 역사 뒤편에 아라가야역사순례길과 그 4구간의 안내도가 있었다. 4구간의 총 거리는 2.6km, 약 55분이 소요되며, 그 코스를 따라서 괴항마을에 있는 無盡亭으로 이동하였다.

원래는 괴항마을 서편 산중턱에 자리했던 것을 1992년 무진정 옆으로 옮겨온 함안조씨 집의공파 종중 재실인 槐山齋를 거쳐서 경상남도 유형문화재 제158호인 무진정에 올랐다. 무진정은 생육신 趙旅의 손자인 趙參(1473-1544)이 중종 37년(1542)에 후진양성을 하고 여생을 보내기 위해 지은 정자이다. 주세붕이 기문을 지었고, 조금 높은 대 위에 위치한 무진정 아래에는 함안낙화놀이(무형문화재 제33호)가 열리는 연못이 있다. 예전에 함안 출신의 제자 趙平來 군을 따라서 한 번 와본 적이 있었는데, 지금은 그때와 분위기가 많이 달랐고, 바로 옆으로 79번 국도가 지나가고 있었다. 연못가에는 조삼의 고손자로서 무과에 급제하여 정묘호란 때 死節한 사람의 父子雙節閣과, 부근에 그의 죽음을 알리러 귀향했다가 못에 빠져 자살한 노비의 비석도 있었다.

무진정 뒤편에 해발 139.4m인 城山의 정상부를 따라 조성된 산성이 있었다. 사적 제67호인 성산산성은 둘레 1.4km의 돌로 쌓은 산성인데, 아라가야가 신라에 병합된 직후에 만들어진 것이라고 한다. 이 산성에서 2009년 발굴조사 중 확인된 蓮씨의 연대를 측정한 결과 779년 전과 669년 전으로 밝혀져 통상 700년 전 고려시대의 것으로 알려진 아라홍련이 유명한데, 싹을 틔워 함안박물관에서 종자를 보존하고 있으며, 7구간에 있는 연꽃테마파크에 심어져 있기도 하다. 경남연구원 역사문화센터가 현재 18차 추가 발굴조사를 하고 있었다.

남문지와 서문지가 남아 있는데, 성산산성 서문에서부터 5구간이 시작되고 있었다. 함안박물관에 이르기까지 총 거리 2.2km, 약 40분이 소요되는 구간으로서, 백산마을을 지나 도동마을에 접어들 무렵부터 말이산의 능선에 고분군이 올려다 보이기 시작하였다. 또한 이 코스에서는 함안말이산고분군 세계유산등재를 기원하는 '아라가야 GOGO 챌린지'라는 행사도 벌어지고 있는 모양이었다.

사적 제515호인 함안 末伊山古墳群은 아라가야의 왕과 귀족들 무덤이 조성되어 있는 곳으로서, 아라가야의 대표적 유적이다. 말이산은 '머리+산'을 한자로 표기한 것으로 '우두머리의 산'을 의미하는데, 이로 보아 말이산의 어원이 아라가야의 왕과 관련된 것임을 짐작할 수 있다고 한다. 말이산은 가야분지에 위치한 해발 40~70m의 나지막한 구릉으로서 남북으로 약 2km 정도 길게 뻗은 중심능선과 이로부터 서쪽으로 완만하게 이어지는 여덟 갈래의 가지능선으로 되어 있다. 고분군은 구릉의 중심과 가지능선에 열을 지어 서 있으며, 고분군의 면적은 52만㎡로 단일유적으로서는 국내 최대

급이다.

가야는 기원을 전후한 시기부터 6세기 중엽까지 약 500년 동안 낙동강 남쪽과 서쪽 일대에 분포했던 나라들로, 삼국과는 달리 여러 개의 작은 나라로 구성되어 있었다. 그 중 아라가야는 가야의 여러 나라 중 '형님' 또는 '아버지'의 나라로 기록되었을 만큼 가야국들을 대표하는 고대국가였다고 한다. 말이산고분군은 1~37호분을 지정·관리하고 있으나, 그 주변에 고분의 원형을 잃어버린 것이 적지 않아 약 1,000기 이상의 고분이 존재할 것으로 추정된다. 이에 대한 발굴조사는 일제강점기에 처음 실시되었으며, 우리 연구자에 의해서는 1986년에 최초로 이루어진 이래 지금까지 20차례의 학술조사를 통해 대형 봉토분 9기를 포함 200여 기의 고분이 발굴되었으며, 불꽃무늬토기를 비롯한 8,500여 점의 유물이 출토되었다. 2013년 유네스코 세계문화유산 회의에서 김해·고령의 고분군과 함께 고대 가야를 대표하는 유적으로서의 가치를 인정받아 세계유산 잠정목록에 등재되었으며, 이후 고성·남원·창녕·합천을 포함한 4개 고분군이 추가되어 현재 7개의 가야고분군에 대한 2021년 최종등재를 목표로 많은 노력을 기울이고 있다.

말이산 4호분 아래에 위치한 함안박물관은 현재 제2전시관 증축공사가 진행되고 있었다. 현재의 전시실은 2층으로 구성되어 있는데, 개방된 곳은 마치 지하에 있는 듯하였다. 박물관 내에서 8호분의 5세기 후반 순장 풍습을 확인하였고, 1992년 국내 최초로 완형의 말갑옷과 철제투구가 출토되었다. 5호분에서는 1917년 경성제국대학의 今西龍에 의해 발굴조사가 되었다는 설명문을 보았다. 한국 최초로 말갑옷이 출토된 곳은 말이산의 북쪽 건너편 구릉인 현재의 해동아파트 자리로서, 가야시대의 고분 분포는 지금보다 더 북쪽으로 이어졌을 것으로 추정되지만, 일제강점기에 철도의 설치로 말미암아 말이산 북쪽 일대가 잘려나가고 주택과 도로가 들어서면서 현재의 모습에 이르고 있다고 한다.

우리 내외는 말이산2호분 옆 함안군청 위쪽에서 준비해간 도시락으로 점심을 든 다음, 1호분을 지나 해동아파트에서 말이산고분군을 빠져나왔고, 남문마을까지 총 3.7km, 약 70분이 소요되는 6구간을 거쳐, 마지막 7구간에 접어들었다. 남문외 6호분과 현재 발굴 중인 남문외 1호분을 거쳐 연꽃테마파크에 접어들었다. 이곳은 아라홍련을 심어둔 곳으로서, 금년에 연꽃 구경을 오려고 했다가 개화시기를 놓쳐버려 포기하기도 하였다. 남문외 고분군의 왼쪽이자 연꽃테마파크에서 가까운 곳이 아라가야의 추정 王城地라고 한다.

연꽃테마파크에 접어들자 제자인 조평래 군에게 전화를 걸어, 그 부근인 가야읍 왕궁1길 32에 있는 아라카페 2층에서 그를 만났다. 그는 현재 60대 중반 정도의 나이인데, 모처럼 만나보니 윗머리가 많이 빠져 있고, 얼굴 모습도 예전과는 좀 달라보였다. 현재 함안문인협회 회장으로서 소설을 쓰고 있으며, 함안면에서 문중 소유의 1만 몇 천 평 되는 감나무 농장을 관리하고 있고, 여전히 독신이다. 가까이 살던 누님도 작년에 별세하였다고 한다. 함안문인협회가 발간하는 『함안문학』 32집(2021)과 조여항이라는 필명으로 마산에 있는 도서출판 경남에서 금년 11월 17일에 출판한 장편소설 『나, 이이첨』을 선물로 주었고, 그것 외에 대봉감 한 박스와 감식초 한 병도 얻었다. 그와 함께 걸어서 연꽃테마파크를 한 바퀴 두른 후, 그의 REXTON 승용차에 동승하여 우리 차를 세워둔 장소로 돌아와 작별하였다.

오늘 우리 내외는 오전 10시 1분부터 14시 41분까지 4시간 40분 동안 도상거리 10.06km, 총 거리 10.40km를 걸었으며, 걸음 수로는 16.320보였다. 갈 때는 모차르트의 음악, 돌아올 때는 바흐의 오르간 곡들을 들었다.

19 (일) 맑음 - 고성 송학동고분군, 내산리고분군

아내와 함께 고성 송학동고분군과 내산리고분군에 다녀왔다. 오전 9시에 집을 출발하여 3번·33번국도를 따라 고성으로 향했다.

사적 제119호인 松鶴洞고분군은 5세기 후반에서 6세기 전반 경에 조성된 소가야의 지배자 집단 혹은 왕들의 무덤이라고 한다. 고성읍 송학리와 기월리 일대에 분포하는데 모두 14기가 있으며, 단독으로 형성된 舞姈山 구릉에 8기가 모여 있고, 기월리와 송학리 일대에 6기가 흩어져 분포한다. 고분군 중 가장 웅장하고 높은 곳에 있는 1호분은 3기의 무덤이 서로 잇달아 있다.

고분군은 백제나 일본에서 유행하던 판축 식으로 봉분을 먼저 쌓고, 쌓은 봉분을 다시 파내어 석곽이나 석실을 축조하는 墳丘墓 방식으로 축조되었다고 한다. 1호분에서는 대가야토기와 마구, 일본토기, 2호분에서는 백제·일본토기와 마구, 3호분에서는 신라의 청동그릇과 마구가 출토되어, 백제-가야-왜를 연결하는 해상교역의 창구였던 소가야의 특색을 잘 드러내는 대표 고분군이다.

고성읍 송학리 470번지 일원에 위치한 송학동고분군을 둘러본 후, 그 뒤편인 송학로 113번길 50의 고성박물관에도 들러보았다. 거기서 가야고분군 세계유산 등재추진 현황 및 향후계획도 살펴보았는데, 2013년 12월 11일 김해·함안, 12월 12일 고령 고분군이 유네스코 세계유산 잠정목록에 등재된 이래 2018년 4월 25일에 고성·합천·창녕·남원 고분군을 추가하기로 최종 확정되었고, 심의 결정은 2022년 6-7월경에 있을 예정이라고 한다.

『삼국유사』「駕洛國記」에 의하면 서기 42년에 6가야가 같은 시기에 건국되었다고 하며, 532년에 금관가야가 신라에 병합되고, 562년에 대가야·소가야가 신라에 병합되었다. 소가야는 김수로왕과 함께 구지봉에서 태어난 6명의 동자 중 막내인 김말로가 건국하였다고 하나, 소가야라는 이름을 자칭해서 쓴 적은 없으며, 애초에 6가야의 명칭은 신라 말에서 고려시대의 가야 부흥세력을 이끌던 호족들의 지역에 고려 태조가 명칭을 부여하면서 옛 가야시대의 이름인양 와전된 것이라고 한다. 실제로 가야연맹은 6개국이 아니라 10~13개 이상의 나라들의 집합체였으며, 고성군 일대에 있었던 나라의 이름은 『삼국사기』에 의하면 古史浦國 혹은 古自國, 『삼국지』 위지 동이전의 변한 조에는 古資彌凍國, 『일본서기』에는 古(久)嵯國이라고도 한다. 고성을 중심으로 한 소가야의 권역은 통영·사천을 비롯한 남해안 일대와 진주·산청 등 내륙의 남강수계가 이에 해당된다.

다시 차를 몰아 1010번 지방도를 따라서 고성군 동해면 내산리 산170번지에 있는 사적 제120호 內山里고분군으로 향하는 도중, 동해면 동해중학교 앞에 있는 실내포장마차식당에 들러 물메기탕으로 점심을 들었다. 반찬으로서 구운 갈치와 돼지머리 눌린 것도 나오는 등 꽤 푸짐한 밥상이었다.

내산리고분군은 송학동과 함께 소가야를 대표하는 유적인데, 186,135㎡ 크기로서, 최초 100여 기이던 고분은 그동안 파손되고 도굴되어 현재 65기만 유지되고 있다. 송학동과 마찬가지로 분구묘 양식으로서, 영남지역에서 분구묘 양식이 발견된 경우는 고성지역이 유일하다고 한다. 출토된 유물은 가야 후기의 토기 양식 외에 신라계 토기, 백제계 토기, 왜계의 馬具類 등이 함께 보인다. 고분 여기저기에 2021년에 정비하였음을 표시하는 사각형 석조물이 눈에 띄었다.

돌아올 때는 '한국의 아름다운 길'로 지정된 77번 국도를 따라 당항만 입구를 지나 카페와 식당이 제법 많이 눈에 띄는 해안 코스를 누비다가 마산 진전면에서 2번 국도를 만난 후, 그 길을 따라서 오후 3시쯤에 귀가하였다.

23 (목) 맑음 - 남원·장수 지역 가야고분군

아내와 함께 남원·장수 지역의 가야 고분군 답사에 나섰다. 내일부터 날씨가 급격히 추워진다고 하므로 일요일이 아닌 오늘 출발하기로 한 것이다.

오전 9시 무렵 출발하여 3번 국도를 따라 올라가다가 함양을 경유하여 37번 지방도를 따라서 먼저 남원시 아영면 斗洛里와 인월면 酉谷里의 경계 지점에 있는 고분군에 이르렀다. 아영면 소재지 부근의 인월면 城內 마을회관 앞에다 차를 세우고서 걸어 올라갔다. 5~6세기 가야연맹 중 가장 서북부 내륙에 위치하였던 기문국을 대표하는 고분군이라고 한다. 여기를 끝으로 나는 유네스코 세계유산 신청대상인 7개의 가야고분군을 모두 둘러본 셈이 된다.

아영분지의 동쪽 산지에서 뻗어 내린 구릉지에 봉토분 40기가 조성되어 있는데, 그간 백제고분군으로 알려져 왔으나 1989년 발굴조사에서 확인된 가야식 석곽묘와 가야토기를 통해 가야고분군으로 밝혀지게 되었다고 한다. 가야식 석곽묘에 부장된 토기는 고배·기대·장경호로 구성되며, 토기의 세부양식에서 대가야의 영향이 일부 반영되어 나타나 대가야와의 관계성을 보여준다. 한편 고분에서 출토된 중국계 청동거울과 백제계 금동신발·목걸이·유리구슬은 백제 왕릉의 부장품과 매우 흡사하여 기문국이 백제와 자율

적으로 교섭했던 모습을 보여준다고 한다.

고분군 입구인 성내길 49-6에 남원 유곡리와 두락리 고분군 홍보관이 있어 내부를 관람하고, 거기에 비치된 책자와 팸플릿도 몇 개 집어왔다. 그 중 남원시가 발행한 『신선의 땅 남원-기문국』이라는 책자는 유곡리와 두락리 고분군, 월산리 고분군, 청계리 고분군을 합해 소개한 사진첩으로서 발굴 당시의 모습도 소상하게 보여주는데, 이곳들의 유물 어디에서도 기문국의 것임을 알려주는 명문은 없으므로, 무엇에 근거하여 기문국으로 단정하는 것인지 의문스러웠다.

전시물 중 「남원지역의 가야문화유산」에서는 월산리고분군의 발굴을 통해 운봉고원에 기문국의 존재가 처음으로 알려지게 되었다고 하는데, 고분의 조영주체가 가야로 밝혀졌다는 것 외에 이 역시 기문국임을 명시하는 유물은 보이지 않았다. 청계리고분군은 봉분의 크기가 길이 31m, 너비 20m로서 호남 동부지역에서 발굴된 가야계 고분 중 가장 시기가 이르고 규모가 큰 고총이라고 한다. 호남지역에서 최초로 발견된 수레바퀴 장식 토기편을 비롯하여 다수의 아라가야계 토기가 출토되었다.

32호분을 필두로 하여 두락리 유곡리 일대의 고분군을 두루 둘러보았는데, 이미 발굴되어 잔디를 입힌 것과 아직 나무들이 무성하게 뒤덮고 있는 것이 산재해 있었다. 이곳은 운봉고원 일대에서 최대의 규모를 자랑하는 가야계 구분군 유적이다.

아영면 소재지로 돌아와 아백로 366-1에 있는 동일각이라는 중국집에서 자장면과 짬뽕으로 점심을 들었다.

다음으로 그곳에서 별로 멀리 떨어져 있지 않은 아영면 청계리 산1-10의 月山里 고분군으로 가보았다. 88고속도로 즉 지금의 광대고속도로 가에 무덤 두 기가 복원되어 있을 따름이었다. 원래는 10여 기의 중대형 고총이 군집을 이루고 있었는데, 일부는 경지정리 등으로 멸실되었고, 남이 있는 고분들도 대부분 여러 차례에 걸쳐 도굴을 당하면서 심하게 파손되었다. 88고속도로 건설공사로 1982년에 3기, 88고속도로 확장공사로 2010년에 3기 등 2차에 걸쳐 6기의 고분이 조사되었고, 현재는 M5·M6호분 2기만 복원되어 있다. 그 중 하나는 입구에 철문을 달아서 무덤 내부를 살펴볼 수 있게 해두 었다.

이어서 아영면 청계리의 야산 정상부에 있는 청계리고분군으로 가보았다. 입구에 '가야고분마을'이라는 돌 표지와 그 뒷면에 설명문이 있고, 또한 고분군으로 나아가는 방향을 지시하는 표지가 있을 뿐 산위에서는 아무런 안내가 없고, 다만 둥근 고총 하나와 기다란 고총 하나가 눈에 띌 따름이었다.

남원을 떠난 다음, 장수군 번암면을 거쳐 장수읍 동촌리(덕산로128-1), 장수군 장계면 삼봉리 산109번지, 장수군 천천면 삼고리 삼장마을 인근 야산에 있는 가야계 고분군들을 찾아갔다. 이것들은 반파국의 유적으로 알려져 있지만, 남원의 경우와 달리 현장에서는 반파라는 나라 이름이 아무데서도 눈에 띄지 않았다.

먼저 장수 東村里 고분군으로 가보았다. 그 중 19호분은 2015년, 30호분은 2017년에 조사되었는데, 6세기를 전후한 시기의 것으로서 출토된 유물은 장수 지역만의 지역적 특색과 백제·소가야·대가야계 등이 혼재된 양상을 보이고 있다는 것이었다. 동촌리와 두산리의 경계를 이루는 능선을 따라 80여 기의 고분이 자리하고 있어 꽤 대규모였다. 비교적 근자에 발굴 정리되어 무덤에는 나무를 베어낸 그루터기들이 널려 있고, 잔디도 최근에 심은 흔적이 역력하였다. 여러 방향에서 고분군으로 접근할 수 있도록 통로도 설치되어 있었다.

三峰里고분군에는 현재 34기의 고총이 분포하고 있다는데, 구릉의 정상(선)부와 돌출부에 직경 20m 내외의 대형분과 정상부를 따라 일정 간격을 두고 직경 10~15m의 중형분이 배치되었고, 주변에 소형분이 자리한다. 2003년과 2012년, 2015년에 발굴조사가 이루어져 2013년에 전라북도 기념물 제128호로 지정되었다. 순장곽의 존재도 확인되었다. 2018년에 조사된 16호분 외에 4기의 대형고분이 복원되어 있었고, 그 주변에 금년 4월 6일부터 11월 1일까지 고분군 정비 사업이 진행되어, 발굴된 석축들과 검은 베로 덮여 있는 유적들도 눈에 띄었다. 그러나 우리가 내비게이션에 따라 도착한 지점에는 꽤 큰 규모의 소 축사가 있고, 그 여주인이 사유지라면서 우리의 접근을 허락하지 않으므로, 차를 돌려 나와서 다른 방향으로 접근하고자 했으나 적당한 통로가 없어 잡초로 뒤덮인 밧줄 울타리를 넘어가야 했다. 장수 삼봉리 고분군은 동촌리 고분군과 함께 백두대간 서쪽에서 최대의 고총 고분군으로서 이 지역에 가야문화를 기반으로 발전한 정치체의 지배계층 묘역이라고 한다.

마지막으로 들른 三顧里고분군 1~3호분은 1993년 지표조사를 통해 처음으로 학계에 알려졌으며 1995년과 2018년에도 발굴조사 되었다는데, 능선 위의 발굴 현장에 놓여 있는 안내판 하나 외에는 그곳 일대에 아무런 표지가 없어, 다만 나무를 베어낸 자리를 보고서 그 장소임을 짐작할 수 있을 따름이었다.

돌아올 때는 장계에서 대전통영고속도로에 올라, 오후 6시 무렵 귀가하였다. 지난 일요일의 답사 때와 마찬가지로 오늘도 가고 오는 도중 계속 이틀 후로 다가온 크리스마스와 관련된 음악들을 들었다.

2022년

2022년

1월

2 (일) 맑음 – 반구대 암각화, 천전리 각석 및 공룡발자국화석

화창하고 포근한 일요일에 아내와 함께 울주군 언양읍 대곡리에 있는 국보 285호 반구대암각화와 울주군 두동면 천전리에 있는 국보 147호 천전리 각석 및 공룡발자국화석을 보러 갔다. 오전 9시에 집을 출발하여 남해고속도로를 따라 가다가 김해에서 대동1·2·3터널을 지나 양산 쪽을 건너간 다음, 경부고속도로를 따라 북상하여 서울산요금소에서 언양 쪽으로 빠져 35번 국도를 따라 좀 더 북상하여 출발한 지 1시간 40분쯤 후에 울산광역시 울주군 두동면 반구대안길 254에 있는 울산암각화박물관에 도착하였다. 도중의 주차장에서 박물관까지 전동셔틀차량이 운행하고 있었지만, 우리는 박물관까지 직행하였다.

박물관 1층에는 반구대암각화와 천전리암각화가 실물 크기로 재현되어 있었다. 盤龜臺 계곡의 암각화는 거북 모양의 절벽인 반구대를 중심으로 대곡리 암각화와 천전리 암각화, 그리고 두 암각화를 아우르는 약 3km 구간의 계곡 일대를 말한다. 2010년 유네스코 세계유산 잠정목록에 이름을 올렸고, 2021년에는 세계유산 우선등재목록에 선정되었으며, 현재 정식 등재를 기다리고 있는 중이다.

울산광역시 울주군 언양읍 대곡리 991번지에 있는 대곡리 암각화는 너비 약 8m, 높이 약 4m 규모의 중심 암면과 10여 곳의 주변 암면에 약 300여 점의 다양한 그림이 새겨져 있다. 거북·고래와 같은 바다동물과 호랑이·사습과 같은 육지동물 등 약 20여 종의 동물이 새겨져 있고, 또한 사람이 배를 타고 고래를 잡거나 활을 이용해 동물을 사냥하는 모습 등 선사시대의 생활 모습을 담고 있다. 지금으로부터 약 7,000년~3,500년 전 신석기시대의 것으로 추정되며, 지금까지 알려진 바로는 지구상에서 가장 오래된 포경 유적이라고 한다.

울주군 두동면 천전리 산210에 있는 천전리 암각화(울주 천전리 각석)는 너비 약 9.5m, 높이 약 2.7m 규모의 중심 암면과 3곳의 주변 암면에 선사시대 암각화와 신라시대 세선화, 명문 등이 새겨져 있다. 중심 암면의 위쪽은 약 15도 가량 앞으로 기울어져 있어 비바람으로부터 암각화를 보호하는 구조를 이룬다. 중심 암면 상단에는 돌을 이용해 새긴 선사시대의 기하학적 그림 등이 있고, 아래쪽에 날카로운 금속 도구로 새긴 여러 가지 세선화가 새겨져 있는데, 명문과 함께 신라사회 연구에 귀중한 자료가 되고 있다.

박물관을 나와 대곡천의 갈림길에 이르면 오른쪽으로 1km 지점에 반구대 암각화가 있고, 왼쪽으로 1.4km 지점에 천전리 각석이 있다는 안내도가 있었다. 우리는 먼저 반구대 암각화 방향으로 나아갔다. 얼마가지 않아 길가에 雲巖 崔信基(1673~1737)가 세운 정자인 集淸亭이 나타나는데, 진경산수화의 대가인 겸재 鄭敾의 '반구'와 겸재 또는 그의 손자 鄭榥의 작품으로 추정되는『교남명승첩』에 실린 '언양반구대'에도 집청정으로 보이는 정자가 묘사되어 있어, 그 그림들이 현재의 반구대 전경 사진과 더불어 담 밖에 나란히 전시되어 있었다. 그림에 나타난 것으로 보면 정자에서 마주 보이는 대곡천 건너편의 바위 절벽이 반구대이며, 그 북쪽면의 바위에 '盤龜'라는 글씨가 새겨져 있는데 이는 집청정을 지은 최신기가 새긴 것이라고 한다. 운암의 후손 崔俊植이 정리하여 묶은『集淸亭詩集』에는 조선 후기부터 구한말까지 반구대를 찾은 284명의 시인이 남긴 400여 편의 시가 수록되어 있다고 한다.

그 부근에 또한 盤龜書院으로도 불리는 반고서원이 있는데, 근처에 있는 盤皐書院遺墟碑 안내문에 의하면, 서원은 본래 대곡천 건너편 언덕 위의 지금 유허비각이 서 있는 장소에 있었던 것을 1965년에 현재의 위치로 이건한 것이다. 이 서원은 조선 숙종 38년(1712)에 언양지역 유생들이 포은 정몽주·회재 이언적·한강 정구를 추앙하여 세운 것인데, 고종 8년(1871) 흥선대원군의 서원철폐령에 따라 문을 닫게 되었다. 포은은 고려 우왕 1년(1375) 성균관 대사성의 벼슬에 있으면서 중국 명나라를 배척하고 원나라와 친하게 지내려는 정책에 반대하다가 언양에서 1년 넘게 귀양살이를 하였는데, 그동안 자주 반구대에 올라 "重陽節感懷"라는 시를 짓는 등 많은 자취를 남겼다. 그 후 지역민들은 선생을 추모하여 반구대를 '포은대'라고 명명하기도 하였다. 서원 철폐 후 지역 유림들이 포은대영모비(1885)·포은대실록비(1890)·반고서원유허비(1901) 등 3기의 비석을 차례로 세웠던 것이다. 이언적은 경상도관찰사로 있으면서 이곳을 찾은 적이 있었고, 정구 또한 이 부근에서 살고 싶어 했다고 하며, 둘 다 여기서 지은 시를 남겼다.

반구대는 또한 『삼국유사』에 의하면 신라 고승 원효가 머물며 저술활동을 했던 磻高寺의 터이기도 하다. 반고사의 위치에 대하여는 두 가지 견해가 있는데, 먼저 울주군 두동면 천전리 270번지 천전리 각석 건너편의 계단식 논에 있는 '천전리 사지'로 비정되는 장소이고, 또 하나는 반구대 기슭인 '대곡리 사지'로 비정되는 장소인데, 울산의 근대읍지 기록에는 후자를 반고사지로 보고 있고, 이곳이 반고사지일 가능성이 높다고 한다. 원효는 반고사에 있을 때 朗智를 가서 뵈었는데, 낭지는 원효에게 「初章觀文」과 「安身事心論」을 저술하게 했다. 그래서 여기서 이 책들을 지었던 것이다. 겸재 정선은 경상도 하양(지금의 경산)과 청하(지금의 포항) 현감을 8년간 지내면서 반구대를 방문해 '반구' 그림을 그린 것으로 추정되며, 사도세자 또한 겸재의 그림을 보고 『능허관만고』에 반구대의 아름다움을 묘사하는 시를 남겼다.

거기서 조금 더 나아간 지점에 언양읍 대곡(한실·한골)리의 본동이었다가 사연댐 축조로 말미암아 수몰되어 반구리로 옮겨진 현재의 대곡마을이 있고, 그 입구에 淸安李氏 문중이 2018년에 세운 '慕隱亭'이라 새긴 커다란 비석이 서 있다. 나는 문중 재실인 줄로 알고서 찾아가보지 않았지만, 이 역시 포은을 사모한다는 뜻으로 세운 건물인 모양이다.

또 조금 나아간 지점에 硯路改修記 마애각석이 있었다. 1655년 2월 18일

연로(벼루길)를 개수한 기록인데, 훼손이 심한 편이어서 그 앞에 새겨진 글의 내용을 설명한 유리판을 덧대어두고 있었다.

거기서 더 나아가면 대곡천 가 100㎡ 넓이의 편편한 바위에 울산광역시 문화재자료 제13호인 공룡발자국 화석 표지가 있었다. 약 1억 년 전 중생대 백악기에 살았던 공룡들의 흔석이라고 하는데, 대곡천의 여러 장소에서 공룡발자국 화석이 확인되지만 이곳의 보존상태가 가장 양호하다고 한다. 그러나 둘러보아도 우리 눈에는 별로 띄지 않았고, 현재 암각화박물관 입구로 옮겨져 있는 대곡천 공룡발자국 화석은 반구대 바래봉에서 떨어진 것으로 추정된다는데, 그것은 꽤 뚜렷하였다.

마침내 TV에서 여러 번 보았던 반구대암각화 부근에 도착하였다. 박물관에서 이곳까지 이르는 대곡천변은 대부분 바위 절벽으로 이루어져 있고, 그 끄트머리는 사연호 댐에 닿는데, 암각화가 있는 곳은 사연호에 가까운 지점의 매우 넓은 암면이었다. 가까이 다가갈 수 없어 반대편 언덕에서 망원경으로 바라보게 되어 있는데, 네 대의 망원경이 설치되어져 있어 두 대는 직사각형 화면 전체로 보는 것이고 다른 두 대는 눈을 갖다 대고서 보는 것이었다. 그러나 시기적으로 가장 또렷하게 보인다는 4월부터 9월 중순 사이의 맑은 날 오후 4시경이 아니어서 그런지 눈을 대고서 보는 망원경 중 하나를 통해 두어 개의 각석 그림을 보았을 따름이다.

암각화박물관 부근의 갈림길까지 되돌아와 이번에는 반대쪽인 천전리 방향으로 나아가 보았다. 대곡천 부근은 모두 경치가 수려하고, 두루미로 보이는 흰 새도 이따금씩 날아다니고 있는데다, 겨울철이라 사람도 적어 산책하기 좋았다. 절벽 위로 이어진 길에서 강 건너편 아래에 천전리 각석이 내려다보이고, 강을 건너 그리로 가기 전에 울산광역시 문화재자료 제6호인 천전리 공룡발자국 화석이 있었다. 역시 전기 백악기의 것인데, 약 1,750㎡ 너비의 바위에 분포하는 것으로서 총 131개가 확인되었다고 하지만 우리는 그 중 몇 개를 보았을 따름이다.

川前里각석은 청동기시대부터 신라 말까지의 많은 그림과 글씨가 새겨져 있다. 그 내용 가운데서 가장 주목할 만한 부분은 바위 중간부분 아래쪽에 있는 명문으로서, '을사명'(425년)과 '기미명'(539년)이 바로 그것이다. 책을 펼친 모양으로 된 사각형 두 면에 나란히 새겨진 글들 중 原銘은 을사년(법흥왕 12) 6월 18일 새벽에 沙啄部 徙夫知葛文王이 누이인 於史鄒女郎王과 함께 이곳에 놀러와 바위에 글씨를 새기고 이 계곡을 書石谷이라 이름 지었다는 내용이고, 追銘은 정사년(537)에 사부지갈문왕이 죽은 후 기미년 7월 3일에 그 왕비인 只沒尸兮妃가 남편을 그리워하여 另(무)卽知太王妃인 夫乞支妃 및 사부지의 왕자인 深麥夫知와 더불어 세 명이 함께 와 書石을 보았다는 내용이다. 원명에 보이는 사부지갈문왕은 법흥왕의 동생이며, 추명에 보이는 무즉지태왕은 법흥왕이고, 심맥부지는 곧 진흥왕이다. 을사명은 1988년에 울진 봉평리 신라비가 발견되기 전까지는 가장 오래된 신라시대의 명문이었다고 한다. 524년에 세워진 울진 봉평비에 의하면 당시의 국왕인 법흥왕은 啄部(양부) 牟卽智寐錦王으로 기록되어 있으며, 천전리 각석에서 보면 그 동생인 사부지갈문왕은 사탁부(사량부) 소속이다. 신라 왕실은 탁부와 사탁부에 속하였는데, 이를 2부 체제라 일컫기도 한다. 기미명이 새겨진 539년은 법흥왕을 이은 진흥왕의 즉위년으로서, 7살의 어린 나이에 즉위하였으므로 태후인 지몰시혜비(지소부인)가 섭정을 했던 것이다. 이 각석은 1970년 12월 24일 원효대사가 머물렀던 반고사 터를 찾으러 왔던 동국대학교박물관 불적조사단에 의해 발견되어 처음 학계에 보고되었다.

내친 김에 천전리 각석에서 1km 정도 더 나아간 지점인 울주군 두동면 서하천전로 257에 있는 울산대곡박물관까지 가보았다. 2007년에 착공하여 2009년에 완공한 것인데, 대곡댐 바로 아래에 위치해 있었다. 2000년에서 2004년까지 이어진 대곡댐 발굴조사에서 발견된 유물 1만3천여 점과 태화강 상류인 대곡천 유역 및 서부 울산 지역의 역사문화를 전시하기 위해 설립된 것이다. 울산대곡박물관이 있는 蔚州郡 斗東面과 斗西面은 1906년까지 경주에 속했다가 울산으로 편입되었으며, 조선시대의 언양현은 울산과는 다른 고을로서 지금의 蔚州郡 彦陽邑·上北面·三南面·三同面을 포함하였는데, 1895년 '언양군'이 되었다가 1914년에 울산군과 통합되었다. 이러한 울산 서부지역의 역사문화를 전시하는 곳인 셈이다. 그곳 야외에도 몇 가지

유적들이 이전 복원되어 있었다.

암각화박물관으로 되돌아와, 거기에 세워둔 승용차를 몰고 울주군 언양읍으로 가서 서부리 37에 있는 가지산언양불고기에 들러 유명한 언양불고기와 된장찌개·공기밥·비빔냉면으로 점심 겸 저녁식사(56,000원)를 든 후, 갈 때의 코스로 오후 6시 반쯤에 귀가하였다. 갈 때는 바이올린 곡들을, 돌아올 때는 이츠하크 펄만의 바이올린 콘서트를 들었다.

9 (일) 맑음 - 고사리밭길(남파랑길 37코스)

아내와 함께 남해바래길 4코스 고사리밭길(남파랑길 37코스)에 다녀왔다. 오전 9시 무렵 승용차를 몰고서 집을 출발해 3번 국도를 따라 남해군 창선면 소재지까지 간 후, 1024번 지방도 등을 경유하여 오늘의 종착지점인 적양마을에 다다랐다. 알고 보니 그곳은 조선 수군의 주둔지인 赤梁城이 있었던 곳이었다. 적양성은 세종 2년(1420)에 축성된 것으로 추정되는데, 赤梁鎭은 水軍萬戶營으로서, 때로는 무관계의 최고 품계인 정3품 折衝將軍이 僉使로 부임하기도 했던 중요한 군사요충지이다. 성의 흔적은 200여 미터가 남아 있다. 『이충무공전서』에는 적양만호 權詮이 이순신장군의 亞將으로서 노량해전에서 함께 전사했다고 기록되어 있다고 한다.

이곳에서도 카카오택시를 부를 수는 없었지만 아내가 네이버를 통해 조사해둔 택시의 번호가 있어, 우리 차는 그곳에 세워두고서 그 택시를 불러 타고서 5.504km를 달려 창선면 소재지로 돌아와 10시 37분에 트래킹을 시작했다. 그곳에서 이정표가 가리키는 방향과 내 스마트폰에 설치된 바래길 앱이 가리키는 방향이 달라 제법 한참을 우왕좌왕했다. 그것은 원래의 코스가 출발 지점에서 동대만 빙조제 둑방길을 경유하게 되어 있지만, 동대만 둑이 도로개설 공사 중이라 2023년까지 임시 우회노선을 이용하도록 되어 있기 때문이었다.

그리하여 1024번 지방도를 경유하는 우회노선을 따라 걷다가 監牧官善政碑를 만나기도 했다. 감목관은 조선시대에 목장을 관할하던 專任職인 종6품 西班 외관직으로서 임기는 30개월이었는데, 창선목장은 진주목의 감목

관아가 있었던 本場으로서 단종 연간에 설치되어 고종 32년에 廢牧될 때까지 약 440여 년간 존속되었다. 이 善政碑群은 감목관 9기, 牧吏(아전) 1기, 기타 1기로서, 1932년에 면장이 면내 여러 곳에 방치되어 있던 것을 사재를 들여 구 창선면사무소 경내로 옮겨 보존하던 것을 1983년에 현 면사무소 신축과 함께 옮겨 보존하다가, 2001년 현 위치(부윤리 537-3)으로 옮겨 2009년에 재정비한 것이라고 한다.

오용마을에 이르러 우회로가 끝나고, 바래길의 본 코스로 접어들어 산길로 들어섰다. 이 일대는 전국에서 가장 큰 고사리재배지로서 아침의 택시기사 말에 의하면, 전국 생산량의 40%를 차지한다는 것이었다. 생산된 것은 농협을 통해 위탁판매 하는 모양이다. 특히 도중의 식포마을에서 가인리까지에 집중되어 있는 모양이어서 그 구간은 고사리 채취기간인 3월 하순부터 6월까지 예약제로만 탐방이 가능하다는 팻말이 여기저기 눈에 띄었다. 그 일대의 야산들은 눈에 닿는 곳 사방 모두가 고사리 밭이라 해도 과언이 아니었다. 식포마을의 고갯길 포토존에서 바다 풍경을 바라보며 점심을 든 후, 가인리 해안에 이르렀을 때 공룡발자국 화석지가 있다는 팻말이 눈에 띄었지만, 지난주 일요일에도 그런 곳을 이미 두 군데나 경유하였으므로 들르지 않고서 지나쳤다. 다시 산길로 접어들어 창선·삼천포 대교 등과 삼천포화력발전소 및 바다 풍경을 바라보며 계속 나아가, 오후 3시 56분에 종착지점인 적양포구에 다다랐다. 소요시간은 5시간 19분, 도상거리 16.06km, 총 거리 16.67km, 걸음수로는 25,333보였다.

오후 5시 50분 무렵에 귀가하였는데, 갈 때는 첼로 음악, 돌아올 때는 바흐의 곡들을 감상하였다.

16 (일) 맑음 - 말발굽길(남파랑길 38코스)

아내와 함께 남해바래길 5코스 말발굽길(남파랑길 38코스)에 다녀왔다. 평소처럼 오전 9시에 집을 출발하여 국도 3호선을 따라 오늘의 종착지점인 남해군 삼동면 소재지 지족리의 농협 하나로마트까지 가서, 택시로 갈아타고서 출발지점인 창선면 적량마을로 향했다. 하나로마트 주차장에다 차를 세우고서 카카오택시를 불렀더니 이번에는 곧 응답이 왔는데, 얼마 후 물건리에 있는 기사로부터 자기 위치가 좀 멀다고 다른 택시를 불러보라는 연락이 왔다. 그러나 다시 카카오택시를 불러 봐도 그 기사로 계속 접속이 되며, 심지어 내가 그 택시를 타고서 이동 중이라는 메시지도 떴다. 얼마 후 그 기사로부터 다시 연락이 와 근처에 택시주차장이 있음을 알려주므로, 걸어서 그리로 이동하여 다른 택시를 탔던 것이다.

8.276km를 이동하여 10시 26분에 적량해비치마을 보건진료소 버스주차장에 도착하여 트레킹을 시작했다. 이 코스를 말발굽길이라고 명명한 것은 조선시대의 군항이었던 이곳 적량마을은 고려시대에 군마를 사육하던 지역이었기 때문이라고 한다. 마을 근처의 바다에서 물질하고 있는 해녀 한 사람을 보았다. 인적 드문 해안의 차도를 따라가는 길이 많았다.

대곡마을을 지나 장포마을에 조금 못 미친 지점에서 남해힐링빌리지라는 곳을 만났는데, 주민에게 물어보니 남해에 이미 있는 독일마을·미국마을에 이어 일본마을을 만들려다 국민감정 때문에 포기한 장소라고 했다. 바다의 조망이 멋진 곳이었는데, 종합안내도를 보면 내부의 도로 좌우로 주택단지가 늘어서는 것으로 되어 있어 장차 새로운 마을을 형성할 모양이다. 끄트머리에 있는 유일한 건물인 2층 본관동까지 나아가 주변 풍경을 조망하였다. 남해군청 문화관광과에서 내건 플래카드가 걸려있었는데, 힐링빌리지 조성 사업 마무리 공사 중이므로 외부인의 출입을 금한다는 내용이었다. 그곳에 붉게 핀 겹동백꽃들도 눈에 띄었다.

적량마을에서 본 남파랑길 안내판에는 이번 코스에서 세계적으로 이름난 남해 사우스케이프CC을 지나게 된다고 되어 있으므로, 도중에 그 조망이 보이는 장소에서 점심을 들 생각이었지만, 장포마을에서 산길로 접어들어 보현사를 지날 무렵까지 눈에 띄지 않았다. 앱의 지도로 조회해 보니 뜻밖에도 우리는 이미 그 지점을 지나온 지 오래인 것이다. 이 골프장은 2013년 11월에 개장하였는데, 한국 최고의 골프장으로서 18홀 규모이다. 킹스반스 등 모던링크의 거장으로 알려진 카일 필립스가 설계한 이 퍼블릭 코스는 전·후반 대부분의 홀에서 한려수도 바다가 조방되며, 한류스타 배용준의 신혼여행지로도 알려져 있다. '2020년 세계 100대 골프 코스'에서 세계 87위에 이름을 올렸으며 대한민국에서는 유일하다. 호주의 데이비드 팔론은 '세계 50대 골프 리조트'에 이곳을 포함시키기도 했다고 한다. 근자에 김경수·류창환 군 등과 저녁 자리를 함께 했을 때 창선도에 멋진 골프코스가 있다는 말을 들은 바 있었는데, 바로 이곳을 말한 것이었다.

그러나 이곳은 현재의 트레킹 코스에서 벗어나 있어 우리가 그곳을 바라볼 수 없었을 뿐 아니라 도중에 그리로 인도하는 이정표 하나도 눈에 띄지 않았다. 나중에 확인해 본 바에 의하면, 실제로 적량 마을의 안내도에서 남파랑길 38코스는 15.5km, 소요시간 5-6시간으로 적혀 있고, 장포에서 모상개해수욕장을 지나 이 부근을 경유하는 것으로 되어 있으며, 장포에서 모상개해수욕장까지가 4.5km로 되어 있는 반면, 남해바래길 안내도에는 5코스 말발굽길이 총 12.0km이고 4시간 30분 내외 소요되며, 장포에서 바로 보현사에 이르고 그 거리는 2.0km라고 되어 있다. 남파랑길과 바래길의 코스가 이 부근에서 좀 달라지는 것이 아닌가 싶기도 하지만, 우리는 내내 남파랑길의 안내표지를 보며 걸었고, 다른 곳에서 눈에 띄는 남해바래길 안내도에는 남파랑길 코스와 같게 표시되어져 있을 뿐 아니라 총 거리도 15.4km, 소요시간 약 5시간으로 되어 있으므로, 무슨 까닭에서인지 후에 코스가 변경된 듯하다. 바래길 안내도에는 골프장 이름이 남해사우스케이프 오너스 클럽이라고 되어 있다. 그러나 지금도 도중의 이정표에는 대부분 모상개해수욕장까지의 거리가 적혀있었다.

보현사를 지난 지점의 산속 포장된 임도에서, 나무 사이로 바다가 바라보이며 햇빛이 비치고 바람도 불지 않는 장소를 골라 낙엽 위에서 점심을 들었다. 부윤2리를 지나 다시 바닷가 평지로 내려오니 바람이 엄청 강하게 불었다. 모자가 날려갈 듯하여 목수건으로 모자를 감싸 턱에 걸고서 걸었다. 바다를 향해 기다랗게 삐어져 나온 추섬(추도)공원을 경유하여 제방을 건너온 다음 당저2리(해창마을)를 지났다. 꽤 아름다운 이곳 추섬공원은 2002년 11월에서 2003년 2월 사이에 조성된 모양이다. 마을 안에 海倉亭이라는 현판이 걸린 정자가 있었는데, 고려시대에 창선도의 각종 조세와 특산품을 모아 서울까지 해로로 운송하였고, 이 때 거둔 물품들을 보관하던 창고가 있었다 하여 해창이라고 한다는 것이다.

당저2리에서 국도 3호선을 만나 그 도로의 갓길을 따라 한참 걷다가 다시 도로를 벗어나 바다 곁 마을을 지난 다음, 오늘의 종착지점인 창선교를 건넜다. 이곳 지족해협은 23개소의 죽방렴이 설치되어져 있는 곳이며, 부근의 식당마다 멸치쌈밥 간판을 내걸고 있었다. 14시 34분에 트래킹을 마쳤는데, 산길샘 앱은 4시간 7분, 도상거리 13.05km, 총거리 13.32km를 기록하였고, 만보기는 18,811보를 걸은 것으로 나타났다. 처제 내외도 주말마다 외출을 하는 모양인데, 오늘은 남해도를 한 바퀴 두르는 코스로 드라이브를 하다가 창선교 부근에서 우리 내외를 보았다고 한다.

오후 4시 가까운 시각에 귀가하였다. 갈 때는 모차르트 등의 음악을, 돌아올 때는 바흐의 쳄발로 곡인 영국 조곡을 감상하였다.

23 (일) 흐림 -죽방멸치길(남파랑길 39코스)

아내와 함께 남해바래길 6코스 죽방멸치길(남파랑길 39코스)을 다녀왔다. 이로써 남파랑길 남해 구간은 다 커버한 셈이다.

평소처럼 오전 9시에 집을 나서, 3번 국도를 따라 창선도를 거쳐서 남해군 삼동면 소재지인 지족리에 도착한 후, 바닷가의 삼동면보건지소 앞 정거장에 차를 세웠다. 그리고는 걸어 나와 택시 주차장에서 택시를 타고 8,339km를 달려 바래길 7코스 화전별곡길(남파랑길 40코스)의 출발지점인 독일마을로 갔다. 죽방멸치길은 짧아서 9.9km 밖에 되지 않는데, 작년에 화전별곡길을 걸었을 때 독일마을 주차장에다 차를 세우고서 조금 위쪽부터 걸었기 때문에, 오늘은 지난번에 걷지 못했던 부분까지 마저 걷고자 함이다. 마침 택시 기사는 지난주에 우리 내외를 태우고서 말발굽길 출발지점인 적량마을까지 갔었던 경남26바1457의 김순열 씨였다.

10시 30분에 독일마을 고개 위 원예예술촌 못 미친 지점의 관광안내소 앞에 도착하여 트레킹을 시작했다. 처음으로 역코스로 걷기 시작한 셈인데, 남해파독전시관과 독일마을회관을 거쳐 3번 국도까지 내려오니 그곳에 안내판이 서 있었다. 죽방멸치길로 접어들어 물건마을까지 내려와 길가에 있는 독일빵집 르뱅스타(Levainstar)에 들러 호밀빵 등과 커피를 들면서 잠시 휴식을 가진 뒤 다시 출발하였다. 실내에 루르빅(1927-2018)이란 이름의 독일인 흉상과 사진이 눈에 띄었는데, 독일마을 주민으로서 이 빵집의 멘토이자 후원자였다고 한다.

  2002년도에 제3회 아름다운 숲 전국대회에서 천년의 숲 부문 우수상을 수상했다는 천연기념물 제150호 勿巾里 防潮魚付林을 오랜만에 다시 들렀다. 여러 종류의 큰 나무 600여 그루가 모여 길이 750m 너비 40m 내외의 바닷가 숲을 이루어 마을 생태계의 일부분을 담당하고 있는 곳이다. (사)한국내셔널트러스트와 유한킴벌리가 공동주최한 제4회 한국내셔널트러스트 보전대상지 시민공모전에서 '2006 잘 가꾼 자연·문화유산'으로 선정되기도 했다고 한다. 방조림은 바닷물이 넘치는 것을 막아 농지와 마을을 보호한다는 뜻이고 어부림은 물고기가 살기에 알맞은 환경을 만들어 물고기 떼를 유인한다는 뜻인데, 이곳 숲은 17세기에 만들어져 그 두 가지 역할을 모두 하고 있는 것이다. 오래 동안 못 와본 사이 숲속에 650m에 이르는 데크 산책로 구간이 조성되어져 있고, 숲 왼쪽 끝에는 엘림마리나&리조트라는 요트장에 조성되었으며 그 반대쪽 끝에 요트학교도 있는 모양이다.

  도중에 남해도의 특산품인 마늘밭을 지나고, 바닷가에 이르러서는 시든 갈대밭 끄트머리에 앉아있는 백로를 바라보기도 하였으며, 1994년 8월 광복절 휴일을 이용하여 우리 가족이 큰 처남네 및 황 서방네 가족 그리고 장인 내외와 함께 황 서방이 회원권을 가지고 있어 함께 와 1박한 바 있었던 파라다이스콘도 옆을 지나기도 했는데, 그 콘도는 이제 남해유스타운이라는 이름의 유스호스텔로 바뀌고 부근에 남해청소년수련원도 들어서 있었다.

  나는 지난 한 주 동안의 평소 차림대로 집을 나섰는데, 도중부터 왼쪽 발바닥이 무척 아파왔다. 신발이 트레킹에 적합하지 않기 때문인 듯한데, 나중에 집에 돌아와서 보니 그쪽 발바닥의 앞쪽 가운데 피부 상당 부분이 살과 떨어져 있고, 반대쪽 발바닥도 조금 상해 있었다.

  종점에 거의 다 와서 바다 속에 죽방렴관람대라고 하는 긴 데크길에 조성되어져 있으므로, 그 끝까지 걸어가 해협 속에 설치된 죽방렴을 바로 곁에서 살펴보았다. 죽방렴은 지족해협의 거센 물살을 이용한 전통어로 방식으로서, 좁은 바다 물목에 참나무 지지대 300여 개를 갯벌에 박고, 대나무 발을 조류가 흐르는 방향과 거꾸로 해서 V자로 벌려두어, 물살에 따라 들어온 물고기를 원형의 임통에 가두어 잡는 것인데, '대나무 어사리'라고도 부른다. 이곳에 약 23개가 설치되어져 있으며, 5월에서 7월 사이에 고기를 잡는다고 한다. 잡히는 물고기는 멸치가 대부분인데, 따라서 지족마을에는 멸치쌈밥 거리가 있을 정도로 멸치음식이 특화되어 있다. 그러나 아침의 택시기사 말에 의하면, 이곳에서 생산되는 죽방렴멸치는 그 양이 별로 많지 않기 때문에 대부분 서울 등지의 계약된 장소로 직송되므로 이곳 별미인 음식에는 들어가지 않으며, 또한 건조되지 않은 멸치는 빨리 상하기 때문에 음식의 재료로 사용하는 것은 모두 냉동된 것이라고 한다.

주차장에 도착하여 차 속에다 배낭 등을 놓아두고, 아침에 기사로부터 소개받은 동부대로 1876번길 7의 우리식당으로 가서 멸치쌈밥으로 늦은 점심(2만 원)을 들었다. 14시 8분에 트레킹을 마쳤는데, 소요시간은 3시간 37분, 도상거리 13.14km, 총 거리 13.83km, 걸음수로는 18,028보였다. 식사 후 갈 때의 코스로 오후 3시 40분 남짓에 귀가하였다. 갈 때는 바흐의 하프시코드 곡들인 파사칼리아를, 돌아올 때는 바흐의 오르간 곡을 들었다.

2월

3 (목) 맑음 - 방목리카페

회옥이가 오골계를 먹고 싶다고 하므로 쉼터식당의 예약은 취소하고서 점심 때 둔철산오골계농장으로 가서 오골계백숙과 죽 및 찰밥으로 식사를 했다. 오골계 값이 금년 들어 만 원이 올라 한 마리에 6만 원이 되었다. 둔철분지 일대에 새 전원주택들이 제법 많이 들어서 있어서 한동안 진입로를 찾지 못해 헤맸고, 식당으로의 그 진입로는 이미 모두 포장되어 있었다.

식후에 농장으로 돌아와 평소처럼 경내를 한 바퀴 산책하기도 했다가, 오후 3시 반에 출발하여 엊그제 설날에 처제 내외로부터 들은 바 있는 차로 15분쯤 걸리는 거리의 산청군 단성면 강누방목로499번길106-5에 위치한 뷰맛집 放牧里카페로 가서 오후 5시 무렵까지 시간을 보냈다. 조선시대에 군마를 방목해 키우던 곳이라 하여 방목리라고 한다는 카페의 게시물이 눈에 띄었다.

황 서방의 말에 의하면, 이곳은 전 경상남도교육감 姜信和 씨의 齋閣이 있던 곳이었는데, 아들인 진주시 현 국회의원 강민국 씨의 선거자금 마련을 위해 내놓은 땅 3000평 정도를 매입하여 카페 및 베이커리로 만든 것이라고 한다. 한식과 양식의 몇 개 건물들이 들어서 있고, 전체를 정원처럼 꾸며 놓았다. 굽이쳐 흘러가는 경호강의 풍경을 바라볼 수도 있어 경치가 좋았다. 우리 가족은 강 씨가 세운 재각(?)이었던 듯한 한식 건물에 들었는데, 그 건물 안의 여러 방에 강 씨가 소장하고 있던 서화 및 병풍 등이 그대로 남아 있었다. 우리가 그 중의 한 방에 머무는 동안 유리창 밖 마당에 문득 처제가 지나가므로 아내가 전화로 연락해 보았는데, 일행이 있어 함께 돌아가는 모양이라 만나지는 못했다.

그 아래쪽에 경상대에 재직하는 서울대 동문들의 친목모임인 학림회의 회원 사회학과 박재홍 교수 및 통계학과 서의원 교수 부부의 농장이 있어 예전에 몇 번 가본 적이 있었지만, 카페 진입로 가에 위치한 그 집 부근에도 새 집들이 많이 들어서 있어 찾을 수가 없었다. 진주 집으로 돌아와 박 교수에게 전화를 걸어보니 그는 퇴직 후에도 여전히 우리 집 근처로서 같은 주약동인 아파트에 살고 있으며, 농장에는 현재 아들이 들어가 무슨 시험공부를 하고 있으므로, 지금은 한 달에 한 번 갈까 말까 하는 정도라고 한다.

4 (금) 흐리고 저녁 한 때 싸락눈, 立春 - 제주도 관음사, 아라동역사문화탐방로, 한라산둘레길 8구간

아내와 함께 혜초여행사의 '새봄 제주도 BEST 하이킹 3박4일' 여행을 떠나는 날이다. 평소처럼 오전 5시에 일어나 조식을 간단히 든 후, 카카오택시를 불러 장대동 시외버스터미널로 향했다. 어제 예약해 둔 06시 20분발 김해공항 행 첫 버스를 타고서 출발하여 집합시간인 7시 30분 무렵 공항의 국내선 탑승구에 도착했다. 인터넷에서 조회해 보니 1시간 20분이 걸린다고 한 것은 종점인 사상터미널까지의 소요시간을 말한 모양이다. 김종민 JM투어 대표가 무인발권기에서 우리 탑승권을 끊어 뒤이어 도착했으므로 체크인을 시작했다. 그런데 문제는 집에서 Eider 제품인 경등산화를 신고 왔는데, 오른쪽 신발이 자꾸만 느슨해져 조아보아도 결과는 마찬가지였다. 살펴보았더니 감고 풀 수 있는 실 모양의 그쪽 신발 끈이 끊어져 있는 것이었다. 이래서는 나흘 동안 트레킹을 다닐 수가 없으므로, 김 대표에게 말하여 제주에 도착하면 공항 근처에 있는 등산장비점 앞에다 차를 세워줄 것을 부탁했다.

제주항공의 예약된 비행기 7C503은 08시 20분에 이륙할 예정이었지만 15분 정도 지체되었다. 나는 28D 석을 배정받아 복도를 사이에 두고서 아내와 나란히 앉았다. 9시 40분경 제주공항에 도착하였다. 일행 18명에다 인솔자 김종민 씨를 포함한 19명이 45인승 신형 대절버스에 탑승하여 공항을 출발한 후, 제주시 노연로 109(연동)에 있는 아이더 신제주점 앞에 잠시 정차하여 나와 대표를 비롯한 몇 명은 하산하였고, 나는 신고 간 신발과 동일한 사이즈로 새 등산화를 하나 구입하였다.(129,000원) 이번에는 감고 풀 수 있는 실낱같은 끈이 아니라 보통의 매는 끈이 달린 것으로 하였다.

다시 이동하여 관음사로 향하였다. 관음사는 예전에 한라산 등산을 와서 이쪽으로 두어 번 하산한 적이 있었던 곳이다. 1948년의 4.3사태로 사찰이 거의 전소하고 난 다음 새로 지은 것이다. 제주도에서 제일 큰 절로서 대한불교조계종 제23교구의 본사로 되어 있다. 海月堂 安蓬慮觀(1865~1936)이라는 비구니가 세운 사찰인데, 그녀가 1908년 10월부터 3년간 기도정진 했다는 토굴인 海月窟이 남아 있었다. 경내 도처에 대구 팔공산 갓바위의 약사여래와 비슷한 모양인 둥근 관을 쓴 부처 좌상들이 줄을 지어 늘어서 있었다. 알고 보니 신도들이 시주하여 세운 것으로서, 대좌의 한쪽 면에 시주한 사람들의 이름이 적혀 있었다.

20분간 사찰 구경을 마친 다음, 오늘의 첫 번째 트레킹 코스인 아라동역사문화탐방로에 접어들었다. 我羅洞이란 관음사 부근의 지역명인데, 제주에서 유서 깊은 곳이라고 한다. 1코스 4km, 2코스 1.5km를 포함하여 전체가 5.5km로서 1.5시간이 소요되는데, 도중에 사유지여서 폐쇄된 구간이 0.8km 있다. 처음 한동안 한라산둘레길을 따라 걷다가 도중에 그 코스로부터 벗어나며, 신령바위·노루물을 지나고부터는 혼자서 길을 찾기 어려울 정도의 구간이 한동안 이어졌다.

'신비의 도로' 부근에 이르러서부터는 사유지가 이어지므로 그것을 피해 포장도로를 따라 한동안 걷다가, 2코스로 접어들어 편백나무숲쉼터를 지나 종점인 山川壇에 이르렀다. 제주불교성지순례길인 '절로 가는 길(지계의 길)' 일부를 지나기도 했다. '신비의 도로'는 도깨비 도로라고도 불리는데, 차를 세워두면 아래로 내려가지 않고 오히려 오르막 쪽으로 올라가는 기이한 곳이므로 이런 이름이 붙었다. 착시현상으로 말미암아 주위환경에 의해 시각적으로 낮은 곳이 더 높게 보이는 것이다.

산천단은 한라산신제를 봉행하는 곳으로서, 원래는 한라산 백록담의 북쪽 기슭에서 봉행되어 오다가 겨울철 기상악화로 말미암아 오르고 내리는 도중에 동사자가 발생하는 일도 있어, 성종 원년(1470)에 제주목사가 이곳에다 제단을 마련한 것이라고 한다. 경내에 수령 500~600년 된 곰솔 여덟 그루가 있어 천연기념물 제160호로 지정되어 있다. 이곳까지 오는 길은 대체로 내리막이었으며, 골짜기의 갯가를 따라가는 경우도 많았는데, 제주도는 화산지형이므로 폭우가 내리지 않는 이상 물이 지하로 다 빠져버리므로 개울에서도 물은 볼 수 없고 바위만 가득하다.

다시 차를 타고서 15분쯤 이동하여 제주시 연동 444번지 신제주 KCTV 방송국 동쪽 200m 지점에 위치한 李家村이라는 식당으로 가서, 이 집의 대표메뉴인 전복뚝배기(15,000원)로 늦은 점심을 들었다. 그러나 뚝배기 탕에 고추를 많이 풀어 색깔이 붉은데, 그 속에 전복이 두 마리 들어 있기는 했으나 나머지는 조개가 대부분이고 가제 한 마리라 일행의 평이 좋지 않았던 모양이다.

식후에 다시 한라산 동북쪽 기슭인 제주시 516로 2596(용강동)에 위치한 한라생태숲으로 이동하여 두 번째 트레킹을 시작했다. 생태숲은 2009년에 개원한 것으로서, 식물 760여 종 동물 516여 종이 서식하는 곳이다. 우리는 여기서부터 숫무르편백숲길이라는 코스를 걸어 절물까지 나아갔다. 숫무르란 '숯을 구웠던 등성이'라는 뜻의 옛 지명인데, 지금은 숯 굽는 사람의 자취를 찾아보기는 어려우나 코스 내내 울창한 숲의 향기를 즐길 수 있다. 도중에 개오리오름이라는 오름도 하나 넘었다. 개오리는 가오리라는 뜻으로서 산의 모양을 형용한 말인데, 크고 작은 세 개의 봉우리로 이루어진 복합형 화산체이며, 주봉은 743m이다. 오전에는 맨몸으로 걸었지만, 이번 코스에서는 배낭을 짊어지고 두 개의 스틱도 짚었다. 한라생태숲에서 노루생태관찰원 방향으로 나아가다가 도중의 갈림길에서 반대쪽 절물 방향으로 접어들었다. 한참동안 숫무르편백숲길을 따라 걷다가 또다시 장생의 숲길로 접어들었다. 절물오름에는 오르지 않고서 기슭을 가로질러 절물자연휴양림 쪽으로 나아갔는데, 이 코스는 한라산둘레길 8구간으로서 6.6km 2.5시간 거리이다.

한라산둘레길은 오늘날 만든 것이 아니라 일제시기에 일본군이 병참로로서 조성한 것이라고 한다. 그러나 지금은 개인소유의 구역도 여기저기 널려 있어 아직 전체 트레킹 코스를 완성하지는 못했다. 나는 제주라고 하면 올레길이 있는 줄로만 알았지 한라산둘레길이란 처음 듣는 말이다. 보통 사람이라면 나처럼 제주도에 여러 번 왔어도 전혀 모르는 사람이 많을 것이다. 리더인 김 씨는 혼자서도 여러 번 제주로 와서 이런 코스들을 걸었던 모양인데, 그는 1958년생이라고 하니 49년생인 나보다 아홉 살이 적은가보다.

절물자연휴양관 부근에 이르니 나무를 조각하여 길을 따라 양쪽에 장승처럼 세워둔 것이 많았다. 절물자연휴양림은 제주시 중심지에서 20분 거리에 위치해 있으며, 하늘을 찌를 듯 쭉쭉 뻗은 50여년생의 삼나무 숲이 울창하였다. '절물'이란 옛날 절 옆에 물이 있었다 하여 붙여진 이름인데, 현재 절은 없고 약수암이 남아 있다고 한다. 스케줄 표에는 오늘 둘레길 7구간으로서 3.5km 1.5 시간이 소요되는 절물길 코스도 걷는 것으로 되어 있으나, 시간 관계로 생략하였다.

첫날 트레킹을 마친 다음 제주시 연복로 196(오라2동 3176)에 위치한 말고기전문점 영주말가든으로 이동하여 말고기 코스 요리로 석식을 들었다. 아내는 말고기는 절대로 싫다 하여 어떤 아주머니 한 사람과 더불어 돼지불고기를 들었다. 한 테이블에 앉은 사람인 부부 세 쌍은 부인들이 부산교육대학 동문이라 부부동반으로 여행을 자주 하는 모양이다. 그 중 가장 연장자인 나보다 한 살 적은 남자 하나는 부산대학교 법대 출신으로서 말레이시아 령 보르네오에서 목재벌채사업에 10년 정도 종사했었다고 한다. 점심 때 같은 테이블에 앉았던 부부 한 쌍 중 남편은 나보다 한 살 연상인 모양인데, 우리 일행 중 가장 연장자이다. 그 부인은 서양화가라고 한다. 부인은 페루 여행에서 샀다는 앞쪽 이마에 '악마의 성'이라는 의미의 스페인어 글자가 새겨지고 토끼 귀처럼 양쪽 모서리가 뾰족 튀어나온 붉은색 털모자를 쓰고 있다.

식후에 제주시 도두봉21길 2(도두 1동)에 위치한 호텔 Peary Plus에 도착하여 우리 내외는 216호실을 배정받았다. 지상 4층 지하 1층인데, 4성급이라고 한다. 우리는 제주에 머무는 동안 이 호텔에 계속 머물게 된다.

5 (토) 춥고 대체로 흐리며 때때로 눈 - 올레 7코스, 추사유배길, 올레 10코스
오전 8시 반에 출발하기로 했는데, 오늘 날씨가 비나 눈이 올 듯하여 차귀도 가는 배가 떠나지 못할지도 모른다고 하므로 내일로 예정된 일정과 바꾸기로 했다. 그래서 뜻하지 않게 오전 중 올레 7코스인 외돌개 돔베낭골+수봉길 8.5km를 약 3시간 동안 걷게 되었다. 제주도의 서쪽 끝 해안으로 가려던 것이 방향을 바꾸어 남쪽의 법환포구로 향한 것이다. 나는 2009년 12월 17일에 철학과 동료교수들과 함께 이 코스를 걸어 외돌개에서부터 법환포구를 지나 월드컵사거리 근처까지 이른 적이 있었는데, 10여 년 만에 다시 와 그 코스를 역방향으로 걷게 된 것이다.

오늘부터 이틀 동안 어제 제주공항에서 본 바 있는 사람들 4명이 동참하여 인솔자를 제외한 우리 팀의 인원은 22명으로 되었다. 그들은 김종민 대표와 잘 아는 사이로서, 뒤늦게 이 트레킹을 신청했으나 이미 인원이 차서 안 된다고 했다가, 나보나 한 살 위인 남편을 포함한 부부가 출발 전 갑작스런

탈장으로 말미암아 취소하게 되자 뒤늦게 끼어들게 된 것이라고 한다.

　제주도의 거리 도처에는 조그맣고 붉은 열매가 화려하게 다닥다닥 달린 먼나무라고 불리는 가로수가 많았다. 트레킹 코스에 접어드니 여기저기에 겹동백과 유채, 매화가 꽃을 피워 있고, 감귤 등이 노란 열매를 맺고 달려 있으며, 인도 가의 화단에도 서양종의 꽃들이 촘촘히 피어 있었다. 전체적으로 보면 덱 등의 시설물을 설치하거나 새로 들어선 건물 그리고 아열대 종의 나무들이 많아 예전의 수수했던 길 모습이 아니었다. 기억나는 것은 겨우 제주 명물인 외돌개 정도였다. 제주도에는 섬을 포함하여 26개의 올레 코스 총 425km가 있는데, 그 중에서 이 7코스는 가장 인기가 많은 것 중 하나이다. 공항 활주로 가에 있는 우리의 숙소 부근에도 도두봉이 있고 올레 17코스가 지나가고 있다.

　돔배낭골을 지나 넓은 잔디광장에서 한동안 휴식을 취한 후 국가지정문화재 명승 제79호인 외돌개에 이르렀다. 화산이 폭발하여 분출된 용암지대에 파도의 침식작용으로 형성된 바다 속 돌기둥으로서, 그 규모는 높이 20여 m, 폭 7~10m이다.

　외돌개가 올레길 7코스의 시점인데, 우리는 거기서 더 걸어 서귀포 시가지 방향으로 계속 나아갔다. 돌을 쌓아올린 기둥에 박시춘 작곡으로 남인수가 부른 '서귀포 칠십 리' 노래 가사를 새긴 금속판이 붙어 있는 곳을 지나 더 나아가니 일본군 陳地窟인 황우지 12동굴이 나타났다. 바닷가 바위절벽 아래에다 굴을 파놓은 것인데, 이곳 황우지 해안에 있는 12개의 갱도는 태평양전쟁 말기 일본군이 回天이라는 자폭용 어뢰정을 숨기기 위해 만든 것으로서 동굴이 하나로 통하게 엮어져 있다고 한다. 이 시기 일본은 제주를 통한 미군의 일본 본토 상륙에 대비하여 이 섬에다 7만5천에 이르는 관동군을 배치하고, 제주 전역을 요새화한다. 이것이 이른바 '결7호작전'이었다. 제주 전역을 요새로 만드는 일에는 제주 사람들의 피를 말리고 뼈를 깎는 고통이 뒤따랐음을 짐작할 수 있다.

　서귀포 시내로 들어와 덕판배미술관 쪽으로 빠져나와 天地淵폭포를 바라보면서 매화꽃이 활짝 피어 있는 한일우호친선 매화공원을 지났으며, 詩碑

들이 많이 늘어선 서귀포칠십리 시공원과 화가 이중섭 등이 거주하던 '작가의 산책길'를 지나고, 천지연폭포 주변 숲속의 기정길도 지나서 Casa Loma 호텔에 이르러 오전 트레킹을 끝냈다. 샛기정공원 주차장에서 대절버스를 타고 이동하여, 우리 내외의 신혼여행지였던 중문관광단지 부근인 서귀포시 천제연로17의 제주향토음식점 덤장에 이르러 갈치정식으로 중식을 들었다.

점심을 들고 나오니 바깥에는 흰 눈이 펑펑 쏟아지고 있었고, 기온은 급격히 내려가 꽤 쌀쌀하였다. 그래서 한라신돌레길 3,4구간은 산으로 올라간 버스가 운행하기 어려울 지도 모른다고 하여, 또다시 예정을 바꾸어 원래 오늘 오후에 하도록 예정되어 있었던 올레 10코스를 그대로 걷기로 하였다. 이 역시 올레길 중 최고 절경지의 하나로 손꼽히는 코스라고 한다.

원래는 송악산둘레길(2.8km 1.5시간)을 걸은 다음 산방산유채꽃길과 용머리해안(8.1km, 3.5시간)을 걷기로 예정되어 있었으나, 버스가 山房山 북쪽 도로 가에 정거하였으므로, 거기서부터 먼저 산방산을 역방향으로 오르기로 했다. 그러나 등산에 자신이 없는 사람들도 있어 아내를 포함한 다섯 명은 버스에 남고 나머지 일행만 참여하게 되었다. 날씨는 또다시 맑아져 오락가락 하였다.

영산암 입구에 이르자 제주지사가 내건 산방산 입산(출입) 금지 팻말이 눈에 띄었다. 국가지정문화재 명승 제77호인 산방산의 훼손을 막기 위하여 2012년 1월 1일부터 2021년 12월 31일까지 공개제한구역으로 지정하여 출입을 금한다는 내용이었다. 그러나 마침 그 10년의 기간이 막 지났으므로, 우리는 큼직하고 노란 열매가 풍성하게 달린 관상용 夏橘나무 한 그루가 서 있는 대웅전 앞뜰을 지나 막 등산을 시작하려는 참인데, 젊은 중이 방에서 나와 막았다. 그의 말에 의하면 입산금지기간이 10년 더 연장되었다는 것이었다.

할 수 없이 도로 내려와 추사유배길이라는 표지가 있는 길을 따라 산을 둘러가게 되었다. 그 지점은 추사유배길 전체 구간 약 10km의 중간쯤 되는 곳인데, 길은 이어지다가 동물의 이동을 막기 위해 설치해둔 철책 문을 지나서부터는 희미해지더니 이럭저럭 도로에 다다랐다. 그러나 도로 가 아래쪽에도 빛바랜 3코스의 '추사와 雅號' 팻말이 눈에 띄므로, 이 도로를 따라서 유배길 코스가 이어짐을 알 수 있었다. 秋史 金正喜는 桐溪 鄭蘊과 마찬가지로 이 부근인 제주도 大靜으로 유배를 왔었던 것이다.

산방산의 남쪽 아래로 접어들어 하멜 기념비를 지나 하멜상선전시관에 이르렀다. 네덜란드의 무역선 De Sperwer호가 1653년 8월 16일 이 부근에 표착하여 그 선원 헨드릭 하멜이 처음 발을 디딘 이후 13년 동안 조선 땅에 머물기 시작한 지점이다. 기념비는 1980년에 건립한 것인데, 그 주변에 흰 수선화가 만발해 있었다. 용머리 입구에 있는 하멜상선전시관은 스페르베르 호의 모습을 재현한 것인 모양이다.

용머리해안은 제주에서 가장 오래된 화산체로서 한라산과 용암대지가 만들어지기 이전인 약 100만 년 전에 얕은 바다에서 발생한 수성화산활동으로 인해 형성된 것이다. 화산 분출이 끝나고 오랜 기간 파도에 쓸려 화산체가 깎여 나갔는데, 남아 있는 형태가 마치 용이 머리를 들고 바다로 나아가는 모습을 닮았다 하여 용머리라 부르게 되었다. 유료 입장이지만 나는 경로우대로 신분증만 보이고서 패스하였다. 미국 서부의 엔텔로프 캐니언을 연상케 할 정도로 기기묘묘한 모습을 한 바위절벽이 계속 이어지고 있었다. 만조로 말미암아 09시부터 15시 30분까지 관람을 통제한다는데, 마침 그 시간이 지난지라 꽤 긴 전체 코스를 모두 통과할 수 있었다.

산방산 기슭 일대에서는 유채 꽃밭이 여기저기 펼쳐져 있다. 김 대표의 말에 의하면 이 지역에는 여러 종류의 다양한 유채를 심어두고 있기 때문에 한겨울 어느 때라도 유채꽃을 감상할 수 있다는 것이다. 바이킹이라고 불리는 배 모양의 대형 그네를 지나서 주차장에 다다라 대절버스에 탔고, 용머리해안을 둘러본 다음 카페에서 김 대표 등과 어울려 차를 마시며 놀다온 아내와도 얼마 후 합류하였다.

제주도의 서남쪽에 위치한 송악산과 산방산 일대는 마라해양도립공원에 포함되어 있다. 산방산에서 좀 더 서쪽에 있는 松岳山 일대는 이른바 Dark Tourism 구역으로서, 일제가 조성한 동굴 진지나 고사포 진지, 알뜨르 비행장 및 비행기 격납고, 지하벙커 등이 밀집되어 있는 곳이다. 송악산 해안절벽에도 일제의 동굴진지가 여기저기 눈에 띄었다. 이 시설물들은 태평양전쟁 말기인 1943~45년 사이에 만들어진 것이다. 송악산에는 크고 작은 동굴진지가 60여 개소나 있다고 한다. 수세에 몰린 일본이 제주도를 저항기지로 삼고자 했던 증거인 것이다.

나는 2007년 8월 24일에 마라도를 여행한 바 있었는데, 그 때 배가 출항했던 곳이 바로 이곳 송악산주차장 부근이었다. 주차장에서 출발하여 툭 튀어나온 해안절벽 꼭대기 부남코지(布南岬)를 지나 송악산 분화구를 중심으로 시계방향으로 한 바퀴 빙 도는 코스였다. 대부분 나무로 만든 덱 길이 이루어져 있는데, 전망대들에서 가파도와 마라도가 바로 건너편으로 바라보였다.

주차장으로 돌아온 다음 우리는 한 시간 이상을 이동하여 석식 장소인 제주시 도두항서길 15(도두1동 2629-3)에 있는 자연산횟집 제주깊은바당에 도착하였다. 거기서 생선회 코스요리를 들었는데, 메뉴가 실로 풍성하고 다채로워 일행이 모두 만족하였다. 김 대표의 제주지역 파트너인 여행사의 젊은 여사장도 식당으로 와 인사를 하고 갔다. 제주에서 다섯 손가락 안에 드는 큰 여행사의 주인이라고 한다. 오늘 아침에도 핫백과 몸에 붙여두면 따뜻해지는 파스를 선물 받았다.

6 (일) 대체로 맑으나 쌀쌀함 –올레 12코스, 차귀도, 삼다수숲길

호텔 지하 1층 식당에서 한식뷔페로 조식을 든 후, 오전 8시에 출발하여 섬의 서쪽 끝에 있는 遮歸島로 향했다. 제주시에서 애월읍·한림읍을 지나 해안도로인 지방도 1132호를 따라서 한경면의 차귀도 맞은편 해안에 도착했다. 한경면 관광안내지도에 의하면, 차귀도 부근 위쪽에 성김대건신부 제주 표착기념관이 위치해 있다.

차 속에서 김종민 대표가 하는 말에 의하면, 어제 서귀포칠십리 노래비 부근에서 고급카메라로 우리 내외의 기념사진을 찍어주었던 중년 여인은 58년 개띠로서 대표와 동갑이므로 서로 가끔씩 반말을 하는 사이인데, 지하철을 관장하는 부산교통공사의 간부로서 회사 일 때문에 어제 급거 돌아갔다는 것이었다. 어제 합류했던 사람 4명도 우리와는 돌아가는 비행기 시각이 다르기 때문에 내일 다시 우리 팀에서 떨어져 나가게 되어 있다.

10시 30분 차귀도 행 유람선이 출발할 시간에 맞추어, 먼저 제주올레 12코스이며 제주순례길 제3코스 '사명의 길'이기도 한 '생이기정 바당길'을 한시간 정도 걸었다. 제주어로 생이는 새, 기정은 벼랑, 바당은 바다를 뜻하므로, 새가 살고 있는 절벽바닷길이라는 의미이다. 해안의 바위절벽이 겨울철 새의 낙원으로서 가마우지, 재갈매기, 갈매기 등이 떼 지어 사는데, 특히 가마우지의 잠수 후 깃털을 말리면서 배설하는 습성 때문에 화산재 절벽이 하얗게 변해 있었다. 차귀도는 竹島와 臥島 두 개의 섬으로 이루어진 무인도로서, 고산리 해안에서 약 2km 떨어져 있다. 경관이 아름다울 뿐 아니라 생물학적 가치가 높아 천연기념물 제422호로 지정되어 있다. 섬 안 높은 곳에 콘크리트로 만든 하얀 곡민도등대가 서있다.

우리는 堂山峰이라고 하는 조선시대의 봉수대가 있었던 높이 148m 둘레 약 4.6km의 오름에서 잠시 쉬다가, 아래로 내려가 다시 대절버스를 타고서 근처 자구내 포구의 유람선이 출발하는 고산포구로 이동해 갔다. 당산봉은 약 45만 년 전에 형성된 수성화산체로서 어제 갔었던 서귀포시 안덕면의 산방산 및 용머리와 더불어 제주도에서 가장 오래된 화산체 중 하나이다. 당산봉이란 명칭은 그 기슭에 오래 전부터 뱀을 신으로 모시는 신당(차귀당)이 있었던 데서 붙여진 것으로서 '당오름'이라고도 한다. 정상 부근에 정자가 하나 서 있었다. 우리가 처음 하차했던 지점의 바닷가에도 제주 사람들이 소원을 비는 돌탑 하나가 서 있었다. 배의 출항시간을 기다리는 동안 아내는 근처에서 말린 오징어를 좀 샀다. 아내는 배 타기 무섭다고 처음은 섬에 안 간다고 했는데, 그 상점 주인아주머니의 강한 권유에 의해 함께 배를 타게 되었다.

섬을 한 바퀴 산책하여 곡민도등대를 거쳐 정상까지 갔다가 선착장으로 되돌아와 11시 40분에 출발하는 유람선을 탔다. 배는 근처의 경관이 좋은 곳으로 좀 둘렀다가 고산포구로 되돌아왔다. 차귀도 본섬은 예로부터 대나무가 많아 대섬 또는 죽도로 불려 왔는데, 현재는 무인도이나 1970년대 말까지 7가구가 여기서 보리·콩·참외·수박 등의 농사를 지으며 살았다고 한다. 1977년에 개봉한 영화 '이어도'와 1986년에 만화를 원작으로 만든 영화 '공포의 외인구단'을 촬영한 장소이기도 하다. 겨울인 지금은 섬이 억새로 뒤덮여 있었다. 차귀도 등대는 고산리 주민들이 손수 만든 무인등대로서, 1957년부터 빛을 발하기 시작했다. 이 등대가 위치한 '볼래기 동산'은 차귀도 주민들이 등대를 만들 때 돌과 자재를 직접 들고 언덕을 오르며 제주 말로 숨을 '볼락볼락' 가쁘게 쉬었다고 해서 유래한 이름이라고 한다.

차귀도에서 돌아온 다음, 역시 올레길 12코스이며 제주바당길 6코스이기도 한 엉알해안로를 따라 걸어 수월봉 아래편 언덕에 대기하고 있는 대절버스까지 이동해 갔다. 엉은 제주말로 언덕 알은 아래를 뜻하니, 언덕 아래로 이어진 길이라는 뜻이다. 수월봉 엉알길에도 일본군의 갱도진지가 눈에 띄었다. 제주도내 370여 개의 오름(화산체) 가운데서 갱도진지 등 군사시설이 구축된 곳은 120여 곳에 이른다고 한다. 미군이 제주도 서쪽 끝 고산지역으로 진입할 경우 갱도에서 바다로 직접 발진하여 전함을 공격하는 일본군 자살특공용 보트와 탄약이 보관되어 있던 곳이다. 오전 중에 생이기정길 및 수월봉 엉알길 하이킹 6.1km 약 2.5시간, 차귀도 하이킹 1.8km, 약 1.5시간을 걸었다.

서귀포시 쪽으로 20분 정도 계속 내려와 대정읍의 중심지를 지나 어제 갔었던 송악산주차장에서 가까운 위치인 서귀포시 대정읍 상모리 126-5번지(송악관광로 411번길 2)에 있는 건호네식당에서 이 식당의 주 메뉴인 해물전골로 점심을 들었다. 옥돔구이 두 마리와 전복회가 따라 나왔다. 같은 테이블에 앉은 부부는 김해시 장유면에서 왔는데, 남편은 71세 부인은 68세이며, 슬하에 딸 둘을 두었다고 한다. 나와 청천회의 같은 회원인 김영인 교수가 사촌동생이었다.

식후에 다시 50분 정도 이동하여 한라산둘레길의 3·4구간인 산림휴양길 및 동백길 10.1km, 4시간 트레킹의 시작지점을 향해 나아갔다. 1136 및 1139지방도를 따라서 한라산 중턱에 위치한 서귀포자연휴양림에 도착했다. 어제 가려다가 눈 때문에 포기했던 곳인데, 오늘 올라오다 보니 경사진 산길을 지그재그로 달리는 터이라 눈이 많이 오면 미끄러워서 차가 통행하기 어려울 듯하였다. 가는 도중에 어제 본 현지여행사 여사장이 선물한 황금향 귤을 들었다. 이 귤은 한 알에 7천 원씩이나 하는 비싼 것이라 한다. 오늘 아침에도 핫백과 몸에 붙여두면 열이 나는 파스를 받았는데, 알고 보니 이것들은 기사가 선물한 것이었다. 아내가 좋아하는 지라 내 분의 것도 아내에게 주었다.

서귀포자연휴양림에 도착했더니, 진입로에 기상악화로 입장을 통제한다는 팻말이 세워져 있었다. 그러나 오늘은 날씨가 좋고 기사도 트레킹이 가능할 것이라고 했으므로 일단 들어가 보았는데, 역시나 매표소에서 안 된다고 했다. 내일로 미루고자 했으나 매표소 직원의 말로는 내일도 장담할 수 없으니 미리 전화해 달라는 것이었다. 그래서 오늘은 일단 내일로 예정된 함덕의 서우봉둘렛길로써 대체한 후 내일 다시 와보기로 하고서 1시간 10분 정도 걸린다는 함덕 쪽으로 향하다가, 내일 제주를 떠나는 비행기 시간을 고려하여 오늘 오후의 한라산둘레길 코스는 포기하기로 하고서 도중에 다시 삼다수숲길로 변경하였다. 한라산둘레길은 현재까지 개통되어 있는 것이 총 8개 코스인데, 우리 내외가 신청해 둔 다음 주의 4박5일 일정은 그 전체 코스를 카버하고 있으며, 그 때도 둘레길은 아니지만 이 삼다수숲길이 포함되어 있다.

1131·1119·1139지방도를 경유하여 오후 3시 10분에 제주시 교래리에 있는 그 숲길의 진입로에 도착했다. 이 숲길은 오래 전 사냥꾼과 말몰이꾼이 이용했던 오솔길을 제주개발공사와 교래리 주민들이 함께 보존하면서 조성한 것이다. 1.2km 길이의 꽃길(1코스, 30분)과 4.8km 길이의 테우리길(2코스, 1시간 30분), 7.8km 길이의 사농비치길(사냥꾼길, 3코스, 2시간 30분)로 나누어져 있다. 삼나무 숲길은 숲길 자체와 야생화 및 단풍 등이 아름다워 2010년에 '아름다운 숲 경진대회'에서 어울림상을 수상했다. 숲 아래 지하에는 천연 화산암반수가 있어, 제주목장 삼다수생수공장이 이 부근에 위치해 있다.

진입로에서 숲길이 시작되는 지점까지는 상당한 거리가 있었다. 숲길로 접어들자 어제 내린 눈으로 말미암아 도처에 눈이 쌓여 있어, 우리 내외처럼 쌍지팡이를 가져오지 않은 사람의 경우 미끄러워 경사진 산길을 오르내리기가 쉽지 않았다. 여러 사람이 도중에 땅에 떨어진 나무토막을 주워 다듬어서 임시 지팡이로 삼았다. 일행 중 6명이 꽤 뒤처지고 심지어 도중에 되돌아간 사람도 있었으므로, 코스를 최대한 단축하여 2코스와 3코스의 접점에서 올라갔던 길을 따라 되돌아오기로 했다. 왕복 6km 2시간 정도를 걸은 셈이다. 3코스의 대부분은 한라산둘레길 6구간인 사려니숲에 속한다고 한다. 도중에 천미천을 만나 그 내를 따라갔는데, 이 역시 폭우 시에만 물이 흐르는 건천이다. 한라산 1,100고지에서 발원하여 교래리와 성산읍을 거쳐 표선면 하천리에서 바다로 이어지는데, 총 길이 25.7km로서 제주에서 가장 긴 하천이다.

대절버스를 타고서 다시 석식을 들 식당까지 40~50분 정도 이동하였다. 1131지방도를 따라 나아가는 도중에 첫째 날 오후 트레킹을 시작했던 지점인 한라생태숲을 지나는데, 그 일대가 온통 눈밭으로 변해 알아볼 수 없게 되어 있었다. 한라수목원 안의 제주시 은수길65에 위치한 왕소금 숯불갈비 전문점 진돼지식당에서 저녁을 들었다. 김종민 대표와 합석하게 되었는데, 패키지와 자유여행의 장단점을 얘기 하던 도중 그로부터 들은 말에 의하면, 대부분의 여행사들이 해외여행의 경우 현지가이드에게 서비스대금을 지불하지 않으며 오히려 가이드로부터 돈을 받는다는 것이었다. 그것은 손님들의 쇼핑 및 옵션으로 현지가이드가 알아서 수익을 챙기도록 하는 구조이다. 또한 혜초여행사의 상품가가 꽤 비싼 점에 대해 언급했더니, 다른 여행사들은 대부분 한국에서 인솔자가 동행하지 않는데, 그런 점 등을 감안하면 혜초의 상품 값은 비싼 것이 아니고 합리적인 수준이라는 것이었다. 또한 자유여행은 시간이 많이 들고 숙박 음식 교통 등 여러 가지 수속이 번거로우므로, 우리 정도의 나이에는 역시 패키지가 적합하다는 데 대해 의견이 일치하였다.

식후에 다시 20분 정도 이동하여 호텔에 다다랐다.

7 (월) 맑음 - 섭지코지 및 광치기 해변, 올레 1코스, 서우봉둘레길, 올레 19 코스

호텔을 체크아웃 하여 오전 8시 30분에 출발했다. 오늘은 모처럼 예정된 스케줄대로 진행하여 오전 중 섭지코지 및 광치기 해변으로 4.8km, 2.5시간의 하이킹을 시작하였다. 1132지방도를 따라 동쪽으로 나아가다가 97·1112지방도로 접어들어 10시경에 신양섭지 주차장에서 하차하였다. 도중에 기사로부터 들은 바에 의하면, 제주도의 현재 인구는 70만 명 정도인데, 차량 보유 대수가 50만 대 정도로서 전국 1위라고 한다. 젊은이를 포함한 전체 도민이 거의 다 자가용을 보유하고 있는 셈이다. 중국 관광객이 오기 시작한 이후부터 매일 천 명 정도씩 인구가 급격히 늘어나다가 사드 문제로 말미암아 중국 측 여행객이 급격히 줄었는데, 그것이 좋은 점도 있고 나쁜 점도 있어 그렇지 않았다면 지금쯤 인구가 100만에 이르러 있을 것이라고 한다. 또한 골프장이 많고 도민에게는 요금할인 혜택이 있기 때문에, 제주도민에게 골프는 생활스포츠로 자리 잡았다.

제주도의 동쪽 해안에 위치한 섭지코지는 제주 방언으로 '좁은 땅'이라는 뜻의 섭지와 '곶'이라는 뜻의 코지가 합쳐진 말이다. 성산일출봉 아래쪽에 바다를 향해 돌출한 곳인 것이다. 바위가 붉은 화산재 송이로 덮여 있고, 조선 시대에 봉화를 올렸던 煙臺가 있었다. 현재는 1980년에 세워진 房斗浦 등대가 서있는데, 이곳은 해를 가장 먼저 맞이하는 마을이라 하여 해방 후 '新陽里'로 불리어지기도 한다. 언덕 몇 곳에 유채꽃이 만발해 있었고, 또 다른 언덕 위에 일본의 저명한 건축가 안도 타다오가 설계한 것으로서 레스토랑과 카페, 스튜디오 및 가든이 함께 구성된 양방향으로 두 날개처럼 뻗어나간 독특한 흰색 건물이 서 있었다. 일출봉을 정면으로 바라보며 강한 바람을 맞으면서 광치기해변을 걸어가던 도중에 예전 해녀들이 옷을 갈아입고 작업 중 휴식하던 장소였던 돌로 쌓은 담인 불턱을 몇 개 보았다.

이 해변을 걷는 도중 10시 38분에 외송마을 정신순 여사로부터 전화를 받았다. 파격적인 싼 가격으로 나온 퇴비가 있으니 구입하겠느냐는 것이었다. 작년에도 이미 퇴비 백 포대를 구입하여 살포한 후에 다시 정 여사의 연락을 받고서 100포대를 더 구입해 두었다가 얼마 전에야 비로소 남은 것들을 농장에다 마저 살포한 터이며, 이미 면사무소를 통해 금년도 분 30포대도 주문해 둔 터이지만, 거절하기 어려워서 올해도 100포대를 추가로 구입하기로 승낙했다. 위암 투병 중인 정 여사의 목소리는 평소와 달리 애잔하고 힘이 없었다.

광치기해변이 거의 끝나가는 지점인 터진목 부근에서 제주올레 1코스와 2코스의 접점을 만나 거기서부터는 올레길 1코스를 따라 역방향으로 걸었다. 1코스는 우도 선착장 부근에서 시작되는 모양이다. 2007년도부터 시작된 제주올레는 전국 각지에서 각양각색의 둘레길 및 트레킹 로드가 우후죽순처럼 생겨나게 되는 계기를 만들었다. 터진목에 제주4.3 城山邑희생자위령비가 서 있고, 그 일대의 추모공원 등지에 이와 관련한 여러 설치물들이 있었다. 정오 무렵 일출봉 주차장에 도착하여 오전 하이킹을 마쳤다. 걸음 수로는 만보 정도를 기록하였다. 일출봉 해안에도 일제 동굴진지의 흔적들이 18개나 남아 있다. 총 길이 514m로서 제주도내의 특공기지 가운데서 가장 긴 규모이다.

1119지방도를 따라 20분 정도 이동하여 서귀포시 표선면 성읍리 481-3에 있는 큰산식당에 이르러 제주 고사리를 섞은 흑돼지 두루치기로 점심을 들었다. 그리로 가는 도중 도로변에서 알이 굵은 하귤 즉 관상용 나츠미캉을 재배하는 밭을 여러 개 보았다. 햐귤은 시어서 못 먹는다지만, 일본에서는 지역에 따라 먹을 수 있는 열매가 생산되는 곳도 있는 모양이다. 큰산식당은 간판도 없고 컨테이너로 지은 듯한 허름한 건물 몇 채가 늘어섰을 따름인데, 우리가 도착할 무렵 관광버스 20여 대가 들어서 입추의 여지도 없었다. 城邑은 4.3사태 때 제주도의 한라산 아래에서 바다에 이르는 지역 대부분의 마을들은 소실되었으나 이곳은 요행히 별로 피해를 입지 않아, 오늘날 제주도를 대표하는 민속마을로 지정되어 있다. 특히 똥돼지로 유명한 곳이다.

식후 1시 20분에 출발하여 다시 97번 지방도 등을 경유하여 40분 정도 이동한 끝에 제주시 동쪽 함덕리에 있는 함덕해수욕장에 도착하였다. 제주도에서는 부산의 해운대 정도에 해당하는 명소라고 한다. 그러나 백사장은 의

외로 좁았고, 바위로 된 좁다란 곳 같은 것이 바다를 향해 길게 뻗어나간 것도 있어 아기자기한 맛은 있었다. 우리는 거기서부터 서우봉 둘레길 3km, 1.5시간을 걸었다. 해수욕장 부근에서 '咸德浦戰跡地' 표지판을 보았는데, 삼별초 항쟁 때 1274년 4월에 麗元연합군이 상륙하여 삼별초 군을 궤멸시킨 곳이라는 내용이었다. 이 둘레길 또한 올레길 19코스의 일부였다. 우리는 이장과 동네 청년들이 2003년부터 2년 동안 낫과 호미로 만든 길이라는 서우봉 산책로를 따라 걸었다. 이곳 역시 동쪽 기슭에 일본군이 파놓은 21개의 굴이 남아 있다.

犀牛峰은 표고 109.5m, 둘레 3,493m로서, 북쪽과 남쪽에 2개의 봉우리가 솟아 있는 원추형 화산체이다. 우리는 서남쪽 둘레길을 따라 걷다가 봉수대에서 낙조전망대 쪽으로 올라가는 중간 지점에서부터 다시 올레길에 접속하여 망오름 정상을 거쳐서 출발지점으로 내려왔다. 도중의 정자에서 쉬며 바라보니 한라산 정상 부근은 하얀 눈으로 뒤덮여 있었다.

1132·97 지방도 등을 따라 30분 정도 이동하여 제주시 연북로 381(도남동)에 있는 ㈜탐라원특산품센터에 들렀다. 아내는 거기서 제주우도땅콩초코크런치 한 박스와 일행 중 신세를 진 사람들에게 선물할 초콜릿 두 박스를 샀다. 기사는 식당에서 직접 우리 일행에게 음식을 나르며 서비스하고 있었는데, 이곳에서도 매상액에 따라 일정한 돈이 기사에게 리베이트 되는 모양이다. 기사는 그 돈으로 불우한 사람들을 위해 여러 가지 기부행위를 하고 있다고 했다.

공항으로 이동하여 18시 45분에 출발하는 진에어 편으로 먼저 돌아가는 김 대표와 작별하였고, 1번 게이트 앞 의자에 앉아 여행 중의 일기를 퇴고하다가, 19시에 출발하는 제주항공 7C514편에 탑승하여 19시 50분에 김해공항에 착륙하였다. 탁송한 짐을 찾은 후 이럭저럭 간신히 8시 10분 사상터미널을 출발한 진주행 막차 버스에 탑승할 수 있었다.

17 (목) 대체로 맑으나 제주는 오전 한 때 약간의 눈발 - 한라수목원, 한라산 둘레길 8구간, 7구간

혜초여행사(JM투어)의 '한라산둘레길 종주 5일'에 참여하기 위해 아내와 함께 오전 6시 20분 시외버스로 김해공항을 향해 출발했다. 7시 30분에 도착하여 8시 20분발 제주항공 7C503편을 타서 17D·E석에 앉아 9시 13분에 제주공항에 착륙했다. 기사는 지난 4일과 마찬가지로 제주투어버스의 젊은 문성환 이사였고, 그 때의 대절버스를 몰고 왔다.

오늘 들은 말에 의하면, 코로나19로 말미암아 2년 이상이나 해외여행이 거의 전면적으로 중단되자 대박을 맞은 것은 제주도와 울릉도라고 한다.

우리 일행은 손님 18명에다 인솔인 김종민 대표를 포함하면 총 19명인데, 그 중 한 명은 같은 비행기를 타지 않고서 한참 후에 도착한 모양이라 오늘의 트레킹에는 참여하지 못했다. 일행 중 우리 부부를 포함하여 남녀가 짝으로 온 사람이 네 쌍이고, 남자 두 명이서 한 방을 쓰는 사람이 세 팀, 남녀 각각 독방을 쓰는 사람이 두 명씩 총 네 명이었다.

그 중 류부자라는 키가 자그마한 여성은 올해 보통나이로 85세이고 만으로는 83세라고 하는데, 여행 경력이 화려하였다. 킬리만자로·칼라파타르·무스탕·파타고니아 등등 내가 가보지 못한 곳들도 다녀왔다고 한다. 그녀는 일본 橫濱에서 태어나 해방 후 귀국한 모양이며, 부산교육대학을 졸업하고 어머니를 모시고서 평생 독신으로 살았는데, 초등학교 교사로 30여 년간 근무하다가 부산 하단초등학교 교장으로서 63세에 정년을 맞이한 후, 해외여행 등으로 행복한 여생을 보내고 있는 것이다. 장모가 89세로서 현재 거동이 매우 불편하여 바깥출입을 거의 못하는데 비하면 퍽 건강한 편이다. 그녀 외에 나보다 한 살 더 많다는 남자도 한 명 보았다.

또 한 사람은 전대운이라는 이름의 남자로서 속초에서 왔는데, 김 대표와는 58년 개띠 동갑이며 일본 阿蘇山 트레킹에서 서로 처음 만났다고 한다. 직업을 열대여섯 번 바꾸었으며, 제주에서도 취업하여 9년간 생활한 적이 있었고, 지금은 속초에서 건축 관계 막노동 일을 하고 있다는 것이었다. 그는 일본과 중국에서 여행 가이드로 여러 해 근무한 적이 있으며, 중국에서는 여행이 좋아 무급으로 일했었다고 한다. 제주에 사는 동안 한국에 귀화한 일본 부인으로부터 일본어를 배웠고, 학원에도 다니면서 일어를 익혔다고 했다. 자기 모친이 6.25 무렵 월남했는데, 북한에서 김일성대학을 졸업하였고, 남한으로 내려와서는 다시 연희전문(?)을 졸업했다고도 했다. 그런 부모 밑에서 무녀독남으로 자랐다는 것이다. 그 모친은 후에 뇌졸중으로 쓰러져 전신마비가 되었으므로 그가 간호하고 귀저기를 갈아준 것이 11년이나 되는데, 이미 돌아가셨다고 한다.

공항에 내린 후 제주에는 한동안 약간의 눈발이 날렸는데, 어제와 엊그제는 제법 많은 눈이 내린 모양이다. 먼저 차로 10분 쯤 이동하여 한라수목원으로 가 한 시간 정도 산책을 하며 한 바퀴 돌았다. 수목원은 지난번에 왔을 때 흑돼지구이를 들었던 식당이 있는 곳이다. 1993년에 개원한 것으로서 제주 지역 자생식물에 대한 유전자원을 보전 연구하고 자연학습장으로 활용하는 곳이다. 1100도로변 광이오름과 남조순오름 기슭에 위치하였으며, 21hr의 면적에 1,300여 종의 식물 12만여 본을 보존하고 있다. 경내에서 활짝 핀 매화와 겹동백 그리고 추위에 다소 움추린 듯한 수선화 밭을 보았으며, 노루로 보이는 동물들도 사람을 두려워하지 않고서 경내를 어슬렁거리고 있었다.

그곳을 떠난 다음 제주시 진군남4길7-8에 있는 향토음식점 제주순풍으로 가서 한정식으로 좀 이른 점심을 들었다. 원래 인터넷으로 받은 스케줄에는 지난번과 마찬가지로 전복뚝배기를 드는 것으로 되어 있었는데, 그 집 음식의 수준이 떨어진다더니 다른 곳으로 옮긴 것이다. 아내는 엄청 맛나다면서 회옥이에게 이 집을 적극 추천하였다.

식후에 오후의 메인 일정으로 들어가, 지난번에 걸었던 한라산둘레길 8구간 숫모르편백숲길 6.6km, 2.5시간과 7구간 절물길 3.5km, 1.5시간을 걸었다. 차로 15분 정도 이동하여 해발 500~600m 지대를 걸어 오후 4시 무렵에 마친 것이다. 8구간은 한라수목원에서 시작하여 개오리오름을 넘은 후 절물자연휴양림으로 내려오는 코스인데, 지난번과 달리 눈으로 뒤덮인 산길을 선글라스를 착용하고서 스틱을 짚으며 걸어가니 색다른 느낌이 들었다. 출발에 즈음하여 왕인수라는 중년 남자가 점심 후 컨디션이 좋지 않았던지 좀 걷기 시작하다가 말없이 도로 버스로 돌아가 버렸으므로, 그를 찾느라고 꽤 시간을 소비하였다. 또 한 명은 아직 제주에 도착하지 않았으므로, 총 17명이 함께 걸었다.

알고 보니 지난 4일에 걸었던 이 코스는 한라산둘레길 7구간도 이미 상당 부분 포함하고 있었다. 개오리오름에서 내려와 편백 숲과 삼나무 숲의 경계지점쯤에 나무로 만든 화장실이 하나 있는데 그 부근이 두 구간의 경계지점이며, 거기서 우리는 울창한 삼나무 숲속을 계속 걸어 절물자연휴양림의 매표소 및 주차장까지 7구간의 상당한 거리를 이미 통과했었던 것이었다. 오늘은 주차장 부근에서 도로의 갓길을 따라 한동안 걸어가 민오름 트레킹 코스가 시작되는 지점에서 다시 절물조릿대길로 접어들어 사려니숲 비자림 입구 부근의 작은 주차장에 이르러 오늘의 트레킹을 모두 마쳤다.

1131지방도를 경유하여 지난번에 통과했었던 제주마방목지와 오늘 오후 코스의 출발지점인 한라생태공원 등을 경유하여 50분 정도 달린 끝에 제주시 서해안로 100(이호일동 345)에 위치한 숙소인 Odri Inn Jeju에 닿았다. 우리 내외는 315호실을 배정받았다. 바다에 면해 있어 조망이 좋고, 4층에다 로비 층을 포함하여 총 5층 건물인데, 시설도 지난번 묵었던 곳보다 나았다.

오후 5시 반에 호텔을 출발하여 지난 4일에 석식을 들었던 연북로 196(오라2동 3176)의 영주말가든으로 가서 그 때와 같은 메뉴인 말고기코스요리를 들었다. 아내는 일행 중 유일하게 오늘도 말고기 음식을 들지 않고 그냥 밥만 따로 시켜서 다른 채소 반찬과 함께 들었다. 전대운 씨와 더불어 세 명이 합석하였는데, 그는 대화에 정신이 팔려 음식에는 별로 손을 대지 않는지라 나 혼자서 처음 메뉴인 육회를 거의 다 들었더니, 나더러 식성이 좋다면서 불만의 뜻을 표했다. 그래서 이후로는 아내가 내가 들 것과 그의 것을 따로 구분해 두었는데, 마지막 전골 요리가 나왔을 무렵에는 내가 술을 들지 않기 때문인지 그는 뒤쪽의 다른 테이블로 자리를 옮겨가 그를 위해 남겨둔 음식은 모두 버릴 수밖에 없었다. 무례한 사람이라고 할 수 있다. 류부자 씨가 저녁술을 샀는데, 일행 중 술에 취해 막말을 내뱉으며 추태를 부리는 사람도 있어 대표인 김종민 씨가 그를 설득하여 먼저 차로 돌아가도록 했다.

18 (금) 대체로 맑으나 저녁 무렵부터 부슬비 - 한라산둘레길 1구간, 2구간

7시에 로비 층의 식당에서 조식을 들고 8시에 출발했다. 오늘은 한라산둘레길 1구간 천아숲길 11.0km, 4시간 코스와 2구간 돌오름길 7.7km, 3시간 코스를 걷는 날이다. 특히 1구간은 전체 구간 중 가장 고도가 높아 도중의 오로오름 부근은 해발 1,050m 정도 되며, 이 구간에 눈도 가장 많이 쌓여 있다.

한라산둘레길은 해발 600~800m의 국유림 일대를 둘러싸고 있는 일제강점기 병참로(일명 하치마키도로)와 임도, 표고버섯재배지 운송로 등을 활용하여 연결한 90km 가까운 숲길을 말한다. 현재로서는 섬 서쪽의 어리목 등산로 입구 부근으로부터 한라산의 남쪽 일대 서귀포 부근을 에둘러서 동북쪽의 한라생태공원까지에 이르는 8개 구간이 개발되어 있는데, 도중에 사유지도 많아 언제 완성될지 알 수 없는 상태이며, 섬의 북쪽 일대에는 아직 코스가 전혀 개발되어 있지 않다.

우리는 오늘 어승생악 부근인 1139도로(1100도로) 근처에서 하차하여, 눈 덮인 국유임도를 2.2km 걸어 들어간 다음 천아오름 부근의 천아수원지에서 1구간 코스에 접어들었다. 수원지라고는 하지만 제주도 특유의 화산지질 때문인지 물이 고여 있는 것을 보지는 못했다. 아내와 왕인수 씨를 제외한 16명이 참가하였다. 아내는 오늘의 코스가 자기 체력에 무리라면서 1구간은 건너뛰고 2구간에서부터 참여하겠다고 하며 차 안에 남았지만, 1구간과 2구간 사이에는 버스가 접근할 수 있는 도로가 없으므로, 결국 2구간의 종착지점인 거린사슴오름까지 차를 타고 가고 말았다. 그러나 아침에 우리를 내려준 지점에서 대절버스가 한때 정거해 있는 동안 임도를 따라 왕복으로 가고오며 2시간 반 정도를 걸었다고 한다. 왕인수 씨는 어제 제8구간 진입로에서 그냥 차에 남아 일행에게 민폐를 끼친 점에 대해 호텔로 돌아가는 버스 안에서 정중히 사과를 했었지만, 어제 밤 석식 자리에서 酒邪를 부린 사람도 바로 그였다고 한다. 어제 석식을 마치고서 호텔로 돌아가는 도중 차가 약국과 편의점 부근에 잠시 정거했을 때 그도 내려서 막걸리인 듯한 것을 비닐봉지에 담아 또 몇 병 사오더니, 오늘도 무슨 까닭인지 트레킹에 참여하지 않았으니 이 여행에는 무엇 때문에 끼어든 것인지 알 수 없다.

1구간 진입로에서 짧은 스페츠 위에다 아이젠을 착용하고 스틱도 짚고서 급경사의 신길을 오르기 시작했다. 얼마간 오르고 나니 길은 다시 완만한 경사의 오르막으로 바뀌었다. 여기저기 울창한 삼나무 숲들이 펼쳐져 있었다. 오로오름을 좀 지난 시점에서 길가의 눈밭에 등산용 의자를 펴고 앉아 차에서 배부 받은 도시락으로 점심을 들었다. 물만 부으면 뜨거워지는 발열팩으로 밥을 데운 다음 반찬과 함께 들었다. 1구간 천아숲길은 보림농장 삼거리에서 끝났다.

2구간 돌오름길은 보림농장에서 시작하여 다시 1139지방도를 만나는 지점인 거린사슴오름 부근에서 끝나는 모양이다. 거린사슴오름은 서귀포자연휴양림 및 영실입구에서 얼마 떨어지지 않은 지점이다. 2구간은 상대적으로 고도가 낮아 해발 750m 정도이고, 기온도 높은 한라산의 남쪽 허리이고 보니 눈은 대부분 녹아 진흙길로 바뀐지라 아이젠은 벗고서 스페츠만 착용하고 걸었다. 코스의 대부분에는 야자 매트가 깔려 있었지만, 그것도 습기에 닿아 이미 삭아서 흙으로 변해가고 있는 부분이 많았다. 이 구간은 삼나무 숲이 비교적 적고 잡목림이 많았다. 보림농장삼거리에서 2.2km 떨어진 지점에 돌오름이 위치해 있어 돌오름길이란 이름이 붙었다. 거기서 2.6km 더 나아간 곳에 표고버섯삼거리가 있거니와, 곳곳에서 표고버섯 재배지 표지를 보았다.

오후 3시 39분에 기린사슴고개에서 처음으로 지방도를 만나 오늘의 트레킹을 마쳤다. 18km 3만 보 정도를 걸었으며, 총 7시간 정도가 소요되었다. 1115·1135 지방도 등을 경유하여 호텔로 돌아와 샤워한 다음, 오후 6시에 다시 대절버스를 타고서 5분 정도 떨어진 거리인 도두1동에 있는 지난번 들렀던 제주깊은바당에서 당시와 같은 메뉴인 특회정식으로 석식을 들었다. 오늘도 전대운 씨 및 왕인수 씨와 합석하였는데, 알고 보니 왕 씨는 칠암캠퍼스 시절의 경상대 건축공학과 출신으로서 작년에 작고한 오인환 교수의 제자라는 것이었다. 오늘 보니 그는 1956년생으로서 꽤 점잖은 사람이었고, 위암으로 위의 대부분을 절제하여 건강상 문제가 있으므로 어제 오늘의 트레킹에 참여하지 못하였다. 그는 한라산둘레길을 평지를 걷는 올레길 정도로 착각하고서 참가한 것이라고 했다.

일행 중에 강성수 씨라는 비교적 젊어 보이는 사람이 있는데, 그도 뇌졸중으로 쓰러진 이후 5년 정도 재활 치료를 받고 있는 사람이었다. 늘 맨 뒤에서 전대운 씨의 에스코트를 받아 걷고 있는데, 시종 혼자서 중얼거리거나 노래를 부르고 있었다. 오늘 저녁 자리에서의 술값은 술을 끊은 지 이미 오래인 내가 쐈다.(66,000원) 전대운 씨는 오늘도 대화에 정신이 팔려 아내가 나눠 담아준 음식에는 별로 수저를 대지 않다가, 마칠 무렵에야 남들보다 늦게 남아 허겁지겁 들고 있었다.

19 (토) 서귀포 지역은 오전 중 흐리고 때때로 눈이 내리다가 오후에 개임, 제주시는 오전 중 비 내리고 오후는 흐림 – 한라산둘레길 3구간, 4구간

여행 3일째, 한라산둘레길 3구간 산림휴양길 2.3km 1시간 및 4구간 동백길 13.7km 5~6시간을 걷는 날이다. 이 코스는 지난번 왔을 때 시도하려다가 그 전날 내린 눈으로 말미암아 불발로 끝났던 곳이다. 해발고도는 500~750m 쯤 되는 모양이다.

비가 오는 가운데 8시에 호텔을 출발하여 40~50분 정도 이동하여 서귀포자연휴양림의 입구에 도착했다. 오늘도 왕 씨가 결석하여, 참여한 사람은 인솔자와 아내를 포함하여 총 18명이다. 이곳은 어제의 종점이었던 기린사슴 고개에서 도로를 따라 200m쯤 더 올라온 지점이다. 한라산둘레길의 기왕에 개설돼 있는 구간들은 대체로 빈틈이 없이 잘 이어져 있는 듯하다.

제주시에서 비가 내리고 있었으므로, 이번에도 입장을 허락받지 못하는 것은 아닐까 염려를 하였지만, 다행히도 출발점에 도착했을 때는 비가 개어 트레킹 하기에 최적의 날씨로 변해 있었다. 서귀포자연휴양림은 유료로서 성인 1인당 1,000원의 요금을 내도록 되어 있지만, 나와 아내는 신분증을 제시하여 경로우대로 무료입장하였다. 그러한 어르신이 모두 7명인데, 알고 보니 나보다 한 살 많은 것으로 들은 사람은 호적상의 출생년도는 같은데 실제 나이가 한 살 많다는 것이며, 그 외에도 비교적 젊어 보이는 부인과 함께 온 전본수 회장이라는 분은 우리 나이로 80세라고 한다. 그러고 보면 나는 나이순으로 네 번째인 듯하다.

휴양림의 규모는 꽤 큰데, 우리는 요금을 내고서 입장하였기 때문에 좀 긴 코스를 취해 어울림숲길을 따라 시계반대방향으로 나아가다가 반환점 부근에서 차량순환로를 만나 다시 그 길을 따라서 시계방향으로 색깔 있는 아스팔트 포장도로를 구불구불 걷다가, 도중에 길가 오른쪽의 좁은 계단을 타고 내려가 오솔길을 만나서 4구간인 동백길이 시작되는 법정사 부근까지 나아갔다.

법정사는 보통 戊午法正寺라고 불리는데, 그것은 기미(1919년) 3.1운동보다 5개월 먼저인 무오(1918)년에 일어난 제주도내 최초 최대의 항일운동이자 1910년대 종교계가 일으킨 전국 최대 규모의 무장 항일운동이 일어난 곳이기 때문이다. 항일운동의 발상지인 법정사는 '법정악' 능선 해발 680m 지점에 있고, 당시 항일지사들의 체포와 동시에 일본순사들에 의해 불태워져 지금은 동백길 도중에 일부 건물 흔적만 남아 있으며, 현재의 법정사가 있는 자리와는 다르다. 항일운동 기념탑 부근에 여성 문화관광해설사가 배치되어져 있어, 제주도 출신이지만 부산 초량에서도 5년 정도 생활한 적이 있다는 그녀로부터 설명을 들었다. 당시 송치된 66인의 형사사건 수형인들을 모신 義烈祠도 기념탑 부근에 있었다.

동백길은 무오법정사에서 동쪽 방향으로 돈내코 탐방로까지 이어지는 13.5km 구간인데, 종점에서 돈내코 등산로를 따라 주차장까지 다시 2km를 더 내려가야 한다. 나는 2010년 1월 10일에 돈내코에서 윗세오름을 거쳐 어리목까지 등산한 적이 있었고, 2012년 6월 10일에는 영실에서 윗세오름을 거쳐 돈내코 쪽으로 하산한 적이 있다. 동백길 일대에는 한라산 난대림 지역의 대표적 수종인 동백나무가 서귀포자연휴양림에서 5.16도로변까지 약 20km에 걸쳐 분포하고 있어 우리나라 최대군락지를 이루고 있다. 동백나무군락지는 오늘의 트레킹 코스 내내 계속 되었는데, 이는 수령이 어린 동백나무가 매우 높은 밀도로 분포하는 지역이다. 이러한 점은 최근에 벌목 등 인위적인 간섭에 의해 숲이 파괴되었다가 다시 생겨나서 안정화 되어가는 천이의 단계이다. 이러한 과정에서 동백나무가 많이 유입되어 큰 군락을 형성한 것이다. 이 지역의 개화기는 3월말에서 4월초이므로, 돈내코 하산 길을 제외하고서 아직 꽃은 볼 수 없었지만, 꽃이 피면 환상적일 것이다.

제주도는 돌·바람·여자가 많은 三多島라 하지만, 둘레길 내내 돌밭이 이어져 흙은 오히려 찾아보기 어려웠다. 그리고 풀처럼 키 낮은 조릿대가 길가 양측으로 한없이 이어져 있었다. 도중에 수령이 많아 보이는 키 크고 둥치가 굵은 삼나무 숲과 편백 숲도 있었으나 그 범위가 그다지 넓지는 않았다. 한라산둘레길의 특징은 도중에 다른 트레킹 로드를 계속 만난다는 점이다. 오늘도 '정진의 길(절로 가는 길)', '하원 수로길', '추억의 숲길' 등을 만났고, 표고버섯 재배지도 눈에 띄었다. 지속적인 수분 공급이 필요한 버섯에게 한라산의 생태환경은 겨울철에도 습도가 높아 해발 800고지 이상에서도 비교적 영상의 기온과 적정한 습도를 유지하기 때문에 자연과 유사한 조건 하에서 최상급의 표고를 길러낼 수 있게 하는 것이다.

일제가 한라산 중허리를 돌아가며 건설한 이른바 하치마키 도로의 흔적으로서 평탄작업을 위해 바위를 굴착했던 착암기 구멍이 바닥에 뚜렷이 남아 있는 것을 보았고, 다른 둘레길 코스에 비해 비교적 온전한 형태로 남아 있는 숯가마 터, 그리고 4.3사태 당시 토벌대가 장기 주둔을 위해 구축해 둔 주둔소 흔적 등을 볼 수 있었다. 이 구간에서는 눈이 이미 깨끗이 녹아 있었다. 오늘도 도중의 건천 위 널찍한 바위 위에서 어제와 같은 점심 도시락을 들었다. 우리 내외는 트레킹 도중 어제 배부 받았던 천혜향이라는 이름의 고급 밀감도 들었다.

종점인 돈내코탐방로에서 하산 길 도중에 위치한 돈내코탐방안내소까지 1km를 걸어내려가야 하는데, 거기서 버스정거장까지는 또다시 15분 정도를 더 내려가야 한다. 하산 길에서 서귀포 시내의 전경과 그 앞바다 풍경을 넓게 조망할 수 있었다. 돈내코의 옛 지명은 '돈드르'로서 돗은 '돼지', 드르는 '들판'을 뜻하는 제주 방언이다. 돈내코 역시 제주어로 돈은 '돼지', 내는 '하천', 코는 '입구'를 가리킨다. 따라서 이 지명들은 들판으로 흐르는 하천의 입구에 멧돼지들이 많이 살아서 유래된 것이다. 우리는 버스 타는 곳을 500m 정도 남겨둔 지점의 공동묘지 부근으로 대절버스를 불러서 탔다. 그 시각이 오후 3시 30분 무렵이니, 오늘도 6시간 40분 정도 산을 탄 셈이다.

1115지방도 등을 경유하여 4시 46분에 호텔에 도착하였다. 샤워를 마친 다음 6시에 다시 대절버스를 타고서 첫날 걸었던 한라수목원 구내의 지난번에 왔을 때 들렀던 수목원테마파크의 진돼지 식당으로 가서 흑돼지구이로 석식을 들었다. 오늘도 술은 류부자 할머니가 샀다. 오늘은 김종민 대표와 더불어 셋이서 같은 테이블에 앉았는데, 그의 말에 의하면 왕 씨는 우리가 도착했을 때 호텔에서 이미 술에 취해 있어 오늘 산행뿐만 아니라 석식 자리에도 참석하지 않았다. 위암으로 말미암아 식도 전체를 잘라냈다고 하며 트레킹에 참여하지도 못하는 상태의 체력인 그가 이렇게 술을 즐겨서야 어떻게 건강을 유지할 수 있겠는가 싶다. 돌아올 때 우리 내외의 뒷자리에 앉은 사람들의 말에 의하면, 트레킹 때 후미를 맡는 전 씨도 주량이 엄청나서 막걸리 사발과 같은 큰 잔으로 소주를 벌컥벌컥 들이켜고 있었다고 한다.

20 (일) 눈과 햇볕이 수시로 바뀜 -올레 7코스, 6코스, 10코스

아침에 일어나 보니 창밖에 밤새 눈 온 흔적이 있었다. 오전 8시 출발할 시각이 되니 제법 함박눈이 내리는 것이었다. 김종민 대표가 알아본 결과, 이런 날씨에는 해발 300m 이상 되는 산지는 모두 폐쇄된다는 것이다. 제주도는 과거에 행정구역이 북제주·남제주 등으로 구분되어 있었는데, 지금은 한라산을 기준으로 하여 북쪽 지역은 대부분 제주시, 남쪽 지역은 서귀포시에 속해 있다. 한라산을 중심으로 각지의 날씨 또한 크게 다르며 변덕스럽기 짝이 없는데, 평소 제주시에 비해 서귀포시는 기온이 3~5℃ 정도 높다고 한다.

그래서 우리는 오늘로 예정된 한라산둘레길 5구간 수악길 16.7km, 접근길(입구 2km, 출구 1.7km)까지의 등산로를 포함하면 20.4km이며 7~8시간이 걸리는 전체 코스 중 오전 일정은 포기하고, 나로서는 지난 2월 6일 오전에 둘렀던 올레길 6·7코스 8.5km를 세 시간 정도 걸으면서 시간을 보내다가, 오후의 상황을 보아 가능하면 그 코스 중도 9.7km 지점의 수악안내소까지 1131지방도(제1횡단도로/5.16도로)를 따라 올라가 나머지 후반 코스를 시도해보기로 했다.

왕 씨는 결국 오늘 오전 비행기로 부산을 향해 먼저 떠난다고 하며, 혼자 온 여성으로서 역사 교사를 명예퇴직 하였고 남아메리카 대륙 남단의 우슈아이아 및 탄자니아 등 세계여행 경험이 풍부한 권강기 씨는 서귀포시에서 있는 친구네 결혼식에 참석한다고 하여 빠지고, 인솔자를 포함한 17명이 오늘 일정에 참여했다. 우리는 평화로라고 불리는 제주도의 서부를 횡단하는 1135지방도를 따라 남쪽으로 내려갔다가 1116지방도로 바꾸어 법환포구에 도착했다. 가는 도중 버스 속에서 들은 바에 의하면, 85세의 류부자 여사는 이미 주변 섬들 코스를 포함한 제주올레길 전 구간을 완주했다고 하며, 그 밖에도 전국의 유명 둘레길 여러 곳을 완주하였다는 것이다. 서귀포시 구역에서는 도로변에 비닐하우스들이 자주 눈에 띄었는데, 서귀포는 제주 귤의 주산지일 뿐 아니라 이처럼 비닐하우스 안에서 재배한 귤이 露地의 것보다도 고품질이라는 것이다.

법환포구에서 '幕宿' 안내판이 두 개 눈에 띄었는데, 이 지명은 고려 공민왕 23년(1374) 최영 장군이 이끌고 온 대규모 정예군이 군 막사를 치고서 주둔했던 사실에 유래한 것이라고 한다. 원나라가 망하고 명나라가 일어선 다음, 명나라가 제주에서 기르는 말을 보내줄 것을 요구하자, 조정에서는 말을 가지러 제주목에 관리를 파견하였는데, 원나라의 목자 즉 牧胡들은 원 세조께서 기르신 말을 명나라에 보낼 수 없다고 하면서 관리들을 죽이고 난을 일으켰다. 임금이 최영에게 군사를 주어 토벌케 하니, 최영장군은 군사 25,605명을 병선 314척에 태우고서 명월포로 상륙하여 그들을 격퇴하자 목호의 잔당들이 후퇴하여 최후의 결전을 하였다. 그 결과 목호군은 대패하였고, 대장과 그의 가족 및 장수들이 법환마을 앞바다에 있는 범섬으로 도망을 갔다. 이에 최영은 법환포구에다 막을 치고서 군사를 독려해 목호의 잔당을 섬멸하여, 100여 년간 몽골족에게 빼앗겼던 제주도 지역을 되찾는데 결정적 계기를 마련하였던 것이라고 한다.

또한 외돌개를 지나 해안절벽에 일본군이 만든 12개의 진지동굴이 있는 황우지에 이르렀을 때 해변에 전적비가 하나 눈에 띄었다. 가까이 다가가서 읽어보니 1968년 8월 20일 밤 북한군 간첩선이 통일혁명당 핵심요원인 남파간첩을 북한으로 귀국시키기 위해 침투하던 중 서귀포경찰서 작전부대와 우리 군의 합동작전으로 섬멸된 사실을 기록한 것이었다.

서귀포칠십리詩공원에 이르러 도시락으로 점심을 들었는데, 바람이 제법 강했다. 우리 내외는 그런대로 수풀에 의지하여 바람을 피해가며 야외에서 식사를 마쳤지만, 나중에 보니 일행 대부분은 공원 입구에 위치한 창작공간 덕판배(덕판배미술관)의 건물 안으로 들어가 식사를 했던 것이었다. 이곳은 제주 전통 탐라선의 마지막 형태인 덕판배를 모티브로 제작된 시설물로서, 2012년 탐라대전에 설치되었던 것을 2015년에 지금의 위치로 옮겨와 창작 및 전시공간으로 재탄생한 것이다. 그들이 점심을 든 방에서 도예가 이형기의 작품전을 둘러보았다.

다리를 건너 서문로터리 입구 버스정거장에서 다시 대절버스를 탔다. 김종민 대표의 말에 의하면 오후에도 한라산둘레길로의 접근은 불가하므로, 역시 내가 지난번에 왔을 때 들른 바 있었던 제주올레길 10코스로 일정을 변경한다는 것이었다. 서귀포시 지역은 제주시에 비해 훨씬 온난하고 기후도 대체로 맑았으며, 유채와 매화 등의 꽃들이 만개해 있었다. 그럼에도 불구하고 수시로 날씨가 변해 함박눈에 쏟아지는 때도 여러 번 있어 변덕이 죽 끓듯 하였다.

40분쯤 이동해 산방산 동쪽 기슭에서 하차해 올레길을 걷기 시작하여, 하멜기념비와 하멜상선전시관을 지나 다시 한 번 용머리해안을 일주하였다. 우리가 용머리해안에 도착한 시각이 오후 2시 반 무렵이었기 때문에 기암괴석으로 유명한 이곳의 간조시간에 맞았던 것이다. 아내는 하차할 무렵 바람이 심하게 불고 기온이 매우 찾기 때문에 버스 안에 남았다가 주차장에서 하차하여 그 일대의 유채꽃밭들을 둘러보고 소소한 쇼핑을 하며, 제법 멀리 떨어진 식당까지 산책해 가 좋아하는 들깨죽으로 점심을 들었다.

다시 버스에 올라 송악산주차장에 하차했을 때도 아내는 처음에는 스틱을 짚고서 나를 따라오더니 곧 되돌아서 버스로 가버렸다. 나 혼자 부남코지와 전망대들에 오르고 주변의 형제섬·가파도·마라도 등을 바라보며 일행과 함께 한 시간 정도 걸려 송악산을 다시 한 번 한 바퀴 돌았다.

1132·1135지방도를 경유하여 또 한 시간 정도를 달려서 오후 5시 18분에 호텔에 도착하였다. 6시 20분에 새로 버스에 올라 호텔 근처인 도두항서5길 1(도두일동)에 있는 三昧횟집으로 가서 또다시 특회정식으로 석식을 들었다. 손본수 씨 내외와 합석하였다. 손 씨는 부산시 중구 중앙대로 72(유창빌딩 9층 906호)에 있는 유니해운주식회사의 대표이사인데, 학교를 졸업한 후 50년 동안 줄곧 해운업에 종사해온 사람이었다. 주로 외국 크루즈선의 한국 지사를 해왔는데, 코로나 사태 이후 크루즈 업이 모두 중단되었으므로, 지금은 상선을 취급한다고 했다. 호적상으로 1944년생으로 되어 있으나 실제로는 43년생이라고 하니 올해 80세인 셈인데, 전혀 그렇지 않고 나보다도 오히려 젊어 보인다. 더 젊어 보이는 그의 부인은 한라산둘레길 1코스에서 점심 후 내가 스틱 두 개를 나무에 기대어 둔 채 깜박 잊고 떠났을 때 그것을 주워서 내게 전달해준 사람이었다. 둘 모두 해외여행과 등산 경험이 풍부한 사람들이었다.

21 (월) 맑으나 오전 한 때 눈발 - 삼다수숲길, 서우봉둘레길, 올레 19코스

여행 마지막 날인 오늘, 스케줄상으로는 오전 중 한라산둘레길 6구간 사려니숲길 10km 3.5시간을, 오후에는 둘레길에 포함되어 있지 않으나 나로서는 지난 번 왔을 때 한 번 들른 적이 있었던 삼다수숲길 7.5km 2.5시간을 두르기로 예정되어 있다. 오늘은 어떻게 될지 모르지만 날씨가 좋으므로 일단 한 번 시도해보기로 하고, 호텔을 체크아웃 한 다음 오전 8시에 출발했다. 일행 중 엊그제 둘레길에서 등산화 밑창이 빠져 제주시로 돌아온 다음 새 신발을 구입했던 중년 남자와 그 처는 제주도에서 배로 한 시간 걸리는 거리에 있는 추자도를 방문한다면서 버스가 출발하기 전에 와서 작별인사를 하였다.

해발 650m 정도인 사려니숲까지는 차로 50분가량 걸리는데, 도중에 산천단을 지나 1131·1112지방도를 경유하여 나아갔다. 그러나 도착해 보니 역시나 눈이 다소 쌓여 있는 숲에 출입문은 닫혀 있고 인기척이 없으므로 포기할 수밖에 없었다. 그래서 대안으로서 근처에 있는 물영아리오름의 물보라길 2코스를 고려해보기도 하였으나, 결국 오후 일정에 포함되어 있으며 사려니숲의 일부이기도 한 삼다수숲길로 목표를 정하였다. 삼다수숲길은 아직 관광지라 할 정도는 아니어서 출입통제가 별로 없다. 그리로 향하는 도중 약간의 눈발이 날리기도 하였다. 김종민 씨의 말로는 오늘 2코스를 한 바퀴 둘러올 것이며, 10km의 거리에 3시간 정도가 소요될 것이라고 했다.

橋來里소공원에 도착하여 하차한 다음, 긴 진입로를 따라 걸어가다가 1코스에 접어들 무렵 아이젠을 착용하였다. 지난번에 도착했었던 2코스와 3코스의 접점에 설치된 의자 딸린 나무 탁자에서 휴식을 취하며 일행이 물을 부어 만든 커피와 어제 아내가 산방산 주차장 부근에서 사온 빼빼로 및 Mini Brezel이라고 불리는 잘라둔 연근 모양의 마른 과자를 들며 좀 쉬었고, 2코스 전체를 한 바퀴 빙 돌아서 11시 45분에 출발점으로 되돌아왔다. 2코스의 돌아오는 경로 도중에 광대한 삼나무조림지를 통과하였다. 이는 제주시 조천읍 교래리 산 70-2에 있는 경찰숲터로서, 제주경찰이 1975년부터 40여 년 동안 약 50만㎡의 허허벌판에 16만 그루의 나무를 심어 울창한 삼나무숲을 이루어둔 곳이다. 버스의 앞좌석에 앉은 사람이 자기 스마트폰 앱으로 측정해본 결과로는 오전 중 우리가 걸은 거리는 14km 정도이고 13,000보라고 한다.

산굼부리오름을 지나서 1118·1112·97 지방도를 차례로 경유하여 성읍민속마을 안인 서귀포시 중간산동로 4610에 있는 王일번지식당으로 가 지난번에 들렀던 제주고사리돼지주물럭과 조껍대기술로 점심을 들었다. 지난번에 들렀던 식당도 그 근처에 있는 모양인데, 그 식당처럼 대절버스들로 붐비지는 않았다. 아내의 말로는 맛도 그 식당보다 못하다는 것이다. 그러나 김 대표의 말로는 그 식당에 이후 코로나19 환자가 발생하였다고 한다. 성읍

민속마을에는 제주식 초가집들이 제법 많이 눈에 띄었다.

식후에 97번 지방도 등을 경유해 50분 정도 이동하여 오후 1시 29분 함덕 해수욕장에 도착하였다. 역시 지난번에 들렀던 곳인데, 공항에서 가까우므로 여기서 한두 시간 동안 서우봉둘레길과 올레 19코스를 산책하며 시간을 보내기로 한 것이다. 인솔자를 제외한 일행은 모두 15명이었다. 오늘은 서우봉둘레길 도중에 봉수대를 거쳐 망오름 정상으로 바로 올라가지 않고, 출입금지 팻말이 있는 것을 무시하고서 좁은 오솔길을 계속 걸어 나아가 진지동굴들을 경유하여 올레길을 만나 다음, 망오름정상 쪽으로 향하지 않고 계속 올레길을 따라 걸어서 낙조전망대를 거쳐 하산하였다. 서우봉의 일제 동굴진지는 올레 설명문에는 동쪽 기슭에 '일본군이 파놓은 21개의 굴이 남아 있다'고 하였고, 동굴진지 설명문에는 '동굴식 갱도 18곳과 벙커 시설 2곳 등으로 구성되어 있다'고 하였으며, 등록문화재 제309호 '북촌리 서우봉 일제 동굴 진지'에는 '20여 기'라고 하였는데, 우리가 실제로 본 것은 다섯 개였다.

함덕해수욕장을 떠난 다음, 역시 지난번에 들렀던 제주시 연북로 381의 ㈜탐라원특산품에 들렀다. 나는 거기서 56,000원 주고서 돌하루방 하나를 샀다. 다시 20여 분 이동하여 제주국제공항에 도착한 다음, 18시 40분 출발 19시 35분 부산 김해공항 도착인 제주항공 7C514를 대기하며 1게이트 앞 대합실에서 오늘의 일기를 입력하였다. 나는 발권기를 직접 입력하였기 때문에 13D석을 배정받았으나, 아내는 김종민 씨가 이미 발권하여 6D석을 배정받았다.

김해공항 경유 진주행 마지막 시외버스는 사상터미널에서 오후 8시 10분에 출발한다. 짐을 찾고 나면 그 시간에 맞추기 어렵고, 김 대표의 말로는 트렁크 하나와 배낭 하나는 수화물로서 기내에 가지고 들어갈 수 있다고 하였기 때문에 난생 처음으로 트렁크를 기내로 반입해보았으나, 탑승 시 승무원에게 제지당하여 결국 트렁크는 짐으로 따로 부쳐야 하게 되었다. 그 때문에 김해공항에 도착한 이후 짐을 찾느라고 실로 아슬아슬하게 시간을 맞추어 8시 20분쯤 공항에 도착한 진주행 막차를 간신히 얻어 탈 수 있었다. 9시 40

분에 귀가했다.

3월

5 (토) 맑으나 아침에 강한 바람 - 원동매화마을, 딸기따기체험

아내와 함께 참조은여행사(CJT투어)의 '원동매화마을&딸기따기체험 (당일)' 행사에 참여하여 양산시 원동면과 밀양시 삼랑진읍에 다녀왔다. 진주역에서 06시 37분에 출발하는 무궁화호 1904열차의 3호차 35·36석에 나란히 앉아 08시 14분에 밀양역에 도착하였다. 거기서 다음 열차를 타고서 5분쯤 후에 도착한 가이드 정태영 씨를 만나 팸플릿과 배지를 전해 받고서, 역 앞에 대기 중인 노란 버스 11·12석에 탑승하여 출발했다.

꼬불꼬불 꽤 가파른 산길을 넘어 양산 배내(梨川)골을 거쳐서 원동역 근처에 있는 매화마을 순매원 입구에 도착하였다. 부근의 다른 마을로 걸어내려가서 매화와 산수유 꽃을 좀 둘러보다가, 다시 올라와 낙동강 가의 경부선철로 옆에 위치한 순매원으로 내려갔다. 이곳은 작년에도 와보려고 하다가매화 철을 놓쳐 그렇게 하지 못했던 곳인데, 생각보다도 규모가 작아 외송의 우리 농장 정도를 크게 지나지 못하는 듯하였다. 매화는 이제 피어나기 시작하여 다음 주 정도면 절정에 이를 듯하였다. 코로나 상황 때문에 여러 해에걸쳐 원동매화축제가 취소되고 있는데, 그 때문인지 관광객도 비교적 적고,매화원 변두리에는 방치된 채 잡초에 뒤덮여 있는 매화나무 고목들도 제법많았다.

한 바퀴 둘러보고서 다시 1022지방도로 올라와, 도로 가에 설치된 덱 산책로를 따라서 원동역까지 걸어갔다가, 되돌아와 원동면 원동로1429 1층에 있는 매화가든에 들러 미나리삼겹살로 좀 이른 점심을 들었다. 그 일대에이 메뉴를 내건 식당이 많은 것으로 미루어 이 고장 특미인 모양인데, 값만비싸고(3인분 54,000원) 맛은 별로였다. 그 건물 2층에 있는 Hollys Coffee 양산원동점에 들러 콜드블로 라떼를 시켜서 대형 유리창 밖 발아래의 순매원과 낙동강 풍경을 바라보며 시간을 보냈다.

12시 30분에 순매원을 출발하여 1022지방도를 따라 물금 방향으로 10분 정도 이동한 후 화제리 못 미친 곳의 서룡리로 추정되는 곳에 내려서 200m쯤 걸어 이동하여 은진농장이라는 곳에 들러 비닐하우스 안에서 딸기 따기 체험을 하였다. 100m 정도 되는 긴 비닐하우스 안을 걸어가며 딸기를 따서 시시하고 지급받은 용기에다 한 박스씩 가져갈 수도 있었다. 그것은 부산시 금정구 부산대학교 부근에 있는 하나기획에서 운영하는 계절별 수확 체험의 하나였다.

오후 2시쯤에 딸기농원을 출발하여 다시 40분쯤 이동하여 삼랑진읍 미전리 無月山(삼랑진로 537-11)에 있는 트윈터널로 갔다. 꽤 긴 터널 두 개 총 900m가 나란히 있는데, 그 중 왼편에 있는 터널 입구 위에는 '殖産興業'이라고 새겨져 있었다. 고종 때인 1902년에 식산흥업 정책을 시행하면서 밀양에 경부선 철로가 놓이게 되었고, 1940년에 부산항으로의 물자수송이 늘어나자 종전의 터널은 하행선으로 하고 그 옆에다 상행선인 새 터널을 하나 더 뚫게 된 것이었다. 그러나 2004년에 밀양역 KTX선이 개통되면서 1세대와 2세대 터널이 한 날 한 시에 그 역할을 마감하게 되었으므로, 2017년에 터널 안에다 전등으로 형형색색의 아름다운 빛으로 물든 셀피존을 조성하여 오늘에 이른 것이다.

터널 입구에서 아내의 진주여중고 동창인 김강희 씨 내외를 만나 함께 트윈터널을 둘러본 후, 넷이서 터널 입구로 되돌아와 임시매장에서 추억의 달고나 체험도 한 다음, 우리는 김 씨 내외의 차에 동승하여 25번 국도를 따라서 밀양시내로 돌아왔고, 스타벅스 커피점에 들러 대화를 나누었다. 지난번에 만났을 때도 그들의 BMW승용차에 동승하여 밀양의 명소들을 둘러본 바 있었는데, 그 새 그들은 같은 BMW의 새 차로 바꾸었다고 한다. 김 씨의 남편은 나보다 다섯 살 연하인 밀양 토박이로서, 10여 년 동안 퇴비업소를 운영하다가 지금은 거주지 근처에다 빌딩을 지어 임대업을 하고, 그 빌딩 1층에서 김 씨가 약국을 경영하는데, 한 달에 의료보험료를 280여만 원씩 내고 있을 정도의 재산가이다. 우리는 한 달에 41만여 원을 내고 있으나, 그것만 해도 다른 퇴직 교수들에 비해 배 정도의 금액인 것이다. 우리가 오늘 수확한 딸기 두 통 중 하나는 김 씨 댁에 선물하였고, 김 씨로부터는 씻어서 사용할 수 있는 새 마스크 및 여러 의약품들을 선물로 받았다.

17시 34분에 출발하는 밀양발 진주행 KTX-산천 283열차의 7호차 6C·6D석에 탑승하여 18시 40분에 진주역에 도착하였다.

15 (화) 맑음 - 남파랑길 35코스

아내와 함께 남파랑길 35코스를 다녀왔다. 평소처럼 오전 9시 남짓에 진주의 집을 출발하여 9시 54분에 삼천포의 시천바다케이블카 주차장에 도착하였다. 거기에 차를 세운 다음 77번 국도로 나와 스마트폰에다 설치해둔 한반도둘레길 앱에 따라 출발지점인 대방동 삼천포대교 사거리(사천시 대방동 369)를 찾아갔다.

이럭저럭 겨우 그곳에 도착하여 안내판 및 표지들을 발견하고서 그 표지에 따라 산을 오르기 시작했다. 오늘 코스는 각산을 중심으로 원형을 이룬 능선들 부근에 난 포장된 도로와 실안 해변 길을 따라 360도로 한 바퀴 돌아오는 코스이다. 걷기 시작한 지 얼마 후 먼저 大芳寺에 닿았다. 절의 연혁을 적은 안내판이 심하게 녹슬어 그 내용을 읽을 수 없었지만, 큰법당 뒤편에 세워진 거대한 돌로 근자에 새로 만든 것인 듯한 미륵보살반가사유상이 볼 만 하였다.

그 이후 가파른 등산로를 계속 올라 실안·대방갈림길에서 잠시 쉬었는데, 그곳 이정표에 실안노을길·이순신바닷길 등의 문자가 적혀 있었다. 해파랑길 외에 이곳을 지나는 다른 트레킹 코스도 있는 모양이다. 거기서 400m 정도 더 올라간 곳에 각산산성과 그 전망정자가 있었다. 아까 지나온 해파랑길 35코스 안내판의 설명문에 의하면, 이 산성은 605년에 백제 제30대 무왕이 축성한 것으로 백제가 가야 진출의 거점으로 삼기 위해 쌓았던 성으로 추정된다고 하였다. 당시 백제의 영역이 이곳까지 미쳐 있었다는 것은 뜻밖이다. 그러나 성터의 설명문에 의하면, 각산 서남쪽 능선에 돌로 쌓은 현재의 성은 고려 말 왜구의 침략에 대비한 방어목적의 산성으로 추정되며, 성벽의 둘레는 282m 정도이고 높이는 3~4m 정도이다. 성벽 대부분이 허물어져 있었는데, 1991년부터 2002년에 걸쳐 지금의 모습으로 복원되었다고 한다. 나는 1992년 1월 25일 경상대 인문대학 교수세미나에 참석하여 대방에 있는 삼천포비치관광호텔에서 일박하고 난 다음날 아침, 홀로 각산 정상부근으로 올라와 산성과 봉화대를 둘러본 후 대충 오늘의 코스를 따라 각산의 여러 능선 부근을 지나 실안의 나환자마을로 내려간 바 있었다. 당시 산성 자체나 정상부의 봉수대는 지금 모습과 꽤 달랐던 듯하다. 각산은 해발 408m인데, 지금은 정상 부근에 바다케이블카 정류장이 있고, 나무 전망대와 덱 길들도 새로 만들어져 있어 전혀 처음 와보는 듯한 느낌이었다. 봉수대 동쪽 아래에 봉수군 가옥과 창고도 복원되어져 있고, 덱 길이 끝나면 야자 매트를 깐 길이 나타나는가 하면, 능선 부근을 따라 총 연장 5.2km의 산악자전거 MTB 도로가 이어져 있다.

우리 내외는 사람이 거의 다니지 않는 MTB 도로를 따라 계속 걸어서 1953년에 이순신장군을 기념하는 모충공원을 개원했던 장소 부근에 마련된 듯한 누리원 하늘공원에 도착하였다. 이곳은 자연친화적인 방법으로 조성된 사천시민을 위한 공설 자연장지이다. 야외의 여섯 구역으로 나뉜 장지 외에도 그 아래쪽 커다란 건물 안에는 장례식장과 화장장, 봉안당 등이 마련되어져 있는 모양이다.

다시 실안 쪽의 77번 국도로 내려오니, 길가에 하얀 꽃이 만개한 목련나무들이 눈에 띄었다. 한동안 국도 갓길을 따라 걷다가 해변 쪽으로 내려왔고, 해변 길을 따라서 한참 동안 걸어 우리 차를 세워둔 주차장에 도착하였다. 그 주차장 구내에 삼천포 출신 시인 박재삼의 커다란 시비가 세워져 있고, 복원된 거북선도 있었다. 주차장 안으로 해파랑길이 이어져 아침에 우리가 통과했었던 삼천포대교 입구의 국도 가에서 끝나므로, 오후 2시 54분에 주차장에서 오늘의 트레킹을 마쳤다. 소요시간은 총 5시간, 도상거리 14.15km, 총 거리 14.69km, 걸음 수로는 20,753보였다.

3시 반 무렵 진주의 집에 도착하였다. 가고 오는 도중에 바로크 음악을 들었다. 점심은 따로 들지 않고 약간의 과일 간식과 커피, 그리고 따뜻한 물에 녹인 누룽지로 때웠다.

20 (일) 맑으나 쌀쌀함 -부산영도골목투어

아내와 함께 지리산여행사의 부산영도골목투어에 참가하여 흰여울(白灘)문화마을, 절영해안산책로, 깡깡이예술마을, 태종대를 다녀왔다. 오전 8시 5분경 구 진주역 앞인 우리 아파트 부근에서 신안주공1차 부근 강변도로 녹지공원을 출발하여 오는 13인승 리무진을 탔다. 인솔자인 강덕문 씨 외에 남자 한 명을 포함한 중년부인 네 명 그룹이 이미 타고 있었고, 개양오거리 정촌초등학교 건너편 버스탑승장 부근에서 중년부인 세 명 팀이 새로 탑승하여, 일행은 강 대장을 제외하고서 총 10명이 되었다.

부산 시내에 도착하여 구덕터널과 영선터널을 경유하여 오전 10시 좀 못 미친 시간에 영도의 영선2동 해안절벽 위에 있는 흰여울문화마을에 도착하였다. 과거에는 한국전쟁 이후 피란민들이 모여 살던 마을인데, 옹기종기 모여 있는 마을과 그 앞의 푸른 바다가 그리스 산토리니를 닮았다 하여 지금은 카페와 기념품점들이 밀집한 일종의 관광지로 변해 있다. 영화 '변호인' '범죄와의 전쟁' 등을 촬영한 장소이기도 하다.

4층으로 된 회관 건물의 1층에 있는 영화기록관에 들어가 볼 예정이었지만, 개관시간인 오전 10시에서 5분 쯤 전이라 포기하였고, 강 대장을 따라 그 일대의 마을 안길과 절벽 아래 절영해안산책로, 그리고 산책로 도중에 있는 흰여울해안터널 등을 걸어보았다. 절영해안산책로는 남파랑길과 부산살맷길 3-3구간의 일부이기도 하다. 나는 2015년 1월 25일에 하늘산악회를 따라 갈맷길 4-1 및 3-3구간 트레킹을 와서 암남공원에서부터 시작하여 남항대교를 건너와 절영해안산책로를 거쳐서 태종대까지 걸은 바 있었는데, 약 70m에 이르는 흰여울해안터널은 2018년에 개통하였으므로 당시에는 없었다.

해녀촌이라는 이름의 해산물 파는 업소를 지나 돌탑 부근까지 걸어갔다가 되돌아와 남항대교에 이르렀고, 거기서 다시 계단을 올라 흰여울문화마을로 돌아왔다. 2층으로 된 빨간 부산시티투어버스도 눈에 띄었다.

남항로31번길 4에 있는 순천아구찜이란 식당에서 아구찜으로 점심을 든 후, 대평동(남항동)에 있는 깡깡이예술마을에 이르렀다. 이곳은 예로부터 수리조선소 마을로 유명했던 곳으로서, 녹슨 배의 표면을 벗겨내는 망치질 소리에서 유래하여 깡깡이마을이라는 별칭을 가지게 되었다. 지금인 대부분 기계작업을 하므로 망치로 두들기지는 않는다고 한다. 한국 근대 조선사업의 발상지로서, 2016년 공공예술프로젝트를 통해 예술마을로 재탄생했다.

대평북로 36에 있는 깡깡이안내센터에 들러 등록을 하고, 그 근처에 있는 예인선을 활용한 선박체험관에 들러 跳開式 영도다리를 화면상으로 개폐해 보기도 하였고, 다시 그 옆의 옛 영도 渡船을 복원한 유람선에 올라 20분 동안 자갈치시장과 남항 시장 내의 조선소 인근을 돌면서 항구도시 부산의 삶의 현장을 살펴보았다. 안내센터로 되돌아온 다음, 강 대장의 인솔에 따라 깡깡이마을 일대를 한 바퀴 산책하기도 했다.

마지막으로 해양대학교 입구에 있는 동삼동 패총전시관을 지나 태종대로 갔다. 태종대를 한 바퀴 도는 다누비열차의 운행구간을 따라 한 시간 반 정도 태종대 일대를 산책하였다. 도중의 태종대전망대에 들러 바다 풍경을 바라보며 아내와 둘이서 소프트아이스크림을 사먹기도 하였는데, 그 일대에는 들고양이들이 우글거리고 있었고, 전혀 사람을 겁내는 기색이 없었다. 산책로변의 목련과 동백은 이제 막 피기 시작하고 있었는데, 자목련은 한 그루도 보지 못했고, 모두 백목련인 점이 특이했다. 태종대등대까지 내려가지는 않고 길에서 바라보는 정도로 그쳤다.

새로 개통한 부산항대교(개통 전까지 나는 북항대교로 알고 있었다)를 건너 동서고가도로에 진입한 다음 낙동대교를 건너서 명지에 이르렀고, 오후 6시 10분경에 귀가하였다. 도중에 함안휴게소에 들렀을 때 배낭끈에다 고정할 수 있는 새 핸드폰 케이스를 하나 구입하였다.

4월

3 (일) 맑음 –아라마루 아쿠아리움

처제 내외 및 큰처남 내외와 함께 6명이 삼천포로 가서 실안동의 유자집 장어구이에서 점심을 들고, 삼천포대교 건너편 초양도에 있는 아라마루 아쿠아리움에도 들러보았다. 처제가 봉곡동의 장모님 댁으로 승용차를 몰고 가서 장모님 간호를 위해 어제 평택에서 내려온 큰처남 내외를 태우고 먼저 유자집으로 갔고, 우리 내외는 따로 정오쯤 거기에 도착했다. 큰처남의 아들인 민국이네가 민국이 처의 직장이 있는 평택으로 2년 전쯤에 이사를 갔고, 딸인 예은이 내외는 민국이 직장이 있는 천안으로 이사하여 그림 학원을 경영한다고 한다. 천안이 평택보다도 크고 또 예은이는 거기서 미술학교를 다닌 바 있으므로 애착도 있기 때문이다. 장모님은 거의 거동을 못하시고 중앙요양병원을 퇴원해 집으로 돌아온 후 대부분의 시간을 잠만 주무시고 있는 모양이다. 식사는 여전히 못하시니, 장녀인 아내의 말로는 장례 준비를 해야 한다는 것이다.

유자집을 나온 후, 사천바다케이블카의 터미널에 있는 제2주차장으로 이동하여 거기에다 차를 세우고 셔틀버스로 갈아타고서 초양도로 이동했다. 나는 예전에 승용차의 내비게이션을 아라마루 아쿠아리움으로 설정했더니, 늘 케이블카 터미널 쪽으로 안내하므로 에러라고 생각했었으나, 알고 보니 거기서 평일에는 반시간에 한 대, 토·일요일에는 15분에 한 대씩 셔틀버스가 다니고 있는 것이다. 초양도에는 주차장이 있어도 좁아서 많은 승용차를 수용할 수 없다. 2층으로 된 아쿠아리움은 부산 해운대 등 다른 지역에 있는 것과 별로 다를 바 없으나, 거기서 아프리카 습지대에 주로 서식한다는 슈빌(넓적부리황새)을 본 것이 인상적이었다.

그 건물 2층인가에 있는 카페아쿠아의 바깥 발코니에서 차를 마시며 건너편 삼천포 시내와 실안 일대의 케이블카, 대교, 죽방렴 및 산과 바다 풍경을 바라보다가 다시 셔틀버스를 타고서 주차장으로 돌아와 작별하였고, 오후 4시 반쯤에 진주의 집으로 돌아왔다.

16 (토) 맑음 — 한탄강주상절리 잔도길 트레킹, 백마고지 전적지

아내와 함께 오전 7시까지 신안주공1차아파트 부근 강변도로 분수대 앞으로 가서 지리산여행사 강덕문 씨가 하는 1박2일의 강원도 철원군 한탄강주상절리 잔도길 트레킹, 백마고지 전적지, DMZ 생태공원 십자탑코스 십자탑전망대 트레킹에 참여했다. 참가자는 중년부인 2명 한 팀, 노년으로 보이는 부인 2명 한 팀 그리고 우리 부부와 인솔자인 강 씨뿐이었다. 강 씨가 운전하는 13인승 르노 전용차량에 탑승하여 7시에 출발한 후, 대전통영·경부·중부고속도로를 경유하여 동서울터미널에 닿은 다음, 서울 중랑구를 경유하여 29고속도로·43국도를 따라 의정부·포천을 지나서 정오를 좀 지난 무렵 강원도 철원군 갈말읍 명성로 158번길 13(신철원리 983-6)에 있는 60년 전통의 철원막국수에 도착했다. 포천에서는 龍洲 趙絅의 묘소가 근처에 있다는 표지판이 눈에 띄었다. 철원군청이 막국수집 근처에 있고 신철원시장도 부근에 있는데, 이 일대를 신철원이라 부르는 것은 옛 철원군의 일부가 북한 땅에 들어가고 남한 쪽에 남은 철원 땅에다 옛날에는 철원이 아니었던 곳들까지 일부 포함하여 부르는 명칭이라고 한다.

나는 철원에 네 번째로 오는 듯한데, 과거에는 2002년 4월 15일 동백여행사의 테마여행을 따라 와서 승일교·고석정·철원온천관광호텔의 사우나탕·제2땅굴·철의삼각전망대·백마고지·노동당사 등을 둘러본 바 있었고, 2007년 10월 29일에는 사계절산악회를 따라 등산을 와서 명성산·팔각정·산정호수를 둘러본 바 있었으며, 2013년 12월 29일에는 정병호 씨가 하는 이마운틴을 따라 와서 직탕폭포에서 승일교까지 5.8km 구간의 한탄강 트레킹을 한 바 있었다.

오늘 점심을 들기로 한 식당은 꽤 소문난 곳이라 손님이 많이 대기하고 있어서 반시간 이상 기다려야 했다. 근처를 둘러보며 15분쯤 시간을 보내다가 12시 40분에 식당 앞에 집결하여 다시 한참을 기다린 끝에야 입장할 수 있었다. 입구에는 중소벤처기업부와 소상공인시장진흥공단이 발행한 백년가게 인정마크도 붙어 있고, KBS 김영철의 동네한바퀴에서 2021년 6월 5일, 2012년 5월 25일 KBS의 굿모닝대한민국, 2018년 12월 22일 MBN의 토요포커스에도 방영되었다고 당시의 사진을 포함하여 내걸어둔 간판도 있었다. 1964년 어머니 손남이 씨가 창업하였고, 2006년에 딸 김순오 씨가 이어받아 오늘에 이르고 있다. 사골육수에다 김치·간장·된장을 포함하였고, 막국수 외에 편육·녹두빈대떡·찐만두 메뉴도 있었다. 우리는 물막국수 2개와 비빔막국수 5개, 녹두빈대떡 2개를 주문하였지만, 식당 안 좌석에서도 한참을 앉아서 대기하다가 결국 빈대떡은 포기하고 말았다.

식당을 나와 먼저 갈말읍 군탄리 산 78-2에 있는 순담주차장으로 가서 한탄강 주상절리길 잔도 트레킹을 시작하였다. 2021년 11월 19일부터 개방된 것으로서 순담에서 드르니까지 3.6km를 잇고 있었다. 잔도는 대부분 철제로 되어 있고, 바닥도 얼금얼금한 철제이나 일부 구간은 나무나 유리를 깔았다. 고석정에서 승일교까지 12.3km를 걷는 물위 길도 있다는데, 그 중 30% 정도는 실제로 물위를 걷는 것이리 하나 웬일인지 현재는 개방되어 있지 않은 모양이다. 아마도 2013년 겨울에 정병호 씨를 따라 걸었던 구간과 대부분 겹치는 것이 아닌가 싶다. 주상절리길이라고 하지만, 실제로는 화산의 용암(마그마)이 지나간 흔적인 바위절벽이 이어질 뿐 뚜렷하게 육안으로 주상절리로 판단되는 부분은 별로 많지 않았다. 잔도길 여기저기에 진달래가 피어 있었는데, 내가 사는 진주나 산청에서는 이미 철이 지난 진달래·벚꽃·목련·개나리 등이 여기서는 이제야 절정이어서 다시 한 번 보게 된다.

잔도길을 다 지난 다음, 오후 4시에 드르니주차장을 출발하여 463지방도와 연천행 87번 국도를 경유하여 철원군의 서북쪽 끄트머리에 있는 백마고지로 향했다. 2002년에 왔을 때는 버스를 타고 지나가면서 바라본 것뿐이었는데, 오늘은 내려서 하늘에 솟구친 백마 조각상이 있는 입구로부터 계단을 차례로 올라 백마고지가 바로 눈앞에 펼쳐져 있는 DMZ평화의길까지 나아갔다.

백마고지는 철원군 철원읍 산명리 산 215 일대로서 1952년 10월 국군 제9사단이 중공군 제38군과 6.25 전쟁 시기 가장 치열하게 고지 쟁탈전을 전개했던 곳이다. 10월 6일 철원 서북방 395고지(효성산 남단)에 주둔하고 있던 국군 제9사단은 중공군 제38군 3개 사단의 공격을 받았다. 이때부터 10월 15일까지 열흘간 395고지를 사이에 두고 12차례의 전투가 반복되면서 여러 차례 주인이 바뀌었으나, UN군의 전투기 지원을 받은 국군은 마침내 고지를 장악하게 되었다. 전투 과정에서 국군 제9사단은 총 3천4백여 명의 사상자를 내었고, 중공군도 1만4천여 명이 죽거나 다치고 포로가 되었다.

극심한 공중폭격과 포격으로 민둥산이 되어버린 모습이 마치 백마가 누워 있는 것처럼 보였기 때문에 이후부터 395고지 일대를 백마고지라 부르게 되었다고 한다.

백마고지를 떠난 다음, 463지방도와 43국도를 경유하여 50분 정도 달려 철원군 북부 김화읍 생창리에 있는 DMZ생태평화공원방문자센터로 향했다. 도중에 노동당사와 승일교를 지났다. 방문자센터 2층이 오늘의 숙소인데, 원래는 4~5인이 1실을 사용하게 되어 있으나 우리 내외는 6만 원을 추가로 지불하고서 따로 방 하나를 받았다. 노루귀(가족실3)실이었다.

방에 짐을 두고서, 다시 전용차를 타고 오후 6시 35분에 식당으로 향했다. 석식을 들 장소는 김화읍의 아래쪽인 서면 와수1로 44-8에 있는 숯불화로구이전문식당 정원본가였다. 거기서 돼지갈비와 된장찌개·공기밥으로 석식을 들었다. 인솔자인 강덕문 씨는 1년 중 절반 정도 손님을 태우고서 전국 각지로 나다니므로 철원 땅도 구석구석 알고 이런 맛집도 점찍어 둔 것이다. 식사를 마치고 나오니 보름달이 휘영청 밝았다.

숙소로 돌아와 보니 다른 것은 다 좋은데, 남녀의 샤워실이 각각 복도 반대쪽에 따로 있고, 타월이 제공되지 않아 불편했으며, 실내의 TV도 요령부득이라 잘 켜지지 않을 뿐 아니라 채널을 선택하기도 어렵고 볼륨을 조절할 수도 없었다. 1층에서는 되는 인터넷이 2층 방안에서는 연결되지 않고 스마트폰의 모바일핫스팟 기능을 사용해도 마찬가지였다.

17 (일) 맑음 -DMZ 생태평화공원 십자탑 코스 트레킹

오전 8시에 식사를 하고, 9시 20분에 1층 로비에 집합하여 10시경 오늘의 일정인 DMZ생태평화공원 휴전선 십자탑 코스 트레킹을 출발했다. 조식은 숙소 옆인 철원군 김화읍 생창길 471에 있는 동네식당 오성산에서 가정식백반으로 들고, 점심은 같은 식당에서 닭볶음탕을 들었다. 아침에 우리가 숙박했던 방문자센터 앞 벽면에 게시된 요금표를 보니 DMZ생태평화공원 입장료는 어른의 경우 3000원, 경로우대자는 1,500원이며, 시설사용료는 가족실의 경우 50,000원이라고 되어 있었다. 4인 1박 기준인데, 우리 내외의 경우 강 대장에게 6만 원을 주었으니, 기왕에 포함된 숙박비는 고사하고 별도 요금으로서도 10,000원을 더 준 셈이다.

트레킹은 민통선 안의 구역을 걷는 코스로서 제1코스 십자탑탐방로와 제2코스 용양보탐방로로 나뉘어져 있다. 우리는 오늘 약 3시간 동안 1코스를 걷게 된다. 숙소 옆에 생창리사무소 겸 경로당이 있는데, 김화군은 1945년 현재 1개읍 11개면 96개리에 총 인구 92,622명에 달했던 곳이며 생창리가 그 중심지였던 것이, 6.25전쟁을 거치면서 군 영역의 70% 정도가 북한 땅으로 넘어갔다.

6.25 당시 백마고지 전투와 더불어 철원(김화)지역에서 가장 치열했던 전투라 할 수 있는 저격능선 전투는 국군 2사단과 중공군 제15군, 제12군이 1952년 10월 14일부터 11월 25일까지 43일간 주인이 무려 33 번 이나 바뀌는 공방전이었다. 중국에서는 이 저격능선 전투와 인근 삼각고지 전투를 합쳐 上甘嶺戰役이라 부르고 있으며 최고의 승전으로 여긴다. 상감령은 五星山(1,062m)과 그 남쪽 저격능선 사이의 한 고개로 휴전협상의 주도권을 장악하기 위해 유엔군(한국군)과 중공군(인민군)은 이곳에서 치열한 공방전을 벌였던 것이다. 중공군은 땅굴전술과 저격병을 활용해 미군의 대대적인 공격을 막아내고 오성산을 지켜냈다고 자부한다. 반면 한국군은 北高南低의 악조건 속에서 더 이상 밀리지 않고 현재의 전선을 고수했다는 점에서 승전으로 기록하고 있다.

일제강점기에 생창리(읍내리)는 국도 5호선과 43호선이 만나고 금강산 전기철도가 지나가 동서남북을 연결하는 물류교통의 중심지였다. 또한 이곳은 서울에서 금강산으로 가던 길목으로서, 겸재 정선이 남긴 '披襟亭' 그림이 남아 있기도 하다. 철원읍과 마찬가지로 생창리도 6.25전쟁으로 '철의 삼각지 전쟁터'의 한 가운데에 위치하여 완전히 폐허가 되었고, 주민들은 뿔뿔이 흩어졌다. 1953년 수복되면서 김화군에서 철원군 김화읍으로 바뀌었다. 남북한 체제경쟁이 한창이던 1970년 10월 30일에 재향군인 100세대가 입주하여 재건촌을 건립해 오늘에 이르고 있는 것이다.

북으로 성재산과 계웅산이 에워싸고 남으로 花江이 흐르는 배산임수의 고장인 생창리는 고구려시대부터 김화군의 중심지였다. 한반도의 중심부에 위치하여 임진왜란 때는 왜군의 진격로였고, 병자호란 때는 청군의 남진로로서, 청 10만 대군에 맞서 용전분투했던 곳이다. 겸재는 또한 병자호란 때 이 지역 전투에 참전한 장졸들의 위국충절 정신을 담은 '花江栢田'이라는 작품을 남기기도 하였다.

DMZ생태평화공원 탐방은 화요일을 제외하고서 매일 10시와 14시에 출발하며, 1회 탐방인원은 40명으로 제한되어 있다. 출발 전 마을회관 뒤편에 있는 '사라진 마을 김화이야기관'에 잠시 들러 옛 김화군의 내력을 훑어본 후, 우리 전용차량에 탑승하여 여자 가이드의 설명을 들으며 본격적인 트레킹의 출발지점인 후방 CP까지 이동하였다. 군인들의 아파트형 숙소가 모여 있는 곳이었다. 원래는 걸어서 원을 그리며 한 바퀴 돌게 되어 있는데, 오늘은 부대에서 무슨 사연이 있는지 십자탑에서부터의 가파른 계단길 하산로 통행을 허가하지 않았고, 그 대신 CP에서 다른 차로 바꿔 타고서 DMZ쉼터, 수색대대 삼거리, 얼레지쉼터, 고라니쉼터를 차례로 지나 십자탑 바로 아래까지 태워주었다. 돌아올 때는 그 코스를 걸어서 내려왔다.

성재산 산등성이에 '승리의 십자탑'이라고 하는 꼭대기에 십자가가 달린 철탑이 우뚝 서 있어, 거기서 군사분계선과 그 너머의 북쪽 구역을 바라볼 수 있게 되어 있고, 바로 앞에 백골 OP라는 아군이 군사진지가 있으므로 사진촬영은 허락되지 않았다. 이 백골 OP에는 역대의 여러 대통령과 차기 대통령인 윤석열 씨도 후보자 시절에 다녀갔다고 한다. 십자탑에 이르는 트레킹 코스의 좌우로 철조망이 쳐지고, 지뢰 경고문들이 일정한 간격으로 도처에 나붙어 있었다. 북한 지역을 조망할 수 있는 지점에 진달래가 만발해 있었다. 후방 CP까지 걸어 내려오는 도중 우리 가이드에게 전화가 걸려와 우리 일행 중 어떤 사람이 금지된 군 시설물을 촬영했다고 경고를 하기도 하였다. CCTV를 통해 지켜보고 있는 모양이었다.

돌아와 오성산 식당에서 점심을 든 다음, 서둘러 출발하여 그 부근인 휴전선 155마을 정중앙에 위치한 승리전망대로 이동했다. 원래의 일정에는 없었는데, 철의 십자탑까지 차로 오른 까닭에 시간 여유가 생겨 들른 것이다.

승리전망대는 철원군 근남면 영서로 9579(마현리)에 위치하였고, 입장료
는 어른 1인당 2,000원, 주차료가 따로 있고, 화요일을 제외하고서 1일 5회
출발한다. 입구의 군인 초소에다 신분증을 맡기고 차를 몰고서 승리전망대
까지 바로 오를 수 있다. 휴전선 부근에서 북한 지역을 가장 잘 조망할 수 있
는 지점이라고 한다. 그곳 건물 안의 유리창으로 트인 계단형 강당에서 여성
안내원의 설명을 들은 다음, 철의 십자탑에서와 마찬가지로 망원경으로 휴
전선 안팎의 북한 땅과 남한 땅을 두루 조망할 수 있었다. 문제의 저격능선이
바로 눈앞에 있고, 그 건너편이 지금은 북한에 속해 있는 오성산이었다.

돌아오는 길에 입구의 검문소 부근 5번국도 가 비닐하우스 단지 안에 있
는 마현리의 청정흑돼지농원이라는 곳에 들러 무농약으로 재배했다는 청정
사과 한 박스를 4만 원에 구입하였다. 아내는 간밤의 숙소에다 주문하여 밤
낮의 기온 차가 커서 맛이 전국에서 제일 좋다는 철원오대쌀 10kg 한 포대를
구입하였고, 오성산 식당에서는 한 통에 20만 원 하는 토종 벌꿀을 10만 원
짜리 작은 통 하나로 구입하기도 하였다.

깜박 잊고서 승리전망대 입구의 군인 초소에 맡겨둔 신분증을 돌려받지
않았으므로, 그곳까지 되돌아갔다가 5번 국도를 따라서 화천읍내까지 내려
왔고, 화천에서 다시 407지방도를 따라 춘천 방향으로 나아가다가 38선을
지나기도 했다. 403지방도와 5번 국도를 지나 춘천나들목에서 중앙고속도
로에 올랐고, 진주를 향해 내려오던 도중 원주휴게소에 들러 안경·스마트폰
을 닦을 수 있는 액체 두 통과 청학동 출신 국악트롯 요정 김다현의 CD 한
장을 구입했다. 대구 부근에서 교통정체가 있을 것을 예상하여 안동갈림길
에서 당진영덕고속도로에 올라 상주 방향으로 나아가다가 낙동갈림길에서
중부내륙고속도로에 올랐다. 남성주휴게소에 들러 구내식당에서 일행 전원
에게 해물순두부찌개를 한 턱 쏘기도 했다.(56,000원) 고령에서 33번 국도
를 타고 어제의 출발지점까지 되돌아온 다음, 밤 10시 무렵에 귀가했다.

25 (월) 맑음 -남파랑길 34코스

아내와 함께 남파랑길 34코스를 다녀왔다. 오전 9시 무렵 집주의 집을 출

발하여 3번 국도를 따라 삼천포까지 내려간 다음 77번 국도를 따라서 34코스의 출발지점인 고성군 하이면사무소까지 나아갔다. 그런데 10시 무렵 하이면사무소에 도착해 보니 33코스 안내판은 보이는데, 34코스 안내판은 아무데도 없었다. 면사무소 주차장에다 차를 세우고서 남파랑길 안내 표지에 따라 삼천포 방향으로 나아가는데, 사천시 향촌동의 南逸臺해수욕장 입구까지는 77번국도 갓길을 따라 계속 걸었다.

남일대해수욕장은 아주 오래 전에 미국의 작은누나 장녀 명아가 한국에 나왔을 때 아버지와 함께 와서 수영을 한 적이 있었던 곳이다. 통일신라시대에 고운 최치원이 이곳에 와서 보고 남녘에서 가장 빼어난 경관이라 하여 남일대라고 명명하였다고 한다. 2012년 6월에 건립된 최치원 유허비와 동상 그리고 2층 누각이 눈에 띄었다.

거기서 해안길을 따라 좀 더 나아가니 진널해안산책로가 나타났다. 1999년에 조성된 것이라고 하는데, 정상에 2층 전망대가 있어 주변 풍광을 조망할 수 있었다. 산책로에서 남일대해수욕장과 삼천포화력발전소 그리고 삼천포 시가지와 다도해의 풍광이 두루 조망되었다. 이곳은 1973년 12월 27일에 북한 공작원 한 명이 침투한 장소라고 한다.

전망대 뒤편으로 하여 내려오니 사천시가 조성한 이순신바닷길 중 5코스 삼천포 코끼리길의 안내판이 여기저기에 눈에 띄고, 삼천포 신항의 화물선 부두와 여객선터미널도 나타났다. 사량도와 제주도를 오가는 여객선이 출발하는 곳으로서 제법 넓었다. 가로수로 심은 이팝나무에 하얗게 꽃이 피어 있었다. 팔포매립지의 음식특화거리에 도착하여 사천시 목섬길 75(서금동)에 있는 자연산활어전문 목섬횟집(구 밋지횟집)에 들러 도다리쑥국으로 점심을 들었다. 그 집은 자연산 모듬회 한 접시에 대·중·소에 따라 각각 12만 원, 10만 원, 8만 원의 가격을 매겨두고 스페셜은 15만 원이며, 도다리쑥국은 2인분이 4만 원이었다. 멍게 만 원 어치를 주문했으나 만원 어치는 양이 적어 안 판다는 것이었다. 전반적으로 보아 가격이 비싸고 쑥국에는 도다리 한 마리를 썰어 넣은 듯 별로 먹을 것이 없었다. 그럼에도 실내에 KBS TV의 싱싱일요일에 2008년 3월 16일 방영되었다는 선전판을 세워두고 있었다.

반야월 작사, 은방울자매가 노래한 삼천포아가씨의 동상이 앉아 있는 해변을 거쳐 노산공원을 뒤편에서부터 올랐다. 1960년대 연안여객선이 오가던 시절의 정서를 노래한 것이라고 한다. 노산공원에는 실로 오랜만에 와보는데, 깨끗하게 새로 단장되어 몰라볼 지경이고, 정상 부근에 이 고장 출신의 시인 朴在森 문학관과 그 옆에 浩然齋라는 한옥도 눈에 띄었다. 박재삼은 1933년 일본 東京에서 출생하였고, 4세 이후 삼천포에서 성장하였으며, 고려대 국문과를 중퇴하고서 여러 권의 시집·시조집·수필집을 내었으며, 1997년에 영면하였다. 기념관은 내주 월요일이 휴관일이라 들어가 보지 못하였다.

삼천포용궁수산시장과 건어물 상점들을 거쳐, 삼천포대교 곁에 있는 경상남도 문화재자료 제93호 泗川 大芳鎭 掘港에 다다랐다. 과거에는 충무공이 거북선을 감추었던 곳이라고 했었는데, 지금의 안내판에는 왜구의 노략질을 막으려고 만든 것으로서 순조 때 설치한 것이라고 적혀 있었다.

대방사거리에 있는 대방참빛할인마트 앞에서 카카오택시를 불러 타고 출발지점으로 이동하였다. 택시로 조금 이동한 후에 기록을 마쳤는데, 산길샘으로는 14시 22분까지 4시간 12분을 소요하였고, 도상거리 12.24km, 총거리 12.84km이며, 걸음수로는 16,034보였다. 하이면사무소 앞에 주차해 둔 승용차를 몰고서 오후 3시 반 남짓에 귀가하였다. 갈 때는 모차르트의 피아노 소나타 전집을, 돌아올 때는 바흐의 관현악 조곡을 들었다.

5월

1 (일) 맑음 -개경포너울길

아내와 함께 좋은산악회를 따라 경북 고령의 開湖亭에서부터 부례관광지까지 이어지는 開經浦너울길 트레킹을 다녀왔다. 오전 7시 30분까지 도동자유시장 옆의 롯데리아 앞에 집결하여 대절버스를 타고 출발하였다. 근자에 거리두기 조치가 폐지된 이후, 내일부터는 지난 2020년 10월 13일 마스크의무화 조치가 시행된 이후 566일 만에 야외에서 마스크 없이 산책할 수 있게 되어 점차 평상시로 돌아가게 되었으므로, 이런 대절버스를 이용한 산행도 슬슬 가능해지게 된 것이다.

33번 국도를 경유하여 고령군 개진면 개포리의 개경포기념공원에 도착하여 거기서 시산제를 지냈다. 원래 이곳 지명은 開山浦口인데, 고려 때 팔만대장경판이 강화에서 서해를 거쳐 낙동강을 타고 고령에서 상륙하여 합천 해인사로 移運하였다 하여 개경포로 불리게 되었다고 한다. 이곳은 낙동강을 끼고 있는 개경포의 역사적 의미를 되돌아보기 위해 2014년 인근에다 조성한 공원으로서, 개포주막, 팔만대장경 이운행렬 석조조각상군, 휴식 공간 등이 조성되어 있다. 이운행렬 조각상군 옆에 1237년 이규보가 지은 「大藏經版 君臣祈告文」 비석이 세워져 있었다. 팔만대장경의 이운 시기와 그 경로에 대해서는 다양한 견해가 있으나, 이곳 개경포를 통해 해인사로 옮겨진 사실에 대해서는 의견이 일치하는 모양이다. 개경포는 선사시대 이래 조선시대에 이르기까지 낙동강을 통해 내륙으로 들어오는 물산의 집산지로, 수로교통의 중계지이자 교역장이었던 것이다. 원래의 포구는 공원에서 200m 지점, 제방 끝 開山 아래였다고 한다.

시산제 음식으로 점심을 겸한 식사를 들고서, 10시 49분에 출발하여 낙동강 둑의 MTB(산악자전거) 코스를 따라 이동하여 개경포너울길의 시작지점인 개호정으로 걸어갔다. 개호정은 영조 23년에 고령현감 李衡中이 축조한 것으로서 원래는 좀 뒤편에 있었던 것인데, 1850년대에 붕괴되었던 것을 다시 복원한 것이다. 정자 아래가 각종 배들이 내왕하던 장터였음이 후인의 시운에도 나타난다고 한다.

그곳에 2010년 12월 학교법인 대구학원(가야대학교)의 이사장인 李慶熙라는 사람이 세운 天磐座(아마노이와구라) 비석이 세워져 있었다. 그 뒷면의 설명문에 의하면 "일본의 역사책인 古事記와 日本書紀에 옛날 대가야시대였던 서기 174년경 高天原(오늘날의 고령지방)에 살던 天照大神의 손자 瓊瓊杵尊(니니기노미꼬도)가 일본 九州 日向을 향해서 高天原을 떠날 때 이 바위에서 배를 타고 출발했다고 기록되어 있다"는 것이다. 高天原(다카아마하라)이란 일본 신화에 나오는 하늘나라인데, 그것이 어찌하여 대가야 땅이었던 이곳 고령으로 변하였는지 가소롭기 짝이 없다. 174년이면 일본 成務天皇 44년에 해당하므로, 연대 상으로도 전혀 맞지 않는 것이다.

개호정으로부터 산길에 올라, 낙동강을 바라보는 절벽의 중턱으로 너울길이 계속 이어져 있었다. 먼저 開山棧(개산의 험한 길) 시비가 서있는 지점을 지나, 개산포전투 전적지 비석을 거쳤고, 이어서 漁牧亭 遺墟地 비석과 출렁다리를 지나 마침내 洛江九曲 중 一曲詩의 비석이 서 있는 목적지 부례관광지에 도착하였다. 개경포너울길은 편도 4.02km 2시간, 왕복 8.04km로서 4시간 코스이다.

개산포 전투란 임진왜란 때 고령지방 의병들이 창의하여 1592년(임진) 6월 9일 夜陰을 틈타 왜선 2척을 水杖을 설치하여 침몰시키고 왜적 80여 명을 사살하였으며, 內帑의 진귀한 보물과 궁중에서 쓰던 물건들을 노획했던 사실이 『大東野乘』과 趙慶男의 『壬辰雜錄』에 기재되어 있는 것을 말한다. 당시 이 부근 牛谷面 桃津里 출신인 朴廷琬·朴廷璠 형제가 家僮을 동원하여 싸웠던 것인데, 어목정 유허비는 養竹堂 朴廷琬(1543~1614)이 그 공로로 거창·안음 현감을 역임한 후, 1603년 개산포 전투지 아래의 강변에다 지은 畫閣이 있었던 곳이다. 이 가문은 남명의 제자인 竹淵亭 朴潤의 후예로서 내암 정인홍과는 사돈 간이 되며, 광해군 복위운동으로 화를 입은 朴宗周의 집안이기도 하여, 나는 1987년 2월 22일 고령에서 택시를 대절하여 도진리를 방문했던 바 있었다.

고령군 우곡면 우곡강변길 672에 있는 부례관광지는 레저와 스포츠, 휴양을 함께 즐길 수 있는 곳이었다. 근자에 고령에서 뜨는 여행지 중 하나라고 한다. 돌아올 때는 MTB 코스를 따라 제법 넓은 산길을 걷다가 靑雲閣 전망대에 오르기도 했고, 우리보다 앞서 걸은 삼현여고 윤리교사를 정년퇴직한 정동원 씨가 매달아둔 삼현여고 리본을 따라 걸어, 너울길 코스의 중간지점인 어목정유허지로 내려와, 갈 때의 코스를 따라서 오후 3시 32분에 개경포공원으로 되돌아왔다. 소요시간은 4시간 43분, 도상거리 13.29, 총 거리 13.79km였으며, 걸음 수로는 22,085보였다. 오늘은 허리에 약간의 통증이 있음에도 불구하고 참고서 계속 걸었다. 오늘 코스를 완주한 사람은 정

씨와 우리 내외 밖에 별로 없는 듯하였다.

하산주를 드는 장소 부근에 보물 제605호인 고령 場基里 암각화의 그림이 있었다. 이는 예전에 良田洞 암각화라 불리던 것으로서, 나는 2000년 3월 22일 인문학부 답사 때까지 이곳을 두 번 방문한 바 있었다. 또한 여기서 낙동강 건너편인 대구광역시 달성군 도동리에는 보물 350호인 도동서원이 있어, 그곳도 몇 차례 방문한 바 있었다.

갈 때의 코스를 따라서 진주로 돌아와, 우리 집 부근 제일병원 앞에서 내렸다. 관광버스의 정경은 예전과 조금도 달라진 바가 없었다. 기사인 ㈜힘찬관광의 이사 박성춘 씨(노랑머리)는 유머가 있는 사람으로서, 승객들을 부추겨 돌아오는 차 안에서 가라오케 노래자랑을 벌이게 하더니, 진주 가까이 와서는 디스코 음악도 틀었다.

3 (화) 맑음 ─ 소금산그랜드밸리, 섬강자작나무숲 둘레길, 강원감영, 행구 수변공원

아내와 함께 산울림산악회를 따라 강원도 원주시 지정면 간현리에 있는 소금산그랜드밸리 및 섬강자작나무 숲 둘레길, 강원감영, 행구수변공원에 다녀왔다. 문산에서 오전 5시에 출발한 대절버스를 5시 반 무렵 집 근처의 바른병원 앞에서 타고, 봉곡로터리 등을 경유하여 출발했다. 통영대전·경부·중부고속도로를 거쳐 영동고속도로에 올라 오전 10시 가까운 시각에 간현관광지에 도착했다.

나는 2018년 1월 20일 뫼사랑토요산악회를 따라 간현관광지로 와 그 해 1월 11일에 막 개통한 출렁다리와 덱 길 등을 둘러본 바 있었는데, 그 이후 원주시에서는 계속해 많은 예산을 투입하여 2019년에 하늘바람길이 개통되고, 소금산 그랜드밸리 사업을 추진하여 2021년에는 덱 산책로 및 잔도, 2022년 1월 21일에는 울렁다리를 개통하였다. 올해 7월에는 285m에 달하는 에스컬레이터, 2023년 12월에는 980m에 달하는 케이블카도 개통할 예정인 것이다. 가장 먼저 개통된 출렁다리는 100m 높이의 암벽 봉우리를 연결하여 200m에 달하고, 그리로 올라가는 덱 계단은 578개이며, 덱 산책로

700m, 소금잔도 363m, 출렁다리보다도 2배나 긴 울렁다리가 404m, 울렁다리를 건너기 전 고도 220m에서 전체를 조망할 수 있는 전망대인 스카이타워도 설치되어져 있다.

소금산 그랜드밸리를 2시간 정도 걷고서 주차장으로 돌아온 다음 그 부근에서 점심을 들었고, 다음 목적지인 북쪽의 好楮面 山峴里 산 17-1번지에 있는 섬강 자작나무 숲 둘레길로 이동하였다. 이곳은 원주이씨의 종중 산 546,546㎡(약 165,000평)이 있는 곳인데, 원주시청과의 협약에 따라 그 중 자작나무 중점 서식지 약 3만 평을 녹지공간으로 조성하여 둘레길을 만든 것이다. 그곳도 한 시간 정도 산책하였다.

그리고는 원주시내로 들어와 원일로 85에 있는 사적 439호 강원감영을 둘러보았다. 지금은 강원도청이 춘천에 있지만, 조선시대에는 태조 4년(1395)에 강릉도와 교주도를 합하여 강원도라 하고, 이곳 원주에다 강원감영을 설치하여 1895년까지 500년간 강원도의 중심역할을 수행하게 하였던 것이다. 감영의 후원에 수령 600년인 느티나무 보호수가 서 있었다.

마지막으로 그보다 좀 더 동쪽인 행구로 360에 있는 행구수변공원에 들렀다. 넉넉한 녹지를 배경으로 흐르는 잔잔한 물을 따라 데크로드가 깔려 있어 산책을 즐기기 좋은 곳이었다. 수변공원 가에 기후변화홍보관도 있었다.

묵무침과 수박으로 간식을 든 후, 원주시를 떠나 갈 때의 코스를 따라서 진주를 향해 출발하였다. 도중에 충북 청주시 서원구 남이면 청남로 889(부용외천리 489-2)에 있는 청주본가 청원점에 들러 왕갈비탕으로 석식을 들었다. 밤 11시 가까운 무렵에 귀가하였다.

7 (토) 맑음 - 한국차문화포럼 학술발표회

외송에서 오전 중 자두 약을 치고 나서, 꽃범의꼬리 풀숲에 자라난 잡초들과 그곳의 작년에 말라죽은 풀줄기들을 제거하고 있으려니, 동양화 공부를 앞당겨서 마친 아내가 떠나야할 시간이 되었다면서 재촉하였다.

쉼터식당으로 가서 점심을 든 다음, 승용차를 운전하여 3·20·59번 국도를 경유하여 하동군 옥종면에 속하는 두양·종화·안계·월횡리를 지나 돌고

지재를 넘어서 하동군 횡천면으로 빠진 다음 구2번 국도를 따라서 하동읍에 다다랐고, 거기서 다시 19번 국도를 따라 섬진강 물줄기를 거슬러 올라가 오후 1시 45분 무렵 하동군 화계면 쌍계로 71-8(화계면 탑리)에 있는 다향문화센터 1층의 다목적 강당에 이르렀다. 5월 4일부터 8일까지의 하동야생차축제 기간 중 오늘 여기서 '하동 야생차 세계화의 기반'이라는 대주제 하에 2022 한국차문화포럼 학술발표회가 열리는 것이다. 아내가 다니는 경상대학교 차문화대학원에서는 오늘 이 학술대회 참석으로써 출석 수업을 대체하기로 한 것이다.

학술발표회는 1부와 2부로 나뉘었는데, 조구호 연구원 연구부장의 사회로 개회사와 국민의례 및 호국선열과 선고차인에 대한 묵념으로 개회의식을 가진 다음, 정헌식 연구원 원장이 「하동차문화의 시작과 세계화 방향: 하동야생차는 한국차문화사의 뿌리다!」라는 주제로 기조발표를 한 후, 이호신 생활산수화가이자 오늘화실 대표가 「하동의 자연과 문화: 차밭·십리벚꽃 그리고 섬진강 숨결」이라는 제1주제, 손병욱 경상국립대학교 명예교수가 「하동의 차인 탐구: '차인'은 누구이며, 역대 '하동'의 차인은 누구인가?」라는 제2주제를 발표하였다.

제2부는 김남경 하동군 농촌신활력플러스사업추진단 단장이자 전임 경남과기대학교 총장이 인사말을 한 후, 이영자 부산 알싸께토마 플라멩코 대표가 플라멩코 무용을 피로하였고, 이어서 이기영 효월영농조합법인 대표가 「하동야생차 세계화를 위한 법제방안 제시: 구증구포녹차를 중심으로」라는 제3주제, 문철수 두양건축사사무소 소장이 「차 예술철학의 역설적 특성: 맛·도예·공간을 중심으로」라는 제4주제를 발표하였다. 질의 및 토론을 가진 다음, 폐회사를 끝으로 오늘 발표회의 모든 일정을 마쳤다.

정헌식 원장이나 조구호 연구부장 그리고 손병욱 연구원 자문위원 등이 아는 사람이라 저녁 식사에 참여하라는 권유가 있었지만, 발표회를 마친 다음 바로 출발하여 19번국도와 2번국도를 경유하여 어두워지기 전에 귀가하였다.

14 (토) 맑음 -여수 고흥 백리 섬섬브리지 투어

아내와 함께 지리산여행사의 강덕문 대표를 따라 '여수 고흥 백리 섬섬브리지 투어'를 다녀왔다. 오전 8시까지 신안주공1차 강변도로 분수대 앞에 집결하여 강 씨가 이전의 르노 차를 처분하고서 새로 구입한 15인승 현대리무진을 타고서 출발했다. 일행은 강 씨를 제외하고서 모두 11명인데, 개중에 70대의 여성 5명과 남성 한 명 그룹에다 보다 젊은 여성 두 명 그룹, 그리고 도중의 정촌면 예하리에서 탄 노년의 남성 한 명이 포함되어 있다. 6명 그룹은 우리 내외와 근자에 부산 영도 트레킹을 함께 하였고, 그 중 여성 네 명 정도는 철원 여행도 함께 했다고 하며, 여성 두 명 그룹 중 한 명은 철원 여행에도 동참한 모양이다.

남해고속도로를 따라가다가 순천에서 17번 국도로 접어들었고, 여수 부근에서 22번 지방도를 따라 나아가다가 다시 77번 국도에 올라 첫 번째 목적지인 백야도의 등대 앞에 도착하였다. 등대는 서해지방해양경찰청 여수연안 해상교통관제센터(VTS)에 부속되어 있는 것이었다. 그 부근은 등대테마공원을 이루고 있었다. 나는 2013년 5월 18일 뫼사랑토요산악회를 따라 백야도에 등산을 와서 섬을 일주했을 때 이 등대에도 와본 적이 있었다. 지금은 주변 숲에 찔레꽃이 만발해 있었다. 백야도등대는 1928년 12월 10일에 최초 점등한 것으로서, 원형 철근콘크리트에다 11.1m의 크기로 조성된 것인데, 주변이 철조망으로 둘러쳐져 있어 접근할 수는 없었다. 등대직원이 손수 만든 것이라고 하는 여인의 나체 조각품이 인상적이었다.

다시 77번 국도를 따라 여수와 고흥을 잇는 5개의 다리 즉 조화대교(854m)·둔병대교(990)·낭도대교(640)·적금대교(470)·팔영대교 중 앞의 세 개를 건너 낭도에 다다랐다. 나는 이곳도 2020년 7월 7일에 아내와 함께 산울림산악회를 따라 와서 최고봉인 상산과 낭만낭도 섬 둘레2길 및 둘레1길을 걸은 바 있었다. 오늘은 산타바오거리에서 하차하여 남포등대와 천선대·신선대, 낭도방파제, 낭도해수욕장을 거쳐 낭도중학교 캠핑장까지 이어지는 낭만낭도 섬 둘레1길을 걸었고, 여수시 화정면 여산4길5-2에 있는 낭도100년도가식당으로 가서 서대반+도토리묵세트와 해초비빔밥 그리고 젖

샘샘막걸리로 점심을 들었다. 낭도는 화산섬으로서 옛날부터 물이 귀한 마을이었는데, 이곳에 일곱 개의 샘이 있고 그 중 하나인 젖샘에서 나오는 물로 만든 술이라 하여 젖샘막걸리로 부른다. 술도가와 식당이 함께 있는 곳으로서, 4대째 이어온 100년 전통의 가옥이라고 한다.

식당에서 나온 다음 다시 둔병대교 옆에 있는 섬섬여수힐링쉼터 더섬이라는 전망대로 돌아가서 그곳에 올라 주변 경관을 바라보고, 카페 더 섬에서 철원에 갔을 때 우리 내외로부터 참외를 대접 받았다는 여성 두 명 팀 중 한 명으로부터 망고스무디를 답례로 대접 받았다. 이곳은 노을전망대로도 불리는 곳인데, 2020년 7월 26일 더조은사람들을 따라 왔을 때 올랐던 적이 있는 조발도휴게소가 바로 이곳이 아니었을까 싶기도 하다. 여수 일대에서는 도처에 '백리섬섬길' 안내판이 눈에 띄었다. 또한 바야흐로 봄이 절정이라 지나는 곳마다 금계화·아카시아·찔레 등 꽃들이 만발해 있었다.

팔영대교를 지나 고흥군 八影山 아래의 影南面에 접어들어 77번 국도를 벗어나 13번 지방도를 따라 남열리 방향으로 내려가다가 사람들과 차로 북적이는 곳에서 드넓은 함박꽃(작약)밭을 만나 우리도 그곳에서 한 동안 사진을 찍으며 시간을 보냈다. 꽃은 이미 한물갔으나 무리로 피어 있으니 그래도 볼만 하였다. 아내는 거기서 마스크를 벗다가 50만 원 정도 하는 선글라스를 떨어트려 하마터면 잃어버릴 번했다.

마지막 목적지인 고흥군 영남면 남열리의 고흥우주발사전망대에 이르렀다. 이곳도 2013년 8월 11일 상대산악회를 따라 우미산 등반을 왔다가 들러 그 아래의 남열해수욕장에서 옷을 입은 채 바다에 들어가기도 했었다. 오랜만에 와보니 우주발사전망대 뒤편에 고흥짚트랙이 눈에 띄기도 했다. 오늘 이곳 트래킹의 종착지인 용바위까지 짚라인이 설치되어 있었던 모양인데, 지금은 철수되고 없었다.

그곳에서 고흥미르마루길 탐방로를 따라 용암마을 주차장까지 4km 정도를 걸었다. 남파랑길의 일부이기도 한데, 용의 순우리말인 미르와 하늘의 순우리말인 마루를 합친 명칭으로서 용에 얽힌 전설이 많았다.

갈 때의 코스를 따라 오후 6시 반 무렵에 진주로 돌아왔다.

24 (화) 맑고 꽤 높은 기온 -남파랑길 33코스

오전 8시 남짓에 진주의 집을 출발하여 창환이와 함께 남파랑길 33코스 트레킹에 나섰다. 3번과 33번 국도를 따라 내려가다가 고성군 상리면 소재지에서 1016번 지방도로 빠져나와 몇 년 전 아내와 함께 들른 적 있었던 상리면 척번정리 '헬렌의 정원' 앞을 지나, 하일면 소재지인 학림리 쪽으로 나아갔다. 1990년 4월 28일 조은숙 여학생의 외가에서 경상대 철학교육연구회 세미나 모임을 가진 바 있었던 학림리 임포항이 오늘의 출발지이다. 그로부터 수십 년이 지난 지금 다시 와보니, 이 임포마을은 이제 횟집촌으로 변해 있었다. 하기는 2002년 4월 28일 재진동아고동문회에서 고성의 佐耳山에 올랐다가 이 마을 돌담횟집으로 와 점심을 든 적이 있었다.

9시 21분에 임포항을 출발하여 하이면 방향으로 걷기 시작하였는데, 스마트폰 앱이 코리아둘레길 외에 카카오지도까지 두 개가 설정되어 있어 처음 한참동안 에러 메시지가 계속 들려오는지라 황당했는데, 나중에 그런 사실을 알고서 카카오 앱을 끄니 문제가 해결되었다. 솔섬을 지나니 도처에 가리비조개껍질을 꿰어 쌓아놓은 더미가 여기저기 보였다. 이 일대는 전국적으로 유명한 가리비 생산지인 모양이다. 바닷가 마을길을 따라가다 보니 1010지방도 아스팔트길로 올라서게 되었다.

한참을 나아가다보니 명덕고개에서 예전에 오른 적이 있었던 좌이산 등산로 입구를 지나게 되었고, 얼마 후 所乙非浦城址가 있는 동화마을에 닿았다. 경상남도기념물 제239호로 지정된 이 성지는 조선 전기 왜구의 침입을 방비하기 위해 설치된 소을비포 군진이 있던 곳이다. 특히 임진왜란 때 이 성과 가까운 자란도와 가룡포에 고성현 관아가 옮겨오면서 군사적으로 매우 중요시되었던 곳이다. 출발한 이후 처음으로 길가에 동화자연산횟집의 안내판이 눈에 띄었으므로, 그곳으로 가서 다소 이른 점심을 들기 위해 그쪽 방향으로 계속 나아가 보았는데, 소을비포성지 바로 아래에 있는 그 횟집은 현재 영업을 하지 않고 출입문을 잠가두고 있었다.

되돌아 나와 다시 1010지방도를 따라 걷기 시작했다. 용암포 마을에서 사량도 도선장을 바라보았고, 麥田浦港 공원을 지나 立巖마을에서 주상절리

바위절벽을 바라본 다음, 마침내 오늘 코스의 하이라이트인 床足巖군립공원에 다다랐다. 그 입구인 제전항에서 오늘 처음으로 고성군 하이면 덕명5길 65 1층에 있는 공룡횟집을 만나, 그 집 2층에서 모듬회와 매운탕 및 공기밥에다 콜라 두 병으로 다소 늦은 점심을 들었다.

공룡화석지 해변길은 덕명항에서 시작하여 맥전포항까지 이어지는 약 3.5km의 길이다. 이 해변길을 걷다 보면 상족암군립공원을 지나가게 되는데, 물이 빠지는 썰물 때가 되면 백악기 시대의 공룡들이 걸어 다닌 흔적들이 드러난다. 고성군 전역에 걸쳐 약 5,000개의 공룡발자국 화석이 발견돼 세계 3대 공룡발자국 화석산지로 알려져 있으며, 상족암군립공원의 「고성 덕명리 공룡과 새발자국 화석산지」는 1999년에 천연기념물 제411호로 지정되었다. 저번에 왔을 때는 해안가 바위를 따라 설치된 덱 길 일부가 파손되어 출입이 금지되어 있었는데, 지금은 수리되어 전체 구간을 통과할 수 있었다. 그러나 예전에 몇 번 본 바 있었던 바위 위의 뚜렷한 공룡발자국들은 밀물 때라 그런지 처음 몇 개를 본 이후 별로 눈에 띄지 않았다. 산 능선에 있는 공룡박물관은 전에 들어가 본 적이 있었기 때문에 그냥 지나쳐 상족암군립공원의 반대쪽 끄트머리인 德明里에 다다랐다.

거기서부터 한참동안 산길과 77번 국도 부근을 통과하여 오후 4시 16분에 마침내 오늘 코스의 종점인 하이면사무소에 다다랐다. 소요시간은 6시간 55분, 그 중 이동시간은 5시간 2분, 도상거리 19.87, 총 거리 20.26km였으며, 걸음수로는 28,140보였다. 카카오택시를 불러 타고서 출발지점인 임포항으로 돌아왔다.

다시 내 승용차를 운전하여 하이면에서 지난번에 아내와 함께 방문한 바 있었던 그레이스정원 부근을 통과하여 1001지방도를 경유해 사천시 사남면 하동길8-11(사남공단 입구 건너편)에 있는 하주옥 진주냉면에 도착하였고, 물냉면으로 저녁을 들었다. 河珠玉은 사람이름인데, 진주에 있는 하연옥과 형제간인 모양이다. 음식물은 진주의 하연옥보다도 더욱 풍부하였다.

석식을 마친 후 3번 국도를 따라 진주로 돌아와, 창환이는 샤워를 마치고서 오후 7시 반 고속버스를 타고 상경하였다. 9월 말에 다시 한국으로 나올 거라고 한다. 창환이는 만 51세라고 하는데, 장발의 머리카락이 반백이 된 지금까지도 안정된 직장이 없이 계속 국제적인 떠돌이 생활을 하고 있으니, 그의 장래가 어떻게 될지 불안한 마음이 든다.

6월

4 (토) 맑음 - 전북대학교

전북대학교 인문사회관 208호에서 열리는 2022년 전북대학교 간재학연구소·한국동양철학회 공동 주최의 학술회의에 참석하기 위해 아내와 함께 오전 10시경 집을 나섰다. 승용차를 몰아 대전통영·익산장수고속도로 등을 경유하여 정오 무렵 전북대학교 인문사회관에 도착하였다. 아내가 준비해 간 음식으로 차 안에서 점심을 때우고, 나는 인문사회관의 학술회의장으로, 아내는 택시를 타고서 연세대 간호대학 동창 두 명을 만나기 위해 한국도로공사 전주수목원으로 떠났다.

학술회의는 「호남유학의 전개 양상과 특징」이라는 대주제 하에 오후 1시부터 시작되었다. 전북대학교 국립대학육성사업단이 후원하는 모양이다. 입구에는 안동 上溪에서 퇴계의 18대 후손이 설립한지 18년째 된다는 도산우리예절원의 한복 입은 중년 여인 세 명이 나와서 다과를 대접하고 있었다. 다음 주 월요일이 현충일이라 사흘 연휴를 맞아 서울에서 내려오는 교통편이 매진되어 늦게 도착하는 사람들이 제법 있었다. 나를 위해서는 고문이라는 직함의 명찰이 준비되어 있었다.

수석부회장으로서 차기 회장으로 내정되어 있는 서울대 자유전공학부의 양일모 교수와 동덕여대의 주광호 교수, 오랫동안 전임 직을 얻지 못했다가 서울대 철학과 후배인 방인 교수의 후임으로서 경북대 철학과에 부임한 지 2년째 되는 이승율 교수가 같은 학과의 정년을 앞둔 임종진 교수와 함께 참석하였고, 전임 회장인 권인호 교수도 기차표를 구하지 못해 고속버스 편으로 뒤늦게 참석하였다.

양일모 교수와의 대화를 통해 서울대 철학과의 허남진 교수 후임으로서 금년 3월에 이현선 씨가 취임하였음을 알았다. 이 씨는 후배로서 50세 가까운 나이인데, 나의 후임 선발 때도 지원했다가 낙방한 바 있었다. 불교를 제외한 동양철학 분야의 전임 3명이 모두 서울대 출신의 국내파라 하여 서양철학 교수들의 반대가 심해 한 번 실패했다가 다시 지원했던 것이라고 한다. 양일모 교수의 말에 의하면 서울대를 비롯한 전국의 각 대학에서 동양철학은 물론이고 웬만한 학과에서는 대학원생의 대가 끊어져 서울대 철학과 출신으로서는 이 씨 외에 또 한 명이 남아있을 뿐인데, 그 또 한 명은 건강이 좋지 못해 이 씨로 결정된 것이라고 한다. 서울대는 현재 학부 전체를 자유전공학부처럼 전공에 관계없이 자유롭게 강의를 수강할 수 있도록 하기 위한 준비를 하고 있으며, 양 교수 자신이 그 작업의 책임을 맡아 있다는 것이었다. 양 교수는 경북 의성 출신으로서 대구 계성고등학교를 졸업하였고, 부인은 전주 사람이라고 했다.

학술행사는 13시 30분부터 시작되어 경북대 김상현 씨의 사회로 장윤수 한국동양철학회장이 개회사를 하고, 전북대 총장의 환영사를 인문대학장이 대독하였으며, 군산대의 박학래 교수가 「호남 유학 연구에 대한 검토와 전망」이라는 주제의 기조발표를 하였다.

14시 20분부터 16시 40분까지 이어진 주제발표에서는 계명대 권상우 교수의 사회로 여성인 전북대 신혜연 씨가 「반계 실리론 분석-'실리'의 강조는 '주리'적 사유로의 轉回인가?'와 같은 여성인 전남대 서영이 씨의 논평, 전병철 경상국립대 한문학과 교수의 「月皐 趙性家의 〈沙上日記〉를 통해 본 사제 간 문답과 학문 전수」 및 전북대 이경훈 씨의 논평, 전남대 이향준 씨의 「지친 성리학적 사유의 거울-田愚와 猥筆論爭-」 및 전북대 유지웅 씨의 논평, 원래는 세 번째 발표로 예정되어 있었으나 늦게 도착하여 네 번째로 발표한 성균관대 배재성 씨의 「인물성동이논쟁을 통해 본 蘆沙 理一分殊說의 쟁점과 함의-남당 한원진과의 비교 및 〈納凉私議〉 논쟁을 중심으로」 및 같은 성균관대 유한성 씨의 논평이 있었다.

16시 50분부터 18시까지 이어진 종합토론에서는 전북대 황갑연 교수가 좌장을 맡았고, 18시가 좀 넘어 폐회를 하였다. 경기도 시흥에 있는 민족문화문고의 대표 문용길 씨도 종합토론이 시작되기 전 무렵에야 도착하였는데, 그로부터 충남대 김세정 교수의 저서 『왕양명의 생명철학』(고양, 청계출판사, 2006, 2008 2판 1쇄)과 劉師培 지음, 이영호·서혜준 옮김 『中國經學史』(서울, 성균관대학교 출판부, 2020)를 한 부씩 샀다.

기념촬영을 마친 후, 회장인 장윤수 씨는 아내를 불러와 전북대 부근의 중국집 백리향에서 열리는 석식 자리에 함께 참석하라고 권했지만, 돌아갈 길이 멀고 또한 나는 이미 술을 끊었으므로 회식자리에 어울리지 않고서 그냥 출발하였다. 전주수목원 입구로 차를 몰고 가서 아내를 태운 후 밤 9시 무렵 진주의 집에 도착하였다. 한국도로공사 전주수목원은 고속도로 건설시 불가피하게 훼손되는 자연환경을 복구하기 위해 1974년에 조성된 것으로서, 10만 평의 부지에 펼쳐진 24개의 주제원 안에 약 3,700여 종의 다양한 식물들이 전시되어 있는 모양이다. 아내는 오후 5시 무렵 동창들이 돌아가고, 거기에 혼자 남아 입구에서 나를 기다리고 있었다.

11 (토) 맑음 –국립산청호국원

오전 10시 반 무렵에 부산에서 고속버스를 타고 큰누나와 큰집 4촌 누이동생들인 귀연이·귀옥이가 진주의 우리 집으로 왔다. 거실에서 다과를 들며 대화를 나누다가 내 승용차에 동승하여 아내를 포함한 5명이 함께 외송으로 갔다. 큰누나는 3년 만에 다시 와본다고 하며, 누이동생들은 모두 처음이다.

두 누이를 데리고서 농장을 한 바퀴 돌았다. 며칠 전 익어가던 앵두가 그새 빨갛게 익어 있었고, 또 멧돼지로 보이는 짐승이 들어와 아직 익지도 않은 복숭아를 건드리고 복숭아나무를 송두리째 부러트려 놓았다. 얼마 후 내 차를 타고 쉼터식당으로 내려가 미리 주문해둔 토종닭백숙 두 마리와 닭죽 등으로 점심(11만 원)을 들었고, 다시 올라와 거실에서 다과를 들며 대화를 나누었다.

한참 후에 다시 승용차에 동승하여 안봉리의 둔철생태공원으로 올라가 전망대에서 주변의 전원주택단지와 천문대를 바라보고, 淨趣庵까지 들어가 경내를 둘러보았다. 큰누나는 수술 후 걷기가 한결 수월해졌는지 아내와 함께 차에 남아 있다가 절까지 걸어 내려왔다.

정취암을 떠난 후 산청료로 가서 일본의 전임 수상 細川護熙의 휘호 등이 걸려 있는 도자기전시실을 둘러본 후 그곳 카페에서 얼음과자와 아메리카노 커피를 들었고, 그곳을 떠난 후 20번 국도와 1001번 지방도를 따라 국립산청호국원으로 가서 그곳 봉안당 2-1구역 봉안담 17의 2117616번인 귀연이 남편 조양제의 납골당을 참배하였다. 납골당은 전체가 무궁화 모양으로 배치되었고 여섯 단으로 구성되어져 있는데, 1948년생인 육군병장 조양제는 1970년 월남전쟁에 참전한 공적으로 이곳에 안장되었다. 참전한 이후에도 다른 하자가 없는 사람만이 여기에 안장될 수 있다고 하며, 그 옆에는 장차 배우자인 귀연이의 유골함이 봉안될 공간도 마련되어져 있었다.

풍치가 수려한 진양호반길을 통해 진주 시내로 돌아와 이현동에 있는 하연옥 본가에 들러 진주냉면과 육전으로 저녁식사(68,000원)를 든 후 누이 세 명을 장대동 시외버스터미널까지 바래다주고서 귀가했다.

12 (일) 맑음 -꾀꼬리봉, 입곡군립공원

아내와 함께 삼일산악회의 6월 산행에 동참하여 밀양시 산외면 다죽리 뒷산인 꾀꼬리봉(538m)과 함안군 산인면 입곡리에 있는 입곡군립공원에 다녀왔다. 오전 8시까지 시청 육교 밑에 집결하여 오랜 산우인 회장 겸 산행대장 김재용 씨의 인솔로 출발하였다.

남해고속도로를 경유하여 동창원에서 국도로 벗어나 밀양 방향으로 접근하였는데, 아내의 진주여중고 동창인 밀양의 약사 김강희 씨와 그 남편 임수만 씨와도 등산 시작지점인 다죽리 茶院1구에서 합류하여 함께 등산을 했다. 법무사인 임채식 씨 내외와도 코로나 사태 이후 처음으로 만났다.

오늘 산행은 원점회귀였는데, 종점인 산외면사무소는 출발지점에서 200m쯤 떨어진 곳이었다. 시점에서 등산로 입구는 눈에 잘 띄지 않는 곳이었고, 산행 도중에는 등산객이 남긴 리본 외에 아무런 표지판이나 이정표가 없고, 정상인 꾀꼬리봉에 자그마한 표지석이 하나 있을 따름이었다. 정상에서 10m쯤 떨어진 다소 넓은 장소에서 일행과 더불어 우리 내외는 김강희 씨 내외와 어울려 점심을 들었다. 이곳까지 올라오는 도중 꽤 가파른 언덕길이 있어 앞서가던 사람 중 구토를 한 사람이 있어 그 일행 댓 명이 올라왔던 코스로 되돌아간다고 하였다.

　내려오는 코스에는 소나무 숲이 많아 경치가 볼만하였다. 도중의 갈림길에서 우리는 리본이 붙어 있는 능선 길 방향을 취하였는데, 그 길로 내려갔다가 되돌아오는 일행을 두 번 만났으나 갈림길까지 되돌아가기가 귀찮아서 우리 네 명은 그냥 계속 내려왔다. 역시나 아까의 갈림길에서 예정된 코스를 벗어나 竹南마을 쪽으로 하산하였으므로, 아스팔트 포장도로를 따라 걸어서 산외면사무소 건너편 산외면문화센터 주차장에 대기 중인 대절버스에 도착하였다. 오전 9시 34분에 출발하여 오후 1시 52분까지 4시간 18분을 걸었고, 도상거리 7.11, 총 거리 7.45km에다 걸음수로는 12,908보였다. 면소재지인 다죽리에 혜산서원이나 손씨고가, 죽원재사 등이 있다고 하나 들러보지 못했다.

　거기서 집행부가 마련한 수박 한쪽씩을 들고서 김 약사 내외와 작별하였고, 돌아오는 도중 함안입곡군립공원에 들러 그 주차장에서 하산주를 하고, 물을 막아 댐으로 만든 군립공원 일대의 단풍길을 한 시간 남짓 산책한 다음, 6시에 다시 출발하여 어스름 무렵 진주로 돌아왔다. 입곡리는 1987년 내가 그곳 소재 조목래 씨 댁에서 『남명집』의 현존 최고 판본인 갑진본 신질을 발견한 바도 있어서 나와는 인연이 깊은 곳이다. 이곳에 군립공원이 있다는 것은 알았으나, 직접 와보기로는 처음이다. 주차장 부근 바위절벽에 인공폭포도 조성되어져 있었는데, 우리가 도착한 지 얼마 되지 않아 물이 끊어졌다. 입곡저수지는 함안에서 제일 큰 저수지로서 일제강점기에 농업용수를 마련하기 위해 만들었으며, 길게 늘어져 끝에서 끝을 볼 수 없는 형태인데, 1985년에 군립공원으로 지정되었다. 저수지를 가로지르는 100m 정도의 출렁다리는 2009년에 준공되었다고 한다.

18 (토) 맑음 -천은사 상생의 길, 무우루, 섬진강 대나무숲길
　아내와 함께 전남 구례군 광의면 방광리에 있는 천은사 상생의 길과 구례군 문척면 죽마리 598-1(죽연길 6)에 있는 카페 無憂樓, 그리고 구례읍 원방리 1에 있는 섬진강 대나무숲길을 다녀왔다.

평소처럼 오전 9시 무렵 집을 출발하여 2번 국도를 따라 하동읍까지 간후, 19번 국도를 따라서 섬진강변을 북상하다가, 661번 지방도로 접어들어 梅泉祠 부근을 경유하여 11시 무렵 천은사 주차장에 도착했다. 상생의 길은 지리산 성삼재로 올라가는 길목에 위치한 매표소로 인해 탐방객들과 갈등이 많아지자 환경부와 국립공원공단, 천은사 등 8개 관계기관의 협력으로 2019년 4월 29일 문화재관람료가 폐지되었는데, 이를 기념하기 위해 천은사 주변에 상생의 의미를 담아 '상생의 길'을 조성하여 2020년 12월에 개방한 것이다. 총 3.3km로서 나눔길, 보듬길, 누림길의 3개 구간으로 나누어져 있다.

우리는 먼저 圓嶠 李匡師의 글씨인 '智異山泉隱寺'라는 현판이 걸려 있는 작은 일주문을 지나 누각인 水虹樓를 거쳐서 천은사 경내를 한번 둘러보았다. 오랜만에 다시 와보니 새 건물들이 많이 들어서 있고, 현재도 여기저기서 공사가 진행되고 있었다. 천은사에는 네 개의 보물이 있는데, 우리는 그중 보물 제2024호인 주 법당 극락보전과 그 안의 보물 제924호인 아미타후불탱화를 관람할 수 있었다.

돌아 나오는 길에 절 아래의 예전산채라는 기념품점에 들러 여름용 푸른색 개량한복 한 벌(55,000원)을 구입하여 주차장에 세워둔 승용차에 갖다 둔 후, 소나무숲길이라고도 불리는 절 주변을 한 바퀴 두르는 나눔길(1.0km)로 들어섰다. 도중에 명상쉼터라고 하는 누워서 쉴 수 있는 의자들이 마련된 공간도 지나갔다. 아까 절을 둘러볼 때 걸어올라갔던 길을 따라서 내려온 후, 천은저수지 입구에서 수류관측대에 이르는 보듬길(1.2km)과 저수지의 제방을 거쳐 수홍루 부근까지 돌아오는 누림길(1.1km)을 차례로 걸었다. 저수지를 두르는 길은 덱으로 조성된 것이 많았는데, 저수지의 물이 크게 줄어들어 풍경에 별로 볼품은 없었다. 천은저수지는 1983년 농어촌공사에서 조성한 것인데, 예전에 이 자리에는 여관, 식당 등이 있었다고 한다. 제방 부근의 차도에 위치한 커다란 일주문에는 '方丈山泉隱寺'라는 현판이 걸렸는데, 그 부근에 탐방객들과 갈등이 많았던 천은사 매표소 자리가 있었다.

천은사를 떠난 다음, 오후 1시경 카페 무우루에 도착하였다. 이곳은 미국에 사는 두리가 소개한 것이다. 17번국도 부근 좀 외진 마을에 위치하였고, 허름한 한옥 두 채로 구성된 집이었는데, 능소화가 만발해 뒤덮고 있는 입구가 볼만하였다. 젊은 여자 한 명과 그 모친으로 보이는 머리카락이 흰 여인이 서비스를 하고 있었다. 인터넷으로 뜬 때문인지 안방에 자리가 없어 우리 내외는 바깥마당 곁의 파라솔 아래 탁자 주변에 앉았는데, 우리가 들어간 이후로도 손님들이 끊임없이 찾아오고 있었다. 아내가 집에서 미리 적어간 메모에 따라 흑임자인절미케익과 쑥치즈케익을 시켰고, 나는 아이스커피를 주문하였다. 빈티지한 느낌이 드는 시골 카페 치고는 간식과 차가 제법 세련되어 있었다.

세 번째로 방문한 섬진강대나무숲길은 500m 정도 되는 길이로서, 아내의 말로는 진주 남강변의 대숲 산책로보다 못하다는 것이었다. 새로 자라나는 죽순들이 여기저기에 무성하게 돋아나고 있었다.

무우루에서 든 케이크로 점심을 때우기에는 좀 부족하므로, 돌아오는 길에 19번 국도변의 하동군 화개면 섬진강대로3915 남도모텔 건물 1층에 있는 황금재첩식당에 들러 1인당 25,000원씩 하는 스페셜정식을 들었다. 그 집의 메인메뉴인 재첩회무침·재첩부침개·재첩국·참게장·참개탕·은어튀김이 총출동하는 밥상이었다. 아내는 양이 적으므로 거의 나 혼자서 들었고, 더러는 싸서 집으로 가져오기도 하였다.

갔던 길을 따라 오후 5시 남짓에 귀가하였다. 오늘 이동하는 중에는 승용차 안의 블루투스를 통해 계속 쇼팽의 곡들을 감상하였다.

7월

5 (화) 흐림 -월영봉출렁다리, 부엉산, 자지산

아내와 함께 산울림산악회를 따라 충남 제원면 천내리에 있는 월영봉출렁다리와 부엉산·紫芝山에 다녀왔다. 2018년 9월 30일에도 아내와 더불어 상록수산악회를 따라 자지산·부엉산을 오른 적이 있었으나, 최근인 금년 4월 28일에 금강을 사이에 두고서 오른쪽의 월영산과 왼쪽의 부엉산을 이어주는 길이 275m, 폭 1.5m, 높이 45m, 1500명을 한 번에 수용할 수 있는 출렁다리가 개통되었다고 하므로 다시 오게 된 것이다.

문산을 출발하여 오는 대절버스를 오전 8시 반쯤에 바른병원 앞에서 타고, 봉곡로터리를 경유하여 서진주IC에서 대전통영고속도로에 진입한 후, 북상하여 금산 요금소에서 68번 지방도로 빠져나와 10시 40분에 월영산출렁다리 아래의 제1주차장에 도착하였다. 예전에는 이곳에 기러기공원으로부터 금강을 건너는 세월교라고 불리는 잠수교 하나가 있을 뿐이었는데, 그새 부엉산터널과 연결되는 68번 지방도 상의 천내교라는 다리도 건설되어 있었다.

출렁다리 입구에서부터 긴 덱 계단길이 이어지고, 일행 중에는 그 길을 따라 월영봉에 오르는 사람도 있었으나, 나는 예전에 그 옆의 충북 영동군에 있는 갈기산과 더불어 충북 영동군 양산면과 충남 금산군 제원면의 경계에 위치한 월영봉에도 두 번 정도 올라본 적이 있었다. 심하게 흔들리는 출렁다리를 타고서 부엉산 쪽으로 건너가 다시 길게 이어지는 덱 길을 지나 등산로에 접어드니 마침내 인파가 끊어졌다. 부엉산 정상에는 커다란 바위가 버티어 섰고, 그곳 이정표에 광주의 이강재라는 사람이 '부엉산 422.7m'라고 쓴 종이 표지를 앞뒤로 비닐을 붙여 방수처리 하여 붙여두었다. 거기서부터는 능선 길을 따라 한참 더 나아가다가 12시 반쯤에 길가의 다소 평평한 장소에서 일행과 더불어 점심을 들었다.

부엉산 정상에서 1.22km 떨어진 곳에 자지산이 위치해 있다. 거기에도 자지산(466봉)이라는 종이 표지가 하나 나무에 걸려 있을 뿐 정상석은 없었다. 나지막한 야산에 불과한지라 부엉산·자지산의 이름은 5만분의 1 도로교통지도에도 내 휴대폰에 앱으로 설치된 네이버지도에도 나타나지 않았다. 예전에는 잠수교에서 왼쪽으로 한참 걸어 들어간 다음, 난들교 부근에서 완만한 등산로를 따라 오늘과는 반대 방향으로 자지산에 올랐었는데, 아내가 정상에서 바로 아래로 떨어지는 등산로 쪽으로 먼저 나아가면서 나더러 따라오라고 자꾸 재촉하므로 할 수 없이 지름길인 그 길을 따라 가파르게 내려와 마침내 평탄한 등산로를 만나 다시 한참을 걸은 다음, 금강변의 포장도로로 나온 지점에서 얼마 전 자지산 정상에서 만났었던 대구에서 온 등산객한 명과 다시 만났다.

포장도로를 따라 한참 걸은 후, 다시 덱 계단을 올라 공중에 설치된 덱 길을 걷다가 도중에 높이 79m인 원골인공폭포를 만났다. 이 폭포는 지난번에 왔을 때도 있었다. 매일 오전 10시부터 16시까지 운행하며, 12시 55분부터 13시 10분까지 15분간 일시 중단한다고 적혀 있었다. 부엉산터널에서 천내교를 건너온 다음, 천변산책로를 따라 제1주차장으로 돌아왔다. 주차장 옆 강변에는 야외무대도 마련되어져 있어, 성욱이라는 가수가 버스킹 공연을 하고 있었고, 우리 산악회의 총무가 음악에 맞추어 혼자 춤을 추고 있었다. 장마철이라 그런지 오늘 따라 금강 물이 누렇게 변해 있었다. 15시 4분에 등산을 마쳤는데, 소요시간은 4시간 24분, 도상거리 7.18km, 총 거리 7.46km이며, 걸음수로는 13,395보였다.

돌아오는 길에 금산읍내의 약령시장에 들러 주차장 부근 쌍둥이네라는 점포에서 막걸리와 인삼튀김으로 하산주를 들었는데, 나는 술을 끊은지라 안주로 나온 인삼튀김을 좀 집어먹다가 도중에 밖으로 나왔다. 밤 8시 무렵에 귀가하였다.

22 (금) 대체로 맑음 -울릉도행

진주로 돌아온 다음, 아내와 함께 승용차를 타고서 오후 7시까지 신안동 공설운동장 1문 앞으로 나가 콜핑 등산장비점 대표 강종문 씨가 주관하는 더 조은사람들의 '크루즈로 떠나는 울릉도 성인봉+독도+죽도 섬 트레킹' 2박 3일에 참여하였다. 28인승 리무진버스에 강 대장을 포함하여 29명이 탑승하였는데, 대부분 낯선 사람들이고 연령대가 우리 내외보다 높은 사람들도 더러 있었다. 참가비는 1인당 41만 원인데, 우리 내외는 울릉도에서 독방을 사용할 것이므로 추가로 5만 원을 더 납부하여야 한다.

33번 국도와 포항 행 고속도로를 경유하여 와촌휴게소에서 잠시 휴식한후, 밤 10시 가까운 시각에 포항의 울릉크루즈 매표소 앞에 도착하였다. 진주에서 대구 근처까지 가는 동안 경희대학교 기술지주회사 한방바이오(관리법인 ㈜케이바이오팜)의 황순주 홍보과장이 탑승하여 경희천기녹침향단 등의 약을 선전 판매하였다.

우리가 탄 배는 Shidao International Ferry로서 新石島明珠(New Shidao Pearl)라는 꽤 큰 크루즈 선인데, 울릉크루즈주식회사가 중국 선박을 임대받아 운영하는 모양이다. 9층까지 있는데, 그 중 6·7·8층이 객실이며, 우리 내외는 6층 6205호실의 3·4번 침대를 배정받았다. 6인실로서 나무로 만든 침대가 2층으로 되어 있었다. 아들을 데리고 온 강 대장도 우리 방 2층에 투숙하였다. 우리 스케줄에 의하면 이 배는 23시 30분에 포항 영일만 항을 출발하여 내일 06시 20분에 울릉도 사동항에 도착할 예정이다. 그러나 우리가 받은 승선권에는 23시 50분에 출항하는 것으로 되어 있으며, 선내 방송을 통하여 내일 06시 40분에 도착하는 것으로 들은 듯하다. 취침한 후 한참 만에 화장실에 가기 위해 일어나 보니 배는 여전히 항구에 정박해 있는 듯하였다.

23 (토) 오전 중 흐리고 오후는 개임 −죽도, 행남해안산책로, 독도

처제가 근자에 울릉도에 다녀왔는데, 선내에 에어컨이 잘 되어 있어 밤에 춥더라는 말을 했다고 한다. 그래서 긴 바지와 긴소매 상의를 입고서 집을 출발하였는데, 밤중에 자다보니 아닌 게 아니라 제법 쌀쌀하였다. 그래서 침대 바닥에 깔린 좁고 두꺼운 천을 덮고 잤는데, 아침이 되어 아내가 하는 말로는 그것은 침대의 시트이며 이불은 베개 밑에 따로 있었다는 것이다. 2층 침대의 아내도 그런 줄 모르고서 시트를 덮고 잤다고 한다.

하선한 사동여객선터미널은 울릉도의 동남쪽 끄트머리 근처에 위치한 울릉신항(사동항)에 있었다. 나는 울릉도에 이미 여러 번 왔었는데, 늘 도동항을 통해 입출항 한 듯하다. 그러나 도동항은 골짜기에 위치하여 큰 선박이 접안하기에는 무리가 있어 이쪽에다 신항을 만든 모양이다. 하선 후 대기하고 있는 버스를 올라타고서 울릉읍 사동리를 거쳐 도동리로 이동하였다. 지금은 울릉도 전체를 순환하는 해안도로가 완공되어 있으니, 그것을 이용한 것이다. 울릉도의 중심인 울릉읍은 사동리·도동리·저동리로 구성되어져 있다.

우리는 도동2길 28에 위치한 성우식당에 도착하여 간단한 한식뷔페로 조식을 들고, 그 집 2층에 있는 성우모텔에 방을 배정받아 짐을 두었는데, 우리 내외는 첫 번째 방인 201호실에 들었다. 아내가 오늘 오후에 있을 독도 크루즈에 참가하지 않는다고 하므로, 독방 차지는 따로 묻지 않아도 되었다. 아내는 2005년 4월 23일 희망산악회를 따라 와서 독도를 한 번 둘러본 것을 핑계로 삼았지만, 사실은 배 타기가 두려운 것이다.

조식을 마친 후 울릉여객선터미널로 가서 오전 8시에 출발하는 죽도유람선을 탔다. 89동해라는 배였다. 9시쯤 울릉도의 동북쪽 끄트머리에 있는 울릉도의 부속 섬 44개 중 가장 크다는 竹島에 도착하였다. 면적이 20만7818㎡, 해발고도가 116m이며, 섬 둘레를 따라 약 4km의 산책로가 조성되어 있다. 조릿대가 많이 자생한다고 하여 죽도라는 이름이 붙었다. 건너편 섬목 선착장 부근에 울릉도에서 네 번째로 큰 섬이며 역시 명소 중 하나인 관음도가 바라보이는데, 관음도는 현재 보행연도교로 섬목과 이어져 있다.

죽도의 유일한 진입로인 나선형계단(일명 달팽이계단)을 따라서 365개의 콘크리트 계단을 한참동안 걸어 올라가야 했다. 이 섬에서는 물이 나지 않는지라, 계단을 다 올라간 지점에 현재는 죽도호수산장이라는 이름의 집이 한 채 눈에 뜨일 뿐인데, 그 집에서 방문객들에게 이 섬의 주된 농산품인 더덕으로 만든 주스를 팔고 있었다. 섬을 한 바퀴 둘러서 그 집으로 되돌아와 5천 원 하는 더덕주스를 한 잔 사 마셨다.

10시 20분이 채 못 되어 죽도를 출발하여 도동항으로 돌아온 다음, 울릉여객선터미널을 거쳐서 행남해안산책로를 걸어보았다. 이곳도 예전 2000년 새해에 울릉도에 왔을 때 좀 걸어본 적이 있었는데, 지금은 훨씬 더 잘 정비되어져 있고, 아직도 도중에 수리보수공사가 진행되고 있었다. 이 길은 좀 더 북쪽인 저동항까지 연결되는 모양인데, 그곳까지 다 가지는 않고 중간 정도 되는 위치의 아이스커피 등을 파는 철수네쉼터 입구까지 갔다가 되돌아와, 정오 무렵 숙소에 도착하여 점심을 들었다. 아내는 도중에 먼저 돌아왔다.

행남해안산책로를 걷고 있는 도중 김동련 군(67세)이 KNOU(Korea National Open University, 한국방송통신대학교)위클리 2022년 7월 25일자(제136호) 12면 「사람과 삶」란에 실린 '대하소설『소설 동학』출간한 김동련 동문'이라는 제목이 4단 기사를 카톡으로 보내왔다. 거기에 그의 경상대 철학과 대학원 재학 시절 지도교수인 내 이름도 나와 있다.

점심 후 방에서 좀 쉬다가 다시 여객선터미널로 나가 Seaspovill 주식회사의 독도 행 쾌속선 씨스타11을 탔다. 이 여객선터미널도 그 새 새로 지은 것인데, 3층 정도의 건물로서 아래에서부터 3층까지 완만한 경사를 따라서 비스듬하게 걸어 올라가도록 되어 있었다. 2005년에 독도에 왔을 때는 포항에서부터 타고 온 썬-플라워호를 탔던 것인데, 당시에는 갑판에 나가 바다 풍경을 바라볼 수 있었으나 지금의 이 배는 초쾌속선이라 승객의 외부갑판 출입이 금지되어 있었다. 그리고 당시에는 하루에 두 차례 각각 80명씩 밖에 상륙이 허가되지 않았으므로 우리는 상륙하지 못하고 섬을 두 바퀴 돌고서 그냥 돌아왔던 것인데, 그 새 김영삼 대통령 때 서도·동도의 중간지점인 동도 쪽에 접안시설이 완공되어 파도가 거세지만 않으면 인원제한 없이 20분간 접안시설 내의 상륙이 허가되고 있었다. 울릉도와 독도 사이의 거리는 87.4km이며, 우리는 오후 2시에 도동항을 출발하여 3시 40분에 독도에 도착하였고, 5시 50분에 도동으로 돌아왔다.

석식은 자유식이었으나, 나는 진주를 출발할 때 주최 측으로부터 배부 받은 과자 종류를 짐이 될까보아 오늘 투어 중에 다 먹어치워 버렸고, 독도에 상륙하기 직전에는 선내에서 캔으로 된 커피라테도 하나 사서 들었으므로, 아내와 더불어 석식은 생략하기로 하였다.

24 (일) 간밤에 비 온 후 대체로 흐리고 때때로 빗방울 – 나리분지, 울릉도 일주

오늘 새벽 3시부터 약 4시간 동안 도동–대원사–성인봉–나리분지를 경유하는 울릉도 종단산행이 있어 나는 참가하고 아내는 숙소에서 쉬다가 나리분지에서 합류할 예정이었는데, 2시 반에 기상하여 짐을 챙겨 나가려다 보니 바깥에 제법 굵은 빗발이 쏟아지고 있는지라 강대장이 방에서 기다리라고 하여 결국 다들 산행은 포기하고 말았다.

7시가 채 못 된 시각에 숙소를 나와 ㈜울릉도개발관광여행사의 김희석 부장이 운전하는 노란 버스에 탑승하여 관음도·봉래폭포 트레킹에 나섰다. 기사는 경남 산청에서 태어나 4살 때 부모를 따라서 부산으로 이주하였다고 하는데, 지금은 서울말을 하고 있었다. 울릉도 순환도로를 따라 북상하여 約洞을 거쳐 울릉도에서 두 번째로 길다는 울릉읍의 내수천 터널과 첫 번째로 길다는 북면의 와달리 터널을 지나 관음도가 있는 섬목에 도착하였다. 2019년 이 두 터널이 개통함에 따라 총 64km에 달하는 순환도로가 완성된 것이다. 그렇지 않은 예전에는 섬목까지 와서 왔던 길로 되돌아가야만 했었다.

울릉도의 명승지 중 하나인 삼선암을 바라보며 섬의 북부 천부리에 있는 해중전망대를 지나 가파른 고갯길을 꼬불꼬불 한참동안 올라 나리분지에 다다랐다. 기사가 가이드를 겸하여 운행 도중 내내 설명을 해주었는데, 울릉도의 도민은 만 명 정도이고, 나리분지에는 현재 열 집 정도가 산다고 했다. 겨울에는 눈이 많이 내려 섬의 주민 7할 정도가 육지로 나가 지냈다고 하는데, 지금은 사정이 나아져 그런 사람이 적은 모양이다. 북면 나리길 591에 있는 나리분지야영장 민박식당에서 산채비빔밥과 이 섬의 특산인 씨껍데기술로 조식을 들었다. 2021년 울릉군의 향토음식점으로 지정된 식당이었다. 그 부근 도처에 커다란 마가목이 눈에 띄고, 어제 타고 왔던 버스에 이어 이 차 안의 운전석 위에도 빨간 열매가 가득 달린 마가목 사진이 걸려 있었다. 식당 부근에 국가민속문화재(중요민속문화재) 제256호로 지정된 울릉 나리 너와투막집과 억새투막집이 있어 둘러보았다. 울릉도는 가는 곳마다 나리꽃이 지천으로 피어 있었다.

원래는 조식 후 갔던 길로 되돌아와 관음도를 구경하고서 다시 저동리에 있는 봉래폭포에 들를 예정이었는데, 강 대장이 의견을 내어 섬 전체를 한 바퀴 도는 순환도로 일주를 하기로 변경하고서, 천부리로 되돌아 나온 다음, 울릉도 특산인 천연기념물 제52호 섬백리향 제품 매장에 들른 다음, 錐山(송곳산, 610.9m) 송곳봉(452m) 아래의 약사여래를 모신 성불사에 들렀고, 다음으로는 송곳봉 뒤편 현포리의 평리2길 207-16에 있는 울릉천국에도 들렀다.

　울릉천국은 왕년에 세시봉의 멤버였던 유명한 가수 이장희 씨가 미국에서 살다가 귀국한 후 자리 잡은 곳인데, 이 씨는 이곳에 주로 머물지 않는 모양인지 우리가 갔을 때도 부재중이었다. 미국에서 라디오코리아 방송국을 운영하던 그는 1996년 울릉도를 처음으로 방문하였고, 그 해 가을 약 10일간 섬 거의 전체를 걸은 다음, 다음해에 바로 이곳에다 농지 13,000여 평과 100년 된 농가를 매입하였다. 이후 매년 울릉도를 찾아 약 2주의 여름휴가를 보냈다. 2004년 라디오코리아를 은퇴하고 이곳에 당시 미국에서 기르던 개 라코와 함께 찾아 더덕농사를 시작했다. 그리고 4년 후 농사 대신 이곳을 정원으로 만들기 시작했다. 2010년 MBC TV의 ‘무릎팍 도사’에 출연한 이후 울릉도에 사는 그의 집을 방문하는 사람이 많아지자 경북지사 김관용 씨의 아이디어로 경상북도와 문화관광부는 이곳 그의 정원에다 소극장과 부대시설을 지어주었다. ‘울릉천국’이란 그가 명명한 이름이다. 2018년 그를 위해 지은 소극장을 정식 개관하였고, 정기출연 할 예정이라고 한다.

　경상북도가 그를 위해 지어주었다는 4층 건물에 들어가 그 내부의 그를 기념하는 전시물들을 둘러본 후, 꼭대기 층에 있는 카페 율에 들러 아메리카노 hot을 한 잔 구입한 후 창가 탁자 위에 놓아두고서 화장실에 들렀다. 나와 보니 함께 카페에 들렀던 일행들이 모두 사라져버린지라 나도 뒤따라 나왔는데, 차 안에는 음식물을 반입할 수 없다고 하므로 별로 마시지도 못한 커피를 모두 쏟아버리고 말았다.

　북면의 현포항을 지났다. 울릉도에서 사동·저동항에 이어 현포항은 세 번째로 큰 것이라고 한다. 도동은 울릉도에서 가장 사람이 많이 사는 곳이기는 하지만, 항구의 규모면에서는 현포항보다도 작은 모양이다. 북면 울릉순환로 2411에 있는 울릉산채영농조합법인에도 들렀다. 호박빵·호박엿·호박제리·호박조청 등을 판매하는 곳인데, 강대장의 말에 의하면 이곳 사장이 우리가 타고 온 중국 배를 빌려 해운업에도 손을 대고 있다는 것이었다.

서면의 남양항과 통구미몽돌해변을 지나 울릉도 최남단인 가두봉에서 울릉읍에 속한 가두봉터널을 지나 사동항에 이르렀다. 이 터널은 불과 열흘 전에 개통한 것이라고 한다. 기사의 말에 의하면, 지금의 가두봉을 깎고 바다를 메워서 1.5km에 이르는 활주로의 기준을 충족시켜 이곳에다 조만간 공항을 건설할 것이라고 한다. 활주로 건설을 위해 바다를 메운 바위 둑도 차창 밖으로 바라보였다.

오전 11시가 좀 지난 시각에 도동의 숙소로 돌아와 이곳 명물인 따개비칼국수로 점심을 든 다음, 다시 사동항 즉 울릉신항으로 돌아가서 타고 왔던 배인 뉴씨다오펄에 올랐다. 6606호실의 3번 침대를 배정받았다. 창문이 없이 밀폐된 방이었다. 13시 30분에 출항하여 오후 8시 20분 무렵 하선하였다. 가는 도중 내내 커튼을 내리고서 취침하였는데, 일행 중 술꾼 한 명이 우리 방에 들어와 혼자서 돼지족발을 안주로 술을 마시면서 자꾸만 중얼거리더니, 포항에 도착했으니 일어나라고 계속 재촉하는 것이었다. 상륙한 후 타고 왔던 리무진버스에 탑승하여 익산포항간고속도로에 올라 진주로 향하는 도중 영천휴게소에 들렀다. 식당이 거의 마칠 무렵이므로 햄버거와 바나나맛우유로 간단한 석식을 들었고, 나는 다시 아이스아메리카나 커피를 하나 샀다. 자정 무렵 귀가하여 샤워와 짐 정리를 마친 다음 밤 12시 반 무렵 취침하였다.

31 (일) 비 - 진양호 아천북카페

태풍이 올라오고 있는 모양이라 연일 비가 내린다.

아침에 아내와 함께 남강로1번길 105-12에 있는 진양호 아천북카페에 들렀다. 지난주인 7월 27일에 개관한 곳인데, 작은 도서관 같은 느낌으로서 다과는 팔지 않았고 입장료도 없었다. 이 일대가 진양호공원으로 지정되기

이전인 1971년에 지어진 지상 1층 규모의 건물로서, 진양호 전망대라고 해도 좋을 정도로 조망이 기가 막혔다. 중요무형문화재 제12호 진주검무 보유자인 고 성계옥 여사가 경영하기도 한 옛 삼락식당 자리이다. 고 아천 최재호, 시조시인 김상옥 등 진주의 시조시인들이 시 낭송을 즐겨하던 장소로서, 이후 삼현학원 설립자인 최재호 씨가 거처하던 곳이다. 그 장남인 최문석 씨가 물려받아 별장으로 사용하다가 그도 뇌졸중으로 거동이 힘들어지자 진주시에 기증하여, 새로 리모델링해 북카페로서 운영하게 된 것이다. 아시아 레이크사이드 호텔 아래쪽에 위치하여 차도에서 덱 숲길을 따라 좀 걸어서 진입하게 되어 있었다. 그곳을 나온 후 판문동에서 오미마을까지 이어지는 진양호반의 벚꽃 길을 따라 외송에 들어갔다.

8월

1 (월) 비 – 소북 카페

점심 때 아내와 함께 산청군 신등면 신차로 526-9의 신등면 소재지 端溪 마을에 있는 북카페 소북에 들렀다. 이 마을의 특색인 한옥을 개조하여 아담한 카페로 만든 것이다. 거기서 아내는 커피로 아포가토, 나는 카페모카, 샌드위치로 아내는 크랜베리 단호박, 나는 에그햄치즈를 시켰다. 그러나 늘 그렇듯이 아내는 배가 부르다 하여 샌드위치 하나만 들고 내가 세 개를 먹었으며, 커피도 아내가 반쯤 들고 남긴 것까지 내가 비웠다. 부슬비가 내리는 가운데 모처럼 마을을 반 바퀴 정도 둘러보고서 둔철산 고개의 둔철마을을 경유하여 농장으로 돌아왔다.

3 (수) 오전 중 비 – 북악산·청와대·경복궁

바른병원 앞에서 오전 5시 18분에 산울림산악회의 대절버스를 탔다. 서울 북악산·청와대·경복궁 산행에 참여하기 위해서이다. 총 50명이 탔다. 금산인삼랜드·안성휴게소에서 정차한 후 오전 10시 남짓에 청와대 앞에 도착하여 먼저 청와대로 들어갔다. 비가 제법 많이 내리므로 나는 방수 재킷과 바지를 꺼내 입었다. 청와대는 1988년 12월 17일 노태우 대통령의 명에 의해 신축하게 되어 관저가 1990년에 본관이 1991년에 준공되었고, 1998년부터 2000년에 걸쳐 영빈관도 새롭게 단장되었다.

춘추관으로 입장하여 관저, 본관과 영빈관을 차례로 둘러본 후, 되돌아와 녹지원과 常春齋, 枕流閣·五雲亭·美男佛을 거쳐 다시 관저 앞으로 내려와, 小정원을 거쳐 영빈관 앞으로 해서 청와대를 빠져나와 七宮에 들렀다. 도중에 비가 그쳤으므로, 더워서 비옷 상의는 벗어서 들고 다녔다.

대절버스는 무궁화동산 옆에 주차해 있었는데, 무궁화동산에 들러 정자에서 준비해간 도시락과 산악회로부터 받은 주먹밥으로 점심을 들었다. 식후에 김상헌 집터 표지석과 그 옆의 청음 김상헌 시비를 둘러보았는데, 이곳 무궁화동산 있는 곳이 바로 노론의 본산이자 안동김씨의 세거지인 장동이었고, 게다가 박정희 대통령이 시해된 궁정동 안가 자리임을 비로소 알았다.

둘러보기를 마친 다음, 오후 1시 반 무렵 다시 대절버스를 타고서 이동하여 자하문고개·윤동주문학관 정류소에서 하차하여 백악산 등반을 시작하였다. 아내는 차에 남아 경복궁으로 바로 갔다. 한양도성 순성길에 오른 셈이다. 그곳에 1968년 1.21 사태 때 북한 무장공비와 싸우다 전사한 최규식 경무관과 정종수 경사의 동상이 서 있었다. 또한 이곳에서 북동쪽 북악산 정상 쪽으로 약 150m 지점에 청계천의 발원지가 있음도 알았다. 1.21 사태 이후 닫혔던 북악산 탐방로가 올해 4월 6일부터 북악산 한양도성 남측(3.0km)을 전면개방 함으로써 54년만에 시민의 품으로 돌아온 것이다.

보물 제1881호인 彰義門은 四小門 중 유일하게 조선시대에 지어진 문루가 그대로 남아 있는 것인데, 임진왜란 때 소실된 것을 1741년(영조 17)에 다시 세우면서 인조반정 때 반정군이 이 문으로 도성에 들어온 것을 기념하기 위해 공신들의 이름을 새긴 현판을 문루에 걸어 놓았으므로 창의라는 이름이 붙은 듯하며, 이 문 부근의 경치가 개경의 승경지인 자하동과 비슷하다 하여 紫霞門이라는 별칭으로 불린다는 것이다.

거기서 한양도성 성벽을 따라 돌고래쉼터·백악쉼터·백악마루·북악산(백악산) 정상(342m)·1.21사태 소나무·靑雲臺·曲墻·촛대바위를 거쳐 肅

靖門에 이르렀다. 숙정문은 서울의 四大門 중 북쪽 문에 해당하는 것인데, 1976년에 문루를 새로 지었다. 박원순 전 서울시장이 나무에 목을 매 자살한 곳이 바로 이 부근이다.

숙정문에서부터는 방향을 반대편으로 돌려 잡아 청운대쉼터 갈림길을 거쳐 만세동방 약수터에 이르렀다. 약수터 바로 위의 바위에 '萬世東方 聖壽南極'이라는 문자가 새겨져 있다 하여 이런 이름으로 불리는 것이다. 이쪽 길은 모두 덱이 설치되어 있는데, 주중이라 그런지 사람들의 왕래가 별로 없었다. 일방통행길인 +자갈림길에서 청와대전망대를 거쳐 白岳亭 갈림길로 내려왔다. 정자는 따로 없고 그저 앉을 수 있는 의자들과 햇볕을 피할 수 있는 간단한 설비가 있을 따름이었다. 거기서 원래는 칠궁 쪽으로 내려가게 되어 있었으나, 청와대 돌담을 따라 급경사 길로 춘추관 방향으로 내려왔고, 다시 청와대 앞 차도를 따라서 칠궁 방향으로 이동하여 북문인 神武門을 통해 경복궁 안으로 들어갔다. 고종의 서재인 集玉齋와 민비의 거처로서 그녀가 시해당한 장소이기도 한 坤寧閣을 거쳐, 향원정·경회루·근정전을 지나 광화문으로 빠져나왔다. 한복차림으로 경내를 걸어 다니는 사람들은 외국인이 많았다.

오후 5시 무렵 東十字閣 부근에 있는 경복궁주차장에서 다시 일행 및 아내와 합류하였다. 화장실로 가서 땀에 절은 옷을 갈아입고, 서울을 출발하여 내려오는 도중 남청주IC로 빠져 충북 청주시 서원구 남이면 청남로885에 있는 큰소왕갈비탕에 들러 왕갈비탕(13,000원)으로 석식을 들었다. 아내는 소화를 못 시킬 듯하다면서 자기 뚝배기그릇에 든 갈비를 모두 내 그릇으로 옮겨 담았으므로, 나는 사실상 2인분을 든 셈이다.

귀가하여 샤워를 마치고서 자정 무렵에 취침하였다.

7 (일) 대체로 흐리고 저녁 무렵 한때 비 -토옥동계곡

아내와 함께 좋은산악회를 따라 전북 장수군 계북면에 있는 토옥동계곡에 다녀왔다. 8시까지 구 제일예식장 즉 육거리곰탕 앞으로 나가 자유시장의 롯데리아를 경유해 오는 대절버스를 탔다. 나는 아내와 함께 토옥동계곡에 세 번 다녀온 바 있었는데, 1996년 8월 11일 망진산악회, 2002년 8월 18일 멋-거리산악회, 2005년 7월 24일 대안산악회와 함께 간 것이 그것이다.

이번에는 통영대전고속도로를 따라 올라가 덕유산IC에서 19번 국도로 빠져나온 후 남향하여 안성면을 지나 계북면에 이르렀고, 21번 지방도를 따라 양악리의 陽岳湖에 이르렀다. 그곳을 지나 토옥동계곡 쪽으로 좀 더 들어 갔다가 길이 1차선으로 바뀌는 지점에서 다소 후진하여 하차하였다. 계북면 토옥동로 313에 있는 토옥동 송어횟집·양악송어장을 지나 좀 더 올라갔다 가, 아내는 시원한 물가에서 쉬면서 시간을 보내자고 하므로 함께 개울가로 들어갔는데, 나는 거기서 종일 시간을 보내는 것이 무료하여 혼자서 좀 더 올라가 보았다.

그러나 도중에 만난 나무다리에 출입금지 표시가 여러개 있고, 밧줄을 얽어 사람이 통과하지 못하도록 막아두었으므로, 그 옆의 다른 오솔길로 올라가 보았으나 그 길도 결국은 출입금지 된 다리 쪽으로 되돌아오므로 결국 포기하고 말았다. 덕유산에서 이곳 토옥동계곡은 병곡계곡과 더불어 두 군데 있는 미개방 코스인 것이다. 나는 과거에 덕유산의 모든 코스를 주파해 보았고, 이곳 토옥동도 세 번이나 들어온 바 있는데다, 오늘은 감기몸살 기운이 있어 컨디션도 별로 좋지 않으므로 그쯤에서 포기한 것이다.

아내가 머물러 있는 물가로 다시 내려가 함께 시간을 보내다가 오전 11시 반쯤에 송어횟집으로 걸어 내려가 보았다. 때마침 점심시간이라 손님이 많아 40분 정도 대기한 후에야 방으로 들어갈 수 있었다. 아내는 계곡에서 이미 점심을 들었으므로, 나 혼자 송이회 2인분을 든 셈이다. 식후에 다시 계곡으로 올라가 물가에서 시간을 보내다가 오후 2시 반쯤에 양악저수지 주차장 쪽으로 내려왔다. 주차장 부근의 土玉亭이란 현판이 붙은 팔각정 가에서 일행이 하산주를 들고 있었으므로, 거기에 끼어 수박과 두부, 김치깍두기, 닭국으로 석식을 들었다. 그리고 나서도 토옥정에 올라가 한참 동안 바람을 쐬다가 오후 3시 반 무렵 거기를 출발하여 귀로에 올랐다. 토옥정 가의 비석에 "한글학자 鄭寅承 선생 고택에는 돌담 사이로 꽃길이 의연하다"라고 하여 이곳이 그의 향리임을 표시하고 있었다.

오늘 산행에는 우리 내외가 평소 자주 다니는 삼일산악회 회원들이 대거 참여하였다. 그들에게 물어보니 서봉까지 올라갔었다는 것이었다. 내 기억에 남아 있는 노랑머리 기사가 오늘도 힘찬관광 버스를 몰았는데, 예전의 뉴명신이 힘찬으로 이름을 바꿨다는 것이다. 머리를 노랗게 물들인 중년의 그 기사는 입도 걸어 상소리를 자주 하고, 돌아오는 차 속에서 노래자랑을 하도록 가라오케를 틀어줄 뿐 아니라 그 자신도 한곡 불렀으며, 산청휴게소를 지나 진주에 다가갈 무렵에는 디스코 음악까지 틀었다.

21 (일) 맑음 -대청계곡누리길

아내와 함께 김해시 장유면 대청리에 있는 대청계곡누리길을 다녀왔다. 갈 때는 남해고속도로, 돌아올 때는 마창대교와 2번 국도를 경유했으며, 갈 때는 베토벤의 현악사중주곡들, 돌아올 때는 모차르트의 피아노협주곡들을 들었다.

승용차를 지난번에 이용했던 대청계곡주차장에다 세우고, 걸어서 계곡 관리사무소 쪽으로 내려갔다. 몇 달 전 이곳에서 장유둘레길을 걸은 바 있었는데, 오늘은 그 반대쪽 불모산 계곡 쪽으로 걷는 셈이다. 입구의 안내판에 오늘의 목적지인 長遊庵(長遊寺) 및 그 경내의 장유화상 사리탑까지는 4.5km라고 적혀 있었다. 조금 더 내려가면 대청물레방아와 천하대장군·지하여장군의 장승 둘이 서 있고 거기서부터 계곡길이 시작되고 있었다. 장유대청계곡은 佛母山 산자락에 양 갈래로 형성된 6km의 긴 계곡으로 산림이 울창하고 맑은 물이 폭포를 이루는 등 자연경관이 빼어난 곳이다. "대청계곡누리길"은 하류의 대청천에서 상류의 대청계곡에 이르는 아름답고 쾌적한 자연을 가까이에서 즐길 수 있는 트레킹 코스이다. 계곡 물은 좀 흐렸는데, 여기저기에 사람들이 모여 늦여름의 물놀이를 하고 있었다. 도중에 국립용지봉자연휴양림 입구와 희망공원을 지나갔다. 계곡을 따라 대부분 나무 덱과 야자나무 깔개를 덮은 산책로가 조성되어져 있었다.

아내는 장유폭포에 이르러 더 이상 걸으려 하지 않고 거기 물가에서 쉬겠다고 하므로, 별 수 없이 나 혼자 계속 나아갈 수밖에 없었다. 대청계곡 누리길은 편도에 2.5km, 약 50분 정도 소요되는데, 종점에서 장유사까지는 다시 등산로를 따라 1.2km를 더 올라가야 한다. 입구에서부터 장유사까지 대체로 계곡을 따라 아스팔트 포장도로가 조성되어져 있어 차로 오를 수도 있었다.

불모산 장유사의 대웅전 뒤편에 경상남도 문화재자료 제31호인 長遊和尙 사리탑이 있는데, 팔각원당형이었다. 가락국 수로왕의 처남인 장유화상(허보옥)의 사리를 봉안하고 있는 석조물로서, 가락국 제8대 질지왕(451-492) 재위 중 장유암 재건 당시에 세워진 것으로 전하고 있다. 1500여 년의 오랜 세월 동안 여러 번의 전환으로 암자와 관계 유물은 거의 소실되고 사리탑만 남아있었다고 하나, 현존하는 사리탑은 그 제작 수법으로 보아 고려 말이나 조선 초의 작품으로 보인다고 한다. 현상으로 보아 비교적 양호한 상태이나 상륜 일부는 결실된 것을 보수하였다.

그 옆에 서 있는 세 개의 비석 중 「駕洛古刹長遊庵史蹟碑文」의 첫머리에 "金官의 서쪽에 佛母山이 있는데, 대개 이 州의 鎭山이요 일명 長遊山이다. 산에 한 사찰이 있어 長遊庵이라 한다. 암자는 옛 駕洛國師 長遊和尙이 도를 닦던 장소로서, 화상의 사리탑이 절 뒤편에 있어 늘 빛을 발하고 있다.…이 절의 창건은 이미 가락 태조 7년 戊申인즉, 이보다 앞서는 동방에 아직 불교가 없었으며, 고구려·신라시대에 幢을 設하고 經을 들은 것은 모두 그 후이니, 이는 海東 三寶의 시작이라 할 수 있다."고 하였다.

차도는 이 절에서 끝나고 절에서 용지봉까지는 1.1km를 더 올라가야 하는데, 나는 거기서 올라갔던 코스를 따라 되돌아 내려와 장유폭포에서 아내를 만났다. 계곡 입구인 경남 김해시 대청계곡길 170-27(대청동) 1층에 있는 明太正家에서 매콤명태조림과 공기밥으로 늦은 점심을 들었고(27,000원), 오후 4시 반쯤에 진주의 집으로 돌아왔다. 산길샘 앱에 의하면, 오늘은 10시 51분부터 14시 17분까지 3시간 26분이 소요되었고, 도상거리 6.25km, 총 거리 6.48km이며, 만보기의 걸음 수로는 10,682보였다.

9월

20 (화) 흐림 - 영일만 북파랑길

작은누나와 함께 오전 8시 20분 무렵까지 바른병원 앞으로 나가 8시에 문산을 출발하여 오는 한아름산악회의 대절버스를 탔다. 포항의 영일만 북파랑길 트레킹을 떠나기 위함이다. 아내도 함께 신청해 두었으나 컨디션이 좋지 않아 빠지고 그 참가비 45,000원은 돌려받았다.

33번 국도를 따라 합천·고령을 거쳤다가 중부내륙고속도로에 올라 대구에서 다시 포항 쪽으로 향했다. 영일만 북파랑길(호랑이 등오름길)은 해파랑길 17·18코스와 대부분 일치한다. 포항 송도해수욕장에서 동해안을 따라 북쪽으로 올라가 7번 국도와 만나는 화진해수욕장 부근까지 4개 코스, 총 39.2km, 약 9시간이 소요되는 거리이다.

포항시는 2017년 영일만을 따라 남쪽으로 내려가는 〈호미반도 해안둘레길〉을 만들어 대박을 내자, 다시금 송도해수욕장으로부터 포항시 최북단인 송라면까지의 바닷길을 잇고 정비하여 〈영일만 북파랑길〉로 이름을 지었다. 오늘 우리는 1코스의 영일대해수욕장에서 하차하여 걷기 시작하여 3코스인 이가리닻전망대까지로 목표를 잡았다. 그것도 대부분 대절버스를 타고서 이동하고 부분부분 조금씩 걷기로 한 것이다.

영일대 해안에서 바다 쪽으로 꽤 긴 진입로가 조성되어져 있고, 그 끄트머리에 迎日亭이라는 2층 누각이 세워져 있었다. 지도나 이정표에서 영일대전망대라고 함은 이를 가리키는 것인지 모르겠다. 거기서 조금 더 나아가니 환호공원이었다. 환호공원은 포스코의 협조를 받아 조성된 도시자연공원으로서 야트막한 산꼭대기에 스페이스워크가 조성되어져 있고, 전망대, 시립미술관, 공연장 등이 조성되어져 있으며, 2020년부터 2024년까지 1.8km에 이르는 해상케이블카 설치 공사도 진행되고 있었다. 공원 건너편으로 바다 속에 길쭉하게 늘어선 포스코(포항제철)가 바라보이는데, 지난번의 태풍 힌남노에 바닷물이 공장 안을 덮쳐 큰 피해가 나서 아직도 복구공사가 진행 중이다. 해수면에 인접해 있어 왜 피해를 입었는지 쉽게 이해할 수 있었다.

Space Walk는 포스코가 기획·제작·설치하여 2년 7개월간의 공사 끝에 포항시민에게 기부한 작품으로서, 주 재료는 포스코에서 생산한 탄소강과 스테인리스강이며, 폭 60m, 높이 56m, 트랙의 총길이 333m, 계단은 총 717개로서, 독일의 부부 작가 하이케 무터와 울리히 겐츠가 디자인한 것이다. 트랙을 걷다 보면 '예술 위, 구름 위를 걸으며 마치 공간과 우주를 유영'하는 경험을 할 수 있도록 만들어져 있다. 한아름산악회는 약 10년 전에 해파랑길을 완주한 바 있었는데, 당시에는 없었던 설치물들이 지금 많이 생겨나 있어 이번에는 그것들을 집중적으로 돌아보기로 예정되어 있다. 이것은 2021년 11월 19일에 개장한 것이다. 도중의 상당 부분은 현재 출입이 금지되어 있었다.

　　전망대로 올라가 보았으나 웬일인지 그것도 현재 폐쇄되어 있었다. 시립미술관 부근에 우리들의 대절버스가 주차해 있었는데, 그 부근의 파고라에서 점심을 들었다. 그런데 누나가 착각하여 우리 뒷자리 사람이 좌석에 남겨둔 배낭을 들고 와, 그 속에 든 남의 도시락 반찬과 깎아서 썰어둔 남의 감을 꺼내 먹는 해프닝이 있었다. 그 주인이 일러주어 나중에야 알게 되었지만, 다행히도 그분은 양해해 주었다.

　　환호동에서 조금 위쪽에 여남동이 있는데, 거기에 금년 4월 13일에 준공된 해상스카이워크가 있어 차를 타고 그리로 이동하였다. 콘크리트제로서 S곡선을 이루며 지그재그로 이어진 해안산책로인데, 총길이 463m, 평균 높이 7m이다. 5년간 140억을 투입하여 이룬 것이라 한다. 덱 길이 놓인 언덕 모양의 건너편 여남산 너머에 1987년 9월에 준공된 여남갑등대가 있어 그리로 가볼 생각이었지만, 이 또한 무슨 까닭인지 현재 거기로의 접근이 차단되어 있었다.

　　다시 차를 타고 이동하여 칠포리의 해오름전망대에 이르렀다. 2016년 12월에 개방된 것이다. 해오름이란 포항~울산 고속도로 완전개통을 계기로 포항·울산·경주 3개 도시가 함께 하는 동맹의 이름이다. 이곳 칠포리는 수군만호진이 있던 곳이며, 고종 8년(1870) 동래로 옮겨가기 이전까지 군사 요새로서, 7개의 포대가 있는 성이라 하여 칠포성이라 불렀다고 한다. 해오름

전망대 부근에 덱 길이 이어져 있어 그 길을 따라서 오도리 쪽으로 걸어갔다. 오도란 '3개의 바위섬이 까마귀처럼 검다' 한데서 유래하였다. 바다 속에 오도 주상절리가 있다고 하나, 나는 건너편에 바라보이는 섬이 그것인지 어떤지 확인하지 못했다.

오도2리 버스정거장 부근에서 다시 대절버스를 타고 북쪽 월포만 아래쪽에 위치한 이가리닻 전망대로 이동하였다. 포항시 북구 청하면 이가리 산 67-3번지의 이가리 간이해수욕장 일원으로서, 길이 102m, 높이 10m의 전망대는 해양관광도시 포항의 특색에 걸맞게 닻을 형상화하였으며, 다소 곡선을 이룬 닻의 끄트머리는 독도를 향하고 있다. 2020년에 준공한 것이다. 여기서 독도까지의 직선거리는 251km로서, 국민의 독도 수호 염원을 담았다. 이곳 전망대에서 건너 쪽으로 바라보이는 포스코 월포수련관 방면의 400m 거리에 위치한 '조경대'는 조선시대 진경산수화의 대가인 겸재 정선이 청하현감으로 2년간 머무를 때 자주 와서 그림을 그렸다고 전해지는 곳이다. 전망대로 나아가는 통로 아래쪽에 바다로 들어가는 거북이의 형상을 하고 있는 거북바위가 있었다.

월포해수욕장을 조금 지난 지점에서 7번 국도에 올라 그 길을 따라 남하하여 경주를 지나 1번 경부고속도로에 올랐고, 울산광역시 울주군 상북면 자수정로 325 자수정동골 입구에 있는 큰마당가든에 들러 1인당 13,000원 정도 하는 오리불고기로 석식을 들었다. 이곳은 언양에 속한다.

식후에 밤길을 달려 양산·김해를 지나 밤 9시 반 무렵에 귀가하였다. 오늘의 총 걸음 수는 14,334보였다.

24 (토) 맑음 -백령도

밤 1시에 휴대폰의 알람 소리에 따라 일어나 1시 반에 누나와 함께 진주의 집을 출발하여 더조은사람들의 '백령도 & 대청도 섬 트레킹' 1박 2일에 참가하기 위해 집합장소인 신안동 구 공설운동장 1문 앞으로 갔다. 아내는 함께 신청해 두었지만, 여전히 컨디션이 좋지 못하다 하여 빠지고, 승용차도 자기가 필요하다고 하므로 나는 트럭을 몰고 갔다. 참가인원은 총 34명인데, 인솔자인 강 대장 부부 외에 사천에서 온 팀 14명, 함양에서 온 팀 3명이 있고, 나머지는 진주 사람들인 모양이다.

대절한 버스의 뒤쪽에서 기름이 새므로 다른 차로 교체하느라고 2시에 출발하려던 것이 좀 지체되었다. 한밤중에 버스 속에서 눈을 붙이고 북상하여 7시쯤에 인천항연안여객터미널 앞의 인천광역시 중구 연안부두로 63, 1층 (연안부두 항동7가 87-4)에 있는 오가네해장국순대국에 도착하여 북어해장국으로 조식을 들었다. 그런 다음 여객터미널로 이동하여 대합실 입구에 있는 카페에서 카푸치노 커피를 사서 들며 시간을 보내다가, 8시 30분에 출발하는 고려고속페리(주)의 코리아프라이드 호에 승선하였다. 꽤 큰 쾌속여객선이었는데, I-26석을 배정받아 바깥으로는 나갈 수 없이 실내에서 4시간 동안 TV를 시청하며 북상하였다. 비행기로는 25분이 걸린다고 한다.

소청·대청도를 경유하여 12시 반 무렵에 서해최북단 백령도의 용기포신항에 상륙하였다. 이 섬에 온 것은 2001년 9월 1-2일에 1박2일로 아내 및 회옥이를 대동하여 처음 방문한 이래 20여 년 만에 두 번째로 찾은 셈이다. 그 사이 섬은 몰라볼 정도로 달라져서, 지금은 제법 관광객이 많이 찾는 모양이다. 백령캠핑여행사의 박상후 기사 겸 가이드가 인천71바4847 버스를 가지고 나와 마중해 주었다. 꽤 젊은 사람인데, 백령도에 온 지 5년 남짓 된다고 한다.

먼저 용기포신항 근처에 있는 천연기념물 391호 사곶해변(사곶천연비행장)을 찾았다. 예전에도 왔었던 곳인데, 전 세계에서 두 곳밖에 없다는 규조토 해변으로서 비행기의 이착륙이 가능한 천연 비행장이다. 실제로 한 때 군비행장으로도 쓰였을 정도로 부드러우면서도 단단한 특징을 갖고 있다.

다음으로는 인천광역시 백령면 소재지인 진촌리에 있는 백령로297번길의 간판 없는 냉면집에 들러 비빔냉면과 물냉면 그리고 나와 누나를 비롯한 일행 대부분은 기사가 추천한 반냉면으로 점심을 들었다. 식당에서 우리와 같은 테이블에 앉은 함양에서 산양삼 농장을 경영한다는 내 또래로 보이는 남자는 지리산 천왕봉을 590번 올랐다고 한다.

점심을 마친 후 진촌리에 있는 역시 지난번에 들렀던 심청각으로 갔다.

2층으로 된 ㄱ자 형 누각이 북한의 장산곶과 황해도를 마주 보는 해변 언덕에 서 있는데, 심청전의 배경무대인 인당수와 연봉바위가 바라보이는 곳에 위치해 있다. 그 건물 뒤편에는 인당수에 몸을 던지는 모양을 한 청동으로 만든 '효녀 심청像' 서 있다.

심청각을 떠난 다음, 섬의 서북쪽 끄트머리에 있는 두무진으로 가서 유람선을 타기로 되어 있으나, 오늘 파도가 제법 높아 유람선 출항이 언제 가능할지 모른다고 하므로, 먼저 그 아래편 연화리에 위치한 천안함위령탑으로 갔다. 2010년 북한에 의한 천안함 피격으로 안타깝게 목숨을 잃은 천안함 승조원 46명의 희생을 기리고 추모하기 위해 조성된 공간이다. 백령도 서남방 2.5km 해역에서 경비작전을 수행하던 우리 해군의 천안함이 '북한제 감응어뢰'의 수중에서 발생한 폭발로 말미암아 함수와 함미가 절단되어 침몰하였는데, 104명의 승조원 중 함미에 탔던 46명이 희생된 것이다.

마침내 서해의 해금강이라 불리는 명승 제8호 頭武津으로 향했다. 이곳의 지명은 雪聲 李大期의 『白翎島誌』에 頭毛라 기록되었고, 백령도의 관문이라는 의미로 頭門津이라고 부르기도 했는데, 이후 러일전쟁 때 일본군의 병참기지가 이곳에 생기고 나서 용맹한 장군들이 머리를 맞대고 회의를 하는 모양이라는 뜻의 두무진이라는 명칭이 생겨 지금에 이르고 있다. 황해도의 서쪽 끝인 장산곶과 불과 12km 밖에 떨어져 있지 않다. 그 때까지도 유람선의 출항 여부는 확실하지 않았으므로, 우선 1.5km의 두무진 포구길을 걸어 두무진 해식바위까지 걸어가 보았지만, 돌아와 보니 45분 동안의 해상관광인 두무진 비경길은 결국 불가하다는 것이었다. 그러나 나는 지난번에 왔을 때 이곳의 관광유람선을 이미 타본 적이 있었다.

다음으로 중화동포구에 위치한 중화동교회로 가보았다. 우리나라에서 두 번째로 세워진 장로교회이다.(1896) 그 경내의 기독교역사관에서는 한국 기독교 100년사를 한 눈에 볼 수 있으며, 중화동교회의 초대 당회장은 언더우드(Horace Grant Underwood, 元杜尤)였다.

다음으로 남포리 장촌포구에 위치한 용트림바위를 보러갔다. 그 일대에 이 섬의 대표적 산물인 까나리공장이 많았고, 백령도의 관광버스에도 까나리관광이라 적힌 것이 자주 눈에 띄었다. 용이 하늘로 승천하는 듯한 모습이라 하여 용트림바위라 불리는데, 그 일대에 또한 천연기념물 507호인 남포리 습곡구조가 위치해 있다.

이제는 사라져 모두 논으로 변해버린 화동염전 터를 지나 담수호인 백령호를 이루고 있는 백령대교 건너편의 '서해최북단백령도'비에 가보았다. 백령도는 원래 남북으로 떨어진 두 개의 섬을 이루어져 있었는데, 간척사업으로 하나의 섬이 되었고, 그 결과 이 일대에 넓은 평지가 위치하게 되어 오늘날 어업보다는 쌀과 밭농사가 주축을 이루고 있다. 강우량은 매우 적지만 지하수가 풍부하여 농사가 가능한 것이다.

백령도는 조선 고종 33년(1896) 이후 황해도 장연군에 속했다가, 1945년 8월 15일 해방과 더불어 경기도 옹진군에 편입되었으며, 1995년 3월 1일자로 인천광역시에 통합되었다. 면적은 51.09㎢이고, 가이드의 말에 의하면 현재 백령도의 인구는 주민이 5,500명에다 군인 6,000명 이상으로 구성되어져 있으며, 군인의 대부분은 해병이다. 그러나 백령면 지도에는 2022년 4월 현재 인구 총 4,996명, 가구 총 2,947가구(어가 10.8%, 농가 27.3%, 기타 62%)로 되어 있다. 백령도는 인천시로부터 228km, 황해도 장연군과 17km 떨어져 있으며, 건축물은 4층으로 고도제한이 되어 있고, 전기는 화력발전으로 생산하고 있다.

다시 백령대교를 되돌아 나와 천연기념물 392호인 콩돌해변으로 가보았다. 콩알을 뿌려놓은 듯한 해변으로서, 길이 약 800m, 폭 약 30m에 걸쳐 형형색색의 돌이 덮여 있는데, 해안 양쪽 끝의 규암 절벽에서 파도의 침식 작용으로 닳기를 거듭해 콩과 같은 작은 모양으로 만들어진 잔자갈돌인 것이다. 이곳 역시 지난번에 와본 곳이다.

끝으로 섬의 북쪽 관창동에 있는 사자바위를 보러 갔다. 고봉포구 앞바다에 위치해 있는데, 사자라기보다는 이구아나에 가까운 모습이었다.

관광을 마친 다음, 이미 어두워진 가운데 백령로 378에 있는 백령물산에 들러 현지에서는 싸주아리라고 부르는 약쑥의 판매장에 들렀고, 다시 두무진 포구로 가서 충청도횟집에 들러 놀래미와 우럭회로 석식을 들었다. 숙소를 찾아가는 길에 백령로 501에 있는 백령홈마트 겸 다이소에 들렀고, 진촌리에 있는 백령캠핑여행사의 방갈로 형 숙소에 들어 누나와 나는 독채 2인실을 배정받았다. 기사의 모친이 운영하는 숙소라고 한다.

25 (일) 맑음 -대청도

용기포신항으로 나가 오전 7시에 출항하는 대청도행 코리아프린세스 호를 탔다. 고려고속페리(주) 소속으로서 어제 타고 온 배보다도 작은 것이었다. 약 30분 소요되어 대청면사무소가 있는 선진동의 선진포선착장에 도착하였다. 어제 기사의 말에 의하면 대청도는 백령도보다 4배 작고, 소청도는 대청도보다 4배 작다는 것인데, 대청도와 소청도가 합하여 大靑面을 이루고 있다. 1928년 백령면에 예속되었다가 1974년 대청면으로 승격한 것이다. 2022년 3월말 현재 대청면의 인구는 1,432명, 920세대를 이루고 있다. 15.56㎢의 면적에 최고점은 삼각산(343m)이며, 인천에서 북서쪽으로 202km, 북한 황해도 장산곶과 불과 19km 떨어져 있다. 원래는 오늘 오전 삼각산 일주 트레킹을 할 예정이었는데, 그러고 나면 관광할 시간이 없어 계획을 변경한 것이다.

선진포에 도착한 후 대청도 엘림여행사의 다른 현지 기사가 운전하는 차로 대청로7번길 4-7에 있는 섬중화요리 부근에 도착하여 한식으로 조식을 든 다음, 식후에 이동하여 북쪽의 農與해변으로 가서 나이테바위 등을 둘러보았다. 농여해변은 백령·대청지질공원의 하나인데, 나이테바위는 대청도 전역에서 관찰할 수 있는 이암과 사암으로 구성되며, 기존에 수평으로 쌓인 지층이 습곡작용으로 구부러진 후, 상부의 볼록 튀어나온 부분이 풍화되어, 마치 지층이 수직으로 서 있는 것처럼 보이는 것이다. 나이테바위를 지나면, 해변에 많은 양의 모래가 쌓여 있고, 여기저기 습곡작용의 결과인 기괴한 바위들이 널려 있었다.

농여해변에서 다소 동쪽으로 이동하여 옥죽동 해안사구에 위치한 하늘숲길에 도착하였다. 전망정자에서 공중으로 설치된 덱길을 따라 소나무 숲속을 한참동안 지난 후 모래사막에 도착하였다. 길이 약 1.6km, 폭 약 600m,

해발 40m 높이에 오랜 세월 모래가 바람에 날려 이동하면서 거대한 모래 산을 이룬 것인데, 지금은 해송림이 조성되어 그 면적이 많이 줄어들었다고 한다. 모래사막 여기저기에다 낙타 조각상을 조성해 두어 그 위에 올라가 사진을 찍는 사람들이 보였다.

그곳을 떠나 섬의 북쪽 길로 서쪽으로 이동하는 도중 대청초등학교와 중고교 사이에 위치한 원나라 황제 순제의 유배지 흔적을 바라보았다. 그 기념관 건물을 바라본 것인데, 고려 충혜왕 1년(330년)에 원나라의 마지막 황제인 순제가 11세 태자 시절 600여 명의 식솔과 함께 옥지포(지금의 옥죽동)로 들어와 궁궐을 짓고 1년 5개월 간 귀양생활을 한 곳이다. 고려인으로서 원나라에 잡혀간 기 씨는 왕궁에서 시중을 들던 중 그의 황후가 되어 20여 년간 막강한 권력을 행사하였던 것이다.

모래울(沙灘)해변과 그 뒤편의 적송군락지를 지나 광난두정자각에 다다라 하차하였다. 대청도 서쪽 끄트머리의 서풍받이 일대를 산책하기 위함이다. 서풍받이는 고도가 약 100m에 이르는 하얀 규암덩어리로서 웅장한 수직절벽을 형성하고 있으며, 암석이 그대로 노출되어 특이한 경관을 이루고 있다. 중국에서 서해를 거쳐 불어오는 바람을 온몸으로 막아주는 바위라 하여 이런 이름이 붙었다. 도중의 전망대가 조성된 조각바위 언덕에 올랐다가, 한 바퀴 둘러오는 마당바위 쪽으로는 가지 않고 갈대원을 거쳐 바로 광난두정자각으로 돌아왔다.

선진포로 돌아와 기사와 작별한 후, 돼지가든이라는 식당에 들러 꽃개탕으로 중식을 들었다. 이곳은 꽃개가 아주 싸서 진주에서 1kg에 4만 원 한다는 꽃개를 12kg 10만원에 팔고 있었으므로, 우리 일행 중에도 박스째로 사는 사람이 있었다. 식후에 배낭을 맡겨둔 선착장으로 돌아와 약 두 시간 가까이 휴식을 취하다가 13시 55분에 출발하는 코리아프라이드 호에 탑승하여 17시 15분에 인천여객선터미널에 도착하였다. 갈 때는 파도가 꽤 거칠었는데, 돌아올 때는 잔잔하였다. 올라올 때 차를 세워둔 곳에서 대절버스를 타고서 진주로 내려오는 도중 충북 청주시 서원구 남이면 청남로 885의 큰소왕갈비탕에 들러 늦은 석식을 들었고, 밤 10시 무렵 진주에 도착하였다. 이

식당은 과거에 여러 번 들른 적이 있는 곳이다.

28 (수) 맑음 - 포레스토피아, 동의보감촌

2022년 산림테크노포럼 견학에 참여하여 아내와 함께 오전 9시까지 경상국립대학교 가좌캠퍼스 야외공연장 앞으로 갔다. 오늘은 산청군 시천면 친환경로23번길 796에 있는 산청포레스토피아협동조합을 방문하고, 중식후에는 이동하여 동의보감촌의 농산물가공공장을 견학하기로 예정되어 있다. 코로나19로 말미암아 오랫동안 이런 모임을 갖지 못했던 까닭인지 참가자가 매우 적어 임원들을 포함하여 총 16명이었다.

시천면이라고 하므로 덕산 부근인 줄로 알았는데, 대절버스는 2번 국도를 경유하여 하동군 옥종면 소재지를 거쳐 가므로 의아했는데, 도착하고 보니 그곳은 산청 내공리-하동 위태리를 연결하는 국도 59호선 도중의 主山 중턱으로서, 이 도로는 근년에 완공된 것이다. 상임이사로서 사실상 주인인 김홍익 씨는 이 포럼의 전전 사무국장이었다고 한다. 이사장은 포럼의 지도교수이기도 한 김의경 교수로 되어 있다. 구싯골로 불리는 이곳은 내공리에 속해 있으며, 김홍익 씨는 2008년에 이곳 산청군 시천면 내공리 산81-1 외 18개 필지 270,000㎡(약 10만 평)의 땅을 매입하여 토종벌을 키우다가 2010년에 토종벌 괴질(낭중봉화부패병)로 말미암아 큰 실패를 경험하였고, 이후 밤나무와 감나무를 가꾸고 곶감과 밤농사를 시작했다가 밤농사는 경제성이 없어 포기하고 곶감에 주력했는데, 이상기온으로 인한 생산성 악화, 비용 증가, 가격 하락으로 어려움을 겪다가, 2012년에서 1016년까지 경상대 산림자원학과에 편입하여 새롭게 산림에 대한 공부를 시작하여 대학원 과정까지 밟은 후, 2017년에 임산물 생산기반을 조성하고 2019년에는 숙소동, 강의동, 식당, 온실카페 등 교육연수시설을 조성하여 포레스토피아협동조합을 설립한 것이다. 운영법인을 협동조합으로 설립하여 운영하는데, 회원이 개인조합원·법인조합원·생산자조합원으로 구성된 일종의 복합힐링 휴양림인 셈이다. 780㎡의 땅에 숙소동 3, 세미나실 2, 식당 1, 온실카페, 관리동으로 구성되었으며, 건물들은 대부분 스틸하우스로 지었고, 실내에는 그의 부인이 그렸다는 그림들이 걸려 있었다.

그곳 식당에서 연잎밥 채식으로 점심을 들고, 위태·칠정을 거치고 단성IC에서 대전통영고속도로로 진입하여 동의보감촌으로 이동하였다. 그런데 이곳과 산청IC축제광장에서 9월 30일부터 10월 10일까지 제22회 산청한방약초축제가 열리는지라 농산물가공공장의 견학은 성사되지 못하였고, 뿔뿔이 흩어져 오후 3시까지 경내를 산책하게 되었다. 나는 아내 및 김은심 교수와 더불어 구절초 꽃밭을 보러 갔는데, 구절초 꽃이 여기저기에 산만하게 피어 있기는 하였시만, 예진처럼 단지 형태로 언덕에 커다랗게 조성되어 있는 모습은 아니었다. 돌아서 내려와 한방약초 파는 상점 세 곳에다 문의해 보았더니, 그들의 대답은 하나같이 아직 구절초 피는 시기가 아니기 때문이라는 것이었다. 그러나 여기저기에 구절초 꽃이 이미 만발해 있을 뿐 아니라 예전의 꽃밭 단지 안에 구절초로 보이는 풀들이 별로 눈에 띄지도 않아 그 말이 미심쩍었다. 김은심 교수는 그 시즌이 되면 외부의 업자를 동원하여 구절초를 대규모로 식재했다가 행사 기간이 끝나면 다시 옮겨간다는 것이었으나, 그 말도 내가 물어본 상점들에서 부인할 뿐만 아니라 별로 신빙성이 있어 보이지 않았다. 포럼의 이석출 회장이 운영하는 대구 달성군 하빈면 세휴사슴농장의 녹용각식품들도 상점 안에 전시 판매하고 있었다.

오후 4시 경에 좀 일찍 출발장소로 되돌아왔고, 귀가하는 길에 장오토에 들러 엊그제 지하주차장에서 나의 실수로 발생한 승용차의 흠집을 수리해 주도록 차를 맡겼다.

10월

2 (일) 흐림 – 소백산자락길 1코스

아내와 함께 좋은산악회를 따라 경북 영주시 풍기읍 삼가리에서부터 소백산자락길 1코스를 8.8km 정도 걸었다. 나는 2018년 11월 6일에 산울림산악회를 따라 소백산자락길 9코스 후반부를 걸었고, 2019년 6월 2일에는 오늘과 같이 좋은산악회를 따라와 자락길 11코스를 절반 정도 걸은 바 있었다. 소백산자락길은 모두 12코스로서, 그 중 1코스는 원래 12.5km이며 선비길, 구곡길, 달밭길로 구성되는데, 오늘은 그 중 선비길 3,8km를 제외하고서 역 코스로 걸은 것이다. 소수서원에서부터 시작되는 선비길의 상당 부분은 예전에 여러 번 답사한 적이 있었다.

오전 8시까지 구 제일예식장 앞으로 나가 예의 노랑머리 기사가 운전하는 ㈜힘찬관광의 대절버스를 탔다. 노랑머리의 성명은 박성춘으로서, 진주대로 908번길에 있는 이 회사의 이사라고 한다. 오늘도 삼일산악회 회원들이 대거 참여해 있었다.

우리는 남해·중부내륙(구 구마)·중앙고속도로를 거쳐 북상하여 풍기IC에서 빠져나온 후, 동양대학교를 바라보며 나아가 12시 26분에 영주시 풍기읍 삼가리에 있는 삼가탐방지원센터 주차장에 도착하여 산행을 시작하였다. 9월 30일부터 10월 23일까지 2022 영주세계풍기인삼엑스포가 개최되고 있었고, 도처에 빨갛게 익은 사과들이 있는 과수원이 널려 있었다. 우식이 막내 여동생 옥이도 여기서 사과농원을 하고 있다.

얼마쯤 올라가니 길가에 자락길홍보관이 눈에 띄었으나 출입문은 닫혀 있었다. 나는 산책로 정도로 생각하고서 진주의 집에서 내의도 그대로 입고 등산양말도 착용하지 않고서 왔으나, 제법 가파른 오르막길이 계속 이어지는지라 도중에 러닝셔츠와 챙이 넓은 모자를 벗고 머리띠로 갈아매느라고 일행으로부터 계속 뒤쳐져서 걸었다. 2.2km 지점에서 달밭골을 만나고, 3.1km 지점에서 오늘 코스의 정상인 달밭재 즉 성재쉼터를 만날 때까지 그런 상태가 계속되었다.

달밭골에는 명품마을 안내도라는 것이 눈에 띄었는데, 이에 의하면 달밭골은 『鄭鑑錄』에서 말하는 十勝地說 중 일승지에 포함된 곳이며, 인근에 신라 향가인 「慕竹旨郎歌」의 비석이 있어 이곳이 신라시대 화랑들이 遊娛山水하던 곳이라고 하며, 이곳에서부터 갈림길로 3.4km 지점에 있는 소백산의 최고봉인 비로봉(1439.5m) 방향으로 나아가면 고려시대 사고지로 추정되는 터가 남아 있기도 하다는 것이었다. 이곳 등지에 보이는 소백산자락길 설명문에는 자락길의 명소 일곱 곳이 소개되어 있는데, 그 중 구곡길, 선비길,

달밭길의 세 곳이 이 1코스에 포함되어 있다.

성재쉼터에서 점심을 들고부터는 일행과 보조를 맞추었는데, 이후 계속 내리막길이어서 한결 걷기 편했다. 도중에 만난 草庵寺 부근에서부터 竹溪九曲이 시작되고 있었다. 제2곡에 위치한 초암사는 경내에 통일신라시대 후대에 제작된 것으로 보이는 삼층석탑과 고려시대에 제작된 동부도·서부도가 있으나 모두 유형문화재에 지나지 않고, 현재의 절 건물들은 모두 6.25 이후 특히 1982년 이후에 寶原이라는 비구니에 의해 조성된 것이다.

죽계는 초암사에서 직선거리로 4.3km 지점에 위치한 소백신 국망봉(1421m)에서 발원하여 소수서원이 있는 백운동을 지나 영주 서천으로 이어지는 냇물로서, 고려 말 安軸이 경기체가인 「죽계별곡」을 지어 유명해졌다. 안향은 이 계곡 가에다 백운동서원(후일의 소수서원)을 지었고, 이황은 소수서원 앞의 백운동 취한대를 1곡으로 정하고 계곡을 거슬러 올라가며 9곡의 이름을 지었는데, 순흥부사 신필하는 초암사 바로 위 금당반석을 제1곡으로 하고 물이 흐르는 방향으로 순서를 정하였다. 현재의 죽계구곡은 심필하가 지정한 것이다. 각 계곡에는 그 이름을 새긴 書刻이 남아 있다고 한다.

제9곡 梨花洞(風詠巖)은 8곡으로부터 아래로 뚝 떨어져 오늘 우리들의 종착지점인 배점주차장 근처의 도로 부근에 위치해 있는데, 그곳에서 다리 건너 산기슭은 裵純의 대장간이 있던 자리라고 한다. 지금으로부터 500여 년 전에 배순은 대장장이의 신분으로서 틈 날 때마다 소수서원에 들러 퇴계의 강의를 문밖에서 들었으며, 이를 안 퇴계가 직접 안으로 불러들여 제자로 삼았다고 한다. 그 후 퇴계가 타계하자 그는 삼년복을 입었으며, 선조가 승하하자 삼년동안 朔望에 국망봉에 올라 서울을 향해 哭 제사를 지냈는데, 그리하여 나라에서 정려를 내리게 되었고 그 정려각이 삼괴정에 있다. 이에 마을 사람들이 그를 배충신으로 부르고 마을신으로 모셔 동제를 올렸으며, 國望峯이라는 산 이름도 이 때문에 생겨났고, 裵店이라는 마을 이름도 배순의 무쇠점에서 따온 것이라고 한다.

16시 19분에 영주시 순흥면 배점리의 주차장에 다다라 산행을 마쳤다. 하산주 시간을 가진 후 귀가 길에 올랐는데, 중앙고속도로 도중인 다부동 부근의 교통 정체를 피하여 중간에 중부내륙고속도로에 올랐고, 광주대구고속도로와 33번 국도를 거쳐 밤 9시 반 무렵에 귀가하였다.

4 (일) 남녘은 비 오고, 수도권은 대체로 흐리며 이따금 가랑비 -경기도 감악산

아내와 함께 산울림산악회를 따라 경기도 양주군과 파주군의 경계에 위치한 감악산에 다녀왔다. 이 산은 2008년 11월 30일 희망산악회를 따라가 한번 오른 적이 있었으나, 그새 암벽데크와 출렁다리가 설치되었다고 하므로, 달라진 모습을 구경하기 위해 다시 한 번 가보기로 한 것이다.

오전 5시 반 무렵 진주 집 근처의 바른병원 앞에서 대절버스에 탑승하여 45명이 통영대전-경부-중부고속도로를 따라 동서울 쪽으로 상경하였다. 가고 오는 버스 속에서는 컴퓨터 총무 김현석 씨가 자신이 촬영한 청와대 및 북악산 방문 때의 비디오를 틀었다.

오전 11시 38분에 양주군 남면 신암리의 신암저수지 부근에서 하차하여 등산을 시작하였다. 숲길입구를 지나 도중에 밤이 많이 떨어져 있는 등산로를 따라서 선일재 쪽으로 계속 올랐고, 그 이후로도 오름길이 계속되어 마침내 가파른 암봉인 임꺽정봉 아래의 암벽데크길로 접어들었다. 급경사의 데크길은 꽤 길게 이어졌는데, 도중에 제4전망대에서부터 제1전망대(하늘전망대)에 이르기까지 네 개의 전망대가 설치되어 있었으나 사방이 안개로 덮여 있어 조망은 별로 없었다. 산 정상부에서는 단풍이 제법 물든 것을 볼 수 있었다.

임꺽정봉 입구 아래쪽의 공터에서 점심을 들었다. 우리 내외가 앉은 자리 부근에 바위와 유사한 색깔을 한 산고양이 한 마리가 서성이다가 도시락 반찬 가운데서 생선 지짐을 하나하나씩 결국 거의 다 얻어먹었다. 꽤 배가 고팠던지 던져줄 때마다 잽싸게 달려들어 채가서 허겁지겁 먹고는 다시 와 근처 바위에 떨어진 부스러기까지 모두 핥았다.

식후에 임꺽정봉(매봉재, 676.3m)에 올랐다. '감악산 임꺽정봉'이라고 새겨진 정상비가 서 있으며 예전에 왔을 때와는 모습이 많이 달라져 있었고,

정상 주변에 밧줄을 둘러쳐 출입을 제한하고 있었다. 근처의 설명문에 "현재 봉우리 밑에는 굴이 있으며 다섯 걸음을 걸어가면 구덩이가 나오는데 컴컴하여 깊이와 넓이를 추측할 수 없을 정도라고 한다,"라고 적혀 있는 것은 예전에 둘러본 바 있는 임꺽정굴을 가리킨 것인 듯하나, 거기로의 출입이 차단되어져 있어 어디쯤인지조차 짐작할 수 없었다. 1842년과 1871년의 『적성현지』에는 현재의 임꺽정봉을 鷹巖峰이라고 적었다 하며, 그 밑에 있는 굴에 대해서는 설인귀굴 또는 임꺽정굴이라고 부르는데, 일설에는 고려 말 충신 남을진이 은서한 남선굴이 바로 이 굴이라고도 전하여신나고 했다.

식후에 거기서 약 400m 떨어진 거리에 있는 감악산 정상인 비봉으로 가 보고자 했으나, 아내가 다른 일행을 따라 바로 하산 길로 내려가려 하므로 별 수 없이 따라갈 수밖에 없었다. 그러나 우리 집에 있는 5만분의 1 도로교통지도에는 정상의 높이가 675.0이라고 하였고, 김형수 저 『한국555산행기』의 지도에는 약 665라 적혀 있어, 모두 임꺽정봉보다도 낮다.

지난번 산행 때와 대체로 같은 하산 길을 경유하였다. 처음에는 신암저수지 방향으로 도로 가는 길로 접어들었다가, 얼마 후 코스를 바로잡아 감악산 정상까지 250m 거리인 지점을 통과하여 그 부근의 장군봉을 거쳐서 출렁다리 방향으로 내려왔다. 도중의 이정표 여기저기에 보리암 돌탑이 표시되어 있었지만, 이 역시 등산로에서 약간 벗어나 있는지라 아내의 의사에 따라 들르지 않았다. 감악능선계곡길과 청산계곡길을 경유하여 파주시 적성면 설마리의 운계폭포 부근에 있는 감악산출렁다리에 이르렀는데, 371번 지방도 부근이었다. 국내 최초 Under Curved Suspension Bridge로서, 연장 150m, 폭 1.5m인데, 국내 산악에 설치된 현수교 중 가장 긴 보도교량이라고 한다.

출렁다리를 지나 도로가의 감악산힐링파크에 다다랐으나, 대형버스주차장은 거기서 도로를 따라 다시 800m 쯤 더 내려간 지점의 충혼탑 가에 위치해 있었다. 15시 58분에 주차장에 도착하였는데, 오늘의 소요시간은 4시간 20분 정도, 도상거리 6.74, 총 거리 7.04km이고, 오늘의 총 걸음 수는 14,101보였다. 얼마 전인 9월 25일 밤에 들렀던 청주시 서원구의 큰소왕갈비탕에서 다시 왕갈비탕(13,000원)으로 석식을 든 후, 밤 11시가 지난 무렵에 귀가하였다.

6 (목) 대체로 흐림 – 남해도

오전 9시 무렵 집을 나서 아내를 봉곡동 처가까지 태워다 준 후, 나는 진양호공원 안의 아시아레이크사이드호텔로 가서 작은누나 및 명아를 내 승용차에 새로 태워 남해도로 향했다. 누나가 남해에 가보고 싶어 했기 때문이다. 예전에도 작은누나와 함께 남해도의 독일마을과 원예예술촌 그리고 미국마을 등지를 둘러본 적이 있었다고 한다.

3호선 국도를 따라 먼저 사천으로 내려가 삼천포에서 크리스탈 해상 케이블카를 타고서 아라마루 아쿠아리움을 관람하고 이어서 角山 정상의 전망대에도 올라보았다. 그 비용 98,500원은 내가 부담하였다. 그런 다음 삼천포대교를 건너 남해군에 속한 창선도로 넘어가 남해도 본섬으로 향하는 도중 將家界라는 중국집에 들러 명아가 좋아하는 자장면으로 점심을 들었고, 남해도에서는 먼저 독일마을과 그 위쪽의 원예예술촌(House N Garden)을 둘러보았다. 모처럼 원예예술촌에 가보았더니, 매물로 내놓았거나 임대한다는 표시가 있는 집들이 제법 눈에 띄었고, 집집마다 각 나라의 국기 등을 내걸고서 세계적인 건축양식이거나 정원임을 표방하고 있었다. 탤런트 박원숙의 10번 그리스풍 가옥과 정원인 린궁(커피 & 스토리)에 들러 베란다의 탁자 낀 의자에 걸터앉아 커피와 녹차 섞인 빵을 들었다. 그 집도 예전에는 전망이 트여 절벽 아래쪽과 건너편까지 바라볼 수 있었는데, 이제는 수목이 우거져 조망을 가리고 있었다.

경치 좋기로 이름난 물미해안도로를 따라서 남해도의 남쪽 끝인 미조항 부근까지 내려간 후, 다시 19·77번 국도를 따라 올라가 송정해수욕장 및 상주해수욕장 부근을 경유하여 금산 꼭대기의 보리암에 올라보았다. 주차장에다 차를 세운 후 1km 정도 걸어 올라가 보리암과 해수관음상 등을 둘러보고 다도해해상국립공원의 풍광을 조망하였는데, 누나나 명아는 감탄을 연발하고 있었다.

이미 저녁 무렵이 되었으므로, 그 정도로 남해도 관광을 마치고서, 새로 건립된 남해대교와 터널을 지나 진교에서 남해고속도로에 올라 아시아레이크사이드호텔로 그들을 데려다주었고, 나는 밤 7시 무렵 귀가하였다.

8 (토) 대체로 맑음 ─대암산, 파로호

오전 1시까지 신안동운동장 1문 앞으로 나가 더조은사람들의 1박2일간 대암산&한탄강 산행에 참가했다. 강종문 대장을 포함하여 30명이 참가했다. 오늘은 그 중 강원도 인제군의 '대암산 용늪' 단풍 트레킹과 양구군의 파로호 '한반도섬' 트레킹을 하게 된다. 리무진버스 한 대로 출발하여 새벽에 강원도 인제군 북면 미시령로 16에 있는 내설악광장의 황태요리전문점인 향토음식관에 도착하여 황태해장국(8,000원)으로 이른 조식을 들었다.

그리고 다시 출발하여 인제군 서화면 금강로1106-27에 있는 대암산 용늪 자연생태학교에 도착하여 화장실을 다녀온 다음, 1차선 좁은 산길을 따라서 산속으로 좀 더 나아가 대암산 용늪 및 심적습지의 서흥리 탐방안내소에 도착하였다. 거기서 안내판의 사진을 찍다가 실수로 스마트폰을 떨어트려 액정화면 다섯 군데에 상처가 생기고 금이 가는 사태가 벌어졌다.

대암산 용늪은 국내 람사르습지 1호로 지정된 곳이다. 하루에 예약한 사람 150명만 입장시키고, 신청절차가 까다로울 뿐 아니라 현지 안내인의 인도를 받아야 하므로 입장료도 1인당 5000원 정도씩 낸다. 이곳 大岩山·大愚山 천연보호구역은 펀치볼 분지와 그 주변을 에워싸고 있는 대암산·대우산·도솔산 및 대암산 정상 부근의 일명 큰용늪과 작은용늪을 포함하는 지역을 말한다. 나는 근년에 펀치볼 둘레길 트레킹을 신청했다가 인원미달로 모두 무산되고 말았었는데, 오늘 여기서 뜻밖에도 펀치볼의 전경을 바라보게 되었다.

우리는 4시간 30분 정도 걸려 왕복 10km 정도의 산길을 걷게 되었다. 탐방안내소에서 1.9km 정도 올라가 총연장 19m, 폭 1.5m의 출렁다리를 건너고 나서 갈림길을 만나게 되는데, 우리는 그 중 습지보호구역 쪽으로 2.6km 정도 진행하여 큰 용늪 입구를 만나게 되며 거기서 다른 안내인에게

인계되어 한 사람이 통과할 수 있을 정도로 좁은 덱길을 따라 둥그런 곡선을 그리면서 400m 정도를 진행한 다음 용늪관리소에 다다르게 된다. 거기서 다시 처음의 안내인을 따라서 산길로 1.5km를 진행하여 해발 1,312.6m의 대암산에 다다른 다음, 내리막길로 2.1km를 진행하여 아까의 갈림길을 만나서, 올라왔던 길로 서흥리 탐방안내소까지 되돌아가게 되는 것이다.

나는 용늪을 창녕의 우포늪과 같은 일종의 호수인 줄로 생각했었으나, 실제로 가보니 대부분 풀로 덮여 있고, 개중에 약간의 웅덩이와 물의 흐름이 있는 정도였으며, 작은 용늪은 군사시설 속에 포함되어져 있으므로 가보지 못했다. 용늪에는 이탄층이 발달해 있는 모양이다. 나의 행보가 느려 대암산 정상에는 올라보지 못하였고, 정상이나 그 부근의 전망대에서 멀리 정북 방향으로 금강산 비로봉을 볼 수 있다고 하나, 구름에 가려 있어 실제로 보지는 못했다. 대암산은 태백산맥의 준령으로서 민통선 내에 위치해 있으며 양구군에 인접해 있다. 그러므로 북한 땅을 바라볼 수 있는 것이다. 탐방안내소로 돌아와 그곳에서 팔고 있는 어름 한 상자를 만 원 주고서 샀다.

다시 이동하여 양구군 양구읍 학안로6에 있는 양구재래식손두부에 들러 두부전골(10,000원)로 점심을 들었다. 그곳은 백년가게의 인증을 받은 맛집이었다. 양구군에서 우리는 파로호에 있는 꽃섬과 한반도섬을 둘러보게 된다. 나는 파로호라고 하면 화천에 있는 것으로만 알고 있었으나, 그것보다 규모는 작으나 화천댐의 연장으로서 이곳 양구에도 파로호가 있는 것이다. 우리는 꽃섬을 경유하여 양구인문학박물관이 있는 용머리공원을 지나, 긴 다리를 건너서 한반도섬으로 들어간 다음, 다시 덱길을 통해 호수의 둔치로 빠져나와 원래의 출발지점으로 되돌아왔다. 이 코스는 약 8km 정도로서 오후 5시 10분까지 되돌아오도록 되어 있다. 꽃섬이란 각종 꽃을 심은 정원이 많이 붙여진 이름이며, 한반도섬이란 양구가 한반도의 정중앙에 위치한다 하여 그 이미지를 상징하기 위해 2008년 9월에 한반도 모양으로 조성한 인공섬인 것이다. 이 지역은 화천댐의 최상류 지역으로서, 거대하게 형성된 나대지에 무단경작으로 인한 생태계 파괴와 경관 훼손이 심했었는데, 양구 서천과 한전천 합류 하류부에 저류보를 설치하여 수면공간을 확보하고서, 생태계 복원과 수질정화를 위해 조성한 인공습지인 것이다. 한반도섬 옆에는 울릉도 독도와 일본 국토 모양의 섬도 조성되어져 있었다.

그곳을 떠난 후 상당한 시간을 이동하여 깜깜해진 후에 경기도 포천시 영북면 산중호수로 450-9에 있는 우둔지라는 식당에 들러 숯불갈비와 비빔냉면으로 석식을 들었고, 영북면 518-82에 있는 석화모텔에 투숙하였다. 나는 510호실을 배정받아, 2인용 디블베드가 있는 방을 혼사 쓰게 되었다. 오늘의 총 걸음 수는 32,099보를 기록하였다.

보텔 방에서 샤워 후, KBS 뉴스9를 시청하였다.

9 (일) 오전에 흐리고 오후는 비 – 산정호수, 삼부연폭포, 한탄강 주상절리 잔도길, 비둘기낭폭포, 재인폭포

여행 둘째 날, 경기도 포천시의 산정호수, 비둘기낭폭포, 연천군의 재인폭포, 강원도 철원군의 삼부연폭포와 한탄강 주상절리잔도길을 다녀왔다.

새벽 5시 반에 모텔을 체크아웃 하여 대절버스에 탄 다음, 사방이 어두운 가운데 山井호수로 향했다. 산속의 우물이라는 뜻으로서, 명성산이 병풍처럼 둘러 있고 망봉산과 망무봉이 좌우에 있어 산으로 둘러싸인 호수인데, 한국관광 100선에 선정된 국민관광지이다. 예전에 명성산에 올랐을 때 호수 가운데서 분수가 뿜어져 올라오는 것을 내려다본 적이 있었는데, 오늘은 그런 것이 없고, 호수 주위로 수변 덱 길이 이어져 있어 둘레길을 이루고 있었다. 둘레길은 수변코스와 궁예코스로 이루어져 있고, 그것을 잇는 지점에 김일성별장코스라는 곳도 있는데, 지금은 별장이 있었던 곳에 현대식 건물이 들어서 있었다. 그러나 실제로 별장이 있었던 것은 아니고, 6.25 이전에는 이곳이 북한에 속해 있어 김일성이 잠시 머물렀던 적이 있는 모양이다. 궁예 길의 초입에 궁예의 기마 동상이 서 있었다. 일주 코스는 4km로서 1시간 반쯤 소요되는데, 처음에는 깜깜했다가 차츰 동이 터 밝아졌다. 트레킹을 마친 다음, 입구의 포천시 영북면 산정리 191에 있는 대우식당에서 황태해장국으로 조식을 들었다.

다음으로 철원시 갈말읍에 있는 三釜淵폭포로 이동하였다. 정선 겸재의 그림으로 이름난 곳인데, 그것이 명성산(870m) 중턱에 있는 줄은 오늘 처음으로 알았다. 화강암 지대에 위치한 높이 약 20m 규모의 3단 폭포이다. 三淵 金昌翕이 폭포의 물줄기가 세 번 꺾어지고 그 하부가 가마솥처럼 움푹 패여 있는 것을 보고 이름 지었다고 한다. 오늘 방문할 나머지 네 곳과 마찬가지로 이곳도 한탄강유네스코세계지질공원에 속한다.

다음으로는 근자에 한 번 방문한 적이 있는 철원한탄강주상절리길을 다시 한 번 방문하였다. 순담에서부터 드르니까지 연장 3.6km, 폭 1.5m의 철제 잔도 위를 두 시간 정도 걸었고, 10시 반까지 대절버스에 도착하라는 말을 들었다. 그 입장료가 1인당 만원이라고 한다.

비둘기낭폭포로 이동하여, 경기도 포천시 영북면 비둘기낭길 86에 있는 구 비둘기낭가든이었던 원두막식당에 들러 그 집의 대표메뉴인 쌈밥정식으로 11시 남짓에 이른 점심을 들었다. 2012년에 천연기념물 제537호로 지정된 영북면 대회산리 415-2번지의 비둘기낭 폭포는 옛날부터 이곳 동굴과 암석의 갈라진 틈(절리)에 멧비둘기들이 많이 서식하였다고 하여 붙여진 이름이다. 계단을 한참 꼬불꼬불 걸어 내려간 지점의 바위 협곡 속에 있었다.

마지막으로 연천읍 고문리에 있는 비둘기낭폭포와 비슷한 규모의 才人폭포에 이르렀다. 북쪽에 있는 지장봉에서 흘러내려온 물이 높이 약 18m에 달하는 현무암 주상절리 절벽으로 쏟아져 내리는 것인데, 그 인근이 2020년에 새로 공원으로 조성되어 1.1km(15분)를 걸어가야 하며, 도중에 대규모로 조성된 아름다운 꽃밭이 이어져 있었다. 이곳의 전설이 유명한데, 이 폭포 인근에 금실 좋은 광대부부가 살고 있다가 새로 부임한 원님이 남편에게 이 폭포에서 줄을 타라고 명령을 내린 다음 사람들을 시켜 몰래 줄을 끊게 하여 광대를 죽이고 그 아내를 수청 들게 하였다. 그러나 그 아내는 원님의 코를 물고 자신도 스스로 목숨을 끊었다고 한다. 그 후로 이 폭포를 재인폭포로 부르게 되었고, 마을 이름도 코 문 이가 살던 마을이라 하여 코문리라고 부르다가 현재는 '고문리'라는 이름으로 자리 잡게 되었다는 것이다.

진주로 돌아오는 도중에 다시금 충북 청주시 서원구 남이면 청남로 889 (부용외천리 489-2)에 있는 청주본가 청원점에 들러 왕갈비탕으로 석식을 들었다. 한 달 새 세 번째 이곳에서 석식을 들게 된 셈이다. 지난번 조은사람들을 따라 백령도·대청도를 방문하고서 돌아올 때 들렀던 식당은 큰소왕갈비라는 상호로서 바로 이웃집이었다. 밤 8시 반 남짓에 귀가하였다. 오늘의 총 걸음 수는 21,606보였다.

25 (화) 맑음 -대원사계곡, 지리산터널, 환아정

아내와 함께 신안면 원지로 178에 있는 타짜 셰프 장병윤의 오리하우스에서 오리불고기와 들깨수제비로 점심을 들고, 식후에 대원사계곡으로 가을 단풍 구경을 갔다. 대원사의 대웅전 맞은편 돌계단 위 입구에 '方丈山大源寺'라는 편액을 건 커다란 새 2층 누각이 들어서 있었다. 유평마을까지 들어갔다가 되돌아 나와, 2016년부터 금년까지 공사하여 9월 30일에 완성된 산청군 삼장면 홍계리에서 금서면 평촌리에 이르는 6km 새 국도의 밤머리재 아래에 위치한 2,998m에 달하는 지리산터널을 통과하여, 산청군청 뒤편 언덕 위에다 근자에 낙성한 換鵝亭에도 올라보았다.

환아정은 1395년 2대 산음현감이 창건하였고, 1597년 정유재란으로 소실된 후, 1608년(광해군 1년) 두 번째로 복원되어 1911년 일제강점기에는 학교로 사용하기 시작하여 1950년에 화재로 인해 다시금 소실되었던 것인데, 금년에 세 번째로 복원한 것이다. 기존의 환아정은 현재의 산청초등학교 자리에 위치했었다고 하며, 영남의 3대 누정으로서 진주의 촉석루, 밀양의 영남루와 나란히 손꼽히던 것이라고 한다. 그런데 그 설명문에서 "환자정이란 정자 이름은 중국의 황하강 하류에 있는 경호강에서 한 장자가 대명필 왕희지에게 거위 한 마리를 주고 정자이름을 부탁하여 지은 이름"이라 한 것은 왕희지의 생존 시기가 남북조의 남조 東晉 시기이고, 그는 浙江省 紹興에 주로 거주하였음을 두고 볼 때 석연치 않았다.

11월

8 (화) 맑음, 立冬 ─ 회옥이 신혼집

내일 아내가 세브란스병원에 다시 들러 지난 달 17일의 심박동기 교체 이후 심장혈관병원에서 오전 중 세 가지 검사를 받고 14시 10분에 정보영 교수를 면담하도록 예약이 잡혀 있기 때문에 09시 30분 동양고속 프리미엄 버스를 타고서 상경했다. 13시 26분에 서초구 신반포로의 강남고속터미널에 도착하여, 그 옆의 신세계백화점 11층 식당가에 있는 중국집 호경전에서 특선짜장면과 특선짬뽕으로 점심을 든 다음, 에스컬레이터를 타고 한 층 한 층 내려오면서 백화점 내부를 둘러보다가, 지하철 7호선을 타고서 오후 4시 반쯤에 광명사거리 역에 내렸다.

그곳 7번 출구 앞의 경기도 광명시 광명로907에 있는 스타벅스 커피점에 들러 아메리카노 커피와 말차 라떼를 시켜 들다가, 얼마 후 도착한 회옥이를 따라 서울시 구로구 개봉로3길87 개봉한진아파트의 107동 1705호인 회옥이네 신혼집을 처음으로 방문하였다. 23층 아파트의 17층에 있는 26평형 집이다. 사위인 정진수 군이 우리를 위해 스파게티 파스타와 샐러드 및 비프스테이크를 준비하고 있었다. 정서방은 이 집을 4억 남짓에 구입해 두었는데, 지금은 7억대의 가격을 호가한다고 한다. 그동안 남에게 전세를 주고서 외아들인 정서방은 봉천동에 있는 부모님 집에 함께 거주하고 있다가, 결혼 후 4천만 원을 들여 전면적으로 리모델링하여 입주한 것이다. 최근에야 가구가 모두 다 들어온 모양이다. 정서방은 성격이 꼼꼼하고 가사를 회옥이와 분담하는데, 洋食은 모두 자신이 마련한다고 한다. 특히 그 집의 대형 TV에 채널이 너무나 다양하고 각 채널의 프로가 모두 화면에 표시되므로 놀랐는데, 물어보니 서울이라서 그런 것은 아니고 인터넷을 모두 KT로 통합하여 사용하고 있어 그 가입자에게 별도로 제공되는 서비스라는 것이었다. 그 자리에서 회옥이와 나의 생일 케이크도 자르고, 정서방으로부터 금일봉 20만 원도 받았다.

식후에 회옥이가 헌정 언니로부터 결혼선물로 받은 기계로 정 서방이 직접 내린 커피를 마시며 담소를 나누다가, 회옥이 내외가 자기네 승용차로 우리의 숙소인 마포구 신촌로 152의 H-Avenue Hotel Ewha까지 바래다주었다. 지하철 이대역 6번 출구에서 걸어 5분 거리에 있는 호텔이었다. 602호실이었다.

9 (수) 약간 흐림 -마곡

호텔 1층에서 조식을 든 다음, 오늘 오전 중 세브란스병원에서 검사를 하고 오후에 주치의를 면담할 예정인 아내는 호텔에 남고, 나 혼자 이대역에서 지하철을 타고서 홍대입구까지 간 다음, 공항선으로 갈아타고서 한강을 건너 마곡나루 역에서 내렸다. 네 정거장만이다.

2번 출구에서 우식이를 만나 함께 서울식물원 부근의 호수와 한강 일대를 산책하였다. 그곳은 한강 건너편으로 행주산성이 바라보이는데, 지금 서울특별시 강서구 양천구이며 조선시대에는 양천현이었던 곳이다. 우식이는 허준과 정선이 이곳 출신이라 했지만, 겸재 정선은 한성부 북부 순화방 창의리 유린동(현 청운동) 출신으로서, 60대 후반부터 70세까지인 1740년에서 1745년까지 양천현령으로 재직하면서 〈경교명승첩〉과 〈양천팔경첩〉 〈연강임술첩〉을 남겼고, 허준이 양천허씨임은 맞겠지만 이곳이 그의 고향인지 어떤지는 잘 모르겠다. 그 부근 강서구 양천로47길 36에 있는 겸재정선미술관에도 들러 본 다음, 그 입구에서 카카오택시를 타고 강서구 방화대로 408에 있는 원주추어탕으로 가서 우식이 부인 윤남희 여사와 만나 셋이서 함께 추어탕으로 점심을 들었다.

식후에 다시 카카오택시를 타고서 우식이네 아파트로 가보았다. 15층 아파트의 10층인가 되는데, 서울시에서 지은 것이라고 했다. 윤 여사는 충청북도 단양군 출신으로서, 단양에서 초등학교를 마친 후 청주에서 중학교를 다녔고, 고등학교 때부터 언니가 시집 와 살고 있는 이곳 서울 양천구로 와서 거주하였다. 이화여대 재학 중 나의 소개로 우식이를 만나 결혼한 후에도 이곳에 정착하게 된 것이다. 슬하에 영표·준표 두 아들을 두었는데, 장남인 은행원 영표는 우즈베키스탄에서 자란 한국 여성을 교회에서 만나 결혼하여 현재 이웃에 살고 있고, 차남인 준표는 의사로서 미국 존스홉킨스대학교 의과대학에서 석사를 마친 후 현재 미국 의사 시험 준비를 하고 있다. 39세로서 아직 미혼이며, 미국 의사시험은 1차와 면접시험까지 통과한 후 2차 시험을 남겨두고 있다. 지금도 이 집에 거주하면서 근처의 독서실에서 시험 준비를 하고 있는 모양이다.

셋이서 우식이네 아파트 지하 1층에서 카카오택시를 타고 다시 강서구 마곡동로 161에 있는 서울식물원에 들렀다. 박원순 시장 때 만든 것이라고 한다. 그곳 온실 2층 식물문화센터 기념품점에서 그들이 고른 구즈마니아 화분 하나를 선물로 사서 준 후, 주제정원으로 나와 다시 마곡나루 역에서 지하철 급행을 타고서 오후 4시 무렵 강남고속터미널로 가서 아내를 만났다. 아내는 오늘 검사에서 지난번 심박동기 교체 이후 모든 경과가 정상적이라는 판정을 받았고, 앞으로는 진주의 경상대학병원에서 진찰을 받게 되었다. 오후 6시로 예매해둔 버스표를 4시 30분 것으로 바꾸어 밤 20시 41분에 진주에 도착하였다.

13 (일) 맑음 - 운암산

아내와 함께 삼일산악회를 따라 전남 고흥군 두원면과 포두면의 경계에 위치한 雲巖山(487m)에 다녀왔다. 오전 8시까지 시청 육교 밑에 집결하여 대절버스 한 대로 출발하였다. 남해고속도로를 경유하여 고흥 IC에서 국도로 빠진 후 9시 51분에 고흥읍 남계리의 종합운동장(박지성공설운동장)에 도착하였다. 고흥종합문화회관과 접해 있었다. 축구선수 박지성이 이곳 고흥 출신인 줄은 비로소 알았다. 아내는 대절버스에 남아 종점에서부터 깃대봉까지의 역코스를 오르기로 하였다.

종합문화회관 옆의 동촌산림욕장 등산로로 진입하여 산림욕장 정상을 300m 정도 남겨둔 지점에서 오른쪽 중섯재 방향으로 접어들어, 1.5km 나아간 지점에서 승용차 한 대가 올라와 머물러 있는 중섯재에 다다랐고, 곧이어 전망이 탁 트인 병풍바위에 이르렀다. 정상능선삼거리를 지나 정오 조금 못 미친 무렵에 운암산 부채봉 정상에 다다라 김재용 회장 등과 어울려 점심을 들었다. 날씨가 꽤 쌀쌀해져 산바람을 맞으니 식사를 마칠 무렵 방한 조끼 차림으로는 조금 한기가 들었다.

운암산은 내가 가진 12만 분의 1 도로교통지도에 한글로 운람산이라 보이고, 오늘 산악회로부터 배부 받은 개념도에도 雲嵐山(484.3)이라고 적혀 있다. 대동여지도에는 雲岩山이라고 적혀 있고, 고흥 향토기록에는 일명 母岳山이라고도 부른다고 한다. 고흥군의 옛 지명이 흥양현인데, 『흥양현지』에 흥양현의 북쪽 15리에 이 산이 있다고 하였디. 헌재의 고흥군청 소재지인 고흥읍 서문리에 흥양현읍성이 남아 있다. 조선 말기에 총리대신을 지낸 김홍집이 흥양현감으로 재임 시 이곳 운암산에 올라 기우제를 지낸 사실이 기우제문과 함께 전한다고 한다.

식후에 볏바위능선을 따라 가다가 동산동과의 갈림길에서 깃대봉 쪽으로 향하는 내림길로 접어들었는데, 깃대봉은 448m로서 운암산 정상을 향해 올라갈 때 오른편으로 거의 비슷한 높이인 듯이 바라보이는 산이 그것이다. 그쪽 길은 바위 벼랑 등이 많아 꽤 위험하였고, 군대군데 로프가 설치되어 있었다. 철 계단을 통해 죽순바위에 올라 360도로 휴대폰 동영상을 촬영하였고, 곧 이어 또다시 철 계단을 타고서 코바위에도 잠시 올라보았다. 코바위 아래쪽 바위절벽 밑의 석간수가 고인 영천샘에 이르렀는데, 족자들은 놓여 있었으나 앞서 도착한 사람이 물이 더럽다고 마시지 말라는 것이었다. 영천샘에서부터 비교적 경사가 완만해진 아래쪽으로는 길이 넓어졌고, 한참 동안 길 양쪽으로 돌탑이 이어졌다.

14시 47분에 포두면 송산리 서촌마을의 서촌회관 앞마당에 도착하여 오늘 산행을 마쳤다. 소요시간은 4시간 55분, 도상거리 9.46km, 오르내림 포함 총 거리는 10.04km이며, 걸음수로는 16,791보였다. 회관 앞에 수령 400년, 수고 20m, 나무둘레 680cm인 느티나무 보호수와 육모정이 있었다.

하산주 자리에서 닭국에다 밥을 말아 대충 저녁을 때우고, 밤 7시 무렵 귀가하였다. 돌아오는 길에는 남해고속도로에 접어들고서부터 가라오케 노래자랑을 벌이더니, 섬진강휴게소를 지나 사천IC에 이르기까지는 디스코타임이 있었다.

15 (화) 맑음 –운일암반일암 둘레길

아내와 함께 한아름산악회의 전북 진안군 雲日岩半日岩 둘레길 및 출렁다리 트레킹에 참여하였다. 오전 8시에 문산에서 출발한 대절버스를 8시 반 무렵 바른병원 앞에서 탔다. 일행은 총 49명이었다.

대전통영 및 익산포항 고속도로를 타고서 진안IC에서 30번 국도로 빠져 진안읍을 통과한 다음, 795번 지방도를 타고 북상하여 주천면소재지까지 갔고, 다시 66번 지방도로 접어들어 운일암교까지 갔다가 차를 돌려 11시 3분에 주천면소재지 부근에서 하차하였다. 총무인 유규철 씨는 10년쯤 전에 뇌경색이 와 지금까지 계속 약을 복용하고 있는 지라 트레킹에 참여하지 않았고, 여자 회장인 박미경 씨는 전 회장이었던 그녀의 남편이 죽은 후 명목상의 회장직을 계속 맡아 오고 있을 뿐인지라, 인도자가 없어 일행은 우왕좌왕하며 주양리 마을의 추양정 방향으로 계속 나아가다가 길을 잃고서 되돌아와 주천생태공원 쪽으로 나아갔다.

나는 첫 경유지인 臥龍庵까지는 가보았지만 그 후 일행을 따라갔으므로, 개념도에 표시된 주자천 개울가의 주천서원 방향은 놓치고 말았다. 와룡암은 肯構堂 金重鼎이 병자호란 때 친명파인 조부를 따라서 벼슬을 버리고 내려와 세상을 피해 숨어서 살던 중 유생들을 가르치기 위해 효종 때인 1650년에 건축한 암자이다. 본래는 주자천 건너편 암반 위에 있었는데, 물 때문에 왕래가 불편하여 순조 때인 1827년에 지금의 자리로 옮겼다고 한다.

생태공원을 빠져나와 795번 지방도를 만난 다음에도 일행은 나아갈 방향을 알지 못해 우왕좌왕 하였는데, 우리 내외는 회장과 함께 셋이서 진안고원길 표시가 있는 예정된 방향을 따라가 운일암송어횟집을 지나 주양교 쯤에서 다른 일행과 합류하였다. 명도교와 오토캠핑장을 지나 대형버스주차장인 제1주차장에 다다라 대절버스 안에 놓아둔 배낭 속의 반찬 등을 꺼내 배부 받은 주먹밥과 함께 점심을 들었다.

오늘자 경남일보의 등산 및 여행 안내 란에 더조은사람들의 매일 실리던 광고인 11월 30일 출발 일본 屋久島 트레킹 관계 내용이 빠진지라, 그 대표인 강종문 씨에게 전화를 걸어 문의해 보았더니, 일본 측이 그 섬으로의 출입을 제한하고 있어 일단 취소하고서 내년쯤으로 미루기로 하였다는 것이었다. 야쿠시마 트레킹이 이런 식으로 불발된 것이 벌써 몇 번째인지 알 수 없다. 그 즉시로 어제 카톡을 통해 일본 九州 여행 특가 안내를 보내온 모두투어 진주지점장 류청 씨에게로 전화를 걸어 12월 6일에 출발하는 2박3일 福岡·由布院·別府·糸島 여행을 대신 신청해두었다.

식후에는 주자천 서쪽 가에 마련된 덱 길을 따라 상류 쪽으로 좀 올라가 무지개다리에 다다랐고, 거기서부터 가파른 산길을 타고 올라 구름다리에 이르렀다. 연장 220m, 폭 1.5m에다 높이 80m 정도의 철로 만든 사장교로서, 2020년 5월부터 2012년 12월까지에 걸쳐 46억5천만 원의 비용을 들여 건설한 것이다. 운일암반일암은 예전에도 몇 번 왔었지만, 이번에는 이 구름다리를 건너보고자 온 것이라 할 수 있다. 냇가의 덱 길도 예전에는 없었던 것이다.

개념도 상으로는 구름다리에서부터 걸어서 30분 정도 더 올라가야 하는 노적봉 및 삼거광장 주차장에서 트레킹이 끝나는 것으로 되어 있지만, 우리들의 대절버스가 제1주차장에 대기하고 있고, 예전에 다녀본 길이기도 하여, 구름다리를 건너서 차도로 내려온 다음 더 올라가지는 않고 차도를 따라서 버스 있는 곳까지 되돌아왔다. 14시 44분에 트레킹을 마쳐 3시간 41분을 걸었다. 도상거리 8.73, 총 거리 9.01km, 걸음 수로는 13,968보였다.

운일암반일암은 운장산에 위치한 계곡으로서 구름만이 오갈 수 있으며 햇빛을 볼 수 있는 시간이 반나절 밖에 되지 않는다 해서 붙여진 이름이라고 한다. 과거 전라감영이 있던 전주와 용담현을 잇는 중요한 길이었는데, 깎아지른 절벽을 지나기 위해 잔도를 설치하기도 했었다. 이곳의 절벽과 바위는 약 9천만 년 전에 화산 폭발로 분출한 용암이 굳어져 만들어졌으며, 용암이 여러 차례 분출하고 쌓이기를 반복하면서 현재와 같은 경관을 만들어냈다고 한다.

오후 3시까지 하산을 완료하여 임실의 옥정호 붕어섬 출렁다리로도 가볼 예정이었지만, 몇 사람 삼거주차장까지 올라갔다가 돌아온 이도 있었으므로 시간이 부족하여 취소하였다. 돌아오는 길에 마이산 입구의 상점거리인 진안군 마령면 마이산남로 213의 초가정담이라는 토속음식점에 들러 청국장백반으로 석식을 든 후 밤 7시 15분쯤 귀가하였다.

16 (수) 맑음 - 남파랑길 32코스

창환이와 함께 남파랑길 32코스를 다녀왔다. 오전 9시 무렵 승용차를 몰고서 출발하여 9시 58분에 33번 국도의 중간지점인 고성군 상리면 부포리의 부포사거리에 도착하였다. 장치로 381-3에 위치한 부포가야연쇄점 주차장에다 차를 세우고는 거기서 답례조로 아몬트초코볼과 자일리톨을 구입하였다.

왔던 국도 가의 길을 따라 좀 되돌아가다가 망림리에서 국도를 건너 무선리로 들어섰고, 무이산(548.6m) 기슭을 따라 계속 올라가 마침내 문수암과 보현암·약사전 방향의 갈림길에 다다랐다. 고성군 상리면 무선리 산134에 위치한 전통사찰 제78호인 문수암은 신라 성덕왕 5년(706) 의상조사가 창건한 것으로 전해지며, 산세가 수려하여 국선 화랑들이 이 산에서 심신을 연마했다고도 전해지는 곳이다. 내가 진주에 정착한 지 얼마 되지 않았던 시절 두어 번 들른 적이 있었던 곳인데, 출발지점의 안내판에도 도중의 명소로서 소개되어 있었으므로, 나는 당연히 경유할 줄로 알고 있었다. 갈림길의 이정표에는 오른쪽으로 500m 떨어져 있다는 것이었고, 그 아래쪽 도로에서 바로 위의 산 능선에 위치한 절 건물 지붕과 부처상이 바라보이기도 했는데, 그리로 향하던 중 남파랑길 표시가 되어 있는 또 하나의 갈림길을 만나 그쪽 방향으로 걷다보니 아무리 걸어도 문수암은 결국 나타나지 않고 점차 내리막길로 향하는 것이었다.

수태산(574.7)을 에둘러 한참 동안 내려오다 보니 건너편 산 능선에 절과 부처의 대형 좌상이 바라보였다. 출발지점의 안내판에 보인 사진 상으로는 문수암은 산 능선에 위치하지 않았고 부처상도 없으며, 또한 지도상으로 보면 문수암은 무이산 정상 부근에 위치하였으므로 그것이 문수암인지 어떤지 확인할 수 없고, 어쩌면 수태산에 위치한 보현사일지도 모르겠다.

도중에 紫蘭島와 紫蘭灣이 바라보이는 위치에 자리한 정자에 걸터앉아서 귤·오렌지와 출발지점의 마트에서 산 아몬드초코볼을 들었다. 다시 출발하여 임도를 따라 계속 내려오다 보니 남파랑길 안내 표지는 사라져버리고 포장된 차도가 지나는 학동재에 다다랐다. 휴대폰의 앱을 통해 확인해보니 우리는 남파랑길을 이탈한 지 한참 되어 있었다. 아마도 정자 아래쪽의 능선을 따라 남파랑길이 이어져 있었던 것이 아닐까 싶다.

되돌아가기도 무엇하여 학동재에서부터는 차도를 따라 계속 내려와 고성군 하일면의 학동저수지를 지난 지점에서 다시 남파랑길을 만나 하일면 소재지인 학림리를 거쳐 14시 38분에 종착지점인 임포항에 다다랐다. 4시간 39분이 소요되었고, 도상거리 16.83, 총 거리 17.24km이며, 걸음 수로는 25,009보였다. 임포항은 몇 달 전에 창환이와 함께 남파랑길 33코스를 출발했던 지점이다.

학림리의 도로에서 고성음악고등학교 앞을 지나치기도 하였다. 임포항에 있는 남파랑길 고성32·33코스 안내판에 경유할 명소로서 하일면 학동돌담길 11-11의 국가등록문화재 제258호인 학동마을 옛 담장이 소개되어 있고, 출발지점의 31·32코스 안내판에도 문수암과 학동마을옛담장을 지나간다고 적혀 있는데, 문수암과 마찬가지로 학동마을옛담장은 끝내 보지 못하고 말았다. 학동마을은 전주최씨의 집성촌으로서 고가들이 많아 예전에 몇 번 방문했던 적이 있는 곳이며, 오늘 다시 들르게 될 줄로 기대했던 것이다. 아마도 트레킹 코스에 인접한 곳이라 소개한 모양이다.

임포항에는 식당이 여럿 있으나 지금 대부분 영업하지 않는 모양이고, 그중 학림5길 47에 있는 임포횟집에 들러 오후 3시 무렵 생선회와 물메기탕으로 늦은 점심 겸 저녁을 들었다. 소주 한 병을 포함하여 가격이 94,000원이었는데, 그 중 모듬회 작은 것 하나가 6만 원이었다.

학림리는 하일면 소재지임에도 불구하고 카카오택시를 부를 수가 없어 식당에 부탁하여 고성읍으로부터 택시를 불러 20분쯤 대기한 후에 그것을 타고서 부포사거리로 돌아갔다. 내 승용차를 운전하여 오후 5시 무렵 귀가하였다. 창환이는 집에서 샤워를 마친 다음 6시발 프리미엄 고속버스를 타고서 상경하였다.

19 (토) 맑음 -제주 어음리 억새군락지, 올레 16코스

아내와 함께 오늘 내일 양일간에 걸친 강덕문 씨의 '제주올레 구엄리 돌염전 노을과 평화로 어음리 억새군락지 쫄븐갑마장길 억새 트레킹 2일'에 참가하였다. 참가비는 22만 원이다.

오전 6시까지 진주성 서장대 입구의 복개무료주차장에 집결하여, 현대 제품인 15인승 쏠라티에 인솔자이자 운전수인 강 대장을 제외하고서 10명이 탑승하여 출발하였다. 우리 내외를 비롯한 커플이 세 쌍, 중년 여자 팀이 4명이었다. 커플 중 한 쌍은 정상규 씨의 비경마운틴클럽 산행에 간혹 참가하는 모양이며, 그 남편은 우리와 구면인 모양으로서 나를 교수님이라고 불렀다. 또 한 쌍은 오래 전 매 달 마지막 주 토·일요일에 강덕문 씨를 따라 제주올레 트레킹에 참여하던 사람이라고 한다.

대전통영 및 남해 고속도로를 경유하여 고흥IC에서 국도로 빠진 후, 지난 일요일 삼일산악회를 따라 운암산에 왔을 때보다 조금 더 아래쪽인 녹동항에서 하차하였다. 진주에서 선편으로 제주를 오갈 때는 주로 이곳을 이용한다.

9시에 출발하는 페리인 아리온제주에 탑승하여 3등 객실을 배정받았으나, 나는 선내에서 해물라면을 한 그릇 사 든 후 배를 타면 늘 그렇듯이 꼭대기인 5층의 승무원 갑판으로 올라가 4층 갑판에서 가져간 의자에 걸터앉아 3시간 50분간 배가 항해하는 동안 계속 바다를 바라보는 멍 때리기를 하였다. 배는 12시 50분 무렵 제주항에 도착하였다.

제주도에 상륙한 후, 제주시 서사로 170(오라1동)에 있는 정가네식당으로 이동하여 고등어조림으로 점심을 들었다. 그런 다음 중문 쪽으로 향하는 1135지방도 속칭 평화로를 따라가다가 涯月邑 어음리에 하차하여 오후 3시 25분까지 약 반 시간 동안 13만 평에 달한다고 하는 그 일대의 억새밭 중 일부를 바라보았다. 억새밭 속으로 통로가 나 있지 않기 때문에 들어가기도 어렵거니와, 몇 사람이 지나간 흔적을 따라 잠시 들어가 보았지만 억새가 내키보다도 높게 자라 있어 전모를 바라볼 수 없었다.

다시 차에 타고서 20분 정도 이동하여 애월읍 高內里의 제주올레 16코스 출발지점인 고내포에 도착하였다. 16코스는 해안누리길이라고 불리듯이 바다 풍경이 아름다운 곳인데, 찬란한 해돋이와 함께 떠난다 하여 엄장해안길이라고도 한다. 총 길이가 15.8km인데 우리는 그 중 고내리에서 舊嚴里에 이르는 4.8km, 약 1시간 반 코스를 걷게 되었다. 1132번 지방도를 따라 애월읍에서 제주시 방향으로 올라가는 코스인데, 가능한 한 차도를 피해 바다 쪽으로 길을 내었다. 고내리에서 면사무소라 적힌 건물을 보았고, 항파두리에 가깝다 하여 '涯月邑境은 抗蒙滅胡의 땅'이라고 적은 비석이나, 고내리 출신의 재일교포 향우회에 대한 사은비 같은 것이 세워져 있는 공원도 지나갔다. 고내리를 지나면 그 다음은 新嚴·중엄·구엄리로 이어져 있다. 구엄리의 돌염전이 오늘 트레킹의 종착지였다. 우리가 도착하자 차는 이미 종점에 와 있었는데, 우리 내외가 제일 선두였으므로 걷지 않고 차를 타고 온 사람들이 대부분인 모양이다. 아내는 이제 심박동기 교체 수술에서 제법 회복되었는지 잘 걸었다.

조선시대 명종 14년(1559)에 부임한 姜侶 목사가 바닷물을 암반에다 부어 소금을 제조하는 방법을 마을 주민들에게 가르쳤다고 한다. 널따란 바위 위에 찰흙으로 둑을 쌓고 그것에 고인 바닷물이 햇볕에 마르면서 생기는 소금을 얻어내는 방식인데, '소금빌레'라고도 불리는 이 소금밭의 길이는 해안을 따라 300m 정도이고 폭은 50m 정도라고 한다. 대충 세 곳에 인접해 있으나, 지금은 소금을 생산하고 있지 않는 듯하였다. 그곳의 석양 풍경이 아름다웠다.

제주시내로 돌아와 은남길 25(연동)에 있는 제주향토음식점 줌녀마을 뚝배기에서 해물뚝배기로 석식을 들었다. 줌녀란 해녀를 가리키는 제주 말이라고 한다. 식당 벽에 '전복해물뚝배기 전문'이라 적힌 문구가 걸려 있었으나 전복은 들어 있지 않았다.

제주시 신광로 92에 있는 썬랜드호텔에 들었고, 802호실을 배정받았다.

4~5인이 1실을 사용하도록 되어 있는데, 1인당 2만 원씩을 더 내고서 2인실에 든 것이다. 지하 2층 지상 8층 건물 중 꼭대기 층이었다. 오늘은 총 13,169보를 걸었다.

20 (일) 비 -쫄븐갑마장길

오전 8시에 호텔을 출발하여 표선면으로 향하는 도중 제주시 이도2동에 있는 삼다도시락에 들러 주문해둔 점심도시락을 받았다. 97번 지방도를 따라 남쪽으로 내려가다가 1112지방도로 접어들어 서쪽 산굼부리 방향으로 조금 들어간 후, 다시 남쪽으로 접어들어 9시 28분에 제주시 表善面 加時里 산41번지의 행기머체에 있는 조랑말체험공원에서 하차하였다.

'머체'란 돌무더기를 일컫는 제주 방언으로 머체 위에 '행기물'(놋그릇에 담긴 물)이 있었다 하여 행기머체라 한다는 것이다. 원래 오름(기생화산)의 내부 지하에 있던 마그마가 시간이 지나 외부로 노출된 것으로서 '지하용암동(Cryptodome)'인 행기머체는 세계적으로도 희귀하거니와 국내에서도 유일한 분포지이며, 동양에서 가장 큰 것으로 기록되어 있다.(높이 7m, 직경 18m 암석-현무암질 용암)

가시리 공동목장은 초지가 광활하게 발달해 조선시대 최고의 국영목장인 '甲馬場'이 위치했던 곳인데, 여기에 〈조랑말체험공원〉과 〈조랑말박물관〉을 열어 복합문화공간으로 조성한 것이다. 오늘 이곳에서 '2022 킹 오브더 제주 전국 도로 사이클 대회'가 개최되는 모양으로, 주차장에 차들이 가득하였다. 가시리의 따라비오름, 큰사슴이오름, 번널오름을 연결하는 광활한 초지대에 갑마장이 설치되어, 조선 선조 때부터 있었던 산마장과 인근 국마장에서 길러진 말 중 갑마, 즉 최상급 말들을 조정에 보내기 위해 집중적으로 길러냈던 마장이다. 1794년에서 1899년까지 100년가량 유지되었다. 갑마장길은 이러한 역사적 흔적을 따라 걷는 트레킹 코스인데, 오늘 우리가 걷기로 된 쫄븐갑마장길은 그것을 반으로 줄여 만든 짧은(쫄븐) 코스인 것이다. 10km, 도보 4시간 거리라고 한다. 이 코스에도 가을 억새가 볼만하다고 하나, 오늘은 비가 온 탓인지 별로 이렇다 할 것은 눈에 띄지 않았다.

우리는 행기머체에서 출발하여 물이 없는 개울인 가시천을 지나 따라비오름 쪽으로 시계 반대방향의 원을 그리며 계속 나아갔다. 잡목림 숲이 울창하게 우거지고 낙엽이 떨어져 있어 제법 걸을만하였다. 중년여성 4인 팀은 출발지점에서 갑자기 보이지 않았고 강 대장이 전화를 걸어 봐도 연락이 닿지 않는지라, 별 수 없이 부부 팀만으로 출발할 수밖에 없었다. 그러나 아내는 심박동기 교체 수술한 부위에 이상이 올 것을 염려하여 함께 떠나지 않고 차에 남았다. 알고 보니 네 사람은 아침에 제주시의 편의섬에 들러 우산을 샀으나 사이클 대회 행사장에서 비옷 하나를 추가로 얻기 위해 그쪽에 가 있었다가, 나중에 아내가 인도하여 트레킹 출발지점으로 접근하여 우리와는 따라비오름 정상을 지난 지점에서 합류하였다. 그래서 원래 우리는 큰사슴이오름(大鹿山)에서 점심을 들 예정이었으나, 그녀들이 도착하기를 기다려 따라비오름 정상을 지난 지점의 언덕 위 벤치에서 식사를 하게 되었다.

따라비오름을 다 내려온 다음, 좁다란 편백나무 숲길을 한참 동안 걸었는데, 한 사람이 겨우 지나갈 수 있을만한 폭의 숲길 곳곳에 물이 고여 있어 걷기가 매우 불편하였다. 한참 후 돌담을 뛰어넘어서 좀 더 넓은 길에 들어섰는데, 아마도 그 길이 정식 트레킹 코스인 모양이었다. 그 길을 거의 다 지난 지점에서 '잣성길' 표지판을 보았다. '잣성'은 제주지역 중산간 목초지에 만들어진 국영목장인 10소장의 경계를 표시한 돌담이다. 우리가 넘었던 돌담이 바로 그것인 모양이다. 또한 우리가 걸어온 길 중간 중간에 방목해둔 말의 출입을 통제하기 위해 설치된 지그재그 형 출입문이 있었다. '잣성길' 표지판이 있는 곳 바로 부근에도 그러한 출입문이 하나 있는데, 철조망으로 차단되어 있어 할 수 없이 다시 돌담을 건너서 통과할 수밖에 없었다.

그 일대에는 제주에너지공사가 설치한 가시리국산화풍력발전단지가 꽤 넓게 분포해 있었다. 모두 하여 13개의 풍력발전기가 서 있는 모양이다. 우리는 바로 건너편에 바라보이는 큰사슴이오름을 거쳐서 유채꽃플라자 쪽으로 내려올 예정이었는데, 온종일 비가 내리고 빗물이 고여 있는 좁은 편백나무 숲길을 지나오느라고 다들 지친 모양인지 그쪽은 생략하자는 의견이 지배적이었다. 그래서 국궁장 부근에서 다목적광장을 지나 정자 하나가 서있는 부구리구제장에서 바로 유채꽃플라자 입구 옆 도로로 빠져나왔다. 부구리란 말과 소에 붙어 피를 빨아먹는 해충인 진드기를 말하는 것인데, 1980년대 초까지 여기서 그것들을 제거하는 작업을 했다고 한다. 그 도로의 양쪽 갓길로 유채 밭이 길고 제법 넓게 펼쳐져 있는데, 강 대장의 말로는 이러한 유채꽃길이 10km나 이어져 있다는 것이었다.

13시 23분에 출발지점인 조랑말체험공원에 도착하여 오늘의 트레킹을 마쳤다. 소요시간은 3시간 54분, 도상거리 8.5, 총 거리 8.73km이며, 걸음수로는 14,106보였다.

큰사슴이오름을 생략하여 좀 시간이 남았으므로, 제주시로 돌아온 다음 동문수산시장에서 하차하여 좀 시간을 보낼까 했으나, 도무지 주차할 공간을 발견할 수가 없어 포기하고 바로 여객선터미널로 향했다.

일요일이라 승객이 매우 많아 긴 줄을 서서 대기하다가 16시 30분 제주발 녹동행 아리온제주 페리에 탑승하였다. 3등 객실 안에도 사람이 빽빽하여 빈틈이 없는데, 다행히 벽 가의 전기 콘센트 옆에 자리를 잡아 오늘 자 일기를 적었다. 바깥 갑판에는 바람 불고 비가 오며, 곧 해가 지면 아무것도 바라볼 수 없기 때문이다. 우리는 20시 20분에 녹동 항에 도착하고 23시 무렵 진주에 도착하였다. 직원의 말에 위하면, 이 배의 정원은 818명인데, 오늘 600명 정도가 승선했으며, 일요일마다 600명 이상이 탑승한다는 것이다.

2023년

2023년

1월

3 (화) 맑음 -운제산

아내와 함께 산울림산악회를 따라 경북 포항시 오천읍에 있는 雲梯山(482m)에 다녀왔다. 이 산에는 1999년 5월 16일에도 자유산악회를 따라와 오른 적이 있었다. 오전 7시 50분 무렵 바른병원 앞에서 문산·시청을 경유하여 오는 대절버스를 타고, 33번국도와 대구를 거쳐 11시가 넘어서 오어사 앞에 도착하였다. 도중에 광주대구고속도로 상의 대구 달성군 논공휴게소에서 손가락 두 마디가 노출되는 장갑을 하나 샀다.(14,000원)

예전에 올랐던 코스를 따라 오어사 앞에서 자장암-운제산-대왕암을 거쳐서 바위와 낙엽으로 말미암아 위태로운 급경사 산길을 가까스로 경유하여 홍은사(설선암)로 내려왔고, 청색골의 자동차가 다닐 수 있는 도로를 따라 정오 무렵 통과했던 산불감시초소까지 온 다음, 자장암 방향으로 가지 않고서 아직도 보지 못한 원효암에 들르기 위해 출입이 금지된 다른 코스를 따라 계곡 쪽으로 내려왔으나 역시 길은 끊어졌고, 이럭저럭 개울을 따라 오후 3시 반쯤 오어사에 도착했다. 운제산 정상에는 2층 누각으로 된 전망대가 있었고, 그 아래쪽 안부의 탁자에서 점심을 드는 일행 가까운 곳 벤치에서 점심을 들었다. 아내는 자장암까지 올랐다가 다른 사람들과 함께 하산하여 오어저수지둘레길을 돌았다.

알고 보니 원효암은 오어지에 놓인 현수교인 118.8m 길이의 원효교 일명 출렁다리를 지나 다른 쪽 골짜기에 위치해 있는 모양인데, 아내의 말로는 지금 보수공사 중이어서 접근할 수 없었다고 한다. 포항시 남구 오천읍 운제산 동쪽 기슭에 있는 吾魚寺는 신라 26대 진평왕(579~632)대에 창건된 사찰로서 당초에는 항사사라 불렀으나, 원효대사와 혜공선사가 이곳에서 수도할 때 법력으로 개천의 물고기를 생환토록 시합을 벌인 전설로 말미암아 오어사라 한다고 한다. 오어사에는 보물 1280호로 지정된 오어사 동종이 있는데, 1995년 11월에 절 앞 저수지 공사 도중 발견된 것으로서 고려 고종 3년(1218)에 조성된 것이라고 하며, 보물전에 보관된 것을 문 밖에서 조명도 없이 사진만 찍었다. 작년 태풍 때 포항시가 큰 피해를 입은 것은 이곳 오어저수지의 수문을 모두 개방했기 때문이라고 한다.

오어사를 떠난 다음, 호미반도둘레길 2코스로 이동하여 동해면 마산리의 선바위에서 연오랑세오녀테마공원까지 트레킹을 하기로 하였지만, 나는 이곳도 2018년 3월 18일에 새희망산악회를 따라와 이미 1·2코스를 걸었기 때문에 트레킹에 동참하지는 않았다. 영일만 건너편으로 POSCO(포항제철소)가 바라보이는 연오랑세오녀테마공원 주차장에서 집행부가 하산주 안주로서 준비한 과메기와 도토리묵을 좀 맛본 다음, 그곳을 떠나 경주외동휴게소와 울산역 부근을 경유하여 부산외곽순환도로를 통해 남해고속도로에 접속하였고, 밤 9시 무렵 귀가하였다. 남해고속도로 진영휴게소에 들렀을 때는 매점에서 손가락 한 마디만 노출되는 새 장갑을 또 하나 샀다.(만 원)

8 (일) 맑고 포근함 –백계산

아내와 함께 삼일산악회를 따라 전남 광양시에 있는 白鷄山(505.8m)과 백운산둘레길 1코스를 다녀왔다. 오전 8시 반까지 시청 육교 밑에 집결하여 대절버스를 타고서 출발하였다. 남해고속도로를 경유하여 10시 무렵 옥룡사지 입구 주차장에 도착해 등산을 시작했다. 대체로 완만한 산세였다.

백계산은 주산인 백운산(1,222m)에서 뻗어 내린 지맥으로 형성된 산으로 백운산의 중앙부에 위치한다. 도착지점은 1999년 1월 30일부터 31일까지 경상대학교 인문대학교수세미나에 참석하여 머문 바 있었던 서울대학교 부속 남부연습림 추산연수원이 있는 곳에서 조금 더 위쪽이다. 산 중턱에는 비천오공(飛天蜈蚣: 하늘을 나는 지네)의 생식기에서 東向西出 형세를 하고 있어 눈병에 특약이 된다는 '눈밝이 샘'이 있고, 하단부에는 신라시대 풍수지리사상의 효시인 先覺國師 道詵(827~898)이 868년에 중창한 것으로 전하는 玉龍寺址(국가사적 407호)가 남아있다. 도선은 이곳에서 35년간 머물면서 제자를 양성하고 입적했는데, 1878년의 화재로 소실된 이후 폐사되었으며, 절의 동편에 모여 있던 승탑과 탑비들은 일제강점기인 1910년대에 모두 파손되었다고 한다. 절터 주변에는 도선이 옥룡사를 중건할 때 비보림으로서 조성했다고 전하는 약 7천여 그루의 100년 정도 된 동백나무가 자생하고 있어 천연기념물 489호로 지정되어 있다. 이 숲은 2006년에 산림청이 주관하는 아름다운 숲 전국대회에서 '함께 나누고픈 천년의 숲'으로 선정되어 우수상을 받았다고 한다.

옥룡사지는 추산리 산35-1번지에 위치해 있는데, 5차례에 걸친 발굴조사가 완료된 후 정비된 상태이다. 주차장으로부터 얼마쯤 올라간 위치에 있었다. 백계산 선각국사 참선 둘레길의 일부이기도 한 정상으로 향하는 등산로를 따라가다가 눈밝이 샘 쪽 갈림길로 접어들어 도중에 샘에 들러 물맛을 보았다. 이 역시 도선의 옥룡사 창건설화와 관련된 장소이다. 샘에서 400m 정도 더 나아간 위치에 정상이 있었다.

정상에서 눈이 남아 있는 능선 길을 따라 430m 나아간 지점의 큰삼거리라고 불리는 금목재 갈림길에서 우리 일행 몇 명이 점심을 들고 있는 것을 보고서 나도 그곳 벤치에 걸터앉아 점심을 들었다. 아내는 도중의 눈밝이 샘 못 미친 지점에서 다른 일행 몇 명과 더불어 백코스로 이미 하산하였다. 점심 후 갈림길에서 1km 정도 더 나아가 禁木재에 다다랐다. 도중 여기저기서 삼현여중고 윤리교사로서 정년퇴직한 정동원 씨를 만났는데, 그는 등산 때면 늘 '진주 三賢여자중고등학교 산사랑모임' 명의의 노란 리본을 붙이므로, 오늘 물어보았더니 그 리본은 사비로 만든 것이라고 했다. 금목재는 그 근처에 5~6개소의 참나무 숯 가마터가 있는데, 참나무를 무단으로 반출하는 것을 막기 위한 통제소를 설치한 장소라 하여 이런 이름이 붙었다고 한다.

금목재에서부터는 차량이 통과할 수 있는 널찍한 포장도로를 따라 내려왔다. 3.2km 정도 내려온 위치에 백운산자연휴양림이 있다. 이 길은 백운산 둘레길 1코스로서 천년의 숲길이라는 이름을 가지고 있는데, 금목재는 옥룡 사지에서 출발하여 4.66km 떨어진 위치의 중간지점이며, 10.86km 지점 인 논실에서 끝난다. 이 길은 또한 백계로라는 행정상의 이름을 가지고 있 다. 자연휴양림 입구에서 좀 더 내려간 위치의 외산마을을 지나 출발지점인 주차장으로 되돌아와, 닭 국밥 한 그릇으로 하산주를 대신하였다. 오후 5시 무렵에 귀가하였다.

2월

3 (금) 맑음 - 성균관대학교

13시부터 17시 40분까지 성균관대학교 퇴계인문관 31308호실에서 열 리는 한국동양철학회와 성균관대학교 유교문화연구소의 공동주최에 의한 2022년 동계 학술대회 '공정사회와 동양철학'에 참석하기 위해 승용차를 몰고서 오전 9시 무렵 출발했다. 아내도 서울에서 진주여고 동기인 박미자 씨를 졸업 이후 처음으로 52년 만에 만나기로 했다면서 동행했다.

대전통영·경부·중부고속도로를 경유하여 도중의 신탄진휴게소에서 나 는 유부우동, 아내는 황태해장국으로 점심을 들었고, 동서울 톨게이트에 도 착한 이후 내비게이션이 가리키는 방향을 따라 나아갔는데, 꼬불꼬불 지그 재그로 한참을 나아가더니 뜻밖에도 북악산을 경유하여 성대 인문사회과학 캠퍼스의 후문 출구를 통해 들어가는 것이었다. 나는 젊은 시절 성대로 가고 올 때는 으레 혜화동을 경유했기 때문에 영 생소한 길이었다.

제1부의 제2발표가 시작될 무렵에는 도착할 수 있을 줄로 알았지만, 학술 회의장 바깥 복도에서 민족문화문고의 대표 문용길 씨가 가져와 진열해둔 책들을 좀 둘러보고서 실내로 들어가 보니 이미 15시부터 15시 30분까지 진 행되는 1부 종합토론이 막 시작된 참이었다. 15시 30분부터 15시 50분까지 는 휴식시간이었는데, 권인호·이치억·장윤수·주광호·이승률·양일모 교 수와 신규탁 연세대 철학과 및 권상우 계명대 철학과 교수 등을 만났다. 오늘

의 마지막 순서인 정기총회에서 수석부회장인 서울대 자유전공학부의 양일모 교수가 현 회장인 대구대학 장윤수 교수의 배턴을 이어받아 차기회장으로 추대될 예정이다. 복도에서 서울대 철학과 후배라는 김도일 씨를 만났는데, 그는 이번 모임을 공동 주최한 성균관대학교 유교문화연구소의 회장이었다. 문용길 씨로부터는 池田知久 저 『馬王堆漢墓帛書五行篇研究』(東京, 汲古書院, 1993, 東京大學文學部布施基金學術叢書 제2책)을 한 권 샀다.

오후 4시 무렵 근처의 학내 카페에서 대화를 나누다가 돌아온 아내와 박미자 씨를 다시 만난 다음, 박 씨와 작별하여 귀로에 올랐다. 성대 후문으로 빠져나오다가 정산기에서 5,500원의 주차비를 카드로 지불하고서 내가 좀 지체하는 동안 통제 바가 다시 내려버리고 기계에서는 신용카드가 뽑혀 나오지 않는 사태가 발생하여 한동안 곤란한 상황이 있었다. 경복궁 및 낙원상가와 파고다공원을 거쳐 남산 제1터널을 통과할 무렵과 서초동 일대에서 한참동안 교통정체가 이어지다가, 경부고속도로 톨게이트를 지나서부터는 교통이 원활하였다. 밤 10시경에 진주의 집에 도착하였다. 나는 소요시간을 편도에 4시간 반쯤으로 계산하여 밤 8시 반쯤이면 도착할 수 있을 줄로 생각했는데, 왕복 모두 꽤 지체된 셈이다. 올라갈 때는 두어 차례 휴게소에 들르고 점심도 사먹었으며, 돌아올 때는 안성주유소에서 기름을 보충했기 때문이기도 하다.

5 (일) 맑음, 대보름 해파랑길 4코스

아내와 함께 좋은산악회를 따라 해파랑길 4코스 중 울산광역시 울주군 서생면 구간을 걸었다. 사실은 2018년 3월 11일에도 우리 내외는 소나무산악회를 따라와 이 코스를 역방향으로 걸은 바 있었는데, 깜박 잊고 있었던 것이다. 4코스는 부산광역시 기장군 장안읍의 임랑해수욕장에서 시작하여 울산광역시의 진하해수욕장까지 이어지지만, 그렇게 하자면 총거리는 19.9km로서 6시간 40분이 소요되므로, 15km, 4시간 30분 코스로 단축한 것이다. 2018년 당시에도 그렇게 했었다.

오전 8시까지 육거리곰탕 부근의 구 제일예식장 앞에서 대절버스를 타고 출발하여 남해고속도로를 따라 동진하다가 진영에서 부산시 기장군으로 나아가는 외곽순환고속도로에 올랐다. 나보다 두 살이 적은 회장 서재규 씨는 서생역에서 하차한다고 하였지만, 사실은 그보다 조금 더 북쪽인 양암마을의 명산초등학교 부근이었다. 삼일산악회 회장인 김재용 씨가 길을 선도하였는데, 내가 한반도둘레길 앱을 켜서 살펴본 바로는 달리 갈수록 해파랑길과는 반대방향으로 나아가고 있었다. 산행대장인 전학수 씨에게 그런 사실을 설명하였으나, 그 역시 일행이 가는 방향을 따라가는 수준에 불과하였다.

한참을 나아가다가 김재용 씨 등도 길을 잘못 든 것을 인식하고서 도중에 머물러 있었는데, 그의 휴대폰에 깔린 앱으로는 해파랑길이 표시된 지도를 볼 수는 있으나, 현 위치와 우리가 나아가는 방향을 표시하는 기능이 없어 그런 실수를 한 것이었다. 내가 한반도둘레길 앱을 켜서 보여 비로소 바닷가 쪽 방향으로 접어들었으나, 그러고도 한참동안 에너지융합일반산업단지의 위쪽 길을 따라서 걷다가, 비로소 산업단지를 가로질러 서생면 소재지인 신암리의 서생초등학교 부근에서부터 해파랑길에 접어들었다.

머지않아 나사해수욕장에 닿았는데, 오늘이 정월대보름이라 모래사장에 대나무로 만든 달집을 세워두었고, 그 옆에 길고 둥글게 텐트를 치고 안쪽 모래톱에서 승복을 입은 남자 하나가 의자에 걸터앉아 마이크 앞에서 북을 두드리며 염불 같은 것을 노래조로 길게 읊고 있었다. 지난번 임랑해수욕장에서도 그렇고 진하해수욕장에서도 이런 풍경을 보았는데, 일종의 굿인 듯하였다. 제사상 비슷한 것도 차려두었다. 그 근처에 제18회 나사 대동수륙제 달맞이 축제라는 플래카드가 보이고, 국악예술단·난타·각설이 품바공연 등이 있다고 씌어 있었다. 나사해수욕장의 모래톱이 끝난 지점의 콘크리트 바닥 위에 그물이 가득 펼쳐져 있는 부두에서 점심을 들었다.

얼마 후 간절곶에 다다랐다. 전국에서 제일 먼저 해가 뜨는 곳으로 알려진 곳이다. 간절곶에서 진하해수욕장으로 가는 도중의 바닷가 카페에서 아내가 삼일산악회의 김삼룡 전 회장과 함께 차를 들고 있다가 나와서 지나가는 나를 부르므로, 거기로 따라 들어가 아메리카노 커피 한 잔을 마셨다. 진하해수욕장을 조망할 수 있는 솔개공원을 지나고, 오후 3시 반 무렵 종착지점인 진하공용주차장에 도착하였다. 대보름이라고 하산주와 함께 떡국을 준비해 두었다.

오늘이 생일인 우식이가 카톡으로 나와 함께 예전에 임낭과 진하 두 곳에 갔었다고 하므로, 아마도 나이 룸펜시절 무렵 그와 함께 술집아가씨 한 명을 데리고 동침했던 곳이 어디였는지를 물었더니 임낭해수욕장이라고 했다. 진하 뒤편 산중턱에는 또한 임진왜란 때 加籐淸正의 本陣이었던 西生浦倭城이 있다. 오늘의 총 걸음 수는 25,108보, 거리는 17.33km, 시간은 3시간 50분이 소요되었다.

대체로 갈 때의 코스를 따라 밤 7시가 지나서 귀가하였다.

7 (화) 맑음 -연악산(기양산)

아내와 함께 산울림산악회를 따라 경북 구미시 무을면과 상주시 청리면의 경계에 있는 淵岳山(706.8m, 岐陽山 一名 조양산)에 다녀왔다. 구미 쪽에서는 연악산, 상주 쪽에서는 기양산으로 부른다고 하며, 정상비도 두 개인데, 기양산 정상비의 후면에는 '일명 조양산'이라고 쓰여 있다. 그러니 이름이 세 개인 셈이다.

오전 8시 20분 무렵 바른병원 앞으로 나가 문산을 출발하여 시청을 거쳐서 오는 대절버스를 탔고, 봉곡로터리에 들렀다가 33번 국도와 중부내륙고속도로를 경유하여 오전 11시 무렵 구미시 무을면의 水多寺 입구 주차장에 도착하였다. 거기서 시산제를 지냈는데, 나도 5만 원을 찬조하였다. 11시 40분 무렵부터 등산을 시작하였다. 현판에 '淵岳山水多寺'라고 적힌 일주문을 지나 수다사 앞에 도착하였다. 머리는 작은데 비해 배가 너무 큰 布袋和尙의 돌 조각이 절 앞에 버티고 앉아 있었다. 수다사는 신라 흥덕왕 5년(830)에 쌍계사를 세운 眞鑑禪師가 창건한 사찰이라고 하는데, 구미에서는 신라 불교 최초의 사찰인 桃李寺와 더불어 대표적인 절로 꼽힌다고 한다. 규모는 그다지 크지 않았다.

아내와 함께 화장실에 들렀다가 일행에 뒤쳐져 출발했다. 조금 후 절 부근에서 舞乙풍물由來碑라고 하는 비석을 지났다. 산은 평범한 肉山인데, 곳곳에 낙엽이 두텁게 뒤덮여 길이 희미해진 곳들이 있고, 로프가 설치된 곳이 많을 정도로 경사가 가팔랐다. 수다사에서 2.6km 떨어진 곳에 정상인 연악산이 있었다. 그곳에도 제일 늦게 도착했으므로, 점심 대신 제사 떡 등으로 간단히 식사를 때웠다.

연악산에서 1.9km 떨어진 곳인 상주시 청리면과 낙동면의 경계 지점에 수선산이 위치해 있었다. 수선산의 높이는 683.6m인데, 정상비는 따로 없고 녹색의 나무 이정표에 그렇게 적혀 있으며, 그 옆의 나무 둥치에도 '기양지맥 수선산 682.5m'라고 적혀 있었다. 기양·갑장산맥의 분기점이라고 한다. 수선산에서 다시 1.1km 떨어진 곳에 두양산이 위치해 있는데, 도로교통지도나 등산개념도에는 그냥 632봉이라고 되어 있다. 그 근처에는 등산로의 양쪽으로 흰색 끈을 길게 둘러쳤고, 붉은 글씨로 '입산출입금지, 임산물 등 송이 채취금지' 같은 문구를 적은 경고문도 눈에 띄었다.

두양산에서 다시 500m 정도 내려오면 임도를 만나게 된다. 시멘트로 포장되어 있기도 하고 그렇지 않기도 한데, 아래쪽으로 계속 이어진 임도가 바라보이는 지점에서는 두어 번 중간을 가로지르기도 하였다. 원점회귀 하여 수다사에 거의 다다른 지점에 구미시가 세운 연악산 산림욕장이 있는데, 두 개의 기다란 황토길을 조성해 둔 점이 특색이었다.

수다사에 도착하여 경내를 잠시 둘러보았다. 이 절에서는 대웅전의 불상 뒤에 놓여 있던 후불탱화인 靈山會上圖가 보물로 지정되어 있다고 하므로 그것을 한 번 보고자 했으나, 대웅전 출입문은 모두 열쇠로 잠겨 있었다. 수다사의 화장실에 들렀다가 산행대장인 김현석 씨로부터 전화를 받고서 서둘러 내려왔는데, 17시 27분에 주차장에 대기해 있는 대절버스에 도착하니 역시 내가 꼴찌였다. 오늘 산행에는 5시간 36분 정도가 소요되었고, 거리는 10km 정도, 걸음수로는 16,822보였다.

산행 후 구미보와 박정희 대통령 생가를 방문할 예정이었으나 곧 날이 어두워졌으므로 취소하고, 구미시 금오대로 401(오태동)에 있는 농우마실 오태점에 들러 갈비탕(11,000원)으로 석식을 들었다. 돌아올 때는 중부내륙과 남해고속도로를 경유하여 밤 10시 무렵에 귀가하였다.

12 (일) 흐림 -계령산, 가래봉(대곡산)

아내와 함께 삼일산악회를 따라 경남 밀양시 단장면 단장리에 있는 계령산(389.7m)과 가래봉(대곡산, 502.2)에 다녀왔다. 오전 8시 30분까지 시청 육교 부근에 집합하여 대절버스 한 대로 출발하였다.

남해고속도로를 따라가다가 동창원에서 25번 국도로 빠져 밀양에 이르렀고, 24번 국도에서 표충사 방향으로 가는 1077번 지방도로 접어든 직후에 목적지에 닿았다. 10시 13분에 동국대학교 사범대학 부속 홍제중학교 정문 부근에서 하차하였다. 밀양은 내추로 유명한 지라, 이 마을도 도처에 대추농장이 눈에 띄었다. 경상남도 문화재자료 제110호인 密陽 丹場面 許氏古家 앞을 지나 도예공방인 토토요에 이르렀는데, 앞서 가던 김재용 회장이 갈 길을 잃고서 거기에 멈추어 섰고, 여러 명이 그 부근에서 뿔뿔이 흩어졌다. 국제신문의 개념도 상에는 토요요에서 오른쪽으로 좀 더 나아가 임도를 지나서 능선의 갈림길인 폐무덤 쪽으로 향하는 것으로 되어 있지만, 우리는 토토요에서 직진하여 바로 올라갔다. 길이 선명치 못한 곳이 많았다.

임도를 건너 등산 리본을 발견하고서 그 방향으로 계속 올라 마침내 능선에 다다랐다. 이 일대의 산에는 소나무 숲이 많은데, 재선충 병에 걸려 이미 토막으로 잘라서 녹색의 두터운 덮개로 감싸둔 것이나, 조만간 잘라내기 위해 나무에다 표시를 해둔 것들이 제법 많이 눈에 띄었다. 능선을 따라서 왼편으로 조금 오르니, 오늘의 첫 목적지인 계령산이 나타났다. 높이가 야산 수준 불과한지라 정상석은 없고, 소나무 둥치와 그 아래쪽에다 표시를 해두었을 따름이었다.

일행에 뒤쳐져 내 페이스대로 계속 걸었다. 능선에서도 길은 그다지 뚜렷하지 않고, 산행 코스의 도처에 국제신문 근교산 취재팀이 붙인 노란 리본이 매달려 있어 그것을 지침으로 삼아 나아갈 따름이었다. 등산객이 별로 오지 않는 곳인지 이정표도 거의 없었다. 한참 나아간 곳에 아까의 임도가 시작되는 지점인 바람고개가 있어 거기서 우리 일행이 식사를 하고 있었다. 아내와 함께 집에서 준비해간 도시락과 산악회로부터 받은 주먹밥으로 점심을 든 후 아내는 임도를 따라서 하산하고, 나는 다시 일행이 나아가는 방향을 따라

가래봉 쪽으로 한참 동안 올랐다. 가래봉에도 역시 정상석은 없고 소나무 둥치에다 두 군데 표시를 해두었을 따름이었다. 가래봉 부근에서부터는 더욱 울창한 송림이 이어지고 있었다.

봉분이 없는 통정대부 金寧金氏의 묘역을 지나 한참을 더 내려간 후, 갈림길에서 단장리 방향으로 접어들었고, 얼마 후 도중에 쉬고 있는 김재용 회장 팀을 만나 그들과 함께 내려왔다. 오후 2시 48분에 단장1길 38에 있는 단장회관에 도착하여 오늘 산행을 마쳤다. 소요시간은 4시간 35분, 총 거리는 8.66km, 걸음수로는 13,890보였다. 마을회관 앞에서 하산주와 함께 라면 한 그릇씩이 제공되었다. 갈 때의 코스를 따라 오후 6시 무렵 귀가하였다.

19 (일) 짙은 미세먼지에다 강한 바람, 雨水 -솔갯내음길

아내와 함께 진주천지트레킹클럽을 따라 전남 고흥군 금산면의 거금도 솔갯내음길을 다녀왔다. 오전 7시 10분쯤에 승용차를 몰고서 집을 나서 신안동 구 종합운동장 안에다 차를 세운 후, 그 1문 앞에 주차해 있는 뉴영일관광 대절버스로 갈아탔다. 가이드가 나를 아는 체 하였다. 버스는 40분에 그곳을 출발하여 진주시청 건너편 육교 옆과 사천 만남의광장에서 사람들을 더 태운 후, 남해고속도로를 따라 서쪽으로 계속 나아가, 고흥반도를 경유하여 소록대교와 거금대교를 건너서 10시 39분에 트레킹의 출발지점인 우두항에 도착하였다. 그곳에는 마침 다른 섬들을 거쳐 온 페리 배가 정박해 있었다.

거금대교를 건너서 거금도의 금진항에 처음 도착했을 때, 거기 휴게소 광장 모서리에 서 있는 은빛 남자의 거대한 금속 나체상이 아무래도 낯이 익었는데, 나중에 알고 보니 나는 2017년 11월 19일에 새희망산악회를 따라와 거금도둘레길 2코스인 오늘 코스를 이미 한 차례 두른 적이 있었던 것이다. 그 전에는 2006년 8월 13일에 사천 등구산악회를 따라서 배를 타고 거금도로 들어와 적대봉에 오른 바 있었다. 거금도는 프로레슬러 김일의 출신지로서 알려져 있는데, 김일은 지금의 금산면 소재지인 대흥리 동남쪽에 위치한 어전리에서 태어났다고 한다.

전체 코스의 절반쯤 되는 옥룡쉼터에 조금 못 미친 지점에서 점심을 들고, 옥룡쉼터 정자를 지나 27번 국도를 만났을 때, 우리들의 대절버스가 거기까지 와서 길가에 주차해 있었으므로 아내는 그쯤에서 트레킹을 접었다. 거기에 조금 못 미친 지점에서 진달래가 피기 시작하고 있는 것을 금년 들어 처음으로 보았고, 가로수로 심어둔 홀 동백나무도 꽃을 피워 있고, 먼나무도 빨간 열매가 다닥다닥 붙어 꽃처럼 화려하였다.

나는 이후 혼자서 일행을 따라 전체 코스를 걷기 시작하였는데, 공고지쉼터 부근에서 길을 잃었다가 되돌아 나와 펜션 뒤편에 있는 쉼터를 향해 걸어가던 중, 뒤에서 오는 일행이 길을 잘못 들었다면서 우리를 불러 익금해수욕장 쪽으로 빠지는지라 별 수 없이 그들을 따라 걸었다. 익금해수욕장에서 다시 포장도로를 따라 오르막길을 조금 오르다가 해안 쪽으로 빠지는 덱 길을 만나 소익금해변으로 가는 길을 가리키는 방향 표지를 보았는데, 일행은 모두 포장도로를 꼬불꼬불 계속 올라 다시 그 위의 27번국도 상에 정거해 있는 우리들의 대절버스로 향하는지라, 이번에도 그들을 따라 올라가 버스 안에 머물러 있는 아내를 보았다.

다시 걷기 시작하여 고개를 지난 지점에서 소익금마을 쪽을 가리키는 도로가의 표지를 보았으므로, 뒤따라오는 일행의 의견을 물어 그쪽 방향으로 나아가, 오늘의 목적지인 금장해수욕장을 2.7km 남겨둔 지점에서 다시 트레킹 코스로 접어들었다. 어그닉전망대를 지나 목적지인 금장마을로 접어들었는데, 대절버스는 금장마을회관 및 경로당 건물의 뒤편 도로가에 주차해 있었다. 15시 11분에 거기에 도착하여 오늘의 트레킹을 모두 마쳤다. 소요시간은 4시간 32분이며, 총 거리는 13.73km, 걸음수로는 22,257보였다.

돌아오는 길에 순천시 중앙3길 5-1(장천동)에 있는 낙원회관에 들러 한정식(12,000원)으로 석식을 들었다. 아내는 그곳 음식이 모두 맛있다고 하였다. 밤 7시 45분 무렵 귀가하였다.

지난 주 산행을 다녀온 이후 배낭 속의 작은 보따리에다 넣어 늘 보관하던 아이젠·스페츠 등 겨울용품이 눈에 띄지 않으므로 이제 더 이상 필요치 않을 것으로 보고 따로 빼어 둔 줄로 짐작했지만, 집으로 돌아와 찾아보아도 눈에 띄지 않았다. 대절버스 안의 좌석 위 짐칸에다 빼어두고 내린 모양이다.

3월

7 (화) 대체로 흐림 −진천 김유신 탄생지, 만뢰산, 보탑사, 농다리

아내와 함께 산울림산악회에 동행하여 충북 진천군 진천읍에 있는 金庾信 장군 탄생지 및 태실, 萬賴山(611.7m)과 寶塔寺, 그리고 진천군 문백면 구곡리 굴티마을 앞을 흐르는 세금천에 놓인 지방유형문화재 제28호 농다리(籠橋)에 다녀왔다.

오전 7시 50분 무렵 바른병원 앞에서 문산을 출발해 시청을 거쳐 오는 대절버스를 타고서,봉곡로터리를 거쳐 통영대전고속도로에 올랐고, 경부 및 중부고속도로를 거쳐, 아마도 진천IC에서 21번국도로 빠진 다음, 11시 8분에 진천읍 上桂里 계양마을 입구에 있는 김유신장군 탄생지에 도착하였다. 실은 나는 2000년 2월 15일에 서울대 철학과의 동양철학연구회(동철연) 정기겨울답사에 참가하여 조남호 군의 안내로 이곳 앞길을 통과하여 보탑사까지 갔던 적이 있었다.

김유신(595~673)의 탄생지는 사적 제414호로 지정되어 있는데, 그는 萬弩郡(현재 진천군)의 태수로 있던 아버지 金舒玄 장군이 집무를 보던 담안밭이라는 곳에서 태어나 이곳에서 성장하고 화랑이 되었다고 한다. 그의 증조부는 금관가야의 마지막 왕인 仇衡王이며 조부는 金武力으로서 管山城 전투에서 백제 聖王을 전사시킨 인물이다. 나는 단양의 신라적성비에서 김무력의 이름을 본 적이 있다.

만뢰산 산행은 이곳에서부터 시작되는데, 일행 중 14명만이 산에 오르고 나머지 15명은 이곳과 만뢰산자연생태공원 및 보탑사를 둘러보는 관광을 하였다. 나는 산행을 하고 아내는 관광 팀에 끼었다. 산을 조금 오르니 花郎亭이라고 하는 국궁장이 나오고, 거기서 좀 더 오르면 蓮寶井이 있는데, 김서현이 만노군 태수로 있을 때 治所에서 사용하던 우물터라고 한다. 자연석을 이용하여 둥글게 돌려 쌓았으며, 규모는 직경 1.8m, 최고높이 2.6m였다.

계속 산을 오르면 마침내 탄생지에서 1km쯤 떨어진 지점의 능선에 도착하며, 거기서 등산로와는 반대인 오른쪽 방향으로 250m 나아간 지점의 胎靈山(461.8m) 꼭대기에 김유신의 胎室이 있다. 태실은 자연석으로 둥글게 기단을 쌓고 봉토를 마련한 것인데,『삼국사기』와 역대의 지리지에 김유신의 태를 묻은 곳으로 기록되어 있으며, 우리나라에서 가장 오래된 태실 축조 형식을 가진 것이다.

갈림길로 되돌아와 거기에 놓아둔 배낭을 다시 짊어지고서, 능선 길을 따라 계속 나아갔다. 도중에 커다란 철탑이 있는 곳에 임도가 지나는 고개가 있고, 임도 옆의 휴게 터에서 산행대장 김현석 씨 등이 점심을 들고 있었으므로 나도 그 옆의 벤치에 앉아 식사를 하였는데, 깜박 잊고서 산악회로부터 주먹밥을 받아오지 않았으므로 김현석 씨가 먹고 남긴 밥을 얻어 그것으로 때웠다.

거기서 590m 정도 더 올라간 지점에 오늘 산행 중 두 번째로 높은 567.5m의 갈미봉이 있다. 철탑에 도착하기 전 우리 일행이 첫 번째로 점심을 들고 있던 장소에서 어떤 여인이 나더러 그곳으로 와서 함께 식사를 하자고 권한 바 있었는데, 그 일행은 우리가 점심을 들고 있던 곳을 지나쳐 앞서 나아갔으나 그녀만은 뒤쳐져서 여러 번 멈추었다가 내가 그녀를 지나칠 무렵에는 길가에 주저앉아 한쪽 다리를 만지고 있었다. 내가 물어보니 그 다리에 엄청난 통증이 있다는 것이었다. 나로서는 도와줄 방법이 없어 그냥 지나쳐 통과하였는데, 나와 함께 식사를 하고서 앞서 갔던 이 씨가 되돌아가는 것을 도중에 마주쳤다. 뒤에 알고 보니 뒤따라오던 김현석 씨가 그 여인과 마주쳐 이 씨에게 구원을 요청했던 것이었다.

만뢰산은 갈미봉에서 1.45km 더 나아간 곳에 위치해 있었다. 진천에서 가장 높은 명산이며, 옛 지명들 중 만노산도 있다. 이곳에는 신라 때 쌓았다는 옛 성터의 흔적이 남아 있다고 하나 내 눈에는 뜨이지 않았다. 조선조 중종 25년(1530)에 편찬된『신증동국여지승람』에 김유신의 부친인 김서현이 쌓았는데, 석축으로 둘레가 3,980척(1,300m)이고 성내에 우물이 하나 있었으나 폐지되었다는 기록이 있다고 한다.

오늘 산행의 종점인 보탑사는 거기서 다시 2.55km 떨어진 위치에 있다. 보탑사의 한쪽 구석에 보물 404호로 지정된 진천 蓮谷里 石碑가 있는데, 비문이 없어 일명 白碑라고 하는 것으로서 예전에 와서 본 바 있었다. 고려 초기의 것으로 추정되는 모양인데, 龜趺의 머리 부분 등도 일부 훼손되어져 있다. 보탑사의 3층 목조 다보탑은 전체 높이 42.73m이고 3층으로 이루어졌는데, 3층까지 올라가볼 수 있었다. 비구니사찰이라고 하나 1층 법당에서 시주를 받는 듯한 여자 한 명 만났을 따름이었다. 1층 법당은 약사여래(동), 아미타불(서), 석가여래(남), 비로자나불(북) 등 사면으로 각각 다른 부처들이 세워져 있으며, 심주에는 부처님의 진신사리를 모셨다고 한다. 바깥에는 미륵반가사유상 등의 돌로 만든 부처들도 보였고, 寂照殿에 황금빛 臥佛이 있다고 하나 나는 보지 못했다. 사천왕문에 寶蓮山寶塔寺라고 쓰인 현판이 걸려 있었다. 삼국시대로부터 고려시대에 이르는 큰 절터로 전해오던 곳에 1988년 절터를 마련하고 1996년 3층 목탑을 창건한 것이다.

절 입구로 내려오니 막 119 차량이 두 대 도착했다. 산위의 여인을 구조하기 위한 것인 모양이다. 김현석 씨와 이 씨가 그 여인을 차례로 업고서 산을 내려오던 도중 보탑사를 1km 남짓 남겨둔 지점에서 119대원을 만나 구조를 받았다고 한다. 이럭저럭 16시 37분에 산행을 마쳤는데, 소요시간은 5시간 19분, 총 거리 11.43km, 걸음수로는 20,420보였다.

사고를 만난 여인이 차를 탄 후 그곳을 출발하여 농다리까지 갔다. 우리나라에서 가장 오래되고 긴 돌다리라고 한다. 전체 28칸의 교각으로서, 중간중간에 돌들을 쌓아 교각을 만들고 길고 널찍한 돌을 교각 사이에 얹어 마치 커다란 지네가 강을 건너는 듯한 형상이다. 그 근처에 '生居鎭川'을 한글로 적은 형광 글씨 아래에 커다란 인공폭포가 있었으나, 그 시각에는 물이 흘러내리지 않았다.

진주로 돌아오는 도중 충북 청주시 서원구 남이면 청남로 885에 있는 큰소왕갈비탕에 들러 석식을 들었다. 과거에도 여러번 들렀던 곳인데, 나를 비롯한 대부분의 사람들은 이 집의 주 메뉴인 왕갈비탕(13,000원)을 들고 아내를 비롯한 다섯 명은 비빔밥(7,000원)을 들었다. 마침 앞자리에 오늘 산에서 고생한 여인이 앉았으므로, 그녀에게 오늘 있었던 일에 대해 물어보았다. 점심 때 조금 얻어 마신 하수오 술이 근육을 수축시키는 작용을 한 것 같다고 했으며, 과거에는 그런 일이 전혀 없었고 지금도 아무렇지 않다는 것이었다.

집에 도착하여 샤워를 마친 후, 밤 11시가 좀 지나서 취침하였다.

10 (금) 맑음 - 제주 행

오후 5시 무렵 징시방이 창원과 진주 지사에서의 용무를 마치고 우리 집으로 왔다. 거실에서 TV를 시청하며 대화를 나누다가, 내가 운전하는 승용차에 동승하여 6시 반 무렵 진주시 신안로 32(신안동 34-77)에 있는 大盛회초밥으로 가서 코스 요리로 석식(200,000원)을 들고서 집으로 돌아왔다. 정서방이 생선회를 좋아한다 하여 아내가 그곳으로 정한 것이다. 회옥이 내외는 일요일까지 2박3일간 진주의 우리 집에 머물며 근처를 둘러볼 것이다. 정서방은 미래에셋금융서비스에 근무하며, 그 진주지사는 우리 집에서 별로 멀지 않은 곳의 ABA생명 건물 안에 있다고 한다.

집으로 돌아와 잠시 있다가 우리 내외는 다시 승용차를 몰고 신안동 공설운동장으로 가서, 이제는 사용하지 않게 된 그곳 운동장 안에다 차를 세워둔 다음 대형버스에 탑승했다. 21시 10분경에 출발하여 도동 공단로터리 경남예식장 앞에서 사람들을 더 태운 다음, 22시 20분 무렵 삼천포신항여객터미널로 갔다. 3월 10일부터 12일까지의 '가파도 청보리 축제, 새별오름 들불축제, 절물오름 절물휴양림 관광트레킹'을 예약해 두었기 때문이다. 지리산여행사의 강덕문 대표는 코로나 사태 이후 10여인이 탈 수 있는 중형차를 손수 운전하여 여행이나 트레킹 사업을 벌여오고 있었는데, 이번 모임에는 우리 팀의 40명 외에 또 20명이 더 참가하여 총 60명을 인솔한다고 한다.

우리 내외는 처제가 아내의 칠순 기념으로 선물한 2인용 침대칸인 특등실 6013호실에 승선하였다. 우리는 꽤 큰 여객선인 Ocean Vista Jeju 호에 탑승하여 23시 30분에 삼천포신항을 출항한 후 약 7시간을 항해하여 내일 06시 경에 제주항에 도착할 예정이다.

11 (토) 짙은 미세먼지 -올레7코스, 석부작테마파크, 가파도, 들불축제

6시 15분쯤에 하선하였다.

우리 일행은 두 대의 버스에 분승하였는데, 지리산1에는 40명 정도, 그보다 작은 지리산2에는 20명쯤이 탔다. 우리 내외가 탄 지리산1 버스에는 기사 겸 기이드로서 고식진이라는 사람이 탔는데, 그는 중년 정도 되어 보이는 제주 고 씨 토박이로서, 농담을 곧잘 하였다. 그를 따라 15분쯤 이동하여 신제주의 한라대학로 12에 있는 제주 흑돼지 전문점인 늘봄흑돼지로 가서 선지해장국으로 조식을 들었다. 아내는 별로 들지 않았으므로, 사실상 내가 2인분을 든 셈이다.

식후에 제주올레 7코스를 트레킹하기 위해 법환포구 근처로 이동하여 돔배남골에서부터 외돌개까지 3.5km 정도를 걸었다. 7코스는 제주 올레 가운데서도 가장 인기가 있는 모양으로서, 나는 벌써 이 길을 몇 번이나 걸었는지 모를 정도이다. 그러한 7코스 중에서도 또 가장 인기 있는 부분의 일부를 걸은 셈이다.

외돌개주차장에서 다시 버스에 올라 석부작테마파크로 이동하였다. 石附作은 식물을 화산석에 붙여 분재처럼 키우는 것을 말함인데, 나는 예전에 그런 곳에 한번 들렀던 적이 있었다. 그러나 오늘 우리가 간 곳에는 석부작이 별로 눈에 띄지 않고, 8개 농민작목반이 공동으로 경영하여 각종 밀감 종류를 주로 재배하고 있는 농원이었는데, 우리를 그곳으로 데려간 목적은 상황버섯을 홍보 판매하는데 있었다. 나중에 다시 대절버스에 타자 앞자리에 앉은 강덕문 씨에게 그곳은 석부작테마파크가 아니지 않느냐고 했더니, 그의 말은 그렇지 않다는 것이었다. 그러고서 자기 핸드폰으로 찍은 석부작 한 컷을 보여주었다. 그러나 나중에 기사에게 다시 물어보니, 지금은 이름을 바꾸어 삼성농원이라고 하며, 석부작 테마파크는 제주도의 다른 곳에도 있다는 것이었다. 제주시는 단체여행 팀에게 이런 곳 한 군데를 꼭 들르도록 지도하고 있다고 한다.

그곳을 떠나 알뜨르 게스트하우스라는 곳으로 이동하여 고등어조림으로 중식을 들었다. 그리고는 그 부근 모슬포의 운진항으로 가서 13시 20분에 가파도로 떠나는 블루레이 1호를 탔다. 나는 예전에 한국의 최남단인 마라도에까지 갔던 적이 있었는데, 당시에 출항했던 곳과는 다른 곳이었다. 강덕문 씨의 말에 의하면, 유람선은 송학산 밑에서 출항하고 정기여객선은 여기서 출항한다는 것이므로, 마라도로 갈 때는 송학산 쪽에서 출발했던 듯하다. 도착해보니 가파도는 마라도와 달리 관광객을 상대로 장사하는 사람들만이 아닌 주민이 상시로 거주하고 있고, 규모도 보다 큰 듯했다. 면적은 0.874 ㎢, 가구 수는 126호, 인구는 227명이라고 한다. 가파도는 청보리가 유명한데, 지금은 청보리가 아직 자라나고 있는 중이었다.

　우리 내외는 하동 항에서 배를 내려, 가오리 모양의 섬을 오른쪽으로 돌아서 상동 매부리당을 둘러본 다음 좀 더 나아가다가, 전망대 방향으로 진로를 정하여 섬을 북쪽으로 종단하였다. '소망' 전망대는 우리나라 유인도 중 가장 낮아 수평선과 하나인 듯한 가파도에서 제일 높은 위치(해발 20.5m)에 2.5m 높이로 설치한 것인데, 섬 전체와 그 주변의 다른 섬들을 조망할 수 있는 곳이다. 우리는 전망대에서 더 북쪽으로 나아가 다시 해변에 도착한 후, 바닷가를 따라서 시계 반대 방향으로 크게 한 바퀴를 돌아 선착장으로 되돌아왔다. 오늘 걸은 코스의 상당 부분은 제주 올레 10-1에 속한 것이다.

　15시 20분발 블루레이 1호를 타고서 모슬포 운진항으로 되돌아와, 오늘의 마지막 목적지인 새별오름의 들불축제 장소로 이동하였다. 그곳은 오전에 제주시에서 서귀포시로 넘어올 때도 통과했던 곳인데, 1997년 이래로 지속된 이 행사는 이제 퍽 유명해져서 2019년 대한민국 최우수문화관광축제로 선정되기도 하였다. 축제는 9일에 시작된 모양이지만 금년에는 본 행사가 3월 10일부터 14일까지 나흘간에 걸쳐 개최되는데, 오늘은 그 중 하이라이트인 불놓기 날이다. 그러나 올해는 전국적으로 산불의 피해가 심하므로, 새별오름의 한쪽 면 전체를 뒤덮은 억새풀들을 한꺼번에 태우는 불 놓기는 정부의 지시에 따라 중단되었다. 그래도 나머지 행사들은 예정대로 이어져서 오늘은 새별오름의 앞쪽 평지에 설치된 가설무대에서 춤 공연이 펼쳐지고, 천 명쯤이나 될 듯한 꽹가리 농악대가 길게 줄을 지어 행진하는 모습도 볼 수 있었다. 진도에서 와 그 지방 특산물인 구기자 상품들을 홍보하는 상인

이 선물 다섯 종류를 무상으로 나눠준다고 하므로 그 앞에 한참을 서 있었는데, 약장수처럼 너무나 장황하게 상품 선전을 늘어놓으며 시간을 끌므로, 결국 간장과 치약은 받지 않은 채로 그 자리를 떴다. 가설무대에서 펼쳐지는 춤 공연을 좀 지켜보다가 아내는 먼저 버스로 돌아가고, 나는 새별오름 정상까지 한 바퀴 돌았다. 정상에서 바라보는 석양의 모습이 장관이라는 것이었으나, 오늘은 날씨가 맑지 못하여 별로 볼 것이 없었다.

오후 7시 무렵 축제행사장을 떠나 신제주의 신광로 92에 있는 썬랜드호텔에 들어, 우리 내외는 608호실을 배정받았다. 이곳은 작년 11월 19일 강덕문 씨를 따라와 한 번 묵은 적이 있는 곳이다. 저녁식사로서 배부 받은 도시락은 호텔방에 도착하여 비로소 들었다. 오늘의 총 걸음 수는 23,507보였다.

12 (일) 때때로 비 오며 갑자기 춥고 강한 바람 - 절물오름, 국립제주박물관

호텔 지하 1층 식당에서 한정식으로 조식을 든 다음, 08시에 호텔을 체크아웃 하여 출발했다. 한라산 동북쪽 기슭에 있는 절물자연휴양림으로 이동하여 11시까지 두 시간 정도 시간을 보냈는데, 우리 내외는 절물오름(687m)에 올라가보았다. 절물자연휴양림은 작년 2월에 혜초여행사를 따라 두 번 트레킹을 왔을 때 모두 들렀던 곳이지만, 오름에까지 오르지는 않았던 것이다. 오름 길 주변에 자연적으로 피어난 복수초의 꽃밭이 정상 부근까지 계속 이어졌다. 정상에 도착한 다음, 제1전망대와 제2전망대를 거쳐 분화구 순환로를 따라 한 바퀴 빙 돈 다음, 오를 때의 코스로 내려오다가 도중에 다른 길을 취해 주차장까지 왔다. 날씨가 맑은 듯하다가 산행 도중부터 갑자기 비가 내리기 시작하더니 수시로 찔끔찔끔 쏟아졌다.

절물자연휴양림을 떠나 제주시 연북로 381(도남동)에 있는 ㈜탐라원특산품센터에 들렀다. 이곳 역시 작년 2월에 혜초여행사를 따라 두 번 제주도에 왔을 때 7일과 21일 두 번 다 들렀던 곳이다. 그런데 오늘 기사 고 씨는 운전 도중 계속 꽤 적극적으로 이곳의 상품 홍보를 하더니, 도착한 다음에도 몇 분간 차를 멈추고 서서 선전을 하였고, 매점 안까지 들어가 입구 부근에

서서 손님들을 안내하였다. 아내는 거기서 초콜릿 두 종류와 수분 크림을 샀다. 일행 중 기사에게 주문하여 제주 특산의 오메기떡을 산 사람도 있었다.

절물에 가는 도중 아내로부터 들었는데, 우리가 타고서 오늘 오후 삼천포로 돌아가기로 예정된 배가 안개 탓에 간밤에 제주로 들어오지 않았다는 것이었다. 그래서 강 대장이 새로 연락하여 삼천포가 아닌 고흥의 녹동으로 가는 배로 이럭저럭 바꿔 타게 되었다. 원래의 예정으로는 중식 후 13시에 제주 국제선터미널에 도착하여 14시에 제주항을 출발한 다음 7시간 후인 21시에 삼천포항에 도착하기로 되어 있었는데, 새로 변경한 배는 오후 3시 반에 출항하여 3시간 반 후인 7시에 녹동에 도착한다는 것이다. 그 때문에 1인당 2만 원 정도씩 추가로 부담해야 했지만, 그 절반은 강 대장이 카버하고 우리는 만 원씩만 지불하였다. 그런 만큼 운항 시간은 오히려 반으로 줄어든 셈이다. 강 대장에게 그 원인을 물어보니 녹동이 제주에서 가까운 데다 삼천포로 가는 배는 여객보다도 화물 운반이 위주이기 때문에 그렇다는 것이었다. 삼천포 배는 운행을 시작한 지 그리 오래 되지 않았다.

제주시 삼성로94(일도2동)에 있는 신산명성식당에 들러 한정식으로 점심을 든 다음, 남는 시간을 때우기 위해 오후 2시까지 약 한 시간 정도 예정에 없었던 제주시 일주동로17의 국립제주박물관에 들르게 되었다. 거기서는 지하 1층에 있는 실감영상실에서 디지털 기술로 만든 몰입형 실감영상을 두 편 감상하였는데, 하나는 1770년 제주 출신의 張漢喆이 과거를 보러 육지로 가던 중 풍랑을 만나 남쪽 먼 바다를 표류하다 가까스로 제주로 돌아온 후 상상력을 가미하여 저술한 『漂海錄』을 바탕으로 한 〈표해, 바다 너머의 꿈〉이고, 또 한 편은 제주 영상시 〈深遠의 명상〉이었다. 지하 1층 홀은 아무것도 없이 텅빈 것이었는데, 그 4면 벽과 바닥 및 천정까지가 모두 대형화면으로 바뀌어 환상적인 분위기를 연출하였다.

15시 30분에 출항하는 아리온제주의 3등 객실에 들어 우리 내외는 부족했던 수면도 보충하고 벽면에 부착된 TV를 시청하기도 하였다. 나는 평소 배를 타면 갑판으로 나가 계속 바다 풍경을 감상하는데, 오늘은 바람이 세고 더러 비가 오는 데다 기온도 많이 떨어졌기 때문에 선실 바깥에는 사람이 없었다. 실제로는 오후 7시 반 남짓에 녹동항에 도착하여 대절버스로 갈아탄 다음, 밤 10시 무렵 진주의 공설운동장에 닿아 그곳에 세워둔 우리 승용차를 몰고서 귀가하였다.

16 (목) 맑음 -논산 탑정호

아내와 함께 봉황산악회를 따라 충남 논산시 부적면 신풍리와 가야곡면 종연리 일원에 있는 塔亭湖출렁다리에 다녀왔다. 승용차를 몰고 가 신안동 공설운동장 안에다 차를 세운 후, 그 부근 신안로터리까지 걸어가서 상봉아파트 앞을 출발하여 8시 40분쯤에 도착한 대절버스를 탔다. 버스는 인원이 전체 좌석의 절반 정도 밖에 채워져 있지 않았다. 봉황산악회는 중·노년의 여성들이 중심이 된 것인데, 코로나 이후 처음으로 참여하였다.

통영대전, 새만금포항(구 익산장수), 호남, 호남고속지선 고속도로들을 경유하여 1번 국도로 빠진 후 643번 지방도를 거쳐서 11시 27분에 탑정호 출렁다리 남문 부근 도로가에서 하차하여 다리까지 걸어갔다. 탑정호 주변에 19km, 약 8시간이 소요되는 종주코스가 있고, 이는 다시 6개의 소풍길로 나뉘는데, 우리 내외는 오늘 그 중에서 1코스 하늘호수길(4.7km, 약 1시간 40분)과 2코스 대명산 일출길(4.05km, 약 1시간 30분)의 수변데크 길을 걷게 되었다.

탑정저수지는 1941년에 착공하여 1944년에 준공하였으며, 해방 후 2차에 걸친 증상공사를 실시하여 만수면적 673ha, 저수용량 3,498만㎥로서 충청남도에서 두 번째로 큰 저수지에 이르러 있다. 이곳에 출렁다리가 생긴 것은 2018년에 착공하여 2020년 10월 15일에 준공하였는데, 폭 4.8m(유효폭2.2m), 주탑 높이 46.5m, 길이 592.6m로서, 호수 위에 설치된 가장 긴 출렁다리로 인정되어 있다. 출렁다리 행어면이 거대한 스크린 역할을 하여 2만여 개의 LED등 발광을 통한 미디어파사드 시설이 되어 있고, 호수의 수문 근처에는 길이 144m, 높이 100m의 음악분수도 설치되어져 있다.

우리 내외는 다리를 건넌 후, 북문에서 수변데크 길을 따라 오른쪽으로 난 소풍길 2코스를 따라 걷다가 정오 무렵 도중의 쉼터 벤치에 걸터앉아서 점심을 들었고, 식후에도 계속 걸어 2코스의 끝인 수변생태공원에 이르렀다. 나무와 풀들이 이미 봄의 기운을 띄어 데크길 가 수양버들의 움이 텄고, 공원의 개나리도 피기 시작하였으며, 튤립과 수선화도 제법 자라나 있었다.

돌아오는 길은 대명산 정상을 경유하는 육로도 있지만, 아내의 뜻에 따라 수변 데크길로 되돌아와서 출렁다리의 북문 종점에 이르렀고, 거기서 다시 1코스 수변데크길을 따라 서쪽 및 남쪽 방향으로 나아가 탑정호 석탑과 제방 뚝길, 음악분수를 거쳐서 15시 01분에 대절버스가 머물러 있는 3주차장에 이르러 오늘의 트레킹을 끝냈다. 소요시간은 3시간 37분, 총 거리 7.95km, 걸음수로는 14,043보였다.

유형문화재 제60호인 논산 탑정리 석탑은 고려시대로 추정되는 부도탑으로서, 본래 현재 저수지에 의해 수몰된 지역에 위치한 漁鱗寺라는 절에 있던 것을 일제 강점기에 저수지 공사를 하면서 옮겼다고 한다. 下臺石, 竿石, 中臺石으로 이루어져 있으며, 현재는 1층만 남아 있기 때문에 원래 몇 층의 석탑인지는 확인할 수 없다. 전해 내려오는 말로는 고려 태조가 남쪽으로 견훤을 정벌할 때 이곳에 주둔하여 '어린사'라는 절을 지었다고 한다.

오후 3시 남짓에 주차장을 떠나, 논산 시내를 거쳐서 갈 때의 코스로 되돌아오다가 완주주차장에 이르러 하산주를 들었고, 저녁 7시 무렵 귀가하였다.

20 (화) 맑음, 春分 - 서해랑길 1코스

아내와 함께 한아름산악회의 서해랑길 1코스 트레킹에 참가했다. 오전 8시 가까운 무렵 바른병원 앞에서 문산을 출발하여 시청을 거쳐 오는 대절버스를 타고서 봉곡로터리를 경유해 통영대전·남해고속도로에 올라 서쪽으로 계속 나아가다가, 강진무위사IC에서 2번국도로 빠져나온 후 13번 국도를 경유하여 해남군으로 향했다. 참가자는 총 44명이라고 한다. 11시 13분 무렵 일행 중 8명은 서해랑길 1코스의 종점이자 2코스의 출발지점인 전남 해남군 송지면사무소 앞에서 하차하고, 나머지는 중간지점인 송호해수욕장에서 하차했다. 나는 1코스, 아내는 2코스를 택했다. 전체의 18%만이 풀코스를 선택한 것이다.

서해랑길은 서쪽바다와 함께 걷는 길이란 뜻으로서, 전남 해남의 땅끝탑에서 인천 강화 평화전망대까지 우리나라 서쪽 해안을 따라 구축되어 약 1,800km를 18개 구간 109개 코스로 나눈 것인데, 우리는 오늘 그 중 1코스를 역방향으로 걷게 된 것이다. 창립한 지 27년째인 한아름산악회는 몇 년 전 동해안을 따라 걷는 해파랑길을 완주했었고, 앞으로는 남해안을 따라가는 남파랑길과 이 서해랑길을 주로 걸을 모양이다.

1코스 팀은 모두 역전의 용사들이므로 걸음이 매우 빨랐다. 나는 평소 등산할 때 일행 중 가장 뒤에 처져 내 페이스대로 걷는 편이지만, 이러한 장거리 평지 코스에서는 자칫하면 길을 잘못 들 우려가 있을 뿐 아니라 뒤에 처졌다가 도착시한보다 늦어 다른 사람들에게 피해를 줄 우려도 있으므로, 오늘은 시종 일행과 함께 가기로 했다. 차를 타고 가는 도중 휴대폰 앱에서 한반도둘레길을 통해 서해랑길 1코스를 조회해보려고 하다가, 이 앱이 근자에 올댓스탬프라고 하는 보다 광범위한 다른 앱으로 전환된 것을 알고서, 이런저런 시행착오 끝에 마침내 후자에 접속하고 전자는 삭제하였다. 도중에 가로수로 심어둔 벚꽃이 한 주 만개해 있는 것을 금년 들어 처음으로 보았고, 마봉리 부근에서 달마산 능선을 바라보았으며, 달마고도 입구도 지나쳤다. 승지승호임도를 따라 걷다가 도로변 상수원보호구역의 저수지가 거의 말라가고 있음도 눈에 띄었다. 송종마을 부근의 바닷가 굴 양식기구들이 쌓여 있는 공터에서 다함께 점심을 들었다.

2코스의 일행이 출발했던 송호해수욕장은 모래사장이 드넓게 펼쳐져 있으므로 모래사장을 따라 걸어보았다. 마침내 '땅끝산책로'에 다다라 정상에 땅끝전망대가 설치되어져 있는 갈두산 주변의 바닷가를 따라 이어진 풍치 좋은 데크길을 걸어 한반도의 남쪽 끝인 땅끝탑에 다다랐다. 이곳은 남파랑길 90코스의 종점이자 서해랑길 1코스의 출발지점이기도 하다. 거기서부터는 남파랑길 코스를 따라 걸어서 땅끝마을까지 630m 정도를 나아가 15시 54분에 마침내 땅끝항 여객선터미널 부근 땅끝희망공원의 주차장에 정거해 있는 우리들의 대절버스에 도착하였다. 소요시간은 4시간 40분, 총 거리는 16.81km, 걸음수로는 25,385보였다. B코스를 걸은 사람들은 12,156보 정도 걸은 모양이다.

돌아오는 도중 남해고속도로상의 벌교IC에서 15번 국도로 빠져나가 전남 보성군 벌교읍 조정래길 55(화정리 657)에 있는 정가네원조꼬막회관에 들러 짱뚱어탕(1만 원)으로 석식을 들었다. 이 집은 꽤 인기가 있는지 도로 건너편에 같은 이름의 별관이 있는데, 그 식당도 규모가 상당하였다.

밤 9시가 채 못 된 시각에 귀가하였다.

4월

2 (일) 맑음 -우두산·의상봉

아내와 함께 동부산악회의 31주년 기념 산행에 동행하여 거창군 가조면의 우두산 Y자형출렁다리와 우두산·의상봉 등반을 다녀왔다. 8시 30분까지 장대동 논개시장 건너편에서 집합하여, 대절버스 2대로 통영대전고속도로와 광주대구고속도로를 경유하여 가조IC에서 1099지방도로 빠져나왔다. 도중에 가조가 악성 우륵의 고향이라는 팻말이 눈에 띄었다.

牛頭山과 의상봉에는 과거 여러 차례 올랐었지만, 오늘은 Y자형출렁다리에 가보는 것이 주목적이었다. 그 새 이곳에는 과거의 주차장 자리 오른쪽에 거창항노화힐링랜드라는 대규모 시설이 들어서고, 토·일·공휴일에는 힐링랜드의 주차장을 폐쇄하고서 가조 읍내의 임시주차장에 주차한 후 무료 셔틀버스로 올라오게 되어 있었다. 그리고 힐링랜드 입구에 매표소도 설치되어 있었다. 그러나 이 산악회는 그 아래쪽 도로 가에 있는 뿔당산장이라고 하는 염소·오리·닭 식당에 예약이 되어 있어 대절버스를 타고서 거기까지 들어갈 수 있었다.

10시쯤 뿔당산장에 도착하여 시산제에 참여하지 않을 사람들은 주먹밥을 하나씩 받아 먼저 산행을 떠났다. 우리 내외도 산행을 택하여, 도로 가에 설치된 긴 덱 계단을 거쳐 힐링랜드 입구 주차장까지 걸어 올라갔다. 보도의 중간 중간에 계단이 설치되어져 있고, 아래 위 두 군데에 덱 보도가 설치되어 있었는데, 위쪽 계단에 적힌 바에 위하면 총 368개였다. 古見寺 등산로 입구쯤에 세워진 이정표에 의하면 거기서 마장재까지는 1.6km, Y자형 출렁다리까지는 600m, 견암폭포까지는 440m였다.

먼저 제일 가까운 곳에 있는 견암폭포를 향해 지그재그 형으로 꼬불꼬불 놓인 高架 덱 길을 따라 걸어 올라갔다. 見庵은 폭포에서 약 1km 상류에 있는 원효와 의상이 창건했다고 하는 古見寺의 다른 이름이므로 고견폭포라 불리기도 한다. 원효가 절을 창건할 때 전생에 와본 곳이라 하여 古見寺라 불렀다고 한다. 폭포는 높이 80m의 수직 바위절벽을 타고 흘러내리는데, 수량이 많지는 않았다.

견암폭포를 둘러본 다음 Y자형출렁다리로 향했다. 출렁다리는 2018년 6월부터 2019년 9월까지에 걸쳐 시공된 것으로서, 연장은 109m(40m+24m+45m)이며 보행폭 1.5m의 무주탑 Y자형 현수교이다. 힐링랜드의 북쪽 끄트머리쯤으로서, 가조면 수월리 가정곡 들머리에 있는 가조 3경 龍沼 위에 설치되어져 있다.

아내는 거기서 힐링랜드로 이어지는 둘레길을 따라 바로 아래로 내려가고, 나는 마장재 방향으로 등산을 시작했다. 예전에 이곳으로 올 때면 마장재는 하행 코스에 위치해 있었던 것인데, 오늘은 출렁다리를 보는 것이 주목적이므로 역코스를 취하게 되었다. 마장재에 거의 가까워진 무렵에 정오가 되었으므로, 혼자 길가의 햇볕이 잘 들고 바람이 없으며 경사가 심하지 않은 곳에 자리 잡고 앉아 점심 도시락을 들었다. 도중의 이정표에 의하면 주차장에서 마장재까지는 2km로 되어 있다. 마장재에서 우두산 상봉까지가 다시 2km 거리이다. 산 능선 길에는 바람이 세찼고, 군데군데 진달래 군락이 눈에 띄었다.

마침내 해발 1,046m인 우두산 상봉에 도착하였다. 別有山이라 불리기도 하는데, 예전에 이곳에서 갈림길을 경유하여 합천의 남산제일봉(1,054m) 쪽 능선으로 접어든 기억이 있다. 우두산에서 의상봉까지는 다시 600m를 더 나아가야 한다. 의상봉(1,045m)은 우람한 바위기둥 같은 것이 홀로 우뚝 솟구쳐 있는 봉우리인데, 가조1경이라고 한다. 의상대사가 참선한 곳이라

하여 이런 이름이 붙었고, 산 아래에는 의상대사가 수도할 때 날마다 대사와 상좌가 먹을 만큼의 쌀이 나왔다는 쌀굴도 있다. 우두산 주봉은 일본 천황가의 조상신 素戔嗚尊(수사노오노미고토)이 天降하여 살았다는 曾尸茂梨(소시모리)에 비정되기도 한다.

여러 단계로 이어진 가파른 계단을 따라 의상봉 정상까지 올랐다가 도로 내려온 다음, 거기서 2.7km 떨어진 장군봉 방향의 길을 취하여 900m 아래의 고견사까지 내려왔다. 우두산 고견사는 해인사의 말사로서, 신라 문무왕 7년(667)에 의상·원효가 창건한 사찰로 전해 오는데, 동종이 보물 제1700호로 지정되었고, 경상남도 유형문화재 제263호로 지정된 석불이 하나 남아 있을 뿐 절 규모는 그다지 크지 않다. 최치원이 심었다는 은행나무도 있다고 하나 보지는 못했다.

고견사에서 주차장까지는 1.2km이고, 주차장에서 다시 오전에 올라온 덱 길을 따라 한참을 더 내려와 15시 48분에 뿔당산장에 도착하여 오늘 산행을 마쳤다. 대절버스 두 대에 타고 온 사람들 중에 오늘의 주 코스를 산행한 사람은 나를 포함하여 단지 여섯 명이 있을 뿐이라고 한다. 나머지 사람들은 산장의 노래방 시설 등에서 놀았다. 산행 소요시간은 5시간 32분, 총 거리는 10.36km, 걸음 수로는 18,973보였다.

4 (화) 맑았다가 저녁부터 비 –공주 무성산·성곡사·공산성

아내와 함께 공주 무성산·성곡사·공산성에 다녀왔다. 오전 7시 50분경 바른병원 앞에서 대절버스를 타고 통영대전·익산장수·호남·논산천안 고속도로를 경유하여 남공주IC에서 40번국도로 빠진 후, 공주시내에서 공주보를 건너 도천이라는 개울을 따라 한참 올라가 11시 17분에 공주시 우성면 한천리의 승마체험장 버스주차장에서 하차하였다. 기사 포함하여 총 24명인데, 이 중 12명이 등산에 참여하고 나머지는 대절버스에 남아 마곡사로 갔다. 아내는 나와 함께 등산 팀에 끼었다.

무성산은 출발지점의 안내판에는 茂盛山으로 기록되어 있고, 정상의 산성 안내판에는 武城山城으로 적혔는데, 아마도 후자가 원래의 이름인 듯하다. 충남 공주시의 우성면·정안면 및 사곡면에 걸쳐 있는 산으로서 고도는 613.9m이다. 정상은 우성면 한천리와 사곡면 화학리 사이에 위치해 있다. 무성산에는 홍길동과 관련한 두 가지 전설이 전해진다고 하는데, 하나는 "고려 시대에 쌓은 것으로 추정되는 산성에서 조선 세조 때 홍길동이 웅거하면서 탐관오리들과 토호들을 못살게 했다."는 것이고, 또 다른 내용으로는 옛날 이 산속에 홍길동이 그의 모친과 누님을 모시고 살았는데, 하루는 남매간에 내기를 하여, 길동은 쇠신을 신고서 송아지를 이끌고 한양까지 갔다 오기로 하고, 누님은 산봉우리에 성을 쌓기로 하였는데, 누나가 성을 다 쌓고 돌하나만 올려놓으면 되는 시기에 어머니가 개입하여 팥죽을 쑤어서 주고 누나가 그 팥죽을 먹고 있는 사이에 길동이 한양으로부터 돌아와 마침내 이겼고, 누나는 그 결과로 죽임을 당했다는 내용이다. 산 정상에 산성이 있는데, 이를 홍길동성이라고 부르고, 그 근처에 홍길동굴도 있다.

홍길동의 이야기는 허균의 한글소설 『洪吉童傳』을 통해 널리 알려졌지만, 『연산군일기』에 도적 洪吉同이 체포된 기사가 있는 등으로 하여 그러한 이름을 가진 도적이 실존했던 것은 사실인 모양이다. 그리하여 전남 장성과 강원도 강릉이 서로 홍길동을 자기 고장 사람이라고 주장하여 소송을 벌이기도 했던 모양인데, 현재 장성에 홍길동 테마파크가 있고, 홍길동의 생가도 복원해 두었다. 공주의 홍길동은 처음 듣는 말인데, 이곳 무성산 일대에도 곳곳에 홍길동과 관련된 이름들이 존재한다.

출발지점의 승마체험장은 규모가 작고 말 세 마리가 있었다. 홍길동산성 가는 길을 따라 올라가니 도중에 720년의 역사를 지녔다는 소나무 숲이 있고, 河陽許氏世阡이라는 곳에 조선 중기에 활동했던 의관으로서 우리나라 최초의 침구전문 의서인 『鍼灸經驗方』을 집필하고, 선조·광해·인조의 3대 조정에서 내의원 어의로 활동했었다는 許任(1570~1647)의 묘소도 거기에 있었다. 그 위쪽의 등산로 갈림길에 홍길동성까지는 1.8km, 한천리마을회관까지는 2.5km라고 적힌 이정표가 세워져 있었다.

홍길동성은 무성산 정상을 둘러싸고 있고, 아직도 그 유허가 뚜렷하게 남아 있다. 공주시 사곡면 대중리 산39-6에 위치하며, 공주시 향토문화유적

기념물 제12호로 지정되어 있다. 전체 성벽의 둘레는 530m라고 한다. 정상에서 점심을 들었는데, 그 일대에 조선조 인조의 3남 인평대군 이요의 3남 복선군 이남의 13대 후손이라는 李明洙 한국전력공사 직원의 무덤을 비롯하여 이 집안사람들의 무덤이 몇 기 널려 있고, 그 무덤 터에 할미꽃이 피어 있는데, 내 생애에 그처럼 많은 할미꽃 군락은 처음 보는 듯했다. 홍길동굴은 거기서 500m 떨어진 위치에 있는데, 홍길동이 살았다는 석굴로서 커다란 돌덩이로 입구가 막혀 있어 그 안에 과연 동굴이 있는지 어떤지도 확인할 수 없었다.

우리는 무성산에서 남쪽으로 꽤 멀리 떨어진 위치에 있는 갈미봉(309.3m, 일명 고불산)을 거쳐 그 아래쪽의 성곡사로 내려가 약 4시간 걸리는 산행을 마칠 예정이었는데, 도중에 임도를 만난 지점에서부터 무성산전국산악자전거대회 때 설치한 MTB코스 안내판이 여기저기 눈에 띄어 그 표지를 따라서 나아갔다. 그러나 도중에 길이 갈라지므로 뒤에 오는 산행대장 김현석 씨가 맞다고 하는 방향으로 나아갔으나 머지않아 그 등산로는 꽤 넓은 도로로 바뀌었다. 뒤에 오던 김 씨가 그 길이 아니라고 하므로 되돌아가 다시 MTB 코스를 따라 나아갔는데, 그 길은 마침내 임도를 만나게 되고 거기에 화월리 방향과 계실리 방향을 가리키는 이정표가 서 있었다.

거기서 다들 길을 잃고서 한참을 망설이다가 계실리 방향을 취하여 임도를 따라 나아가는데, 도중에 김현석 씨는 혼자서 길도 없는 야산을 차고 올라가고, 나머지 사람들은 임도를 따라 계속 내려오다가 건너편 산 능선에서 성곡사의 부처상 하나를 발견하고서 그 방향으로 잡목 숲을 헤치고 나아갔다. 마침내 성곡사에 도착하니 대절버스가 거기에 와 대기하고 있고, 김현석 씨도 이미 거기에 와 있어 모두가 함께 모였다.

성곡길 358-13에 위치한 성곡사는 주지인 관묵이 이곳에 대사원을 이룩하겠다는 서원을 세우고서 1982년부터 도로를 개설하고 그 일대의 산림을 대대적으로 벌채하고서 이룩한 거대한 사찰이다. 노천불로 좌대 포함 높이 18m에 달하는 석가모니불을 주불로 모셨고, 주불의 좌우에 190cm에 달하는 입불상을 각각 500개씩 모두 1천의 부처님을 말굽 형으로 봉안하는 등

규모가 장대한 불상들을 여기저기에 배치해 두어 자못 웅장하였다. 그러나 오늘 거기에 온 사람은 우리 일행 외에 아무도 눈에 띄자 않는 등 엄청난 비용을 쏟아 부은 반면 불사는 실패로 끝난 모양이었다. 주불로 올라가는 돌계단도 관리가 소홀하여 어긋난 것들이 많았다. 16시 32분에 차로 돌아왔는데, 산행 소요시간은 5시간 15분, 총 거리는 12.86km였다.

성곡사를 떠나 다음으로는 웅진시대 백제의 도성이었던 公山城에 들렀다. 공산성에 도착한 무렵부터 부슬비가 내리기 시작하더니 빗발이 점차 굵어졌다. 공산성에는 과거에도 경상대 재직시절 답사 차 여러 번 들른 바 있었는데, 오늘은 서문인 錦西樓로 들어가서 오른쪽으로 성벽을 타고 걸어서 추정 왕궁지 발굴조사 터를 지나 과거에 남문이자 정문이었던 鎭南樓를 거쳐 백제 東城王 22년(500)에 왕궁의 동쪽에 지은 누각으로서 연회 장소였을 것으로 추정되는 臨流閣을 1980년에 2층으로 복원해둔 것까지 둘러보고서 오후 4시 56분부터 5시 40분까지인 체류시간에 맞추어 차량으로 되돌아갔다. 여기까지의 전체 걸음 수는 26,825보에 이르렀다.

오늘부터 내리기 시작한 비로 전국 각지에 동시다발적으로 발생한 수많은 산불들이 모두 진화되었고, 호남 등지의 가뭄에도 크게 도움이 될 듯하다.

돌아오는 길에 전북 완주군 소양면 전진로 1051(화심리 532-1)에 있는 화심손두부 본점에 들러 순두부찌개(8,000원)로 석식을 들었다. 이곳은 아내와 함께 2017년 9월 11일 산초모 모임 답사 때와 2018년 6월 5일 오늘과 같은 산울림산악회의 답사 때 들렀던 것이지만, 아내는 당시의 일을 전혀 기억하지 못했다. 밤 10시 무렵 귀가하였다.

8 (토) 맑음 –한국시조문학관

오전 8시 30분에 진주 집을 출발하여 외송에 가서 아내가 12시 반쯤 동양화 수업을 마칠 때까지 독서카드를 검토하였다. 오늘 이후 이 수업은 약 한 달 동안 방학에 들어간다고 한다.

쉼터식당에서 늦은 점심을 든 다음, 외송을 출발하여 오후 2시쯤 진주의 뒤벼리 부근에 있는 한국시조문학관 세미나실에 도착하여 개관 10주년 기념식에 참석하였다. 1부는 글예술사랑방 및 문학특강이었던 모양이고, 우리 내외가 참석한 것은 2부였다. 테이프 커팅을 시작으로 논개예술단의 색소폰 연주, 이영희 경상대 교수의 우리 춤 공연, 김정희 관장의 인사말이 있었고, 내빈 소개가 있은 다음, 강희근 경상대 명예교수와 양성구 한국문협시조분과 회장의 축사가 있었으며, 김정희 여사의 장녀인 김희승 씨의 가족 축시 낭송 및 허미선·박미정 시인의 축시 낭송이 있었고, 케이크(시루떡) 절단으로 모는 순서를 마쳤다. 김희승 씨는 아내의 진주여고 동기인데, 그녀의 초청으로 참석했던 것이다. 한국시조문학관은 한국에서 시조문학으로서는 최초로 개관한 것이라고 하는데, 김정희 여사가 자기 소유의 터에다 개인적으로 만든 것으로서 한옥 건물 네 채로서 이루어져 있다. 그러므로 시조 낭송은 모두 그녀의 시를 읽은 것이었다. 김윤수 씨도 참석해 있었다.

9 (일) 맑음 - 무학산

아내와 함께 울산광역시 범서읍 망성리에 있는 무학산(344m)에 다녀왔다. 오전 8시까지 시청 육교 밑에 집결하여 대절버스 한 대로 출발하였다. 남해·중앙고속지선·경부고속도로를 경유하여 서울산톨게이트에서 24번 국도로 빠져 9시 9분에 망성리 사일마을의 泗日회관 앞에서 하차하였다.

우리 내외는 삼일산악회 회원인 산우를 따라 사일회관 옆으로 난 길을 따라 바로 산길로 접어들었지만, 대부분의 다른 사람들은 회장을 따라 사일쉼터를 둘러서 왔고, 결국 만수로산책로에서 합류하였다. 산책길이라 함은 마을 사람인 서만수라는 이가 이 길을 개척하였기 때문에 그의 이름을 붙인 것이며, 도중에 서만수공덕비가 있다고 하였으나 갈 때도 돌아올 때도 그 비석은 눈에 띄지 않았다. 도중의 갈림길에서 아내는 다른 회원 몇 명을 따라 직진하는 길로 올라갔으나 그 길은 얼마가지 않아 무덤 앞에서 끝나버렸고, 아내와 다른 한 명은 되돌아와 태화강100리길의 대방골에서 우리와 합류하였다. 만수로산책로가 끝난 지점에서 태화강100리길 2구간을 만나 그 길을 따라 한실재까지 계속 올라갔다. 도중에 임도를 만나 자동차가 통과할 수 있을 만큼 넓은 그 길을 따라 걸었다. 대체로 평탄하여 등산로라기보다는 트레킹 길이었다.

태화강100리길 2구간은 예전에 우리 내외가 반구대암각화 및 천전리각석을 거쳐 대곡박물관까지 걸은 바 있었던 바로 그 길이었는데, 망성교에서부터 시작되는 14.3km 코스였다. 도중에 반구대암각화 근처까지 이어지는 사연호를 지났는데, 가뭄으로 물이 말라 수위가 크게 낮아져 있었다. 사연댐은 1962년부터 1965년 사이에 태화강의 지류인 대곡천 수계의 물을 얻기 위해 건설된 댐으로서, 높이 46m, 길이 3,000m에 이르는 것이다. 망성리 아래쪽 범서읍 사연리의 지명을 취한 것이다.

한실재 부근에서 태화강100리길과 작별하여 우리는 그 재에서 점심을 든 후 범서옛길이라는 등산로로 접어들어 능선 길을 따라서 50분 정도 소요되는 무학산 정상을 향해 역방향으로 나아갔다. 이 일대의 산에서 눈에 띄는 진달래(?)는 색깔이 매우 옅어 흰색에 가까운 분홍빛을 띠고 있었다. 도중에 325·309·285봉을 지나 마침내 舞鶴山 정상에 다다랐다. 무학산이라 하면 주로 마산에 있는 것을 생각하는데, 그것 외에도 전국 여기저기에 같은 이름의 산에 몇 개 있는 것이다. 거기서 좀 더 나아간 곳에 무학산만디(342.9m)라는 산봉우리가 있는데, 거기서는 멀리 울산 시내인 듯한 빌딩들이 조망되었다. 무학산만디까지 간 사람은 회장과 나를 비롯하여 네 명 정도에 불과하였다.

무학산으로 되돌아와 아래로 이어진 산길을 따라 내려갔는데, 평소 이 길을 통행하는 사람이 매우 적은지 길은 도중에 끊어지다시피 하여 이럭저럭 능선을 따라 계속 내려와 오전 중에 지나간 갈림길에 이르렀고, 얼마 가지 않아 그 길을 버리고서 계속 능선 길을 걸어 마침내 오후 2시 43분에 우리 대절버스가 이동하여 대기하고 있는 곳에 이르렀다. 소요시간은 4시간 43분, 총 거리 10.98km, 걸음 수로는 20,100보였다.

거기서 약간의 하산주 시간을 가진 후, 오후 4시에 출발하여 6시 남짓에 귀가하였다.

20 (목) 맑음 -목령산

아내와 함께 봉황산악회의 충청북도 청주시 청원구 오창읍 성산리·주성리·양청리 사이에 있는 鶩嶺山(229m) 산행에 동참하였다. 산의 모양이 따오기 같다고 하여 이런 이름이 붙었으며, 정상부에 목령산성이 자리하고 있다고 한다. 승용차를 신안동 공설운동장 안에 세워두고서 오전 9시 40분 무렵 그 부근의 신안로터리에서 상봉아파트를 출발해 오는 대절버스를 탔다. 여성들로 이루어진 이 산악회의 참가자는 오늘도 26명에 불과하며, 참가비는 다른 산악회에 비해 파격적으로 싸시 코로나 이전의 3만 원 그대로인데, 버스 대절비도 안 될 수입으로는 만성 적자가 될 것이 분명해 보임에도 불구하고 어찌하여 산행을 계속할 수 있는지 모르겠다. 대절버스가 서경쿱버스 협동조합 소속의 녹색 차량인데, 다른 회사에 비해 대절비가 훨씬 싼지 어떤지는 모르겠다.

통영대전·경부·중부 고속도로를 경유하여 올라가다가 오창IC에서 빠져나가, 11시 30분에 오창호수공원 주차장에 도착했다. 이 공원의 정식 명칭은 문화휴식공원이며, 호수의 이름도 호암저수지인 모양이다. 커다란 호수 주변을 한 바퀴 빙 두르는 덱 산책로가 놓이고, 산책로 가는 온통 철쭉 군락지로 조성되어져 있었다. 호수 반대쪽 끄트머리의 홈플러스 부근에서부터 도심 속의 나지막한 야산을 올라 산행을 시작했다. 아파트가 즐비한 도심 주변의 양청공원·중앙공원 등 근린공원들을 지나갔고, 도중의 충혼탑이 있는 곳을 좀 더 지난 지점에서 벤치에 걸터앉아 점심을 들었다.

그런데 점심 들고 있는 우리 내외의 곁을 지나갔던 여성 산행대장 일행 세명이 점심을 들고 있는 지점에 다다랐을 때 그들이 하는 말로는 주민에게 물어보니 정상인 목령산까지는 앞으로 45분 정도를 더 가야한다는 것이었으므로, 아내는 거기에 머물러 산행대장 일행과 행동을 같이 하여 왔던 길로 되돌아가고 나만 혼자 정상으로 향하였다. 근린공원들을 지나니 본격적인 등산로가 이어졌다. 도중에 해발 205m의 바랑산 표시가 나무에 붙어있는 곳을 지났고, 도로까지 내려오니 그곳은 바로 오창공원묘지 입구 부근이었다. 오창장미공원이라 적혀 있어 나는 그저 장미꽃이 많은 공원인 줄로만 알

앉지만, 다시 긴 계단을 올라 산길에서 내려다보니 그렇지 않고 묘지였던 것이다.

도로에서부터 목령산 정상까지는 2km 정도의 거리였다. 정상에는 鷲嶺亭이라는 현판이 걸린 목조 2층의 팔각정이 서 있고, 그 2층 기둥에 산의 높이를 적은 종이가 붙어 있었다. 정상에서 970m 더 나아간 시섬에서 어느 문중의 재실과 松樂書院이라는 현판이 붙은 건물도 있는 지점으로 하산하였다. 오후 2시 31분이었다. 등산로종합안내도에 의하면 호암저수지에서 이곳까지의 거리는 6.07km, 산길샘에 따르면 소요시간은 3시간 1분, 총 거리 7.85km이며, 만보기 상의 걸음수로는 14,434보였다.

그곳 양지문화마을 입구에서 카카오택시를 불러 오창호수공원으로 되돌아왔다. 택시비가 7,080원 들었으니 상당한 거리이다. 그럼에도 불구하고 산악회에서 나눠준 개념도에는 목령산 전망대에서 도심 속 송내[대?]공원을 거쳐 호수공원까지 걸어오는 것으로 되어 있으며 오후 3시까지 돌아오라고 하니, 현실을 전혀 알지 못한 것이다. 대절버스는 주차장에 있지 않고 그 부근의 도로 가에 서 있었는데, 왔던 길로 되돌아간 산행대장과 아내 일행 네 명은 도중에 길을 잘못 들었고, 하산시간인 3시를 10분 정도 지나서야 돌아왔다. 이 산악회는 예전에도 이곳에 한 번 온 적이 있어 다른 코스로 정상에 올랐다는데, 산행대장도 산길을 잘 모르고, 산악회 측이 배부한 개념도는 부정확하기 짝이 없으며, 대부분의 참가자들은 호수공원 근처를 좀 걷다가 그냥 버스로 돌아와 있었다. 그러므로 오늘 정상까지 간 사람은 나 하나뿐인 셈이다. 그러나 돌아오는 버스 속에서는 진주에 도착할 때까지 계속 시끄러운 음악을 틀어 놓고서 춤을 추고 있었다. 오후 7시 10분경에 귀가하였다.

26 (수) 맑음 - 남강 유람

창환이가 서울에서 내려오는 날인지라, 오후 4시에 외송을 출발하여 진주로 돌아왔다. 창환이는 5시 반쯤에 도착하였다. 함께 근처의 얼치기냉면으로 가서 석식을 든 다음, 근년 들어 새로 조성한 소망진산 유등공원으로 가서 물빛나루쉼터에서 오후 7시의 김시민호 유람선을 타고 반시간 정도 남강을 둘러보았다. 중년여성 해설사가 동승하여 설명을 해주었고, 천수교에다 진주교까지를 지나 문화예술회관 부근까지 갔다가 되돌아왔다. 유람하는 도중에 날이 어두워져 조명등이 비친 진주성 일대와 남강변의 풍경을 바라볼 수 있었다. 하선한 후에는 천수교 근처에서 엘리베이터를 타고 소망진산 공원으로 올라가 공원 경내를 처음으로 한 번 둘러보았다.

27 (목) 맑음 - 남파랑길 31코스

소가 창환이와 함께 남파랑길 31코스를 다녀왔다.

오전 9시에 집을 출발하여 승용차를 몰고서 9시 51분 지난번 출발지점인 고성군 상리면 부포리의 부포사거리에 도착하였다. 가는 동안 블루투스로 파가니니의 바이올린 곡들을 감상하였다.

대체로 33번 국도를 따라 동쪽으로 나아가는데, 도중에 긴 대독천을 만나 이번에는 고성읍 중심부에 이르기까지 계속 그 개울을 따라갔다. 고성군에서는 대독천을 따라서 왕복하는 대독누리길을 조성하여 포장된 길바닥에다 각 지점 거리의 표시도 해두고 있었다. 남파랑길은 대독누리길과 겹치는 부분이 많다. 길가에 계속 노란 유채꽃이 피어 있었다. KAI의 고성 공장도 지나쳤다.

고성읍 소재지에 도착하여 수남리 540-17번지에 있는 수남민물메기탕에서 메기탕 2인분으로 점심(29,000원)을 들었다. 그 식당에는 가수 조영남 씨가 다녀가, 주인 내외와 함께 찍은 사진을 벽에 걸어두고 있었다.

식후 야산에 조성된 南山公園을 한참동안 가로질러 나아가다가 그 정상 부분에 2층의 사각팔작지붕으로 으로 지은 남산정에 올라 고성만의 바다 풍경을 바라보기도 하였다. 남산공원을 내려와서부터는 고성만을 따라 나아갔다. 그곳 일대에도 오토캠핑장 부근에서부터 편도 1.4km의 덱길로 조성된 해지개해안둘레길이라는 것을 조성해두고 있었다. 밤에는 경관조명도 하는 모양이다. 만을 가로지르는 해지개다리도 건넜다.

고성읍과 통영시의 경계를 조금 지나 14시 37분 통영시 도산면 창동에 있는 바다휴게소에 이르러 오늘의 트레킹을 끝냈다. 그 부근에 남파랑길 안내판은 눈에 띄지 않았다. 소요시간은 4시간 45분, 총거리는 17.84km, 걸음 수로는 23,984보였다.

거기서 창환이가 김대중 씨가 운전하는 경남25바1049 택시를 잡아 출발 지점인 부포사거리로 돌아왔는데, 기사 김 씨도 트레킹을 좋아하여 운전석 뒤편에 남파랑길 등의 리본을 달아두고 있고, 차의 천정에도 온통 그 관계 사진들을 도배질해두고 있었다. 오후 3시 무렵 부포사거리에 도착하여, 거기 세워둔 승용차를 몰고서 모차르트의 피아노 협주곡들을 들으며 귀가하였다.

집에 도착하여 샤워를 마친 다음, 창환이는 오후 7시 반으로 예약해둔 고속버스 시간을 변경하여 6시 버스로 상경하였다. 아내가 5시 반으로 대성회 초밥에다 석식을 예약해 두었지만, 그것도 취소하고서 참외 하나와 아침에 먹고 남긴 야채들을 조금 들었을 따름이다. 창환이는 이즈음 서울 영등포구 국제금융로24 유진그룹빌딩 5층에 있는 유진투자선물에서 근무하고 있다는데, 내일 그 회사 일로 한 주 남짓 미국 출장을 다녀오는 모양이다. 며칠 전에는 홍콩으로 가 예전에 근무하던 회사의 사람을 만나고 왔으며, 5월 11일에 한국을 떠나 인도네시아의 자카르타에 있는 한국인 부자 친구를 만난 다음 14일에 미국으로 돌아간다고 한다. 6월에는 그의 전처인 엘리스가 아이들을 데리고 한국에 와 한달 정도 머무는 모양인데, 7월 초순에 아이들을 넘겨받아 그 애들을 데리고서 다시 진주를 방문할 예정이다.

29 (토) 흐리고 부슬비 -원주역사박물관

아침 일찍 장오토로 가서 90만 원을 지불하고서 타이어 네 개를 모두 교환한 모하비 승용차를 찾았다. 그 차를 몰고 신안동 공설운동장으로 가서 운동장 안에다 차를 세운 후 1문 앞에서 20분쯤 기다리다가 8시 40분 무렵 도착한 원주역사박물관 행 버스를 타고서 덕천서원으로 향했다. 조경식 원장의 취임 告由式 및 春享은 9시 30분에 시작하여 11시 무렵에 끝났는데, 儒服을 입은 유림 임원들의 행사였다. 허권수 교수가 유림의 대표 격인 모양이었다. 조옥환 사장의 말에 의하면, 신임 원장은 이현재 전임 원장의 추천에 의해 정해진 것인데, 창녕조씨이기는 해도 남명의 후손은 아니라고 한다. 원장은 1년에 한 번 있는 제례에 참석하는 것 외에 특별히 하는 일은 없는 모양이다. 덕천서원의 敬義堂 앞뜰에 붉은 모란 두 그루와 차나무 고목 두 그루가 나란히 서 있는 것은 처음 본 듯 새삼스러웠으며, 進德齋와 修業齋 중 東齋인 진덕재는 河有楫 씨의 조부인 澹軒 河禹善이 원장으로 있을 때 산청군 금서면으로부터 이건해 왔다는 것이었다.

행사가 끝난 후, 창녕조씨 문중 사람들은 내가 타고 갔던 버스를 타고, 나와 김선유 남명학연구원 이사장은 조 사장의 승용차에 조 사장과 함께 타고서 강원도 원주시 봉산로 134에 위치한 원주시역사박물관에서 오후 4시부터 열리는 『중천김충열전집』 15권 완간 기념 행사장으로 향했다.

조옥환 사장은 보통나이로 92세인데, 귀가 좀 멀어 보청기를 사용하는 점 말고는 기력이 좋아 매일 진주시 인사동의 부산교통 본사로 출근하여 업무를 보는 외에, 매년 9월이면 지리산 천왕봉을 한 차례씩 오를 정도로 건강하다. 내가 사단법인 남명학연구원의 상임연구위원 직을 사임한 지 20년이 넘었음에도 불구하고 매년 설날과 추석에는 어김없이 직원을 시켜 과일 선물을 진주의 우리 집으로 보내오고 있다. 근년 들어 답례 삼아 수확한 자두를 두 차례 부산교통 사무실로 갖다 준 바 있었는데, 그 사무실의 모습은 30여 년 전의 예전에 비해 조금도 달라지지 않았으며, 승용차도 여전히 프레지던트를 타고 있다. 나는 프레지던트가 쌍용차인 줄로만 알고 있으나, 조 사장의 말로는 자기 회사는 현대의 버스만을 도입하고 있으며, 승용차도 현대와 기술제휴 한 것이라고 했다.

오늘 조옥환 사장으로부터 들은 바에 의하면, 어제 오전 11시부터 칠암동에 있는 100주년 기념관에서 경상국립대학교 비전선포식이 있어 조 사장도 초청을 받아 참석했었는데, 그 자리에서 경상국립대학교의 남명학 연구는 종래의 한문학과에다 경영대학을 합해 앞으로는 두 군데에서 추진하게 된다는 것이었다. 그 명분은 남명이 經世致用 중 치용을 강조한 점에 두고 있으며, 진주시 지수면에서 LG·삼성·효성 등 대한민국을 대표하는 대기업의 설립자들이 초등학교를 다닌 점이 그 직접적 배경이 된 모양이다.

김선유 이사장은 1954년생이라고 하니 나보다 다섯 살이 적은데, 산청군 시천면 외공리 내공마을 출신으로서 덕산에서 초등학교를 다녔다고 하며, 진주교대 수학과를 졸업한 후 초등학교와 중등학교 교사를 거쳐 모교의 총장까지 역임한 입지전적 인물이다. 현재는 진주 시내의 초전푸르지오 아파트에 거주하며 내공에 별장을 가지고 있다고 했다.

의식에 참여했던 김선유 씨가 자기 승용차에서 유복을 양복으로 갈아입고 오기를 기다려 버스와 함께 출발했다. 33번 국도를 따라가다가 도중에 고령군 쌍림면 대가야로 819에 있는 휴게소맛집 식당에 들러 안동간고등어구이와 청국장이 포함된 정식으로 점심을 들었고, 광주대구·중부내륙고속도로를 경유하여 올라가던 중 괴산휴게소에 들러 수프리모 커피를 한 잔 사마셨다. 북충주IC에서 평택제천고속도로에 오른 다음, 동충주IC에서 19번 국도로 빠져나와 오후 3시 50분부터 원주시립교향악단의 현악4중주 식전공연이 시작될 무렵이 되어서야 역사박물관 대회의실에 도착하였다. 나는 세 번째 줄에 김충열전집 간행의 실무책임자인 원주역사박물관 학예연구사 김성찬 씨의 뒤편에 자리가 배정되었다.

완간기념행사는 차순덕 원주시역사박물관 관장과 남상호 전집 간행위원장의 개회사, 홍원식 실무위원장에 의한 중천전집 소개 및 완간 보고, 원강수 원주시장의 영상 축사 및 윤사순 고려대 명예교수, 송기헌 국회의원의 축사, 간행위원회의 공식적 대표인 이승환 고려대 명예교수가 김성찬 씨에게 수여하는 감사패, 중천 김충열 동영상 시청의 순서로 진행되었고, 마지막으로 기념촬영이 끝난 다음 그 옆의 기획전시 공간으로 자리를 옮겨 완간 기념전 『시간, 공간 그리고 인생』을 참관하였다. 전시기간은 오늘부터 6월 4일까지인 모양이다.

원주역사박물관을 떠나 원주시 행구로 238에 있는 횡성더덕밥집가라는 상호의 식당으로 자리를 옮겨 석식을 들었다. 나를 포함한 일행 세 명은 별실에서 김충열 교수의 부인 및 서울에서 부인과 큰아들을 대동하여 뒤늦게 도착한 조회환 한국외국어대 중국어과 명예교수, 그리고 부인이 다니는 교회의 목사와 합석하여 앉았다.

조옥환 사장보다 한 살 연상인 김충열 교수는 1931년 3월에 태어나 2008년 3월에 별세하였으니 만 77세의 생애를 산 셈이다. 강원도 원주시 문막읍 건등리에서 경주 김씨 집안의 서자로 태어났다. 전집이 15권이라고 하지만, 학술적인 저작은 11권이고, 나머지는 잡문·한시·서예·타인의 평으로 구성되어져 있는 모양이다. 오늘 모임의 참가자들에게는 전집 14권 『중천 묵향: 情理圓融』 한 권씩이 배부되었다. 서울 자하문 밖의 종로구 신영동인가에 사셨는데, 오늘 부인의 말로는 고향인 문막 근처로 이사 온 지 25년 된다고 한 것으로 미루어 작고하기 10년 전쯤에 서울 집을 청산하고서 낙향했던 모양이다. 나는 그와 함께 남명학연구원의 창립 시부터 사단법인 등록을 마칠 때까지 간사 및 상임연구위원으로서 연구원의 일을 돕다가, 사단법인으로 된 후로는 제자인 김경수 군에게 사무국장의 직책을 넘겨주고서 상임연구위원의 직만을 유지하고 있었던 것이지만, 오늘 조회환 씨가 연구원이 김 교수, 조 사장 그리고 나의 3인 체제였다고 말한 바와 같이 차기 원장으로 내정되어 있었으나, 도중에 뜻이 맞지 않아 연구원을 떠났기 때문에 그 이후의 일은 잘 알지 못하는 것이다. 그러나 부인도 나의 이름을 알고 있었고, 진주에서 나를 만난 적이 있다고도 하였으며, 집안에서 김 교수 추숭사업을 주관하고 있는 큰며느리도 나를 잘 알고 있다. 부인은 1938년생인데, 관절염이 심해 거동이 불편한 상태이다.

　　김 교수는 2남 3녀를 두었는데, 큰아들 김정일 박사는 문막의 농장에서 포클레인을 몰다가 다쳐서 한쪽 눈을 실명하였으며, 차남은 중국에서 음악관계 교수 생활을 하다가 6년 전 쯤에 지병으로 사망했다고 한다. 장남에게는 자식이 없고, 차남에게만 있는데, 2중국적자인 아버지와 달리 딸은 한국국적만 가지고 있었기 때문에 한국에 나왔다가 코로나19로 말미암아 부모가 있는 중국에의 재입국이 허락되지 않아 할머니 댁에서 학교에 다니고 있는 모양이다. 3녀 중 차녀와 3녀는 미국에 사는데, 차녀도 중국통으로서 중국 관계의 일을 하는 모양이다.

　　돌아올 때는 신림IC에서 중앙고속도로에 올라 광주대구고속도로를 거쳐 고령에서 33번 국도를 탔다. 덕산에 차를 둔 김선유 이사장은 고속도로 고령

입구의 갓길에 차를 대기시켰다가 뒤이어 도착한 전용버스를 타고서 덕산으로 돌아갔고, 나는 진주시 신안동 공설운동장에서 하차하여 승용차를 몰고서 밤 10시 무렵 귀가하였다.

30 (일) 맑음 - 임자도

아내와 함께 청솔산악회를 따라 전남 신안군 임자면의 대둔산(320m) 삼각산(220) 함박산(197) 불갑산(224) 벙산(139) 연속산행을 다녀왔다.

오전 7시 무렵 우리 아파트 부근의 구 진주역전을 출발하여 남해·호남고속도로를 따라가다가, 유덕IC에서 빠져나와 운수IC에서 무안광주고속도로로 접어들었고, 무안공항TG에서 빠져나와 77·24번 국도를 타고서 임자도로 들어갔다. 10년 전 이맘때인 2013년 4월 20일에도 비경마운틴을 따라 임자도에 들어와 튤립축제를 둘러보고서 오늘의 산행 코스를 역방향으로 답파하고자 한 바 있었는데, 그 때는 지도의 정암 선착장에서 대흥고속카페리를 타고 임자도의 진리 선착장에 도착했었다. 그러나 이제는 정암선착장에서 중간의 수도를 경유하여 진리의 진도로 연결되는 두 개의 긴 철교가 놓여 버스를 탄 채로 임자도에 들어갈 수 있게 되었다.

10시 47분에 섬의 서남쪽에 있는 원상리에 도착하여 10여 명이 하차하여 등산을 시작하였다. 아내를 포함한 나머지 사람들은 차 안에 남아 있다가 도중의 중간지점인 부동의 장목재에서부터 등산을 시작하기로 되어 있었지만, 실제로 거기서 하차한 사람은 남자 두 명뿐이었고 나머지 사람들은 종점인 신안튤립공원까지 가서 4월 7일부터 16일까지로 이미 튤립축제가 끝난 튤립공원 안에서 논 모양이다.

나는 일행의 뒤를 따라 오늘 코스의 최고봉인 대둔산에 힘겹게 올랐고, 전망대가 설치되어 있는 그곳에서부터는 두세 개의 재를 사이에 두고서 대체로 서로 이어지는 산 능선을 따라 크게 S자 형을 그리며 나아가게 되었다. 2013년에 왔을 때는 오늘의 하산지점에서부터 등산을 시작하여 벙산·불갑산·함박산을 차례로 거쳐 장목재에서 지나가던 농업용 트럭의 짐칸을 얻어 타고 진리선착장으로 향했던 것이다. 오늘은 삼각산 부근에서 일행과 함께 점심을 들었고, 장목재와 함박산을 지나 불갑산에 다다라 보니 철제 안테나 탑들이 여러 개 서로 이어져 서있는 기지국이 있었다. 목포광역해상교통관제센터에서 설치하여 선박을 관제하는 안테나도 있고, SK·KT 등이 설치한 통신용 탑도 있었다.

점심을 든 이후로는 일행으로부터 제법 뒤떨어져 늘 혼자서 걸었는데, 팔각정이 있는 병산을 마지막으로 지나 모래사장이 드넓은 대광해수욕장 쪽으로 내려와 보니 솔밭민박단지라는 것이 형성되어져 있고, 처음 보는 상점가도 있었으며, 신안튤립공원도 예전보다는 한층 더 잘 정비되어 상시적으로 운영하고 있는 모양이었다.

오후 4시 13분에 튤립공원 입구의 주차장에 서 있는 대절버스에 도착하여 오늘 산행을 마쳤다. 소요시간은 5시간 26분, 총 거리는 12.04km이며, 걸음수로는 22,279보였다. 시간 관계로 나는 튤립축제장 안에 들어가 보지 못했는데, 아내의 말에 의하면 입장료가 만 원이고 튤립은 이미 대부분 졌지만 다른 꽃들이 있으며, 내부가 매우 넓고 해변으로 접근할 수도 있을 뿐 아니라 별도로 만원을 지불하여 해변열차를 탈 수 있으며, 카페 등도 있더라고 한다.

돌아올 때는 광주 시내를 관통하여 호남고속도로에 올랐고, 하동군 진교면 소재지의 진교중앙길 15 금오농협 맞은편에 새로 생긴 합천삼가한우·라예에 들러 갈비탕으로 석식을 들었다. 8시 반쯤에 출발지점으로 되돌아왔는데, 아내는 깜박 잊고서 차의 좌석 위 선반에 놓아둔 가방을 챙기지 못하였다. 내가 김계세 회장에게 전화를 걸어 분실물을 찾아주도록 부탁하였다.

오늘 산행에서 코로나 이후 처음으로 오랜 산우인 정보환 씨를 만났다. 그는 이즈음 혼자서 산행이나 트레킹을 계속하여 자신의 블로그인 '산꾼 정보환'에다 1000회가 넘는 글들을 올리고 있다 한다. 오늘도 그는 두 개의 대교를 지나 임자도의 진리에서 하차한 후 혼자서 국도를 따라 걸었고, 마지막에는 병산에도 올랐었다고 한다.

5월

1 (월) 맑음 -파주 DMZ

밤 10시 50분쯤 아내와 함께 바른병원 앞으로 나가 문산을 출발해 오는 대절버스를 타고서 산울림산악회의 경기도 파주시 DMZ 여행에 참가했다.

2 (화) 맑음 -임진각, 도라전망대, 제3땅굴, 평화곤돌라, 갤러리 그리브스, 오두산통일전망대

버스는 오전 4시 반쯤에 파주시 문산읍의 임진각에 도착하였다. 2008년 5월 18일에도 아내와 함께 푸른항공여행사의 북한 개성 관광에 참여하여 이곳에 온 바 있었는데, 그 때보다 사뭇 달라진 느낌이었다. 그 때는 임진각이 경유지였지만, 오늘은 이곳이 주된 관광지로 되었다.

오전 5시 반쯤에 해가 뜨고 9시 무렵부터 DMZ 입장이 시작되는데, 우리는 제일 먼저 도착하여 첫 순서로 9시 10분에 DMZ 경내로 들어가게 되어 있었지만, 날이 새자 외국인 단체관광객들의 버스가 대규모로 도착하여, 매표원의 권유에 의해 그들에게 우선권을 양보하고서 9시 30분까지 기다리게 되었다. 그 동안 임진각 일대를 대충 둘러보았다. 도착한 후 이렇게 무려 다섯 시간이나 기다려야 한다면 간밤에 무박으로 진주를 출발하지 않았어도 될 것을 그랬다. 배부 받은 김밥 등으로 차 안에서 아침식사를 때웠다.

DMZ 매표소 경내의 벽에서 『조선왕조실록』 태종 13년(1413) 2월 5일 기사에 "임금이 臨津渡(지금의 임진나루)를 지나다가 거북선(龜船)과 倭船이 서로 싸우는 상황을 구경했다."는 기사가 있음을 읽었다. 모의 연습 장면인 모양인데, 이순신 장군이 만든 것보다 무려 180년이나 앞서는 거북선 관계 기록인 것이다.

버스를 타고서 통일대교를 건너 DMZ 구역으로 들어가 먼저 도라전망대에 올랐다. 예전에 개성관광을 갈 때 그 부근의 남북출입사무소에서 출경 수속을 밟았던 도라산역은 남북 관계의 경색 때문인지 현재는 폐쇄되어 있는 모양이다. 전망대가 있는 곳은 都羅山 정상 156m 지점에 자리하고 있었던 도라산봉수대가 위치했던 장소로서, 전망대 건물에서 바깥으로 개성공단과 개성시, 송악산, 남한의 최북단 마을인 대성리 등을 두루 조망할 수 있었다. 대성리 바로 위쪽에 판문점이 위치해 있는 것이다.

도라전망대를 내려온 다음, 그 근처에 있는 제3땅굴을 참관하였다. 나는 과거에 파주에 있는 제2땅굴에 들어가 본 적이 있었는데, 제3땅굴은 현재까지 발견된 북한 측이 판 네 개의 땅굴 중 가장 규모가 큰 것이라고 한다. 모노레일도 있지만 대부분의 사람들이 그렇게 하는 것처럼 오늘은 헬맷을 착용하고서 노보관람로를 따라 지하로 비스듬히 한참 동안 내려간 다음, 약간 엎드리고서 73m 지하에 위치한 북한군이 판 땅굴을 따라가 차단벽이 세워진 곳에서 되돌아오는 코스였다. 차단벽의 구멍 너머로 풀이 자라나 있는 땅굴이 바라보였다. 안내원 아가씨가 건강이 좋지 못한 사람들은 무리하지 말라고 권유하였으므로, 아내는 땅굴로 내려가지 않았다. 1973년에 북한에서 귀순한 김부성 씨가 제보하면서 발굴 작업이 시작되었는데, 발굴을 시작한 지로부터 3년이 지난 1978년에 비로소 총 길이 1,635m에다 1시간 당 3만 명의 병력 이동이 가능한 침투용 땅굴을 발견한 것이었다. 통일촌(장단콩마을)을 경유하여 임진각평화누리공원으로 되돌아와 그 한쪽 끄트머리에서 도시락으로 점심을 들었다.

오후에는 총 1.7km의 임진각평화곤돌라를 타고서 민통선 구간을 통과하여 임진강 건너편의 DMZ 스테이션에 도착하였다. 걸어서 언덕길을 올라 캠프 그리브스 옆에 있는 갤러리 그리브스에 들렀다. 캠프 그리브스는 DMZ 남방한계선에서 2km 떨어진 곳으로서 민간인출입통제구역 내에 위치해 있다. 국내에서 가장 오래된 미군기지 중 한 곳으로서, 미군이 1953년부터 2004년에 철수할 때까지 50여 년간 주둔했던 곳이다. 2007년 우리나라로 반환된 이후, 경기도가 2013년에 역사·문화 체험시설로서 미군의 볼링장이었던 곳을 갤러리로서 우선 개방한 것이다. 그리브스라는 명칭의 유래는 인디언 아파치족과 싸워서 이긴 전쟁 영웅 클린턴 그리브스 하사로 알려져 있다.

임진각 스테이션으로 되돌아온 후, 임진강 독개다리를 걸어보았다. 독개는 다리 건너편 북한 지역에 있었던 마을 이름이다. 경의선 열차가 임진강을 건너는 다리는 상행선과 하행선 두 개가 있었는데, 둘 다 6.25전쟁 때 파괴되었다. 그 중 상행선은 전쟁포로를 통과시키기 위해 기둥 위에 철교를 복구하였고, 하행선인 독개다리는 교각만 남아 있던 것을 길이 105m, 폭 5m로 전쟁 전 철교의 형태로 재건한 것이다. 복구된 상행선을 통해 1953년 한국 포로 1만2,773명이 귀환하였는데, 그들이 걸어올 수 있도록 나무를 짜 맞추어 만든 임시 다리는 '자유의 다리'라는 이름으로 현장에 아직도 남아 있다.

한국전쟁 중 피폭·탈선되어 반세기 넘게 비무장지대에 방치되어 있었던 증기기관차도 2004년에 보수되어 이곳에 전시되고 있다. 이 열차는 군수물자를 운반하기 위해 개성에서 평양으로 가던 도중 중공군의 개입으로 황해도 평산군 한포역에서 후진하여 파주 장단역에 도착했을 때 파괴되었으므로, 경의선 장단역 증기기관차로 불리고 있다. 1020여 개의 총탄 자국과 휘어진 바퀴가 당시의 상황을 말해주고 있다.

독개다리 옆의 한국전쟁 당시부터 사용하고 있던 군 지하벙커를 전시관으로 꾸민 BEAT 131에도 들어가 보았고, 미국군 참전비 등을 지나 6.25전쟁납북자기념관에도 들렀다.

임진각을 떠난 다음, 파주시 탄현면 필승로 369에 있는 오두산통일전망대에 들렀다. 한강과 임진강이 서로 만나는 지점에 위치한 것인데, 북한과의 거리가 가장 짧다고 한다. 이 역시 해발 119m의 烏頭山 정상에 위치한 것인데, 원래 이곳에는 오두산성이 위치해 있었던 것으로서, 『삼국사기』에 392년 고구려 광개토왕이 점령한 백제의 요충지로서 나타나는 관미성으로 추정되기도 하는 곳이다. 이미 시간이 늦어 전망대 건물 안으로 들어가서 보지는 못하고 밖에서 육안으로 북한 땅을 바라볼 수밖에 없었는데, 거기에 1992년 건립된 古堂 曺晩植 선생의 동상이 서 있었다.

오두산통일전망대를 끝으로 오늘의 관광은 모두 끝나고, 자유로와 한강북로를 거쳐 한남대교를 통해 경부고속도로에 올랐다. 돌아오는 도중 충북 청주시 서원구 남이면 청남로 885에 있는 큰소왕갈비탕에 다시 들러 나는 왕갈비탕(13,000원), 아내는 비빔밥(7,000원)으로 석식을 들었다. 밤 11시 무렵에 귀가하였다.

7 (일) 부슬비 -신성계곡녹색길

아내와 함께 좋은산악회의 경북 청송군 안덕면에 있는 신성계곡녹색길 트레킹에 참여하였다. 신성계곡은 유네스코 세계지질공원에 등록되어 있는 곳이다. 오전 8시까지 육거리의 구 제일예식장 앞으로 나가 자유시장 롯데 리아를 출발해 오는 대절버스를 탔다.

남해·구마(중부내륙)고속도로를 경유하여 대구에 이른 후 경부·대구포 항고속도로를 경유하였고, 북영천IC에서 35번 국도로 빠져나온 후 908번 지방도를 경유하여 신성계곡에 다다랐다. 흐리던 날씨가 청송에 다가갈 무렵 부슬비로 변했으므로, 11.8km 4시간 30분이 소요되는 3구간 전 코스를 걸을 사람은 나 하나뿐이었으므로, 산행대장 전학수 씨의 바람에 따라 다른 일행과 함께 출발지점인 1구간의 신성리 속골마을을 지나 11시 40분에 2구 간인 930번지방도 상의 지소리 새마마을에 하차하였다. 그러나 그곳은 2구 간에서 좀 벗어나 있으므로 아무런 안내표지도 눈에 띄지 않았는데, 다리를 건너서 앞서 가는 사람들을 뒤따라가다 보니 남의 농장 길을 한 바퀴 빙 돌아 출발지점에 가까운 새마교로 되돌아온 것이었다. 그 다리를 건너자 비로소 신성계곡녹색길 안내표지가 눈에 띄었다. 다슬기축제 안내판과 만암마을의 紫巖 단애 안내판을 보고서 비로소 새마을교를 지나 종점인 고와리의 묵은 재휴게소를 향한 바른 코스에 접어들었다.

2구간의 끄트머리인 반디불농장에 이르러 그 건물 처마 밑과 바깥 정자에 흩어져서 점심을 들었다. 오늘의 트레킹은 시종 길안천을 따라 걷는 것인데, 전체 코스의 여기저기에 강을 건너는 징검다리가 여러 개 있고, 잠수교도 몇 개 있다. 일행 중 다음에 건너야 할 징검다리인 지소리돌보까지 갔다 온 한 사람의 말에 의하면, 징검다리가 물에 잠겨 건널 수 없더라는 것이므로, 우리 내외는 식사를 마친 후 먼저 길을 떠나 930번 지방도를 따라 걷기 시작하였다.

그렇게 한참을 걸어 여러 사과밭 농장들을 지나 물결이 세찬 3코스의 白

石灘 포트홀을 둘러보고서 백석탄주차장에 다다르니 우리가 타고 왔던 대절버스는 거기서 되돌려 우리가 걸어온 길 쪽으로 돌아가는 것이었다. 잠수교에 가까운 그곳 도로가에는 고와리의 쉼터 등이 있고, 트레킹을 선택하지 않은 나머지 절반 정도의 사람들은 거기서 점심을 들고 있었다. 그들에게 물어보니 오늘 트레킹은 여기서 마친다는 것이었다. 얼마 후 되돌아간 버스가 반디불농장에서 함께 점심을 들던 우리 일행을 태워 왔으므로, 도로 길이나마 오늘 여기까지 계속 걸어온 사람은 우리 내외 밖에 없는 듯하였다. 14시 02분까지 2시간 22분이 소요되었고, 총 거리로는 5.81km, 걸음수는 8,954보였다.

백석탄 골부리권역 활성화센터로 되돌아가, 그곳의 널찍한 광장에 설치된 현대식 무대인 듯한 곳에서 비를 피해 하산주 시간을 가졌다. 그곳에는 백석탄내수면관리센터와 청송백석탄다슬기가공사업장도 함께 있었다. 식후에 다시 돌아왔던 길을 되돌아가서 930번 지방도를 따라 계속 올라가 35번 국도를 탄 후, 동안동IC에서 당진영덕(상주영덕)고속도로에 접어들었고, 안동JC에서 중앙고속도로를 타고 내려와, 대구에서 올 때의 중부내륙고속도로에 접속한 후 남해고속도로를 경유하여 밤 8시 남짓에 귀가하였다.

가끔씩 부산진초등학교 재학 시절의 친구로서 몇 번 그의 집에 가서 저녁식사를 함께 했던 친구가 생각나는데, 오늘 그의 이름이 장학선이었음을 기억해냈다. 그는 범일동 기차역 근처 높은 도로 아래 마을의 싹 바느질하는 가난한 홀어머니 밑에서 자라고 있었는데, 지금은 어디서 무엇을 하는지 살았는지 죽었는지조차 알 수 없다.

14 (일) 맑음 - 남파랑길 90코스

아내와 함께 더조은사람들의 남파랑길 90코스 트레킹에 동참하여 전남 해남군 송지면에 다녀왔다. 더조은사람들은 앞으로 매주 2·4주 일요일에 남파랑길을 역방향으로 계속 걸을 예정이므로 우리 내외도 신청해 두었다.

오전 6시까지 신안동 운동장 1문 앞에 집결하여, 강종문 대장 내외를 포함한 28명이 28인승 우등버스를 타고서 출발하였다. 남해고속도로를 경유하여 강진무위사IC에서 2번 국도로 빠진 후, 13번 국도, 806지방도, 77번 국도를 경유하여 8시 47분에 땅끝전망대주차장에 도착하였다. 남파랑길의 끝인 90코스는 원래 여기서 더 아래로 내려가 바닷가에 위치한 땅끝탑에서부터 시작하여 360m를 올라간 지점의 전망대를 거쳐서 다시 230m를 더 걸어 여기에 도착하게 되는 것인데, 강 대장은 버스가 들어갈 수 있는 마지막 지점인 이곳을 출발지로 삼은 것이다.

이 길은 원래 달마고도 제4코스의 끝 지점인 몰고리재 부근까지 땅끝기맥을 따라 가는 것인데, 대체로 달마산까지 이어진 야산의 능선을 따라서 걷고, 몰고리재에서부터 미황사까지는 산 중턱으로 난 달마고도 제4코스를 완전히 답파하는 것이다. 나는 2019년 9월 29일에 아내와 함께 더조은사람들을 따라와 달마고도 제4코스를 상당 부분 커버하여 도중에 도솔암 쪽으로 올라갔던 바 있었다. 땅끝기맥 코스의 여기저기에 '땅끝천년숲옛길' 또는 '바다가 내려다보이는 산자락길'의 표지기둥들이 서 있었다. 또한 도중에 김해김씨 전라남도의회 의원의 왕릉 같은 가족묘와 '송지 송호 임도'의 포장된 도로를 따라 걷기도 했다. '천년 숲 옛길'은 '땅끝길' 16.5km을 거쳐 '미황사역사길' 20km, '다산초의교류길' 15.5km로 이어지는 것이며, '바다가 내려다보이는 산자락길'은 해남·강진·영암·화순·곡성을 거쳐 구례까지 이어져 거의 전라남도의 전 지역을 커버하는 것이다. 1,200년 전 바닷길을 통해 인도 우전국에서 불교가 전해진 천년역사길이라 하여 '천년 숲 옛길'이라 불리는 것이다.

이는 美黃寺의 창건 설화에서 유래하는 것이다. 미황사는 신라 경덕왕 8년(749) 창건했다고 전하는데, 인도에서 경전과 불상을 실은 돌배가 사자포(現 葛頭港)에 닿자 義照和尙이 100명의 향도와 함께 이것을 소 등에 싣고 오다가 소가 한 번 크게 울면서 누운 자리에다 통교사를 짓고, 다시 소가 멈춘 곳에 미황사를 일구었다는 것이다. 가락국 허 왕후가 인도에서 왔다는 설화와 비슷한 것인데, 황당하기 짝이 없는 이야기이다. 달마고도 4코스의 도중에는 미황사에서부터 땅끝석선댓곳까지를 '미황사천년역사길'이라 한다는 팻말도 보였다.

땅끝기맥을 9.43km 지나온 지점에 달마고도 갈림길 이정표가 서 있는데, 거기서 달마고도를 거쳐 미황사까지는 5.0km, 땅끝기맥을 따라 도솔암까지는 1.3km, 거기서 다시 달마고도를 통해 미황사까지는 12.71km라고 적혀 있었다. 남파랑길은 전자의 코스였다.

남파랑길 90코스는 미황사 천왕문에서 끝났다. 오후 3시에 그곳에 도착하였는데, 소요시간은 6시간 12분, 총 거리는 15.19km, 걸음수로는 26,808 보였다. 일주문 앞의 소형차 주차장인 제1주차장까지 대절버스가 올라왔으므로 거기서 차에 올랐고, 오후 6시 반쯤에 귀가하였다.

21 (일) 맑음 -섬진강둘레길 1·2코스, 곡성세계장미축제

아내와 함께 천지트레킹클럽을 따라 섬진강둘레길 1·2코스와 곡성세계장미축제에 다녀왔다. 승용차를 몰고 가 신안동 운동장 안에다 주차하고 1문 앞에서 대절버스를 탔다. 남해 및 순천완주고속도로를 경유하여 구례읍의 황전IC에서 17번 국도로 빠진 후 압록역을 지나 9시 50분에 가정역에서 하차하였다.

우리 내외는 2018년 6월 10일에도 선우산악회를 따라 섬진강둘레길 트레킹을 가서 곡성구역에서부터 압록유원지까지 전체 코스를 답파한 바 있었다. 섬진강둘레길은 마천목장군길이라고도 부르며 코스를 다섯 개로 나누기도 하고 세 개로 나누기도 한다. 곡성구역에서 침곡역까지가 1구간(5.4km), 침곡역에서 가정역까지가 2구간(5.6km), 가정역에서 압록유원지까지가 3구간(4.5km)인데, 3구간은 예전에 우리가 걸었을 때도 그렇고 현재도 개발이 되어 있지 않아 이용이 불가하므로, 사실상 가정역이 끝인 것이다. 우리는 오늘 장미축제를 보는 것이 주된 목적이므로 트레킹은 제2구간만 하려고 했는데, 예전에 걸었던 코스를 역방향으로 걸어 침곡역에 이르러 점심을 들었을 때 일행 중 더 걷기를 원하는 사람들이 제법 있었으므로, 결국 1구간도 걸어 침실습지보호지역탐방안내소까지 이르렀다가 거기서 다시 버스를 타고 곡성구역으로 이동한 것이다. 침곡역은 폐역이라 驛舍가 남아 있지 않은데, 아내는 거기까지만 걸었다. 예전에 왔을 때는 침곡역에서 가정역까지만 레일바이크를 이용할 수 있었으나, 지금은 가정역에서 곡성 구역까지 증기기관차와 레일바이크가 다니고, 가정역에 집라인도 설치되어 있었다.

마천목장군길이라 함은 충정공 馬天牧(1358~1431)이 장흥의 속현에서 태어나 15세 되던 해에 곡성으로 이사를 왔는데, 소년 시절 어머니를 위해 섬진강에 물고기를 잡으러 갔다가 고기는 못 잡고 기이한 돌 하나를 주워왔는데, 그게 바로 도깨비들의 대장이었다. 도깨비들의 간청에 따라 그 돌을 내어주었고, 은혜에 보답하는 뜻으로 도깨비들이 순식간에 이곳 두계천(섬진강)에다 어살을 설치하여 마침내 물고기를 잡을 수 있게 되었다는 전설이다. 트레킹 코스에서 2코스 도중의 강 건너편에 도깨비천왕상이 바라보이고 그 앞 강 속에는 도깨비살이 있고 뒤쪽에는 도깨비마을도 있는 모양이다.

제13회 곡성세계장미축제는 어제인 5월 20일부터 5월 29일까지 구 곡성역사 안 섬진강기차마을에서 열린다. 내부는 북새통을 이룰 정도로 사람들이 많았고, 곳곳에 어린이놀이터와 푸드코너 등이 설치되어 있으며, 동물원도 있었다. 세계장미축제라 함은 세계에서 출품했다는 것이 아니라 세계 여러 지역의 장미들을 모아서 전시해 놓았다는 뜻이다.

돌아오는 길에 곤양읍의 덕원각(곤양군수밥상)이라는 식당에 들러 생선구이정식(18,000원)으로 석식을 들었다. 곤양군수밥상(30,000원)도 생선구이정식과 더불어 이 집의 대표메뉴 중 하나이다.

오늘의 트레킹에서는 침실보호습지에서 오후 1시 21분 다시 대절버스에 탑승할 때까지 점심시간을 포함하여 3시간 31분 동안 총 거리 8.19km를 걸었고, 장미축제 구경을 마치고 버스에 다시 탑승할 때까지 18,789보를 걸었다.

28 (일) 흐리고 아침과 오후에 약간의 빗방울 – 남파랑길 89코스

아내와 함께 오전 6시까지 신안동 운동장 1문 앞으로 나가 더조은사람들의 남파랑길 2코스 트레킹에 참여했다. 지난 14일의 90코스에 이어 89코스이지만, 역방향으로 나아가므로 2코스가 된다. 28인승 우등버스에 강종문 대장 내외를 포함한 27명이 탑승했다.

8시 49분에 달마산 미황사에 도착했다. 미황사까지 가는 도중 대부분 부슬비가 내렸는데, 트레킹이 시작될 무렵 달마산 일대에는 아직 비가 내리지 않고 흐리기만 하여 걷기에는 최적의 날씨였다. 점심때까지 트레킹을 마칠 수 있다고 하므로 배낭은 차에 두고 스틱과 물 한 통만 챙겨 길을 나섰다. 일주문에서 사천왕문까지 108계단을 올라, 달마고도 1코스를 따라서 걷기 시작했다. 그 길을 1.71km 걷고, 남파랑길 89코스 종착지인 원동버스터미널을 12km 남겨놓은 지점인 임도삼거리에서 달마고도를 벗어났는데, 그쪽 길은 '바다가 내려다보이는 산자락길'과 '땅끝 천 년 숲 옛길'의 일부였다. 길은 대체로 차 한 대가 지나갈 수 있을 정도로 넓었다.

11시 48분에 해남군 북평면사무소에 도착하여 오늘의 트레킹을 마쳤고, 나머지의 대부분 현산북평로 및 청해진로로 이어진 차도는 차로 커버하였다. 일행 중 이 코스의 종착지인 완도군 군외면 원동리의 버스터미널까지 도보로 걸은 사람도 두어 명 있었다. 오늘 우리 내외가 걸은 코스에는 2시간 59분이 소요되었고, 총 거리는 10.59km였으며, 걸음 수로는 16,235보였다.

다시 대절버스를 타고서 77번 겸 13번 국도를 경유하여 완도군이 시작되는 지점인 達島에 이르러 그곳 달도지구 농어촌테마공원에서 점심을 들었다. 아내는 식후에 다른 여성 회원들과 함께 바닷가 길을 좀 산책해 돌아오기도 했다. 거기서 다시 차에 올라 2주 후에 걸을 88코스 중 주로 차도를 커버하여 완도수목원까지 나아갔다가 진주로 되돌아왔다. 다음에는 수목원에서부터 걸을 예정인 것이다.

서울대 철학과 73학번 동기인 최규식 군이 부부 동반하여 10박 11일의 이집트·요르단·이스라엘을 커버하는 성서 여행을 마치고서 돌아왔다. 그가 단톡방에서 동기인 김성봉 목사에게 "예년처럼 자두 익었을 때 이환 형님 학사에 같이 가면 좋겠습니다."라고 말했으므로, 내가 좀 이르지만 동기들을 3년 연속으로 자두 익을 시기인 6월 23일부터 29일 사이에 외송의 백매원으로 다시 한 번 초대했다.

6월

4 (일) 맑음 -여수 향일암, 오동도 크루즈

아내와 함께 청일산악회를 따라 여수의 向日庵과 오동도 크루즈를 다녀왔다. 이 산악회는 코로나 이후 오늘 처음으로 행사를 갖는 것이라고 하는데, 그 사무장이 나를 기억하고 있었다. 예전(2018년 10월 7일)에 군산 선유도와 전주 한옥마을을 함께 다녀온 것, 그리고 내가 버스 속에서 시끄러운 음악을 틀고 춤추는 것을 좋아하지 않는다는 점을 마이크를 잡고서 오늘의 일행에게 말하는 것이었다. 그 이후 2018년 11월 3일의 고흥 지죽도, 2020년 1월 5일의 함양 대봉산 산행 때도 이 산악회에 동참한 바 있었다. 앞으로는 산행보다도 주로 일반 여행을 기획할 것이라고 한다.

오전 8시까지 신안동 공설운동장 1문 앞에 집결하여 출발하였다. 남해고속도로를 따라 가다가 광양에서 모처럼 이순신대교를 건너 麗川공단으로 진입하여, 먼저 돌산도 남쪽 끄트머리의 향일암으로 향하였다. 여수시 突山邑 栗林里 荏浦마을의 주차장에서 하차하여, 1km 남짓 걸어서 우리나라 4대 관음기도도량의 하나라고 하는 金鰲山 향일암으로 향했다. 모처럼 와보니 또 분위기가 새로웠다.

11시 50분까지 임포주차장으로 돌아와서, 되돌아오는 길에 돌산로 3454에 있는 곽진영의 종알이푸드에 들렀다. SBS의 '불타는 청춘', MBC의 '아들과 딸' 등에 출연했던 TV탤런트가 경영하는 곳인데, 오늘 그녀가 직접 매대에서 판매를 하고 있었다. 종알이는 곽 씨가 드라마 '아들과 딸'에서 막내딸 종알이로 출연한 데서 유래한 이름이다. 여수의 명물인 갓김치 등을 팔고 있었다.

다음으로 봉산2로 28(봉산동 180-4)에 있는 대교식당 돌게장에 들러 갈치조림과 게장(20,000원)으로 점심을 들었다. 여수의 맛집 중 하나인 모양이어서, 바깥에서 자리가 날 때까지 제법 한참을 기다려야 했다. 간장게장뿐만 아니라 고추장으로 버무린 게장도 나왔다.

식후에 돌산대교 아래의 돌산도선착장으로 가서 이사부크루즈라는 여수국동유람선을 타고서 오동도를 한 바퀴 돌았다. 길이 63.12m, 선폭 11.6m, 754톤에 800명이 탈 수 있는 제법 큰 배인데, 3층으로 되어 있어 1층은 공연장, 2층은 식당이고 3층은 주변을 전망할 수 있는 갑판이었다. 우리 내외는 시종 3층에서 나무 벤치에 걸터앉아 주변 풍광을 바라보았다. 여수는 2012년에 세계박람회가 개최된 곳이라, 그 때 박람회장으로서 새로 지은 건물이나 시설들이 많아 도시의 면모를 일신하였다. 나는 여수라 하면 돌산대교만 있는 줄로 알았으나, 오늘 보니 제2돌산대교인 거북선대교가 있고, 그 아래에 하멜등대와 하멜전시관도 눈에 띄었다. 이순신이나 하멜은 모두 여수와 깊은 관계가 있는 사람들인 것이다.

크루즈를 마치고서 돌산도선착장으로 되돌아온 후 그곳 바닷가에 길게 마련된 지붕 있는 탁자에서 하산주를 들었는데, 쑥떡과 지짐, 그리고 수박 등이 풍성하게 나왔다. 화장실 옆 매대에서 렌치, 수도용 조리개, 손톱깎이, 귀 후비개, 무좀 및 습진 약 등을 샀다.

여수를 떠나 다시 이순신대교를 건너기 직전 묘도에서 잠시 내려 이순신대교 홍보관과 조명연합수군 역사(테마)공원에 들렀고, 엘리베이터를 타고서 홍보관 4층의 전망대에도 올라가보았다. 정유재란 최후의 노량해전이 벌어졌던 당시 묘도는 조명연합군의 거점이었던 것이다.

6 (화) 맑음 –보령 원산도, 상화원, 충청수영성

산울림산악회를 따라 충남 보령시 元山島와 보령시 남포면 죽도관광지의 尙和園, 그리고 보령시 오천면의 忠淸水營城에 다녀왔다. 오전 7시 20분까지 바른병원 앞으로 나가 문산을 출발하여 오는 대절버스를 탔다. 대전통영·익산장수고속도로를 거쳐 완주IC에서 21번국도로 빠진 다음, 동군산IC에서 다시 서해안고속도로를 탔고, 무창포IC에서 607번 지방도로로 빠져 藍浦방조제를 거쳐 대천해수욕장의 북쪽 끝에서 보령해저터널로 접어들어 안면도 아래쪽의 원산도로 들어갔다. 이 터널은 1988년에 관광도로 기본계획을 수립한 후, 2001년에 77번국도로 승격하였고, 2010년 12월에 공사에 착공하여 2021년 12월 1일에 정식으로 개통한 것이다. 해수면으로부터 최대 80m 아래의 4차선 도로로서 길이가 6.927km인데, 일본 東京의 아쿠아라인(9.5km)·노르웨이 봄나피오르(7.9)·에이크선더(7.8)·오슬로 피오르(7.2)에 이어 세계에서 다섯 번째로 긴 것이라고 한다. 원산도에서 안면도를 잇는 원산안면대교는 약 1.8km로서 2019년 12월 26일에 개통되었는데, 이로써 안면도까지 95km의 거리를 14km로 단축시켜 1시간 30분 걸리던 것을 10분이면 갈 수 있게 되었다.

11시 11분에 원산도 진말마을의 다온맛집 앞에 도착하여 등산을 시작하였다. 원산도 5길 224의 좁은 골목길을 따라 진말고개에 올라 정상인 오로봉(116m) 방향으로 나아갔다. 오로봉은 블랙야크가 선정한 섬&산 100명산에 드는 것이라고 한다. 조선시대의 봉수대가 남아 있었다.

이 섬은 고려시대에는 고만도 또는 고란도라 불렀다고 한다. 다섯 봉우리로 되어 있어 오봉산이라 부르는 능선 구역을 통과하여, +자 갈림길에서 오른쪽 초전마을 방향을 취해 내려가 범산(78.2m) 아래의 벌통들이 놓여 있는 곳 옆 임도를 통과하여 백사장에 다다랐다. 해변의 바위들을 디디고서 나아가 범바위를 지나고, 한참 더 가서 크게 구멍이 뚫린 코끼리바위를 만났다. 코끼리바위를 지난 다음 다시 백사장을 만나 산길로 올라서 증봉산(102.2m)의 군 초소를 지나 다시 +자 갈림길로 되돌아왔고, 이번에는 저번과 반대쪽의 오른쪽 방향을 취해 도로 가의 대성콘도슈퍼식당 앞에 도착한 다음, 거기서부터는 차도를 따라 진말 방향으로 나아갔다. 우리 내외는 도중에 진말고개 길로 접어들었으나, 함께 가던 다른 사람들이 모두 차도를 그냥 따라가므로 우리도 다시 차도 길을 취하였는데, 진촌교차로까지 나아가서 다시 진말 쪽으로 둘러오는지라 거리가 훨씬 멀었다. 13시 17분에 초전마을 쪽으로 좀 더 이동해 있는 대절버스에 도착하여 점심을 들었다. 소요시간은 휴식 없이 2시간 5분, 총 거리는 6.89km, 걸음수로는 13,171보였다.

버스에서 접이식 둥근 쇠 탁자 하나와 플라스틱 의자 두 개를 가져와 나무 그늘에 자리 잡아서 사장교인 원산안면대교를 바라보며 둘이서 점심을 들었다.

식후에는 보령 8경 중 대천해수욕장에 이어 제2경으로 지정된 竹島의 상화원에 들렀다. 죽도는 원래 자그마한 섬이었는데, 남포방조제가 생김으로 말미암아 육지와 연결된 곳이다. 사유지이지만 관광특구로 지정되어 일반 7,000원, 할인 5,000원의 입장료를 받고 있었다. 이곳 부근에 머물면서 조선일보 연재소설 「거품시대」(1993~1994)를 집필했던 작가 홍상화 씨의 주관 아래 1993년부터 정원 조성이 시작되었으나, 1997년 IMF사태로 말미암아 모든 것이 중단되고 경제적 이유로 호텔과 대규모 콘도건설계획으로 바뀌었다. 하지만 2006년 착공 직전에 다시 홍 씨의 의지에 따라 원래의 정원 계획으로 돌아가 현재의 한국적 전통정원 '상화원'에 이른 것이다. 긴 회랑을 지나가자 도중의 카페 같은 건물 안에서 무료로 아이스커피와 떡 하나씩을 입장객들에게 제공하고 있었다. 조각공원·연못정원·석양정원·분재정원·야생화정원 등이 있고, 섬 전체를 한 바퀴 도는 덱 및 회랑으로 된 나무통로가 조성되어 있으며, 전국 각지에서 옮겨오거나 병산서원 만대루 같은 유명한 건물을 모방하여 지은 한옥마을도 있었다. 한옥마을에 이건된 건물들은 사대부가나 일반 평민의 가옥들도 있지만, 고창읍성 관청, 낙안읍성 동헌, 해미읍성 객사 등도 복원되어져 있고, 이건된 것 중에서 가장 오래된 것은 입구 맞은편에 있는 화성 관아 정자였다. 건물들에는 대부분 유리외벽이 달려 있었는데, 이는 분리형으로서 원형을 보호하기 위한 것이라고 한다. 화성 관아 정자는 고려시대 후기 또는 조선시대 초기에 건립된 것을 2004년에 이건한 것으로서, 1칸의 맞배지붕으로 된 비교적 작은 것이다. 지금은 의곡당이라는 한글 현판이 달려 있는데, 의곡은 주인의 선조 중 한 분의 호로서 제실로 사용되었던 것이라고 한다.

상화원을 떠난 다음 보령시의 가장 북쪽에 위치한 鰲川面으로 가서 보령 8경 중 7경이며 사적 제501호인 충청수영성을 둘러보았다. 조선 중종 5년(1510)에 水使 李長生이 돌로 쌓은 성이며, 현재는 윗부분이 무지개 모양인 西門을 비롯하여 1,650m가 남아 있다. 서벽은 바다와 면한 지점에 쌓았고, 서벽 앞은 U자 모양의 포구를 이루어 전형적인 조선시대 水軍鎭의 모습을 하고 있다. 성내에 재건된 永保亭은 천하명승으로 알려졌던 것이라고 한다. 현재 우리나라의 5개 수군영 중 다른 수영성 유적들은 훼손되어 원래의 경관을 잃어버렸지만, 이곳 충청수영성만은 지형과 함께 경관이 잘 보존되어 있다. 이 수영성은 조선 태조 5년(1396)에 高灣梁(현 주교면 송학리)에 설치되었다가 얼마 후 이곳 回伊浦로 옮겨진 것이다.

백제시대에 회이포라 불리던 오천항은 당나라 및 일본과 교역하던 항구로서, 『세종실록지리지』에 따르면 충청수영의 규모는 군선 142척에 병력이 8,414명에 달했다고 한다. 1901년 軍部訓令에 따라 철거하였고, 현재는 토성과 서문 그리고 객사인 將校廳 運籌軒과 외삼문인 控海館, 賑恤廳이 남아 있다. 그리고 임진왜란 때 소선에 출병했던 명나라 수군 장수 季金의 공덕을 기리는 遊擊將軍淸德碑도 남아 잇다.

또한 이 근처에는 『삼국사기』 열전에 수록되어 있는 도미의 묘소와 도미부인의 사당이 있으며, 병인박해 때인 1866년 갈매못에서 처형된 5명의 성인인 다블뤼 주교, 오매트르 신부, 위앵 신부, 장주기 요셉, 황석두 루카의 순교성지가 있다. 이들은 3월 23일 서울에서 군문효수형을 선고받고 충청수영으로 이송되어 3월 30일에 처형되었다.

오천면을 떠난 후, 대천IC에서 서해안고속도로에 오른 다음, 전북 완주군 소양면 전진로 1061(화심리 532-1)에 있는 화심순두부에 다시 들러 순두부찌개(8,000원)로 석식을 들었고, 집에 도착하여 샤워를 마친 다음 밤 11시경에 취침했다.

11 (일) 대체로 흐림 - 남파랑길 88코스

아내와 함께 더조은사람들의 남파랑길 88코스 트레킹에 다녀왔다. 오전 6시까지 신안동운동장 1문 앞에 모여 우등버스로 19명이 출발했다.

남해고속도로를 따라가다가 강진무위사IC에서 2번국도로 빠진지 얼마 되지 않아 13번 국도에 접어들어 완도까지 나아갔다. 8시 38분에 전라남도 완도수목원에 도착하였다. 그곳 수목원은 오전 9시에 문을 열므로 바깥의 커다란 호수 가 텍 전망대 부근에서 대기하다가 입장하였다. 이 호수는 신학저수지라 불리는 것으로서 1960년도에 설치되었고, 면적은 6.0ha, 저수량은 62만㎥이다. 성인 개인은 2,000원, 단체 1,500원의 입장료가 있었으나 프리패스 했는지는 모르겠다. 수목원은 광대하여 완도에서 가장 높은 象王峰(644m)의 7부 능선 정도까지 뻗어 있는데, 우리는 그 왼편 가의 이른바 흰구름길을 따라 올라갔다.

포장된 임도를 따라서 완만한 경사로를 지그재그로 오르다가 제2전망대와 제3전망대 사이의 백운봉과 상왕봉 갈림길에서부터 상왕봉 방향으로 1,4km의 등산로 코스로 접어들었다. 구름이 끼어 산의 높은 부분은 가려진 곳이 많았다. 象王山은 상왕봉(644m)·백운봉(601)·심봉(558)·숙성봉(461)·업진봉(544)의 다섯 개 봉우리를 거느린 산의 총칭인데, 정상은 2017년 6월 23일부로 상황봉에서 '코끼리의 우두머리'라는 뜻인 상왕봉으로 개명되었다. 이곳은 예전에도 오른 적이 있었으나, 오랜만에 다시 와보니 정상에 방송 송신탑 같은 높지 않은 철탑이 하나 있고, 봉수대와 정상비가 그 옆에 나란히 서 있으며, 주변의 풍광을 감상할 수 있도록 전망대가 설치되어져 있는데, 두 군데에는 돌출되어 바닥까지 유리로 깐 전망 칸이 있었다. 하산할 때는 군외면에 있는 수목원과는 반대 방향으로 남근바위를 지나서 한참동안 내려와 다시 임도를 만난 다음, 12시 53분에 종착지점인 완도읍 화흥리의 화흥초등학교에 도착하였다. 소요시간은 4시간 15분, 총 거리는 11.78km, 걸음수로는 21,017보였다.

점심은 대절버스를 타고서 왼편으로 좀 이동하여 대신리에 있는 바닷가의 청해포구촬영장에 도착하여 차에서 접이식 탁자와 플라스틱 의자를 꺼내 펼쳐 놓고 버스 옆에서 들었다. 그곳은 여러 사극 드라마나 영화를 촬영한 장소였다. 오늘 산행에는 지난번 89코스 때 차를 타지 않고 걸어서 전체 코스를 완주했던 두 명 중 한 명은 불참하고 나머지 한 명만이 또다시 전 코스를 도보로 걸었는데, 우리가 식사를 마치고서 화흥초등학교로 되돌아온 후 거기서 다시 합류하였다. 그는 남해도의 바랫길 지킴이를 하는 사람이라고 한다.

일행 중 이재현이라는 이름의 진주교대에서 정치학을 전공하는 교수가 있었는데, 산행 중 우리 내외를 비롯하여 일행들의 사진을 찍어 강 대장 부인에게 보낸 것을 내가 다시 카톡으로 전해 받았다. 흑백으로 찍은 것들을 포함하여 솜씨가 예사롭지 않아 예술사진을 공부한 사람 같았다.

돌아올 때는 77번 국도를 따라 완도읍으로 빠진 다음, 신지도와 고금도를 거쳐서 강진군으로 올라와 23번 국도로 갈아타고서 마량·대구·칠량면을 거친 다음, 다시 2번 국도를 타고 오른쪽으로 한참동안 나아가 보성IC에서 남해고속도로에 올랐다.

오후 5시 반쯤에 귀가하였다.

15 (목) 대체로 맑으나 오후 한 때 소나기 -세종시 오봉산둘레길

아내와 함께 봉황산악회를 따라 세종시 조치원읍에 있는 오봉산(263m)과 그 둘레길에 다녀왔다. 행정중심복합도시인 세종시는 연기군과 조치원읍 및 전의면 등을 통합하여 성립한 모양이다.

승용차를 신안동 운동장에다 세워두고서, 오전 8시 40분 무렵 그 부근의 신안로터리에서 대절버스를 탔다. 나는 간밤에 치통이 있어 병원에 가보기 위해 예약해둔 것을 일단 취소하였는데, 자고 나니 치통이 가라앉았으므로 다시 참가하겠노라고 한 것이다. 다음 주에 발치하기로 한 이빨로 음식물을 씹었더니 성을 낸 모양이다.

25명으로 출발하여 통영대전고속도로를 따라서 북상하다가 산내JC에서 대전남부순환고속도로로 접어들었고, 서대전JC에서 호남고속지선, 유성JC에서 당진영덕고속도로에 접어들었다가 남세종JC에서 1번 국도로 빠져나와, 북상하여 11시 37분에 오봉산 남쪽의 제1주차장에 도착하였다. 거기서부터 정상까지는 3km에 이르는 맨발등산길이 있어 맨발이거나 양말 차림의 사람들을 등산 도중에 자주 보았다.

정삼을 1km도 남겨두지 않은 지점의 벤치에서 아내와 함께 도시락으로 점심을 들었다. 정상에 도착하니 덱 안에 운치 있는 필체의 정상석이 서 있는데, 그 뒷면에 새겨진 문자에 의하면 이 산이 조치원의 진산이라는 것이었다.

오후 3시까지 하산하라고 했는데, 왔던 길로 그냥 하산하기는 무엇하여 잠시 고복저수지 쪽으로 내려가는 길로 접어들었다가 곧 되돌아와 올라왔던 길을 300m 정도 내려간 다음 홍익대와 고려대의 세종캠퍼스 뒷산으로 이어지는 오봉산둘레길로 접어들었고, 아내는 기사와 함께 왔던 길로 도로 내려갔다.

오봉산둘레길의 총 구간은 9.7km로서 약 180분이 소요된다고 한다. 차도 위로 설치된 연결 등산로를 따라 홍대·고대 뒷산으로 접어든 이후 야트막한 능선을 따라서 오르막과 내리막이 반복되는데, 예상 외로 코스가 길어 하산 시간 안에 도착할 가능성이 별로 없으므로 마음에 조급증이 생겨 주변 경치를 제대로 둘러볼 여유도 없이 계속 내달았다. 고대 뒷산에 도착하기 전에 제1주차장까지 2km라는 문자가 있는 이정표를 발견하고서 그 방향으로 하산하여 차도를 따라 걸어서 봉산동 향나무가 있는 동네를 거쳐 15시 15분에 마침내 출발지점에 도착하였다. 소요시간은 3시간 40분, 도상거리로는 9.21km, 오르내림 포함 총 거리는 9.46km였고, 걸음수로는 16,899보였다. 둘레길의 전체 코스를 조금 남겨두고서 지름길을 취한 것이었다.

18 (일) 맑음 -옥정호둘레길 1코스

아내와 함께 천지트래킹클럽을 따라 전북 임실군 운암면에 있는 옥정호 둘레길 1코스 구름바위길을 다녀왔다. 오전 8시까지 신안동 운동장 앞으로 가서 진주시청 정문을 출발하여 오는 대절버스에 탑승하였다. 총 31명이었다.

통영대전·광주대구 고속도로를 경유하여 순창 톨게이트에서 빠져나와 27번 국도로 접어들었고, 운암교에서 749번 지방도를 만나 오른편으로 조금 이동하여 10시 14분에 옥정호 둘레길 7개 코스 중 1코스 구름바위길(12km)의 출발지점이며 주탑이 세 개인 사장교 운암대교 부근의 마암리 둔기마을 주차장에 도착하였다. 옥정호 둘레길은 또한 전북 천리길의 일부인 모양이다.

옥정호는 1928년 섬진강을 농업용수로 사용하기 위해 임실군 강진면 옥정리와 정읍시 산내면 종성리 사이를 댐으로 막아 생긴 거대한 인공호수로서, 1965년 우리나라 최초의 다목적댐인 섬진강댐이 완공되면서 그 구역이 더 넓어졌다. 유역면적 763㎢, 저수면적은 26.3㎢로서 총저수량은 4억6천만 톤에 달한다. 옥정호란 명칭은 섬진강댐의 위쪽에 있는 강진면 옥정리란 마을의 지명에서 따온 것이며, 실제로 그 마을 안에 '玉井'이란 샘이 있었는데, 지금은 도로 확포장공사로 말미암아 메워져 그 흔적을 찾아볼 수 없다고 한다.

운암대교를 바라보며 걷기 시작하였는데, 호수 둘레길이라 주로 평지를 걷지 않을까 싶었던 예상과는 달리 보통의 등산로와 별로 다름이 없이 사람 하나가 통과할 수 있을 정도의 오솔길을 따라 계속 오르내리면서 숲속을 걷는 코스였다. 도중의 雲巖亭에 올라 주변의 풍광을 바라보며 잠시 쉰 다음, 금계국 꽃길과 대나무 숲을 지나 모지골의 생태숲에 이르러 팔각정 2층에 난간을 따라 둥글게 설치된 의자에 걸터앉아서 점심을 들었다.

용운리로 접어들어 호수를 향해 삐죽이 튀어나온 곳을 둘러 가는데, 도중에 중간샛길을 만나 그리로 접어들었다가 제초작업을 하지 않아 잡초가 무성하여 더 이상 걸을 수 없는 오솔길을 만나자 되돌아 나와 용운리 방향의 자동차도로를 따라서 걷기 시작하였다. 땡볕에 아스팔트 도로를 걷기가 힘들었던 차에 앞서가던 길잡이 김민규 씨가 용운리 버스정류장에서 주저앉아 대절버스를 부른다고 하므로 거기서 오늘 트레킹을 마쳤다. 김 씨는 거기가 오늘 트레킹의 종점이라고 하였지만, 출발지점의 안내판에 용운정류장이 종점이라고 적혀 있었기는 해도 이 근처의 이정표 상으로는 구름바위길 종점까지 2.6km 도보 40분을 더 가야 한다고 적혀 있었고, 산길샘의 지도에도 종점까지는 곳의 위쪽 방향으로 한참을 더 올라가야 하는 것으로 나타나 있었다. 어쨌든 14시 11분에 트레킹을 마쳤는데, 소요시간은 3시간 57분, 총 거리 8.21km, 걸음수로는 14,558보였다.

출렁다리가 있는 붕어섬으로 향하다가 화장실에 들르기 위해 입석리의 국사봉제2전망대 부근에서 잠시 정거하였는데, 국사봉(475m)에서 제법 한참 떨어진 도로 가였다.

붕어섬은 섬진강댐이 완공되면서 생긴 섬으로서 국사봉전망대에서 바라보면 섬의 모양이 붕어를 닮았다고 하여 붙여진 이름이다. 붕어섬의 원래 이름은 '외얏날'로서 '외얏'은 「자두」의 옛말인 '오얏'의 전라도 방언이고 '날'은 산등성이를 가리키는 말이다. 붕어섬의 면적은 홍수위 기준 73,039㎡이고, 2017년까지 사람이 살고 있었으나 현재는 살지 않으며, 2018년부터 임실군이 매입한 후 경관조성을 하여 오색 꽃들의 향연을 즐길 수 있는 장소가 되었다. 그래서 성인 1인당 3,000원의 입장료를 받고 있었다. 우리 내외는 입장료를 별도로 지불하고서 입구의 요산공원에서 붕어섬까지를 이어주는 철제 출렁다리를 건넜다. 다리의 길이는 420m, 순폭 1.5m이며, 붕어를 형상화한 높이 83.5m의 주탑도 있다.

오후 3시 40분까지 30분간의 여유시간 밖에 없으므로, 붕어섬에 들어가서는 섬 전체를 둘러보지 못하고 카페까지만 갔다가 되돌아 나오면서 붕어섬 정원을 한 바퀴 둘렀을 따름이다. 돌아오면서 나 혼자 주탑에도 올라가 보았다. 입구의 요산공원에는 임진왜란 때 3등공신인 성균관 진사 최응숙이 낙향해 400여 년 전에 지은 전라북도 문화재자료 제137호인 兩樂(요)堂과 섬진강댐 수몰민들을 위한 망향탑이 세워져 있다.

돌아올 때는 17번 국도를 통해 임실 IC에서 순천완주고속도로에 올라 남원JC에서 광주대구고속도로로 접어들었는데, 도중의 남원에 있는 지리산(상)휴게소 의류매장에 들러 여름용 반 바지 두 벌을 88,000원 주고서 샀다. 통영대전고속도로 상에서 단성IC로 빠져나가 산청군 단성면 목화로892에 있는 방화마을손순두부·목화냉면에서 냉면과 순두부로 석식을 들었는데, 우리 내외는 섞어냉면(11,000원)을 들었다. 천지트레킹클럽은 2004년에 출발하여 여러 가지 곡절을 겪어 오늘에 이르렀는데, 차 속에서 음주가무를 하지 않는 점이 좋다.

21 (수) 비 오고 대체로 흐림, 夏至 -통영

오후 4시에 외송을 출발하여 3번 국도로 진주까지 돌아온 다음, 서진주IC에서 통영대전고속도로에 올라 통영시내 해저터널 부근 미륵도에 있는 마이웨이 빌딩 2층의 海源횟집에 도착하였다. 오늘 거기서 경상국립대 전임 학장들 모임인 GNU OB의 저녁 회식이 있는데, 부부동반이라 나도 전임 간호대학장인 아내의 배우자로서 참석한 것이다. 아내의 후임 학장인 강영실 교수도 서울에서 일부러 내려와 참석하였다. 경상대의 역대 학장들이 이런 식의 친목모임을 결성한 바 있었지만 모두 오래 가지 못하고 해체되었는데, 아내 당시의 학장 모임만이 유일하게 지금까지 지속되고 있는 것이라고 한다. 인문대 불문과의 명예교수인 김석근 교수가 현재 회장이고, 약대 학장과 학생처장을 지내기도 했던 안미정 교수가 최연소라 만년 총무를 맡아 있는 모양이다.

모임 시간인 오후 6시보다 40분 정도 일찍 도착했으므로, 아내와 함께 근처의 바닷가 덱길로 좀 산책해 보기도 하였다. 마이웨이 빌딩은 5층 건물인데, 건물주인 부모가 자녀들에게 한 층씩 나누어 물려주었고, 그 중 해원횟집은 전망이 좋기 때문인지 박경리·이명박·成龍·정명훈 등의 명사들이 다녀갔다고 한다. 그 자리에서 김석근 교수로부터 한문학과의 허권수 교수가 지난 월요일 뇌에 심각한 병변이 생겨 대학병원에 입원했다는 말을 들었는데, 나중에 호텔에서 안미정 교수로부터 좀 더 자세한 소식을 들었다. 안 교수는 학·처장 재임 중 회의에서 당시 도서관장이었던 허 교수를 만나 이후 그로부터 5년 정도 한문 수업을 받기도 했었다고 한다. 그녀의 말에 의하면, 허 교수는 과거에 담낭염으로 말미암아 심각한 상태를 겪었고, 이번에는 소뇌 부분의 뇌경색인데 다행히 심각한 고비는 넘겼다고 한다.

해양대학장이었던 정한식 교수가 중등학교장으로서 정년퇴직한 음악 교사 출신의 부인을 데리고 나왔는데, 1993년 이래로 통영에 거주해 온 정 학장이 식당과 우리의 숙소 등을 예약했던 모양이며, 2차도 샀다. 해원횟집 부근인 미수해안로 152번지의 포르투나 호텔 옥상에 있는 카페로 가서 포도주 등으로 2차를 하였는데, 나는 무알콜 칵테일인 신데렐라를 들었다. 정 학장으로부터는 그가 최근에 낸 수필집 『소소한 일상에서 찾은 응답』(고양: 도서출판 생각나눔, 2023. 5)을 한 권씩 받기도 하였다.

2차를 마친 후 농대의 김의경 교수 등 두 명은 진주로 돌아가고, 정 학장 내외는 귀가하였으며, 나머지 사람들은 세 대의 승용차에 나누어 타고서 미륵도의 달아공원 부근에 있는 클럽ES리조트로 이동하여 우리 내외는 309호실을 배정받았다. 바다에 면한 전망 좋은 호텔이었다. 제일 큰 방인 35평형 룸에서 자정이 조금 넘도록 대화를 나누다가 20평 원룸형인 우리 방으로 돌아와 취침하였다.

이 OB 학장모임 회원들은 과거에 우리 농장을 방문했던 적도 있었다고 한다. 아내가 농장에서 첫 자두를 따와 식식 자리에서 일행에게 시식을 권하였다.

22 (목) 맑음 - 한산도, 전혁림미술관

오전 8시경에 리조트를 출발하여 통영 시내 새터길 49에 있는 호동식당으로 이동하여 복국(14,000원)으로 조식을 들었다. 통영에서 가장 오래된 복집으로서 예전 재직시절에 직장 동료들과 함께 여러 번 들렀던 곳인데, 오늘은 복어가 너무 작아 맛이 별로였다. 주차할 곳을 찾아 중심가의 여객선터미널 부근을 한 바퀴 돌다가 이럭저럭 비치호텔 옆 주차장에다 차를 세울 수 있었다.

식후에는 미륵도의 큰발개1길 33에 있는 금호통영마리나리조트로 이동하여 오전 10시부터 요트를 탔다. 요트라고는 하지만 돛을 단 날렵한 배가 아니라 엔진으로 움직이는 일종의 소형 여객선인데, 20명 정도가 그 배를 타고서 한산도 제승당까지 갔다가 한산도에서 50분 정도 시간을 보낸 후 정오경에 돌아오는 코스였다. 마리나리조트에도 재직시절에 몇 번 숙박한 바 있었고, 한산도에도 여러 번 갔었는데, 제승당 주변에는 현재 덱 설치공사가 진행 중이었다.

요트 관광을 마친 후 봉평동 201-7에 있는 한식당 정원으로 이동하여 통영비빔밥 정식으로 점심을 들었다. 꽤 넓은 정원에 수국 등의 꽃이 무성한 분위기 있는 식당이었다. 이 일대는 봉수골이라 하여 통영의 문화예술거리라고 할 수 있는 곳인데, 우리 내외와 안미정·강영실 교수는 식후에 그 식당 근처에 있는 전혁림미술관에 들렀다. 통영을 대표하는 화가 全爀林과 그의 아들 전영근 화백의 작품이 전시된 곳인데, 전혁림이 30여 년간 생활하던 사택을 허물고 새로운 3층 건물을 신축하여 2003년에 미술관으로서 개관한 곳이다. 외벽은 화백의 작품을 타일에 옮겨 장식했다. 그곳 입구에 별채로 서 있는 카페 겸 매장에 들러 아이스커피를 마셨고, 거기에 전시되어 있는 전혁림 화백의 화집 세 종류 중 가장 비싼 『백년의 꿈—전혁림 탄생100년 기념 화집』(용인: 이영미술관, 2015) 한 권을 10만 원 주고서 샀다. 436쪽에 달하는 두텁고 규격도 큰 책이다.

7월

4 (화) 비 -태안 해식동굴, 청산수목원, 안면암

오전 6시 20분까지 바른병원 앞으로 나가 문산과 시청을 경유하여 오는 대절버스를 탔다. 충남 태안군에 있는 白華山(284.6m) 및 태안군에 있는 해식동굴, 靑山수목원, 안면암 등 몇 군데 관광명소에 들르기 위함이다. 여자 총무 이덕순 씨는 딸네 집에 갔다가 아직 돌아오지 않았다 하여 오늘 동행하지 않았다. 여자 회장과 남자 총무 겸 산행대장인 김현석 씨 그리고 이덕순 씨에게는 아내가 근자에 수확한 자두를 좀 가져가서 회장에게 맡겼다. 내 배낭에 든 자두는 럭키아파트에 살며 늘 바른병원 앞에서 함께 대절버스를 타는 나보다 몇 살 손위인 남자에게 주었다. 이리저리 인심을 쓰는 것이다.

오늘 산행의 참가자는 총 36명이라고 한다. 통영대전고속도로를 따라 북상하다가 대전남부순환고속도로·호남고속지선으로 접어들었고, 당진JC에서 서해안고속도로를 탄 다음 서산JC에서 32번 국도를 탔으며, 서산시 외곽의 양열북로를 경유하다가 다시 32번 국도를 타고서 만리포해수욕장 부근까지 간 다음, 모항파도로를 타고서 파도리 해수욕장에 도착하였다. 편도에 4시간 반, 왕복 9시간이나 걸리는 긴 여로였다.

날씨가 흐리다가 서산에 도착할 무렵에는 비가 내리기 시작하였다. 비옷을 걸치고서 파도리 해식동굴을 찾아 나섰는데, 아내는 도중의 다른 조그만 해식바위까지 갔다가 그곳인 줄로 알고서 먼저 되돌아갔고, 나는 다른 일행을 쫓아 해수욕장의 모래사장을 한참 더 걸어서 마침내 아까 것보다 훨씬 크고 바위 절벽에 위치한 해식동굴에 도착하였다. 동굴 안에는 중년으로 보이는 여자가 차려놓은 제사상 앞에 앉아 계속 "용왕대신"이라 외고 있고, 그보다 젊어 보이는 여자 하나는 그 옆에 서서 합장한 채 기도를 올리고 있었다. 내가 입은 방수등산복 상의는 SympaTex라고 하여 콜핑에서 산 가장 비싼 옷인데, 비를 맞으면 방수가 제대로 되지 않고 습기가 안으로 스며들어 포켓 속에 든 물건은 물론이고 속옷까지 다 적시는 것이다.

해식동굴이 있는 파도리 해수욕장은 대형 버스가 들어가기 매우 힘든 곳으로서, 어찌어찌 하여 간신히 출입할 수 있었다. 해수욕장 입구의 로터리에 광개토대왕비의 복제품이 하나 서 있었다. 다시 태안 읍내로 되돌아와 등산로 입구 근처에 있는 태안군청소년수련관 앞의 공연 무대에 올라가서 비를 피하며 점심을 들었다. 백화산은 태안읍의 진산인 모양으로 태안팔경 중 1경으로 선정되어 있다고 한다. 그러나 장맛비가 제법 세차게 내리므로 약 2시간 30분이 걸린다는 등산은 포기할 수밖에 없었다. 그 대신 태안군 중부의 남면 신장리 18(연꽃길 70)에 있는 靑山수목원에 들렀다. 그곳은 일반 개인은 10,000원, 단체 9,000원, 경로 등 특별할인은 개인 8,000원 단체 7,000원의 입장료를 받고 있었다. 계절별로 여섯 개의 특색 있는 페스티벌을 마련하고 있는데, 지금은 수국과 연꽃 축제가 열리고 있었다. 크게는 수생정원과 나무정원으로 구분되어 있는데, 우리 내외는 그 두 곳 모두를 두루 거닐어보았다.

청산수목원을 떠난 다음 77번 국도를 따라서 드르니항 인근의 안면대교를 지나 태안군 안면읍인 안면도에 다다랐고, 예전에 두어 번 들렀던 적이 있는 안면암과 여우섬에 다시 한 번 가보게 되었다. 바다 속에 위치해 두 개의 조그만 섬으로 이루어진 여우섬 사이에 밀물 때면 물에 뜨도록 되어 있는 탑이 하나 있고, 그곳까지 바다를 가로지르는 좁고 긴 나무다리가 놓여 있어 간조 때면 들어갈 수 있었는데, 지금은 장마철이라 들어갈 수 없을 뿐 아니라 '철거 중 출입금지'라는 팻말까지 붙어 있었다. 그러고 보니 나무다리도 조수에 밀린 까닭인지 도중에 좀 굽어져 있었다. 안면암의 법당 격인 무량수전에 들어가 보았는데, 정면에 커다란 황금빛 목탱이 있고, 그 오른편에는 울긋불긋한 채색을 한 神將 상 목탱이 있었다.

다시 77번 국도를 따라서 북쪽으로 이동하여 태안군 남면으로 되돌아온 다음 96번 지방도를 탔고, 서산군 창리에서 간월도 방향으로 접어든 다음, 홍성 IC에서 서해안고속도로를 탔다. 광천IC에서 96번 지방도로 접어든 다음, 21번·36번 국도를 거쳐서 대천IC에서 다시 서해안고속도로에 올랐고, 충남 보령시 추포면 청서로 3534(구 전원가든)에 있는 '맛깔난 칼국수 사계절'이라는 식당에 들러 보리밥 한 공기와 바지락칼국수로 석식(8,000원)을 들었다.

다시 서해안고속노로에 올라 동군산IC에서 21번 국도로 빠진 다음, 완주 JC에서 새만금포항고속도로(익산장수고속도로)에 올라 갈 때의 코스를 따라서 진주로 돌아왔다. 샤워를 마친 다음, 밤 11시 반쯤에 취침하였다.

9 (일) 흐림 -남파랑길 85·86코스, 장도

아내와 함께 더조은사람들을 따라 전남 완도군 완도읍의 남파랑길 86코스와 해남군을 거쳐 강진군의 남쪽 끝까지 이어지는 남파랑길 85코스를 다녀왔다. 지난달 25일의 87코스는 자두 수확 때문에 참여하지 못하였다. 86코스는 총 24.6km이지만 우리는 그 중 도로를 걷는 코스는 모두 빼고서, 완도읍 청해진로에 있는 장보고한상명예의전당에서부터 장도의 청해진유적지를 거쳐 불목리 부근 영흥리까지 11.6km만을 걸었다. 장도 입구에서부터의 일부 구간도 차를 타고 이동하였다. 우리 농장에서 수확한 자두를 한 망태기 가져가 비닐봉지에 담아서 일행에게 나누어주었다.

예약했던 3명이 펑크를 내었으므로, 오전 6시에 강종문 대장 내외를 포함한 13명이 벤츠 17인승 리무진을 타고서 신안동 운동장 1문 앞을 출발하여 남해고속도로를 달리다가 장흥IC에서 23·2·18번국도와 55지방도 및 13번 국도를 경유하여 8시 51분에 완도의 출발지점에 도착하였다. 그곳 완도읍 장좌·죽청리 일대는 장보고공원으로 지정되어 있다. 해상왕 張保皐가 淸海鎭을 설치했던 장소라 하여 2016년부터 (사)장보고 글로벌재단이 韓商 즉 해외동포 경제인들을 표창하는 張韓賞이라는 것을 제정하여 이곳 명예의 전당에서 그 수상자들을 기리고 있는 것이다. 그 옆에는 장보고기념관도 있다.

1984년에 사적 제308호로 지정된 완도 청해진 유적은 남파랑길 코스에 포함되어 있지는 않지만, 우리는 10시 10분 무렵까지 약 한 시간 정도 그곳 장도 일대를 둘러보았다. 면적은 125,400㎡(38,000평)으로서, 1991년부터 1998년까지의 1차 발굴과 1999년부터 2001년까지의 2·3차 발굴에서 이곳이 신라 흥덕왕 3년(828) 장보고가 청해진을 설치했던 장소임을 확인하였다고 한다. 청해진 성은 둘레길이 890m로서 版築 기법으로 쌓여진 것이라는데, 나는 주로 그 성의 능선 부분을 걸으며 일대를 두루 둘러보았다. 청해진유적지의 서쪽 해안에서 시작하여 목재의 긴 다리로 이어진 입구까지 약 331m 길이로 갯벌 속에 木栅이 설치되어 있다고 하는데, 그곳도 둘러보았지만 눈에 띄는 것이라고는 굴 양식을 위해 박아놓은 철제 및 목제의 막대기들뿐이었다.

다시 트레킹을 계속하던 도중에 오토바이를 탄 어떤 낚시꾼 중년 남자가 릴낚시로 숭어를 한 버킷 잡아 우리에게 공짜로 한 마리 나눠주겠다는 것이었지만, 길 가던 중에 회를 뜰 수도 없는 노릇이라 포기하였다. 11시 51분에 永興里의 바닷가 큰 나무 아래 쉼터에 도착하여 트레킹을 마쳤다. 총 3시간이 소요되었다.

거기서 점심을 든 후, 남파랑길 코스를 따라 완도의 입구에 있는 달도까지 이동하였다. 올라가던 도중에 13명 중 혼자서 남파랑길 코스를 답파하겠다며 걷던 중인 중년 나이의 남해군 바래길 지킴이를 만났는데, 그도 이후부터는 별 수 없이 우리와 함께 움직일 수밖에 없었다. 남파랑길 85코스는 해남군 북평면에서 북일면을 지나 강진군 신전면의 사초리까지 이어지는데, 강 대장은 이 코스가 대부분 찻길이라 하여 오늘 차를 타고서 커버하였다. 그러나 차도라고는 하지만, 차 한 대가 지나갈 수 있을 정도의 좁은 길이 해안선을 따라 계속되는 것이므로 트레킹 코스로는 손색이 없었다. 사초리에서부터는 18·2번 국도를 따라가다가 보성IC에서 남해고속도로에 올라 오후 5시 채 못 되어 귀가하였다. 오늘도 진주교대의 이재현 교수가 우리 내외의 사진을 컬러와 흑백으로 11장이나 찍었으므로, 귀가한 후에 강 대장을 통해 전해 받을 수 있었다.

23 (일) 흐리고 오후에 때때로 비 - 남파랑길 83·84코스, 고흥 쑥섬(애도)

더조은사람들과 함께 남파랑길 6차(83·84코스) 및 고흥 艾島(쑥섬) 트레킹을 다녀왔다. 오전 6시까지 신안동 운동장 1문 앞에 집결하여, 2주 전과 마찬가지로 대륙고속관광의 벤츠 17인승 리무진에 기사를 제외하고 16명이 타고서 출발했다. 그런데 오늘 따라 그 차의 덜컹거림이 심해 이동이 불편했는데, 특히 고속도로를 벗어나 시골길로 접어들자 과속방지턱이 있는 곳마다에서 그러한 현상이 심했다. 기사가 뒷바퀴 쇼바를 자동으로 해야 했는데, 모르고서 수동으로 조작하여 운행해서 그랬다고 귀가 후 강 대장이 문자메시지로 알려왔다.

남해고속도로를 따라가다가 광양에서 2번 국도로 접어들었고, 남순천IC에서 다시 남해고속도로에 오른 다음, 강진무위사IC에서 또 2번 국도로 빠져나가 18번 국도와 55번 지방도를 거쳐서 8시 23분에 2주 전 도착했던 지점인 전남 강진군 신전면 시초리에 하차하였다. 거기서부터는 주로 바닷가를 따라 강진군 도암면 소재지까지 가는데, 차 한 대가 지나갈 수 있는 도로로 이어져 있는지라 84코스는 대부분 차를 타고서 남파랑길 코스를 따라 이동하였고, 전체 코스에서 1/5 정도를 남겨둔 도암면 항촌리 가까운 곳에서부터 하차하여 걸었다. 도중에 사는 사람이 없어 폐가가 된 집을 두 채나 보았다.

항촌마을에는 사장나무 고목이 몇 그루 서 있고, 그 옆에 2층 정자도 눈에 띄었으며, '海南尹氏世葬'이라고 적힌 커다란 비석도 있었는데, 거기서 400m 정도 더 가서 도암면 소재지인 마을에 이르니 다산의 친구인 윤서유의 집 明發堂이 항촌 방향으로 600m 떨어진 지점에 있다는 안내 표지가 전신주에 달려 있었다. 도암면 사무소 입구에 세워진 도암면민 헌장에도 "다산의 사상이 스며 있는 자랑스러운 고장이다."라는 문구가 들어가 있었다. 다산초당이 도암면 만덕리에 있기 때문이다.

도암농협 앞에 대기하고 있는 대절버스에 다시 올라 도로를 따라서 조금 이동한 후에 덕룡산과 만덕산의 경계 지점에 위치한 '남도오백리 역사숲길(강진)' 표지판이 있는 곳에서 하차하여 산길을 좀 걸었다. 땀이 비 오듯이 쏟아졌다. 도중에 '남도 명품길 바스락(樂)길'이라는 표지도 눈에 띄었다. 차도를 건너지르는 출렁다리를 건너 만덕산의 노적봉전망대와 백련사를 70m쯤 남겨둔 지점에서 남파랑길이 이어지는 아래쪽 갈림길을 취해 석문정까지 내려온 다음, 냇물 위에 걸쳐진 다리를 건너 석문공원 어린이 물 놀이터에서 다산박물관 방향으로 걸어가 10시 38분에 석문산 용문사를 350m 남겨둔 지점의 주차장에 도착하여 용문사를 둘러보고서 돌아왔다. 기암괴석인 바위절벽 아래에 위치해 있는데, 그 절의 현판은 모두 한글로 적혀 있는 점이 특이하였다. 오후에 고흥의 쑥섬을 탐방하기로 예정되어 있으므로 남파랑길 83코스는 초입의 일부만 걸은 셈이다. 84코스부터 시작하면 거리상으로는 총 17.7km를 커버한 셈이다.

다시 2번·15번 국도와 855번 지방도를 경유하여 전남 고흥군 봉래면 소재지의 나로도연안여객선터미널에 도착하였다. 쑥섬은 여기서 배를 타고 5분만 가면 되는 바로 앞에 위치해 있다. 나는 아내와 함께 2020년 7월 26일에도 더조은사람들을 따라와 쑥섬에 들른 바 있었는데, 그 때 점심을 들었던 장소인 터미널 바깥의 유리벽 옆 빈터에서 오늘도 도시락으로 식사를 하였다.

14시에 출발하는 나로도에서 쑥섬 가는 12인승 쑥섬호를 타고서 쑥섬 선착장에 도착할 무렵에는 비가 제법 세차게 내리기 시작하였다. 나는 방수복을 가져왔지만 차의 짐칸에 있는 배낭 안에 두고서 몸만 왔는데, 다행히 아내가 자기 비옷과 더불어 우산도 하나 가져왔으므로 우산을 빌려서 썼다. 쑥섬은 해상꽃정원으로서 교사인 김상현 씨와 약사인 고채훈 씨 부부가 2000년부터 가꾸기 시작해 2016년에 개방한 곳이다. 난대림이 울창하고 섬의 반대쪽 끄트머리에는 성화등대와 해안절벽도 있다. 마을 규약에 의해 섬 안에 무덤이 전혀 없고, 동물은 고양이만 있다. 나는 3년 전 이맘 때 처음 왔을 때처럼 섬의 초입부터 끝까지를 두루 답파하였다. 비는 오다 그쳤다를 반복하였고, 능선이나 등대 부근 절벽에서는 바람이 강했다. 도선료 왕복 2천 원과 탐방료 6천 원을 포함해 1인당 총 8천 원을 지불하였다. 그리하여 오늘은 남파랑길과 쑥섬을 포함해 총 15,607보를 걸은 셈이다.

오후 4시 무렵에 나로도 항을 출발하여 15·77번 국도와 855번 지방도 그리고 다시 15번 국도를 타고서 북상하다가, 고흥IC에서 남해고속도로에 올라 오후 6시가 좀 지나서 귀가하였다.

29 (토) 맑음 - 후포 스카이워크·등기산공원, 죽변해안스카이레일, 삼척해상케이블카, 추암촛대바위·출렁다리

아내와 함께 오전 6시까지 우리 아파트 바로 앞인 구 진주역 1호광장으로 나가 청솔산악회의 1박2일 동해안 강원 삼척 관광에 참여했다. 45인승 관광 버스의 좌석이 꽉 찼다. 33번국도와 광주대구·중부내륙·중앙고속도로를 경유하여 안동JC에서 당진영덕고속도로에 접어든 후, 영덕IC에서 동해대로인 7번 국도로 빠져 북상했다.

오전 10시경에 경북 울진군 후포면 厚浦里 登起山공원 아래에 도착하여 덱 길을 따라 스카이워크에 올랐다. 바다를 향해 국내 최대 길이 135m, 폭 2m, 높이 20m인 후포등기산 스카이워크가 조성되어져 있고, 그 끄트머리에 스테인리스스틸과 청동을 합금한 하체가 龍으로 되어 있는 善妙의 대형 조각상이 있었다. 그리고 그 아래쪽 바다에는 후포 갓바위라고 하는 한 가지 소원은 꼭 들어준다는 커다란 바위가 있었다. 스카이워크에서 돌아온 후에는 등기산(등대)공원으로 들어가 후포등대와 신석기유적관 등을 둘러보았다. 등기산은 해발 53.9m의 나지막한 것인데, 1968년에 처음 불을 밝혔다는 등대가 서 있고, 그것 외에도 역사적인 등대 조형물 4개소가 조성되어 있었다. 신석기유적은 1983년 국립경주박물관의 발굴조사에 의해 등기산 꼭대기에서 발견된 집단매장 유적으로서, 돌도끼가 180여 점이나 발견되었고, 토기는 한 점도 부장되지 않았다고 한다.

7번 국도를 따라 다시 북상하여 울진군 죽변면 울진북로 1138에 있는 오리구이전문 식당 흙시루에서 오리생선정식으로 점심을 들었다. 식후에 죽변중앙로 235-12에 있는 죽변 승하차장으로 가서 죽변해안스카이레일을 탔다. 한 차에 네 명씩 타고서 하트해변을 지나 봉수항까지 2.4km를 약 40분 걸려 왕복하는 것인데, 멀리 후정 승하차장도 바라보였지만 거기까지는 아직 운행하고 있지 않았다. 승하차장에서 한참을 대기해야 할 정도로 승객이 많았다.

다시 7번 국도를 타고 올라가 강원도 삼척시 원덕읍에 있는 해신당공원 입구에 도착하였지만, 시설물 정비 관계로 7월 23일부터 당분간 휴관한다는 플래카드가 내걸려 있었다. 어촌민속전시관을 겸한 곳인데, 해신당 애바위 전설에 따른 남근숭배민속이 전해 내려오는 곳이라고 한다.

대신하여 그 바로 위쪽의 삼척시 근덕면 삼척로 2154-31에 있는 용화역으로 가서 내일 예정으로 되어 있었던 삼척해상케이블카를 탔다. 케이블카 한 대에 27명이 탑승하고서 장호역까지 편도 874m 거리를 왕복하는 것인데, 구간 내에 시야를 방해하는 타워가 없으므로 장호항 일대의 수려한 해안선을 한 눈에 감상할 수 있다. 현재 두 대의 케이블카가 운행하는 모양인데, 장호역에서 돌아오는 것을 타려면 1시간을 대기해야 한다고 하므로 우리는 장호역에서 내려 그냥 한참동안 걸어서 버스가 대기하고 있는 지점까지 내려왔다.

근덕TG에서부터는 삼척-속초 간을 연결하는 동해고속도로에 접어들어 북상하여 이번에는 동해시의 아래쪽 끄트머리에 있는 湫岩 촛대바위와 출렁다리로 갔다. TV 등에서 애국가 첫 소절 배경화면으로 등장하는 촛대바위와 그 일대의 국내에서는 가장 규모가 크다는 石林(라피에), 그리고 그쪽 풍경을 바라볼 수 있는 72m의 해안교량을 둘러본 것이다. 촛대바위 입구에 강원도 유형문화재 제63호로서 고려 공민왕 10년 삼척심씨의 시조인 沈東老가 벼슬을 버리고 내려와 제자를 가르치며 생활할 때 건립했다는 정자인 海巖亭이 있고, 촛대바위가 있는 언덕의 꼭대기에는 조선 세조 때 체찰사 韓明澮가 이름을 지었다는 팔작지붕을 한 정자 凌波臺가 서 있었다.

삼척시 정상동 41-269 13통 1반에 있는 (원조)삼척횟집에서 회정식으로 석식을 들었다. 그 옆에 똑같은 상호의 삼척횟집이 또 한 채 붙어 있었는데, 그래서 원조라는 이름이 붙은 것이 아닌가 싶다. 식후에 다시 동해시 한섬로 112-4에 있는 글로리아관광호텔로 올라가서 아내와 나는 902호실에 들었다. 천곡권역에 속해 있는 것으로서 지상 10층 지하 1층의 건물인데, 동해시

종합관광안내서에도 도심 부분의 시청 근처에 그 위치가 표시되어 있었다. 일행은 3~4명이 한 방을 쓰게 되어 있는데, 2인실을 사용하기 위해 우리 내외는 따로 10만 원을 지불하였던 것이다. 동해시는 옛 묵호항이 확대된 것으로서 두타산까지를 포괄하고 있다.

30 (일) 맑음 – 강원종합박물관, 대금굴, 성류굴

오전 7시 무렵에 호텔을 떠나 그 부근인 화정원 옆 동해시 한섬로 126의 건물 1층에 있는 24시 진주명가콩나물국밥에 들러 콩나물해장국(4,900원)으로 조식을 들었다. 동해고속도로에 올랐다가 38번 국도를 경유하여 삼척시로 다시 내려와 신기면 강원남부로 2016에 있는 사립 강원종합박물관에 들렀다.

30인 이상 단체인 경우 대인 입장료가 7,000원인데, 거기서 8시경부터 9시 50분까지 거의 두 시간 가량 시간을 보냈다. 동서양의 고건축양식을 응용하여 연면적 16,868.59㎡(약 5,100평)에다 기와지붕을 한 꽤 큰 규모의 건축물을 세운 것으로서, 그 중 오른쪽 절반 정도는 大眞강원수련도장 및 中源대학교수련원으로 쓰이고 왼편이 박물관이었다. 학교법인 대진교육재단이 2004년 12월에 개관한 것이었다. 세계 각국의 유물 20,000여 점을 소장 전시하고 있다는데, 자연사·도자기·금속공예·옥공예·동굴·종유석·세계종교·민속·목공예 전시실과 석동·야외석공예·공룡·야외 종유석 및 폭포 등으로서, 소장품 대부분은 모조품이거나 현대의 작가가 만든 것이었다. 휘황찬란한 시각적 효과를 노린 것으로서, 일종의 관광지인 셈이다.

다음으로는 8번 지방도를 따라 같은 신기면의 서남쪽 대이리군립공원 내에 있는 석회암동굴 大金窟에 들렀다. 기사의 안내로 먼저 신기면 환선로 603-8 신기파크판에 있는 신기건어물에 들렀는데, 우리는 거기서 말린오징어(145,000원)과 황태(25,000원)를 구입하였다.

군립공원 일대는 석회암지대로서 환선굴·관음굴·대금굴 등 여러 석회동굴이 분포되어 있는데, 나는 2007년 6월 17일 아내와 함께 풀잎산악회를 따라와 德項山을 등반한 다음 하산 길에 우리나라 석회암동굴 중 가장 규모가 크다는 幻仙窟(총연장 6.2km, 개방구간 1.6km)에 들른 바 있었다. 당시에는 이곳 대금굴의 존재를 알지 못했었다. 대금굴은 덕항산(1,070m)의 해발 400m 지점에 위치한 것으로서 2003년에 발견되어 2007년 6월 5일에 비로소 그 모습을 드러낸 것이었다. 국내에서 유일하게 모노레일을 타고 동굴내부 140m 지점까지 들어가 관람할 수 있으며, 동굴 내 왕복 1.3km는 도보로 이동해야 한다. 동굴 내부를 흐르는 수량이 풍부하여 대규모 폭포 등이 있고, 폭우로 인해 동굴이 침수 시에는 관람이 불가하다. 내부에서는 사진 촬영이 금지되어 있고, 우리는 여성 가이드의 안내에 따라 귀에 리시버를 꽂고서 관람하였다. 총 연장은 1.6km이고 개방구간은 0.8km라고 한다.

대금굴을 나온 다음 숲속의 덱 길을 한참동안 걸어 나와, 다시 대절버스를 타고 내려와서 신기면 환선로 550(대이리 56)에 있는 덕항가든에서 황태구이정식으로 점심을 들었다.

식후에 8번 지방도, 38번 국도를 따라 다시 북상하여 삼척IC에서 동해고속도로에 올라 남하하였고, 고속도로가 끝나고부터는 7번 국도를 경유하여 경북 울진군의 근남면 소재지까지 내려온 다음, 왕피천을 따라 왼쪽으로 좀 나아가 또 다른 석회동굴인 聖留窟에 이르렀다. 어제 해신당공원 입장이 불가했던 것에 대한 대체물인 셈이다. 성류굴은 1963년에 천연기념물 제155호로 지정된 곳으로서 총 연장 870m인데, 내가 어릴 적에는 우리나라를 대표하는 석회동굴로 알려져 있었다. 수학여행으로 온 적이 있었을 지도 모르겠으나, 내 기억에 선명하게 남아 있는 것으로는 대학 1·2학년 무렵에 겨울방학 중 일찌감치 부산 집을 떠나 설악산 백담사의 부속 암자에 들어가서 남은 방학기간을 보내기 위해 완행버스를 타고 동해바다를 따라서 상경하던 도중 울진의 백암온천과 성류굴에 들른 바 있었고, 한국동양철학회의 모임 때도 단체로 들른 적이 있었다. 고려 말의 학자 李穀이 쓴 「關東遊記」에 이 굴에 대한 자세한 기록이 있을 정도로 일찍부터 알려진 곳이다. 오늘 다시 들어가 보니 통로가 의외로 비좁고 낮은 데가 많아 기어가야 하는 곳들이 있었고, 석순이 부러진 것들도 자주 눈에 띄었다. 그래서 그런지 대금굴과는 달리 굴 안에서의 촬영도 허용되었다.

어제 갈 때의 코스를 따라서 되돌아 내려와, 고령군 대가야읍 중앙로 57-12에 있는 갈치전문점 옛촌갈치에 들러 갈치조림으로 석식을 들었고, 집에 도착하여 샤워를 마치고서 밤 10시경에 취침하였다.

8월

17 (목) 흐림 - 경남대학교

진주 집에서 점심을 든 후 아내와 함께 오후 1시부터 6시까지 경남대학교 평화홀(창조관 1층)에서 열리는 2023년 경남대학교 교양교육연구소와 한국동양철학회 하계학술대회 '동양철학과 디지털 리터러시'에 참석하기 위해 승용차를 몰고서 2번 국도를 따라 마산으로 갔다.

회의장에 도착하여 로비에서 민족문화문고의 문용길 씨로부터 吳震 主編 『東亞朱子學新探—中日韓朱子學的傳承與創新』 上·下冊(商務印書館), 馬王堆出土文獻譯注叢書編輯委員會 編, 池田知久·李承律 著 『易六十四卦[上]』(東方書店), 仝『易[下]/二三子問篇/繫辭篇/衷篇/要篇/繆和篇/昭力篇』을 구입하고, 堀池信夫 著 『老子注釋史의 研究』(明治書院)』 한 권은 덤으로 받아 210,000원에 구입하여 그 책들을 지하 2층에 세워둔 승용차에 갖다 두고서, 로비에서 모처럼 만난 경희대 정우진 교수와 대화를 나누다가 회의장으로 들어갔다. 그 시간 동안 아내는 경남대 구내에서 경상대학교 창원병원 간호과장으로 있는 제자를 만났다.

내가 회의장에 들어갔을 때는 개회사 및 환영사 그리고 제1발표가 끝나고서 제2발표가 진행되고 있었다. 나는 정우진 씨가 발표하고 서울대 철학과 후배인 김재현 경남대 명예교수가 토론을 맡은 제3발표 「인공지능 시대, 앎과 느낌」을 듣고, 그 다음 약 15분 동안의 휴식 시간에 로비에 붙어 있는 카페에서 성균관대 신정근 교수와 좀 대화를 나누다가 아내와 함께 귀가하였다. 진주에서 가까운 곳이라 저녁 회식 때까지 남아 모처럼 만난 사람들과 좀 더 대화를 나누고 싶은 마음도 있었으나, 아내의 무료함을 배려하여 일찍 돌아온 것이다.

27 (일) 맑음 - 남파랑길 83·82코스

아내와 함께 더조은사람들을 따라 남파랑길 83·82코스를 다녀왔다. 둘다 강진 지역이다. 한 달 전에 83코스의 종착지점인 도암면사무소 부근에서 석문리와 석문공원을 지나 용문사까지의 구간을 걸은 바 있었는데, 2주 전에는 그 다음 코스를 걸을 예정이었지만, 강대장이 84명을 인솔하여 28인승 버스 세 대로 4박6일간 몽골 테를지 일대를 다녀오는 바람에 걸렀다고 한다. 우리 내외도 그 기간에 대만을 다녀왔으므로 빠졌는데, 이럭저럭 한 달 전의 다음 코스를 이어서 걷게 되었다.

6시까지 신안동 공설운동장 1문 앞에 집결하여 강종문 대장을 포함하여 총 10명이 소형 현대차 리무진을 타고서 출발하였다. 남해바래길 지킴이 노인은 자기가 원하는 풀코스를 걷는 것이 아니므로 오늘은 참가하지 않았다. 그런데 기사가 내비게이션에 서툴렀던지 강대장이 강진 용문사로 가자고 한 것을 경기도 용문사로 잘못 입력하여 남해고속도로 상에서 순천전주고 속도로로 빠져 순천시의 북쪽 끝이며 구례군에 인접한 황전면까지 북상했다가, 황전IC에서 차를 돌려 동순천TC를 지나 다시 남해고속도로에 오르는 해프닝이 있었다.

2번 국도와 18번 국도, 55번 지방도를 거쳐서 8시 40분에 용문사를 150m 남겨둔 지점인 진입로의 중간지점에 도착하여 트레킹을 시작했다. 숲길 가에 야생 도라지꽃들이 눈에 띄었다. 오늘 걸은 길은 마점마을을 지나 다산초당과 백련사 입구의 주차장까지 이어지는 구간으로서, '남도명품길 인연의 길' 1코스와 겹치는 것이었다.

모처럼 다산초당 부근에 이르러보니 예전에 못 보던 식당 건물들이 들어서고, 진입로 양쪽 가로도 대나무 울타리와 밧줄로 이어진 기둥들이 세워졌으며, 바닥에는 야자매트를 깔아두었다. 해남윤씨의 橘頌堂과 재실을 지나 유배기간 중 다산의 18제자 중 한 사람이었던 尹鍾軫 내외의 무덤을 지난 다음 다산초당에 이르렀다. 西庵인 茶星閣을 거쳐 초당에 도착하여 마루에 앉아서 잠시 쉬는데, 문화관광해설사인 윤동옥이라는 사람이 이런저런 말을 하면서 지난번에 들렀던 완도군 將島의 淸海鎭은 『海神』의 작가인 소설가

최인호의 견해에 따라 그곳을 장보고의 청해진으로 비정한 것이라면서, 섬의 규모로 보아 그곳은 청해진이 될 수 없고, 지금의 강진군 어디쯤에 청해진이 있었을 것이라고 했다. 장보고의 고향은 완도이지만, 완도는 조선 시대까지 강진에 속해 있었다가 일제시기에 독립된 군으로 되었다는 것이며, 장보고가 거느린 병력의 규모로 보더라도 조그마한 섬인 장도는 청해진이 될 수 없다고 했다.

東庵과 강진만이 바라다 보이는 곳에 위치한 天一閣을 지나, 초당에서 1km 정도 떨어진 白蓮寺에 이르렀다. 다산(1762~1836)과 가까웠던 학승인 兒庵 惠藏(1772~1811)이 머물렀던 절로서 둘 사이에 왕래가 빈번했으며, 고려시대에 圓妙國師 요세(1163~1245)에 의한 白蓮結社로 유명했던 곳이다. 또한 천연기념물 제151호로 지정된 동백 숲이 유명한데, 나로서는 과거에 뒷산인 萬德山 등반 차 왔다가 동백꽃이 만발해 있던 기간 중 들른 바 있었다. 백련사 동백나무 숲은 약 5.2ha 면적에 7미터쯤 되는 동백나무 1500여 그루가 숲을 이루고 있는 것이다. 11시 35분에 백련사 주차장으로 내려와 오늘의 트레킹을 사실상 마친 셈이다. 소요시간은 2시간 55분, 총 거리는 6.64km였다.

차를 타고서 강진만생태공원에 이르러 그곳 도보다리에서 점심을 들었다. 식후에 다시 남파랑길 83코스의 마지막 부분을 반시간 정도 걸었다. 강진만 일대의 갈대숲이 우거진 덱 길이었다. 83코스를 거의 마쳐가는 지점에서 길가에 대기 중인 대절차량에 다시 타고서, 강진만을 따라 걷는 82코스를 23번 국도를 따라 커버하여 그 시작지점인 가우도 해상보도교의 대구면 저두 쪽에 다다랐다.

아내는 덥다면서 가우도로 건너가지 않고 거기서 무화과 두 박스를 산 후 근처의 아이스크림 점에서 콩국 우묵을 사먹으면서 쉬고, 나만 혼자 해상보도교를 따라 가우도로 건너가서 시인 김영랑의 좌상과 벤치가 있는 영랑나루 쉼터를 거쳐, 건너편의 도암면 망호 방향 해상보도교가 바라보이는 지점까지 갔다가 되돌아왔다. 예전에 그 길 끝까지 걸어본 적이 있었던 것이다. 가우도로 건너가는 도중에 스마트폰의 배터리가 소진되어 꺼져버려서 기록이 정확하지 않을 듯하지만, 배터리를 충전 시킨 후에 다시 켜보니 오늘의 걸음 수는 16,569보였다.

강진군 대구면 중저길 75의 가우출렁다리 해뜨는집에서 아이스커피를 포함한 음료수 두 개를 사마시면서 오후 2시 30분 무렵까지 한 시간 정도 가우도 부근에 머물다가, 2번 국도를 따라 보성IC까지 가서 다시 남해고속도로에 올라 오후 5시가 지나서 귀가하였다. 가을이 다가오는지 지난번 트레킹 때 팥죽같이 쏟아지던 땀이 오늘은 그다지 심하지 않았고, 귀가한 후로도 실내가 꽤 시원하여 자던 중에 일어나 창문을 닫았다.

오늘 나는 몇 년 전 이탈리아의 돌로미티 산행에서 산 등산 스틱과 접는 의자를 잃어버렸다. 용문산에 도착한 후 짐칸에 보관해둔 배낭을 꺼내보니 눈에 띄지 않으므로 혹시 집에 두고간 것이 아닐까 싶었지만, 귀가한 후 있을 만한 곳들을 두루 살펴보아도 없었고, 한밤중에 자다 말고 지하주차장으로 내려가 승용차를 세워두었던 곳 주변까지 살펴보아도 헛수고였다. 접이식으로서 사용하기에 아주 편리하고 모양도 스마트하여 평생토록 동반하고자 했는데, 나와의 인연이 다한 듯하므로 섭섭하기 짝이 없다.

9월

5 (월) 맑음 -제부도, 선재도, 영흥도

아내와 함께 산울림산악회를 따라 경기도 화성시 서신면에 있는 濟扶島와 인천광역시 옹진군 영흥면에 있는 仙才島 및 靈興島에 다녀왔다. 오전 5시 20분까지 바른병원 앞으로 나가 문산을 출발하여 오는 대절버스를 탔다. 집행부를 포함하여 참가인원은 총 31명이라고 한다.

통영대전·경부고속도로를 경유해 북상하여 안성JC에서 평택제천고속도로를 탔고, 평택시흥고속도로 상의 송산마도TG에서 322·305·318지방도로 방향으로 나아가다가, 전곡리에서 해양공단제부로를 거쳐, 9시 50분에 화성시 서신면 송교리에서 제부도까지를 잇는 2.3km에 이르는 제부도바다 열림길에 들어섰다.

하루 2회에 걸쳐 바닷물이 양쪽으로 갈라지는 일명 '모세의 기적' 현상을 볼 수 있는 곳인데, 때마침 바다 속의 포장도로가 드러나 있어 대절버스를 타고 통과할 수 있었고, 그 부근 공중으로는 전곡에서 제부까지 국내 최장이라는 해상케이블카가 운행하고 있었다. 우리는 제부도의 남쪽 끝에 있는 매바위 근처로 가서 하차하였다. 매바위는 해식기둥(sea stack)으로서 선캄브리아시대 변성암으로 이루어진 것이라고 하는데, 바닷가의 물속에 몇 개의 커다란 바위기둥들이 서 있어 꽤 볼 만하였다. 오늘날 이 섬은 한 해에 200만 명이 찾아올 정도로 수도권의 이름난 관광지로 되었고, 회옥이 내외도 다녀간 바 있었다. 우리는 매바위에서 갈매기 떼가 머물러 있는 해안사구를 통과하다가 탑재산 주변의 덱길인 제비꼬리길로 접어들어 섬의 북부 제부항에 있는 붉은 등대와 피싱피어로까지 나아갔다.

제부항에서 다시 대절버스를 타고 제부도를 빠져나와 301번 지방도를 따라 얼마간 올라가다가 안산시 단원구에 있는 대부도의 대부중앙로로 접어들어 2000년에 개통된 550m 길이의 선재대교를 지나서 인천광역시 옹진군 영흥면에 속한 선재도로 들어갔다. 다리를 막 건넌 지점에 있는 선재어촌체험마을에서 하차하여 걸어서 목섬으로 들어갔다. 항도라고도 하는 목섬은 2012년 CNN이 선정한 '한국의 아름다운 섬' 33곳 중 1위를 차지한 곳이라고 하는데, 섬의 끝으로 이어진 목떼미라고 하는 황금빛 모래길을 따라 왕복 1km 정도 되는 거리를 걸어서 들어갔다. 다른 곳은 다 질퍽거리는 갯벌로 되어 있지만, 희한하게도 이 섬으로 들어가는 길만은 모랫길인 것이다. 목섬은 자연환경이 우수하다고 하여 2000년에 특정도서 제15호로 지정되었다.

반시간 정도 목섬 관광을 마치고서 다시 대절버스로 돌아왔는데, 도중에 '영흥 翼靈君길' 안내 이정표가 서 있고, 주차장에는 안내도와 더불어 이에 대한 설명문이 있었다. 고려 중기 원종에서 충숙왕에 이르는 시기에 영흥도 지역은 정치범의 유배지가 되었고, 원종 13년(1270) 경에는 삼별초의 은둔지가 되었으며, 고려 말기에 나라가 망할 것을 알고서 왕족 출신인 익령군 王琦가 피신을 와서 신분을 숨기고 은거하여 성을 玉씨와 全씨로 바꾸고서 목장의 말을 기르는 목자로 살았다는 것이다.

　2001년에 완공된 총 길이 1.25km의 영흥대교를 건너 영흥도로 들어갔다. 영흥도는 꽤 큰 섬으로서, 제부도를 포함한 영흥면의 면적이 26.05㎢에 달한다. 우리는 오늘의 등산로 기점 부근인 섬의 서남쪽 한국남동발전(주)영흥본부의 사택인 영흥에너지타운 주차장에다 차를 세우고 거기서 점심을 들고자 하였으나, 관리소장이라는 사람이 나타나 속히 떠날 것을 재촉하는지라 밥을 먹다말고서 자리를 정리해 거기서 조금 떨어진 지점의 도로 가 식당 부근 쓰레기가 너절하게 버려져 있는 숲속 나무그늘에서 점심을 들었다.

　식후에 다시 에너지파크로 되돌아와 희망자에 한해 등산을 시작하였는데, 아내는 차에 남고 나는 등산 팀에 끼었다. 영흥도의 트레킹 코스는 바람길이라 하여 다섯 개가 있는데, 우리는 그 중 3코스에서 역방향으로 2코스까지를 답파하여 이 섬의 최고봉인 양로봉(156m)와 國思峰(157m)를 거쳐 섬의 북쪽에 위치한 십리포해수욕장까지 나아가기로 한 것이다. 산악회에서 배부한 개념도 상으로는 3시간에서 3시간 30분 정도가 소요될 것이라고 적혀 있다. 산이 높지 않아 트레킹 수준이었다. 신행대장인 김현석 씨가 앞서 가면서 갈림길이 있는 곳에는 어느 쪽으로 가야 할지 표시를 해두기로 하였는데, 도중의 양로봉 갈림길에서는 따로 표시가 없어 보다 넓은 직선 길을 향해 나아갔다. 그 길 초입에 나무로 가로막아 둔 듯한 곳이 있었으나, 같이 가던 사람이 나뭇가지가 자연적으로 부러져 떨어진 것 같다고 하므로, 그 길을 따라서 좀 더 나아가보니 방금 지나간 우리 일행의 발자취가 남아 있기도 하여 맞는 줄로 알았는데, 갈림길이 다시 서로 만나는 능선에 이르니 보니 앞서가던 일행 중 한 사람이 거기에 남아 있다가 우리가 걷지 않은 쪽 길이 노인봉으로 가는 것이며, 일행 중 몇 사람이 여기서 노인봉 쪽으로 되돌아갔다고 알려주는 것이었다.

　나는 노인봉을 포기하고서 계속 앞으로 나아가는 편을 선택했는데, 얼마 후 2층으로 된 정자 하나가 나타나 그 2층에 노인봉 전망대라 쓰여 있고, 거기서 바라보이는 주변 섬들의 이름이 적힌 안내도도 비치되어 있었다. 나는 산행 중에 휴대폰의 배터리가 이미 소진되었으므로, 휴대폰을 가진 일행 한 사람과 둘이서 함께 걸었는데, 이후부터는 갈림길에도 아무런 표시가 없어 어림짐작으로 나아가다 보니 오솔길이 아주 가늘어졌다가 마침내 마을로 빠지는 것이었다. 마을에서 국사봉 방향의 길을 물어 3코스 종착점에 그다지 멀지 않은 장경리해수욕장까지에 이르렀는데, 100년이 넘은 노송지대가 1만여 평 자리 잡고 있고, 백사장이 1.5km 가량 펼쳐져 있는 곳이었다.

거기서 뒤이어 온 또 다른 일행 한 명을 만나 셋이서 내6리 중 가장 큰 마을인 한우물마을회관에까지 이르렀는데, 3코스를 아직 다 마치지 못하였음에도 불구하고 시각이 이미 오후 4시를 지나 있었다. 진주로 돌아갈 시간을 고려하면 2코스까지 주파하기는 무리라는 판단이 들었다. 나는 우리가 꼴찌쯤 되는 줄로 알았는데 새로 합류한 사람의 말에 의하면 의외로 선두인 모양이라, 셋이서 회관 앞 나무 그늘 속의 의자 등에 흩어 앉아 다른 일행이 도착하기를 기다리다가, 뒤이어 도착한 사람들과 함께 장경리해수욕장까지 되돌아가 대절버스를 부르기로 하였다. 마을회관 앞은 국사봉 가는 갈래길이 시작되는 지점인데, 이럭저럭 오늘은 총 걸음수가 20,732보였다.

대절버스를 타고서 십리포해수욕장으로 돌아가 아내를 비롯한 나머지 일행들을 태웠다. 십리포해수욕장은 소사나무 군락지가 있는 곳인데, 6.25 전쟁 당시 인천상륙작전을 위해 최초로 상륙해 정보수집 캠프를 설치했던 곳으로서, 1950년 9월 13일 해군 및 영흥면 대한청년단 방위대원들이 북한군 대대급 병력을 무찌르는 과정에서 전사한 사람들을 기리는 해군영흥도전적비가 세워져 있는 곳이다.

안산시 단원구 대부황금로 161-2의 불도 회타운 內에 있는 대부도 12호 횟집에서 이 지역 명물인 바지락칼국수(9,000원)로 석식을 들었는데, 드넓은 펄밭이었던 창밖이 식사를 하는 도중에 바닷물이 들어와 순식간에 바다로 변하였다. 단원구는 수학여행 중 세월호 사건으로 말미암아 진도 앞바다의 조도 부근에서 학생들이 몰사한 단원고등학교가 위치해 있는 곳이다.

평택제천고속도로 상의 평택휴게소에 잠시 정거했다가 다시 안성JC에서 경부고속도로에 올랐다. 진주의 집에 돌아와 샤워를 마치고서 밤 11시 반쯤에 취침하였다.

19 (화) 맑음 - 호미반도해안둘레길 2·3코스(해파랑길 15·16코스)

아내와 함께 한아름산악회를 따라 호미반도해안둘레길 2·3코스(해파랑길 15·16코스)를 다녀왔다. 오전 8시 반 무렵에 바른병원 앞에서 문산을 출발해 오는 대절버스를 타고서 집행부를 포함하여 총 35명이 떠났다. 33번 국도를 따라 고령까지 간 후 광주대구·중부내륙고속도로를 따라서 대구로 올라갔고, 금호JC에서 경부고속도로, 도동JC에서 새만금포항고속도로를 탄 후 포항JC에서 포항시내로 빠져 시청방향으로 나아간 다음 동해안로를 따라서 포항신항의 POSCO를 지나 11시 52분에 2코스의 시작지점인 연오랑세오녀테마공원 주차장에 도착하였다. 실은 우리 내외는 2018년 3월 18일에도 새희망산악회를 따라와 호미반도해안둘레길 1·2코스를 흥환간이해수욕장에서부터 도구해수욕장까지 역방향으로 답파한 바 있었다.

연오랑세오녀테마공원은 『삼국유사』에 貴妃庫를 설치하고서 祭天한 곳이 迎日縣 또는 都祈野라고 기록된 바에 근거한 것인데, 지금의 도구해수욕장을 도기야로 비정한 것이다. 우리는 테마공원 주차장을 출발하여 선바위·하선대를 지나 흥환간이해수욕장으로 나아갔고, 도중에 바닷가의 그늘지고 널찍한 바위에 걸터앉아서 점심을 들었다.

흥환보건진료소에서 2코스가 끝나고 3코스가 시작되었는데, 장기목장성비와 장군바위를 지나 발산2리를 통과했을 때 박미경 회장 등 여인 몇 명을 만나 우리의 대절버스가 발산2리에서 대기하고 있다는 말을 듣고서 아내는 그녀들을 따라가고, 나는 3코스를 계속 걸어 올라갔다. 모감나무와 병아리꽃나무 군락지를 지나 九龍沼에 다다랐고, 독수리바위를 2km 정도 남겨둔 지점의 해안도로 갈림길에서 오후 5시인 4코스 종점 도착시간에 맞추기 어려울 듯하여 거기서 대기하다가 대절버스를 타고서 종착지점인 호미곶 해맞이광장에 도착하였다. 해맞이광장에서 독수리바위까지의 거리가 3km이니 끄트머리 5km 정도는 버스를 타고서 통과한 셈이다. 총 걸음 수는 24,632보였다.

해맞이광장 일대를 좀 산책하다가 어둑어둑해진 무렵에 출발하여, 포항시 남구 동해면 블루동로9길 13에 있는 밥값하는가마솥국밥에 들러 돼지국밥(8,500원)으로 석식을 든 후, 경주외동휴게소에 잠시 정거한 다음, 동해 고속도로(울산포항)를 따라 내려오다가 울산JC에서 울산고속도로를 탔고, 언양JC에서 경부고속도로, 대동JC에서 김해시로 빠져나와 남해고속도로를 탔다. 집에 도착하여 샤워를 마치고서 밤 10시 반 무렵에 취침하였다. 석식 자리에서 합석한 회장과 여총무 강신애 씨로부터 들었는데, 예전에 이 산악 회가 해파랑길 전체 코스를 답파했을 당시에는 오늘 통과한 구간에 해안길 이 조성되어 있지 않아서 지방도를 따라 지나갔다는 것이었다.

24 (일) 맑음 -남파랑길 80·81코스

아내와 함께 더조은사람들의 남파랑길 8차(80·81코스) 트레킹을 다녀왔 다. 오전 6시에 강종문 대장 내외를 포함한 9명(남자 4, 여자 5)이 15인승 벤 츠 리무진을 타고서 신안동 운동장 1문을 출발하여 통영대전, 남해고속도로 를 따라 서쪽으로 나아가다가 장흥IC에서 23번 국도로 빠져 2번 23번 국도 를 거쳐서 8시 10분경에 지난번 트레킹의 종착지점인 전남 강진군 대구면 저두리의 가우도 출렁다리 입구에 도착했다.

거기서부터 81번 코스를 따라 계속 강진만의 해안선 길로 장흥반도의 남 쪽 끝인 마량면 소재지까지 나아갔고, 80번 코스로 접어든 다음에도 고금대 교 근처까지 좀 더 차를 타고 가다가 내려서 걷기 시작하였다. 장흥군 대덕읍 신리에 이르러 신리보건진료소 앞에 주차해 있는 우리들의 대절 차량을 발 견하고서, 다시 그 차를 타고 80번 트레킹 코스를 따라 나아가다가 회진면 眞木里에 다다르기 전에 다시 차를 내려 걷기 시작했다.

진목리는 서울대 독문과 출신의 소설가 未白 李淸俊의 고향마을인데, 아 내와 나, 그리고 강 대장과 진주교대 사회과 명예교수인 이재현 씨는 진목1 길 9-3에 있는 이청준의 생가에 들러보았다. 그 집은 처마 일부에 기왓장이 벗겨져 있었고, 수리하려고 그러는 것인지 출입이 통제되어 있었다. 이청준 의 묘소는 이 마을에서 1.7km 떨어진 곳에 위치해 있는 모양이다.

진목마을을 지나 이청준 소설문학길이라고 하는 숲속 산길을 따라 계속 걷다가 仙鶴洞이라는 마을로 내려왔다. 원래는 다른 이름이었다가 이청준의 소설 「선학동나그네」가 그의 소설을 영화화한 「서편제」의 속편으로서 임권택 감독의 영화 「千年鶴」이 되어 나오자 마을 이름을 바꾼 것이라고 한다. '범죄 없는 마을'로 지정되어져 있기도 하고, 봄에는 유채꽃 가을에는 메밀꽃으로 유명한데, 지금은 마을 주위의 언덕배기 밭들에 메밀꽃이 한창이었다. 마을 입구의 삼거리에서 다시 대절차를 불러 다고 3.1km 남은 80코스의 시점을 향해 나아가는데, 삼거리에서 얼마 떨어지지 않은 도중의 길가에 「천년학」의 세트였다고 하는 빨간 양철 처마를 덧댄 초가집이 한 채 서 있었다.

오후 1시 무렵 회진면보건지소 옆의 정자에 올라 시원한 바닷바람을 맞으며 점심을 들었고, 종점까지는 좀 더 남았지만 거기서 오늘의 트레킹을 마쳤다. 총 걸음 수는 16,620보였다.

돌아올 때는 2번 및 18번 국도를 따라가다가 보성IC에서 남해고속도로에 올랐다.

10월

3 (화) 맑음 - 신선대(성인대)와 화암사, 통일전망대, 6.25전쟁체험전시관, DMZ박물관, 건봉사, 서낭바위지질공원, 청간정

강원도 고성군의 신선대(성인대)와 화암사, 통일전망대, 6.25전쟁체험전시관, DMZ박물관, 건봉사, 서낭바위지질공원, 청간정을 둘러보았다.

대절버스는 36명을 태우고서 33번 국도를 거쳐 고령에서 광주대구고속도로에 올랐고, 중부내륙·중앙·서울양양·동해고속도로(삼척속초)를 경유하여 북상하였다. 서울양양고속도로 상에는 터널이 매우 많았는데, 인제에 있는 내린천휴게소에서 잠시 휴식을 취한 다음 길이 10.96km에 이른다고 하는 한국 최장의 터널을 통과하였다. 예전에는 죽령터널이 가장 긴 줄로 알고 있었는데, 그 새 기록이 깨진 모양이다. 미시령 부근에서 56번 지방도로 빠진 다음, 오전 5시 4분에 강원도 고성군 토성면 신평리에 있는 禾巖寺 제1주차장에서 하차하였다.

아내는 깜깜하다 하여 차에 남고, 나는 싸늘한 바깥기온 때문에 방수재킷을 꺼내 덧입은 다음 배낭은 차에 두고 스틱과 물만 챙기고서 일부 일행들을 따라 그들이 비추는 랜턴에 의지하여 '金剛山禾巖寺'라 적힌 일주문을 통과하여 화암사 숲길로 접어들었다. 숲길은 왕복 4.1km로서 2시간이 소요된다고 한다. 심하게 헐떡이면서 계속 올라 마침내 신선대(성인대) 안내문이 있는 갈림길에 도착하였고, 거기서 울산바위 방향으로 좀 더 나아가 일출 무렵에 마침내 낙타바위가 있는 신선대에 도착하였다. 아내와 나는 1998년 6월 7일 백두대간 구간종주에 참가하여 새벽 4시 20분에 미시령을 출발하여 해발 1,212m인 신선봉 아래에서 조식을 든 바 있었는데, 이곳이 바로 그 신선봉이라고 하지만 동해바다 및 속초시, 설악산 울산바위와 더불어 건너편으로 미시령과 미시령 터널이 빤히 바라보이는 위치로서, 능선을 벗어나 외따로 떨어진 바위 절벽의 끄트머리이므로 과연 백두대간이 지나는 길목이 맞는지 의심스러웠다.

갈림길로 되돌아와 화암사골을 따라서 화암사로 내려왔고, 사찰 경내를 한 바퀴 둘러보았다. 신선봉을 금강산 제1봉이라고 하는데, 아마도 미시령이 금강산 권과 설악산 권을 가르는 경계가 아닌가 싶다. 8시 7분에 등산과 절 관광을 모두 마쳤는데, 소요시간은 3시간 2분, 총 거리는 8.23km였다.

화암사에서 반시간 정도 더 북상하여, 다음 목적지인 통일전망대로 향했다. 나는 2005년 2월 11일과 2007년 11월 23일 두 차례에 걸쳐 이곳을 통과하여 북한의 금강산을 유람하였다. 당시의 기억으로는 통일전망대가 도로 바로 옆에 위치해 있었던 듯하나, 지금은 제법 높은 언덕 꼭대기에 새로 생긴 통일전망타워라는 사방이 유리로 된 4층 빌딩이 있고, 그 옆에 나지막하게 2층의 통일전망대가 위치해 있어, 이곳이 과연 예전의 그 건물이 맞나 싶었다. 2층 건물은 현재 출입이 통제되고 있었다. 그 부근에 2018년 문재인 대통령이 남북정상회담 당시 북한 측으로부터 선물로 받은 풍산개의 새끼 두 마리가 커져 우리 속에서 사육되고 있었다. 주차장 옆의 통일전망대로 453에 6.25전쟁체험전시관이 있어 한 번 들어가 보았고, 거기서 900m 떨어진 위치에 DMZ박물관도 있어 둘러보았다.

다음으로는 좀 아래로 내려와 거진읍의 건봉산(907.9m) 자락에 위치한 金剛山 乾鳳寺에 들렀다. 이곳에도 예전에 2007년 금강산 갈 때와 2015년 9월 15일 해파랑길 49코스를 갔을 때 들른 바 있었는데, 지금은 복구 작업이 더 한층 진행되어 예전에 못 봤던 건물들이 제법 늘어났다. 아마도 2020년대의 사찰 사진에 보이는 건봉사 모습을 거의 회복한 것이 아닌가 싶었다. 절 경내에 신라 자장율사가 중국 청량산에서 가져왔다는 석가모니 진신사리 중 치아가 普觀院에 다섯 과, 적멸보궁에 세 과가 모셔져 있다고 하는데 그것들을 모두 둘러보았고, 300년 된 소나무라고 하는 것도 바라보았다.

건봉사를 떠난 다음, 좀 더 내려와서 五湖里의 송지호해변 등대 가까이에 있는 서낭바위지질공원에 들렀다. 기이하게 생긴 바위들과 앞에 세워진 조그만 서낭당 건물이 음기를 막아준다고 하는 곳 뒷면의 여성 성기모양으로 생긴 커다란 바위구멍을 둘러보았다.

마지막으로 고성군 토성면 동해대로 5110에 위치한 관동팔경 중의 하나 淸澗亭에 들렀다. 이곳도 2015년 8월 18일 해파랑길 46·47코스 답파 때 들렀던 적이 있는 곳이다. 누각 위에 이승만·최규하 대통령의 친필 액자가 걸려 있고, 과거에 허균·송시열·양사언 등이 와서 남긴 시와 암각 글씨가 남아 있다. 오늘의 총 걸음 수는 25,652보였다.

오후 3시 40분 무렵에 청간정을 출발하여 동해고속도로를 따라 삼척까지 내려온 다음, 7번 국도인 동해대로를 타고서 계속 내려와 경북 영덕군 병곡면 동해대로 7777에 있는 칠보산휴게소에서 오후 7시 무렵 한식뷔페로 석식을 들었다.

식후에 영덕IC에서 서산영덕고속도로에 올라 서쪽으로 계속 나아가다가 안동IC에서 중앙고속도로에 접어든 다음, 올라갈 때의 코스를 따라 진주로 돌아왔다. 귀기한 후 오늘의 신문을 읽고 짐 정리와 샤워를 마치고서 밤 11시 40분 무렵 취침하였다.

8 (일) 맑음
순창 아미산 산행

9 (월) 맑음 -장승배기생태공원, 권익현·권도 묘소

점심 때 며칠 전 김경수·유재홍 군과의 점심 모임 때 들은 바 있는 산청군 신등면 양전리 신등중고교 부근의 아기자기식당으로 아내와 함께 가보았다. 때마침 월요일은 휴업이라, 그 근처의 양전소류지 일대를 산책해 보았다. 소류지는 널따란 연밭으로 되어 있고, 내부로 덱 길도 조성되어져 있으며, 그 가운데에 정자도 하나 있었다. 이곳을 장승배기생태공원으로 부르는 모양이다.

연밭과 이어진 야산으로 올라가 보았더니 전 국회의원 權翊鉉 씨 내외의 무덤이 있고, 거기서 야트막한 산등성이를 하나 넘으니 경상남도 문화재자료 제655호인 權濤 신도비각이 있었다. 東山 權濤는 이웃한 단계리 사람으로서 내가 익히 아는 인물인데, 신도비가 있으니 이 근처에 그의 무덤이 있을 것이라 판단하고서 언덕을 도로 넘어와 그의 무덤을 찾아갔다. 신도비로부터 수백 미터 떨어진 곳에서 마침내 찾아내었는데, 그의 부부 묘와 함께 일족의 묘들이 있고, 뒤편으로 솔밭이 조성된 커다란 묘지였다. 아주 오래 전 비교적 젊은 시절에 아내와 함께 와서 사진을 찍은 것이 액자에 넣어져 진주 집 방안에 진열된 것을 본 기억이 났다.

13 (금) 맑음 -인산동천 양진원

오전 10시에 진주 집을 출발하여 국도 3호선을 따라 함양으로 향했다. 11시 30분 무렵 함양군의 삼봉산 중턱에 있는 인산가연수원에 도착했다. 등록을 마친 다음, 그 아래쪽 삼봉로 292-90에 있는 웰니스호텔로 내려와서 205호실을 배정받았다. 창밖으로 소나무 숲이 펼쳐진 분위기 있는 숙소였다. 나는 仁山 金一勳의 아들 중 막내인 윤수 씨와 서로 아는 사이이므로, 1993년 7월 24일에 처음으로 그가 『남명집』 교감 작업을 하고 있는 이곳을 방문한 적이 있었다. 그 전 달인 6월에 나보다 열 살 아래인 侖秀 씨의 둘째 형으로서 불교신문사에 근무한 적이 있고 서울에서 자신의 출판사를 열기도 했던 侖世 씨는 자기 아버지가 운영하던 이곳 인산농장에다 죽염공장을 차리고서 수백 명의 인부를 데리고 사업을 벌이는 한편 연수원도 운영하기 시작했었는데, 당시 윤세 씨도 만나 인사를 나눈 바 있었다. 또한 나는 윤수 씨의 또 다른 형이며 당시 건국대학교의 동양학관계 연구소에 근무하고 있던 侖禹 씨와도 만나 인사를 나눈 적이 있었는데, 그는 내가 발견한 鄭慶雲의 『孤臺日錄』에 관한 논문을 쓴 바도 있었다. 네 명인가 되던 그들 형제 중 한 명은 후에 죽은 것으로 알고 있다.

그런 인연으로 나는 그 다음해인 1994년 2월 7일에도 인산농장을 방문한 바 있었으며, 같은 해 8월 18일부터 2박3일간 이곳 함양군 죽림리 인산농장 내의 인산죽염연수원에서 서울대 동양철학연구회원 13명과 함께 연례 모임을 가지기도 했었던 것이다. 30년 만에 다시 와보니 상전벽해로 달라져 인산농장은 仁山洞天 養眞院으로 이름도 바뀐 모양이고, 전체적으로 절간 같은 분위기의 건물들도 새로 많이 들어서 있다. 이곳은 해발 1,187m의 삼봉산 중턱 해발 530m 지점에 위치해 있다.

조금 후 서울에서 출발한 사돈댁 내외와 회옥이 부부도 도착하여 웰니스 호텔의 우리 바로 옆방에 방을 배정받았다. 나는 오늘 아침 진주를 출발할 때까지는 주로 우리 일가들끼리 만나는 모임인 줄로 알고 있었으나, 도착하여 보니 제303차 힐링캠프에 참가한 것으로서, 서울에서 버스를 타고 온 사람 등 총 68명이 왔다고 한다. 아내에게 이곳에서 발행하는 월간잡지인 『인산의학』이 매달 배달되고 있는데, 아마도 그 책을 보고서 아내가 제의하여 아내의 칠순 기념으로 회옥이 내외가 초청한 것인 모양이다. 그러므로 내일 오후 1시에 점심식사를 마치고서 출발할 때까지 스케줄이 꽉 짜여 있는 것이다.

정오 무렵에 인산연수원 구내식당에서 점심을 들고, 나 혼자서 부근에 위치한 인산 묘소에 다녀온 다음, 오후 1시부터 연수원 건물 옆 문화관 대강당에서 정대홍 이사로부터 인산가 소개 및 죽염 설명을 들었다. 그런 다음 정 이사 및 직원 두어 명의 인도에 따라 삼봉산 허리 둘레길을 트레킹 하였는데, 약 5km 2시간이 소요되는 코스로서 연수원을 출발하여 삼봉산 임도 및 금강송군락지를 경유하여 인산죽염항노화특화농공단지에까지 이르는 길이었다. 특화단지는 장차 힐링 센터가 들어설 자리이기도 한데, 현재는 터와 진입로만 닦여져 있는 상태였다. 이곳 64,700평의 산지에다 특화단지를 설립하기로 2015년에 경상남도 및 함양군과 인산가가 MOU를 체결해 두었다고 한다. 이곳 외에 등구 마천 지구에 인산가 소유이 지리산로지도 있는 모양이다.

대기하고 있는 전용버스 두 대에 분승해 그곳을 출발하여 함양군 수동면에 있는 인산죽염 제조장으로 이동하였다. 1995년에 이곳 농공단지로 공장을 이전해 왔다고 하며, 천일염 창고 및 포장시설은 다른 곳에 있는 모양이다. 그곳에서 죽염 제조의 진 과정을 견학하였는데, 죽염은 1917년에 인산이 개발하였고, 그 차남인 윤세 씨가 산업화한 지로부터 36년의 세월이 흘렀다고 한다. 윤세 씨는 69세인 모양이다.

죽염제조장으로부터 인산가연수원으로 다시 이동하여 저녁식사 및 휴식을 취한 다음, 19시부터 다시 문화관 대강당에서 인산가 동영상을 시청하고, 김윤세 회장으로부터 「자연치유에 몸을 맡겨라」라는 주제의 강연을 들었다.

이로써 오늘의 공식 프로그램을 모두 마치고서 호텔로 돌아왔는데, 일행 중 호텔에 투숙하는 사람은 별로 없고 대부분 황토방에서 자는 모양이었다. 모처럼 윤수 씨에게 전화를 걸어 이곳에 온 사실을 알리려 하였는데, 내 휴대폰에 저장된 그의 전화번호는 이미 바뀐 모양이라 그런 번호가 없다는 응답이 돌아왔다. 그래서 그의 전화번호를 확인하기 위해 NAVER에 접속하여 김윤수를 치니 전혀 다른 사람들만 떴고, 그의 필명으로 알고 있는 김윤승을 입력하니 비로소 그가 나타났다. 그는 2000년대 이래로 지리산문학관 관장 및 한시 및 시조 작가로서 주로 활동하는 모양이라 그가 출판한 여러 권의 시집이 떴고, 성균관 부관장까지 지낸 사실도 확인할 수 있었다.

14 (토) 맑음 - 인산동천 양진원

오전 8시 무렵 아침식사를 한 후, 호텔로 내려와서 짐 정리를 하여 객실을 비우고서 체크아웃 하여 우리 짐을 승용차로 옮겨두었고, 사돈댁 및 회옥이 내외와 함께 산책로 A코스로 仁山洞天을 한 바퀴 돌았다. 산책로에는 A·B

두 개의 코스가 있는데, A는 죽염장류제조장에서부터 윗부분을 도는 코스로서 1.5km 거리에 40분이 걸리고, B는 호텔 주변을 도는 코스로서 1.2km에 30분이 걸리는 코스인데, 우리는 전자를 택한 것이다.

산책에서 돌아온 후 연수원 마당의 인산 동상 옆에서 김윤세 회장을 만나 잠시 대화를 나누었다. 내가 1993년과 1994년에 세 차례 인산농장을 다녀갔으며, 당시 그와도 인사를 나눈 적이 있음과 그의 형제들 중 세 명과도 아는 사이임을 말했는데, 형제 네 명 중 죽은 사람은 장남인 윤우 씨이며, 셋째인 윤수 씨 아래에 또 한 명의 동생이 있다는 것이었다. 윤수 씨는 윤숭으로 이름을 바꾸었고, 윤세 씨와는 왕래가 끊어져 서로 소식을 알지 못한다고 했다. 윤수 씨가 죽염 산업에 뛰어들려 했을 때 윤세 씨가 반대를 하여 그 때문에 형제간에 서로 왕래가 끊어졌음은 윤수 씨의 말을 통해 이미 알고 있는 바이지만, 지금까지도 그런 사이가 지속된다는 것을 보면 사태가 심각한 모양이다.

10시부터 문화관에서 정대홍 이사의 "건강해지는 별 이야기" 강의가 있었고, 이어서 우성숙 연수원장의 "암을 이기는 우리밥상 K-푸드" 강의가 있었다. 정 씨의 강의는 오행의 원리를 설명한 것으로서 중국철학 전공자인 나로서는 미신인 오행을 이용하여 병을 고친다는 것은 황당한 소리였고, 우 씨의 이야기는 결국 죽염 등 비싼 약재료의 선전이라는 감이 들었다. 우 씨의 말 중에 인산을 가리켜 '아버님'이라 호칭하고 있었으므로, 아마도 윤세 씨의 부인이 아닌가 싶다.

강의가 끝난 후 반 시간 정도 웰니스호텔 별관의 죽염족욕카페에 들러 보았다. 족욕을 하면서 음료수 한 잔을 마시는 식이었다.

정오에 다시 연수원 식당으로 올라가 점심을 든 후, 다 함께 두 대의 승용차에 나눠 타고서 3번 국도를 따라 외송의 우리 산장으로 왔다. 나의 인도로 사돈댁 내외 및 사위와 함께 농장을 한 바퀴 돌았고, 원철학사의 실내도 소개한 후 바깥 덱의 탁자에서 다과를 들며 대화를 나누었다.

15 (일) 맑음 -개도

아내와 함께 천지트래킹클럽의 전남 여수 蓋島 여행에 참여하였다. 승용차를 몰고서 신안동 운동장으로 가서 오전 7시 40분에 출발하는 뉴영일관광의 대절버스를 탔고, 진주시청과 사천 만남의 광장을 경유하여 남해고속도로에 올랐다. 총 41명이었다. 광양에서 2번 국도로 빠진 다음, 17번 국도, 22번 지방도로, 77번 국도를 차례로 경유하여 11시 15분에 여수시 화정면의 백야도 선착장에 도착하였다.

11시에 개도·함구미·직포로 향하는 한려페리7호를 타고서 백야도를 출발하여 20분 후 개도연안여객터미널에 도착하여 산행을 시작하였다. 실은 나로서는 개도를 두 번째로 밟아보는 셈인데, 2015년 4월 26일에 더조은사람들을 따라 백야도에서 개도·하화도·상화도를 거쳐 사도까지 갔다가 돌아오는 길에 하화도에서 하선해야 하는 것을 나는 술기운에 깜박 졸다가 하화도를 놓쳐 버리고서 그 다음 도착지점인 개도의 여석선착장에 상륙하였던 것이다. 당시 나는 일행인 정보환 씨와의 통화를 통해 일행이 하화도를 출발하여 개도에 도착할 때 다시 합류하면 된다는 말을 믿고서, 그 동안 시간을 보내기 위해 섬의 최고봉인 烽火山(335m)에까지 올랐던 터이지만, 그들은 하화도에서 임시선을 타고 개도를 거치지 않고 바로 백야도로 가버렸으므로, 나는 낭패하여 혼자 어선을 대절해 타고서 백야도로 향해 다시 일행과 합류하였던 것이다.

개도에는 해안선을 따라 걷는 트레킹 코스인 사람길 1·2·3코스가 있고, 그것과 따로 등산로도 있는데, 오늘 우리는 등산로를 따라 걷기로 하였다. 그러나 시간절약을 위해 처음부터 등산로를 타지는 않고서 자동차 도로를 따라 개도중학교가 있는 화산마을 주변을 거쳐 너운당이라는 고개에까지 이르렀다가 거기서부터 능선길로 접어들었다. 내가 2015년에 여석여객선 선착장에서 봉화산으로 오를 때 섬의 반대쪽에서부터 포장도로를 따라와 아마도 너운당까지 와서 능선 길로 접어들었을 것이다.

능선을 타고 조금 올라가니 팔각정 정자가 있는 전망대가 나타났고, 거기서 좀 더 오르니 봉화산 못 미친 곳의 안부에서 앞서가던 일행들이 지체하고 있다가 안부의 사거리에서 길을 뒤덮은 풀과 숲을 헤치며 섬의 서쪽 해안 방향으로 하산하기 시작하는 것이었다. 앞서 가던 사람들 중 눈앞에 버티고 선 봉화산을 바라보고서 자신이 없다면서 사람길 코스로 내려가자고 주장한 사람이 있었던 모양이다.

이럭저럭 바닷가의 호령마을로 내려와 그곳에 있는 虎野亭이라는 콘크리트로 지은 정자에서 점심을 들었는데, 아내는 너운당 고개에서 다른 일행을 따라 여석삼거리 쪽으로 빠졌다가 사람길 1코스를 따라 2코스의 출발지점인 호령마을로 와서 우리와 합류하였다.

2코스는 호령마을에서부터 바위절벽이 있어 이 섬의 최고 절경이라는 배성금까지 3.4km로서 약 2시간 30분이 소요되는데, 도중에 섬에서 두 번째로 높은 天祭峰(328m) 정상까지 계속 오르막길이 이어지는데다가 돌밭이 이어지는 등산로에 깔아놓은 야자 매트도 산돼지의 소행인지 대부분 젖혀져 있었으므로 일행은 죽을 고생을 하며 올랐고, 후미의 일행 중에는 해안길로 되돌아가는 사람도 있었다고 한다.

천제봉에서부터는 다시 등산로를 타고 내려오다가, 도중에 옆길로 접어들어 신흥마을로 빠졌고, 별촌방파제 부근에서 오전에 왔던 길을 만나 가까스로 16시 50분의 한려페리7호 출발시각에 맞출 수 있었는데, 가이드 김민규 씨를 포함하여 일행 중에는 도중에 봉고차를 얻어 타고서 우리를 추월하여 먼저 개도연안여객선터미널에 도착한 사람들도 있었다.

백야항으로 되돌아온 다음 올 때의 코스를 따라 진주로 돌아오는데, 도중에 17번 국도상에서 묘도 방향으로 접어들어 이순신대교를 건너서 남해고속도로에 이르렀다. 경남 사천시 곤양면 곤양로 61에 있는 복이네짜글이라는 식당에 들러 김치찌개로 석식을 든 후, 집에 돌아와 샤워를 마치고 나니 밤 9시 무렵이었다.

19 (목) 흐리고 오후에 부슬비 -오대산 선재길

새벽에 1톤 트럭을 몰고서 창환이와 함께 신안동 운동장 부근 백두대간 등산장비점 앞으로 가서 05시 40분경에 도착한 영진고속관광 대절버스를 탔다. MBC여성산악회의 정기 기획 산행인 강원도의 오대산 선재길과 설악산 신선대 트레킹에 참가하기 위함이다. 구면인 유동훈 씨가 인솔자이다. 19·20일 이틀간으로서 참가비는 1인당 23만 원이다. 창환이는 아내 대신으로 참가하게 된 것이다.

버스는 33번 국도를 경유하여, 고령에서 광주대구, 대구에서 중앙고속도로에 올랐고, 영동고속도로를 경유하여 강릉JC에 도착한 이후로는 동해고속도로를 따라 북상하였다. 김밥 한 줄로 조식을 때우고, 도중에 강원도 양양군 강현면 일출로 43-11에 있는 희주네맛!집에 들러 11시 무렵 산채비빔밥으로 때 이른 점심을 들었으며, 6번 국도에 올라 12시 22분 무렵 오대산 상원사 입구의 상원탐방지원센터 앞에서 하차하였다.

상원사를 지나 중대의 사자암 및 적멸보궁을 향해 올라가다가, 상원탐방지원센터에서 적멸보궁까지는 편도 2km의 거리가 있는데다 경사도 제법 있으며, 과거에 이미 몇 번 가본 적이 있고 그곳까지는 선재길에 포함되어 있지도 않은 모양이라, 1km 정도 올라가다가 도로 내려와 상원사에서부터 월정사 방향으로 선재길을 걸었다. 오대산은 신라 자장율사에 의해 개창된 문수보살의 성지라고 하는데, 문수의 지혜를 추구하여 나아가는 『화엄경』에 나오는 善財童子에서 이 길의 이름이 유래한 것이다. 선재길은 주로 상원사에서 월정사에 이르는 코스인 모양인데, 차도와 냇물을 따라가면서도 차도를 피하여 숲속으로 이어지는 산책로이다. 상원사에서부터 시작하면 대체로 내리막길이긴 하지만, 내리막을 별로 느끼지 못할 정도로 평탄하다. 오늘 따라 비가 조금 내리므로 나는 아래위로 방수복을 착용하고서 머리에는 과거에 창환이로부터 얻은 챙이 넓은 둥근 모자를 썼다. 지난 10월 3일 북설악산 성인대와 고성의 통일전망대 등지를 돌았을 때는 그렇지 않았었는데, 지금은 온 산에 단풍이 곱게 물들어 있었다.

월정사에 도착하여 다시금 일주문까지 순환형 코스 총 1.9km를 한 바퀴 돈 다음, 전나무 숲길을 따라 돌아와 대형버스 주차장에 서 있는 대절버스에 올랐다. 15시 50분까지 소요시간은 3시간 28분, 총 거리 11.78km였으며, 걸음 수로는 22,803보였다.

삼척·속초간의 동해고속도로를 따라 낙산해수욕장까지 내려와 해수욕장 부근의 평창군 진부면 진부중앙로 98에 있는 부일식당에서 석식을 든 다음, 낙산콘도텔 208호실에 투숙하였다. 2인 1실의 방이었다.

20 (금) 맑음 - 낙산사, 화암사 숲길

새벽 5시에 일어나 창환이와 함께 근처에 있는 洛山寺를 보러 갔다. 몇 년 전 대화재가 난 이후 처음 가보는 것이다. 낙산주차장 쪽에서 낙산비치호텔 앞을 경유하여 경내로 들어가 義湘臺·紅蓮庵을 거쳐 普陀殿·虹霓門·圓通寶殿·海水觀音像 등을 차례로 둘러보았다. 돌아 나오는 길에 처음에는 어두워서 잘 보지 못했던 의상대와 홍련암으로 다시 가서 홍련암 건물 안의 방바닥에서 바다를 내려다 볼 수 있는 작은 유리판 구멍을 통해 아래로 파도가 들이치는 모습도 모처럼 다시 보았다. 홍련암과 원통보전의 현판은 통도사 鏡峰 스님의 글씨였다.

모텔로 돌아온 후 대절버스를 타고서 이웃한 곳인 양양군 강현면 낙산사로 47의 광주빛고을식당으로 가서 조식을 든 다음 걸어서 숙소로 돌아왔다.

8시 20분 무렵 모텔을 체크아웃 하여 출발한 후, 동해고속도로를 따라 반시간 정도 북상하여 울산바위휴게소 부근에서 갈림길로 접어들어 9시 무렵에 금강산 禾巖寺 입구의 주차장에 도착했다. 지난 3일에 왔었던 곳인데, 오늘 보니 이 절 일주문과 대웅전의 현판도 내가 아는 진주의 隱樵 鄭命壽 옹 글씨였다.

그 때는 한밤중에 도착하여 랜턴의 불빛에 의지하여 올랐던 산길을 오늘은 대낮에 걸었으므로, 도중의 수바위와 시루떡바위도 둘러볼 수 있었다. 창환이는 도중에 나를 앞질러 가다가 일행 중 남자 두 명을 뒤따라가 성인대 안내판이 있는 곳의 안부 갈림길에서 설악산 울산바위를 바로 앞에 조망할 수 있는 신선암 쪽으로 나아갔다가 되돌아오지 않고서 바로 계곡 길 방향으로 나아가 화암사로 내려갔다. 오늘 류동훈 씨에게 물어보아 들은 바에 의하면, 백두대간 상의 신선봉은 여기서 좀 떨어진 곳에 따로 있다는 것이었다. 신선암 쪽 방향에는 숲이 별로 없고 대부분 바위로 이어져 있는지라, 오늘 따라 바람이 거세게 불어와 몸이 날려갈 듯하였다. 화암사에 도착한 다음 창환이를 다시 만났고, 그를 인도하여 함께 석조 미륵불 조각상과 그 뒷면에 수많은 불상들이 돌 벽에 새겨져 있는 곳으로도 올라가 보았다. 12시 7분에 하산을 완료하였는데, 오늘 산행에는 3시간 5분이 소요되어 총 8.21km를 걸었고, 걸음 수로는 22,969보였다.

설악산 관광단지 안인 속초시 관광로 400에 있는 황두막이라는 식당으로 이동하여 초당얼큰순두부에다 전병을 곁들여 점심을 들었다. 이리로 온 것은 인솔자인 류농훈 씨가 오늘 오후에 시간이 되면 토왕성폭포 전망대까지 트래킹 해볼 예정이라고 했기 때문인데, 일행의 의사를 물어보니 2/3 정도는 진주 도착 시간을 고려하여 그곳에 들르지 않고서 바로 내려가기를 원하므로 그 계획은 취소되었다. 창환이는 토왕성폭포를 보기 위해 오늘 오후 6시 막차로 속초에서 서울 가는 고속버스 표를 예매해 두었던 것인데, 그렇게 하지 못하게 되었으므로 식당 앞에서 작별하였다.

갈 때의 코스를 경유하여 진주로 내려오던 도중 영동고속도로 상에서 두 차례 교통정체가 있어 한 시간 이상 지체되었고, 원주의 남종JC에서 중앙고속도로에 접어든 다음, 어두워진 이후 다부동에서 대구로 나아가는 도중 또 한 차례 정체되었다.

오늘에야 알았는데, MBC여성산악회의 인솔자인 류동훈 씨는 진주에 있는 ㈜미래투어의 이사로서 이 회사는 하나투어의 공식인증예약센터이기도 하므로, 앞으로는 그를 통해서도 해외여행을 소개 알선 받을 생각이다.

경북 고령군 쌍림면 대가야로 691의 쌍림중학교 옆에 있는 대원식당에 들러 인삼도토리수제비로 석식을 든 다음, 33번 국도를 경유하여 진주로 돌아왔다. 귀가하여 오늘자 신문을 읽고 샤워 및 짐 정리를 마치고서 밤 10시 10분에 취침하였다.

11월

7 (화) 맑으나 쌀쌀함 -변산 마실길 3코스, 갑남산

산울림산악회를 따라 전라남도 부안군의 변산 마실길 3코스 일부와 甲南
山(413m)에 다녀왔다. 오전 7시 20분 남짓에 바른병원 앞에서 문산을 출발
해 오는 대절버스를 탔다. 오늘 일행은 30명쯤 된다고 한다. 2018년 5월 27
일에도 아름다운산악회를 따라 마실길 2·3코스 트레킹에 나선 바 있었는
데, 당시 3코스는 제대로 걷지 못했었다. 통영대전·익산장수간 고속도로를
따라가다가 완주IC에서 21번 국도로 접어들었고, 23번국도·712번지방도,
다시 23번 및 30번 국도를 거쳐 10시 41분에 마실길 3코스 중 시점인 성천
항을 3.75km, 종점인 격포항을 4.5km 남겨둔 중간지점에서 하차했다. 이
코스는 동시에 서해랑길 47코스이기도 하다.

아내는 바람이 세차다고 하여 차에 남고, 나는 모두 14명 정도 되는 일행
과 더불어 밧줄을 타고서 해변으로 내려가 보았지만 거기에는 길이 없어 도
로 돌아와 일반적인 마실길 코스를 따라 걸었다. 얼마 후 길가에서 사적 제
544호 죽막동 유적, 도유형문화재 제58호 수성당, 천연기념물 제123호 후
박나무 군락지, 명승 제13호 적벽강 안내판을 보고서, 그 화살표가 가리키
는 방향으로 들어가 지질명소인 赤壁江에 이르렀다. 소동파의 「적벽부」에
나오는 적벽강만큼 경치가 뛰어나다 하여 이런 이름이 붙었다. 근처의 李白
고사에 나오는 이름을 취한 채석강에는 여러 번 간 적이 있었지만, 적벽강에
와본 기억은 없다. 개양할머니 고사가 있는 수성당(水城堂, 水聖堂)과 그 옆
의 1992년 발굴 조사에서 3세기 후반에서 7세기 전반에 사용되었던 제사용
토기, 금속유물 및 중국 도자기 등이 출토된 竹幕洞 유적 및 格浦里 후박나무
군락지 등을 둘러본 다음, 격포 해수욕장을 지나 채석강에 이르렀다.

채석강의 끝까지 걸어가 보았는데, 격포항에 도착하기 직전에 바닷물이
들이쳐 통로가 끊어져 있었으므로 도로 돌아 나와 계단을 타고서 펜션 및 길
쪽으로 올라가 바다 건너편의 위도 섬까지 조망할 수 있는 둥그런 모양의 3
층 건물인 닭이봉 전망대에 올랐다가, 12시 57분에 격포항 수산시장 뒤편

버스주차장에 세워둔 우리들의 대절버스에 이르러 거기서 점심을 들었다. 오전의 트레킹에는 2시간 16분이 걸렸고, 총 거리는 7.32km였다.

오후에는 다시 차를 타고 아래쪽으로 조금 이동하여 13시 38분 쯤 변산경찰수련원 앞에서 하차한 다음 갑남산 등산에 나섰다. 일행 중 오전의 트레킹을 함께 했던 14명이 등산에도 나섰다. 산중에는 아무런 이정표나 표시물이 없었고, 정상에 그린나레라는 산악회가 나무에다 붙여둔 정상 표식이 하나 있을 따름이었다. 2014년 지형도에는 갑남산의 높이가 408.5m로 되어 있으나 2016년노의 지형노에는 413.4m로 표시되어 있다고 한다. 그린나레의 표시물은 413m로 되어 있어 후자를 따른 것이다. 투봉 갈림길까지 되돌아 나온 이후 투봉 방향으로 나아가 모항 전망대에 이르러 그 아래쪽 모항에 주차해 있는 우리들의 대절버스를 내려다 본 다음, 임도를 따라서 지금은 영업을 하지 않는 듯한 썬리치랜드로 내려왔다. 그 호텔 일대에는 가을 억새가 우거져 있었다.

호텔 앞 포장도로를 따라 한참을 걸어 내려와 마침내 16시 45분에 모항갯벌해수욕장 부근의 펜션이나 콘도 등이 즐비하게 들어서 있는 부안군 도청리 모항의 서해랑길 46코스 시점에 다라라 오늘의 산행을 모두 끝냈다. 오후 산행에는 3시간 7분이 소요되었고, 총 거리는 9.53km였다. 그 근처에 로댕의 조각 작품 '생각하는 사람'을 닮은 바위가 있다고 하나, 아내가 거기까지는 거리가 제법 된다면서 가지 말라고 만류하므로 못 가고 말았다.

서해안·고창담양·광주대구고속도로를 거쳐 돌아오는 도중에 순창읍 중앙도로의 전화국 앞에 있는 중앙회관에 들러 김치찌개로 석식을 들었고, 통영대전고속도로를 경유해 귀가하여 밤 9시 반 남짓에 취침하였다.

12월

5 (화) 맑음 –부안 삼신산

아내와 함께 산울림산악회를 따라 전북 부안군 진서면 雲湖里에 있는 삼신산(486.4m)에 다녀왔다. 오전 7시 50분 무렵 바른병원 앞에서 대절버스에 올라 20명 정도가 함께 갔다.

통영대전·광주대구고속도로를 경유하여 담양JC에서 고창담양고속도로로 접어들었고, 고창JC에서 다시 서해안고속도로를 타고서 줄포JC에서 710지방도·23·30번국도를 거쳐 운호마을 주차장에 도착하였다. 등산을 하지 않을 사람들은 도중에 진서면 소재지인 줄포에서 하차하여 부안마실길 7·6코스를 걷게 되었다. 아내는 마실길 7코스는 그냥 지나치고 왕포에서부터 시작되는 6코스만을 걸으려고 하다가, 결국 운호마을에서 우리와 함께 하차하여 등산 팀에 합류하게 되었다. 운호마을에는 지난 달 우리 내외가 다녀온 프랑스 남부의 생폴드방스 이름을 단 펜션이 있었다.

마을에서 도로를 따라 한참을 걸어 올라가 운호저수지에 거의 다다른 지점에서 왼쪽 옆길로 접어들어 등산을 시작하였다. 그런데 초입의 비봉 근처에서부터 코스를 잘못 들어 결국 길도 없는 산속을 무작정 치고 올라가게 되어 있는데, 능선에까지 올라보아도 길은 여전히 뚜렷하지 않았다. 해발 300m에 위치했다는 또 하나의 삼신산은 알지도 못한 채 지나쳐버렸고, 도중에 일행과 더불어 점심을 든 다음 다시 가파른 바위 릿지의 암벽을 밧줄을 잡고서 타고 오르기도 하면서 오름길을 한참 지나 마침내 오늘의 최고봉인 삼신산에 도착하였다. 그러나 삼신산에는 아무런 정상표지가 없고 다만 '준.희'라는 사람이 나뭇가지에다 매달아둔 '변산지맥 486.4m'라는 표식이 있을 따름이었다. 점심을 들고서 새로 출발한지 얼마 후에 나는 자신도 모르는 사이에 접는 의자를 배낭에서 떨어트려버렸는데, 하산을 완료할 즈음에 스틱을 접어서 의자와 함께 두는 배낭 옆구리에다 도로 꽂아두려다가 그런 사실을 발견했으므로 결국 포기해버렸다. 그런데 차를 타고서 돌아오는 도중에 산행대장 김현석 씨가 주워두었다가 그것을 전해주었다.

원래 예정에는 안부 건너편의 신선봉(488m)에까지 올랐다가 그쪽 변산지맥 능선을 따라 운호마을로 되돌아올 예정이었으나, 겨울철이라 해가 짧은 관계로 안부를 향해 내려가는 도중 삼신산과 신선봉 두 산 능선 사이의 골짜기인 안골 방향을 취해 하산하였다. 그러나 그 길도 산악회로부터 나눠받은 개념도에 표시된 것과는 달리 길이 없어 낙엽과 잡목 속을 이리저리 헤매가며 이럭저럭 운호저수지에까지 이르렀다. 저수지에 다다르고 보니 우리가 지나온 길은 자연공원법에 의해 출입을 금지한다는 플래카드가 여기저기에 내걸려 있었다. 오늘 산행은 11시 5분에 시작하여 16시 58분까지 5시간 50분이 소요되었고, 총 거리는 10.34km, 걸음 수로는 18,295보였다.

운호마을주차장에서 다시 대절버스를 타고 돌아오는 도중 부안 해변에서 황혼의 모습을 촬영하였고, 진서면 곰소젓갈특산단지의 곰소항길 22-3에 있는 옹고집젓갈이라는 점포에 들러 일행은 젓갈 안주로 공짜 막걸리를 들었는데, 나는 거기서 뱅댕이젓을 한 통 샀다.(15,000원) 갈 때의 코스를 따라 되돌아오는 도중 순창읍의 중앙회관 식당에 들러 김치찌개로 석식을 들었고, 밤 9시 반 무렵에 귀가하였다. 오늘 산행은 참가인원이 적어 산악회 측이 적지 않은 적자를 보게 되었으므로, 우리 내외가 찬조금 10만 원을 내었다.

8 (금) 맑음 - 합천박물관, 옥전고분군

오전 11시 20분쯤에 구자익 군이 진주의 우리 집 앞으로 와서 나를 자기 승용차에 태워 오후 1시부터 6시까지 합천군 쌍책면 황강옥전로1558(성산리 504)에 있는 합천박물관 대강당에서 열리는 제8회 합천박물관 학술대회 -『변무』 번역 및 영인본 발간 기념 '『변무』를 통해 보는 내암 정인홍의 사상과 정치적 여정'에 참여하러 갔다. 합천군이 주최하고 한국선비문화연구원이 주관하는 행사이다. 도중에 의령군 대의면 대의로 52에 있는 제일돼지국밥에 들러 먼저 도착해 있는 김경수·김낙진 교수 및 오늘도 사회를 맡게 될 박인정 양과 함께 한국에서 최고라는 그 집의 돼지국밥으로 점심을 들었다.

합천박물관은 2004년에 완공하여 개관한 것인데, 가야시대 多羅國의 지배자 묘역으로 알려진 玉田고분군 옆에 세워져 있다. 본관인 고고관과 2012년에 신축 개관한 별관인 역사관으로 이루어져 있고, 고고관에서는 다라국과 관련한 유물들을 전시하고 별관은 그 외의 합천 역사 전반에 관한 물건들을 전시하며, 오늘 학술대회가 열리는 대강당은 별관에 위치해 있다.

사적 제326호인 옥전고분군은 고분의 총수가 약 1,000기에 달할 것으로 추산된다고 하는데, 1985년 겨울부터 1992년 봄까지 5차에 걸쳐 경상대학교 박물관에 의해 발굴조사가 이루어졌다. 당시 나는 다른 교직원들과 함께 학교 버스에 동승하여 발굴 현장에 와본 적이 있었는데, 지금은 잘 정비되어져 있어 과연 여기가 당시 내가 와보았던 곳이 맞는지 의심스러울 정도로 완전히 딴판이 되어 있었다. 당시 발굴 현장 부근에 서원이 있었는데, 그 서원은 지금도 언덕 건너편에 남아 있다고 한다. 다라국에 관해서는 우리나라 문헌에 보이지 않고 『日本書紀』와 『梁職貢圖』에만 나타나는 모양인데, 『일본서기』에는 541년과 544년 두 차례에 걸쳐 임나부흥회의에 참석한 것으로 기록되어 있다고 하니, 결국 한국 사학계가 일본 측의 임나일본부설을 시인하는 셈이 아닌가 싶다. 이곳을 포함한 가야 고분군들은 금년에 함께 유네스코 세계문화유산으로 등재되었다.

대강당에서 모처럼 내암 후손으로서 내암 관계 유품 및 문집의 대본이 된 서책들을 보존해 오다가 합천박물관에다 그것들을 위탁한 鄭商元 씨 및 『남명집』 초간본의 밑 글씨를 쓴 草亭 許從善의 후손을 다시 만났다. 13시 30분에 개회식이 시작되어 경상대 한문학과 명예교수이자 한국선비문화연구원 부원장인 최석기 씨가 최구식 원장을 대신하여 개회사를 하고, 김윤철 합천군수 등 합천군 관계자들이 환영사를 하였다. 다음으로 내가 「내암 정인홍의 정치적 여정과 평가」, 이상필 경상대 한문학과 명예교수가 「『변무』의 의의와 특징」을 주제로 기조발표를 하였고, 이어서 한국선비문화연구원의 김경수 군이 「내암 정인홍이 보는 스승 남명 그리고 정구와의 갈등」, 서울대 철학과 후배인 김영우 인제대 교수가 「『변무』를 통해 본 내암 정인홍의 곤경과 의사소통의 문제」, 김낙진 진주교대 도덕과 교수가 「내암 정인홍의 도학과 의병활동」, 경상대 강사인 구자익 군이 「내암의 지경공부와 정치사상」 등 네 개의 주제발표를 하였다. 김영우·김낙진 교수의 발표 때 나는 밖으로 나가 옥전고분군 일대와 박물관의 전시품들을 한 바퀴 둘러보았다. 종합토론은 경상대 중문과의 김덕환 교수가 좌장이 되어 남명학연구원의 사재명, 경상대의 주강수, 경상대 남명학연구소의 이영숙, 사단법인 남명학연구원의 사무국장인 구진성 군이 토론을 맡았다.

모임을 마친 후 나는 다시 구자익 군의 승용차에 동승하여 진주시 신안들 말길 22-1 신안주공1차 정문 앞에 있는 동구밖이라는 식당으로 가서 석식 모임에 참석하였다. 이상필 교수 등 오늘 발표토론을 맡은 사람들 대부분이 그곳에 이미 모여 있었는데, 그 자리에서 나눈 대화중에 이상필 교수가『남명집』改刊本이자 현존 최고의 판본인 갑진본의 산질을 소장하고 있다가 계명대 소장본과 합하여 그 영인본 서책을 간행한 바 있었으며, 그 후 인터넷 경매 사이트를 통해 안동 川前의 의성김씨 종택이 소장하고 있었을 것으로 추정되는 갑진본의 완질을 구입하여 현재 소상하고 있다는 사실을 처음으로 들었다. 이상필 교수는 갑진본 문제 때문에 나와 견해를 달리하여 서로 犬猿視하는 사이였었는데, 오늘 퇴직 후 처음으로 회동하여 자못 화기애애한 분위기를 이루었다. 석식 모임이 끝난 후 내가 2차를 사기로 하여 그 근처 신안주공2차 아파트 부근에 있는 호프집 빅마마로 자리를 옮겨 자정 가까운 무렵까지 함께 어울렸는데, 결국 2차는 이상필 교수가 지불하고 말았다.

2차 자리에서 정헌식 차문화회장의 전화를 받았다. 그의 요청에 따라 내가 작성해준 효당 최범술에 관한 원고 중에서 효당이 다솔사를 자기 사유물처럼 사용해 온 점이 결국 조계종 측에 그 절을 빼앗기게 된 원인의 하나가 아닐까 싶다는 부분의 수정을 요청해 온 것이었다. 사유물 운운의 부분은 빼도 좋다고 응답해 두었다.

집에 돌아오니 회옥이가 새로 사서 보낸 세 번째 내 잠옷이 택배로 도착해 있었다.

13 (수) 아침에 짙은 안개 -남원 김효빈 교수댁

아내와 함께 오전 8시에 집을 나서 남원시 산내면 대정방천길 43에 있는 김효빈 교수 댁을 찾아갔다. 통영대전고속도로를 따라 올라가다가 산청읍으로 빠져나가서 산청군 금서면과 함양군 휴천면·마천면을 거쳐 전라북도 남원시 산내면 대정리로 들어갔다. 도중에 안개가 짙게 깔려 조금 앞을 분간할 수 없을 정도였다. 약속한 시간인 10시보다 10분쯤 일찍 도착했다. 이 댁에 와보는 것은 2017년 10월 7일 이래 6년만인 셈이다. 오전 10시에 지리산

마을학교에서 이길은 강사를 초청하여 '노르딕 걷기(워킹) 훈련'을 하게 된 것이다. 그 댁 담장 밖의 별채로 되어 있는 바깥 분 吳英和 씨가 목사로 있는 지리산 예수전예배당 안을 둘러보고 있으니, 오 목사와 전도사인 여자 분 한 명이 들어왔고, 얼마 후 다도교실 선생이라고 하는 여자 세 명도 왔다. 지난 번에 왔을 때는 머지않아 교회가 이리로 옮겨올 것이라고만 들었었는데, 2019년에 교회를 옮겨왔고, 교회 외의 다목적 모임장소로도 사용하고 있는 모양이다.

오 목사는 同福吳氏의 종손이라고 하더니, 옛 것에 관심이 많아 1층 예배당 안에다 쌀뒤주를 갖다 두고서 설교단으로 사용하고, 그 앞에는 經床을 두었으며, 사방 벽을 빙 둘러서 雲甫 金基昶 화백이 그린 조선 복장을 한 '예수의 생애' 그림들과 중국 여행에서 사 온 모양인 중국 복장을 한 같은 주제의 그림들을 액자에 넣어 잔뜩 전시해 두었고, 그 밖에도 서울대 미대 학장을 지냈다는 김병종 화가의 작품들도 있고, 바깥 복도에는 서양 선교사들이 일제시기 무렵 지리산 노고단 부근에다 지어둔 산장들의 사진 등이 전시되어 있었다. 오 목사는 1955년생이라고 하니 아내인 김효빈 교수와는 동갑인 셈인데, 부인에 비해 훨씬 젊어 보였다. 김 교수의 이화여대 대학원 스승인 김수지 박사의 추천으로 산골에 있는 가나안농군학교로 연수차 갔다가 거기서 오 목사와 만나 결혼하게 되었다고 하며, 오 목사는 신학교를 나와 현대중공업에서 잘 나가는 자리에 있었으나 후에 퇴직하여 목회 일로 접어들었다고 한다.

김 교수가 진주보건간호전문대학 교수로 오래 있었으니 그 시기인 모양이지만, 오 목사는 경상대 사범대학 교육학과에서 강재태 교수의 지도하에 사회교육 전공의 대학원 과정을 밟아 15년 정도 강의도 하였으며, 경상대학교 평생교육원 설립에도 관여했었다고 한다. 그의 선조 중에는 정조 8년(1784)에 우의정을 지낸 吳始壽가 있고, 좌의정에 추증된 吳百齡, 동지중추부사 吳竣 등이 있어 집의 출입문 안벽 좌우에 그 교지가 게시되어 있었고, '지리산 뿌리 700년 동복오씨사무소' '지리산 한옥마을'이라는 액자도 걸려 있었다.

그 댁 잔디밭 뜰에서 노르딕 워킹 강습을 받았는데, 강사인 이 씨는 경북 상주 출신이나 동복으로 시집와 있다고 했는데, 경상도나 전라도 말씨의 흔적은 없고 서울 표준말을 사용하고 있었다. 노르딕 워킹이란 북유럽에서 하는 것인데, 1995년에 정식으로 국내에 도입되었다고 한다.

강습이 끝난 후 오 목사 등과 작별하여 김효빈 교수가 선도하는 승용차를 따라서 남원시 인월면 달오름길 22-5에 있는 지리산나물밥 식당으로 가 셋이서 순두부찌개로 점심을 들었다. 은행 알을 비롯한 여러 가지 선물들을 많이 받았다. 돌아올 때는 함양 쪽으로 빠져 3번 국도를 타고서 귀가하였다.

17 (일) 강추위 -동해안바다열차, 정동진, 추암

아내와 함께 참조은여행사(CJT투어)의 '정동진&동해안 바다열차'에 동참하여, 강원도 동해시의 추암에서 강릉시의 정동진까지 다녀왔다. 승용차를 몰고 가서 진주역주차장에다 세우고, 06시 13분에 출발하는 KTX-산천 204열차의 16호차 3A·B석에 탑승했다. 우리 앞좌석에 노년의 부부 팀 네 쌍이 있어서 진주에서는 총 10명이 참여하는 줄로 알았으나, 정동진에 도착하여 점심을 들기 위해 식당에 들렀더니, 대화의 내용으로 보아 진주에서 온 것으로 짐작되는 중년 여인 팀 6명이 더 있었다.

동대구역에 도착하여 4번 출구 쪽으로 나가 철도관광/여행센터라는 곳 앞에서 주황색 옷을 입은 여성 가이드 강지양 씨를 만났다. 오늘의 참여인원은 총 30명이라고 한다. 동대구역에서 KTX 233열차로 갈아타고서 13호차 13A·B석에 앉아 08시 33분에 출발하여 09시 08분에 포항역에 도착하였고, 거기서 다시 노란색 전용버스로 갈아타고서 부산에서 강원도 고성까지 이어지는 7번 국도를 따라 2시간 20분 정도 북상하였다. 도중의 망양휴게소에서 잠시 정차하였고, 삼척의 근덕TG에서 동해안고속도로에 접어들어 추암역에 도착하였으며, 거기서 12시 06분에 4량으로 구성된 바다열차에 올라 2호차 17·18호석에 앉았다. 두 줄로 바다를 향해 배열된 좌석의 앞줄 끝자리였다. 강릉에서 삼척까지 53km를 매일 운행하는 바다열차는 16년간의 운행을 마치고서 이 달 25일부로 종료한다고 하므로, TV에서 본 바 있는 그 열차를 그 전에 오늘 한 번 타보기로 한 곳이다. 3호 칸 차량은 매점이었고, 좌석도 테이블을 끼고서 마주하고 있어 바다로 향해 있지 않았다.

바다열차를 타고서 12시 49분에 正東津역에 도착하였다. 정동진에 와본 것은 여러 번이지만, 기차를 타고 온 것은 처음이다. 역사 옆에 길게 펼쳐진 파도치는 바다 풍경이 장난이 아니었다. 정동진 역 앞 강릉시 정동1길 170에 있는 관제탑해물탕이라는 식당에서 해물찜과 공기밥으로 점심(42,000원)을 들었다. 모처럼 온 김에 찬바람을 맞으며 강릉바우길 9코스 겸 해파랑길을 따라 오른쪽으로 600m 정도 걸어서 모래시계공원으로 가서 해시계와 모래시계 및 열차의 차량들을 이용한 시간박물관을 둘러보았는데, 박물관은 입장료가 9,000원(경로 4,500원)인데다 천천히 둘러볼 시간도 없어 생략하고서 역으로 되돌아왔다.

다시 15시 02분에 정동진을 출발하여 15시 47분 추암에 도착하는 바다열차의 1호차 9·10호석에 탑승하여 갈 때의 코스를 되돌아왔다. 이번에는 앞 줄 중간쯤이었다. 湫巖역은 1999년에 일출 관광을 위해 개설된 것으로서 驛舍도 역무원도 없는 삼척선 상의 간이역이다. 영동지방의 절경으로서 김홍도가 와서 그림을 남겼다는 추암은 龍湫라는 곳에 있는 기이한 바위라는 뜻이라고 한다. 근자에 다녀온 추암에 도착해서는 아내와 헤어져 혼자서 지난번 코스를 거꾸로 조각공원에서부터 출렁다리, 海巖亭을 거쳐 촛대바위와 凌波臺까지 한 바퀴 둘렀다.

돌아오는 길에 경북 울진군 후포면 울진대게로 169-73 후포어시장 옆에 있는 4층 건물 3층의 바다마실이라는 식당에 들러 아내는 대게비빔밥, 나는 횟밥(회덮밥)으로 석식으로 들었다. 둘 다 17,000원인데, 여행사에서 제공하는 것이다. 식후에 그 집 1층 매장에서 대게 다섯 마리 한 박스와 김 한 묶음 및 창란젓 한 통을 구입하였다.

포항역에서 21시 36분에 KTX-호남 254열차의 4호차 9A·B석에 탑승하여 22시 11분에 동대구역에 도착하였다. 거기서 다시 KTX-산천 221열차로 갈아타고서 4호차 3C·D석에 앉아 22시 35분에 출발하여 00시 15분에 진주역에 도착할 예정이었으나, 한파로 인한 서행운전으로 말미암아 출발과 도착이 모두 15분 정도씩 지연되었다. 갈 때와 마찬가지로 우리 앞자리에 앉은 노년의 부부 네 쌍은 부인들이 간병인 즉 요양보호사이며 회비를 갹출하여 여행을 다니는 모양이었다.

오늘 대절 버스 안에서는 우리 뒷자리에 앉은 중년의 아주머니 한 명이 트레이닝 복 차림에다 뚱보에 가까운 성인 아들을 동행하였는데, 아주머니는 가이드와 기사에게 나훈아의 노래를 틀어달라고 반 강제로 졸라대다가 내가 싫다는 의사를 표시하여 결국 그쳤으며, 아들은 멀미기운이 있다고 하더니 왕복 모두 맨 앞줄의 가이드 좌석을 독차지하였다. 몰상식한 사람들이었다.

귀가 후 샤워를 마치고서 다음날 1시 반쯤에 취침하였다.

19 (화) 맑음 –광양 천왕산, 망덕산, 배알도, 수변공원, 운암사, 옥룡사지

아내와 함께 한아름산악회의 연말 산행에 참여하여 전남 광양시 진월면 망덕리의 天王山(228.7m)·望德山(197.2)·拜謁島 및 太仁洞(太仁島)의 수변공원, 그리고 광양시 옥룡면의 운암사와 玉龍寺 및 그 주변 동백 숲을 다녀왔다. 행정구역 상 배알도만은 경상남도 하동군 금성면 고포리에 속한다.

오전 8시 반쯤에 바른병원 앞에서 대절버스를 타고 총 32명이 출발했다. 대전통영 및 남해고속도로를 경유하여 망덕리에 이르러 오늘 B팀이 걷기로 예정된 윤동주 기념무대 및 윤동주 유고 보존 정병욱 가옥이 있는 망덕포구 일대에까지 갔다가, 도로 돌아 나와 A팀의 등산 코스에 참가할 사람들은 남해고속도로 가 선포 입구에서 하차하여 9시 54분부터 등산을 시작했다.

곧바로 산길을 걷기 시작하여 가파른 오르막을 계속 걸어 10시 40분경에 오늘 산행의 최고봉인 천왕봉에 도착하였다. 호남정맥을 따라 그 끝점을 향해 걷는 것인데, 천왕산은 天皇山 또는 文筆峰이라고도 부른다고 한다. 이 지역에서는 오늘 코스를 백두대간의 종점이라고도 주장하고 있다. 194봉을 지나 백운1로 위를 건너는 출렁다리를 넘어서 파평윤씨의 무덤들이 있는 곳에서 일행과 함께 점심을 들었다. 그 바로 뒤쪽이 망덕산인데, 정상비에 '호남정맥의 시발점'이라고 새겨져 있었다.

거기서 망덕포구까지의 거리가 0.95km, 천왕산까지는 4.1km라는 이정표를 보았는데, 하산길을 따라 한참 내려가 보았더니, 도중의 갈림길에 다시 망덕포구까지 1km라는 이정표가 보였고, 그 길을 따라가니 '相思岩과 光德菴 옛터' 표지가 있었다. 조선시대의 서당 터였다. 그 길을 계속 나아가니 배알도 입구의 별혜는다리에 닿았다. 나는 등산로 몇 곳에서 '망덕포구 및 백두대간 종점 관광안내도'를 보고 망덕산을 내려가면 윤동주기념무대와 정병욱 가옥 사이의 망덕포구 등산로시점에 닿을 것으로 판단하고서, 오늘 산행의 종착점인 배알도수변공원으로 가는 도중 윤동주의 유고를 보존한 정병욱 가옥에 들를 수 있을 것으로 기대했던 것이지만, 그곳은 아침에 차창 밖으로 얼핏 바라본 데서 그칠 수밖에 없었다. 그곳까지 되돌아가고자 해도 이미 종점 도착 시한인 오후 2시 무렵이었기 때문이다. 수변공원과 윤동주 기념무대 사이를 왕복하여 평지를 걷기로 된 B팀에 참여한 아내는 정병욱 가옥에서 약 한 시간 동안 여자 해설사의 안내를 받으며 그 집 안팎을 두루 둘러보았다고 한다. 오늘 산행은 14시 26분까지 4시간 56분이 소요되었고, 총 거리는 7.58km였다.

윤동주의 시 '별 헤는 밤'에서 이름을 취한 망덕포구와 배알도를 잇는 별혜는다리는 길이 275m, 폭 3m 규모의 현수교식 해상보도교로서, 국내 최초로 곡선 램프를 도입해 경관 조망성을 높인 것이라고 한다. 건너편의 배알도공원 산 정상에는 1940년에 건설된 海雲亭이 있고, 거기에 백범 김구의 친필 휘호 액자가 걸려 있었다고 하나 1959년 태풍 사라호로 붕괴되었으며, 2015년에 중건된 정자에는 정종섭 당시 행자부장관의 휘호로 된 현판이 걸려 있었다. 이 일대에서는 550리를 달려온 섬진강이 남해바다와 만나고, 전라도 광양과 경상도 하동이 한데 어우러지는 풍경을 바라볼 수 있다. 배알도는 0.8hr, 25m 규모의 아담한 섬인데, 대동여지도 등에 蛇島로 표기되어 뱀섬으로 불려오다가 망덕리 외망마을의 망덕산 정상에 있다는 天子를 배알하는 형국이라 하여 이런 이름을 얻었다고 한다. 배알도와 배알도근린공원을 잇는 해맞이다리는 길이 295m, 폭 3m 규모이다. 배알도근린공원 또는 수변공원이라고 불리는 이곳은 태인도에 속한 것으로서, 한 때 해수욕장으로 개발되었으나 지금은 캠핑객들의 야영장을 이루고 있다. 또한 154km에 이르는 섬진강 종주 자전거길의 시작점이자 종착점이기도 하며, 인근에 조선시대에 국내에서 김을 처음으로 양식한 김 시식지, 田禹治의 전설이 깃든 삼봉산 등이 있다.

수변공원을 떠나 동백나무 숲으로 유명한 운암사로 이동하였다. 동백은 아직 철이 일러 전혀 피지 않았지만, 좌대높이 10m, 불상높이 30m인 약사여래 입상이 서 있고, 관세음보살로 보이는 흰 돌(대리석?)의 대형 조각상 부재들노 입구 부근에 놓여 있었다. 알고 보니 이 절은 지난번 백계산 등반 도중에 들렀던 옥룡사지와는 언덕 하나를 사이에 두고서 인접해 있었다. 경내의 탑비전지에 신라 말 道詵의 제자인 洞眞대사 경보와 도선 자신의 승탑(부도)이 서 있었는데, 옥룡사지에서 출토된 유물을 토대로 광양시가 2002년에 복원한 것이었다. 오늘의 총 걸음 수는 16,006보였다.

진주로 돌아온 후 처가 근처인 봉곡동 21-5(진주성로 49) 1층에 있는 국민감자탕에 들러 감자탕으로 석식을 들었다. 그 집 지하의 노래방에서 송년회도 하는 모양이지만, 우리 내외는 식사를 마친 후 택시를 타고서 바로 귀가하였다.

2024년

2024년

1월

7 (일) 맑음 - 남파랑길 20코스

아내와 함께 매화산악회를 따라 거제 섬&섬길 중 양지암등대길 겸 남파랑길 20코스를 다녀왔다. 오전 8시까지 시청 앞에 집결하여 대절버스 한 대로 출발했는데, 총 48명이 참가했다고 한다. 남해 및 대전통영고속도로를 따라 통영까지 내려간 뒤, 14번 국도를 타고서 거제도로 건너가, 1코스인 거제대학에서 능포항까지 9.5km를 걸을 사람들은 지세포와 장승포의 사이에 위치한 마전동의 거제대학 입구에서 하차했고, 2코스인 능포항에서 양지암등대를 거쳐 능포양지암조각공원까지 3.5km를 걸을 사람들은 능포항에서 하차했다. 나는 1코스, 아내는 2코스를 선택했는데, 1코스를 택한 사람은 회장을 비롯하여 8명밖에 되지 않았다. 그 8명 중에 보통나이로 79세인 역전의 노장과 76세인 내가 포함되어 있는데, 79세인 사람은 디스크로 말미암아 신체적 조건이 예전 같지는 않은 모양이었다.

코리아둘레길 앱에 의하면 남파랑길 20코스는 지세포에서부터 능포동까지 총 18.3km인데, 우리는 도중의 거제대학에서부터 출발하여 종점에 못 미친 지점인 능포항까지만 가므로 그 절반 정도를 걷게 된 셈이다. 그리고 오늘 코스 중 거제대학은 남파랑길 앱에는 포함되어 있지 않으나 실제로 그곳에 내려 보니 남파랑길 길안내가 되어 있고, 현지의 남파랑길 안내판에도 그렇게 표시되어 있었다.

윤개공원을 지나 장승포항의 지심도 터미널 부근에서 부두의 평상에 걸터앉아 점심을 들었고, 장승포벚꽃길을 따라 능포동으로 들어가서 양지암 조각공원에 이르니 거기서 아내 등 우리 일행 몇 명을 만날 수 있었는데, 1코스 팀 중 79세인 사람은 주로 꽁무니에서 걷다가 1코스의 종점인 능포항 쪽으로 내려가고, 나머지 7명은 약속된 집합 시간인 오후 3시까지 아직 2시간 정도나 남았으므로, 양지암등대까지 걸어 2코스도 나서 커버하기로 했다.

그리하여 오전 9시 33분부터 오후 2시 19분까지 걸어 총 4시간 46분이 소요되었고, 총 거리는 13.78km, 걸음수로는 23,253보를 기록하였다. 종점에 도착하니 年初의 첫 산행이라 하산주와 더불어 떡국과 가오리 회무침을 제공하였다. 진주의 집으로 돌아오니, 시간은 아직 오후 5시 정도였다.

14 (일) 맑음 - 승산 부자마을

오후 3시에 아내와 함께 진주 집을 출발하여 승용차를 몰고서 남해고속도로에 올라 진주시 지수면 승산길45번길 16에 있는 승산에부자한옥으로 갔다. 경상국립대학교 대학원 한국차문화학과의 총회 및 정기차회에 참석하기 위함이다. 강우차회의 회장인 이연복 씨가 이 마을에서 1년 살기를 시작하였으므로, 그녀가 이곳에다 이러한 자리를 마련한 것이다. 이 씨의 안내로 부자한옥에 방을 배정받아 우리 짐을 둔 후, 지수로 506에 있는 지수남명진취가로 자리를 옮겨 오후 4시부터 시작된 신년정기차회에 참석하였다. 승산에부자한옥은 진주시에서 이 마을을 대한민국 기업가정신수도로 지정하여 조성한 한옥스테이로서 LG 구인회 회장의 처남댁을 리모델링하여 마련한 것이며, 지수남명진취가는 진주시에서 관광테마마을 조성의 일환으로 건립한 게스트하우스이다.

경남 진주시 지수면 승산리에 위치한 勝山마을은 600년 전 김해허씨가 입향하여 마을을 일군 후 능성구씨가 김해허씨 가문과 혼인을 맺고 300년을 의좋게 살아온 곳이며, LG·GS·삼성·효성 등의 창업주들이 다닌 지수초등학교가 있는 곳이다. 100년 역사의 지수초등학교는 1980년대 한국 100대 재벌 중 30여 명을 배출한 대한민국 기업가들의 성지인 것이다.

게스트하우스인 진취가에는 숙박시설도 있지만, 꽤 큰 홀이 있어 거기서 오늘 이연복 씨와의 인연으로 서울로부터 일본의 (財)煎茶道 東阿部流 한국 지부장인 趙윤숙(茶名: 翠明스이메이) 씨를 초대하여 차회를 가지게 된 것이다. 이연복 씨와 조윤숙 씨는 모두 서울의 국악예술고등학교 출신으로서 이 씨는 해금을 조 씨는 무용을 전공하였다는데, 이 씨는 그런 사실을 여태 몰랐었다고 한다. 조 씨는 일본 東京의 品川에서 35년을 거주해 왔으며, 차도에 입문한 지는 20년 정도 되었다고 한다. 서울 종로구 낙원동의 종로 오피스텔 1009호와 東京 港區 港南 4丁目에 주소를 두고 있다. 일본인과 결혼하여 1남 1녀를 두있으며, 딸인 오노 아유미 씨와 제자인 김대영 씨를 대동해 왔다. 딸은 올해 22세로서 일본에서 고등학교까지 마친 후 재작년 12월에 한국으로 와서 대학진학을 준비하고 있다는데, 한국어 능력이 상당하여 의사소통에 지장이 없는 듯하다. 金大榮 씨는 울산 출신으로서 동국대학교 법대를 졸업하고, 원광대학교에서 예다학·차문화사 전공으로 석·박사과정을 마친 후 문학박사 학위를 받았으며, 현재 서울에서 김대영인문예술아카데미 陋樂齋의 대표 겸 도자수선전문가그룹 이습의 대표로 있다. 46세인가 되는데 아직 미혼이라고 한다. 조윤숙 씨와 그 딸은 기모노를 입고 히가시아베류 센차도의 시범을 보이고, 김대영 씨는 해설을 맡았다.

차회를 마친 후, 승산리 444-3번지에 있는 삼삼식당으로 자리를 옮겨 돼지삼겹살두루치기 등으로 석식을 들었고, 승산에부자한옥으로 돌아와 그곳 곳간채에서 와인파티를 가졌다. 오늘 모임에는 14명의 회원이 참석하였는데, 개중에는 80세에 가까운 최연장자 고재순 씨 등 작년에 우리 산장으로 놀러왔던 사람들이 여러 명 있어 회원인 아내를 따라온 나로서도 아주 낯설지는 않았다. 우리 내외는 처음 안채의 방을 배정받았다가, 같은 이연복 씨에 의해 방에 군불이 보다 잘 든다는 사랑채의 보다 작은 방으로 새로 옮겼다.

밤 11시 무렵에 취침하였다.

15 (월) 맑음 - 승산 부자마을

부자한옥의 곳간채에서 함께 머문 일행과 함께 이연복 씨가 마련해 준 커피와 조식을 든 후, 오전 9시 반까지 지수초등학교로 가서 승산마을 이장 겸 문화관광해설사인 구자표 씨를 따라 마을을 한 바퀴 돌며 설명을 들었다. 우리 부부 외에 3명이 함께 했다. 그런 다음, 승용차를 운전하여 귀가했다.

16 (화) 맑음 - 회동수원지 둘레길

아내와 함께 한아름산악회를 따라 부산 금정구의 회동수원지 둘레길 트레킹을 다녀왔다. 양산 원효산 남쪽 계곡에서 발원한 수영강이 철마산·아홉산과 만나는 선동, 오륜동과 회동동에 걸쳐 있는 것으로서, 내가 부산에 살던 시절에는 오륜대수원지라고 불렀던 곳이다. 일제 강점기인 1940~42년에 1차 댐건설 공사가 이루어지고, 이후 2차 건설공사를 거쳐 1946년에 완공하였으며, 1966년에 한 차례 增高가 되어 현재의 댐 높이에 이르렀다. 1964년부터 상수원보호구역으로 지정해 일반인의 출입이 엄격히 제한되어 왔었는데, 그로부터 45년만인 2010년에 수변산책로인 둘레길이 개설되어 전면 개방되었다. 오륜대 구간(회동동 동대교-오륜대-선동 상현마을) 6.8km와 아홉산 구간(동대교-아홉산-상현마을) 12.4km로 총 19.2km인데, 오륜대 구간은 부산의 갈맷길 8-1구간(10.2km)의 일부이기도 하다.

오전 8시 10분경 바른병원 맞은편 택시주차장에서 봉곡로터리를 출발한 대절버스를 타고서 남해고속도로를 경유하여 11시 16분에 上賢마을에서 하차하였다. 아내는 그대로 버스 안에 남아 있다가 도중의 부드러운 황토를 맨발로 걷는 땅뫼산 황톳길 일원을 조금 걸었을 따름이다. 도중의 최고봉인 부엉산(175m) 정상 전망대에 올라 주변 경관을 둘러보기도 하고, 거기서 일행과 함께 점심을 들었다. 땅뫼산을 거친 지점의 오륜본동을 거쳐 동대교까지 걷기로 되어 있었는데, 일행 중 제일 앞서 걷던 내가 길을 잘못 들었는지 금사동 일대를 한참 걷다가 주민에게 물어 되돌아오기도 하였다. 그리하여 16시 54분에 동대교에 다다랐는데, 소요시간은 4시간 37분, 총 거리는 11.75km, 걸음수로는 19,466보였다.

돌아오는 도중 경상남도 김해시 율하6로 62, 율하테라스 207호에 있는 마선생 마약국밥에 들러 돼지국밥(8,500원)으로 석식을 들었다. 아내는 돼지국밥을 들지 않으므로, 내가 2인분을 든 셈이다.

27 (토) 맑음 -성균관대학교 퇴계인문관

아내와 함께 오전 8시 반 무렵 진주의 집을 출발하여 승용차를 몰고서 상경했다. 성균관대학교 퇴계인문관 4층 31406호실에서 열리는 2023년 한국동양철학회 연합학술대회 '〈惡〉: 〈나쁜 것〉에 대한 동양적 성찰'에 참여하기 위함이다.

대전통영·경부·중부고속도로를 경유하여 오후 2시 반쯤에 대회장에 도착하였다. 점심은 가는 도중 아내가 휴게소에서 산 치즈 빵 하나로 때웠다. 아내는 그곳 로비에서 대기하고 있던 회옥이를 만나 근처로 식사하러 가고, 나는 로비에서 민족문화문고의 문용길 대표가 가져온 책들 중 서울대 철학과 명예교수 송영배 씨가 쓴 『중국사회사상사』 증보판(서울, 시회평론, 1998)과 吉川忠夫 편 『中國古道敎史硏究』(京都, 同朋社, 1991)를 각 한 권씩 산 다음, 대회장으로 들어갔다. 회의는 오전 10시부터 시작되어 두 부로 나뉘어 진행되고 있었는데, 내가 들어갔을 때는 오전에 있었던 학문후속세대 발표 A·B조가 모두 끝나고 오후의 전문연구인력 발표가 시작되어 있었다.

첫 번째 순서로는 송영배 교수의 아들이라고 하는 American Univ.의 송윤우 씨가 발표하기로 되어 있었는데, 미국에서 귀국하지 못했는지 실제로는 논문만 제출한 모양이고(줌으로 발표?), 두 번째 순서로 성균관대의 김준승 씨가 「양명학에 함의된 선악의 개념 고찰과 악에 대한 이해와 포섭」, 세 번째로 전북대의 여류 학자 최정연 씨가 「공명과 충돌: 서학의 惡 개념을 바라보는 유학자의 시선들」을 발표하였다.

16시 05분부터 16시 15분까지 있었던 휴식시간까지만 참석하였는데, 회장인 양일모 서울대 자유전공학부 교수, 부회장인 신정근 성균관대 명예교수, 총무인 이현선 서울대 철학과 교수, 전임 회장들인 이광호·박홍식·권인호 교수, 연세대 철학과의 김명석 교수 등 지인들을 만났다. 성균관대 출신인 박홍식·권인호 씨를 제외하고는 모두 서울대 철학과 동문들이었다.

오후 4시 반 무렵 주차장에 세워둔 승용차 안에서 대기하고 있던 아내와 회옥이를 만나, 회옥이와는 혜화동 근처에서 작별하고, 아내와 둘이서 밤길을 운전하여 경부 및 대전통영고속도로를 경유하여 밤 10시 무렵에 귀가하였다.

3월

5 (화) 비, 驚蟄 -동굴법당, 영산정사

아내와 함께 김현석 씨가 산행대장으로 있는 산울림산악회를 따라 울산광역시와 경남 일원의 동굴법당을 둘러보는 여행길에 나섰다. 오전 8시 20분 무렵 고려병원 옆 택시 주차장에 나가 있다가 봉곡로터리를 출발해 오는 대절버스를 타고서 남해·경부고속도로를 경유하여 북상하였다. 첫 순서는 울주의 굴암사라고 하는데, 경부고속도로에서 울산고속도로로 접어들어 한참을 나아가다가 웬일인지 되돌아 나와 언양에 다다랐다. 알고 보니 花藏山 窟巖寺는 울산광역시 울주군 언양읍에 위치해 있었다.

버스에서 내려 통도사의 언양 포교당인 花藏寺를 지나 영남알프스둘레길을 따라서 소나무가 울창한 산길을 30분쯤 올라간 곳에 위치해 있었다. 신라 21대 炤智王 대에 창건되었다고 하나 이를 고증할 자료는 없고, 최근인 1966년에 해인사 승려 安石凡이 폐사되어 있던 이 사찰을 중창하여 미타굴이라 하였다는데, 지금도 彌陀窟이라는 석굴이 남아 있었으나 그곳은 문이 닫혀 있어 들어갈 수 없었다. 현재 법당이 안치되어 있는 석굴은 폭이 6m, 높이 2m로서, 20여 명이 법회를 할 수 있다. 절 앞에서 언양 읍내를 한 눈에 내려다 볼 수 있었다. 내려오다 보니 길가에 매화가 만발한 농원과 아파트 옆에 노란 꽃이 만발해 있는 산수유 한 그루도 눈에 띄었다.

다음으로 언양에 있는 대한불교조계종의 松雲寺 彌陀大石窟을 보러 갔다. 언양 아래쪽 자수정동굴나라에 인접한 곳이었다. 먼저 자수정동굴나라 입구 부근의 오늘은 영업을 하지 않는 칼국수 등을 파는 식당 앞의 비를 피할 수 있는 탁자와 의자들에 흩어져 앉아 점심을 든 다음, 계단을 따라서 송운사로 걸어 올라갔다. 이곳은 일제강점기인 1900년대 초에 자수정 광맥이 발견되어 채광을 시작하여 1970년대부터 세계적인 명성을 얻었다고 한다. 1978년에 미국의 세계적인 보석 전문기관으로부터 세계 최고의 품질로 인정받았으며 언양 일대에 80여 곳의 자수정 가공 공장이 들어섰다는 것이다.

미타대석굴은 40여 년 동안 폐광으로 방치되어 있던 자수정 광산을 주지인 화룡스님이 인수하여 2010년부터 10여 년에 걸친 불사를 통해 오늘날의 사찰을 창건한 것이다. 일반사찰과는 달리 일주문이 없고 그 대신 입구에 12지신 석상이 늘어서 있으며, 대웅전 등 모든 기도 도량이 동굴 내에 자라잡고 있다. 부처님 사리 친견실이라는 굴에 들어가 보았더니, 흰색의 조그만 조약돌들을 바위 여기저기에 흩어서 비치해 두었으며, 故人의 유골을 흙과 함께 섞어 고온 1300도에서 부처님으로 조상한다고 하며, 그렇게 조성된 부처상들을 無量壽殿 안에 본인의 이름과 함께 안치해 두고 있었다. 그 부근 언덕 위에 미륵부처 바위라는 것이 있고, 그 근처에 음혈수 및 사랑의 열쇠라 하여 관광지에서 흔히 보는 남녀 사랑의 정표인 잠긴 자물쇠들을 걸어 두고 있었다.

언양을 떠난 다음, 만어산 부근인 밀양시 삼랑진읍 행곡 1길에 있는 如如精舍를 찾아갔다. 부산 범어사의 주지를 역임했던 정여 스님이 1995년 부산에 여여선원을 개원하고, 이곳에 부지를 매입하여 불사를 시작한 지 10년 만인 2005년 4월에 석굴 약사전 봉불식을 가졌고, 그 후 이어진 불사로 지금의 사찰 규모가 되었다고 한다. 그러나 그 절을 불과 2km 정도 남겨둔 지점에서 2차선 포장도로가 끝나고, 거기서부터는 꼬불꼬불 이어진 폭이 좁은 비포장도로가 이어지고 있어 일반 승용차가 아닌 관광버스로는 진입할 수가 없었으므로, 포기하고서 차를 돌렸다.

다음으로는 밀양시 무안면의 사명대사 생가지 근처에 있는 가례리의 靈山精舍에 이르렀다. 영산이라 함은 인도의 靈鷲山을 말함인데, 이곳은 부산 대각사 주지 경우스님의 고향으로서, 나는 젊은 시절 대각사에서 鏡牛(?)의 법문을 여러 번 들은 바 있었다. 뒤에 알고 보니 그는 곤양 다솔사의 효당 최범술 스님과 다솔사의 소유권 문제를 두고서 여러 해에 걸친 소송을 벌여 효당을 마침내 다솔사로부터 축출한 장본인이라고 한다. 경우스님은 불과 4년

전에 입적한 모양인데, 대웅전 옆에 '고불 경우 대종사'라 하여 높다란 죄대 위에 금빛 입상으로 동상이 세워져 있었다. 절 입구 부근 건너편 언덕에 자리한 금빛 석조여래와상은 2003년부터 불사를 시작하여 2020년에 완공한 것으로서 세계 최대의 규모라고 하며, 절 경내의 범종도 세계 최대라고 한다.

7층 목조탑 모양을 본뜬 성보박물관은 내부가 4층으로 되어 있고 엘리베이터도 설치되어 있는데, 1층의 엘리베이터 뒤편 천정이 낮은 작은 방 안에 시도유형문화재 제387호로 지정된 석조약사여래좌상이 안치되어 있었다. 1층 국사전은 불교 역사상 가장 큰 업적을 남긴 36인의 승려 영정을 모신 곳이고, 2층 불상전시관은 2,000여 점의 불상과 세계 각국에서 제작된 염주 등이 전시되었으며, 3층 사리전시관에는 부처님의 진신사리 100만 과와 부처님의 10대 제자 중 두 분인 가전연 존자와 목련 존자의 사리라고 하는 것 등이, 그리고 4층 경전전시관에는 貝葉經과 경상남도 유형문화재 제245호인 33질 52권 그리고 고서적류를 전시하는 공간이다. 입구에 입장료는 받지 않으나 다만 보시금 1인 2,000원을 받는다고 적혀 있었다. 패엽경은 5백여 장 묶음으로 된 것이 2백여 권 소장되어 있는데, 경우스님이 40여 년 간에 걸쳐 인도·스리랑카·태국·미얀마·베트남·티벳·네팔·부탄 등 남방의 각국을 방문하여 수입한 것이라고 한다. 경우가 아랍 지역을 여행할 당시 구입했다는 8세기의 코란 경전도 있었다. 이 절의 수입금은 신도의 보시에 의한다기보다는 부산 중앙동에 있는 상가의 임대료로써 충당한다고 한다.

마지막으로 어두워갈 무렵에 의령군 궁류면 평촌리의 의령군 제3경인 봉황대 바위 절벽 아래에 위치한 일붕사에 들렀다. 이곳에는 아내와 함께 1999년 6월 27일 가람뫼산악회를 따라 와 들른 바 있었다. 미국 불교종정이요 홍콩 불교명예종정이라고 하는 一鵬 徐京保의 진신사리를 안치하고 大施主인 金佛國生과 그 아들 金錫元 사장이 1978년 세웠다고 하는 7층 석탑이 '세계불교초대법왕 일붕존자법보대전' 앞뜰에 안치되어 있는데, 경내에 그의 행적비와 사리탑도 따로 있었다. 제1동굴법당인 대웅전은 그 넓이가 1,260㎡, 높이가 8m로서 영국 기네스북에 등재되어 있으며, 제2동굴법당인 무량수전도 300㎡에 이른다고 하는데, 현재 수리중이어서 들어가 보지는 못했다. 예전에 경로복지회관이었던 곳은 현재 '전원형 노인종합복지타운 일봉실버랜드'라는 이름의 아파트 비슷한 서양식 5층 건물로서 절 옆에 위치해 있었다.

돌아오는 길에 진주시 진성면 상촌리 248-4번지에 있는 산청돼지국밥에 들러 순살국밥(9,000원)으로 석식을 들었다. 그곳은 예전에 들러본 적이 있는 철제 컨테이너 비슷한 모양의 스틸하우스 카페 안쪽에 위치해 있었는데, 지금 그 카페는 1층이 The 진성이라고 하여 낮에는 한식뷔페 저녁에는 돼지고기 부한리필의 식당이고, 2층은 기페 상촌으로 되어 있어 좀 낯설었다. 밤 8시 반 무렵에 귀가하였다.

10 (일) 화창한 봄 날씨 -화도

아내와 함께 판문산악회를 따라 거제시 둔덕면 述亦里에 속한 花島에 다녀왔다. 한산도 바로 위쪽에 붙어 있는 유역 면적 1.09㎢, 길이 8.1km의 작은 섬이다. 오전 7시 40분까지 승용차를 몰고 신안동 운동장으로 가서 그 안에다 차를 세운 후, 1문 앞에서 시청 우체국 앞을 출발하여 오는 대절버스를 탔다. 도중 몇 군데에서 사람들을 더 태워 44인승 버스 한 차가 가득 찼다. 나도 등산 경력이 제법 오래 되어 웬만한 산악회를 가면 아는 사람들이 더러 있는 법인데 이 산악회는 모두 낯선 사람들이었고, 나중에야 2007년 1월 17일부터 31일까지 네팔 히말라야 트레킹을 갔을 때 만났던 송계간호고등학교의 수학교사 이우성 씨 한 사람을 만났다. 그도 2년 후에는 만 62세로 정년을 맞이하게 된다고 한다.

대전통영고속도로를 따라 내려가다가 거제도로 가는 14번 국도에 접어든 후, 견내량 해협에 놓인 옛 거제대교를 건너 1018번 지방도를 타고서 둔덕면 술역리의 호곡선착장에 닿았다. 거기에다 대절버스를 둔 후, 작년 1월에 건조된 승선인원 42인인 104톤 화도페리를 타고서 바로 건너편에 위치한 화도로 건너갔다. 멍게 양식으로 유명한 섬이라 부근의 바다에 양식용 부표가 가득하였다.

목섬 부근에 있는 화도선착장에 도착한 후, 걸어서 남쪽으로 이동하여 도선대기실에서 700m쯤 떨어진 위치에서 산책로를 버리고 언덕길을 취해 1.08km를 올라 해오름전망대에 도착하였다. 모두 6개 있는 산봉우리 중에서 제1봉에 해당하는 것으로 이 섬의 최고봉인 해발 668m인데, 팔각정 옆 바위 위에 직사각형의 조그만 정상석이 얹혀 있으나 거기에 새겨진 문자를 읽을 수가 없었다. 거기서부터 서북쪽 방향으로 능선 길을 따라 서서히 나아갔다. 진달래가 이미 만발해 있고, 이름 모를 하얀 꽃이 핀 나무도 눈에 띄었다.

6봉에 위치한 또 하나의 팔각정에서 먼저 도착한 아내를 만나 다른 일행과 어울려 점심을 들었다. 식후에 미포마을로 내려와 북쪽과 동쪽 방향으로 해안선을 따라 도착지까지 걸었다. 선착장 부근의 목섬은 육계도로서 때마침 바닷물이 빠져 건너갈 수 있었는데, 일행이 거기서 조개와 해초들을 채취하다가 그 중 한 명은 마을 주민에게 빼앗겼다고 한다. 이 섬은 작지만 공휴일을 제외하고서 하루에 일곱 차례 마을버스도 다닌다고 한다. 버스는 육지와 연결되어 있는 모양이다.

오후 2시에 화도페리를 타고서 호곡선착장으로 건너왔고, 거기서 이우성 씨 등과 어울려 해산물 안주를 내놓은 하산주 자리에 어울렸다. 돌아오는 길에 아직 시간이 이르므로, 통영의 중앙시장 앞에서 하차하여 오후 4시경부터 한 시간 동안 자유 시간을 가졌다. 아내는 중앙시장 입구의 통영에서 최초로 연 백년가게라고 하는 명가꿀빵 앞에 줄을 서서 통영 명물인 꿀빵 살 차례를 기다리는데, 너무 시간이 지체되므로 도중에 나만 혼자서 반시간 정도 부근의 명소를 둘러보았다. 먼저 중앙시장 안으로 들어가 어리굴젓을 한 통 샀고, 시장 안을 한 바퀴 두른 후 활어시장 쪽으로 빠져나가 통영의 명소 중 하나인 동피랑 언덕을 둘러보았다. 전망대인 東鋪樓를 거쳐 처음 차를 내렸던 바닷가로 내려가 얼마 동안 기다리다가 교통 정체를 피해 다른 곳을 둘러서 온 대절버스를 타고서 진주로 돌아왔다. 오늘의 총 걸음 수는 17,352 보였다.

17 (일) 맑음 - 연홍도, 소록도

아내와 함께 천지트레킹클럽을 따라 전남 고흥의 鳶洪島와 소록도에 다녀왔다. 07시 40분에 신안동 운동장 1문 앞 도로가에서 대절버스를 탔다. 일행은 43명이었다. 시청을 경유하여 남해고속도로에 올랐다. 계속 서쪽으로 나아가 고흥IC에서 15번 국도로 빠진 후 27번 국도에 접어들어 연홍도 앞의 고흥군 금산면 신촌리 신양선착장에 도착하였다. 연홍도는 주민이 70인 정도 되는 작은 섬인데, 폐교된 연홍분교를 개조하여 2006년에 작은 미술관을 개관하였고, 그 밖에도 섬 여기저기에 골목벽화나 조각품들이 많아 '예술의 섬'이란 주제로 섬 전체가 하나의 미술관처럼 되어 있다.

우리는 연홍선착장에 도착한 후 해안둘레길을 따라 좀바끝숲길에 접어들었고, 2층 팔각정으로 되어 있는 해안전망대를 경유하여 해모가지라 불리는 해안 모래사장에 이르렀는데, 나는 일행 중 몇 명의 뒤를 이어 섬의 서북쪽 끄트머리인 좀바끝까지 나아가보았다. 이 섬에 도착한 이래 유채꽃이 만발해 있는 밭과 집 가에 노란 수선화가 피어 있는 모습도 보았다.

되돌아와 해모가지에서 아내 및 다른 일행과 합류하여 바위 위에다 접이식 의자를 깔고 앉아 점심을 들었고, 식후에는 바닷가를 따라서 길도 없는 바위 위를 걸어 연홍미술관에 이르렀다. 전시실에는 미술관이 소장하고 있는 회화작품 150여 점을 교체전시 하는 모양이다.

바닷길을 따라 연홍 본 마을에 이르렀는데, 가이드가 오후 1시 반까지 선착장으로 돌아오라고 했기 때문에 다들 본 마을을 횡단하여 바로 선착장으로 향했으나, 일행 중 유일하게 나만이 원래 예정되어 있었던 대로 섬의 반대쪽 끄트머리인 아르끝까지 1.8km 약 반 시간 정도의 둘레길을 한 바퀴 둘렀다. 둘레길은 인공이 가미되지 않은 자연 그대로의 모습이었다.

14시 30분의 도선을 타고서 연홍도를 빠져나와 다시 거금도에 이른 다음, 너무 이른 귀가시간을 고려하여 도중에 소록도에 들렀다. 지금은 거금대교와 소록대교를 통하여 이 두 섬이 모두 고흥반도와 이어져 있지만, 나는 1993년 3월 7일에 장터목산장 등산장비점의 등산객들을 따라서 고흥군의 팔영산에 올랐다가, 녹동항에서 배를 타고 소록도에 들어가 본 적이 있었다.

소록도 주차장에서 하차하여 2011년에 개설된 이래 작년에 재시공을 완료한 총 연장 790m의 데크로드를 따라서 소록도의 환자마을 쪽으로 걸어가 보았다. 소록도에 한센병 환자 수용시설이 마련된 것은 일제시기인 1916년에 자혜병원이 설립되고서부터이다. 1945년 8월 22일 자치권을 요구하다 희생된 주민대표 84인을 위한 '哀恨의 추모비'를 지나 병원본관을 거쳐서 소록도박물관에 들렀고, 나는 혼자서 환자들이 사는 마을 안까지 한 바퀴 둘러서 오후 3시 30분에 주차장으로 돌아왔다.

돌아오는 도중에는 남해고속도로에서 58번 지방도로 빠져나가 사천시 서포면 소재지에 이른 후, 서포대교를 건너서 사천진사주공아파트 옆에 있는 사천시 사남면 월성리 조동길 50-3의 흑돼지전문식당 '하늘에'에 들러 사태찌게(10,000원)로 석식을 들었다. 이 식당은 가이드의 고모 집이라고 한다.

21 (목) 맑음 - 고복저수지

아내와 함께 봉황산악회를 따라 세종시에 있는 고복저수지에 다녀왔다. 오전 8시 40분 무렵 신안로터리에서 상봉아파트 앞을 출발해 오는 대절버스를 타고서 19명이 동행하였다. 이 산악회는 노년기의 여성들로 이루어진 것인데, 지난 두 달 동안 산행을 못했다가 석 달 만에 비로소 가게 된 것이다. 그러나 회비가 3만 원으로서 옛날의 수준을 그대로 유지하고 있는데다 참가자가 대절버스의 절반도 채우지 못하고 있는 상황이니, 만성적인 적자일 것이다.

대전통영·대전남부순환·호남고속지선·서산영덕고속도로를 거쳐 남세종IC에서 1번 국도로 빠졌는데, 기사가 착각하여 세종시내로 진입하여 정부종합청사 부근의 세종호수공원에 도착했는지라, 내가 이곳은 오늘의 목적지인 고복자연공원이 아님을 지적하여 방향을 돌려서 1번국도로 다시 접어든 후, 월하리에서 지방도를 경유하여 정오 가까운 무렵에야 고복저수지(용암저수지) 아래쪽의 燕岐大捷碑공원에 도착하였다. 연기대첩이란 고려 충렬왕 17년(1291) 5월에 연기지역으로까지 침략해 내려온 元나라 반란군인 哈丹의 무리를 고려와 원의 연합군이 궤멸시킨 전쟁을 말함인데, 우리나라의 7대 대첩 가운데 하나라고 한다. 공원 안 벤치에서 점심을 든 후, 배낭은 대절버스의 짐칸에 넣어두고 맨몸으로 걸어서 호수를 한 바퀴 돌았다.

고복(용암)저수지는 세종특별자치시 연서면 용암리 8-3에 위치한 것으로서, 1979년에 착공하여 89년에 준공된 것인데, 만수면적이 79.3hr이고 1,949㎢에 달한다. 남북으로 길게 뻗은 호수의 왼편으로는 데크 길이 이어져 있고, 북동쪽의 제방으로부터 오른쪽은 차도에 면해 있다. 데크 길 도중에 民樂亭이라는 2층 정자가 서 있고, 산책로 주변으로는 벚나무 가로수가 이어져 있는데, 세종특별자치시의 3대 벚꽃 길 중 하나라고 한다. 12시 40분 무렵부터 14시 22분까지 걸었는데, 총 거리는 2.73km, 걸음수로는 11,566보였다. 돌아올 때는 604지방도, 43 및 1번 국도를 경유하여, 다시 남세종IC에서 고속도로에 접어들었다.

아내로부터 오늘 세종시로 가는 도중의 대절버스 안에서 미국의 두리와 카톡한 내용을 전달받았다. "마이크는 작년 여러 가지 건강상의 문제로 많이 힘들었어요: 방광암 수술, 심장 발브, 다리혈관수술, 발가락 절단 수술…지금은 정규적으로 각 분야의 전문의들을 정규적으로 보고 있고, 6주에 한 번씩 방광암 치료(Keytrueda:주사약) 받고 3개월에 한 번씩 TC Scann을 하며 암세포가 다른 곳으로 전이되는지를 검사하고 있어요. 거동이 불편해 Walker를 사용하며 집 뒤 계단엔 lifting chair를 설치해 나의 부축을 받으며 차에 탈 수 있어요." "몇 년 전 오른쪽 눈에 stroke이 와 눈이 잘 보이지 않고 양쪽 눈 모두 망막(retinal) 치료를 두 달에 한 번씩 받고 있어요. 해서 빛에 민감해 집에서도 항상 모자를 눌러쓰고 램프 불이 밝으면 선그라스를 써야 해요." 라고 하였다. 외출은 병원에 갈 때만 하는 모양이고, 비만했던 그의 체중이 많이 줄어 이제 뱃살도 별로 없는 모양이다. 두리는 마이크에게 "우리가 여태껏 같이 잘 살았고 앞으로 얼마나 더 살지 모르지만 이제껏 살아왔듯이 있는 그대로 받아들이며 살자."고 말한다고 한다.

24 (일) 흐리고 때때로 부슬비 -송이도

더조은사람들의 영광 송이도 트레킹에 동참하여 아내와 함께 새벽 4시에 기상하여 5시에 신안동 운동장 앞을 출발하였다. 29인승 우등버스를 타고서 밤 속을 달려 영광군의 가장 아래쪽인 염산면 옥실리 향화도에서 오전 8시에 출발하는 송이도행 영광사랑호(8,750원)에 탑승하였다. 향화도는 예전에는 조그만 섬이었는데, 간척사업을 통해 매립하여 지금은 육지로 되었다. 여기서 하루에 두 번씩 송이도로 카페리가 왕복하는 것이다. 향화도에는 영광 9경 중 4경인 높이 111m의 영광칠산타워가 자리하고 있고, 2019년에 개통되어 무안군 지도읍 송석리의 도리포와 연결되는 사장교인 칠산대교가 장관이었다. 송이도도 영광 9경 중 8경으로 지정되어 있다.

90분 정도 항해하여 9시 반 무렵에 송이도의 동남쪽 끄트머리에 위치한 큰마을 선착장에 도착하였다. 배 안에서는 혼자 3층 갑판으로 올라가 주변 풍경을 바라보다가, 엔진의 소음 때문에 2층 선실로 내려와 방안에 하나뿐인 둥근 의자에 걸터앉아서 창밖으로 바다 풍경을 바라보았다. 이 일대를 칠산바다라고 하는 모양인데, 조기와 새우잡이 어장으로 유명한 곳이다.

송이도에서 큰마을의 몽돌해변을 지나 동쪽해안을 따라 북상하였다. 헬기장을 지난 곳의 쉼터 갈림길에서 앞서가던 일행 중 1.33km 떨어진 전망대 쪽으로 향하는 사람들이 있었지만, 나는 그냥 포장도로를 따라서 700m 떨어진 큰내끼 쪽으로 향하였다. 그러나 뒤에 알고 보니 그 전망대가 섬의 북쪽 끄트머리로서 우리가 나아가야 할 방향이었다. 이 섬에는 큰내끼, 작은내끼가 있는데, 내끼라 함은 아마도 奇巖으로 이루어진 조그만 만을 의미하는 듯하다. 그러나 섬의 대표적 풍치지구인 그곳에도 중국 등지에서 파도를 타고 쓰레기가 밀려와 만의 해변을 가득 채우고 있는지라 멀리서 사진만 찍고서 돌아섰다.

나무를 베어내고서 차가 통과할 수 있을 정도로 넓은 길을 닦아둔 산길에 올라 또 다른 전망대를 지나 섬에서 두 번째로 높다는 무장등 부근의 갈림길에 다다라 앞서갔던 아내 및 강 대장 등의 일행과 합류하였다. 거기서 작은내끼까지는 1.5km, 왕소나무 군락지까지는 1.6km인데, 우리가 길을 잘못 들어서 섬의 북쪽 끝 전망대를 놓쳐버렸음을 비로소 깨닫고는 포장도로를 따라 쉼터까지 도로 내려와 아까 앞서가던 일행이 향하던 1.33km 떨어진 전망대를 향해 다시 비포장 산길을 올라갔다. 길가 여기저기에 춘란이 피어나고 있었다. 전망대에 다다랐으나 안개가 끼어 조망은 별로였고, 거기서 점심을 들었다.

전망대에서 포장도로를 따라 계속 내려와 큰내끼 갈림길을 만난 다음, 아까 걸었던 산길을 다시 걸어 작은내끼와의 갈림길에 이르렀고, 작은내끼까지 가면 그 코스를 되돌아 나와야 하므로 포기하고서, 왕소사나무 군락지 쪽으로 방향을 잡아 남쪽으로 내려왔다. 낙월면 송이리 산157-19에 보호림이 있는데, 0.7hr의 지정면적에 우리나라 특산인 왕소사나무가 106본 성장하고 있는 곳으로서, 해안가가 아닌 산 정상부에 형성되어 있는 것이 특이하다고 한다. 거기서 근처에 있는 큰마을 쪽으로 내려와 오후 2시 20분 몽돌해변에 있는 정자에 이르러 트레킹을 마치고서, 오후 3시 반 무렵에 출발하는 영광사랑호가 다시 도착하기를 기다렸다. 소요시간은 4시간 46분, 총거리는 7.17km, 걸음수로는 18,760보였다. 돌아오는 배 안에서도 의자를 선실 앞머리에 갖다 두고는 계속 창밖으로 선명치 못한 바다 풍경을 바라보았다.

돌아올 때는 77국도, 808지방도, 22국도, 805지방도를 거쳐 영광IC에서 서해안고속도로에 올랐고, 고창JC에서 고창담양고속도로, 담양JC에서 광주대구고속도로에 오른 다음, 함양JC에서 통영대전고속도로로 접어들어, 밤 7시 반 무렵 진주에 도착하였다.

25 (월) 흐리고 오후는 부슬비 -해운대 해변열차, 스카이캡슐

아내와 함께 오전 8시 반에 진주 집을 출발하여 부산으로 향했다. 정오 무렵에 지하철 민락역 부근의 현대아파트에 사시는 모친을 뵈러 서울에서 내려온 우식이 내외와 그 바로 옆의 협성아파트에 사는 사촌 누이동생 귀옥이 및 그 언니 귀연이를 만나기로 했기 때문이다. 사상에서 지하철로 갈아타 11시 반 무렵에 민락역 4번 출구로 나왔다. 현대아파트와 협성아파트의 경계 부근에서 우식이를 만났고, 얼마 후 그 부인도 나타나 함께 수영구 수영로

741번길 46의 수영협성르네상스타운 205동 605호에 사는 귀옥이네에게로 가는데, 그 어귀에서 때마침 마중 나온 귀옥이 귀연이를 만나 함께 아파트로 들어갔다. 진주는 벚꽃이 아직 별로 개화하지 못했는데, 그 일대에서는 이미 거의 만개해 있었다. 귀옥이네 아파트에서 수영강 건너편 영화의전당 쪽으로 구름다리가 건설되고 있었다.

전망 좋은 거실에서 커피와 우리가 사온 음료, 빵 및 딸기를 들며 대화를 나누다가 오후 1시에 그 부근 수영구 수영로 726, 1층(광안동)에 있는 샤브One이라는 음식점으로 걸어가서 무한리필 샤브샤브로 함께 점심을 들었다. 오늘 부산에서 우식이를 만나기로 한 것은 올해 97세인 그 모친을 모처럼 뵙기 위함이었는데, 모친은 한 주에 네 번씩 주간보호센터로 가서 오후 5시에 돌아오시므로 20만 원이 든 금일봉만 우식이 편으로 전달했다. 우식이로부터는 두행숙 역 헤르만 헤세의 『정원 일의 즐거움』(파주, 이레, 2001)을 한 권 선물 받았다.

식사를 마친 후 오후 3시 무렵에 우식이 내외와 작별하여 네 명이 택시를 타고서 해운대의 미포 블루라인광장으로 가서 해변열차를 탔다. 해변열차는 2013년 12월 2일에 동해남부선 옛 철길이 폐선 됨에 따라 2015년 9월부터 산책로·쉼터·녹지조성을 위한 그린레일웨이 사업이 착수되어 블루라인파크가 완공되었던 것인데, 나는 2014년 12월 21일에 새희망산악회를 따라서 부산갈맷길 동백섬-기장 용궁사 코스를 걷던 도중 이 일대의 문탠로드를 통과한 바 있었고, 그 이후로도 옛 철길을 따라서 관광열차가 다니는 모습을 두어 번 바라본 바 있었지만, 막상 오늘 그 열차를 타보니 그 때와는 또 다른 느낌이었다. 해변열차는 작년에 타본 동해바다의 관광열차와 비슷하게 모든 좌석이 바다를 향해 있으며 입석도 있는데, 미포에서 송정까지 약 반 시간 간격으로 운행하며 도중에 청사포·구덕포에서 잠시 정거한다. 승객의 절반 이상이 외국인인 듯하였다. 철길 바로 옆으로 보도와 데크로드가 이어져 있고, 스카이워크가 조성되어져 있는 곳도 눈에 띄었다.

종점인 송정역에 도착하여 비를 피해 驛舍 안에서 잠시 쉬고 있다가 오후 4시 반에 출발하는 돌아가는 열차를 타기 위해 서둘러 플랫폼으로 달려가 보앉지만 기차는 막 출발해버린지라, 그 근처에 있는 Cafe MARE MARE에 들러 2층에서 커피를 마시며 시간을 보내다가 5시 열차를 탔다. 청사포 역에 내려 반시간 이상 차례를 기다린 다음 스카이캡슐이라는 이름의 케이블카 비슷한 모양인 공중을 떠가는 4인승 소형 열차를 탔다. 이 역시 작년쯤 동해 바다에서 타본 것과 비슷한데, 청사포에서 미포까지 한 구간을 이동하는데 30분이 소요될 정도로 서행하였다. 미포 역에 도착하여 블루라인광장 입구까지 걸어서 이동하는 도중 엄청난 바람을 만났고, 그 입구에서는 더 심한 바람이 불어 닥쳤으므로, 또다시 거기에 있는 LIEBEMENT라는 카페에 들러 생강차 등을 마시며 택시를 불렀다. 그곳은 부산에서 가장 높다는 101층의 JCT 빌딩 바로 앞이었는데, 고층빌딩들이 林立한 사이의 거리로 바닷바람이 불어 닥치므로 그렇게 강한 바람이 자주 부는 모양이었다.

택시를 불러 다시 지하철 민락역 4번 출구 앞으로 간 후, 귀연이 귀옥이의 배웅을 받으며 지하철을 타고서 사상의 부산서부시외버스터미널로 가서 20시 발 김해공항을 경유하는 진주행 버스를 탔다. 장대동 진주시외버스터미널에 내려서는 택시로 갈아타고서 밤 8시 40분쯤에 귀가하였다.

29 (금) 맑음 -골든벨리 농원, 갈모봉

아내와 함께 오전 10시 30분 무렵 평거로 39번길에 있는 들말한보타운 105동의 주차장으로 가서 전산학과 김용기 교수 박기숙 씨 부부를 만나 그들의 차로 옮겨 탄 후, 다시 앰코 아파트 근처로 가서 조정순 씨를 태웠고, 진주시 금곡면 월아산로76번길 25-1에 있는 보리밥 전문의 골목식당으로 가서 장상환 교수 김귀균 씨 내외와 합류하여 점심(8,000원)을 들었다. 우리 내외를 제외한 다른 사람들은 모두 이곳에 와본 적이 있는 모양이다. 아내의 진주여중고 동문 중 친하게 지내는 사람들이 부부 동반으로 모인 것인데, 김귀균 씨는 진주여중을 졸업한 후 상경하여 이화여고를 나왔으므로 이들과는 좀 다르다.

점심을 든 후 사천시 사천읍 금곡리에 있는 김용기 교수 내외의 골든벨리(金谷)농원으로 이동하여 다과를 들며 놀았다. 이곳은 예전에 한번 들른 바 있었는데, 아내와 김 교수는 그 사실을 기억하지 못했다. 김 교수는 거의 매일 진주시의 집에서 차로 20분 정도 걸리는 여기로 와서 약 천 평 되는 땅에다 소나무를 전정하여 키우는 작업을 하고, 그 부인 박기숙 씨는 정원을 돌본다고 한다. 그들의 두 자녀를 동반한 전 가족은 시카고의 작은누나 집에서 연구년을 보내고 있는 우리 내외를 2005년 9월 3일부터 4일까지 방문한 적이 있었는데, 박 여사는 건강에 문제가 있는 모양이어서 그 때에 비해 많이 늘어보였고 아내의 말에 의하면 손을 떨고 있었다고 한다.

골든벨리 농원을 떠난 다음, 고성군 고성읍 이당리에 있는 갈모봉 자연휴양림으로 가서 함께 숲속 길을 산책하였다. 이곳은 최고봉이 368m 되는 야산의 61hr 땅에다 편백과 소나무 삼나무 등의 침엽수림을 조성하여 둔 곳으로서, 장 교수 내외가 자주 들르는 장소이다. 70년대까지 이곳은 민둥산이었는데, 박정희 대통령 때 인공조림 한 것이다. 예약해 두지 않았음에도 불구하고 산들바람·민들레라는 별명의 두 여성 숲 해설가가 나와 우리를 소금쟁이고개까지 안내하며 체조를 지도하고 설명도 해주었다. 오후 5시 남짓에 귀가하였다.

4월

15 (일) 맑음 -월출산 '하늘 아래 첫 부처길'

아내와 함께 판문산악회를 따라 월출산 '하늘 아래 첫 부처길'에 다녀왔다. 오늘 코스는 2015년 6월 14일에도 상대산악회를 따라 경포대 탐방지원센터에서부터 용암사지까지 원점회귀 코스로 다녀온 바 있었는데, 그 당시에는 출입이 금지되어 있었던 용암사지 아래쪽 계곡 코스가 작년에 처음으로 개방되어 다시 찾게 된 것이다. 이 산악회의 회원인 이우성 씨를 다시 만났지만, 지난 달 11일에 그와 함께 했던 네팔 히말라야 트레킹의 여행기를 이메일로 부쳐 주었음에도 불구하고 그 동안 아무런 반응이 없으므로, 읽어보았느냐고 물었더니 '아마도 안 읽은 것 같다'는 대답이 돌아왔다.

7시 40분 무렵 신안동 운동장 1문 앞에서 진주시청 우체국 앞을 출발하여 오는 대절버스를 타고서 통영대전·남해고속도로를 따라 서쪽으로 나아가다가, 강진무위사IC에서 2·13번 국도를 차례로 탔고, 춘양교차로에서 영암로를 따라가 원래 예정되던 월출산기찬랜드 주차장으로부터 좀 떨어진 녹암마을에서 하차하여 걸어서 '하늘 아래 첫 부처길'의 입구인 대동제 쪽으로 접근하였다. 거기서부터 계곡 길을 따라 올라가 상수원을 지나서 龍巖寺址까지 2.8km를 진행하였다. 이 부분이 이번에 처음 걷는 코스인 것이다.

이끼 낀 부도 2기를 지나 보물 제1283호인 삼층석탑 아래의 머위 풀로 뒤덮인 용암사지에서 일행과 더불어 점심을 들었고, 국보 제144호인 마애여래좌상을 거쳐 거기서 0.2km 떨어진 위치에 있는 또 하나의 삼층석탑까지 둘러본 후 구정봉 쪽으로 올라갔다. 711m인 구정봉에서는 더 이상 나아갈 길이 없으므로 되돌아 나와 샛길로 접어들어 바람재까지 0.4km를 진행하였다. 도중 베틀굴이라고 불리는 여성의 음부 모양 바위굴에 다시 한 번 들렀고, 구정봉의 뒤편인 장군바위 일명 '큰 바위의 얼굴'을 바라본 후, 바람이 심하게 몰아치는 바람재를 거쳐 강진군에 속한 경포대 탐방지원센터로 하산하였다.

10시 52분에 시작하여 15시 54분까지 5시간 2분이 소요되었고, 총 거리는 10.56km, 걸음수로는 18,332보였다.

16 (화) 맑음 -대청호 오백리길 4코스

아내와 함께 한아름산악회를 따라 대청호 오백리길 4코스 호반낭만길 13.4km를 다녀왔다. 8시 30분 무렵 바른병원 앞에서 문산을 출발하여 오는 대절버스를 탔는데, 오늘은 총 40명이 참여했다고 한다. 대전통영·경부고속도로를 거쳐 신탄진 IC에서 17번 국도로 빠져나왔고, 대전 시내를 거쳐 4코스의 출발지점인 대전광역시 동구 마산동에서 하차했다.

2018년 12월 2일에도 아내와 함께 좋은산악회를 따라 이곳 4코스에 온 바 있었는데, 실은 한아름산악회에서는 오늘 1코스 두메마을길 12.4km를 간다고 공지해 두었고 그래서 우리 내외도 참여한 것인데, 총무인 유규철 씨가 가는 도중 대전 부근에서부터 현지의 여성 가이드로부터 오백리길 지도와 가이드북을 얻기 위해 계속 통화하고 있었고, 도착한 다음 그녀로부터 1코스는 거리가 길어서 모두 답파하기는 무리이며 4코스의 일부 구간을 걷는 편이 낫다는 말을 듣고서 즉흥적으로 그렇게 바꾼 것이었다.

12시 5분에 대전 최초의 브라질 전통요리 레스토랑이라는 더 리스가 위치한 윗말뫼의 주차장에서부터 출발하여 대청호반을 따라 남쪽으로 걷기 시작했다. 총무의 말로는 4코스 도중의 샘골농장식당 근처까지 갈 예정이라는 것이었다. 예전에 한 번 와보았다고는 하지만 그동안 너무 많이 달라져 처음 와본 것이나 다름이 없었다. 전체적으로 둘레길이 훨씬 더 잘 정비되어져 있고, 군데군데 데크 길이 많았다. 그래서 2018년 당시 가보지 못했던 슬픈연가 촬영지에도 들렀고, 당시 종착점이 되었던 추동 취수탑 부근의 대청호반자연생태공원에 주차해 있는 우리들의 대절버스를 만나 아내는 버스에 남고 나는 계속 걸었다.

황새바위 부근 쉼터에서 현지의 남자 안내인을 따라 선두로 걷던 우리 일행 7명을 만났는데, 그 안내인의 말에 의하면 샘골농장식당은 이미 방금 지나쳐 왔다는 것이었다. 다시 걷기 시작한 지 얼마 후 4명이 더 뒤따라와 12명이 되었고, 15시 33분에 시인과 화가가 각각 산다는 집 두 채가 서 있고 조그만 주차장이 있는 주산동전망대에 이르러 쉬고 있을 때 총무 등 2명이 더 와서 결국 14명이 되었다. 우리는 거기서 오늘 트레킹을 마칠 예정이었으나 총무 등이 4코스 종점인 신상교까지 2.2km 밖에 남지 않았다는 이정표를 보고서 끝까지 가자고 하여 결국 처음에 예정했던 1코스보다도 좀 더 먼 길을 모두 답파하게 되었다. 오늘 코스는 경치가 아름다워 예전에 일부 걸은 바 있었던 길을 다시 걸은 셈이지만 그런대로 보람이 있었다. 총 걸음 수는 19,441보였다.

가고 오는 버스 속에서 나는 대체로 리시버를 귀에 꽂고서 유튜브로 모차르트의 교향곡 전집을 시청하였다. 어제 데이터 무제한 신청을 해두었기 때문에 가능해진 것인데, 이렇게 하면 버스 속에서 트는 시끄러운 음악 소리 등을 좀 차단하는 효과도 있다. 돌아오는 길에 전북 무주군 무주읍 무주로 1739(무주IC 만남의광장 내)에 있는 무주한우 정육식당에서 갈비탕

(13,000원)으로 석식을 들었다. 아내는 갈비탕을 싫어하므로 사골청국장을 들었다.

18 (목) 미세먼지 –수승대, 거창창포원

아내와 함께 봉황산악회를 따라 거창군 위천면 황산리에 있는 수승대와 남상면 월평리에 있는 거창창포원에 다녀왔다. 수승대에는 과거에도 여러 번 들렀던 바이지만, 오늘 보니 그 북쪽 끄트머리에 2022년 10월에 준공된 길이 240m, 보행폭 1.5m의 무주탑현수교인 출렁다리가 건설되어 있었는데, 전국에서 두 번째로 긴 것이라고 한다. 통영대전고속도로를 따라 북상하다가 지곡 IC에서 빠져나와 24·3·37번 국도와 37번 지방도를 경유하였다.

제1주차장에서 하차한 후 잠수교를 지나 건너편 강가로 건너갔고, 현수교와 涵養齋·樂水亭·거북바위를 둘러본 후, 숲속 길을 한참 지나고 가파른 덱계단을 올라 구름다리에 이르렀다. 함양재는 1541년에 樂水 愼權이 세우고서 학문을 연마하던 곳이며, 그 부근의 요수정·거북바위도 모두 그와 연관된 곳이다. 거북바위 옆의 돌다리인 구연교를 건너면 그를 향사하는 龜淵書院이 있는데, 이번에는 들르지 않았다. 대절버스는 출렁다리 근처의 도로 가로 이동해 와서 우리를 기다리고 있었다.

다시 버스에 올라 마리면 소재지 쪽으로 돌아 나오는 도중에 길가의 작은 공원에서 점심을 들었고, 3번국도를 따라 거창읍으로 이동한 후, 그 바로 아래쪽 남상면 월평리의 황강 가에 자리잡은 거창창포원에 이르렀다. 1988년에 합천댐을 건설할 때 수몰 지역이었던 이곳을 거창군에서 생태공원으로 조성해 관광지로 탄생시킨 것이다. 2021년에 개장해 올해로 3주년을 맞았다. 경상남도 제1호 지방정원으로서 올해 1월에 창포원 조성 당시 면적인 21만㎢를 42만㎢로 변경 등록하였고, 7월에 제2창포원이 완성되면 73만㎢의 규모를 갖추게 되므로, 순천만국가정원, 태화강국가정원에 이어 2027년에 우리나라 세 번째 국가정원 지정을 목표로 준비를 진행하고 있다고 한다.

여기서 오후 3시 30분까지 두 시간 정도 머물게 되었는데, 2,000원 주고서 2인용 네 발 자전거 한 대를 빌려 아내와 함께 한 시간 동안 정원 안을 두 바퀴 돌았고, 그 이후로는 나 혼자 걸어서 정원을 두루 둘러보았다. 황강전망정원에 올라 주변경관을 둘러보았는데, 그 일대는 온통 울긋불긋한 꽃잔디가 만발해 있었다. 장미도 만발해 있었지만, 4월 하순부터 5월까지 핀다는 100만 송이의 창포는 아직 철이 일렀다. 공원 반대쪽 끝의 둥지전망대에노 올라보았다.

오늘은 버스 안의 음악과 춤곡들이 너무 시끄러워 리시버로 클래식 음악을 들을 엄두를 내지 못했다.

26 (금) 맑음 - 함양 개평, 상림

9시 40분 무렵 진주 집을 출발하여 승용차를 운전해 아내와 함께 국도 3호선을 따라 올라가 함양군 지곡면 소재지인 介坪마을로 향했다. 一蠹 鄭汝昌 고택 옆 병곡지곡로 905의 知仁공간이라는 북카페에서 진주여중고 동창모임이 있기 때문이다. 지난 3월 29일 모였던 장상환·김귀균 내외, 김용기·박기숙 내외, 조정순 씨와 함께 모두 7명이다. 11시 경에 모두 모였는데, 이 그룹은 앞으로도 한두 달에 한 번씩 모임을 가질 모양이다.

김귀균 씨는 2남 4녀 중 막내인데, 큰오빠가 서울대 사회학과 교수 김진균 씨이며, 둘째오빠는 서울대 정치학과 교수 김세균 씨로서 모두 남편인 장상환 교수와 마찬가지로 진보적 성향의 학자들이다. 장 교수의 동서 세 명은 이미 모두 작고했다고 한다. 지인공간은 고 김진균(1937~2004) 교수의 2남 1녀 중 딸인 金知仁 씨가 운영하는 것으로서, 지인이라는 출판사를 겸해 있다. 4월에서 11월까지 금·토·일요일과 공휴일에만 개방한다고 한다. 상산김씨인 김진균 교수는 일두 종손의 딸과 결혼했는데, 귀균 씨 큰언니의 사위가 大木 장인으로서 이 한옥카페의 건축을 맡았고, 서울에 사는 지인 씨 둘째오빠도 상개평에다 세컨드 하우스를 마련했는데, 그 집도 그가 지었다고 한다. 김진균 교수의 부인도 지금 86세로서 친정이 있는 함양으로 내려와 읍내의 아파트에서 살고 있다. 지인공간의 뒷마당에 무대도 마련되어 있었는데, 거기서 불세출이라는 공연단이 정기적으로 내려와 공연을 가지며, 카페는 불세출 후원회인 불나비의 소재지이기도 하다.

카페에서 나는 장 교수를 따라 루이보스라는 차를 주문하여 들었고, 그곳을 나온 다음 김귀균 씨의 인도를 따라 일두종택과 그녀의 둘째오빠 집, 그리고 일두 12대 후손의 집인 오담고택과 하동정씨 고가 등을 둘러보았다. 예전에 답사 차 개평마을에 여러 번 들른 바 있었으나, 20년 이상 지나 다시 와보니 桑田碧海라 할 만큼 달라져 있어 어디가 어딘지 분간할 수 없었다. 관광객이 많이 오는지 한옥마을 도처에 영화나 TV 드라마 촬영지라는 간판이 붙어 있고, 일두종택도 한옥 스테이로 빌려주고 있다고 한다. 종손은 은행에 근무하다 지금은 은퇴하여 돌아와 있는 모양이다.

점심을 들기 위해 함양읍의 재래시장에 있는 추어탕집으로 갔으나, 오늘이 휴업일이라 다시 함양읍 상림3길 10에 있는 예전에 장상환 교수 내외를 따라와 들른 바 있었던 연음식 전문점 옥연가에서 연잎밥 정식(17,000원)을 들었고, 그 부근의 상림 숲을 한 바퀴 산책하고서 작별하였다.

28 (일) 맑음 - 고군산군도 명도·보농도·말도

새벽 6시 30분까지 아내와 함께 신안동 운동장 1문 앞으로 나가 더조은사람들의 군산 고군산군도 명도·보농도·말도 섬 트레킹에 참여했다. 나는 2020년 4월 26일에 이 산악회를 따라 고군산군도의 관리도를 탐방했고, 2020년 6월 28일에는 12동파도와 방축도를 탐방한 바 있었는데, 오늘까지 포함하면 무인도인 횡경도와 소횡경도를 제외하고서 사실상 고군산군도의 모든 섬을 답파한 셈이 된다.

총 27명이 우등버스를 대절하여 타고서 통영대전·익산포항고속도로를 따라 나아가다가 전주IC에서 21국도로 빠져 군산까지 갔다. 기나긴 새만금 방조제를 따라가 장자도에서 10시 40분에 출발하는 고군산카페리호를 타고서 관리도와 방축도를 거쳐 명도에서 하선하였다. 배 안에서는 늘 그렇듯이 갑판으로 나와 찬바람을 맞으며 바깥풍경을 바라보았다.

고군산군도는 지질공원으로 지정되어 있는데, 방축도에서 말도까지 다섯 개 섬을 잇는 해상인도교(연장 1,278m) 사업이 진행 중이며, 현재 그 중 명도~광대섬을 잇는 477m 구간만 남겨두고 다른 구간은 사실상 공사가 끝나 있다. 모든 구간이 개통되면 말도에서 방축도까지 14km 정도의 트레킹 코스가 생겨나는 셈이다.

11시 15분에 명도에서부터 걷기 시작하여 명도의 최정상에 위치한 구렁이전설전망대에 올라 주변의 섬과 바다 경관을 둘러본 다음, 완공은 되었으나 부실공사로 작년에 사고가 나 통행이 금지되어 있는 사장교 다리를 건너 보농도에 이른 다음, 다리 끝의 나무계단이 시작되는 덱 전망대 위에서 일행과 함께 점심을 들었다.

보농도를 지나 말도와의 사이에 놓인 또 하나의 인도교를 건너 말도에 이르렀다. 말도~명도~방축도를 잇는 트레킹 코스는 2,600백만 원을 들여 2018년부터 2022년까지 계속되었는데, 이 구간도 미개통된 시설물이라 하여 출입이 통제되어 있었다. 말도의 산 위에 과거 군부대의 시설물이 있었고, 현재도 레이더가 돌아가고 있는 철탑이 서 있었다.

긴 덱 길을 따라서 고군산군도의 서북쪽 끄트머리인 말도 마을로 내려왔다. 끝섬이라고도 하는 말도는 면적이 0.36㎢인 작은 섬이지만, 조선시대 중엽부터 사람이 살기 시작하여 과거에는 50여 가구가 살았고, 100여 명의 학생이 다니던 학교도 남아 있다. 현재는 14가구가 살고 있는데, 민박집들과 식당이 있고, 절벽 위에 1909년에 세워져 115년 된 말도 등대가 위치해 있다. 선착장에서 말도에 살며 엔젤민박과 펜션을 경영한다는 차미향이라는 이름의 중년여성 지질공원해설사를 만나 그녀로부터 이런저런 설명을 들었다.

이 섬은 천연기념물 제501호인 습곡구조로 이름난 곳인데, 선착장의 바위 절벽에서 그런 구조가 뚜렷하였다. 13시 30분에 말도 선착장에 도착하여 오늘의 트레킹을 마쳤다. 소요시간은 2시간 15분, 총 거리 3.8km, 걸음수로는 9,856보였다. 14시 45분에 말도를 출항하는 고군산카페리호를 타고서 장자도로 되돌아와 대절버스를 탔다. 이 버스는 오전에 새만금방조제 입구에 도착했을 때 펠트의 이상으로 고장을 일으켰는데, 그 새 수리를 마쳐 있었다. 가고 오는 버스 속에서 이 산악회는 TV를 무음으로 켜놓고 음악도 틀지 않으므로, 계속 이어폰을 통해 유튜브로 클래식 음악을 감상하였다. 오후 6시 반쯤에 귀가하였다.

5월

7 (화) 비, 가평은 흐림 –운악산

오전 5시 20분경 바른병원 앞에서 산울림산악회의 대절버스에 타고서 아내와 함께 경기도 가평군 하면 하판리에 있는 운악산(현등산, 937.5m)에 다녀왔다. 2004년 4월 18일에도 농산산악회를 따라와 이 산에 오른 바 있었는데, 그로부터 20년이 지난 셈이다.

버스에 탈 무렵 진주에는 비가 내리지 않았는데, 위쪽으로 올라갈수록 날씨가 비로 변했고, 경기도 일대에서는 다시 비가 내리지 않았다. 통영대전·경부·중부고속도로를 경유하여 수도권제1순환고속도로에 올랐고, 토평JC에서 6번 국도로 빠진 다음 여러 지방도와 국도를 경유하여 11시 반 무렵 하판리에 도착하였다.

운악산은 가평군과 포천시의 경계에 위치해 있어 양쪽에서 다 등산로가 있는데, 크게 보아 양쪽에 모두 3개씩의 등산로가 있다. 우리는 가평 쪽에서 1코스를 따라 현등사 방향의 포장도로를 오르다가 출렁다리를 건너 2코스로 건너간 다음, 하산할 때는 다시 1코스를 걸었다. 20년 전에 왔을 때도 오늘과 같은 코스로 오르고 내렸는데, 다만 작년 7월 19일에 현등사 아래 백년폭포 위쪽에 연장 210m, 폭 1.5m의 운악산 출렁다리가 개통된 점이 다르며, 그 다리를 건너보기 위해 오늘 다시 오게 된 것이다.

출렁다리를 건너 눈썹바위·미륵바위·병풍바위·망경대를 차례로 지나 비로봉이라고도 하는 운악산 동봉에 도착하였고, 오후 3시 남짓에 거기서 300m 떨어진 위치에 있는 서봉(935.5)에도 올랐다. 전체적으로 보아 곳곳에 예전에는 없었던 덱 계단 등이 많이 설치되어 있었다. 일행 27명 중 18명이 등산에 참여하였고, 나머지는 차에 남아 가평군에 있는 청평호수를 둘러보기로 했는데, 나는 등산 팀에 끼고 아내는 관광 팀에 끼었다. 그러나 무슨 까닭인지 기사가 청평호수 행을 거부하여 아내는 버스에 남은 일행 중 5명과 함께 뒤늦게 등산로에 올라 출렁다리와 현등사까지를 둘러보고서 다시 내려갔다고 한다.

소문대로 산길을 아주 가팔랐고, 병풍바위 일대가 특히 그러하였다. 눈썹바위를 지난 지점에서 일행과 어울려 점심을 들었다. 만경대에 오르니 주변의 산세가 한 눈에 조망되었다. 하산할 때는 남근석을 지나 절고개에서 현등사 방향을 취해 계곡으로 내려와 코끼리바위를 지나서 현등사에 다다른 다음, 민영환바위라고도 부르는 舞雩폭포에서 다시금 백년폭포를 지나 일주문 부근에 있는 조병세·최익현·민영환 세 분을 기리는 三忠壇으로 내려왔고, 16시 52분에 마을 입구의 도로변에 주차해 있는 대절버스에 올랐다. 소요시간은 5시간 22분, 총 거리는 12.44km, 걸음 수로는 16,882보였다. 남근석은 그 부근의 전망대에 올라야 바라볼 수 있는 모양인데, 나는 설명문만 읽었고 그 실물은 보지 못했다.

돌아올 때는 중부내륙고속도로에 올라 여주JC에서 영동고속도로에 오른 다음 다시 중부고속도로를 탔는데, 도중의 남청주IC에서 잠시 빠져나와 청주시 서원구 남이면 청남로 885에 있는 큰소왕갈비탕에 들러 갈비탕(13,000원)으로 석식을 들었다. 돌아올 때는 진주에도 비가 내리고 있었는데, 집에 도착하여 짐 정리와 샤워를 마친 후 밤 11시 무렵에 취침하였다.

11 (토) 맑음 -부산예술대학교

오전 11시 10분 무렵 김경수 군이 자기 승용차를 운전하여 구자익 군과 함께 우리 아파트 앞으로 와 나를 태우고서 부산으로 출발했다. 아내는 오전 6시 고속버스를 타고 상경하여 "연세대학교 재상봉의 날" 행사에 참여하러 가 밤 9시 무렵 돌아왔다.

오늘 오후 2시에 부산 대연동의 못골에 있는 부산예술대학교 圓谷예술관에서 동학농민혁명 150주년, 수운 최재우 탄신 200주년 기념 특별기획공연인 극단 창의 제16회 정기공연 연극 '사람, 한울이 되다 부제/동학 이장태 장군'이 있어 보러 간 것인데, 이 연극은 내 제자인 김동련 군의 대하소설『동학』의 일부 내용을 소재로 한 것이다. 가는 도중 진영휴게소에 들러 주유

(50,000원)를 하고 비빔밥세트(+된장찌개)로 점심(31,500원)을 들었는데, 그 비용은 모두 내가 부담하였다.

못골은 예전에 고모집이 있었고, 고종사촌인 대환 형이 자라난 곳인데, 모처럼 가보니 도무지 알아보지 못할 정도로 달라져 있었다. 원곡예술관 입구에 '事人如天'이라는 비석이 세워져 있어 의아했었는데, 알고 보니 이 대학은 천도교 재단이 설립한 것이었다. 다른 건물에도 '圓谷'이라는 명칭이 붙은 것이 눈에 뜨이는 것으로 미루어 아마도 학교 설립자의 호인 듯했다. 연극은 좀 신파조라는 느낌이 들었는데, 다음은 국회에서 공연할 차례라고 했다. 그 입구 접수처에서 동학농민혁명부산기념사업회의 대표 허채봉 여사와 흰 두루마기 한복을 입은 김동련 군을 만났고, 허 씨는 김 군으로부터 내 말을 자주 들어 잘 안다고 했다.

돌아오는 길에 문산에 있는 월아국수에 들러 물국수와 김밥으로 석식을 들고서 귀가하였다. 지난번 합천박물관에서 내암 정인홍 관계 학술회의를 하고서 진주 평거동으로 돌아와 만찬 모임을 가졌던 식당 여주인의 여동생으로서 이후에도 그 식당에서 회식을 할 때 한 번 어울렸던 적이 있는 여성이 지난 4월 30일에 개업한 업소라고 한다.

18 (토) 맑음 - 전남대학교

승용차를 몰고서 오전 10시에 진주 집을 출발하여 아내와 함께 전남대로 향했다. 남해 및 호남고속도로를 경유하여 가는 도중에 주암휴게소에 들러 유부우동으로 점심을 들었다. 13시부터 18시까지 전남대학교 인문대 1호관 106호(이을호 기념 강의실)에서 전남대 철학연구교육센터와 한국동양철학회가 공동 주관하는 한국동양철학회 2024년 하계 학술대회 '근·현대 한국유학의 성과와 과제'에 참여하기 위한 것이다.

등록이 시작되기 조금 전에 도착하여 아내는 캠퍼스 구내를 산책하고 나는 행사장으로 들어갔다. 대형강의실인데, 벽에 이을호 교수의 젊은 시절 웃고 있는 모습이 크게 걸려 있었다. 13시 30분부터 양일모 회장의 개회사와 전남대 철학연구센터장 양순자 교수의 환영사, 그리고 기념사진 촬영이 있었고, 서울대 철학과의 중국인 교수 郭沂 씨가 「超越理氣之辨, 重建東亞哲學―道哲學的進路」라는 주제로 기조발표를 하고, 제1발표로서 전북대의 유지웅 씨가 「한국근현대 간재학파 연구: 왜 그리고 무엇을 어떻게 할 것인가?」라는 주제를 발표하였다. 사회자는 서울대 철학과 후배인 전남대 철학과의 이원석 씨였고, 구면인 곽기 교수와 서울대 후배로서 한국동양철학회 현임 회장인 서울대 자유전공학부의 양일모, 서울대 철학과의 이현선 교수, 전남대 철학과의 양순자 교수, 전남대 철학과 명예교수인 최대우 교수 등과 인사를 나누었다. 곽기 교수는 2012년 양일모 교수와 같은 해에 서울대로 부임하였고 3년 후 정년퇴직을 한다고 한다. 양순자 교수는 고려대 철학과를 졸업하고 미국 펜실베이니아 대학교 동아시아언어문화학과에서 철학박사 학위를 취득하였으며, 중국철학 등을 전공으로 하는데, 내가 이 학회의 회장을 하던 시기 경상대에서 열린 국제학술회의에 참석한 바 있었다고 한다.

유지웅 씨의 발표 도중에 자리를 떠 접수처에서 전남대학교 철학연구교육센터가 근대호남유학연구총서로서 펴낸 『노사학파 문인들의 삶과 사유―직전 제자를 중심으로』 3권과 『노사학파 문집해제』 2권을 무료로 집어 왔다. 대체로 전남대는 노사학파, 전북대는 간재학파를 중심으로 연구하는 모양이다. 노사와 간재가 생존 시 주로 거주했던 장소 때문일 것이다. 오늘은 한국동양철학회의 행사 때면 늘 와 있었던 민족문화문고 문용길 대표의 서적 賣臺가 설치되어 있지 않았다.

오후 3시 남짓에 차를 세워둔 곳에서 아내를 만나 5시 반 남짓에 귀가하였다. 아내는 전남대 김남주기념홀에서 펴낸 『시인 김남주』라는 얇은 책자도 하나 집어왔다. 저항시인 김남주는 1945년 전남 해남에서 태어나 전남대 영문과에서 수학했고, 2010년에 명예졸업장을 받았다. 오늘은 5.18 광주민주항쟁 기념일이기도 하다.

6월

14 (금) 맑음 -병호돌장어

오후 5시 30분에 김경수·박민정·류창환 군이 진주의 우리 아파트 앞으로 와 김 군의 승용차에다 나를 태우고서 함께 2번 국도를 따라 창원시 마산합포구 진전면 회진로 1726(임하 창포가는길 입구)에 있는 병호돌장어로 가서 돌장어 구이와 우럭매운탕으로 석식을 들고서 밤 9시 무렵 귀가했다. 돌아올 때는 술을 들지 않은 박민정 양이 운전했다. 류 군은 63세, 박 양은 56세로서 이미 손녀를 두었다. 그렇다면 김 군은 류 군의 고등학교 한 해 선배이니 64세일 것이다. 김 군과 박 양은 경상대 철학과에서의 내 제자들이다.

25 (화) 흐림 -정차문화원, 카페 여래

진주로 돌아오는 길에 장상환 교수 부인 김귀균 씨부터 전화를 받아, 사천시 곤명면의 다솔사 입구에 있는 사단법인 鼎茶文化院으로 가서 그들 내외를 만나 그곳 원장인 홍금이 여사로부터 각종 차를 대접받았다. 장 교수 내외는 홍 씨와 아는 사이로서 전에도 여기에 와본 적이 있는 모양이었다. 홍 씨는 65세로서 성신여대 대학원에서 차 문화에 관한 주제로 석사·박사 학위를 받았고, 성신여대·동국대·원광대에서 차에 관한 강의도 한 바 있으며, 성신여대의 지도교수 김혜영 씨와 공저로 『다식의 맛과 멋』(서울: 성신여자대학교출판부, 2009)이라는 책을 출판한 적도 있는 사람이었다. 아내가 경상대 차문화대학원에서 강의할 자격이 충분하다고 하므로 그 관련자인 경상국립대의 문범두·김덕환 교수, 경상국립대 한국차문화연구원장인 정헌식 씨에게 카톡으로 그녀를 소개하였다. 문 교수로부터 학과 교수에게 소개하겠으며, 자기도 만나보고 싶다는 회답을 받았다. 홍 씨는 진주에 거주하며, 이곳은 그녀의 별장인 모양이다.

정차문화원을 나온 다음, 다섯 명이 함께 거기서 다솔사 방향으로 1km 남짓 올라간 위치에 있는 나의 제자이자 소설가인 김동련 군의 집 카페 여래로 가서 김 군 부부와 함께 다과를 들며 한 시간 정도 대화를 나누다가, 밤 9시 무렵 그곳을 출발하여 진주로 돌아왔다.

7월

2 (화) 대체로 비 - 구봉도, 승봉도

간밤 11시 무렵에 아내와 함께 바른병원 앞에서 산울림산악회의 대절버스를 타고 구봉도 및 승봉도 산행을 출발했다. 일행은 총 28명이고, 대절버스는 경기도의 번호판을 부착한 블루스카이라는 이름의 골프용 우등버스였다.

오늘 새벽 5시 무렵 경기도 안산시 단원구 대부도에 속한 구봉산 아래의 주차장에 도착하여 구봉도의 대부해솔길 1코스를 걷기 시작했다. 대부해솔길은 총 9개의 코스가 있으며, 1코스는 11.5km로서 3~4시간이 걸리는데, 우리는 그 중 서쪽의 산길 구간을 걸은 셈이다. 구봉도는 간척사업을 통해 연륙화된 곳으로서 9개의 봉우리로 이루어졌다고 하여 九峯島라 부른다. 아직 어두컴컴한 가운데 산길을 걷기 시작하여 그 끄트머리의 낙조전망대까지 나아갔고, 이어서 바닷가 길을 따라서 종현어촌체험마을을 지나 대부북동의 주차장으로 돌아왔다. 이 코스는 서해랑길과 경기둘레길의 일부이기도 하다. 낙조전망대는 안산 9경 중 제3경에 해당하기도 한데, 거기 덱 위에 30도 각도로 기울어진 금빛의 대형 스테인리스스틸 조각 작품이 설치되어 있고, 그 앞 바닷물 속에는 등대 비슷한 모양의 정체를 알 수 없는 채색 기둥이 서 있었다. 낙조전망대 조각품은 일몰과 노을빛을 형상화한 것이라고 한다.

바닷가를 따라 한참 걸어가면 만나게 되는 구봉이선돌은 할매바위와 할아배바위로 불리는 두 개의 천연 큰 돌로 이루어졌는데 그에 관한 전설이 있으며, 이 바위가 구봉이 어장을 지켜준다고 전해진다. 대절버스로 돌아온 후, 근처의 정자 비슷한 곳에서 김밥으로 조식을 들었다.

대부도의 방아머리선착장으로 이동하여 09시에 출발하는 대부해운 소속의 대부아일랜드 페리를 타고서 昇鳳島로 이동하였다. 구봉도 트레킹을 마칠 무렵부터 비가 내리기 시작하였으므로, 아내는 비도 오고 파도가 무섭다 하며 혼자 대합실에 남았다. 승봉도까지의 뱃길은 1시간 반 정도 걸렸는데, 나는 배를 타면 늘 그렇게 하듯이 꼭대기인 3층 뒤편 갑판에서 바다 풍경을 바라보며 시간을 보내고자 했으나, 계속 비가 내리고 빗방울이 들이쳐서 앉을 만한 곳도 별로 없는지라 나중에는 3층 객실로 들어가 뜨뜻한 바닥에 드러누워 눈을 감고 있기도 했다. 승봉도는 인천 옹진군 자월면에 속해 있는데, 영종도의 인천국제공항에서 서남쪽 덕적군도에 인접한 섬이었다. 면적 2.22㎢, 해안선실이 9.5㎞이며, 1999년 12월 현재 75세대에 168명의 주민이 살고 있다고 한다. 수도권의 주민들이 더러 놀러오는 곳인지 펜션 건물이 많고 산중턱에 콘도미니엄과 마린플라자도 위치해 있었다. 원래는 10시 30분에 이 섬에 도착한 후 오후 3시까지 섬을 한 바퀴 돌며 산행 및 관광을 하다가 오후 3시 20분의 배에 탑승하여 4시 50분 무렵 대부도로 돌아올 예정이었으나, 비가 와서 그것이 불가능해졌다. 선착장의 대합실 앞길에 소형 버스가 한 대 서 있으므로 그것을 대절하여 섬을 한 바퀴 둘러보고자 했으나 그 버스도 펜션 손님을 태우기로 예약되어 있다고 하므로, 비가 내리는 가운데 배부 받은 우비를 입고 우산을 받쳐 들고서 선착장이 있는 마을의 찻길을 한 차례 왕복했을 따름이고, 11시 20분에 출발하는 같은 이름의 배를 타고서 대부도로 돌아왔다.

안산시 단원구 황금로1567-2의 방아머리선착장에 있는 대걸1호 식당에서 바지락칼국수로 점심을 든 후, 대부도를 떠나 바로 근처에 위치한 시화호로 이동하여 그곳 조력문화관에서 25층의 달전망대로 올라가 시화호 일대를 360도로 조망하였다. 이곳 시화호는 박정희 대통령이 그 방조제 준공식에 참석했다가 청와대로 돌아가 그 날 밤 안가의 술자리에서 시해된 것으로 알려진 곳이다. 달전망대와 전시관으로 이루어진 조력문화관은 2004년에 착공되어 2011년에 완공된 것이라고 한다. 전망대에서 둘러본 시화호는 예상 밖으로 규모가 컸다. 달전망대를 내려온 다음, 버스 기사가 내비게이션의 안내 메시지를 잘못 이해한 까닭에 시화호 한가운데를 가로지르는 차도를 두 차례 왕복한 후 그곳을 떠났다. 다시금 안산시 단원구 대부황금로 399에 위치한 바다향기수목원에 들러 그 경내를 한 바퀴 산책해 보았다.

경부선을 따라 내려오는 도중에 충북 청주시 서원구 남이면 청남로 885의 남청주IC 부근에 있는 큰소왕갈비탕에 들러 나는 왕갈비탕, 아내는 비빔밥으로 석식을 든 후, 밤 9시 남짓에 귀가하였다. 아내는 오늘 달전망대와 수목원의 주차장에 도착해서도 버스 안에 그냥 남아 있었다.

7 (일) 흐리고 낮 한 때 가는 빗방울 - 병풍산 한재골

아내와 함께 매화산악회를 따라 전남 담양군의 병풍산 한재골 계곡산행을 다녀왔다. 우리 내외는 2018년 1월 21일에도 둘레산악회를 따라 병풍산에 다녀온 바 있었는데, 오늘은 한재골 계곡산행이라 하였으므로 혹시 그 때와는 다른 코스인가 싶어 따라나선 것이다. 8시에 시청 앞에서 대절버스를 타고 남해·호남 고속도로를 따라가다가 대덕JC에서 고창담양고속도로로 접어들었고, 북광주IC에서 13번 국도로 빠진 다음, 898번 지방도를 따라 병풍산 중턱의 그 지방도 가에 있는 주차장에서 하차하였다. 아내는 차에 남아 2km 정도 아래의 한재골입구 주차장으로 이동하여 담양군 대전면 평창리 462-1(한재골[대아저수지 위])의 메밀꽃필무렵이라는 식당 겸 카페에서 보리굴비백반으로 점심을 들고 그곳 식물원과 쇼나조각·수석·정원석·목공예 등을 감상하며 시간을 보냈고, 나는 산행 팀에 섞여 등산을 하였다.

진주매화산악회는 간부들 대부분이 여성인데, 산악회 측이 배부해 준 개념도 상의 병풍산 산행 코스는 도무지 요령부득이었다. 어쨌든 지방도 상의 현 위치에서 쉼터를 거쳐 0.9m를 나아가 해발 750m의 투구봉(신선대)에 오른 다음 다시 0.7km를 더 나아가 병풍산 정상인 깃대봉(822.2)에 다다른 다음, 투구봉으로 되돌아와 갈림길을 따라서 마운대미(만남재)까지 내려와서 출발지점으로 되돌아오는 것으로 되어 있다.

주차장에서 0.9km를 나아가니 마운대미(만남재)에 다다랐고, 거기서 투구봉으로 올라가는 길이 두 갈래로 나뉘는데, 나는 병풍산 정상 쪽에 가까운 0.8km의 코스를 택하여 능선까지 올랐다. 능선에 오르고 보니 그곳 갈림길의 이정표 상으로는 정상까지의 거리가 1.0km로 표시되어 있으므로, 오후

3시의 하산시각을 고려하여 왕복 2km인 정상은 포기하고서 반대편 방향의 0.2km 남은 투구봉 쪽으로 나아갔다. 투구봉은 인식하지 못한 채 지나쳐 버렸고, 내리막길을 계속 걸어가 투구봉에서 0.87km인 쉼터에 다다라 거기에 두 개 놓인 벤치에 걸터앉아서 혼자 점심을 들었다. 그리고는 또 내리막길을 계속 걸어 0.63km 떨어진 지점의 한재골 정상에 다다랐다.

닿고 보니 거기에는 898번 지방도가 있어 차들이 지나다니고 있었는데, 그곳 가에 서 있는 지도가 바로 산악회 측이 배부한 개념도에 있는 것이고, 개념도 상의 현 위치는 바로 한재골 정상의 차도를 가리키는 것이었다. 그 지도는 장성군 쪽에서 바라본 병풍산이므로 오늘 투구봉까지 왕복하는 코스의 거리가 별로 멀지 않은 것처럼 보이지만, 담양군 쪽에서 바라본 지도 상으로는 그곳에서 임도를 따라 만남재에 이르기까지는 거리가 1.1km이고 만남재에서 오늘 우리가 등산을 시작한 지점까지는 거의 같은 방향으로 0.9km를 도로 내려와야 하며, 거기서 다시 대절버스가 대기하기로 한 한재골입구 주차장까지는 기사 말로 2km를 더 내려가야 한다는 것이었다.

처음에는 차도를 피해 임도를 따라서 만남재 방향으로 좀 나아가다가, 그렇게 해서는 하산 시각에 맞출 수 없겠다는 판단이 서서 사이 길로 차도 쪽으로 내려와 차도를 따라서 오늘 등산의 시작지점까지 이르니, 거기에 명신관광의 대절버스가 올라와 대기하고 있었다. 그 차를 타고서 한재골주차장으로 내려와 아내와 합류하였고, 하산주 자리에서 요기를 좀 한 후 아내를 따라 메밀꽃필무렵 카페로 가서 그곳 실내외를 둘러보았다.

2018년에 왔을 때는 겨울이었고, 대방저수지에서 천자봉·정상·투구봉 아래 갈림길·만남재를 거쳐 임도를 따라 대방저수지로 되돌아가는 코스였으므로, 오늘 산행 코스와는 투구봉 갈림길에서 만남재까지의 0.8km를 제외하고는 겹치지 않는다. 오늘 나는 10,592보를 걸었는데, 우리 일행 중 한재골 코스를 제대로 걸은 사람은 아마도 나밖에 없을 것이다.

돌아올 때는 시종 음악을 시끄럽게 틀고 차안에서 춤을 추고 있었는데, 우리가 앉은 첫 번째 좌석의 앞 냉장고 벽에는 국토교통부 등의 '차량 내 음주 가무행위 절대 금지' 경고문이 붙어 있고, 회사·운전자·승객 별로 위반 시의 벌금 액수도 적혀 있었지만 기사는 아랑곳 하지 않았다. 집행부 측은 우리 내외와 구면인지라 제일 앞자리를 배정하고, 소음 방지용 귀마개도 배부해 주었다.

13 (토) 흐림 -고성시장, 당주연못

오전 11시 40분쯤에 김경수·박인정·구미연 등 제자들과 박인정 양의 친구 한 명이 우리 아파트 앞으로 와 구미연 양의 승용차에 나를 태우고서 대전통영고속도로를 경유하여 김경수 군의 출신지인 고성군의 고성읍 중앙로25번길 57, 가3동 105호(시장상가)의 삼일횟집으로 가 하모샤브샤브로 함께 점심을 들었다. 하모(갯장어)는 8월 중순 이전의 고성 것이 유명하다고 하여 김경수 군이 나를 청한 것이지만, 지난번 우리 농장의 자두를 따고난 후 산골 식당에서 점심을 들고 돌아와 둔철의 힐비엔또 카페에서 다과를 들 때 내가 실수하여 미리 대금을 지불하지 않았기 때문에 김 군이 대신 결제하였으므로, 오늘의 식사비 166,000원은 내가 지불하였다.

구미연 양은 경상대 철학과를 졸업한 후 우체국에 취직하여 32년간 근무하였고, 시댁이 있는 대구에서 우체국장인가 과장으로 있는 모양이다. 나는 예전에 원지우체국에서 우연히 제자를 만난 적이 있었을 때의 그 애가 아닐까 생각했지만, 그 때 내가 서류를 떼러 가서 만났던 제자는 동사무소에 근무하는 하주연 양이었다고 한다. 구 양은 작년과 금년에 우리 농장으로 와 자두 수확을 거들었는데, 대구에서 직접 승용차를 운전하여 왔던 것이라고 한다.

33번 국도를 따라서 돌아오다가 도중에 진주시 정촌면 예하리에 있는 당주연못으로 가 그곳의 카페 Lotus Coffee에 들러 커피 등을 사서는 연못가의 탁자로 가서 마셨다. 카페 안에 사람이 너무 많았기 때문에 자리가 없어 밖으로 나갔던 것이지만, 바깥의 탁자에는 햇볕이 강해서 도로 카페 안으로 들어가 이럭저럭 자리를 잡았으나, 너무 시끄러워 머지않아 돌아왔다. 당주연못에는 올해도 아직 연꽃이 제대로 피지 않고 듬성듬성 피어 있을 따름이었다.

27 (토) 대체로 흐리나 몇 차례 빗방울이 떨어지고 밤에 비 -두타산 마천루·무릉계곡, 추암촛대바위, 검룡소, 만항재

아내와 함께 밤 12시까지 신안동 운동장 1문 앞으로 나가 강종문 씨가 운영하는 더조은사람들 산악회의 1박2일 '협곡 & 잔도 트레킹'에 참여하였다. 대륙고속관광의 28인승 우등버스에 강 대장 내외를 포함한 19명이 타고서 진주를 출발하여 남해고속도로를 경유해 나아가다가 마산의 내서IC 입구에서 여성 두 명을 더 태워 총 21명이 동행하였다. 차 안에서는 눈을 감고 잠을 청했는데, 도중에 동해안의 망양휴게소에서 한 번 정거한 후, 오전 4시 35분에 강원도 동해시의 두타산 무릉계곡 입구 제1주차장에 도착하였다.

주차장에서 아직 어두운 가운데 배부 받은 충무김밥으로 조식을 들고나니 날이 어느 정도 밝아왔다. 오늘의 첫 번째 순서인 두타산 마천루 무릉계곡 트레킹은 7.5km에 3~4시간이 소요되는 코스이다. 나는 2021년 9월 12일에도 아내와 함께 이곳에 와 40년 만에 개방되었다는 베틀바위 전망대 코스를 경유하여 이 코스를 걸은 바 있었다. 당시에는 마천루까지 가지 않고 베틀바위를 지나 도중의 산성길 코스로 빠져서 계곡에 도착한 다음, 다시 한참을 거꾸로 올라가 용추폭포와 쌍폭포를 구경하고서 삼화사 쪽으로 내려왔던 것이었다. 이번에는 산성터 갈림길을 지나 수도골 방향으로 계속 나아가 두타산협곡의 마천루에 다다른 후 폭포 쪽으로 내려갔다. 무릉계곡도 아래에서부터 위쪽 방향으로 9곡을 정해두고 있는데, 용추폭포 옆에는 八曲 落霞潭의 표지가 있었다.

두타산 三和寺는 國行 水陸道場으로 불리는데, 水陸齋란 온 물과 육지를 헤매는 모든 영혼의 薦度를 위한 의식으로서, 우리나라에서는 고려시대부터 시행되었다고 한다. 『조선왕조실록』에 고려 왕실을 위로하기 위해 이 절 등지에서 봄가을로 수륙제를 거행하였다고 기록되어 있는데, 이는 동해의 삼척지역으로 유폐되어 죽임을 당한 공양왕의 영혼을 달래기 위함이었다. 조선 전기까지 국가적으로 치러지다가 조선 중기 이후로는 뜸해졌으나, 이 절에서 발견된 두 권의 문헌에 그 절차와 방법이 기록되어 있으므로 2004년부터 부활되어 국가무형문화재로 지정되었다. 또한 이 절은 보물 제1277호

삼층석탑과 보물 제1292호 鐵造盧舍那佛坐像을 보존하고 있다.

10시 반쯤에 하산을 완료하여, 무릉계곡 입구의 동해시 삼화로 253-6에 있는 굴뚝촌이라는 식당에서 생오리숯불구이와 대통밥으로 이른 점심을 들었다. 바깥에 꽃밭이 넓게 조성되어져 있고 독특한 지붕을 인 식당이었다.

식후에는 동해시의 추암촛대바위로 가서 한 시간 정도 트레킹을 하였다. 우리 내외는 근년에 이미 여러 번 이곳에 와본 적이 있었다. 이번에는 거꾸로 조각공원에서부터 시작하여 한 바퀴 돌아 나오다가 상가에서 여름용 모자 하나를 만 원 주고서 샀다.

다음 순서는 삼척의 초곡용굴 촛대바위길이지만 추암촛대바위와 유사하다고 하여 강 대장의 의견에 따라 생략하였고, 다음 순서인 삼척의 통리협곡에 있는 美人폭포로 바로 향했다. 통리란 지명이다. 그러나 우리가 미인폭포에서 300m 떨어진 지점의 도로가 입구에 도착해보니, 보수공사 중이라 미인폭포는 진입이 불가하다는 공고가 나붙어 있었다. 실은 나는 이미 40년 정도 여러 산악회들을 따라 전국 방방곡곡을 누비고 다녀왔기 때문에 70대 중반의 나이에 접어든 이제부터는 이미 가본 곳은 되도록이면 다시 가지 않음으로서 국내 여행이나 등산의 횟수도 차차 줄여나가는 중이지만, 이번 여행은 초곡용굴 촛대바위와 통리협곡의 미인폭포에 아직 가보지 못한 터라 참가하게 된 것인데, 이 두 곳이 모두 무위로 끝나게 되었다.

미인폭포를 대신하여 太白市의 儉龍沼에 가보게 되었다. 한강의 발원지인 이곳에는 2019년 6월 4일에 산울림산악회를 따라서 두문동재로부터 시작하여 금대봉과 대덕산을 거쳐 방문한 바 있었다. 이번에는 검룡소에서 1.5km 떨어진 검룡소 주차장에서 하차한 후, 태백산국립공원 검룡소분소를 지나 검룡소까지 왕복하게 된 것이다.

검룡소를 떠난 다음, 태백 시내를 거쳐 정선군 고한읍에 있는 해발 1,330m의 晩項재에 이르렀다. 함백산에서 3.1km 떨어진 곳인데, 나는 1997년 10월 18일 백두대간산악회의 백두대간 구간종주 때 이곳을 통과한 바 있었고, 2011년 10월 30일 광제산악회의 함백산 등반 때도 이리로 하산했었다. 당시에는 이 부근에 태백선수촌이 들어서 있을 뿐 꽤 한적했었는데,

오늘 다시 와보니 여러 상점들이 늘어서 있고, 그 부근에 자가용 승용차들도 빽빽이 주차해 있었다. 7~8월 사이에 개최되는 함백산야생화축제를 보기 위함인 모양이다. 이 일대는 '만항재 천상의 화원'이라 하여 야생화가 만발하는 곳인데, 야생화축제 장소는 주차장 앞쪽의 도로 건너편과 주차장 아래쪽 경사면의 두 군데에 넓게 펼쳐져 있으나 우리 일행은 그런 사실을 모르고서 모두 주차장 앞쪽의 일부만을 둘러보았고, 아래쪽까지 가본 사람은 나 하나뿐이었다. 꽃들이 한창이어서 제법 장관을 이루고 있었다.

만항재를 떠난 다음, 태백시 천재단길146(문곡소도동 324번지 6/4)에 있는 산골식당에 이르러 황기토종백숙으로 석식을 들었고, 그 건물 3층의 산골민박 301호실에 아내와 둘이서 투숙하였다. 숙소에 다다를 무렵부터 비가 내리기 시작하였다.

오늘은 총 30,140보를 걸었다. 휴대폰에 다운로드 된 만보기 앱을 통해 측정해 보았던 것 중 최고치가 아닌가 싶다. 이동 중에는 버스 안의 TV를 통해 2020년 추석에 인터넷을 통해 전 세계에 산재한 동포들과 연결한 나훈아의 공연 '대한민국 어게인'과 2005년 광복 60주년 기념 한강 노들섬 공연을 시청하였다. 우리 버스의 기사가 나훈아와 어떤 인연이 있는 모양이고, 그 자신도 노래 실력이 출중하여 운전하는 도중 두어 곡을 피로하였다. 숙소의 우리 방 TV가 웬일인지 작동하지 않으므로, 휴대폰으로 유튜브의 『사기』「춘신군열전」을 다시 한 번 시청한 후 취침하였다.

28 (일) 맑음 -응봉산 덕풍계곡

오전 6시에 1층 식당에서 곤드레비빔밥으로 조식을 든 후, 6시 30분 무렵 출발하여 삼척시 가곡면 풍곡리 산128(18-72임반)의 응봉산 덕풍계곡 트레킹을 시작하였다. 왕복 8km에 2~3시간이 소요되는 코스이다. 그리로 가는 도중 어제 지나온 미인폭포 입구를 다시 통과하였는데, 미인폭포 입구는 그곳뿐만이 아니라 주변 여러 곳에 있었다.

나는 2002년 4월에 한라백두산악회의 무박산행을 따라와 21일 한밤중에 울진군의 덕구온천에서부터 시작하여 응봉산 정상을 지나 덕풍계곡의 제3용소에서 500m 아래쪽에 있는 작은당귀골에서부터 시작하여 용소골을 따라 덕풍마을 아래쪽의 풍곡리까지 걸어내려온 바 있었다. 당시에는 덕풍마을까지 아무런 시설물이 없어서 자연 바위를 타거나 냇물 속을 걸어서 내려올 수밖에 없었는데, 지금은 곳곳에 철제나 목재의 통로가 설치되어져 있고, 그렇지 못한 곳에는 손잡이 로프나 발 받침대도 있어서 물속을 걸을 필요는 없어졌다. 그러나 2용소에서부터 작은당귀골까지 5.1km(3시간 20분) 구간과 작은당귀골에서 응봉산 정상까지 2.4km(1시간 30분)는 폐쇄구간으로 지정되어져 출입을 통제하고 있었다. 그 원인을 알 수는 없지만, 등산로 입구에 헬멧들을 비치해 두었고, 도중에 떨어진 바위가 로프 위를 덮쳐 있는 모습도 눈에 띄므로 낙석의 위험 때문이 아닌가싶기도 하다.

아래쪽 큰 마을에서 대절버스를 하차하여 12인승 SUV차량 두 대에 나눠 타고서 덕풍마을까지 들어갔고, 거기서부터 걸어서 등산로 입구에 다다랐다. 제1용소까지는 2km(40분)이고 제1용소에서 제2용소까지는 2.4km(1시간)라고 현지의 등산안내도에 나타나 있다. 일행 중 남자들 일부는 종착지점인 제2용소의 폭포 아래 연못에 들어가 옷을 입은 채로 수영을 하였고, 나도 아쿠아슈즈를 신고 걷다가 돌아오는 도중 양말 차림으로 물속에 발을 담그기도 하였다. 오늘은 11,563보를 걸었다.

돌아온 후 덕풍마을 안의 강원도 삼척시 가곡면 풍곡1리 8반에 있는 덕풍산장에서 닭볶음탕으로 점심을 들었다. 제법 매운 음식이라 같은 상에 앉은 여자 세 명은 별로 들지 않았다. 다시 SUV 차량을 타고서 큰 마을로 내려와 대절버스로 갈아탔다.

돌아올 때는 동해안의 국도를 경유하지 않고서 36번 국도를 경유하여 내륙의 경북 봉화군을 지나 영주IC에서 중앙고속도로에 접어들었다. 도중에 정거한 안동휴게소에서 강 대장이 아내가 준 금일봉으로 냉장한 안동보리빵 케이크를 사서 한 봉씩 일행에게 나눠주었고, 나는 거기서 따뜻한 아메리카노 커피 한 잔을 사와 차 안에서 들었다. 대구를 지나 중부내륙고속도로를 따라 내려와 마산의 내서IC 부근에 점심 때 우리 내외의 앞자리에 앉았던 창원에서 온 공무원 여자 두 명을 내려준 후, 남해고속도로에 접어들어 오후

5시 무렵 진주로 돌아왔다.

8월

4 (일) 성주는 맑고 진주는 비 -만귀정

매화산악회의 제77차 산행에 동참하여 아내와 함께 경북 성주 布川계곡의 晚歸亭에 다녀왔다. 성주 10경 중 제4경에 선정된 곳이다. 만귀정은 조선 후기의 문신 凝窩 李源祚(1792~1871)가 만년을 보낸 곳인데, 나는 1987년 7월 4일부터 5일까지 한국동양철학회의 하계수련회에 참가하여 여기서 1박 한 적이 있었다. 당시는 한적한 산골이었던 것으로 기억되는데, 지금은 관광지로 변하여 가야산국립공원을 타고 내려오는 약 7km에 달하는 포천 계곡 일대에 승용차와 사람이 우글거리고, 특히 만귀정 옆의 만귀폭포는 그 중 가장 아름다운 포인트로 되어 있다. 이 일대는 가야산 포천구곡 중 제9곡 '洪開洞'이다. 돌아오기 전 만귀정에 다시 들러 儒楔諸生이 세운 鐵碑인 '故判書凝窩李先生興學倡善碑'도 찾아보았다.

진주에서 성주까지 33번 국도를 따라갔고 돌아올 때도 마찬가지였다. 돌아올 때 국도 변의 고령군 쌍림면 대가야로 819에 있는 휴게소맛집에서 밀면으로 하산주를 겸한 석식을 들었다.

11 (일) 맑음 -현성산

아내와 함께 판문산악회를 따라 거창군 위천면과 북상면의 경계에 위치한 玄城山(960m)에 다녀왔다. 오전 7시 30분 경 운동장 1문 앞에서 진주시청 우체국 앞을 출발해 오는 대절버스를 타고서 판문동을 거쳐 서진주톨게이트 부근에 오른 다음, 대전통영고속도로를 따라 올라가다가 함양의 지곡IC에서 3번 국도로 빠졌고, 거창군 마리면 소재지에서 다시 37번 국도, 37번 지방도를 거쳐 위천면 소재지를 통과하여 위천면 상천리의 미폭 부근 등산로 입구로 가서 하차하였다. 우리 부부는 2008년 8월 3일에도 우정산악회를 따라 이곳으로 와 아내는 일행과 함께 금원산 쪽으로 오르고, 나만 혼자 떨어져서 문바위와 마애삼존불상을 지나 현성산에 올랐다가 지재미골로 하여 하산했던 적이 있었다.

오늘 아내는 차에 남아 하산지점인 수승대 쪽으로 가서 출렁다리 아래의 시냇가 바위 위에서 시간을 보냈고, 나는 등산 팀에 가담하여 초입부터 가파르게 이어지는 바위 산길을 오르기 시작했다. 산악회가 배부한 개념도에 의하면, 오늘 코스는 약 10km에 5시간 30분 정도가 소요되는 장거리이다. 미폭은 물이 말라버렸고, 암릉지대를 이어가는 나무 계단 등에 의지하여 계속 올랐다. 현성산 정상 부근에 西門家 바위굴이 있다고 하나 인식하지 못하였다.

오전 11시 40분 무렵 정상에 도착한 후, 가파른 바위능선을 따라서 건너편의 연화봉(930m)을 지나 해발 970m 지점에 위치한 금원산 쪽과의 갈림길에서 일행과 더불어 점심을 들었다. 식후에 수승대 방향의 오솔길을 취해 나아갔는데, 도중의 필봉(928.1) 일대는 사유지여서 철제 울타리가 둘러쳐져 있어 그 바깥쪽을 어렵게 둘러갔다. 필봉 이후로는 비교적 평탄하였다.

도중의 어느 재(말목고개?)에 현성산 5.8km, 모리재 0.7km, 정온 종택 4.1km, 수승대 하산 3.2km라는 이정표가 나타난 이후로 계속 모리재와 정온 종택 방향을 안내하는 이정표가 이어졌는데, 우리는 오늘 성령산을 지나 수승대 위의 출렁다리 쪽으로 하산하기로 되어 있었으나, 그리로 향하는 이정표가 부실하여 결국 모두가 정온 종택으로 향하는 길로 내려왔다. 나는 도중에 만난 마을 주민에게 물어서 간신히 에둘러 수승대의 얼음썰매장 쪽으로 내려올 수가 있었다. 산길샘 앱에 의하면, 오늘 산행은 09시 39분에 시작하여 17시 24분에 마쳤으며, 소요시간은 7시간 45분, 도상거리 9.68km, 오르내림 포함 총거리는 14.03km였고, 걸음수로는 19,433보였다. 한여름의 장거리 산행인데다 코스도 험난하여 무척 힘들었다.

찾아보기